3·1운동 100주년 기념소설

나라 앞날이 걱정이다

인촌 김성수 마지막 한마디

東村 김남채 지음

동서문화사

책머리에

　이 책은 민족주의자 인촌 김성수 선생의 일생을 소설로 다시 구성한 것이다. 선생은 일제치하에서 민족교육, 민족산업, 민족언론을 육성하기 위해 선친의 재산을 과감히 쾌척했고, 해방 후에는 한반도에 민주정부 수립을 위해 심혈을 기울였다. 그런데 후세 사람들은 선생을 친일파로 분류했다. 과연 인촌 선생이 친일파였던가? 하늘이 노할 일이다. 그러나 이 소설은 이 문제에 대하여 왈가왈부하지 않는다. 너무 치졸한 논쟁이기 때문이다. 이 소설은 오직 선생의 희생적인 민족정신과 위대한 업적을 그렸을 뿐이다.

　한국 현대사에서 가장 비참했던 삼난(三亂)을 꼽으라면 첫째가 일본제국주의 식민지화, 둘째는 국토분단, 셋째는 동족상잔의 6·25전쟁 발발이다. 이 삼난이 1910년부터 1950년까지 40년 사이에 연속으로 이어졌다. 삼난은 개별 사건이 아니다. 일제강점이 원인이 되어 조선 국토가 남북으로 분단되었고, 분단된 국토에서 동족상잔의 6·25전쟁이 발발했다. 결국 일제강점에 이은 국토분단은 6·25전쟁 전조 현상이었다.

위 삼난이 시작되기 직전에 전북 고창군 부안면 인촌리에서 한 영웅이 탄생했다. 그 영웅은 인촌 김성수이다. 그는 3대 국난을 시작부터 끝까지 관통하는 삶을 살았다. 토지부호의 아들로 태어났지만 해외로 도피하지 않고 국내에 꼿꼿이 서서 일본강점기 때는 일본에 맞서 싸우고, 해방 후에는 공산주의에 맞서 싸우고, 정부수립 후에는 독재에 맞서 싸웠다. 그는 삼난 속에서도 공선사후(公先私後)를 신조로 민족교육·민족산업·민족언론에 사재를 과감히 쾌척했다. 그 결과 그가 창업한 학교와 신문사와 회사는 오늘도 우리민족을 위해 그 몫을 다하고 있다.

　독립운동의 효시 3·1운동은 누가 언제 어디서 기획했는가? 작가는 그 핵을 찾아 추적했다. 그 핵은 난국의 경세가(經世家) 인촌 김성수였다. 작가는 우리 젊은이들에게 "이 영웅을 보라!" 하고 소리치고 싶었다. 그래서 이 소설을 쓰지 않을 수가 없었다.

　오호라! 오직 민족만 바라보고 민족 위해 살다간 민족주의자 영령이 심각한 타격을 입었다. 뭐 묻은 연작 무리가 대붕 영령에 '친일파'라는 오명의 명찰을 달아놓았다. 인촌이 친일파라니? 작가는 연작 무리에게 묻는다. "그대들은 하늘이 두렵지 않은가?"

　인촌 생부와 양부는 가솔에게 일렀다. "나라를 되찾기 전에는 절대로 공직에 들어가지 말라. 공직에 들어가면 일본정부에 충성하는 꼴이 된다." 인촌은 두 분 선친의 유훈을 충실히 지켰고 그래서 일본정부가 수여하는 작위도 거절했다. 일본 제국의 귀족이 되는 것도 거절한 그가 무엇을 위해 친일했단 말인가? 총독부 압박에 굴복하여 창씨개명한 가구가 조선인 전 가구의 87%에 달하는 326,105호에 이른다. 그런데 선생은 그때에도 창씨개명하지 않았다. 그 자신뿐만 아니라 그 가문을 통틀어 단 한 사람도 창씨개명하지 않았다. 그런데 그 선생 가슴에 친일파라는 오욕의 명찰을 걸어놓은 그들은 누구인가? 혹여 그들 부모형제 중 창씨개명한 사람은 없는지 그것이 궁금하다. 만약 그들 부모형제 중 단 한 사람이라도 창씨개명한 사람이 있다면 과연 어느 쪽이 '친일파'인가?

인촌은 첩도 거느린 적이 없는 정직한 신사였다. 조선의 첫째가는 갑부의 아들로 태어나 부유하게 자랐고, 일본유학을 마쳤고, 경성에서 큰 사업을 벌였지만 단 한 사람의 첩도 두지 않았다. 따라서 그에게는 혼외자식이 하나도 없었다. 당시 부자들은 축첩을 자유롭게 했고, 기생집 드나들기를 밥먹듯 했다. 그런 사회풍조 속에서도 인촌은 첩을 거느리지 않았고, 기생집도 드나들지 않았다. 관직도 마다하고 여색에도 빠지지 않았던 그가 무엇을 위해 친일했단 말인가?

오히려 인촌은 일본경찰의 눈을 피해 독립운동 자금을 지원했던 분이다. 인촌은 중국 상하이에서 도산 안창호 선생을 만나 독립운동 자금을 지원했다—안창호 선생 일기에 따르면 인촌은 임시정부 요인들과 독립운동가들이 비밀리에 모이는 자리에 참석했다고 한다. 다만 일기에는 인촌 이름이 빠져 있는데, 이것은 인촌을 보호하기 위한 것으로 추정한다고, 도산 안창호 선생 비서였던 장이욱 전 서울대학교 총장이 김재순 전 국회의장에게 말했다. 인촌이 1929년 서울을 떠나 부산, 일본을 거쳐 중국 상하이로 갔다는 기록은 있지만 중국에서의 행적에 대한 기록은 남아 있지 않다. 그러나 기록이 없다고 해서 나라의 독립을 위해 이바지한 사실까지 부정될 수는 없다. 때문에 인촌이 일본 경찰 감시망을 피해 임시정부를 지원하고 도산 선생을 만났다는 김 전 국회의장의 증언은 역사의 기록으로서 의의를 지니며, 인촌에 대한 왜곡된 평가를 바로 잡을 수 있는 반박자료가 될 수도 있다.

민족을 위한 인촌의 공은 태산이고 과는 티끌에 불과하다. 그런데 연작 무리는 태산을 보지 않고 티끌만 보고 생트집을 잡았다. '대붕(大鵬)의 족적을 연작(燕雀)이 어찌 짐작이나 할 수 있으랴.' 작가는 성경에서 예수가 말한 교훈 한 대목을 그대로 옮겨 적는다. '너희 중 죄 없는 자가 먼저 돌로 치라'(요한복음 8장 7절 중에서)

3.1운동 100주년에
작가 김남채

나라 앞날이 걱정이다

1

　일본제국주의 강압으로 한일 간 을사늑약이 체결된 이듬해, 1906년 봄 16세 김성수가 신학문을 공부하기 위해 창평 영학숙에 입소했다. 영학숙은 호남학회를 발기한 바 있는 김성수 장인 고정주가 설립한 신학문 교육기관이다. 이곳 학생은 10여 명인데 그 가운데에 설립자 고정주 아들 광준(25세)도 포함되어 있었다. 그는 김성수와 처남매제지간이다. 김성수는 일곱 살 때부터 천자문, 동몽선습, 명심보감, 소학, 대학, 사서삼경을 순서대로 공부했다.

　호남 선각자로 꼽히는 선비 고정주(전직 규장각 직각)는 시대가 급변해 가는 것을 보고 둘째 아들 광준과 사위 성수에게 신학문을 가르치고 싶어 했다. 이 아이들이 장차 신학문을 공부하려면 적어도 영어와 수학 기초공부는 해 두어야 한다고 그는 생각했다. 그래서 그는 성수 양부와 생부 두 사돈을 만나 의논했다. 이때 양부 김기중은 동복군 현직 군수였고, 생부 김경중은 진산군수를 마지막으로 벼슬을 그만 두고 집에서 조선사(지산유고)를 집필하고 있었다. 고정주가 성수의 양부와 생부를 만나 성수에게 신학문을 가르치자고 제안하자 그들은 즉석에서 동의했다. 고정주는 그 길로 경성에 가서 영어교사를 청빙하고, 창평읍에서 5리 쯤 떨어진 곳에 영학숙을 차렸다. 김성수가 영학숙에 입소한지 두 달쯤 됐을 때 새로운 학우가 입소했다.

"니 이름이 뭣이여?"

"나? 송진우여. 너는?"

"김성수, 니 집이 어디여?"

"담양군 고지면에 손곡리라고 하는 쬐깐한 동네여."

손곡리는 창평에서 그다지 멀지 않다. 그래도 인촌리보다는 먼 곳에 있다. 송진우 아버지와 영학숙 설립자 고정주는 본래부터 친교가 있었다. 그래서 고정주가 신학문 학습소를 설립한다는 말을 듣고 아들을 보내 입소시켰다.

김성수보다 두 달 늦게 입소한 송진우는 다른 학생들과 어울리지 않고 대개 혼자 지내는 편이었다. 김성수가 그에게 말을 걸어 같이 놀자고 했더니 그는 툭 쐈다.

"너는 아무하고나 노냐? 줏대 없게."

김성수는 어이가 없어 더 말하지 않았다. 그런데 다음 날 김성수와 송진우 사이에 말이 터졌다. 송진우가 현 시국에 관해 얘기하다가 을사늑약은 나라를 넘겨주는 조약이라며 조정을 통렬하게 비판했다. 그가 한참 동안 울분을 토하는 것을 본 김성수는 말을 못하고 듣기만 했다. 그리고 마지막에 한마디 했다.

"우리가 분해서 가슴을 치고 땅을 쳐도 소용없는 일이여. 우리는 공부를 착실히 해서 실력을 쌓아야 하는겨. 안 그러냐?"

송진우가 김성수 말을 듣고 아무 말도 하지 않았지만 내심 동의

하는 것 같았다. 이날 이후 두 사람은 가까이 지내면서 많은 시간 대화했다. 그들은 성격이 대조적이었다. 송진우가 비분강개파라면 김성수는 이성파였다. 송진우는 비위에 거슬리면 즉시 내질렀다. 하지만 김성수는 내지르기 전에 깊이 생각했다. 그래서 두 사람은 세상 돌아가는 상황을 얘기하다가 입씨름도 많이 했으나 입씨름이 끝나면 씻은 듯이 잊어버리고 전이나 다름없이 친해졌다. 두 사람이 늘 티격태격 다투면서 지내는 것도 그다지 오래 가지 못했다.

"야, 나는 갈란다. 여기는 우물 속이나 똑같어."

송진우가 이렇게 말하고 손곡리로 돌아가 버렸다. 김성수는 그가 떠나고 없으니 몹시 허전했다. 김성수는 송진우가 떠난 후 빈자리를 영어공부로 채웠다. 한서에 익숙한 그에게 영어는 미개인의 언어로 생각되었지만 그런 점이 오히려 흥미롭기도 했다. 그래서 영어공부를 열심히 하다가 그해 초겨울 그도 인촌리로 돌아갔다.

김성수가 인촌리 본가에 갔더니 군수직에 있던 양부가 집에 있었다. 그는 나라가 급속히 망해가는 것을 보고 한탄하다가 동복군수 벼슬을 버리고 돌아왔다고 했다. 양부는 아들에게 물었다.

"창평에서 얻은 것이 뭐냐?"

김성수는 신중하게 대답했다.

"친구를 하나 얻었습니다."

"음, 어디 사는 누구냐?"

"담양 손곡리 사는 송진우라고 합니다. 좋은 친구였습니다."

"그 아이가 너에 비하면 어떠하냐? 공부는 잘 하더냐?"

"공부는 그저 그렇습니다마는 그릇은 저보다 훨씬 큰 것 같았습니다."

"그 애는 너를 어떻게 보느냐?"

"그 애가 나보고 부잣집 아이치고는 말이 통하는 아이라고 말한 적이 있습니다."

"으—음, 그래? 담양 어느 집안 자제인고?"

"5대째 담양에 사는 송 씨 집안 아들이고, 기삼연이란 분한테서 글을 배웠다고 합니다."

"기삼연? 기삼연이라면 성리학자 기정진 씨 집안인데 그로부터 글을 배웠단 말이냐?"

"예, 그렇다고 들었습니다. 그분과는 인척간이라고 합니다."

"음, 알만하다. 그러고 너는 공부를 열심히 했느냐?"

"예, 특히 영어공부를 열심히 했습니다. 경성에서 모셔온 이표 선생님은 영어에 능통하고 한학에도 조예가 깊어서 신·구학문을 다 가르치시는 선생님이었습니다."

"영어공부를 많이 했다니 좋구나."

양부는 아들의 도량도 떠보고, 학구열도 떠보았다.

다음해 1907년 봄, 김 씨네는 줄포로 이사했다. 김 씨네는 성수 할아버지 김요협이 인촌리에 자리 잡은 후 이때까지 2대를 살았다. 성수 양부와 생부는 한 울타리 안에 솟을 대문을 경계로 좌측과 우측에서 의좋게 살았다. 집 자리가 좋았던지 형제 가정이 다 험한 일 당하지 않고 재산이 부쩍부쩍 늘어 양부는 몇천 석지기 부자가 되고, 생부는 형보다 이재 능력이 뛰어나서 1만5천석지기 토지부호가 되었다. 그런데 김 씨네는 이 집을 떠나 줄포로 이사했다. 줄포로 이사한 후에도 김기중과 김경중 형제는 한 울타리 안에 양가가 들어가 살림을 차렸다. 인촌리에 자리 잡았던 김요협 공 양주(兩主)가 아직 생존해 있는데 이사하는 데는 그만한 이유가 있었다. 동네 사람들이 왜 이사하느냐고 물으면 기중과 경중 형제는 이렇게 말했다.

"고가(古家)에 도깨비장난이 심해서 이사하는 것이오. 물 건너가 살면 도깨비가 떨어진다니까……."

실제로 그의 집 처마 밑 서까래는 불에 그슬린 자국이 있다. 그런데 그 자국은 도깨비불로 그슬린 것이 아니고 근래에 화적떼가 집에 불을 놓겠다고 협박하면서 그슬린 자국이다. 을사늑약 이후 치안이 취약해지고 시국이 뒤숭숭해지자 온 나라에 화적떼가 기승을 부렸다. 이 화적떼는 10여 명씩 무리 지어 다니면서 야음을 틈타 기와집을 습격했다. 처음에는 야간에만 나타나서 양식을 털어가더니 나중에는 밤낮 없이 아무 때나 나타나서 소도 끌어가고 돼지와 닭도 잡아갔다.

김 씨 형제도 몇 차례 당했다. 그래서 두 형제는 안전한 곳을 찾아 고창군 일대를 둘러본 후 줄포를 새 터로 택했다. 김 씨 형제가 줄포로 이사한 이유가 또 하나 있다. 홍수처럼 밀려오는 개화의 물결을 맞이하기 위해 항구로 이주한 것이다. 줄포는 곰소만을 사이에 두고 인촌리 맞은편에 있다. 곰소만은 수심이 깊어서 큰 배도 출입이 가능한 포구다. 그래서 김제 만경평야에서 수확되는 미곡은 모두 일본으로 실어갔기 때문에 줄포는 영광 법성포와 함께 호남지역의 물산집산지다. 이러한 줄포의 장점을 보고 이곳을 택해 이사한 것이다.

줄포로 이사하고 달포가 지난 어느 날 김 씨네 집 마당이 형장으로 변했다. 노기충천한 성수 할아버지가 기중과 경중 두 아들을 불러 마루에 무릎을 꿇게 하고, 그들이 보는 앞에서 성수를 마당에 엎어 놓고 머슴 윤가를 시켜 작대기로 성수 볼기짝을 치게 했다. 윤가는 차마 귀공자 볼기를 작대기로 내려칠 수 없어 매질을 거부했지만, 성수 할아버지 호통을 못 이겨 할 수 없이 한 대 한 대 볼기짝을 내려쳤다. 성난 할아버지 수염이 빳빳하게 곤두섰다. 할아버지는 잠깐 매질을 중단시키고 성수를 야단쳤다.

"판석이 이노—옴. 지금 나라 형편이 어떠한데 너는 왜놈 노름에 정신을 팔아?"

판석은 성수 아명이다. 기중과 경중 형제가 나란히 아버지 앞에 엎드려 용서를 빌었다.

"아버님, 저희 가르침이 부족한 탓입니다."

"판석이 이놈. 너는 네 아버지가 쓴 오도입문(吾道入門)이란 책을 읽지도 않았느냐?"

"읽었습니다."

"읽은 놈이 그래? 그 책을 쓴 니 아비는 호남의 지사다. 또 네 장인도 호남의 지사니라. 그런데 네 놈이 건달패를 따라 댕기고 왜놈들이나 하는 화투 노름을 해?"

"할아버지 용서해 주세요. 다시는 안 할 게요."

"저놈 볼기짝이 찢어지게 쳐라."

머슴이 성수 볼기짝을 작대기로 후려쳤다. 성수 양부와 생부가 안절부절 못하고 아버지께 용서를 빌었다.

"아버님 저희를 벌해 주십시오. 잘못 가르친 저희가 벌을 받겠습니다. 아버님!"

성수가 정신을 잃고 땅에 엎어져 뺨을 땅바닥에 댔다. 그때야 할아버지는 손자에 대한 매질을 거두라 하고 사랑방으로 건너갔다.

김요협 가문은 울산 김 씨다. 그리고 울산 김 씨 시조는 신라 경순왕 아들 학성부원군 김덕지다. 김덕지 본관은 본래 '학성'인데 '학성'이라는 고을 이름이 훗날 '울산'으로 바뀌어 김덕지 본관이 '울산 김씨'가 된 것이다. 그리고 김덕지 16대손 김온은 이성계가 조선을 개국할 때 공을 세운 바가 있어 양주목사로 부임했다. 그런데 개국 초에 일어난 두 번째 왕자난에 휩쓸려 비명에 간 것으로 전해지고 있다. 남편을 잃은 부인 민 씨는 세 아들을 데리고 한양을 떠나 멀리 전라도 장성에 가서 자리 잡고 거기서 뿌리를 내렸다. 그래서 울산 김 씨는 장성을 제2의 본관이라고 한다.

김온의 후손 중 5대손 하서 김인후는 퇴계 이황과 함께 태학에서 공부한 거유(巨儒)로 중종 말년에 대과에 급제했다. 그는 홍문정자에 이어 박사로 설서(說書)를 겸하다가 자원하여 옥과 현감으로 나갔다. 옥과는 전라도 곡성군 옥과면 일대다. 그가 옥과 현감으로 나간 지 얼마 되지 않아 중종이 승하하고 인종이 즉위했다. 인종은 학덕이 높은 임금으로 신하들로부터 신망이 두터웠다. 인종은 하서 김인후와 동년배다. 인종은 세자시절부터 하서가 입직하면 그의 방에 가서 학문을 논하고 시를 지어 교환할 정도로 친교가 있었다. 그런 인종이 즉위했으므로 하서는 그 왕의 선정을 크게 기대했는데 즉위 7개월 만에 왕이 세상을 떠나고 말았다. 인종이 승하하자 하서는 옥과 현감직을 버리고 초야에 들어갔다.

인종에 이어 명종이 12세 어린 나이에 즉위하고 모후 문정왕후 섭정이 시작되었다. 이때부터 조정은 대윤(大尹)과 소윤(小尹)으로 갈라져 파벌싸움이 시작되더니 마침내 을사사화로 번져 많은 중신이 죽어갔고 그 뒤로 피의 숙청이 이어졌다. 문정왕후 섭정 이후 조정이 하서에게 여러 번 관직을 내렸으나 그는 한 번도 관직에 나가지 않고 있다가 51세로 세상을 뜨면서 옥과 이후의 관작(官爵)은 관구(棺柩)에도 쓰지 말라고 유언을 남겼다.

하서 김인후가 죽은 후에도 현종 때는 이조판서 양관대제학을 추증하고 시호(諡號)를 문정(文靖)이라 하였고, 정조 20년에는 영의정을 추증하고 문묘(文廟)에 배향(配享)했다. 또한 사림 측에서는 하서 김인후를 흠앙(欽仰)하여 선조 때는 장성에 필암서원을, 인조 때는 남원에 노봉서원을, 숙종 때는 옥과에 영귀서원을 각각 세워 그를 제사하게 했다.

하서 김인후 후손 중 김 씨 일문이 장성을 떠나 고창 인촌마을로 이사한 것은 성수의 조부 김요협 때 일이다. 김요협의 아버지 김명환은 청빈한 선비였다. 그가 어느 날 고창군 해리에 갔다가 귀가하는 길에 날이 어두워 인촌리에서 하룻밤 묵게 되었는데 그가 유숙한 집에서 주인장과 의기가 투합되어 사돈 맺기로 언약했다. 이 집

주인 진사 정계량은 안평대군 장인 되는 영일 정 씨 연(淵)의 후손으로 만석꾼 거부였다. 그에게 외동딸이 있는데 규범이 지극했다. 이 딸을 본 김명환은 즉석에서 자기 셋째 아들과 혼인시키자고 정 진사에게 혼담을 해서 혼인이 성사되었고, 이 신랑이 바로 김요협이다. 외동딸을 정혼한 정 진사 부인은 딸을 멀리 보내기 싫어 사위 김요협에게 혼인 후에 인촌리에 살기를 청했고, 김요협은 장모 청을 받아들여 인촌리에 신혼집을 마련했다.

인촌리는 줄포만 옆, 나지막한 매봉 기슭에 자리 잡고 있다. 줄포만 건너 북쪽으로 변산반도가 보인다. 인촌리는 비록 황토 바닥에 자리 잡고 있는 작은 마을이지만 부촌으로 이름난 동네다. 아마도 정계량 갑부가 그곳에 살고 있어서 부촌으로 이름난 것이 아닌가 한다. 김요협의 신혼집은 뒤편에 동산이 둘러있고 앞쪽에는 골짜기가 내려다보인다. 풍수지리적으로 볼 때 아주 좋은 집터다.

김요협은 힘이 장사였다. 그는 체구도 크고 성품이 아주 호탕하여 옆 사람에게 호감을 줬다. 그는 줄포에 자리 잡은 후 장인이 마련해 준 전답으로 가세를 일으키기 시작했다. 그러나 그는 청년 시절까지도 넉넉한 살림이 아니었다. 하지만 그에게는 지혜로운 아내가 있었다. 아내는 그에게 말했다.

"여보, 당신은 살림 걱정 마시고 글만 읽으시오."

"허허허, 글만 읽어도 쌀이 나온다면 날마다 글만 읽겠소."

"여보, 오늘 하루 일하면 내일 먹을 식량은 얻을 것이오. 하지만 오늘 하루 글공부를 하면 후일에 10년 먹을 식량이 나올 것입니다. 집안 살림은 나에게 맡기고 당신은 후일을 보고 글만 읽으세요."

"허허 이 사람, 당신 힘들어서 어쩌려고?"

"이래도 힘들고 저래도 힘 드는 것이 우리네 인생 아닙니까? 비가 와서 멍석이 젖어도 내다보지 말고 글만 읽으씨요."

정씨 부인은 전형적인 한국 여인상을 지닌 현모양처였다. 온화한 성품으로 집안을 오소도손 이끌어갈 뿐만 아니라 넉넉지 못한 살림을 꾸려가기 위해 근검절약하는 모습은 눈물겨울 지경이었다. 시집 올 때 입고 온 누비옷을 몇 해나 입었는지 모른다. 입다가 떨어지면 깁고 또 떨어지면 또 깁고 해서 누비옷이 점점 두꺼워졌다. 뿐만 아니라 겨울철에 땔감을 아끼기 위해 아궁이에 불을 때지 않아 방안에 있는 요강이 꽁꽁 얼기 일쑤였다.

또 정씨 부인은 부지런하기가 조선에서 1등이라는 별호가 붙었다. 밤이면 길쌈하느라 등잔불 꺼진 날이 없고, 낮에는 농사일하랴, 땔감 해 오랴, 빨래하랴, 두 아들 목욕시키랴 정신이 없었다. 김요협은 부인 내조에 힘입어 훗날 화순, 진안, 군위 세 고을 수령을 지내게 되었고, 그의 너그러운 덕망은 두고두고 고을 백성들 입에 오르내렸다. 김요협의 큰아들 기중은 아버지 요협을 빼다 박았고, 작은아들 경중은 정 씨 부인을 그 성품까지 닮았다. 김요협은 두 아들이 장성해서 장가갈 때 큰아들 기중에게는 1천 석 수확의 땅을 주고, 작은아들 경중에게는 2백 석 수확의 땅을 줬다. 기중과 경중 형제는 이때 이미 부자반열에 올랐다.

김요협이 장손 성수를 작대기로 매질하는 데는 그만한 이유가 있었다. 성수가 며칠 전부터 서책을 멀리하고 아주 재미나는 놀이에 빠졌다. 그 놀이는 일본에서 가져온 화투라는 것이다. 그 화투를 가지고 와서 놀음을 가르쳐 준 사람은 부산에서 온 박 모라는 사람인데 성수보다 다섯 살이 많은 건달이다. 일본사람들을 가까이해서 자연스럽게 일본말도 할 줄 알게 된 그는 경성에도 가 봤다면서 성수에게 개화된 세상 이야기를 많이 했다. 경성에서 출발한 철마가 불과 몇 시간 안에 인천에 도착한다는 이야기도 해 주고, 서대문과 청량리 사이를 왕래하는 전차 이야기도 해 주고, 밤이면 종로 거리를 환하게 밝혀주는 백열전등 이야기도 해 줬다. 또 그는 성수에게 화투놀음도 가르쳐 줬다. 이런 사실을 알게 된 성수 할아버지가 두 아들을 마루에 무릎 꿇게 하고 성수를 마당에 엎어놓고 머슴 윤가를 시켜 작대기로 성수 볼기를 친 것이다.

성수는 며칠 동안 자기 방에서 앉지도 눕지도 못하고 엎드려 지내면서 달포 가까이 아내 치료를 받아야 했다. 매 맞는 서방님을 먼빛으로 보면서 발을 동동 구르던 아내가 잠시도 떨어지지 않고 서방님 볼기짝 상처를 치료했다. 그 아내 곁에는 항상 점례가 붙어서 그녀를 도왔다. 아내는 용하다고 이름난 한약방에 점례를 보내서 상처에 바르는 약을 사 오곤 했다. 아내의 지극한 정성으로 성수 상처는 완전히 아물었다.

성수는 매 맞은 이후 밖에 나가지 않고 집안에 콕 박혀 살았다. 달라진 성수 모습을 보고 어른들이 걱정했다. 이제 커나는 아이가 심적으로 상처를 입고 비관하는 것은 아닌가 하는 걱정이다. 성수가 양부 앞에 앉았다.

"아버님, 저 청연암에 가서 공부하겠습니다."

"혼자 말이냐?"

"예."

"내일 대답하마."

"예, 아버님."

청연암은 내소사의 지사(支寺)다. 줄포에서 30리 떨어진 산속에 내소사가 있고 내소사를 지나 가봉 중턱에 청연암이 있다. 양부는 '이 아이가 다 컸는가 보구나.'하고 내심 기쁘기도 했다. 하지만 아직 어린 아들을 산속에 홀로 둔다는 것이 마음에 걸려 선 듯 승낙을 못했다. 양부는 잠시 고민하다가 다녀올 곳이 있다며 집을 나섰다.

양부 김기중은 혼인 후 10년이 넘도록 아들이 없었다. 그래서 아우 경중이 낳은 성수(1891년생)를 양아들로 데려왔다. 그리고 5년 후에 아우 경중은 다시 두 번째 아들 연수(1896년생)를 낳았고, 연수 탄생 3년 후에 형 기중은 처음으로 친아들 재수(1899년생)를 낳아 세 아이가 모두 건강하게 크고 있다. 양부 김기중은 뒤늦게 얻은 친아들 재수보다 양자로 들인 성수를 더 귀히 여겼다. 왜냐하면 성수가 양자로 들어와서 그 아이 복으로 재수를 얻었다는 생각도 있고, 또 본인이 낳은 아이나 아우가 낳은 아이나 똑같은 김 씨 자손인데 그중에 성수를 장손으로 세웠으니 성수는 궁중의 세자저하 위치와 다를 바 없다고 생각하기 때문이다.

다음 날이다. 양부가 성수를 불러 앞에 앉혀놓고 말했다.

"내가 흥덕에 다녀왔다. 그곳에 이 아비 친구 백낙현 씨가 살고 있는데 그 집에 너보다 두 살 많은 아들이 있느니라. 그 아들과 함께 가서 공부하면 어떻겠느냐?"

홍덕은 줄포에서 20리쯤 남쪽에 있는 마을이다.

"예, 좋습니다. 함께 가서 공부하겠습니다."

"그 아들 이름이 관수다. 같이 가서 서로 의지하고 의좋게 지내라."

"예, 아버님."

양부는 아들을 홀로 산속에 보내는 것이 마음에 걸렸다. 그래서 그는 20리쯤 떨어진 홍덕 백낙현 집에 가서 아들을 청연암에 보내자고 했다. 김기중 제안을 받은 백낙현이 마치 기다렸다는 듯이 흔쾌히 찬성해서 두 집 아들이 함께 공부할 수 있게 되었다.

다음날 김성수와 백관수는 청연암에 들어갔다. 부모님 주선으로 처음 만난 두 사람은 쉽게 친해졌다. 하루 이틀은 서로 상대방을 배려하느라고 신경이 쓰이기도 했지만, 며칠이 지나자 이제는 그런 사소한 주의도 필요치 않게 되었다. 두 사람은 외롭지 않고 서로 의지가 되어 든든했다. 그들이 청연암에 들어간 지 일주일쯤 됐을 때 송진우가 청연암에 갔다. 김성수를 만나려고 줄포에 갔더니 어른들이 "성수가 청연암에서 공부하고 있으니 너도 거기 가서 공부해라." 이렇게 말씀하셨다고 했다. 김성수는 뛸 듯이 기뻤다. 많은 친구를 사귄 경험이 없는 김성수는 송진우가 십년지기 친구와 같았다. 송진우는 김성수 부모님이 권한 대로 청연암에 가서 김성수 백관수와 함께 공부하기로 했다. 세 사람은 자치동갑으로 김성수는 17세, 송진우는 18세, 백관수는 19세였다.

조선의 운명은 풍전등화였다. 간악한 일제가 조선을 상대로 을사늑약을 강제체결 하더니 조선의 목을 조여들었다. 을사늑약 2년 후 1907년은 조선을 뒤 흔드는 격동의 해였다. 고종이 왕을 황제로 바꾸고, 국호 '조선'을 '대한'으로 고쳐 '대한제국'을 선포했다. 그리고 5월에는 이완용 내각이 들어섰고, 6월에는 헤이그에서 이준이 할복자살하는 밀사 사건이 일어났다. 일본은 이 사건을 구실로 7월에 고종을 강제폐위 시키고 순종을 왕위에 앉혀놓았다. 이해에 통감 이또오는 사실상 조선의 통치자가 되었고, 조선 군대가 해산되었다.

이처럼 나라가 식민지로 변해가는 것을 본 우국지사들은 방방곡곡에서 거리로 뛰어나가 목이 터지게 소리 질러 강연했다. 흥덕과 줄포 중간지점인 후포에도 강연회가 있다는 말을 들은 김성수는 그 강연회를 찾아가 강연을 경청했다. 연사는 대한협회 파견원 한승리라는 사람인데 김성수는 그 사람 연설로 '민권'이라는 말을 처음 듣게 되었다. 한승리는 주권재민을 설명하면서 나라 주인은 임금이 아니고 백성이므로 백성은 임금이 하는 정치를 비판할 수 있다고 말했다. 그리고 만민은 평등하다면서 10여 년 전 갑오경장에서 천민계급 해방이 선언되었다는 사실을 알려주기도 했다. 김성수가 조선독립과 민권에 대해 눈을 뜬 것은 이 강연회에서 처음이었다.

연설이 끝난 후 김성수는 한승리라는 연사에게 다가가 인사했다.

"선생님 강연을 잘 들었습니다. 제 이름은 김성수입니다. 저는 신학문과 영어를 배우고 싶습니다. 어떻게 하면 됩니까?"

"줄포에 사나?"

"예."

"줄포에 살면 지산선생 자제 아닌가?"

"맞습니다. 그분이 저의 아버님이십니다."

"호오, 그래? 그렇다면 됐네. 아버님께 말씀드리고 군산 금호학교로 오게. 나는 그 학교에서 영어와 물리를 가르치고 있네."

"예, 선생님 고맙습니다."

김성수는 한승리 선생 지도를 받고 싶어 백관수와 함께 금호학교에 입학했다. 송진우까지 세 사람이 함께 입학하고 싶었으나 손곡리에 가 있는 그에게 연락이 안 돼서 두 사람만 입학했다. 김성수와 백관수 두 사람은 금호학교에서 영어와 수학 외에 여러 가지 신학문을 접할 수 있었다. 그 학교는 국어, 산수, 역사, 지리, 영어 이외에도 물리, 화학, 체조, 창가까지 가르쳤다. 시골 학교치고는 과목이 매우 다양한 학교였다. 하지만 김성수는 특히 민권사상에 관심이 깊어 한승리 선생님 집으로 찾아가 민권에 대한 특강을 많이 들었다. 김성수는 봉건주의와 유교사상에 함몰되어 있다가 새로운 세상을 발견하게 되었다. 그리고 역사와 지리를 공부하면서 민족이라는 것도 알게 되었다. 이 무렵 그는 암암리에 일본에 가서 공부하고 싶다는 생각이 문득문득 떠올랐다. 그러나 구체성이 없고 막연한 욕구일 뿐 양부나 생부께서 반대하실 것을 생각하면 언감생심 상상도 할 수 없는 망상이었다.

김성수와 백관수는 금호학교에 다니는 동안 군산 객줏집에 기숙하고 있었다. 어느 날 줄포에서 심부름꾼이 생부 서찰을 가지고 가서 김성수에게 전했다. 서찰 내용은 이랬다. 「경성에서 배편으로 손님이 오신다. 군산에서 그 손님을 마중하여 줄포 집에 모시거라.」이날 성수가 모셔야 할 손님은 홍범식이다. 홍범식은 오래전부터 성수 생부 김기중과 교의가 두터운 관계다. 그는 금산군수로 발령받았는데 임지로 가는 길에 친구를 한 번 만나려고 줄포에 간다고 했다.

김성수는 부두에서 홍범식을 마중했다. 그런데 군산에 도착한 홍범식은 혼자가 아니고 아들과 함께였다. 그 아들은 까만 제복을 입고 모자를 썼다. 김성수는 그 아이가 너무 멋있어 보였다. 김성수는 깍듯이 인사하고 자신을 김경중 아들이라고 소개했다. 그리고 손님 부자를 객줏집으로 안내하여 그날은 거기서 쉬게 했다. 그날 밤 김성수와 백관수는 홍범식 아들을 만나 많은 애기를 들었다. 그 아들 이름은 홍명희라고 했다. 그리고 그는 도쿄 다이세이(大成) 중학교에 다닌다고 했다. 김성수는 내심 도쿄 유학에 대해서 관심이 많은 터라 이것저것 궁금한 것을 많이 물었다. 홍명희는 일본의 발전상을 소개했다. 김성수는 일본 말도 못 하는데 이대로 유학 가면 어떻게 공부해야 하는지 그리고 교육제도와 교육시설 등은 어떤지 궁금하던 것을 마음껏 물어봤다. 홍명희는 자기가 아는 대로 성의껏 대답했다. 그리고 일본 말과 글을 배우는데 시간이 좀 걸리겠지만 그다지 어려운 것이 아니라며 걱정할 것 없다고 했다.

객줏집에서 하룻밤을 묵은 홍범식 부자는 김경중이 보낸 말을 타고 김 씨 댁 머슴을 따라 줄포로 떠났다. 그들을 줄포로 보내고 조용히 생각하던 김성수는 도쿄 유학을 결심했다. 마침 이때 손곡리에서 송진우가 김성수를 찾아갔다.

"어—진우 아니여? 느닷없이 웬일이야?"

"음, 나 지금 경성에 가는 길이야."

"경성? 경성에는 왜 가?"

"아버님이 한성교원양성소에 입소하라고 하셨어. 교사가 되라는 거여. 관수하고 너도 시골에서 세월 보내지 말고 같이 가자 응?"

"그래서 우리를 데리러 온 거여?"

"맞어. 셋이 같이 갈라고."

"진우야! 교원양성소 나와서 선생하는 것도 좋지만 우리 일본 유학 가자."

김성수는 송진우에게 홍명희에게서 들었던 얘기를 자세하게 했다. 귀를 쫑긋 세우고 김성수 말을 듣던 송진우가 즉석에서 찬성했다.

"그러자. 우물 안에 개구리 되지 말고 용이 돼서 돌아오자. 용이 못 되면 이무기라도 되겠지."

백관수도 도쿄 유학을 동의하여 세 사람 의견이 일치됐다. 그래서 세 사람은 한승리 선생을 찾아가 그동안 지도해 줘서 고맙다는 인사를 하고 도쿄 유학계획도 얘기했다. 한 선생은 잘 생각했다고 말하고 열심히 공부하고 돌아오라고 격려해 줬다. 김성수가 한 선생에게 물었다.

"선생님, 일본 가는 배는 어떻게 타고, 또 도항증 같은 수속은 어떻게 해야 하는가요?"

"음, 배는 여기 군산에서 타고 부산까지 간다. 그리고 부산에 가서 일본가는 배를 다시 타면 되는 거야. 그리고 도항증은 내가 다 해 줄 테니까 며칠만 기다려라."

송진우와 백관수는 집에 가서 어른들께 승낙 받겠다며 즉시 떠났고 김성수는 승낙 받을 자신이 없어 객줏집에 남아 집안 어른들과 친한 박일동 선생을 통해서 도쿄 유학에 대한 승낙을 요청했다.

박일동 선생으로부터 성수 일본 유학 계획을 전해 들은 할아버지 김요협 옹과 생부 김경중 공은 첫 마디가 절대 불가였다. 어른들 중 가장 이해심이 많고, 민족교육에 대해 관심이 많아 영신학교를 설립한 양부 김기중 공조차 아들의 일본행만은 승낙하지 않았다. 김성수는 어른들을 만나지도 못하고 벽에 막혔다. 김성수는 어쩔 수 없이 어른들 몰래 도일하리라고 결심했다. 그래서 그는 지금까지 머리 꼭대기에 남아 있던 상투를 싹둑 잘라버렸다. 금호학교 학생들 중에 지금까지 머리에 상투를 틀고 있는 사람은 김성수 하나뿐이었다. 김성수가 아직 상투 머리를 자르지 않고 있었던 것은 유교사상이 강한 어른들 때문이었다.

송진우가 아버지 승낙을 받고 김성수가 있는 군산에 다시 갔다. 그리고 백관수는 부모님 반대로 유학을 포기했다. 송진우는 김성수 단발머리를 보고 깜짝 놀랐다. 이미 오래전에 상투를 잘랐던 송진우가 김성수 머리를 보며 그의 결심을 반겼다.

"됐어. 상투를 자르면서까지 결심했다면 됐어. 하하하하 하하하하."

다음날 줄포 김 씨네 머슴 만기가 말을 끌고 김성수가 묵고 있는 객줏집에 나타났다.

"어르신께서 서방님을 모셔오라고 하셨어라우."

"집에 무슨 일이 있소?"

"예, 마님께서 위독하시구만이라우."

"마님이? 할머니 말이오?"

"아니어라우. 서방님 생모께서요."

"그래요? 잠시만 기다리시오."

김성수는 송진우와 의논했다. 줄포 집에 갔다 올 테니 승선 날짜를 며칠만 뒤로 미루자고 했다. 송진우도 이를 반대할 수는 없는 일이라 알았다고 했다. 김성수가 말을 타고 만기가 말고삐를 잡고 길을 떠났다. 그런데 반쯤 가다 김성수가 만기에게 말을 세우라고 했다. 만기가 말을 세우고 김성수를 쳐다봤다. 김성수가 말에서 내려와 만기에게 호통쳤다.

"지 서방! 진짜를 말하시오."

"예? 서방님 무슨 말씀이시게라우."

"어머님이 위독하시다는 것은 거짓말 아니오?"

만기가 안절부절못했다. 만기 태도를 보고 김성수는 어른들이 꾸민 연극이라고 확신했다.

"지 서방, 내가 소리쳐서 미안해요. 이제 알았으니 객주로 돌아갑시다."

김성수가 말에 오르고 만기는 말고삐를 잡고 객줏집으로 되돌아갔다. 김성수는 그날 밤 할아버지와 양쪽 부모님에게 장문의 편지를 썼다. 그리고 아침이 되자 엊그제 싹둑 잘라 보관 중이던 상투 머리와 편지를 한지로 곱게 싸서 만기에게 안겨주면서 집에 가서 양부에게 전하라고 했다. 그래서 만기는 줄포 집으로 돌아갔고 김성수는 승선준비를 서둘렀다.

김성수와 송진우가 유학 간다는 계획을 며칠 전에 눈치챈 객줏집 주인이 줄포 김성수 본가에 사람을 보내서 두 아이 계획을 알려 줬다. 김성수 양부가 미리 객줏집 주인에게 손을 써놨기 때문이다. 김성수 할아버지와 양부와 생부 모두 놀랐다. 일본은 전쟁국가다. 그들은 청일전쟁이다 로일전쟁이다 조선침략이다 하면서 전쟁을 일삼는 나라고 국내는 국내대로 항일 의병대가 도처에서 발기되고 있는 시점에 장손을 일본에 보내다니 절대로 안 되는 일이었다.

　어른들 반대도 극심했지만, 부인 고광석 반대는 더욱더 심했다. 그는 만약 서방님이 일본에 유학 간다면 본인은 친정으로 돌아가겠다면서 식음을 전폐했다. 그녀에게는 그럴만한 사정이 있었다. 김성수와 부인 고광석은 5년 전에 혼인했다. 김성수가 13세, 고광석이 18세 때다. 그런데 아직 자녀가 없다. 이런 마당에 서방님이 몇 년 걸릴지 모르는 유학길에 오른다면 후사를 기다리는 시어른들 앞에 얼굴을 들 수가 없다. 김 씨네 집은 어느 모로 보나 장손 성수를 일본이 아니라 경성에다 떼 놓으라 해도 그것은 못 할 일이다. 그래서 어른들은 생모가 위독하다는 핑계로 장손을 불러들여 집안에 잡아두려 했다.

2

　1908년 10월 김성수와 송진우는 군산항에서 화륜선 시라까와마루(白川丸)에 올랐다. 화륜선이 현해탄을 건너는 동안 낮과 밤이 몇 차례 바뀌었다. 그리고 그 배는 일본 땅 시모노세키(下關)에 도착했다. 다음 날 도쿄에 도착한 김성수와 송진우는 홍명희 하숙집에 짐을 풀었다. 홍명희는 두 사람에게 잘 왔다며 반겼다. 이때 김성수가 18세, 송진우는 19세, 홍명희는 22세였다. 김성수는 도쿄에 도착하자마자 부모님과 아내 고광석에게 일본에 잘 도착했고 홍범식 군수 아들 홍명희 하숙집에 임시 기거할 거라고 편지 썼다. 장손이 품 안에서 빠져나가 먼 나라로 가 버린 후 줄포 김 씨네 집은 비탄에 빠졌다. 그 중에서도 부인 고광석은 마음을 달래지 못해 시름시름 앓았다. 그러던 중에 남편의 지극한 편지를 받고 허전한 마음을 달래서 기운을 차리게 되었다. 그리고 할아버지와 양부와 생부도 성수 결심이 굳은 것을 보고 오히려 대견하고 장하다며 위안을 얻었다.

성수가 일본 유학을 떠난 후 남몰래 훌쩍이며 눈물 닦는 여인이 부인 말고 또 하나 있었다. 부엌에서 일하는 점례다. 그녀는 성수를 가슴에 품고 오매불망 흠모했다. 어느 모로 보나 점례가 성수를 흠모한다는 것은 어불성설이다. 우선 두 사람은 신분이 다르다. 성수는 조선 갑부 집 귀공자고 그를 흠모하는 철없는 처녀는 그 집 부엌에서 구정물에 손 담그고 사는 하녀다. 거기다가 귀공자는 혼인해서 아내까지 있는 몸이다. 그런데 구정물 통에서 손을 못 빼는 하녀가 그 도령을 흠모한다는 것은 하늘의 별을 따려는 철부지 짓이다. 그 것을 점례 본인도 안다. 그러나 그녀는 성수를 흠모할 수밖에 없다. 그녀는 마음속으로 말한다. '내가 성수 도령님하고 혼인할라고 흠모하는 것이 아니여. 그냥 보고 싶고 늘 옆에 있고 싶은 것뿐이여. 그래서 나는 시집을 안 갈 것이여. 나는 이 집에 평생 살면서 도령님을 위해 살 것이여. 엄동설한에는 따슨 숭늉을 드리고 여름에는 시원한 냉수를 드리고 싶은 그 마음 뿐이여. 그란디 엄니는 내 맘도 모르고 자꾸만 시집가라고 해서 참말로 속상해 죽겄어. 나는 시집 안 갈 것이여. 성수 도령님이 나한테 글을 가르치지 않았으면 나는 시방도 눈뜬장님이여. 도령님이 나한테 글을 가르쳐 줘서 내가 눈을 떴단 말이여. 그래서 나는 도령님 은혜를 한 시도 잊을 수가 없어. 이 세상에서 내 눈에 뵈는 사람은 성수 도령님 뿐이여.'했다.

성수 아명이 판석이다. 그는 어렸을 때 몹시 심한 개구쟁이였다. 그가 나이를 한 살씩 더 먹어갈수록 장난기도 나이 따라 점점 심해졌다. 마을에 무슨 소란이 생기면 그것은 으레 판석이 한 짓이다. 아이들을 데리고 다니면서 남의 밭 참외와 수박을 따 먹었고, 밀이 익어갈 무렵에는 밀 이삭을 삭둑삭둑 잘라다가 모닥불을 피워서 구워 먹었다. 판석이 이렇게 장난치고 다닐 때 그 곁에는 항상 점례가 있었다. 밀을 구워 먹은 날은 부모님한테 꾸중 듣는 날이다. 얼굴에 검댕이 잔뜩 묻어 있기 때문이다.

"판석아."

"예, 엄니."

"……."

"……."

"밀 먹고 싶다고 하면 볶아줄 테니 남의 밀밭은 손대지 마라. 응?"

"밭에 있는 밀이 더 맛있는디."

"아니야. 우리 곡간에 있는 밀을 더 맛있게 볶아 주마. 알았지?"

"예, 엄니."

판석은 부모님과 머슴들이 감시하는 바람에 장난을 치지 못해 오금이 쑤셨다. 그는 어느 날 배가 아프다며 떼굴떼굴 구르면서 울었다.

"아이고 배 아퍼. 엄니—나 배 아퍼—엉엉 엉엉. 엄니—."

집안이 발칵 뒤집혔다. 양모와 생모 양쪽 어머니는 물론이고 양쪽 아버지들까지 달려와서 판석을 붙들고 안절부절못했다. 특히 양부 김기중은 눈을 휘둥그레 뜨고 어찌해야 좋을지 몰라 방안을 빙빙 돌았다. 양부가 판석의 배를 만지면서 물었다.

"판석아, 의원을 불러올 테니 조금만 참아라 응?"

"아부지."

"오냐, 말해라."

"내가 엽전을 입에 물고 놀다가 엽전이 목구멍으로 넘어가부렀는디."

"뭣이여? 엽전을 삼켰단 말이냐?"

판석이 배를 움켜쥐고 아프다고 소리치면서 말했다.

"이럴 때……. 호두를 까먹으면……. 엽전이 녹는다고 하든디……."

"뭐? 호두? 오냐 호두 까 주마. 여보—여보. 호두 있나?"

"예, 호두 있는디 호두가 약이 돼요?"

"그려, 그려 빨리 호두를 까 오소."

생모와 양모가 곡간에 가서 호두를 찾아 잔뜩 까서 가지고 왔다. 판석이 깐 호두를 맛있게 먹었다. 먹을 만큼 먹고 난 판석이 배시시 웃으며 양모에게 말했다.

"엄니."

"오냐 판석아 인자 안 아프냐?"

"저—저—엽전은 여기 있어 헤헤헤헤."

판석이 꽉 쥐고 있던 손을 펴니 그 속에 엽전이 있었다. 판석은 엽전을 어른들 앞에 던져놓고 벌떡 일어나 마당으로 뛰어나갔다.

"하 하 하 하 하 하 하 하."

양부가 통쾌하게 웃었다.

생부와 생모 그리고 양모는 어이가 없었다. 특히 생부 김경중은 정신을 차리고 난 후에 화가 치밀어 형에게 화풀이 했다.

"형님! 형님이 아이를 너무 오냐오냐하면서 키우니까 애가 저 모양 아니오? 꾸지람도 하고 회초리도 좀 들고 그렇게 키우씨오."

"아니여. 아우가 몰라서 하는 소리여. 저 아이는 보통 아이가 아니여. 두고 보게."

양부가 판석을 믿는 마음은 반석 같았다.

판석은 김경중 부인 고 씨가 네 번째 난 아들이다. 고 씨 부인은 판석을 낳기 전에 위로 아들 셋을 낳았는데 웬일인지 그 아이들이 차례차례 세상을 떴다. 비탄에 빠진 김경중 부부는 어느 중의 말을 듣고 가까운 소요암에 불공을 드려서 판석을 낳았다. 판석을 가질 때 부인 고 씨는 태몽을 꿨다. 고 씨는 개천에서 한 뼘 될까 말까 한 새우가 헤엄쳐 다니는 것을 보고 얼른 물에 들어가 새우를 잡았다. 그 새우를 치마폭에 담고 언덕에 올라가서 보니 길이가 석자나 되는 잉어였다. 이런 태몽으로 얻은 판석은 자라면서 잔병치레도 하지 않고 잘 자랐다.

판석이 큰댁 양자로 갔지만, 큰댁 김기중 집과 작은댁 김경중 집이 한 울타리 안에 있기 때문에 큰댁으로 양자 간 판석은 외로움을 모르고 자랐다. 그가 태어난 인촌리 집이나 이사 간 줄포 집이나 600평 남짓한 대지에 집 두 채를 나란히 지어 아버지 형제가 살았고 두 집 사이에 있는 솟을대문이 경계였다. 판석이 어쩌다 생가에서 잠이라도 자려고 하면 생모 고 씨는 엄격하게 아이를 쫓았다.

"판석아, 여기는 니 집 아니다. 어서 니 집에 가서 자거라. 어서."

판석은 특별한 경우가 아니면 생가에서 잘 생각조차 못했다.

판석은 일곱 살 때 글공부를 시작했다. 그리고 이때부터 '판석'이라는 아명을 쓰지 않고 호적에 등재된 본명 '성수'로 바꿔서 불렀다. 양부는 인근에 서당이 없어 한학자 남경삼 선생을 자택으로 초빙해서 성수를 단독으로 공부시켰다. 스승과 제자가 일대일로 마주 앉아 있으니 성수는 꼼짝할 수가 없었다. 양부가 보기에 일곱 살밖에 안 된 어린아이를 온 종일 방안에 홀로 붙잡아 놓고 글공부만 시킨다는 것이 너무 가혹한 일이었다. 그래서 아침부터 점심때까지 공부시키고, 점심때부터 저녁식사 때까지는 자유롭게 놀도록 놔두고, 저녁식사를 끝낸 후 잠자리에 들어갈 때까지 또 한 차례 공부를 시켰다. 이것이 어린 성수의 일과였다. 그런데 어느 날 오전 공부시간에 훈장 앞에 앉은 성수가 서책과 훈장을 외면하고 딴청을 부렸다. 훈장이 부드럽게 아이를 달래면서 말했다.

"성수야, 이리 오너라 공부하자."

"공부하기 싫은디……."

"음? 왜 그러느냐? 뭐에 화가 났느냐?"

"아니오."

"그러면 왜 그러느냐? 이리 오너라 응?"

"점례랑 같이 공부하고 싶은디……."

"음? 점례? 점례가 누구냐?"

성수가 방문을 박차고 나가버렸다. 훈장이 당황해서 어쩔 줄을 몰랐다.

점례는 해남 댁 딸이다. 성수와 점례는 한 해에 한 집에서 태어나 함께 자라면서 가까운 동무가 됐다. 더구나 점례가 먹어야 할 해남 댁 젖을 성수도 종종 먹었다. 성수 어머니 젖이 좀 모자란 듯해서 도령님 배고프지 않게 하려고 해남 댁은 성수에게 젖꼭지를 자주 물렸다. 두 아이가 아기 때는 나란히 누워서 자랐고, 걷기 시작한 후에는 함께 뛰어다니면서 놀았다.

훈장이 성수 양부에게 말했다.

"성수가 점례랑 같이 공부하고 싶다고 하는데 점례가 누구지요?"

"점례요? 우리 집에서 일하는 사람 딸아이입니다. 점례 어머니는 안에서 살림하고 그애 아버지는 바깥일을 하지요. 그 부부는 우리 집 식구와 한 가지입니다."

성수 부모는 큰살림을 본인들이 다 감당할 수 없어 머슴도 여러 사람이고 허드렛일하는 아낙네도 여러 사람이었다. 점례 어머니와 아버지도 그들 중 한 사람이다.

"예, 그렇군요."

"알았습니다. 내가 점례 아버지하고 얘기해 보겠습니다."

"그 아이도 공부 시키려고요?"

"가르쳐서 나쁠 건 없지 않습니까? 아이 부모가 싫어하지 않으면 시킵시다."

"예, 영감님."

이튿날 오전 양부 기중 공이 성수와 점례를 데리고 훈장 앞에 갔다.

"선생님, 이 두 아이를 같이 가르쳐 주세요. 글 값은 넉넉히 드리겠습니다."

"예, 영감님."

성수와 점례는 동문수학을 시작했다.

서당에서 점례와 함께 공부하는 성수는 순간순간 꾀를 많이 부렸다. 인자한 스승은 아이가 꾀부리는 것을 알면서도 다 속아주고, 성급하지 않게 다듬으면서 가르쳤다. 그런데 성수 눈에는 스승이 미워서 죽을 지경이다. '어떻게 해야 선생님을 자기 집에 보낼까?' 하고 궁리했다. 그런데 뾰족한 수가 없었다. 성수는 화가 났다. 그래서 그는 선생님을 골탕 먹이려고 수를 찾아 궁리했다.

눈보라 치는 어느 겨울날 남 선생이 소변을 보려고 방에서 나갔다. 성수가 측간에 간다고 나간 지가 한참 됐는데 아이가 돌아오지 않으니 소변도 볼 겸 아이를 찾으려고 방문을 열고 나간 것이다. 소변은 측간까지 가지 않고 서당 바로 옆에 놓인 항아리에 누면 된다. 남 선생이 항아리 앞에 서서 오줌을 누기 시작했다. 그런데 항아리가 앞뒤로 흔들리더니 마치 춤을 추듯 심하게 흔들렸다. 항아리에는 이미 8할쯤 오줌이 차 있었는데 그 오줌이 출렁출렁하다가 넘치면서 항아리 바깥으로 튀어나와 남 선생 바지와 버선을 적셨다. 간신히 소변을 끝내고 항아리를 살펴보니 항아리 주둥이 부분을 동여맨 새끼가 먼 곳으로 이어졌다. 남 선생이 땅바닥에 늘어진 새끼줄을 따라갔다. 그 새끼줄이 앙상한 감나무 위로 올라갔다. 그리고 그 나무 가지 위에 성수가 걸쳐 앉아 새끼줄을 잡고 있었다. 남 선생은 기가 막혀 할 말이 없었다.

"이노—옴."

남 선생은 이 한 마디만 호령하고 서당 방으로 돌아갔다. 그는 자기 집에서 올 때 준비해 왔던 바지를 꺼내 갈아입고 성수를 기다렸다. 보기 드물게 장난기가 심한 성수를 맡아 글을 가르치는 남 선생은 화가 치민 때가 많았지만 그는 내색하지 않고 사랑으로 감싸 안았다. 그런데 이번만은 그냥 넘어갈 수가 없었다. 그는 성수 아버지(양부)를 만나 성수가 저지른 장난을 그대로 얘기했다.

"선생님 죄송합니다. 그놈 장난이 심한 것은 내가 다 알고 있는 일이니 이 애비한테 맡겨 주시면 이 애비가 버릇을 잡겠습니다."

"영감님께서 그리하시겠다니 저로서는 따를 수밖에 없습니다. 하지만 너무 심하게 벌을 주지 마십시오."

"예, 알겠습니다."

양부가 생각했다. '그놈 버릇을 고쳐야 되겠구만.' 양부가 회초리를 만들어 방으로 가지고 갔다. 양부가 회초리 만드는 것을 본 점례가 급해졌다.

성수가 회초리를 맞게 되자 점례가 어머니 해남댁에게 달려가 홀

쩍훌쩍 울면서 매달렸다.

"엄니, 성수 도령님이 매 맞는디 어찌께 해? 응? 엄니이—."

"뭣이여? 누가 우리 도령님을 매 때려?"

"영감마님이 회초리 들고 가셨단 말이여. 성수 도령님 때릴라고."

"왜? 왜 영감마님이 도령님을 때리시는데?"

점례는 성수가 친 장난은 다 자기가 한 일인데 선생님이 영감마님 한테 잘못 일러서 도령님이 매 맞게 생겼다고 말했다. 점례 어머니가 다급해졌다. 그녀는 이것저것 더 들을 시간이 없었다. 그녀는 득달같이 서당 앞에 가서 남 선생에게 점례 말을 전했다. 남 선생은 성수가 회초리 맞는 것을 원치 않았다. 그래서 마음이 언짢아 있는데 해남댁이 달려가 숨넘어가는 소리로 점례 말을 전했다. 남 선생은 '옳거니.' 했다. 남 선생은 성수 매 맞는 것을 막으려고 점례가 거짓말 했구나 하고 짐작했지만 핑계가 생겨서 좋았다.

양부가 성수를 앞에 앉혀놓고 꾸지람하고 있다.

"성수 이놈, 임금님과 스승과 아버지는 한 몸이나 같으니라. 그런데 스승을 놀려?"

남 선생이 성수에게 벌주지 말라고 당부했지만, 아버지는 생각이 달랐다. 성수가 글공부를 시작했으니 이제부터는 혼낼 일이 있으면 눈물이 쏙 빠지게 벌을 줘서라도 고쳐야 한다고 생각했다.

"이노—옴, 종아리를 걷어라."

아버지 손에는 이미 회초리가 들려 있었다. 회초리를 맞아본 적이 없는 성수가 겁에 질려 눈물을 흘렸다.

"아버님, 소자 잘못했습니다."

이때 방문 앞에서 남 선생이 인기척을 했다.

"영감님—."

깜짝 놀란 아버지가 대답했다.

"예, 선생님."

"좀 들어가겠습니다."

"예, 들어오십시오."

남 선생이 방에 들어가서 성수 아버지에게 그 장난은 성수가 한 짓이 아니라고 말했다.

"영감님, 제가 착각했습니다. 그 장난은 성수가 한 짓이 아니랍니다."

"예? 우리 집에서 그런 장난 할 사람이 이놈 말고 누가 있습니까?"

"그 장난친 아이는 성수가 아니고 점례랍니다."

훈장 말을 듣고 성수 아버지도 놀랐지만 성수도 놀랐다. 성수 아버지가 말했다.

"선생님, 여자 아이가 나무에 올라갔단 말입니까?"

"아부지, 점례는 감나무에 못 올라가—. 내가 했응께 용서해 주씨오?"

"영감님, 누가 했든지 둘 다 나의 제자들입니다. 서로 떠밀지 않고 오히려 자기 소행이라고 하는 걸 보니 참 기특합니다. 용서해 주시지요."

남 선생 말을 듣고 성수 아버지는 손에 쥐고 있던 회초리를 옆에 놓았다.

남 선생은 서당 방으로 가고 홀로 남은 성수에게 아버지가 말했다.

"성수야."

"예."

"가서 점례를 데리고 오너라."

"아부지, 점례는 잘못이 없는디……."

"벌을 주려고 부르는 것이 아니다. 염려 말고 가서 데리고 오너라."

"참말로?"

"그럼. 아이들도 거짓말하면 안 되는데 아버지가 거짓말하겠느냐?"

성수가 방문을 열고 나갔다. 점례가 이미 방문 앞 섬돌 앞에 와 있었다. 점례는 성수가 매 맞을까봐 섬돌 앞에서 방 안 공기를 엿듣고 있었다.

"야, 점례야. 우리 아버지가 부르신다. 들어가자."

성수와 점례가 양부 앞에 무릎 꿇고 앉았다.

"둘 다 듣거라. 앞으로 또 이런 장난을 치면 혼 내줄 거다. 알았지? 그리고 성수가 장난치면 점례 니가 회초리 맞는다. 그러니까 성수가 장난치면 말려야 된다. 알았냐?"

"예, 영감마님."

"그리고 점례가 장난치면 성수 니가 회초리 맞아라. 알았지?"

"예, 아부지."

두 아이는 훈계받고 밖으로 나갔다. 성수 아버지도 기분이 나쁘지 않았다.

어느 날 성수가 자기 또래 다섯 명을 서당 방에 데리고 갔다. 남

선생이 깜짝 놀라 성수에게 물었다.

"성수야, 지금은 공부할 시간이다. 서당 방은 노는 데가 아니야."

"선생님, 애들 다 공부 갈쳐 주씨오."

"음? 여기는 성수 너하고 점례하고 둘만 가르치게 되어 있다. 아무나 가르치는 서당이 아니야."

"왜요? 사람은 다 글을 알아야 되는디······."

"그러면 영감님하고 내가 의논해서 결정할 테니 오늘은 그냥 보내자. 알았지?"

아이들이 훈장 말을 듣고 스스로 일어서서 밖으로 나갔다. 그날 저녁 아버지가 성수에게 말했다.

"성수야, 니 동무들도 공부하고 싶다더냐?"

"내가 공부해야 쓴다고 배우라고 했어요."

"오―오―그랬어? 그래서 공부하겠다고 왔단 말이냐?"

"예, 아부지, 선생님한테 갈치라고 해 주씨오."

"오냐, 알았다. 내가 선생님한테 말씀드려서 니 동무들 다 가르치게 할 테니 글 배우고 싶은 아이는 누구든지 오라고 해라."

"예, 아부지. 히히히히."

이날 이후 줄포 김 씨 가(家)는 아이들 글 읽는 소리로 가득 찼다. 성수와 점례가 글공부를 시작한 지 2년이 지났다. 두 아이 학업 진도는 상당이 빨랐다. 두 아이는 천자문과 동몽선습을 이미 수료했고 지금은 명심보감을 수업하고 있다. 두 아이가 천자문과 동몽선습을 배울 때까지는 오전과 저녁 시간만 수업했는데 명심보감을 공부할 때부터는 오전, 오후, 저녁 시간까지 온종일 수업체제로 바꿔서 공부했다. 성수는 훈장 결정에 잘 따라줬고 바깥에 나가는 것도 자제할 줄 알았다. 밖에 나가 봤자 함께 놀 동무가 없기 때문이다. 성수와 점례는 이제 막 천자문을 배우기 시작한 또래 친구들 학업을 돌봐줬다. 그 아이들은 다 가난해서 붓도 살 수 없고 글씨 쓸 종이도 없다. 성수는 아버지에게 말해서 서당 아이들 각자에게 지필묵을 사줬다. 그 뿐만 아니라 공부하는 아이들 점심을 준비해 달라고 어머니에게 부탁했다. 이날 이후 서당에 나온 아이들은 날마다 김 씨가(家)에서 점심밥과 저녁밥을 먹었다.

점례가 열 살 되자 해남 댁이 자꾸만 서당 방 앞에 가서 점례를 불러냈다. 이런 저런 잔심부름을 시키기 위해서다. 점례는 어머니를 닮았는지 무슨 일을 시키면 똑 부러지게 해내서 어른들 칭찬이 자자했다. 이 방 저 방 청소하는 일이나 밥솥에 불 때는 일, 마늘 까는 일, 채소 다듬는 일 등 점례가 할 수 있는 일이 날마다 불어났다. 이런 일들만 점례가 도와줘도 부엌에서 일하는 해남 댁 손이 덜 바빴다. 그러다 보니 점례는 부엌에서 헤어나지 못하고 자연스럽게 어머니 조수가 되었다. 하지만 점례는 책 읽기를 좋아해서 소설이나 잡지나 신문이나 읽을거리만 있으면 가지고 앉아서 읽었다. 이런 점례를 알고 있는 성수는 아버지에게 홍길동전, 춘향전, 심청전, 흥부전 등 여러 가지 소설을 사달라고 해서 탐독하고 점례에게도 주면서 읽으라고 했다.

일본에 간 김성수와 송진우는 도쿄에 도착한 다음 날 홍명희 안내로 도쿄 시내를 둘러보고 놀랐다. 그들은 이틀 전 시모노세키에서 기차 타고 도쿄 신바시까지 가는 동안 차창 밖으로 산야를 내다보고 할 말을 잊었다. 울창한 수목과 반듯반듯하게 정리된 전답, 규모 있는 도시와 깨끗한 촌락 등이 조선의 그것들과 비교하면 위축되지 않을 수 없었다. 그들이 홍명희를 따라다니면서 본 도쿄의 학교와 관공서, 고층 건물, 번화한 상가 등은 별천지였다. 일본이 미국에 의해 강제 개방된 것은 조선보다 불과 20여 년 이를 뿐이다. 그런데 그 결과는 이렇게 달랐다. 기고만장하여 큰소리 뻥뻥 치던 송진우도 일본의 발전상을 보고 압도당했다.

김성수와 송진우는 곧 세이소쿠(正則) 영어학교에 입학했다. 이 학교는 중학교 입학시험을 준비하는 곳이다. 그들은 여기서 영어와 수학을 공부했다. 김성수는 영어를 송진우보다 더 잘하고 송진우는 수학을 김성수보다 더 잘했다. 그래서 김성수가 송진우보고 신문명을 받아들이려면 영어를 잘해야 된다고 말하면 송진우는 두뇌활동 단련을 위해 수학을 잘해야 한다고 받아쳐 티격태격 입씨름을 벌이곤 했다. 두 사람은 입씨름 끝에 웃고, 말다툼 끝에 웃고 하면서 우정이 깊어갔다. 이들의 유별나게 돈독한 우정은 일본 유학생 사회에 금방 소문으로 퍼졌다.

1909년 4월 김성수와 송진우는 긴죠(錦城) 중학교 5학년에 편입해서 본격적으로 대학입학시험을 준비했다. 이해 10월 이또오(伊藤博文)가 안중근에 의해 사살되었다. 이또오는 대한제국의 철천지원수다. 그는 일본 내각총리대신을 네 차례나 연임했고, 청일전쟁 때는 강화전권대사였고, 러일전쟁 때는 추밀원의장으로 대한정책 수립에 앞장선 사람이다. 그는 한일 간에 을사늑약을 체결한 다음 통감으로 대한제국에 군림하여 고종황제를 하야시키고, 대한제국 군대를 해산시켜버린 장본인이다. 그런 그가 러시아 재상 위테와 만나 대한제국과 만주의 이권을 흥정하기 위해 하얼빈으로 갔다가 안중근이 쏜 총탄을 맞고 절명했다. 이 사건 이후 대한제국 유학생들은 일본인들의 매서운 눈총을 받게 되었다. 이또오가 대한제국에는 철천지원수였지만 일본인에게는 위대한 정치가였다. 그래서 일본인들이 대한제국 사람만 보면 적대시했다.

이 격동 속에서 김성수와 송진우는 와세다대학 예과에 입학했다. 학제는 예과 1년 반, 본과 3년이었다. 일본은 육군대신 데라우찌(寺內正毅)를 대한제국 통감으로 발령하고 가까운 시일 내에 이루어질 한일합방(경술국치) 후의 시정방침까지 결정해 놓았다. 데라우찌가 경성 통감부에 부임했다. 그가 부임한 후로 일본은 일방적으로 만들어 놓은 합방조건을 놓고 총리 이완용을 불러들여 반 유혹, 반 협박으로 합방조약을 합의했다. 그리하여 결국 이해 1910년 8월 22일 대한제국과 일본의 합방이 결정되었다. 일제는 한일합방조약을 완성하고도 발표를 못 하고 미루었다. 다만 이날 이후 대한제국 내에서 결사 및 정치집회와 옥외 집회를 일절 금지하고, 대한매일신보를 총독부 기관지로 개편하는 한편 그 밖의 국문신문 등은 모두 폐간시켰다. 이러한 조치들을 완료한 뒤 1910년 8월 29일 합방조약을 발표하고 이날로 국호 대한을 조선으로 개칭하고 조선총독부가 설치되었다. 이로써 대한제국은 그 국호마저 사라지고 말았다. 도쿄에 유학 중인 조선 학생들은 다음 날인 8월 30일에야 신문 호외를 보고 망국의 비보를 알았다. 이때 도쿄 유학생 수는 추산으로 3~4백 명 정도다.

울분을 참지 못하고 통곡하던 송진우는 다음 날 아침 벌떡 일어나 고향으로 돌아가겠다고 했다. 김성수가 송진우를 극구 말렸으나 그는 "왜놈 눈치 보면서 공부하기 싫다."면서 떠나고 말았다. 송진우만이 아니고 상하이를 거쳐 도쿄에 와 있던 처남 고광준도 본국으로 돌아가고 말았다. 그러나 김성수는 나라를 되찾기 위해서는 실력을 길러야 한다며 움직이지 않았다.

3

1911년 김성수는 와세다(早稻田) 대학 정치경제학과에 진학했다. 지난해에 한일합방을 보고 분개해서 본국으로 돌아갔던 송진우가 이듬해 다시 도쿄에 갔다. 그런데 그가 홀로 간 것이 아니고 성수 동생 연수를 데리고 갔다. 두 사람이 성수 하숙집에 들어가자 성수가 아주 기뻐했다.

"아! 연수가 왔구나. 하하하하 잘 왔다. 잘 왔어."

성수는 동생이 오자 반가워서 꽉 끌어안고 놓아 주질 않았다. 연수는 성수보다 다섯 살 아래다. 송진우는 6개월 전 김성수가 만류함에도 불구하고 일본이 싫다며 귀국해버렸는데 생각을 바꿔먹고 다시 도일했다. 그래서 그는 성수를 대하기가 겸연쩍었다.

"성수 니 말이 맞았어. 너는 역시 나보다 한 수 위야."

"뭐? 한 수? 적어도 세 수는 위일걸. 하하하하."

"대기만성 알지? 내가 큰 그릇이 될 테니 두고 봐."

"잘 왔어. 큰 그릇이든 작은 그릇이든 일단 공부 먼저 하고 보자."

"좋은 소식하나 전해 줄까? 방학되면 이번에는 꼭 고향에 가봐. 고창 김 씨 집안 장손이 무럭무럭 자라고 있어. 니 아들 상만이 말이야. 하하하하."

"아―그러고 보니 그 아이 돌이 낼모레구나."

"돌잔치를 지금부터 준비하더라. 거창한 돌잔치를 할 모양이야. 아기도 아기지만 아기 엄마를 위해서……."

"그래?"

김성수는 아들 상만이 건강하게 자라고 있다는 말을 듣고 매우 흐뭇했다. 생각 같아서는 단숨에 건너가 상만을 안아보고 싶지만 그럴 수는 없었다. 아이보고 싶어 일시라도 귀국한다면 그것은 양부와 생부 두 어른 앞에 경거망동이 될 것이기 때문이다. 유쾌하게 얘기하던 송진우가 방에서 나가고 성수와 연수 형제만 남았다. 성수가 연수에게 물었다.

"네 형수는 건강하게 있더냐?"

"예, 상만이 태어난 후로는 아주 명랑해지고 완전히 다른 사람이 되었습니다."

"다행이구나."

"그런데 형님, 점례가 행방불명입니다."

"점례가?"

"예, 한 달 전에 없어졌어요. 그래서 지금 점례 부모가 일손을 놓다시피 했습니다."

"누가 납치해 간 것이냐? 아니면 제 발로 나간 것이냐? 어찌 된 것이냐 자세히 말해 봐라."

"옷가지를 챙겨갔다니까 가출한 듯합니다. 중매가 자꾸 들어오고 부모가 시집가라고 성화니까 아마 도망친 것 아닌가 하는 생각들을 하고 있습니다. 점례는 죽어도 시집 안 가겠다고 한답니다."

"음, 누구한테 끌려가지만 않았어도 다행한 일이다. 너도 알지만 점례는 아주 명석한 여자야. 어디를 갔거나 잘 있을 테니 크게 걱정할 일은 아닌 것 같다. 그런데 이상한 일이구나. 다 큰 처녀가 왜 시집 안 가겠다는 거지?"

"그 이유를 말하지 않으니까 해남댁도 깝깝하다고 한답니다."

성수 눈앞에 서당에서 공부하던 점례 모습이 선명하게 떠올랐다.

어린 시절 어느 날이다. 서당 방에서 선생님이 자리를 비웠다. 이 틈에 성수의 치기 어린 장난기가 또 불쑥 고개를 들었다. 성수가 점례에게 말했다.

"점례야, 너 안집에 갔다가 선생님 오시면 그때 와."

"도령님 왜 그래요?"

"그냥, 얼른."

"알았어요."

점례가 성수를 '도령님'이라 호칭하고, 존대어를 또박또박 사용한 지 1년쯤 됐다. 점례는 성수가 시킨 일은 무슨 일이든지 순종한다.

점례가 서당 방에서 나갔다. 성수가 해방된 듯 말했다.

"야, 우리 잠이나 자자."

"와—그래도 돼? 자자."

점례가 밖으로 나갔고 성수와 다섯 명 아이들이 모두 편하게 누웠다. 아이들은 이내 밤중처럼 깊이 잠들었다. 아이들이 잠든 것을 확인한 성수가 살그머니 일어나 붓에 먹을 묻혀 다섯 아이 이마에 콩 만한 점을 그려 놓았다.

한 시간 후 남 선생이 돌아왔다. 훈장 뒤를 따라 점례도 서당 방에 들어갔다. 아이들이 다 자는 것을 본 남 선생이 큰기침을 하며 아이들을 깨웠다.

"으—흠, 일어나거라."

아이들 중 영민한 중석이 벌떡 일어나 아이들을 흔들어 깨웠다. 아이들이 부스스 일어나 앉았다. 중석이 아이들 이마를 보고 키득키득 웃었다. 다른 아이들도 자기 이마는 보지 못하고 남의 이마를 보고 킬킬킬킬 웃음을 참지 못했다. 남 선생이 아이들이 왜 저러나 하고 유심히 봤더니 아이들 이마에 없던 점이 다 생겼다. 여섯 아이 중 딱 한 아이만 점이 없다. 그가 성수다. 점례가 잠시 침묵하더니 배시시 웃었다. 점례는 성수만 유일하게 점이 없는 것을 보고 '도령님이 장난쳤구나.'하고 눈치챘다.

"이놈들, 이마에 웬 점이 생겼느냐? 그리고 성수 너는 왜 점이 없느냐?"

"애들이 잠들었을 때 제가 점을 그려 줬습니다."

"왜? 점례 놀리려고?"

"아닙니다. 전에 애들이 점례 마빡에 점 있는 것을 놀렸거든요. 그래서 복수해 준 것입니다."

"뭐야? 하하 하하 알았다. 너희들 점례 이마에 점 있다고 놀렸어?"

아이들이 대답했다.

"예—."

"그러면 오늘 받은 이 점은 온종일 지우지 말거라. 남의 신체를 보고 놀린데 대한 벌이니라. 알았지?"

"예—."

일본 놈 눈치 보며 공부하는 게 싫다며 귀국했던 송진우가 메이지(明治) 대학 법과에 진학했다. 송진우가 고국에 다녀오더니 명랑해지고 비분강개가 다시 살아나 세 사람만 모이면 특유의 제스처를 써가며 웅변을 토했다. 그는 열심히 공부하는 김성수와 달리 신문 사설을 스크랩하고, 강연회가 있다면 어디든지 달려가서 듣고 돌아와 연사 흉내를 내가며 웅변했다. 김성수는 송진우가 활달해진 것을 보고 기뻤다. 그는 송진우 학비를 대주면서도 그가 자존심 상할까봐 무척 조심했는데 이제는 그렇게 주저할 필요가 없게 되었다. 고국에서 양부와 생부도 송진우 사람됨을 보고 그의 학비를 계속 보냈다.

형 뒤를 이어 도쿄 유학길에 오른 연수는 형으로부터 일어와 영어를 개인교습 받았다. 연수는 형이 한 번 가르쳐주면 두 번 다시 가르칠 필요가 없었다. 성수는 동생이 총명한 것을 보고 더 열심히 가르쳤다. 동생 연수는 총명할 뿐만 아니라 성격이 차분해서 그날그날 해야 할 일은 반드시 끝내는 성실함까지 겸비하고 있었다. 성수가 동생에게 물었다.

"너는 장차 무슨 일을 하고 싶으냐?"

"나는 기업을 하려고 합니다."

"그래? 좋은 생각이다. 아버님께서 일본제국주의 공직에는 발도 들여놓지 말라고 하시니까 니가 기업을 하면 좋겠구나."

"예, 형님."

김성수는 3년 동안 숙소를 두 번 옮겼다. 와세다대학 예과에 입학했을 때 그는 학교 근처인 쓰루마키조에서 하숙하다가 그 뒤에는 이찌가야에 전셋집을 마련해서 송진우 양원모 정노식 등과 함께 자취생활을 했다. 이 집은 독채 전셋집이었기 때문에 도쿄 유학생들의 집합장소로 사용되었다. 김성수는 성격이 원만해서 사람을 골라서 좋아하거나 골라서 싫어하는 일이 없었다. 어떤 사람이 그 집에 들어가도 그는 반갑게 맞이했다. 누구한테나 친절했고, 포용력이 있는 데다가 소박하기 때문에 그가 가는 곳에는 늘 친구들이 모여들었다. 그래서 일본 유학생치고 김성수를 모르는 학생이 없었다.

그의 자취집은 유학생들 사랑방 역할을 톡톡히 했다. 심지어는 일본 조직에 들어가 있는 사람도 부담 없이 이 자취집을 출입했다. 홍사익 이응준 이청천 조철호는 일본 육군사관학교 생도들인데 김치 생각이 나서 왔다며 유학생들 틈에 끼어 함께 식사도 하고 시국담도 나누면서 고국동포 젊은이들을 만나 교류했다. 일본 육군사관학교에는 이들 말고도 약 15명가량의 조선 생도가 있었다. 이들은 대개 한일합방 전에 대한제국 군대에 들어갔으나 군대가 해산되고 어쩔 수 없이 일본 육사에 편입한 사람들이었다. 이들이 일요일에 외출하여 김성수 자취집에 가면 유학생들이 그들을 싫어했다. 그 학생들은 김성수에게 노골적으로 말했다.

"소름 돋는 일본 군복을 입고 여기를 오다니……오지 말라고 하면 좋겠어."

김성수는 이런 유학생들을 달랬다.

"저 사람들이 일본군에 들어가기 위해서 사관학교 간 게 아니라더라. 저 사람들은 본래 대한제국 군대에 들어갔는데 한일합방 되고 대한제국군이 해체되니까 어쩔 수 없이 일본 사관학교에 들어간 거지. 나는 이응준한테서 자세히 들어서 알아. 그들이 사관학교에 편입한 뒤 요코하마 어느 요정에서 밤새껏 술을 마시고 통곡하면서 사관학교를 다닐 것인가? 아니면 그만두고 귀국할 것인가를 토론하다가 결론을 내렸는데 기왕에 들어갔으니 졸업하고 장교로 임관한 뒤 중위쯤 되면 군복을 벗고 광복군에 들어가 독립운동을 하자고 했다더라. 그러니 아무 내색하지 말고 어울려 지내자고."

김성수는 그들도 우리 못지않게 애국심으로 똘똘 뭉친 청년들이라며 그들을 두둔했다.

김성수는 3학년이 되자 자취생활을 청산하고 다시 하숙생활로 돌아갔다. 독채 집을 전세로 얻어 자취하다 보니 연수 공부에 방해가 되었다. 조선 유학생들이 시도 때도 없이 찾아와 이틀 사흘 묵어가기도 하고 서너 명씩 떼로 몰려와 떠들기도 했다. 그뿐 아니라 상점에 가서 무엇을 사 오라는 등 잔심부름까지 연수를 시켰다. 성수는 연수 공부를 위해서 결단을 내리고 다시 하숙생활로 돌아갔다. 물론 송진우는 한 식구처럼 함께 붙어서 살기로 했다.

 김성수 주머니는 조선 유학생들 금고였다. 유학생 중 본국에서 부모가 학비를 제때 보내지 못하면 누구나 김성수를 찾아가 도움을 청했다. 이럴 때 김성수는 아무 거리낌 없이 돈을 빌려주곤 했다. 김성수로부터 돈을 빌려 간 학생은 얼마쯤 지나면 고맙다며 빌려 간 돈을 돌려주었다. 그런데 돈을 빌려 가고 1년 넘어도 못 갚는 학생도 있었다. 그래도 김성수는 그 돈을 받으려고 하지 않았다. 오히려 그런 학생들을 더 세심하게 살피며 도와주려고 애썼다. 김성수는 이런 사정까지 다 본국 부모님께 말씀드려서 항상 돈을 넉넉하게 확보하고 있었다.

 어느 날 김성수가 유학생 중 모 군을 찾아갔다. 자주 만난 친구가 아니어서 낯설었다.

 "성수 형! 어쩐 일로……."

 "음, 자네가 여기 산다기에 한 번 보려고 왔어."

 "뭐 저한테 시킬 일이라도 있어요?"

 "아니 그런 거 아니고……. 이번에 등록금 냈어?"

 학생이 고개를 푹 숙였다. 그는 눈물을 감추고 나서 고개를 들었다.

 "아무래도 부모님이 좀 어려우신가 봐요. 그래서 내가 벌어서 등록하려고요."

 "그래? 그러면……."

 김성수는 가방에서 봉투를 꺼내 학생에게 주면서 말했다.

"이걸로 등록해. 우리 부모님한테 자네 사정 얘기하고 도와달라고 했어. 그랬더니 도와주셨어. 이런 얘기 딴 사람한테 하지 마."

학생이 고개를 숙였다.

"나 갈 게. 이 사람아 어려운 일이 있으면 친구들한테도 얘기해서 좀 도와달라고 해. 훗날 갚으면 되잖아. 응?"

"예, 형님."

성수의 이러한 생활을 곁에서 자세히 본 연수도 마치 형 판박이처럼 남 돕는 일에 적극적이었다.

1913년 여름, 와세다대학에서 웅변대회가 열렸다. 이 웅변대회는 와세다대학 연례행사로 본과학생이나 예과학생이나 제한 없이 참가할 수 있었다. 그래서 참가자가 엄청나게 많았다. 참가자들은 소강당에서 1차, 2차 예선을 통과해야 본선에 진출할 수 있었다. 이번에는 예년보다 참가자가 많아서 며칠 동안 예선을 치렀다고 학보에 보도됐다. 결선에 진출한 학생은 10명이라고 했다. 그리고 그 10명 중에 장덕수라는 조선 유학생이 끼었다고 학보가 대서특필했다.

와세다대학 학보에 장덕수 이름이 대서특필됨으로써 그 소문이 일본 유학생 사회에 파다하게 퍼졌다. 참으로 경이적인 일이 아닐 수 없었다. 조선 학생이 일본말로 하는 웅변대회에서 일본 학생들을 제치고 결선에까지 올라가다니 정말로 놀랄 일이었다. 그래서 와세다대학에 재학 중인 조선 유학생은 물론이고, 타 대학에 재학 중인 조선 유학생들도 모두 와세다대학 대강당에 가서 장덕수를 응원하자고 연락이 오갔다.

웅변대회 본선이 진행되는 날이었다. 1차, 2차 예선 심사는 소강당에서 심사원들만 모여서 했지만, 결선은 많은 청중이 참관할 수 있도록 대강당에서 한다고 했다. 졸업반 성수도 아우 연수와 송진우와 함께 대강당에 가서 청중석에 앉았다. 청중이 너무 많아 좌석이 부족했다. 나중에 도착한 사람들은 선 채로 방청할 수밖에 없었다. 웅변이 시작됐다. 결선에 진출한 웅변가들은 주어진 7분 동안 마음껏 외쳤다. 그들은 저마다 듣는 이 간담을 서늘하게 했다. 김성수는 심사자들이 고민하겠구나 하고 생각했다. 참가자가 다 잘하므로 그들을 1, 2, 3등으로 순위를 매긴다는 것이 불가능할 것 같았다. 그런데 8번으로 강단에 오른 웅변가는 달랐다. 그는 조선 유학생 장덕수였다. 장덕수는 예과학생으로 조선 유학생 모임에도 얼굴을 내놓지 않은 새내기였다. 그는 웅변을 시작하자마자 청중을 사로잡더니 주어진 7분 동안 청중을 전율 속에 몰아넣었다. 그가 톤을 높여 외치면 그 소리가 대강당 공기를 찢는 듯했고 청중 몸에 좁쌀 같은 소름이 돋았다. 그는 타고난 웅변가였다. 연설 내용과 목소리와 제스처가 하나로 합치되어 7분 내내 듣는 이들을 긴장 속에 가두어 놓았다. 그가 웅변을 끝내고 청중을 향해 꾸벅 인사할 때 청중이 모두 일어서서 박수를 보냈다. 그가 단상에서 물러난 뒤에도 박수는 계속되었다. 김성수와 송진우가 감격했다. 그들은 얼굴을 두 손으로 감싸고 울었다. 원수의 나라 왜국에서 왜인들 눈치를 보며 살아온 유학생활 중에 이렇게 시원하게 왜인들을 때린 적은 한 번도 없었다. 그런데 새내기 장덕수가 지성의 전당에서 일본 지성인들을 마음껏 두들겨 패고 내려갔다. 김성수와 송진우는 9번, 10번 참가자 웅변을 다 들었으나 귀에 들어오지 않았다. 참가자들 웅변이 다 끝나고 이제는 누가 잘했나 시상하는 시간이다.

청중석에서도 8번 학생이 1등일 거라고 미리 점치는 사람이 많았다. 심사시간은 그다지 길지 않았다. 커튼으로 가려진 심사석에서 심사위원장이 채점표를 들고나와 1, 2, 3등을 발표했다. 먼저 3등은 다나카, 2등은 아베, 그리고 1등은 와세다대학 예과 1학년 장덕수였다. 3등, 2등, 1등 학생에게 시상이 끝남으로써 웅변대회가 다 끝났다. 청중이 모두 빠져나간 대강당 로비에 조선 유학생 30여 명이 웅성웅성 모여서 장덕수가 나오기를 기다렸다. 이들은 장덕수를 데리고 가서 축하파티를 할 작정이다.

시모노세키(下關) 항구에 들어간 화륜선 시라카와 마루에서 성수의 양부 김기중과 생부 김경중이 내렸다. 그들이 내리는 곳에 성수와 연수와 송진우가 서서 어른들을 맞이했다. 세 아이가 동시에 꾸벅 절했다.

"아버님, 고생하셨습니다."

"오냐, 여기까지 마중 나왔느냐?"

성수가 말했다.

"아버님 가십시다. 기차를 타셔야 합니다."

"오냐, 가자."

송진우가 두 분 어른께 여쭸다.

"아버님, 피곤하시지요?"

이때 형 김기중은 54세, 동생 김경중은 50세였다.

김경중이 웃으며 재치 있는 대답을 했다.

"세 아들을 보니 피로가 싹 가셨구나, 하하하하."

다섯 사람이 부두를 빠져나가는 도중에 김기중이 연수에게 물었다.

"연수는 일본 말이 좀 되느냐?"

"예, 큰아버님. 일본 책도 봅니다."

"그래? 하하하하, 너는 애기 때부터 유별나게 총명했느니라. 그렇다고 자만하면 안 된다. 알았느냐?"

"예, 큰아버님."

그들이 도쿄행 기차를 탔다. 성수와 송진우는 방학 때 왕래한 적이 있어서 길눈이 밝았다.

기차 좌석에 앉은 형 김기중과 동생 김경중이 차창 밖에 지나가는 일본 농촌을 보면서 놀라는 기색이었다. 형이 동생에게 말했다.

"아우님, 왜놈들이 농지정리를 아주 잘했구면."

"예, 형님, 나도 시방 그 생각 중이어요."

형 기중이나 동생 경중은 호남 농지재벌이다. 형 기중은 5천석꾼이고 동생 경중은 1만5천석꾼이다. 호남에서 이만한 농지를 가지려면 전라남북도 각 군에 상당한 농지를 가져야 한다. 조선에서 "조선 부자가 누구냐?" 하고 물으면 누구나 "경주 최 부자지." 했다. 그러나 이제는 아니다. 조선 제1 부자가 교체되었다. 지금은 고창 김 씨네가 단연코 조선 제1 부자다. 이들이 무심코 창밖을 보다가 잘 정리된 일본농지를 보고 놀란 것은 당연한 일이었다. 조선 농지는 반달형, 삼각형, 사다리꼴, 4각형, 5각형, S자형 등 각양이기 때문이었다. 그래서 쟁기질도 어렵고 줄모를 심는데도 여간 어려운 것이 아니었다. 그런데 일본 농지는 언제 정리했는지 정사각형 아니면 직사각형으로 반듯반듯했다. 형제는 뒤통수를 한 방 맞은 것처럼 큰 충격을 받았다. 자기들 농지가 아직 원시적인 반면 일본 농지는 반듯하게 정리되어서 몇 십 년 뒤떨어진 조선농촌을 알게 되었기 때문이다. 그리고 형제가 다 진사시험을 거쳐 지방군수를 오랫동안 지낸 관료 출신으로서 일말의 책임감도 느끼게 되었다. 형제는 말을 잇지 못했다.

양부와 생부가 아이들 하숙집에 당도했다. 하숙집 주변이 비교적 조용한 동네여서 좋았다. 두 부친의 일본 여행은 갑자기 이루어진 것이 아니었다. 지난해 여름방학 때 고국 줄포에 간 성수가 두 어른에게 일본에 꼭 다녀오시도록 간청했다. 두 어른에게 일본의 발전상을 보여드리고 싶어서였다. 최근에도 성수는 장문의 편지를 써서 한 달 후에 와세다대학 창립 30주년 기념행사가 있으니 두 분 아버님이 꼭 오셔야 한다고 초청했다. 그런 아들의 간청을 뿌리칠 수가 없어 이날 드디어 두 부친이 도쿄에 도착했다.

양부 김기중은 1888년 진사시에 합격한 뒤 의령원 참봉을 거쳐 1907년까지 용담(지금의 진안군), 평택, 동복(지금의 화순군) 세 고을 군수를 지냈다. 그는 성품이 온화한 사람이었다. 그러나 거슬리는 일이 있으면 고함이 뒷산까지 울렸다. 그는 세 고을 군수를 지내면서 선정을 베풀어 임기를 마치고 떠날 때는 백성들이 눈물을 흘리며 전송했다.

그는 한일합방을 앞두고 정세가 기울어지자 관직을 그만두고 줄포에 가서 영신학교를 설립했다. 1908년 무렵 전국적으로 뜻있는 인사들에 의한 학교 설립운동이 활발하게 일어났다. 그는 육영사업뿐만 아니라 공직에 있을 때 못했던 선산 개수작업과 묘각 세우기 등 많은 일을 했다. 그가 좌우명으로 삼고 있는 신조가 있었다. 이것은 집안 자제들에게도 명심해서 지키게 하는 일상 훈이다.

- 일을 대할 때에 공정광명(公正光明)을 잊지 말고, 사람을 대할 때에 춘풍화기(春風和氣)로써 하라.
- 양입계출(量入計出)이면 민부국강(民富國强)이니 명심하라.
- 자기에게 후한 자는 타인에게 후할 수 없다.
- 생활에 규도(規道)를 세우고 조선산(朝鮮産)을 사랑하라.

성수와 연수를 낳은 생부 김경중은 1898년부터 경릉참봉(敬陵參奉), 비서승(祕書丞), 봉상시부제조(奉常寺副提調) 등을 거쳐 진산군수(지금의 금산)를 지냈다. 그는 역사저술에도 힘을 쏟아 1907년에 『조선사』 17권을 편찬 출간했다. 그는 이재능력도 탁월했다. 사람들은 그를 가리켜 하늘이 낸 부자라고 할 만큼 늘 행운도 따랐다. 줄포만 일대 농어민들은 그에게서 돈을 빌려 쓰지 않은 사람이 없었는데, 신기한 일은 그의 돈을 빌려 쓴 사람이 바다에 나가면 어김없이 만선을 해서 들어왔다. 그는 절대로 이자를 비싸게 받지 않았다. 농지가 많아서 농민들에게 소작을 주는데 소작료도 남보다 낮게 받았고, 소작인을 한번 정하면 여간해서는 사람을 바꾸지 않아 소작인들이 마음 놓고 농사를 지을 수 있게 했다. 큰돈을 빌려주면서 담보로 잡은 땅도 기한이 지났다는 이유로 처분하는 일이 없었다. 돈을 갚을 수 있을 때까지 기다리거나 반드시 본인이 팔아서 갚도록 했다. 이런 생활이 계속되는 가운데 토지가 점점 불어나고 돈도 식량도 창고에 넘쳤다. 그는 소리(小利)를 버리고 대리(大利)를 취하는 능력이 있었다.

일본인들이 조선에 들어가기 시작한 시기는 청일전쟁 이후였다. 이때부터 부산항은 일본인들이 북적거리기 시작했고 조정은 이들을 통제하기 위해 왜관을 설치하기에 이르렀다. 그리고 일본 내지에는 산업혁명이 일어나 오사카, 고베 등에 공업도시가 형성되면서 쌀, 콩을 비롯한 곡류 수요가 급속도로 늘어났다. 반면 조선 항구도시에서는 쌀, 콩, 밀 등 곡류 수출 장터가 생기고 그에 따라 농민들은 농지를 새로 개간하면서 곡류 증산에 힘썼다. 개항물결을 타고 곡류가 상품화되어 배를 타고 일본으로 팔려가는 시대에 이른 것이다.

조선 농민의 무역은 이중으로 이윤을 발생했다. 쌀은 일본으로 수출하고, 일본에서 생산되는 면제품은 조선으로 수입해 왔다. 그런데 쌀 수출가격은 계속 올라가고 면제품 수입가격은 계속 하락해서 조선의 흑자무역이 계속되었다. 이러한 상황 속에서 조선 농촌구조가 변하고 신흥지주가 탄생했다. 그 신흥지주 가운데 고창 김경중은 특출한 농민이요 지주요 기업가였다.

1889년은 일본에 흉년이 들었다. 뿐만 아니라 나라현은 수재가 발생했고, 구마모토는 지진이 일어나서 전국적으로 천재지변이 컸다. 이러다 보니 일본은 식량부족 현상이 따를 수밖에 없었다. 일본인들은 조선에 건너가 식량을 수입하고 농지를 매입하는데 혈안이 되었다. 일본정부가 일본인들에게 조선농지를 매입하라고 독려했기 때문이다. 그래서 일본인들은 김제, 옥구, 익산, 태인 등 전북 북부 평야지대 농지를 집중적으로 매입했다.

한편 김경중은 전라도 서부지역의 거대한 땅을 매입했다. 장성, 영광, 고창, 부안, 함평, 정읍, 담양 등 전북의 남부지역과 전남의 북부 평야지대였다. 이 지역은 비교적 일본인들 관심이 적은 지대였다. 김경중은 시대변화에 민감한 사람이었다. 그리고 곡식의 매출 시기와 농지매입 시기를 가장 적절한 시기에 감행하는 탁월한 능력이 있었다. 쌀값이 천정부지로 오르고 농지값이 오를 때는 현금을 보유하고 있다가 쌀값이 떨어지고 농지값이 동반하락하면 그때 논을 과감하게 사들였다.

이 무렵 조선은 치안부재 상태였다. 탐관오리가 백성의 고혈을 착취해서 치부하기에 급급하고, 화적떼는 마음 놓고 민가를 습격해 식량과 돈을 약탈하는 말기적 현상이 나타났다. 지주 윤가네가 화적떼 습격을 받아 돈 500냥을 빼앗기고 소 한 마리를 빼앗긴 적이 있었다. 그때 윤가가 화적떼 두목 인상을 사진 찍듯이 똑똑히 봐 두었다가 관가에 고발했다. 그래서 화적떼가 한동안 뜸하더니 어느 날 화적떼가 다시 윤가네 집을 덮쳤다. 이날 화적떼 두목은 윤가를 마당에 꿇어앉게 해놓고 소리쳤다.

"네 놈이 나를 관가에 찔렀지? 그리고도 네 집구석이 무사할 것 같으냐? 어리석은 놈. 얘들아! 이놈 주둥이부터 찢어줘라."

두목 명령이 떨어지자 졸개 두 사람이 낫을 들고 가서 윤가 입을 쫙 찢어버렸다. 그리고 이어서 10여 명 졸개가 대들어 몽둥이와 도끼로 윤가 몸뚱이를 난자했다.

고창 김 씨네도 어김없이 화적떼 목표가 되었다. 이 고을에 기와집은 김 씨네 뿐이다. 화적떼가 이 기와집을 가만 둘이 없다. 김 씨네는 여러 차례 돈을 빼앗겼다. 그런데 이들이 너무 자주 나타나고, 나타나기 전에는 어떤 징후를 남겨 침입을 예고했다. 한 번은 김 씨네 처마 밑에 불을 놔 서까래를 까맣게 그을려 놓고 갔다. 이럴 때는 전 가족이 인근 대나무 숲으로 숨거나 이웃집으로 피신해서 참사를 면했다. 김기중과 김경중 형제가 인촌리에서 줄포로 이사한 이유가 바로 화적떼 때문이었다. 줄포로 이사한 후 김경중의 1년 벼 생산량은 2만 석을 넘었다. 그의 땅이 자그마치 35만 평이었다. 그는 이 땅만 해도 조선 제일의 토지부호였다. 그런데 줄포항구로 이사한 후 그는 미곡 수출로 재산이 기하급수적으로 불어났다.

일본에서 유학 중인 성수가 두 부친에게 도쿄 관광을 강권한 데는 그 나름대로 이유가 있었다. 그는 두 부친에게 일본 교육제도와 교육기관을 보여드리고 싶었다. 성수 생각은 이러했다. '조선이 일본 지배를 받게 된 것은 양국의 교육 차이에서 오는 당연한 결과다. 그래서 조선이 일본 지배를 뿌리치려면 가장 시급한 것이 민족교육이다. 일본의 학교 수와 학제, 그리고 교육시설 등을 볼 때 조선이 일본을 따라잡는다는 것은 요원한 일로 보인다. 하지만 지금이라도 교육 구국의 길로 나서지 않으면 안 된다.' 이렇게 생각한 김성수는 '대학을 졸업하고 귀국하면 교육사업으로 일생을 바치겠다.'고 결심했다. 그러려면 두 분 부친의 절대적인 지원이 꼭 필요했다.

성수와 연수와 송진우는 도일한 두 부친에게 도쿄 명승지와 번화가 상점들, 공장들, 각급 교육기관 등을 안내했다. 두 부친은 일본의 발전상을 보고 놀라움을 감추지 못했다. 두 부친의 일본 관광은 10여 일 이상 걸렸다. 50대 어른들 감정은 참으로 복잡했다. 30여 년 전 일본은 조선보다 우월한 것이 없었다. 야쿠자가 득실거리는 야만족일 뿐이었다. 그런데 그들은 최근 30년에 오리 똥 모양으로 볼품없는 섬을 신천지로 만들어놓았다. 그런데 조선은 대원군 쇄국정치에 눌려 서구 문명을 받아들이지 못하고 딱총도 제대로 만들지 못했다.

두 부친이 도쿄 이모저모를 둘러보고 경탄했지만, 그 중에서도 아들 성수가 재학 중인 와세다대학을 보고 감명 받았다. 와세다대학 창립 30주년 기념행사에 총리대신이 참석하고, 유럽과 미국의 유서 깊은 대학교 총장들이 여러 명 참석하고, 교직원이 약 300명, 재학생 1만여 명이 넓은 운동장에 입추의 여지가 없도록 빽빽하게 들어차서 기념행사를 했다. 그리고 운동장 주변에는 몇만 명을 이루는 학부모들이 앉아서 기념행사를 참관했다. 두 부친은 느낀 바가 컸다. '만약 장손 성수가 일본 유학을 하지 않았다면 성수나 연수나 우리처럼 우물 안 개구리 형제가 될 뻔했구나.' 했다.

두 부친이 일본 관광을 마치고 귀국하기 전날 밤에 성수와 연수와 송진우를 앉게 하고 얘기했다. 양부가 물었다.

"일본이 단시일에 이렇게 발전한 원인이 무엇이냐?"

성수가 대답했다.

"첫째는 일본이 서양문물과 기술을 받아들였다는 것입니다. 일본은 미국 힘에 의해 강제로 개항할 수밖에 없었습니다. 일본도 원하지 않은 강제개항이었습니다. 그런데 화가 복이 되어 오늘의 일본이 되었습니다. 둘째는 나라 발전의 원동력은 교육에 있었다고 봅니다."

양부가 구체적인 설명을 요구했다.

"미국이 일본을 강제로 개항시켰단 말이냐?"

"예, 아버님. 50년 전만 해도 일본은 우리 조선보다 못 사는 야만국이었습니다. 그런데 1853년 미국 페리함대가 대포를 쏘면서 개항을 요구하자 일본은 속수무책으로 무릎을 꿇고 서양문물을 받아들이기 시작했습니다. 그것이 메이지유신으로 이어졌던 것입니다. 그때 우리 조선은 대원군의 철통같은 쇄국정책으로 나라 문을 꽉 걸어 잠그고 서양문화를 철저하게 배척했습니다. 그로부터 30년이 지난 지금 조선과 일본 국력은 보시는 것처럼 이렇습니다. 그 30년 격차로 일본은 이웃나라를 손아귀에 쥐었고, 손아귀에 들어간 나라는 모든 것을 다 잃었습니다.

제가 보기에 메이지유신 신교육이 원동력이 되어 일본을 강국으로 만들었다고 생각합니다. 조선이 일본 압제에서 벗어나려면 무엇보다도 민족교육으로 많은 인재를 양성하고, 그 인재들이 각 분야에서 나라를 일으켜야 한다고 생각합니다."

생부가 탄식 섞인 말을 했다.

"요원한 일이로구나."

생부의 탄식 섞인 말을 듣고 송진우가 말했다.

"아버님, 체념하면 안 됩니다. 일본이 이만큼 발전한 시간이 겨우 30년 정도밖에 안 됩니다. 우리도 할 수 있습니다. 일본 사람보다 우리 조선 사람이 더 창의력도 있고 우수합니다. 우리는 여기 일본에 와서 일본 사람들을 상대로 많이 겨루어 봐서 잘 압니다. 우리 조선도 유능한 지도자가 배출되면 일본보다 더 잘 살 수 있다고 생각합니다. 일본 사람들이 잘 때 우리는 공부하고 일본 사람들이 놀 때 우리는 일하면 됩니다. 그리고 성수 말처럼 우리 조선이 무엇보다도 교육에 힘써야 한다고 생각합니다."

성수와 진우가 똑같이 교육의 중요성을 강조했다.

두 부친이 두 아이의 열변을 묵묵히 듣고 있었다. 송진우 말이 끝나자 양부가 말했다.

"성수야!"

"예, 아버님."

"졸업하면 무엇을 하려 하느냐?"

"아버님께서 승낙해 주신다면 교육사업을 하고 싶습니다."

"교육사업?"

"예, 아버님."

양부는 아들이 남들처럼 정치에 관심이 있는 줄 알았는데 교육사업을 하겠다고 해서 의외라고 생각했다. 그래서 다시 물었다.

"학교를 하겠다는 말이냐?"

"예, 그렇습니다."

"어떤 학교 말이냐?"

"경성에서 중학교부터 하려고 합니다."

양부는 뜨끔했다. 서운한 마음이 들었기 때문이다. 양부는 자신이 줄포에 세워 경영하고 있는 영신학교를 이어받아 경영하겠다고 할 줄 알았는데 경성에서 중학교를 하겠다고 한 아들이 못마땅했다.

"교육사업이란 인생 경험과 사회 경험이 풍부한 경륜가나 할 수 있는 사업이다. 그런데 대학을 갓 졸업한 20대가 학교 사업을 한단 말이냐?"

"예."

"뜻은 좋다마는……."

옆에서 듣고 있던 생부가 나섰다.

"형님, 철부지 어린애가 하는 소리입니다."

"아닐세, 대학 졸업을 눈앞에 둔 사람일세. 철부지라니?"

"그래도 아무것도 경험해 본 적 없는 아이가 뭘 알겠습니까? 교육사업을 하려면 불혹은 되어야 합니다. 교육 교육하지만 나라가 애써서 노력해도 어려운 것이 교육인데 20대 초반 아이가 어떻게 교육사업을 하겠습니까? 괜히 꿈만 키우지 않도록 단념시켜야 합니다. 그리고 성수야!"

"예, 아버님."

"그런 헛된 꿈 버리는 게 좋다. 내가 나서서라도 못하게 할 테니 그리 알아라. 교육사업은 아무나 하는 게 아니야."

생부의 강경한 말에 성수는 더 말을 못 했다. 그렇다고 꿈을 포기한 것은 아니다.

인생을 교육에 바치겠다는 꿈은 시대적 요청이기도 했지만, 김성수에게 그런 꿈을 갖도록 영향을 미친 사람은 와세다대학을 설립한 오오꾸마(大隈重臣) 총장이었다. 김성수는 오오꾸마 총장 사상이나 학설, 지식, 인품 등을 보고 그를 존경하는 것은 아니다. 오오꾸마 총장이 세운 와세다대학이 일본 사회 각 방면에 인재를 배출시켜 일본을 강국으로 키우는 못자리가 되었기 때문에 그를 존경하는 것이다. 오오꾸마 총장은 정치가이기도 했다. 오오꾸마는 규수 하급 무사 출신으로 메이지유신에 참여해서 많은 일을 했고, 자유 민권운동가로 정계에 투신해서 헌정당 당수로 두 번이나 수상 자리에 오른 입지전적인 거물 정치인이었다. 그러나 김성수는 정치적 경력이나 업적보다 교육자로서의 그를 더 높이 평가했다. 어떤 경우 그의 정치적 공로가 다 매몰된다고 하더라도 와세다대학 창업자로서의 공로는 만고불후하리라고 생각했다.

이 무렵 장덕수가 또 한 번 와세다대학을 파르르 떨게 하는 파문을 일으켰다. 바로 이틀 전 일이다. 와세다대학이 모의국회를 열었는데 장덕수가 총리대신 역할을 맡았다고 한다. 이 행사는 일본 정계에 진출할 학생들을 위해 대학이 행하는 연례행사다. 그런데 이번 모의국회가 개교 이래 가장 잘 되었다는 소문이 자자했다. 특히 모의국회에 총리대신으로 출연한 장덕수에게 모든 칭찬이 집중되었다. 이 모의국회를 지도한 나가이 교수는 장덕수에게 장차 조선총독부 관리가 되기를 권했다고 한다. 그런데 장덕수는 "내가 교수님 밑에서 공부한 것은 그런 말을 듣기 위해서가 아닙니다."라고 일축했다고 한다. 이 당시 도쿄 유학생 사이에는 최남선, 이광수, 홍명희를 3재라 했지만 장덕수도 그들에 못지않은 천재학생으로 알려졌다.

김성수는 장덕수가 모의국회를 최고로 멋지게 했다는 소문을 들자마자 그에게 달려갔다. 그는 장덕수 손을 잡고 칭찬하며 좋아했다. 김성수가 잰걸음으로 장덕수에게 달려간 것은 그가 학교를 벗어나면 늘 외롭게 지낸다는 것을 알고 있었기 때문이다. 장덕수는 일본인 상점에서 점원으로 일하면서 힘들게 공부하고 있었다. 그가 한 달간 일하고 받는 월급은 겨우 7원이다. 그래서 그는 싸구려 하숙집에서 지내고 있었기 때문에 조선 유학생 모임에도 잘 나타나지 않고, 친구를 사귀려 하지도 않았을 뿐 아니라 오히려 아는 친구도 멀리하고 있었다. 김성수는 지난해 와세다대학 웅변대회가 끝난 후 장덕수를 의식적으로 가까이하면서 그런 사정을 간파했다. 그 후 김성수는 장덕수를 전적으로 지원했다.

"덕수야."

"예, 형님."

"가자, 내 하숙집에 가면 본국에서 두 분 아버님이 와 계신다. 가서 인사드려라."

"예? 참말로요?"

"그래, 가자."

김성수는 양부에게 장덕수 애기를 편지로 한 적 있었다. 그는 유능하고 장래가 촉망되는 학생인데 가정 형편이 어려워 점원 생활로 학비를 벌어야 한다고 했다. 황해도 재령의 빈농 집안에서 태어나 보통학교를 졸업하고 관청 사환으로 있을 때 보통문관시험에 합격했고, 또 한편으로는 와세다대학 강의록을 마친 다음 스무 살 때 와세다대학 예과에 입학한 학생이라고 소개했다.

김성수는 그 편지에서 아버님이 장덕수 학생을 지원해 주십사고

요청했었다. 양부는 선뜻 아들 요청을 받아들여 지금까지 장덕수를 도와주고 있었다. 그렇기 때문에 아버지가 도쿄에 왔으니 인사하라는 것은 당연한 일이다. 김성수가 장덕수를 데리고 아버지 앞에 갔다. 아버지는 마치 아들 하나를 더 얻은 기분으로 너무 좋아했다.

"그래, 열심히 공부해서 조선의 큰 일꾼이 되어라. 이 애비가 도와줄 테니 돈 벌려고 하지 말고, 학생이 공부해야지 돈벌이 나설 시간이 어디 있겠느냐?"

이 자리는 양부 김기중과 생부 김경중, 아들 성수와 연수, 그리고 송진우와 장덕수까지 모인 자리였다. 이들은 이렇게 한 가족이 되었다.

1914년 7월, 스물네 살 박이 김성수는 와세다대학을 졸업하고 귀국했다. 송진우는 졸업시험을 앞두고 알 수 없는 병으로 고열에 시달리다가 결국 귀국해서 손곡리 집에서 요양하고 있었다. 김성수가 줄포 집에 돌아왔을 때 맏아들 상만은 다섯 살이 되어 있었다.

4

김성수가 도쿄에서 유학 중일 때 본가에는 몇 가지 변화가 있었다. 그가 떠난 지 2년 후에 태어난 맏아들 상만은 다섯 살이 되었다. 그리고 할아버지가 1909년 77세로 돌아가셨는데 김성수는 그때 잠시 귀국하여 장례를 치렀다. 또한 할머니는 1911년 81세로 돌아가셨다. 그리고 동생 연수가 도쿄에서 유학 중이라 집에 없었다. 6년이란 세월이 결코 짧은 시간은 아니었다.

그가 유학차 도일할 때는 송진우와 함께였는데 귀국할 때는 혼자였다. 송진우가 학기 도중 일시 귀국하여 진급이 늦어지기도 했지만, 졸업시험을 앞두고 알 수 없는 고열로 귀국하여 고향 손곡리에 돌아가 요양하고 있었기 때문이다. 김성수는 귀국한 날 할아버지와 할머니 산소에 가서 인사드리고 다음날 담양군 고지면 손곡리 송진우 집을 찾아갔다.

"이 사람아, 귀국했으면 경성에 가야지 여기를 왜 오나?"

"자네야말로 이렇게 누워서 세월을 보낼 거야? 어서 털고 일어나."

"하루가 10년 같은 세월인데 성한 몸 게으름 피우지 말고 어서 경성으로 가란 말이야. 왜놈들이 이것저것 다 먹어치우도록 봐둘 거야?"

송진우 성깔은 소년기에나 청년기에나 조금도 변함이 없었다. 김성수는 마당에 나가 송진우 모친에게 인사 여쭙고 염소 한 마리 잡아 왔으니 푹 고아서 먹이라고 했다. 그리고 아들 증세를 자세히 말해 달라고 해서 머릿속에 꾹꾹 눌러 담았다. 그는 다시 방 안에 들어가 송진우에게 말했다.

"이 사람아, 밥을 잘 안 먹는다면서? 그러면 되나? 먹고 기운이 있어야 면역이 생겨서 병마를 이기지. 내일 다시 올 테니까 잘 먹고 있어."

"여기를 또 오다니? 경성으로 가란 말이야. 경성에 가서 할 일을 찾아보고 와. 나 안 죽고 기다릴 테니까."

"알았어. 알았으니까 잠자코 있어."

다음 날이었다. 정오쯤 김성수가 의사를 데리고 송진우 집에 들어갔다. 송진우가 김성수를 곱지 않은 눈으로 바라보면서 짜증을 냈다. '시키지도 않은 짓을 한다.'는 것이다. 전라도를 통틀어도 의사가 몇 명 안 되는데, 그렇게 귀한 의사를 모시고 갔으면 고맙다고 해야 제대로 된 인사다. 그런데 송진우는 오히려 투정을 부렸다. 송진우 부모님이 김성수한테 미안해서 몸둘 바를 몰라 했다. 의사가 체온계를 송진우 겨드랑이에 넣어 체온을 재고, 청진기로 가슴과 복부를 진찰했다. 얼마 후 의사가 진단을 내렸다.

"열이 심한 게 염려되나 특별한 병은 없어 보이니 요양을 잘하면 괜찮을 것 같습니다."

의사 진단을 듣고 송진우 부모님이나 김성수나 큰 걱정을 놓았다. 김성수와 의사는 돌아갔고 송진우는 부모님으로부터 지청구를 들었다.

"아들아, 친구한테 그렇게 하면 쓰겠어? 당최 못 보겠구마."

그의 아버지도 한마디 했다.

"그려, 친구헌티 그렇게 허면 쓰간디? 그것은 부모 욕 맥이는 짓이여. 친할수록 조심해야제."

"예, 조심하겠습니다."

다음 날이었다. 이번에는 김성수가 한의사를 데리고 송진우 집에 당도했다.

"의원님, 이 사람 기가 약해졌을 테니 진맥을 잘해서 보약 좀 지어 주세요."

"예, 알았습니다."

당황한 송진우가 부모님 때문에 고분고분 말을 들었다. 의원이 송진우 팔목에 손가락을 대고 맥을 짚고 있다. 송진우 부모님이 아들

곁을 꼭 지켰다.

"젊은 사람 기가 많이 약하구먼. 식욕이 뚝 떨어져서 식사를 못할 것 같어."

송진우 어머니가 말했다.

"맞어라우. 암 것도 안 묵는당께. 의원님 어찌게 해야 쓰겠소?"

"탕약을 써야지라우. 기 살리고 식욕 돋우는 보약 한 제(劑) 정도는 묵어야 쓰겠소. 그란디 그 약은 아무나 못 데리는 약인디 어짜까?"

김성수가 말했다.

"예? 그러면 누가 다려야 합니까?"

"내가……. 의원이 데려야 제대로 데리는 약이오. 원체 비싼 약이라."

"알았습니다. 그렇게 해 주세요."

"하루 이틀도 아니고 약 한 제를 다 데려 맥일라면 내가 오래 있어야 되는디……. 그랄라면 돈이 수월찮이 들 것이요."

"돈 걱정 마시고 그렇게 해 주세요."

한의사는 3일 후에 약을 가지고 오겠다는 약속을 남기고 떠났다. 김성수는 송진우 어머니에게 한약값을 넉넉히 줬다. 그리고 누워 있는 송진우 손을 잡고 농담을 걸었다.

"고집쟁이가 우째 조용해졌네. 한의사를 쫓아버릴 줄 알았는데 하하하하."

"이 사람이……, 환자한티……."

"환자는 뭔 환자여? 벌떡 일어나."

김성수는 그날 송진우와 함께 하룻밤을 묵고 다음 날 줄포로 돌아갔다.

김성수가 경성에 갔다. 조선도 하루속히 신학문을 교육해야 한다는 생각 때문에 단 하루도 줄포에 머물러 있을 수가 없었다. 그는 일본에서 그들의 교육제도와 시설을 보고 놀랐다. 그들은 초등학교부터 대학교까지 계단식으로 이루어진 교육제도로 신학문을 가르쳤다. 그 신학문이 다 서구에서 들어온 과학적인 학문이었다. 그래서 일본은 전 분야 학문이 일취월장 발전해 가는데 조선은 한학 구덩이에 빠져 세월만 보냈다. 조선에 교육시설이 있어봤자 서당이고 배우는 학문이 그저 한학에 한정되었다. 그래서 그는 유학을 마치고 귀국하면 반드시 교육사업을 하겠다고 굳게 결심했다. '민족교육이 나라 장래를 결정한다. 교육이 잘 된 민족은 번영하고, 교육이 부실한 민족은 타국 지배를 받는다. 이것은 만고의 진리다. 일본이 조선을 지배한 것도 교육 차이에서 나타난 당연한 귀결이다. 그래서 장차 일본 손아귀에서 빠져나오려면 민족교육부터 시작해야 한다.' 이것이 김성수 뼈에 사무친 신념이었다.

그런데 김성수가 경성에 머물면서 살펴본 조선 교육환경은 생각보다 훨씬 활발하게 변하고 있었다. 그는 이날까지 국내에 현대적인 학교가 전혀 없는 줄 알았다. 그런데 인제 보니 조선에 학교가 전혀 없는 것은 아니었다. 일본에 비하면 비교도 안 되지만 그래도 몇몇 학교가 있었다. 그 중에서 가장 먼저 세워진 학교가 배재학당이었다. 그 학교는 갑신정변 다음 해인 1885년에 감리교 선교사 아펜젤러가 중등교육기관으로 세웠다. 그 학교는 김성수가 태어나기 6년 전에 벌써 경성에 세워졌다. 그리고 그 후 종교계 학교와 관립학교가 여럿 세워졌다. 그것을 어린 시절 김성수가 모르고 있었을 뿐이다.

1885년 배재학당을 감리교 아펜젤러가 세우고, 1886년 이화학당을 또 감리교 아펜젤러가 세우고, 1886년 경신학교를 장로교 언더우드가 세우고, 1887년 정동여학당(정신여자중고등학교 전신)을 애니 엘러스 선교사가 세우고, 1889년 세브란스 의학교를 기독교 선교사가 세우고, 1897년 배화학교를 다른 기독교 선교사가 세웠다. 이렇게 외래문화가 우리나라에 들어와 횃불을 들고 교육하고 있을 때 뒤늦게 왕조정부가 근대식 교육의 중요성을 깨닫고 관립학교를 본격적으로 세우기 시작한 것은 갑오경장 이후였다.

1895년 고종은 교육입국의 조서를 내리고 그해 안에 한성사범학교와 관립외국어학교를 세우고, 소학교는 경성에 수하동, 정동, 제동 등 3개 동에 세우고, 수원, 충주, 공주, 전주, 광주, 대구, 진주, 춘천, 영변, 평양, 함흥, 경성(鏡城) 등 지방도시에 12개 학교를 세웠다. 또 같은 해 일어학교, 영어학교, 불어학교, 러시아어학교, 중국어학교, 독일어학교를 세우더니 1908년에는 이들을 한성외국어학교로 통합하였다.

경성에 학교를 뿌리내리기 시작한 기독교계는 갑오경장 이후로 지방도시에도 학교 신설을 서둘렀다. 1894년에 설립된 평양 광성학교를 비롯하여 숭실학교와 숭의여학교, 영변의 숭덕학교, 목포의 영흥여학교, 원산의 루씨여학교, 개성의 호수돈여학교 등이 그것이다. 갑오경장 이후 민간유지들도 사립학교 설립에 나섰는데 1898년 민영환의 흥화학교, 민영기의 중교의숙, 이광종의 낙연의숙이다

1905년 을사늑약을 거치면서 교육계는 더욱 활발해졌다. 이미 설립된 관립 농상공학교는 수원농림학교와 선린상업학교와 공업전수교로 분립되고, 법관양성소, 귀족자제를 위한 수학원, 한성고등여자학교(경기여자고등학교 전신) 등이 차례로 발족하여 합방 전후의 관립학교는 약 30개 교에 달하였다. 또한 미션스쿨도 계속 각지에 신설되었다. 대구의 계성학교, 광주의 수피아여학교, 선천의 신성학교와 보성여학교, 전주의 신흥학교와 기전여학교 등이 대표적인 것으로 기독교계 학교는 합방 전후에 전국 약 80개 교를 헤아리게 되었다.

관립 30여개 학교와 종교계 80여개 학교가 세워졌지만 이것만으로 조선 전역 청소년을 교육한다는 것은 언어도단이다. 그러나 이들 학교에서 신학문을 교육함으로써 백성이 눈을 뜨기 시작한 것은 다행한 일이었다. 백성은 이제 의병과 같은 무장항쟁으로 극일한다는 것은 무모한 일이라는 것을 알게 되었고, 진정한 극일은 백성의 실력 배양에 있다는 것도 알게 되었다.

조선은 요원의 불길처럼 피어오르는 교육열로 경향 각지에 사립학교가 우후죽순처럼 생겨났다. 1904년 전덕기가 상동교회에 청년학원을 설치한 후로 1905년부터 나타난 나수연 등의 한성법학교, 신해영의 대동전수학교, 엄주익의 양정의숙, 이용익의 보성전문하교(고려대학교의 전신), 민영휘의 휘문의숙, 엄귀비의 진명여학교와 명신여학교(숙명여중고교의 전신), 신규식의 중동학교, 보인학회의 보인학교, 진학신의 양규의숙, 서북학회의 협성학교(뒤에 오성학교로 개칭), 이봉래의 봉명학교, 흥사단의 융희학교, 기호흥학회의 기호학교(중앙중고교의 전신) 등은 두드러진 학교들이다.

기독교 학교에 자극 받은 민간유지들이 뒤를 이어 사립학교 설립이 활발해졌다. 이동휘는 강화에 보창학교를, 안창호는 평양에 대성학교(1907년)를, 이승훈은 정주에 오산학교를, 윤치호는 개성에 한영서원을 각각 세웠다. 민족적 각성으로 열풍 같은 교육열이 일어나는 것을 일본이 보고만 있지 않았다. 일본은 1908년 조선인 사립학교를 인가제로 실시하여 학교설립을 억제했다. 이 무렵 총독부에 접수된 학교설립신청 건수가 1,834개 교인데 그중 337개 교만 인가해 주고 1479개 교는 인가해주지 않았다.

뿐만 아니라 일제는 조선인은 아직 고상한 학문을 시킬 정도에 이르지 못했다며 교육과목도 통제하여 보통교육만 시키도록 하였다. 일할 수 있는 인간을 만들면 족하다는 것이다. 일제가 조선에서 시행하려고 하는 교육은 식량생산과 원료의 공급지로서 일본에 봉사하는 노예를 길러 내기 위한 교육이었다.

김성수가 학창시절 막연하게 느꼈던 민족교육이 이제는 구체적으로 눈앞에 펼쳐졌다. '건실한 학교, 학교다운 학교설립이 시급하다.' 그는 이 나라 학교들의 실정을 알고 나니 더욱더 성급한 생각이 들었다. 왜냐하면 우후죽순처럼 설립됐던 사립학교 중 건실한 학교는 몇 안 되고 대부분이 경영난에 봉착했다. 학교시설 면에서 사립학교보다 관립학교가 조금 나았기 때문에 국민들이 자녀를 관립학교에만 보내려 했다. 이것이 문제였다. 일제 강점기 관립학교 교육목적은 황민화 교육으로 아이들을 일본에 맹종하는 인간을 만들어내는 것이다. 아이들이 관립학교에 입학하는 것은 곧 일본의 하수인이 되는 길을 배우기 위한 것이었음에도 국민이 아이들을 관립학교에만 보냄으로써 사립학교는 쇠퇴할 수밖에 없었다. 일제는 바로 이것을 노리고 경향 각지에 관립학교를 세워 조선의 민족교육을 저지했다.

김성수는 한 달가량 경성에 머물면서 최남선과 안재홍을 자주 만나 학교설립에 관해 심도 있게 의논했다. 김성수가 사립학교 설립의사를 밝히자 최남선은 학교이름을 '백산학교'로 권했다. 백산학교란 민족의 정산 백두산에서 딴 이름인데 세 글자는 학교 이름으로 불편한 점이 있으니 가운데 '두'를 빼고 '백산'으로 하라는 것이다. 김성수는 이의 없이 교명 '백산학교'를 받았다. 그리고 며칠 후 총독부 학무국에 사립학교 설립인가를 신청했다. 학무국장 세끼야는 신청인 김성수를 만나보지도 않고 화를 냈다.

"백산이라면 백두산 아닌가. 이런 사람은 설사 학교 이름을 후지산학교(富士山學校)라고 붙여 와도 안 된다."

교육사업에 대한 김성수 꿈은 한 발자국도 못 나가고 좌절되었다. 이 일이 일반에 소문으로 퍼지자 김성수에게 여러 곳에서 연락이 갔다. 자기네 학교에 출자해 달라는 연락이 많았고 더러는 자기네 학교를 인수하라는 측도 있었다. 이렇게 연락하는 학교들은 모두 경영난에 봉착하여 폐교 직전에 있는 사립학교들이다. 이 학교 중에는 중앙학교도 들어 있었다.

중앙학교는 기호학회, 흥사단, 호남학회, 교남교육회, 관동학회 등 손꼽히는 각 학회의 합동 내지 지원으로 이루어진 민립학교로서, 교육 구국을 외치는 전국 우국지사들의 심혈이 거의 망라된 학교였다. 그러나 중앙학교는 경영난을 타개할 수가 없었다. 중앙학교는 1913

년 유길준이 제5대 교장에 취임, 사재로 경영을 계속하였으나 다음 해에 그가 타계해서 상황은 더욱 악화되었다. 제6대 교장 권병덕은 시천교의 원조를 얻고자 노력하였으나 실패했고, 중앙학회 남궁훈이 제7대 교장에 취임했으나 이때는 이미 교원들이 거의 무보수로 봉사하는 등 학교는 폐교 직전에 이르러 더 유지할 수 없는 형편이 되었다. 그래서 중앙학회가 김성수에게 중앙학교를 인수하라고 제의하게 된 것이다.

중앙학교 인수를 제의받은 김성수는 아버지뻘 되는 중앙학회 회장 김윤식을 비롯하여 이상재 류근 유진태 박승봉 유성준 이우규 등 여러 인사들을 만나 학회와 학교의 관계, 운영방식, 재정상태를 알아봤다. 그가 판단하기로는 비단 재정난으로만 학교가 어려워진 것 같지는 않았다. 교세가 어려워진 것은 설립자인 학회 구성이나 운영 계통이 너무 다원적이어서 일관된 학교 경영을 못 했던 것으로 판단되었다.

내부 사정을 파악한 김성수는 학회와 학교 관계자들이 학교운영에서 완전히 손을 떼고 물러나면 오직 학교만 인수하겠다고 말했다. 말하자면 누구의 간섭도 받지 않고 독자경영을 하겠다는 것이다. 학회 측은 김성수 제안을 듣고 황당했다. 사실 그때까지 그들이 알고 있는 김성수는 대학을 갓 졸업한 호남의 부호 아들이라는 정도였고 그 인물 자체는 알지 못했다. 민족의 원로급 지도자라고 할 수 있는 인사들이 아들 또래에 지나지 않는 25세 무명 청년에게 유서 깊은 중앙학교를 넘긴다는 것은 참으로 어려운 일이었다. 그러나 학교 측은 어쩔 수 없는 일이었다. 좀 무모한 일 같았지만, 의욕 있고 재력 있는 젊은이에게 맡겨 단 몇 년 동안이라도 학교를 존속시키는 것이 그냥 폐교하는 것보다 낫다고 판단되어 학교를 조건 없이 인계하기로 했다.

중앙학교 인수를 결정한 김성수는 그 길로 고향 줄포에 가서 양부와 생부에게 그간의 경위를 설명하고 학교 인수를 위해 출자해 달라고 요청했다. 두 부친은 몇 달 사이에 그렇게 큰일을 이루어 온 아들이 대견하다고 생각했다. 그러나 스물다섯 살 어린 나이에 학교를 운영한다는 것은 현실적으로 어렵다고 판단했다. 내로라하는 인사들도 학교사업에 손댔다가 파산하는 경우가 허다한 시기에 대학을 갓 졸업한 처지에 학교를 운영하겠다는 아들의 용기가 만용으로밖에 보이지 않았다. 김성수는 두 어른 반대에 부딪혀 난감했으나 포기하지 않고 집요하게 두 어른을 설득했다. 두 분 아버지 중 양부가 먼저 승낙했다. 양부는 줄포에 영신학교를 설립해서 운영했던 경험자였기에 아들의 포부를 충분히 이해하고 민족을 위해 마땅한 일이라고 생각했다.

"네 뜻이 내 뜻이기도 하다. 그르침이 없도록 잘 해 봐라."

양부는 아들을 이렇게 격려하면서 3천 두락 토지를 내놓았다. 김성수는 감읍해서 눈물까지 흘렸다. 그러나 그 토지만 가지고는 학교를 인수해서 운영해 나가는 데 충분하지 못했다. 그래서 생부 설득에 나섰다. 그런데 생부는 마음의 문을 꽉 닫고 대화를 피했다. 생부는 오히려 양부에게 승낙을 철회하라고 했다. 그런데 양부는 아들 성수가 보통 아이가 아니라며 믿고 도와주라고 생부를 설득했다. 생부 반대를 넘지 못한 김성수는 자기 방에 들어가 문을 걸어 잠그고 단식투쟁에 돌입했다. 그의 단식이 이틀이 가고 사흘이 지났다. 김씨네 장손이 곡기를 끊고 두문불출하자 상황이 심각해졌다. 생모가 나서서 성수에게 밥을 먹이려고 애를 쓰나 허사였다. 성수는 차라리 이대로 죽겠다며 단식을 풀지 않았다. 상황이 이렇게 되자 양부 김기중이 아우 김경중을 나무라면서 아들의 의욕을 꺾지 말라고 했다. 생부도 어쩔 수 없이 성수 요청을 받아들이기로 했다. 생부가 단식 중인 성수 방문 앞에 가서 아들을 불렀다.

"성수야, 이리 나오너라. 내가 졌다. 니 뜻대로 해라."

이렇게 해서 생부도 아들 교육사업을 전적으로 지원해 줄 것을 약속했다.

김성수는 경성에 올라가 두 부친을 설립자로 하여 중앙학교 인수 청원서를 총독부 학무국에 제출했다. 그런데 총무국은 이번에도 이 핑계 저 핑계로 서류를 이리 돌리고 저리 돌리면서 허가해주지 않았다. 김성수는 울화가 치밀지만, 그들을 상대로 불미스러운 처신을 할 수 없어 참고 견디면서 거의 매일 학무국에 가서 허가를 요청했다. 그가 학무국에 간 횟수가 아마도 100회를 넘은 듯하다. 어느 날 학무국장 세끼야가 김성수에게 물었다.

"그대가 김성수인가?"

"그렇소."

"그대는 왜 중앙학교를 인수하려 하는가?"

"나는 청년교육이 소원인데 신설학교는 당국이 불허하므로 자금난으로 폐교 위기에 있는 중앙학교를 인수해서 청년교육을 하려고 합니다."

"그대는 왜 청년교육을 하려 하는가?"

"우리 민족도 남의 나라처럼 잘 살려고 그러오."

"바보 같은 소리! 조선인 교육은 조선총독부가 하지 않는가? 그대들은 그 돈 가지고 실업이나 하라."

이후에도 이와 같은 대화가 오고 가고 감정이 격해졌다. 그런데 때마침 와세다대학 나가이(永井柳太郞) 교수와 다나카(田中穗積) 교수가 경성에 왔다. 이 교수들은 김성수의 은사들이다. 그래서 김성수는 두 교수에게 사정을 설명하고 도움을 요청했다. 김성수 요청을 받은 두 교수가 조선총독부 학무과에 가서 중앙학교 인수허가를 받아냈다. 이날이 1915년 4월 27일이다.

증앙학교는 경성 화동 138번지 홍수렛골에 있다. 교실은 한옥을 개조한 것으로 80평 정도 되는 기와집이고 교무실은 별채다. 1908년에 개교한 이 학교는 김성수가 인수한 1915년까지 졸업생 300명을 배출했다. 이 학교를 인수한 김성수는 민족지도자급 인사 류근을 교장으로, 안재홍을 학감으로 청빙하고 자신은 평교사로 들어갔다.

같은 해 7월 송진우가 메이지 대학을 졸업하고 귀국했다. 김성수는 당장 그에게 교사직과 함께 중요한 교무를 맡기고 자기는 영어와 경제과목만 맡았다. 그로부터 3개월 후 안재홍이 학교를 떠났다. 그래서 교직에 들어간 지 얼마 되지 않았지만 송진우가 학감을 맡아야 했다. 그리고 이강현을 물리와 수학 담당 교사로 채용했다. 이강현은 도쿄유학시절에 가까이 지내던 유학파인데 보기 드문 이과 출신 기술자다.

학교 인수 2년 후 1917년 3월에 류근 교장이 사임했다. 김성수는 고심하다가 본인이 직접 교장직을 맡았다. 앞으로 해야 할 일 중 교사를 신축하는 일이 있기 때문에 이 어렵고 힘든 일을 타인에게 맡길 수는 없었다. 1915년 11월 발표된 고등보통학교령에 따라 이제까지 3년이던 수업연한이 4년으로 연장됨으로써 당장 교실이 부족하게 되었다. 그래서 건축공사는 발등에 떨어진 불이었다.

경성 계동 1번지에 교사 짓는 건축공사가 진행 중이었다. 화동 교사는 80평 정도에 지나지 않았으나 짓고 있는 새 교사는 건평 120평에 붉은 벽돌 건물 2층이고, 교사 옆에 별채로 교원사택 겸 숙직실을 현대식으로 짓고 있었다. 이 학교 전체 터는 4천3백 평이었다. 학생들 육체를 단련시키기 위해 대운동장이 필요하고, 학생이 증원되어 교실이 부족하면 언제든지 증축할 수 있도록 그는 넓은 땅을 학교부지로 매입했다. 김성수가 새 교사를 짓기 위해 이 땅을 매입하자 송진우는 학교부지로 부적격이라고 평가했다.

"시내와 너무 멀리 떨어져 있어서 학생들 등하교가 불편하지 않겠어?"

송진우 말을 듣고 김성수는 이렇게 대답했다.

"두고 보게, 10년 안에 교문 앞까지 인가가 들어찰 테니."

김성수 교장은 화동 학교 일을 송진우 학감에게 거의 맡기고 본인은 홀가분하게 건축현장에 나가 교사 짓는 일에 집중했다. 공사 현장 일꾼들은 날마다 현장에 나타나는 김 교장을 처음에는 싫어했으나 나중에는 그들의 태도가 바뀌었다. 자신들의 애로사항을 척척 해결해 줬기 때문이다. 그리고 그들이 감복한 것은 그의 인품이었다. 그가 건축 현장에서 항상 달고 사는 말이 있었다.

"이 집은 내가 살 집이 아니오. 이 집은 나라님보다 더 귀한 학생들 집이오. 그러니까 정성껏 지어야 해요."

수목만 울창하던 산비탈에 붉은 벽돌건물 2층이 우람하게 올라가는 것을 보고 장안의 이목은 중앙학교로 쏠리고, 김성수라는 이름이 일반사회에도 널리 알려지게 되었다. 부속 건물을 합해 2백 평 남짓한 교사가 1917년 11월에 준공되고, 12월 1일에 화동 옛 교사로부터 계동 1번지 신축 교사로 이전했다.

김성수가 중앙학교 교사를 신축해서 학교를 이전하자마자 새로운 일거리가 코앞에 다가왔다. 물리와 수학과를 담당하고 있는 이강현 선생이 교장실에 들어가 경성직뉴주식회사를 인수하자고 제안했다. 경성직뉴주식회사는 1911년에 창립한 회사로 공장은 경성 쌍림동에 있고, 면사, 마사, 견사 등을 재료로 댕기, 분합, 허리띠, 주머니, 염낭 끈, 대님 등 뉴류(紐類)를 생산하는 회사였다. 그리고 이 회사 사장은 윤치소(윤보선 전대통령 부친)였다. 김성수는 당황했으나 이강현 선생 말을 들으면서 마음이 움직였다. 그가 도쿄 유학시절부터 민족교육과 민족산업, 그리고 민족언론에 대한 꿈을 가지고 있었기 때문이다.

이강현 선생 말에 의하면 경성직뉴주식회사가 자금부족으로 경영난에 부딪혀 폐업 직전이라고 했다. 이 회사는 비록 뉴류 생산업체지만 자본금 10만원을 투자하여 세운 조선 최초 주식회사로서 직축기 67대와 5마력의 발동기 1대를 갖추었고, 직공이 60명으로 면직류 공장으로서는 조선 최대 규모였다. 그런데 이 공장이 어려워진 것은 경영자가 시대변화에 부응하지 못한 것이 원인이었다. 조선 백성 옷이 한복에서 양복으로 바뀌어 감에 따라 댕기, 분합, 허리띠, 주머니, 염낭 끈, 대님 등 소비가 현저하게 줄고 있는데 회사는 그런 상품만 생산하고 있으니 경영이 어려울 수밖에 없었다. 이강현 선생은 경성 태생으로 김성수보다 3년 연장자였다. 그는 일본 구라마에 고등공업 학교(지금의 도쿄공업대학의 전신) 방직과를 1911년에 졸업하고 귀국했다. 그는 귀국 후 고국의 공업부흥을 위해 공업기술 등에 관한 논문을 여러 간행물에 소개하면서 국내공업기술 계몽에 힘써 오다가 중앙학교 김성수 교장 초빙으로 교사직에 입신했다. 그는 도쿄 유학 시절에 세 살 아래인 김성수 학생을 봤기 때문에 선뜻 그의 초청을 받아들일 수 있었다.

　김성수 교장 역시 이강현 선생이 방직전문가라는 것을 잘 알고 있는 터라 교사로 초빙했고, 그의 제안을 심도 깊게 들었다. 이강현은 김 교장이 경청하는 것을 보고 더 열심히 설명했다. 그는 조선 사람이 일제 광목옷을 입는 것은 견딜 수 없는 모욕이라고 말하면서 그러나 백성이 일제 광목을 옷감으로 쓰지 않을 수 없다고 힘주어 말했다. 실제로 그 말은 맞는 말이었다. 이때 조선에서 생산되는 옷감은 가정에서 아녀자들이 베틀로 짠 무명 옷감, 마포 옷감뿐이었다. 그런데 그 옷감은 투박하고 무거우면서 무릎이 잘 나오고 질기지 못하여 옷을 세탁하면 죽죽 늘어나는 폐단이 있었다. 그래서 사람들은 천이 얇으면서도 곱고 질긴 일제 광목을 옷감으로 쓸 수밖에 없었다. 김 교장은 이 선생의 설명을 듣는 중에 '그래요, 특히 우리 학생들이 일제 광목으로 만든 교복을 입는 걸 보면 너무 속상해요.' 라는 생각을 하고 있었다. 김 교장은 고개를 끄덕이더니 두 가지 조건을 붙여서 동의했다.

"좋습니다. 두 가지 조건을 이 선생님이 들어준다면 그 회사를 인수하겠습니다."

"예, 그 조건을 말씀하세요."

"첫째는 내가 경성직뉴주식회사를 인수하면 그 회사를 이 선생님이 맡아서 경영하겠다고 약속해 주세요."

"예, 그렇게 하겠습니다. 그리고 또 하나는요?"

"그 회사를 인수해서 광목 짜는 방직회사로 전환하는 조건입니다."

"예, 교장선생님. 그런데 회사 생산품을 바꾸는 일에는 자금이 투자돼야 하는데 그 자금은 교장선생님께서 투자하시겠습니까?"

"예, 투자할 일이 생기면 내가 투자하겠습니다."

"그렇다면 그것은 제가 바라는 바입니다. 두 가지 조건을 다 수용하겠습니다."

"됐습니다, 인수합시다. 그쪽과 교섭하는 것도 이 선생님이 맡아주세요."

김성수 교장은 경성직뉴주식회사 인수를 일사천리로 진행했다.

자금난으로 폐교 직전에 있던 중앙학교를 김성수가 인수하여 학생 수가 증가하고, 교사를 웅장하게 신축하고, 교사진을 전원 대학

출신으로 채용한 것을 보고 놀란 것은 조선 사회만이 아니었다. 조선 사람보다 더 크게 놀란 것은 오히려 총독부 학무국장 세끼야를 비롯한 관리들이었다. 그들은 김성수가 제출한 백산학교 설립인가 신청을 묵살했고, 중앙학교 인수허가를 불허하다가 와세다대학 교수들 압력에 굴복해서 인수를 허가했다. 그들은 마지못해 인수허가를 해 주면서 내심으로는 '어린 놈이 학교를 하겠다고? 그래, 어디 한 번 해봐. 말썽 많은 중앙학교를 인수해 봤자 결과는 뻔하다.' 하면서 비웃고 있었다.

그런데 이 청년은 웅장한 교사를 지어놓고 낙성식에 학무국장 세끼야를 초대했다. 관원들 다수를 대동하고 참석한 세끼야의 태도가 달라졌다. 김성수를 "긴 꾼(金君)"이라고 부르던 그가 "긴 센세이(金先生)"라고 정중하게 호칭했다. 세끼야는 낙성식이 끝나고 돌아가면서 기어코 한마디 했다.

"조선인 힘으로 이렇게 훌륭한 일을 해낼 수 있게 된 것도 모든 사람을 평등하게 보아 똑같이 사랑하시는 천황폐하의 넓고도 큰 은혜 덕분이오."

이날로부터 총독부 관리들이 김성수를 대하는 태도가 달라지고 그를 조선의 젊은 지도자로 지목하고 경계했다.

김성수 주위에 유능한 인재들이 모여들었다. 본래부터 중앙학교와 연고가 깊었던 최규동 이중화 이관종 이규영 권덕규 등 대가 외에도 일본 유학에서 돌아온 송진우 최두선 이강현 현상윤 등과 국내에서 명성이 높던 변영태 유경상 유태노 조철호 고의동 나원정 박해돈 등 신진기예들이 중앙학교 교사진으로 영입됐다. 정예멤버로 교사진을 짠 김성수 교장은 웅원(雄遠)·용견(勇堅)·성신(誠信)을 교육의 취지로 삼았다. 이 교육의 취지는 그가 손수 제정한 것으로, 그의 교육이념을 집약하는 동시에 그의 가치관을 나타낸 것이다.

다음 해 1918년 1월 1일 오후, 총독부 학무국 직원이 중앙학교 교장을 만나러 갔다. 교장실에서 김 교장을 만난 관원이 말했다.

"이 학교는 올해도 학생들에게 모찌떡 대신 인절미를 줬습니까?"

"그렇소."

"왜 인절미를 줍니까? 황실 문장 국화가 찍힌 모찌떡을 줘야지."

"그것은 교장이 알아서 할 일이오. 내가 모찌떡을 주든 인절미를 주든 상관하지 마시오."

"뭣이오? 중앙학교가 학생들에게 조선민족 교육을 하고 있는데 상관하지 말라고?"

"인절미 하나씩 주는 것을 민족교육이라고 할 수 있소?"

"총독부는 지금 조선 학생들에게 황민화 교육을 철저히 하라고 하는데 중앙학교가 말을 안 듣는단 말이오. 이 학교 폐교조치 내려줄까?"

김 교장이 말을 하지 않았다.

"새끼야 학무국장이 다시 와서 심문할 것이오. 그날 폐교 여부가 결정될 테니 생각을 잘하시오."

총독부 관원이 돌아갔다. 김성수 교장은 중앙학교를 인수한 이후 해마다 그랬던 것처럼 이번 정초에도 인절미를 한지에 싸서 전교생에게 기념선물로 나누어 줬다. 이 인절미를 받은 학생 중 인절미는 싫다며 불평하는 학생이 꼭 있었다. 다른 학교는 다 모찌떡을 주는데 왜 중앙학교만 인절미를 주느냐는 것이다. 일본 내지(內地) 학교에서는 해마다 정월 초하룻날 일본 황실 문장인 국화 무늬가 찍힌 모찌떡을 전교생에게 나누어 주는 관행이었다. 그래서 조선 총독부가 그 관행을 조선에 있는 학교에도 다 시행하라고 했고, 모든 학교가 총독부 명령에 따라 정월 초하루마다 학생들에게 국화 무늬가 찍힌 모찌떡을 선물했다. 그런데 김성수 교장은 모찌떡 대신 집에서 만든 인절미를 한지에 싸서 학생들에게 나누어 줬다. 그는 불평하는 학생들에 대해서 '지금은 어려서 모르겠지만 나이가 들면 우리 학교가 왜 인절미를 주는지 너희들도 알게 될 것이다.'라고 생각했다.

인절미 사건으로 총독부는 중앙학교를 폐교 대상 학교 명단에 올려놓았다. 사실 인절미 사건 이전에도 중앙학교는 학무국 세끼야 국장을 짜증나게 했다. 왜냐하면 김성수가 중앙학교 인수허가를 신청했을 때 그 신청서를 묵살하려 했는데 와세다대학 두 교수의 압력에 가까운 말 때문에 허가를 내줄 수밖에 없었다. 그래서 총독부 직원들은 김성수 학교를 예의 주시하고 있었다. 그런 악연 때문에 물밑에서는 중앙학교가 늘 위태위태했다.

그런 와중에서도 중앙학교 교사진은 수업 중에 민족정신 교육에 열을 올렸다. 교사들은 하나같이 민족성이 강하고 항일정신으로 똘똘 뭉친 사람들이었다. 그래서 그들은 수업 시간에 거침없이 소신에 따라 교육을 했다. 총독정치 하에서는 저들의 비위에 거슬리면 언제라도 폐교시켜버렸다. 그렇게 되면 폐교된 학교는 항의할 곳도 없었다. 김 교장은 마치 살얼음판 위를 걸어가는 느낌으로 학교를 운영했다. 그런데 새끼야 학무국장은 중앙학교에 나타나지 않았다. 총독부 직원 말에 의하면 그가 중앙학교에 직접 방문해서 어떤 조치를 할 것이라고 했는데 그는 나타나지 않았다. 그가 나타나지 않은 이유를 중앙학교 측은 알지 못했다. 단지 짐작되는 것은 와세다대학 두 교수를 의식해서 권력남용을 삼가는 것 아닌가 하는 추측뿐이다.

이번에는 보성학교에서 사건이 터졌다. 2학년 체조 시간에 일본인 교사가 형사를 학교로 불러들여 학생 전원의 몸을 수색한 것이 사건의 발단이었다. 형사가 학생들 몸을 수색하자 2학년, 3학년, 4학년 학생들이 일본인 교사 퇴진을 요구하며 동맹휴학에 들어갔다. 이 사건을 총독부가 모른 척하지 않았다. 총독부는 보성학교 측에 주동자 8명을 즉시 퇴학시키라고 지시했다. 보성학교 최린 교장은 총독부 명령에 불복하고 버티었지만 불가항력이었다. 총독부가 명령을 이행하지 않으면 학교를 폐교조치 하겠다고 공문서를 보냈다. 최린 교장은 그 통지서를 받고 어쩔 수 없이 8명 학생을 퇴학시켰다. 최교장은 학생들을 퇴학 처리한 즉시 중앙학교 김성수 교장을 찾아가 보성학교에서 퇴학당한 학생들 편입을 부탁했다. 최린 교장 요청을 받은 김성수 교장은 즉석에서 승낙하고 이튿날 그 8명을 전원 편입시켰다.

이 사실을 알게 된 총독부 학무국장 세끼야는 김 교장을 총독부로 불렀다.

"김 교장, 참으로 섭섭하고 유감된 일이오. 긴말 필요 없고 당장 그

여덟 명을 내쫓으시오."

한참 생각하던 김 교장이 말했다.

"두 가지만 얘기하겠습니다. 첫째, 미국이든 일본이든 조선이든 경찰이 학교 구내에 들어가서 몸수색하는 일은 있을 수 없는 일입니다. 둘째, 어떤 학생이 교칙을 어겨서 교칙대로 벌을 받았으면 그것으로 벌은 끝난 것입니다. 그 학생이 나중에 다른 학교로 전학하는 것까지 막을 수는 없는 일입니다. 총독부가 나서서 그 학생 진로를 방해하면 안 되는 일이지요. 국장님은 어떻게 생각하십니까?"

세끼야는 말문이 막혔다. 그는 도둑질하다 들킨 사람처럼 말을 못하고 얼버무렸다.

"조선 사람들은 남의 말을 듣고 오해를 잘한단 말이야. 아무튼 중앙학교에서는 다시는 이런 일이 안 일어나도록 조심하시오."

김성수는 계동 130번지에 집을 마련했으나 향리 줄포에 있는 가족들은 이 집으로 이사하지 못했다. 집안 형편이 이사할 만큼 한가롭지 못했기 때문이다. 그래서 그 집에 김사용을 살게 하고 본인은 그 집에서 숙식했다. 그런데 화동에 있던 학교를 계동 신축교사로 이전한 후에는 학교 숙직실에서 자는 일이 많아졌다. 송진우와 현상윤이 사택 겸 숙직실에서 숙식하기 때문에 그들과 함께 어울려 학교 일을 의논하고 나랏일을 걱정하다 보면 그냥 그곳에 눌러 잠들기 십상이었다. 이 세 사람이 숙직실에 기거한다는 소문이 도쿄 유학파에게 널리 알려지더니 이 숙직실은 어느새 도쿄 유학생 선후배들의 활동 근거지가 되었다.

5

1919년 1월 중순 일본 유학생 송계백이 중앙학교 숙직실에 가서 김성수 송진우 현상윤을 만났다.

"안녕하십니까? 저는 도쿄 유학생 송계백입니다. 도쿄에서 백관수 선배님이 전해드리라는 것이 있어 가지고 왔습니다."

그는 쓰고 있던 학생 모자를 벗어 안창을 뜯고 그 속에 감춰진 삼팔주 비단보자기를 꺼냈다. 그 비단보자기를 김성수에게 주면서 말했다.

"이것을 읽어보시면 제가 왜 왔는지를 아실 겁니다."

김성수가 비단보자기를 받아 자세히 보니 깨알 같은 글씨로 '독립 선언서'라는 제목이 보이고 그 아래 '조선 청년 독립단은 우리 2천만 민족을 대표하여 정의와 자유의 승리를 득한 만국 앞에 독립을 기 성하기를 선언하노라'라고 씌어 있었다.

"이것은 독립선언문 아니오?"

"그렇습니다."

"이 독립선언문을 선포했소?"

"지금 준비 중입니다. 거사일은 아직 정하지 않았습니다."

김성수 송진우 현상윤은 눈시울이 붉어졌다. 감격스럽기도 하고 부끄럽기도 하여 송진우가 물었다.

"이 선언문은 누가 작성했나?"

"백관수 선배께서 작성하시고 이광수 선배님이 다듬으셨습니다."

김성수가 물었다.

"우리가 도와줄 일이 없나요?"

송계백은 말했다.

"이 원고를 대량 인쇄해야 하는데 일본에는 한글 인쇄소가 없지 않습니까? 그래서 고민하다가 김성수 선배님을 찾아가면 도와주실 거라고 하면서 백관수 선배께서 저를 보냈습니다."

"알겠소. 현 선생, 급히 신문관에 가서 최남선을 데리고 오시오."

현상윤이 부리나케 신문관에 가서 최남선에게 사정을 알리고 중앙학교 숙직실에 가자고 했다. 최남선도 하던 일 다 물리치고 현상윤과 함께 길을 나섰다. 송진우가 최남선에게 삼팔주 비단 보자기를 주면서 읽어보라고 했다. '독립선언서'를 꼼꼼히 읽고 난 최남선도 감격했다. 김성수가 최남선에게 말했다.

"일본에는 한글 인쇄소가 없잖소? 일본에서 이 선언서를 대량 인쇄해야 한다고 하는데 무슨 수가 없겠소?"

최남선이 고민했다. 그리고 잠시 후에 말했다.

"선언서에 필요한 활자를 채자해서 줄 테니 도쿄로 가져가게. 그런데 말이야 가다가 검색당하면 큰일이잖아?'"

"솜바지 저고리에 한 개 한 개 숨겨서 가겠습니다."

송진우가 송계백에게 당부했다.

"조심하게. 그리고 돌아가면 백관수에게 도쿄 유학생들만 일어나면 의미가 별로라는 말을 꼭 전하게. 본국에서도 거사 준비를 해서 같은 날 같은 시간에 대대적으로 일어나자고 전해주게."

"알았습니다, 그런데 도쿄 유학생들과 본국 선배님들 간에 통신이 어렵지 않습니까?"

"그렇지, 그러면 이렇게 하지. 전보로 의사소통을 하고, 문자는 주식시장에서 거래하는 용어를 이용해서 암호로 전보를 치도록 해. 주식거래 용어 알아?"

"예, 알고 있습니다."

마당에서 기침 소리가 났다. 김성수가 밖에 나가보려고 일어섰다. 그런데 현상윤이 벌떡 일어서서 김성수를 붙잡아 자리에 앉게 하고 자기가 나섰다.

"앉으세요, 형님은 나서지 말라니까요."

김성수가 엉거주춤 다시 앉으며 말했다.

"헌병이 왔겠지. 나가 보게."

현상윤이 밖으로 나갔다. 바깥은 이미 깜깜했다. 현상윤이 마당에 불을 켜고 보니 이종일 영감이 조심조심 걸어오고 있었다.

"김 교장도 있소?"

"예, 선생님 어서 오십시오."

이종일은 송진우가 현직 교장이라는 사실을 알면서도 김성수를 김 교장이라고 한다. 류근 교장이 사임하고 김성수가 뒤를 이어 교장직에 있다가 최근에 송진우를 교장으로 세웠기 때문에 현직 교장은 송진우다. 이종일(61세)은 제국신문사 사장을 지낸 천도교 사람이다. 그는 1910년 경술국치 당시 울분을 참지 못해 민족운동을 하려고 천도교 내에 인쇄소인 보성사를 설립했다. 그리고 천도교 지도자 손병희 권동진 오세창 최린 등을 충동하여 천도교가 이렇게 죽어지내면 되느냐며 제2차 동학혁명을 하자고 목소리를 높였다. 그러던 중 중앙학교 교장 김성수에 관한 소문—25세였던 젊은이가 폐교 직전에 있는 중앙학교를 인수하여 중건했다—을 들었다. 그가 중앙학교를 인수할 때는 전교생이 80명뿐이었는데, 4년이 지난 지금은 300명이 넘는다고 했다. 그는 학교를 인수하자마자 경륜이 출중한 류근 선생을 교장으로 추대하고 안재홍을 학감으로 초빙하면서, 자신은 평교사로 일하고 있다는 소문이 났다. 이 소문을 들은 이종일은 김성수가 어떤 인물인지 한 번 만나보고 싶었다. 그래서 중앙학교를 불쑥 찾아가 김성수 교장을 만나 민족문제를 놓고 장시간 얘기했었다. 그때는 아직 김성수가 교장직에 있을 때였다. 그 후 그는 숙직실을 자주 찾아가 김성수 송진우 현상윤과 함께 나랏일을 걱정하곤 했다. 어떤 날은 많은 청년이 숙직실에 모여 있었다. 나중에 안 일이지만 그들은 다 도쿄에서 유학하고 돌아온 동지들이라고 했다. 이런 날은 그가 아무도 만나지 않고 슬그머니 발길을 돌리곤 했다.

이날은 숙직실에 손님이 없는 것 같아서 이종일이 편한 마음으로 숙직실에 들어갔다. 그런데 이날도 손님이 있었다. 숙직실 주인 격인 김성수 송진우 현상윤 외에 두 사람이 있었는데, 한 사람은 최남선이고 다른 한 사람은 낯설었다. 김성수가 이종일에게 송계백을 소개했다. 송계백은 도쿄 유학생인데 중요한 임무를 띠고 귀국했다고 소개했다.

"선생님, 이 문건을 읽어보십시오."

김성수로부터 삼팔주 비단을 받은 이종일은 선언문을 읽으면서 얼굴이 붉어지고 큰 눈에 눈물이 그렁그렁 고였다. 그는 한참 동안 말을 못 하고 있다가 무겁게 입을 열었다.

"나서야지. 나라 안에서나 밖에서나 궐기해야 해."

김성수가 말을 받았다.

"재미동포들도 일어설 모양입니다."

얼마 전 워싱턴에서 구국운동을 벌이고 있는 이승만이 국내에 밀사를 보냈었다. 그 밀사가 전해준 서신 내용은 이러했다.

머지않아 윌슨 대통령이 민족자결론에 관한 문건을 파리 강화회의에 정식으로 제출할 예정이오. 그러니 우리 민족도 가만히 있을 수가 없소. 이 기회에 우리 민족도 노예 생활을 호소하고 자주권을 회복해야 할 것이오. 미국 동포들이 이번에 구국운동을 추진하고 있으니 국내에서도 이에 호응해 주기 바라오. 이승만

중앙학교 숙직실 팀은 이종일을 통해서 천도교 중진들과 접촉했다. 현상윤은 천도교가 경영하는 보성학교 졸업생으로 최린 교장 제자였다. 그래서 그는 최린 교장을 여러 차례 찾아가 거사를 도모하자고 제의했었다. 그런데 최린 교장은 움직이지 않았다. 현상윤이 열심히 설득하면 고개를 끄덕끄덕하고 공감을 표하면서도 가타부타 대답은 하지 않았다. 답답한 현상윤이 어느 날 최린에게 물었다.

"이종일 선생님 아시죠?"

"음, 잘 알지."

"그 선생님께서 우리에게 천도교와 협력하라고 당부하셨습니다."

"알아."

"이종일 선생님과 힘을 합해서 교주님을 설득해 주세요."

"그러면 이렇게 하지. 내가 오세창 권동진 이종일 세 분을 모시고 중앙학교 숙직실로 갈 테니까 그때 의논해. 거기서 중지를 모아 교주

님을 뵙도록 하자고."

"예, 감사합니다. 그렇게 하겠습니다."

다음날 땅거미가 내리는 시간, 천도교 사람들이 중앙학교에 갔다. 이종일 오세창 권동진 그리고 보성학교 최린 교장까지 네 사람이었다. 중앙학교 김성수 송진우 현상윤이 어둑어둑한 운동장에서 천도교 중진들을 반갑게 맞았다. 이들 중 이종일과 최린은 중앙학교 선생들과 자주 만나 친숙한 관계였다. 그런데 오세창과 권동진은 초면이었다. 송진우는 손님들을 숙직실로 안내했다. 숙직실에는 회의용 원탁이 있었다. 그리고 그 원탁 위에 저녁식사가 마련되어 있었다. 일동이 모두 원탁에 둘러앉았을 때 최남선이 숙직실로 들어갔다. 현상윤은 천도교 중진들에게 최남선을 소개했다.

"어르신들, 이분은 최남선 씨입니다. 합석해도 괜찮지요?"

모두가 좋다고 고개를 끄덕였다. 송진우가 말했다.

"어르신들께서 어려운 걸음 하셨는데 대접이 약소합니다. 회의를 끝내고 밖에 나가 다시 한 번 대접하겠습니다. 우선 약식으로 이 음식을 드시면서 말씀 나누시죠."

일동이 음식을 먹는 동안 현상윤이 도쿄 유학생들 움직임을 설명하고 그들이 보낸 독립선언서를 또박또박 읽었다. 일본 유학생들은 시위하다 체포되고, 사살되더라도 조선독립선언을 외치고 시위할 것이라고 했다. 그러니 우리 본토에서도 대규모 시위를 해서 세계만방에 일본의 불법 침략을 알리자고 했다. 현상윤의 요청이 끝나자 참석자들이 모두 젓가락을 탁자에 놓고 입을 닫았다. 그리고 고개를 숙인 채 침묵했다. 시간이 가도 누구 하나 입을 열지 못했다. 결국에는 이종일이 입을 열었다.

"다들 고개 들고 말들 해보셔."

그래도 누구하나 입을 열지 못했다. 이종일이 다시 말했다.

"다들 갑시다. 우리 다 같이 이 선언서를 가지고 교주님에게 가서 민족대표로 나서 주시기를 간청합시다."

오세창 권동진 최린이 일어섰다. 이종일의 제안에 동의한다는 것이다. 일동은 동대문 바깥 상춘원, 손병희 교주 자택으로 몰려갔다. 이들은 손병희 교주에게 민족대표가 되어 거사를 이끌어 주십사하고 눈물로 간청했다. 손 교주는 일본 유학생들이 보낸 독립선언서를 몇 번이고 읽고 또 읽었다. 그리고 무겁게 입을 열었다.

"어린 사람들이 목숨 걸고 독립운동을 한다니 우리로서 어찌 앉아서 보기만 할 수 있겠소? 우리도 나서야지. 나를 어떻게 써도 좋으니 조선 민족이 다 나설 수 있도록 해보시오."

손 교주는 이렇게 말을 끝내고 독립운동에 관한 3대 강령으로 대중화·일원화·비폭력을 제시했다. 그리고 보성학교 교장 최린에게는 대외동지 교섭을 지시하고, 권동진과 오세창과 이종일에게는 대내조직을 구성하라고 지시했다. 그리고 경성에서 부분적으로 시위하고 끝날 바에는 아예 시작도 하지 말라며 손 교주는 눈에 힘을 주었다. 전국에 조직된 천도교 교도만 해도 거국적 행사를 할 수 있으니 조선 팔도가 동시에 일어나게 하라고 당부했다.

이날 저녁 손병희 교주의 결단을 얻어낸 송진우 최남선 최린 현상윤은 최린 씨 댁으로 가서 구체적인 실행방안을 강구했다. 이들이 강구한 방안은 이러했다.

1. 민족대표 손병희 명의로 조선독립을 세계만방에 선언하고

2. 이 선언서를 인쇄하여 조선전도에 배포하고

3. 국민을 총동원해서 조선독립의 시위운동을 크게 벌이고

4. 1910년 한일합방을 강력하게 부인하고

5. 조선국민이 어떻게 독립을 열망하고 있는지를 내외에 알리고

6. 미국 대통령 윌슨에게 조선독립을 즉각 추진해 주기를 바라는 청원서를 제출하고

7. 선언서와 기타 서류는 최남선이 작성하기로 하고.

8. 민족대표 후보자로 손병희 교주는 이미 승낙하였으니, 추가로 박영효, 이상재, 윤치호 제씨의 승낙을 얻기로 하고

9. 박영효 교섭은 송진우가, 이상재 윤치호 교섭은 최남선이 각각 맡기로 했다.

3일 후 최린 송진우 최남선 현상윤 등이 중앙학교 숙직실에서 다시 만나 민족대표 추대 성사 여부를 점검했다. 이 자리에는 김성수도 함께 있었다. 송진우와 현상윤은 이런 자리에 김성수가 끼는 것을 두려워했다. 왜냐하면 총독부가 김성수를 밤낮없이 감시하느라 미행자를 붙여 놓았기 때문이다. 항일운동을 기획하는 자리에 김성수가 참가했다는 정보가 총독부에 보고되면 모든 것이 물거품이 되어 시위가 불발되는 것은 말할 것도 없고 중앙학교는 폐교조치도 피할 길이 없었기에 송진우와 현상윤은 김성수를 계동 그의 자택 안방에 묻어두고 싶어했다.

송진우가 박영효를 만나 독립선언서상에 민족대표 중 한 사람으

로 올리겠다고 했더니 그가 거절하더라고 전했다. 이어서 최남선도 이상재와 윤치호도 거절하더라고 전했다. 예상치 못한 거절사태에 부딪힌 그들은 제2후보자들을 선정해서 교섭하기로 했다. 이때 제2후보자로 거론된 인사는 한규설과 윤용구였다.

그날로부터 2, 3일 후 이들은 다시 계동 중앙학교 숙직실에 모여서 경과보고를 들었다. 송진우가 만난 한규설은 승낙했으나 최남선이 만난 윤용구는 거절했다고 전했다. 그리고 윤용구가 거절했다는 말을 듣고 한규설도 거절통보를 해왔다고 전했다. 사정을 듣고 난 최린이 말했다.

"민족대표를 다른 데서 구할 필요 없이 손병희 교주를 필두로 우리 네 사람이 직접 나섭시다. 최남선 씨, 내 의견이 어떻습니까?"

최남선이 대답을 하지 않고 미적지근한 태도를 보였다. 최린이 송진우에게 물었다.

"송 교장 생각은 어떻소?"

"저는 최 선생님 의견에 찬성합니다. 참여하겠습니다."

"현 선생은?"

"저도 참여하겠습니다."

"그러면 이제 최 선생이 결단을 내리면 완성이오. 말씀하세요."

최남선은 미적거리더니 얼굴이 빨갛게 달아올랐다. 그리고 이렇게 말했다.

"나는 가업 관계로 나설 수 없습니다. 다른 사람을 세워 보시지요."

최린이 입을 다물고 뜸을 들이다가 단호하게 얘기했다.

"최남선 선생이 불참한다면 나도 나서지 않겠소. 그리고 천도교도만으로 거사를 치를 수가 없으니 이 운동 추진을 중지합시다."

이렇게 해서 민족적 거사 준비는 물거품이 되었다.

1919년 1월 21일 일제에 의해 강제로 폐위당한 고종황제가 승하했다. 황제는 나이가 들어서 자연스레 죽은 것이 아니고 친일파인 윤덕영 한상학 이완용 등 역신들이 총독부 사사를 받아 태황을 독살했다는 소문이 장안에 파다했다. 총독부는 황제의 사인은 뇌일혈이라고 공식 발표했다. 힘없는 조선 사람들로서는 총독부 발표를 믿을수 없었지만 아무 것도 할 수 없는 처지였다. 하지만 황제 승하로 인해서 배일감정은 하늘을 찌르고도 남을 만했다.

1919년 2월 초 전보 한 통이 계동 김성수 자택으로 배달되었다. 도쿄에서 송계백이 보냈다. 김성수는 전보 봉투를 황급히 개봉해서 읽고 몹시 당황했다. 벽시계는 오후 여섯 시를 조금 지났다. 이 시간이면 학교 교무가 거의 끝나는 시간이다. 학생들은 다 귀가했을 것이고 송진우 교장과 현상윤 선생은 숙직실에서 쉬고 있을 것이다.

김성수는 서둘러 숙직실로 갔다. 그는 송계백이 보낸 전보를 송진우와 현상윤에게 보여줬다. 전보 내용은 「2·8 샀다」였다. 암호문이다. 송진우가 흥분해서 가쁘게 말했다.

"아니, 이거 어떻게 된 거야? 우리하고 협의도 안 하고 이럴 수가 있어?"

현상윤도 당황했다.

"우리는 아직 조직도 못 했는데……."

송진우가 말을 이었다.

"본토와 동시에 거사하자고 해놓고 이게 뭐야?"

김성수가 말했다.

"그쪽에 무슨 사정이 있나 보지. 시간을 길게 끌면 정보가 샐 수도 있으니까."

"이렇게 되면 동시 거사는 틀렸잖아."

「2·8 샀다」를 풀이하면 「2·8」은 2월 8일을 뜻하고 「샀다」는 거사를 뜻하고 있다. 이 비밀암호는 주식시장 거래에서 쓰는 용어를 응용해서 쓴 것이다.

송계백이 활자체를 가지고 간 지가 엊그제 같은데 벌써 거사 날짜를 잡아서 전보를 쳤다. 자랑스럽기도 하고, 감격스럽기도 하고, 부끄럽기도 하고, 당황스럽기도 하여 숙직실 사람들은 그저 유구무언이었다. 도쿄 유학생회는 김성수와 송진우가 재학시절에 만들었던 단체다. 그런데 그 단체가 독립선언을 하겠다니 두 사람은 감개무량했다.

도쿄 유학생회와 재미 동포들이 나서는 마당에 정작 괴로움을 당하고 있는 내국인들이 잠자코 있다는 것이 한심스럽기까지 했다. 송진우가 말했다.

"김 교장, 그리고 현 선생, 우리 중앙학교 학생들만이라도 거리에 나서야 되겠어. 누군가 먼저 시작해서 불쏘시개가 되어야 일이 될 것 아닌가?"

현상윤이 동의했다.

"저도 교장선생님 의견과 같습니다. 우리 중앙학교만이라도 나가서 외칩시다."

김성수가 두 사람을 억제시켰다.

"아닐세. 민족지도자들을 규합해서 함께 나서야 해. 어린 학생들이 먼저 나서는 것은 안 돼. 나라가 이 꼴이 된 것은 다 어른들 책임이야. 그런데 왜 어린애들한테 의지하려고 그래?"

송진우가 말했다.

"민족지도자층이 모두 몸 사리고 숨어 있는데 누구를 규합한다고 그러나?"

김성수도 이 말에 대한 답변을 못 하고 고개를 숙였다.

1919년 2월 8일 오전 아홉 시 도쿄 간다구에 있던 조선기독교 청년회관에서 조선 유학생 100여 명이 모여 태극기를 들고 "조선은 독립국이다."

"조선총독부를 철수하라."

"조선은 반만년 역사를 가진 독립국가다."

"일본 제국주의는 조선점령을 즉시 중단하라." 하며 시위를 벌였다. 일부는 전단지를 손에 듬뿍 들고 행인에게 나누어 줬다. 많은 행인들이 이들의 시위를 보고 놀라는 표정이었다. 이것은 일본이 조선을 강제 합방한 이후 처음 일어난 구국운동이었다. 죽은 줄 알았던 조선 백성이 꿈틀거리는 모습을 보고 일본인들이 놀란 것이다. 행인 중에는 조선 학생들 시위가 당연하다는 듯이 고개를 끄덕이며 박수를 치는 사람도 있었다. 그런가 하면 코웃음을 치며 비웃는 사람도 있었다. 학생들은 어깨동무로 스크럼을 짜고 차 없는 도로를 가득 채워 지나가며 목이 터져라 소리쳤다. 잠깐 동안은 평화적으로 시위가 진행되었다. 그러나 잠시 후 일본 헌병 기마부대가 질풍처럼 나타나 시위 학생들을 해산시키고 하나하나 체포했다.

일본 유학생 시위 소식이 조선에 알려진 것은 그 다음 날이었다. 송계백이 전달한 전보로 미리 알고 있었지만, 막상 거사 소식을 접한 김성수 송진우 현상윤은 얼굴을 감싸 쥐고 흐느꼈다. 천도교 중진들도 충격받기는 마찬가지였다. 그들은 각자가 집에서 소식을 들었는데 모든 이의 생각은 일치했다. '어린 학생들이 이럴 진데 우리 어른들이 뭘 하고 있는가?' 사실 부끄러운 일이 아닐 수 없었다. 서슬 퍼런 일본 제국주의 황제 눈앞에서도 목숨 걸고 항쟁하는데 내 나라 내국인들은 내 나라 울타리 안에서 찍소리 한 번 못 하고 죽어지내고 있다.

김성수는 중앙학교 숙직실에서 송진우 현상윤 두 사람에게 거사를 포기하면 안 된다고 또 말하고 새로운 진로를 제시했다. 기독교를 천도교와 연결시켜 양측 중진들을 민족지도자로 세우자는 것이다. 송진우와 현상윤이 좋다고 했다. 현상윤이 교실 강의를 마친 후 송진우와 함께 최남선을 자택으로 찾아가서 만났다. 송진우가 말했다.

"최 형, 김성수 제안인데 우리가 민족대표로 나서는 것은 나이가 너무 젊어서 국민 공감을 얻을 수가 없으니 천도교와 기독교를 연합하게 하고 양측 지도자들을 민족대표로 세우자고 하는데 최 형 생각은 어떻소?"

"그거 좋은 생각이오. 그렇게만 된다면 나도 발벗고 나서리다."

최남선이 적극성을 띠자 독립운동 도모는 급물살을 타게 됐다. 현상윤이 김도태를 정주 이승훈 선생에게 보내서 즉시 경성에 와 달라고 했다.

김도태가 정주를 향해 떠난 지 사흘째 되는 2월 11일 이승훈이 경성에 도착했다. 그런데 최남선은 관헌의 눈이 무서워 송진우와 현상윤에게만 가서 만나라고 했다. 이 사정을 알아차린 김성수는 이승훈을 계동 별택에서 만났다. 물론 이 자리에 송진우와 현상윤도 합석했다. 김성수는 이승훈에게 재경동지의 계획과 천도교의 움직임을 설명하고 기독교와 천도교가 연합해서 거사를 이루면 어떻겠냐고 물었다. 이승훈은 즉석에서 쾌락했다.

"해야지. 우리 민족이 죽은 민족이 아닌데 어찌 죽은 시체처럼 지낸단 말이오? 일어나야지, 암."

김성수는 미리 준비했던 돈 보따리를 운동자금이라며 이승훈에게 건네줬다. 이승훈은 깜짝 놀랐다

"아니, 김 군. 젊은이가 무슨 돈이 그리 많다고 군자금을 내 놓는가?"

"선생님, 아무 걱정 마시고 운동자금으로 쓰십시오. 추후에 자금이 더 필요하시면 언제든지 오십시오. 단 한 가지 부탁은 돈의 출처를 아무도 모르게 해 주십시오. 그것만 부탁하겠습니다."

이승훈은 스물여덟 살 김성수 얼굴을 뚫어지게 보면서 흐뭇한 미소를 지었다.

"김 군에 대한 소문을 많이 들었는데 헛소문이 아니었구먼. 알았

네. 이번에 거사를 반드시 성사시키겠네."

이승훈은 김성수 별택에서 나온 후 그 길로 관서지방을 향해 갔다. 관서지방에 당도한 이승훈은 천리마를 탄 사람처럼 평안남북도를 바삐 순방하여 장로파 길선우 양전백 이명룡 유여대 김병조와 감리파 신홍식 등과 면담하여 민족지도자 되기를 승낙 받고, 그 인장을 모아가지고 신홍식과 함께 경성으로 갔다.

그런데 경성의 상황은 지지부진한 상태였다. 이승훈과 신홍식이 경성에 당도해서 여관에 묵고 있으나 천도교 측 관계인들이 나타나지 않고 송진우만 수차례 여관을 찾아와서 이야기를 주고받았다. 천도교 측이 움츠린 모습을 본 이승훈은 천도교와 연합하는 일을 포기하고 기독교 단독으로 독립운동에 나설 것을 결심했다. 이승훈과 신홍식은 정주로 돌아가기 위해 나섰는데 길에서 우연히 박희도를 만났다. 박희도 역시 기독교인이다. 박희도 말에 의하면 경성 기독교도들 사이에서도 암암리에 독립운동을 계획하고 있다는 말이 돌고 있다고 했다. 이승훈은 박희도 말을 듣고 경성에 더 머물기로 작정하고 기독교인들과 면담을 청하여 감리파 오화영 정춘수 신석구 최성모 박동완 이필주 오기선 신홍식 등과 협의하고, 2차로 함태영 집에서 이갑성 안세환 현준 오상근 등 장로파 인사들과 만나서 독립운동에 대한 기독교 측 단독거사 계획을 수립했다.

이승훈과 신홍식이 기독교계 지도자들을 한 사람 한 사람 만나고 있을 때 최남선이 이승훈과 최린이 만나도록 주선했다. 이 자리에서 이승훈은 최린에게 기독교가 단독으로 독립운동을 추진하고 있다는 뜻을 전했다. 최린은 이승훈 말을 듣고 이렇게 말했다.

"독립운동은 조선민족 전체 문제이니 종교가 같고 다름을 불문하고 기독교와 천도교가 합동하여 추진합시다."

"내가 정주에서 경성에 올 때는 천도교 측과 연합할 목적으로 왔습니다. 그런데 천도교 측에 사람을 보내놓고 몇 날을 기다려도 천도교 인사들이 나타나지 않아서 그쪽은 포기한 것으로 알고 있습니다. 그래서 기독교 단독으로 거사하기로 우리끼리 결론을 내렸습니다. 그래서 그러는데 그 문제는 내가 즉답할 수 없는 문제이니 동지들과 의논해서 결정하겠습니다. 그리고 천도교가 기독교와 연합할 생각이 있으면 우리에게 운동자금을 얼마만큼 차용해 주십시오."

이승훈은 이 모임을 마치고 이갑성 집으로 가서 박희도 오화영 신홍식 함태영 김세환 안세환 현순 등과 만나서 의논한 결과 이 문제의 가부는 먼저 천도교 측 운동방법을 구체적으로 알아본 후에 결정하기로 하고 그 교섭은 이승훈과 함태영에게 일임하기로 했다.

이승훈과 함태영이 최린을 다시 만나 천도교 측 운동 방법을 구체적으로 들어 보니 기독교 측 운동방법과 대동소이하므로 연합하기로 했다. 그래서 종전에 이승훈이 요구한 운동자금 차용도 결정되어 5천 원을 대여 받았다. 기독교와 천도교가 연합한 사실이 소문나자 유교, 학생, 여성 측에서도 이 운동에 적극 가담하게 되었다.

기독교 측과 천도교 측이 수차례 만나 협의한 결과 이태왕(고종) 국장일 전날인 3월 1일 정오에 탑골공원에서 독립선언 행사를 하기로 정하고, 독립선언서는 천도교가 경영하는 보성사에서 인쇄하기로 했다. 이렇게 결정된 후 최린과 이승훈과 함태영 세 사람은 불교단체에도 참가를 종용하여 한용운과 백용성이 승낙했다. 결국 이번 거사에 민족대표로 서명한 인사는 손병희를 비롯한 33인이고, 뒤에 남아서 뒤처리를 하기로 된 제2진 대표는 송진우를 비롯한 15인이었다. 그래서 제1진 대표 33인과 제2진 대표 15인을 합해서 48인이 되었다.

2월 27일 민족대표진이 확실하게 결정되고 기독교와 천도교가 연합하여 거사하기로 결정된 것을 보고 송진우는 김성수에게 고향 줄포에 가 있으라고 떠밀었다. 송진우는 김성수의 안전을 항상 염두에 두고 있었다. 김성수는 민족운동의 뿌리가 되어야 한다는 것이 송진우 생각이었다. 김성수가 송진우 권유를 거절했다.

"이 사람아, 남들은 목숨 걸고 독립을 선포하는데 나더러 몸조심이나 하고 있으란 말인가? 안 돼. 죽어도 백성과 함께 죽고 살아도 백성과 함께 살 거야."

"이 거사는 국지 전술에 불과한 거야. 더 큰 민족운동을 자네는 맡아야 된단 말이네. 안창호가 작은 일에 뛰어들었다가 구속되고 그가 세운 대성학교가 폐교되지 않았나? 자네는 안창호의 전철을 밟으면 안 되기 때문에 이러는 거야. 자네가 이 운동에 가담하면 총독부가 자네를 구속하고 중앙학교를 강제 폐교시킨다는 것은 명약관화한 일이 아닌가? 내 말 들어. 알았지? 지금 당장 줄포로 떠나게."

김성수는 송진우 충고를 받아들여 줄포를 향해 떠났다.

중앙학교 송진우와 현상윤은 여기서 그치지 않았다. 이들은 보성전문학교 졸업생 주익을 통해서 전문학생 중에서 대표가 될 만한 학생을 탐색하여 이 거사를 알리고 대기 태세를 하도록 했는데 2월

28일에 보성전문의 강기덕 군과 연희전문의 김원벽 군과 의학전문의 한위건 등 세 학생이 승동예배당으로 중등학교 대표자와 남녀 전문학교 대표자 20여 명을 소집하고 독립선언 운동에 대한 구체적인 지령을 전했다.

2월 28일 민족대표로 선정된 33인과 제2선에서 사후처리를 담당할 민족대표 15인은 서로 얼굴도 익히고 거사계획을 마지막으로 점검하기 위해서 손병희 집에서 모임을 가졌다. 이들 48인의 민족대표 얼굴에 굳은 결의가 보였다. 이들의 명단은 이렇다. 민족대표 33인은 손병희(孫秉熙) 길선주(吉善宙) 이필주(李弼柱) 백용성(白龍城) 김완규(金完圭) 김병조(金秉祚) 김창준(金昌俊) 권동진(權東鎭) 권병덕(權秉悳) 나용환(羅龍煥) 나인협(羅仁協) 양전백(梁甸伯) 양한묵(梁漢默) 유여대(劉如大) 이갑성(李甲成) 이명룡(李明龍) 이승훈(李昇薰) 이종훈(李鍾勳) 이종일(李鍾一) 임예환(林禮煥) 박준승(朴準承) 박희도(朴熙道) 박동완(朴東完) 신홍식(申洪植) 신석구(申錫九) 오세창(吳世昌) 오화영(吳華英) 정춘수(鄭春洙) 최성모(崔聖模) 최린(崔麟) 한용운(韓龍雲) 홍병기(洪秉箕) 홍기조(洪基兆) 제씨이고, 제2진 15인은 송진우 최남선 함태영 현상윤 강기덕 김원벽 박인호 노헌용 김홍규 김도태 임규 안세환 이경섭 정노식 김지환 제씨였다. 이들은 다음 날(3월 1일)에 독립선언서 선포식을 하는데 탑동공원은 학생들이 운집하여 분잡할 것이 염려 되니 인사동에 있는 명월관 지점인 태화관에서 하기로 결정하고 헤어졌다.

결전의 날 3월 1일이 밝았다. 지난밤에 결정한 대로 태화관에서 민족대표들의 독립선언식이 엄숙하게 진행되었다. 그리고 같은 시간 탑골공원에서는 학생과 일반인 2만여 명이 조선독립을 선포하고 시위로 돌입했다. 시위 군중은 시시각각으로 불어 수십만을 헤아리게 되었다. 일본 측이 이 시위대를 그냥 두지 않았다. 일본 헌병대와 경찰이 발포하고 체포하고 난폭한 해산조치를 해도 군중은 줄어들지 않고 계속 불어만 갔다. 더 놀라운 일은 3월 2일에도 3일에도 시위는 계속되고 독립운동 시위가 조선사람 일상이 되었다.

이 사건으로 체포되어 구속된 민족대표 48인 중에 송진우와 현상윤도 포함되었다. 중앙학교 교장과 핵심교사가 구속됨으로써 중앙학교는 당연히 타격을 입게 되었다. 그러나 다행히도 중앙학교 경영주 김성수는 사건 현장을 피해 줄포에 가 있었으므로 일본 헌병과 경찰의 집요한 수사에도 의연하게 대응할 수 있었고 교장이 없는 중앙학교를 수습할 수 있게 되었다.

만세운동 후 김성수가 학교에 가서 이번 운동으로 손실된 인적 피해를 조사해 본 결과 중앙학교 측 인사들이 많은 타격을 입었다. 이들의 면면은 전직 교장 권병덕, 현직 교장 송진우, 전직 교사 임규, 현직 교사 현상윤 등이었고, 학생시위 주동자로 장기욱 주익 박경조 김완수 군 등이었다.

김성수는 숙직실로 갔다. 그는 숙직실 문을 열었다. 두 사람이 없는 실내가 너무 공허했다. 발을 한 발짝 들여놓으려니 가슴이 미어지는 것 같았다. '이 사람들아, 나 혼자 이 학교를 지키란 말인가?' 그는 송 교장 책상과 현 선생 책상을 만지면서 주인 없는 책상에게 말했다. '너희들도 슬프지?'

송진우 교장과 현상윤 선생이 차가운 감옥에 들어갔다. 김성수 머릿속은 오로지 두 친구 문제로 가득 차 있었다. 두 사람은 얼마 동안 조사를 받아야 할까? 그리고 조사가 끝나면 재판에 회부될 텐데, 유죄일까? 무죄일까? 십중팔구는 유죄로 판결할 텐데 그렇다면 징역을 살아야 한다는 얘기다. '징역을? 몇 년?' 김성수는 눈앞이 캄캄했다. 그는 생각했다. 이번 독립운동으로 연로하신 민족지도자들과 젊은 일꾼들, 그리고 수많은 학생이 잡혀갔다. 그들은 날마다 모진 매를 맞을 것이다. 그렇다면 우리는 매를 맞아가며 무엇을 얻을 수 있을까? 손에 잡힌 것이 아무것도 없을 것 같다. 누구든지 독립운동에 나서면 검거될 것이고, 형무소에 수감될 것이고, 재판을 통해 벌을 받게 될 것이라고 예견은 했었다. 그러나 막상 두 사람이 형무소에 수감되고 보니 정말로 마음이 아팠다.

두 사람이 갇히고 여섯 달이 지났다. 그런데 3·1운동의 불은 꺼지지 않고 여기저기서 활활 타오르고 있었다. 지나고 보니 그 운동은 결코 일시적인 시위가 아니고 지속적인 독립운동의 시발이었다. 그리고 국내외 지지부진하던 독립운동에 기름을 붓고 불을 질렀다. 3월 21일 블라디보스토크에서는 손병희를 대통령으로, 박영효를 부통령으로, 이승만을 국무총리로 하는 노령정부(露領政府)〔대한국민의회〕가 선포되고, 4월 10일 상해에서는 이승만을 국무총리로 하는 상해정부가 선포되고, 국내에서는 미국에서 온 안창호를 내무총장으로 추대하여 대내외 기능을 시작했다.

그리고 4월 23일 국내 13도 대표 24명이 경성에서 집회를 갖고 이승만을 집정관총재, 이동휘를 국무총리로 하는 한성정부를 선포했다. 또한 서북간도 러시아아령에서도 의병 등 무장독립운동단체들이 활기를 띠기 시작했고, 압록강 서간도에서는 이상용 여준 김동삼 이청천 등의 서로군정서와 조맹선 박장호 안병찬 등의 광복군사령부, 두만강 대안의 북간도 최진동 안무 홍범도 등의 무장단체들이 활발하게 움직였다.

또 하나 분명한 것은 3·1독립운동이 이전의 여러 갈래 민족운동을 하나로 묶는 역할을 했을 뿐만 아니라 아시아 여러 피압박민족에게 민중운동의 봉화 구실을 했다는 점이다. 같은 해 4월 6일 인도는 조선의 3·1독립운동에 자극받아 간디 주도하에 사탸그라하(진리 파악)의 날을 선포하고 인도 전역에 걸쳐 하르탈(동맹 휴업)과 시위로 비폭력 불복종 반영운동(反英運動)을 시작했다.

6

경성직뉴주식회사는 사양길에 들어간 염낭 끈, 대님 등 생산을 줄이고 옷감 짜는 공장으로 전환을 서둘렀다. 당시 조선 백성 생활 필수품 가운데 시급히 국산화해야 할 품목이 바로 옷감이었다. 의·식·주 중 식량과 주택은 자급자족했지만 의복은 자급자족이 불가능했다. 왜냐하면 한복 생활에서 양복 생활로 의류 생활 변혁이 갑자기 일어났기 때문이다. 어느 날 경성직뉴사무실에서 김성수가 이강현에게 말했다.

"이 선생님, 이제는 댕기, 허리띠, 주머니 이런 거 생산을 줄이고 광목을 짭시다."

"저도 그러고 싶습니다만……."

이강현은 뒷말을 잇지 못했다.

"시설 걱정하시는 거죠? 물론 해야지요. 지금 시중에 있는 광목 중에 어느 나라 제품이 가장 많습니까?"

"5년 전만 해도 영국제 광목이 68%, 일본제 광목이 32% 정도였습니다. 그런데 지금은 완전히 역전됐습니다. 지금은 영국제가 37%, 일본제가 63% 정도 된다고 합니다."

"그런 통계는 누가 작성한 거죠?"

"총독부 식산국이 조사해서 작성한 것인데, 시장 육의전에 가보면 실제로 그 조사가 맞습니다. 특히 일본 회사 동양방적의 「3A표」가 조선 시장을 석권하고 있다고 봐야 합니다. 그 회사 「3A표」는 도안이 빗장과 같다고 해서 속칭 「빗장표」라고 부르는데 그 원단이 영국제 광목보다 훨씬 뛰어납니다."

"그래요?

1918년 동대문시장과 남대문시장 등 육의전에 낯선 상표를 붙인 광목이 출시되었다. 새로 출시된 직포 생산자는 경성직뉴주식회사였다. 시장 상인들이 깜짝 놀랐다. 그들이 알고 있는 경성직뉴는 댕기, 허리띠, 주머니 등을 제조하는 회사인데 느닷없이 직포를 만들어 시장에 내놓았다. 경성직뉴는 종래 임시 건물 형식의 공장을 뜯어내고 벽돌 건물로 개조하면서 일본 도요타(豊田)기계주식회사로부터 동력 소폭직기 40대를 사들여 설치했다. 이 동력직기로 와사직(瓦斯織)이라고 하는 혼합사 직포와 한양사·한양목이라고 하는 모시 대용 직포를 짜내 「三星標(삼성표)」를 붙여 시장에 내놓았다.

상인 중에는 일본회사 상품을 취급하는 사람들이 많았는데 이들은 더 크게 놀랐다. 그러나 그들은 곧 비아냥거림으로 비웃었다.

"경성직뉴 사장이 누군지 모르지만 돈 좀 까먹게 생겼구먼. 하하하……."

"이게 뭐야? 누가 이런 걸 사?"

"아무나 방직회사를 하는 줄 알아? 회사 경험도 없고 공장 경험도 없는 것들이 돈 벌어보겠다고 나선 모양인데, 몇 달 못 가지. 암, 몇 달 못 가고 말고."

미쓰이(三井)재벌 방계회사 「조선방직주식회사」가 1917년 부산에 설립되어 직기 610대를 설치하고, 1919년 초부터 「계룡표」와 「장고표」 직물을 생산하기 시작했다. 일본 재벌들이 밀고 들어와 허허벌판에 말뚝 박고 조선 산업계를 잠식해 가고 있을 때 이에 대항하는 조선 사업가는 오직 한 사람 김성수뿐이었다. 그런 김성수의 고뇌가 이만저만이 아니었다. 소폭직기 40대를 가지고 광폭직기 610대에서 생산되는 제품을 어떻게 당해 낼 것인가? 김성수는 생각했다. 이렇게 빈약한 시설을 가지고 '우리 자본과 우리 손으로 짜서 자급자족하자.'는 것은 구호에 그칠 수밖에 없다. '조선 백성이 자급자족하기 위해서는 새 회사를 만들어 시설을 확장해야 한다.' 이것이 김성수의 결론이었다.

그는 경성직뉴를 인수할 때부터 대규모 공장과 시설 확충을 고려하고 있었으나 그럴 수 없는 난관이 있었다. 그 난관이란 총독부 회사령이었다. 총독부는 조선 사람들의 회사설립을 저지하기 위해 회사령을 공포했다. 그 법은 조선에서의 모든 회사설립은 총독부 허가

를 받아야 한다는 것이었다. 만약 이 법이 없었다면 김성수는 경성직
뉴를 인수하지 않고 회사를 설립하고 대형공장을 시설했을 것이다.

그런데 일본이 1920년 3월 갑자기 회사령을 폐지했다. 도대체 무
슨 꿍꿍이속일까? 조선 사업가들은 일본의 속셈이 궁금했다. 그런
데 일본으로서는 그 법을 폐지할 수밖에 없는 사정이 있었다. 그들
은 조선에서 그 법을 폐지하지 않고는 일본경제 확장이 불가능하다
고 생각했다. 그래서 어쩔 수 없이 폐지한 것이다.

일본은 1차 세계대전 중에 경제가 비약적으로 발전했다. 1차 세계
대전 발발 당시 농업, 수산업, 광업, 공업, 운수업 등 5개 부문의 납
입자본금 총액이 120억 원이던 것이 전쟁이 끝난 1920년 말에는 460
억 원으로 증가했고, 이러한 비정상적인 축적과 생산확장이 공황으
로 빠질 기미가 보였다. 일본은 그 돌파구를 조선에서 찾아야 했
고, 조선에 근대산업을 이식하려고 보니 회사령이 오히려 방해가 되
었다.

회사령 폐지는 김성수에게 기회가 되었다. 그는 즉시 「경성방직주
식회사」 '설립인가원'을 총독부 식산국에 제출했다. 주요 발기인은 김
기중 김경중 김성수 3부자였으며, 그 외에 박영효, 파주 출신 사업
가 박용희, 군산 출신 변광호, 서울 출신 장두현과 장춘자, 봉산 출
신 이성준, 대지주로서 실업가 혹은 은행가로 이름난 경주 출신 최
준, 동래 구포 출신 윤상은, 영광 출신 조계현, 대구출신 이일우 등
이 발기인으로 참여했다.

설립인가원에 기재된 「경성방직주식회사」의 사업목적은 「제직 방적

및 그 판매와 그와 관련되는 업무」였다. 그리고 회사 창립 취지서는 「조선에 있어서 면포 수용은 통계가 제시하는 바에 의하면 연간 약 4,200만 원이며 그 중 2,700만 원은 수입품에 의존하고 있는 현상에 있으니, 이의 자급을 기도함은 조선경제독립상 급선무라고 할 것이다. 아래에 기명한 우리는 이 기운에 제(際)하여 이에 「경성방직주식회사」를 설립하여 우선 면직물의 제조를 제1기 기업으로 하며 장래 적당한 특기(特期)가 도래함을 기다려(조선산 면의 성적이 점차 양호함을 보아) 궁극적으로는 방적 사업도 겸영하고자 한다. 그리하여 조선 공업의 발달을 도모함과 함께 더욱 더 제품의 증산을 꾀하여 자급은 물론 여액(餘額)은 만주방면에도 이출(移出)할 것을 기하며 아울러 다수 조선인에 직업을 주어 공업적 훈련을 하는 동시에 주주 이익을 희도(希圖)하는 목적으로 동지가 상모(相謀)하여 본사 창립 허가신청서를 제출하는 바이다.」(원문 일어)

회사설립 허가 가능성은 전보다 높아졌으나 절차는 여전히 까다로웠다. 사업계획서를 완벽하게 작성해서 제출했으나 엉뚱한 트집을 잡아 돌려주는 바람에 신청서를 수백 번 고쳐 써서 내야 했다. 이 사업계획서를 작성한 사람은 중앙학교 출신으로 회계를 담당한 이희승이었다. 신청하면 거절하고 다시 신청하면 또 거절하고, 신청과 거절이 마치 탁구공처럼 왔다 갔다만 했다. 그러나 김성수는 화내지 않고 포기하지도 않고 절차에 따라 신청을 반복했다. 그의 가슴속에 '나는 조선 사람이고 여기는 조선이다. 조선 사람이 조선에서 사업을 하겠다는데 너희가 왜 방해하느냐?'라는 생각 때문에 도저히 포기할 수가 없었다.

김성수는 끈질긴 투쟁으로 결국 방직회사 설립허가서를 받아냈다. 「경성방직주식회사」 자본금은 100만 원이었다. 일본계 「조선방직주식회사」 자본금 500만 원에 비하면 턱없이 열악한 편이지만 조선 사람이 이만한 회사를 설립하는 것도 쉬운 일은 아니었다. 1주를 50원으로 하고 2만 주를 발행하였다. 그리고 제1회 납입금은 자본금 총액의 4분의 1에 해당하는 25만 원이었다. 이 돈이 납입되어야 회사설립이 완성된다. 25만 원 납입금은 타인 도움 없이 김 씨 일문의 재력만으로도 충분히 마련할 수 있지만 김성수는 「경성방직주식회사」를 민족기업으로 육성할 목적으로 일반 공모에 의해 마련하고자 했다.

김성수는 회사설립 허가가 나오기 전부터 1인 1주 갖기 운동으로 전국 각지를 돌아다니면서 지방 유지들을 만나 설득했다. 이 행보는 국산품 애용운동과 일본제품 배척운동을 겸한 것이었다. 그의 뜻은 좋고 충분히 이해할 수 있었지만 현실은 어려웠다. 왜냐하면 사람들이 주식에 대한 이해가 전무한 상태인 데다 돈 있는 사람일수록 그 돈을 고리대금이나 토지매입에 투자하려 했다. 한 주 1회 납입금은 12원 25전인데, 이 돈이면 쌀 두 가마니를 살 수 있으니 눈에 보이지도 않은 주식이라는 것에 투자할 사람은 거의 없었다. 그리고 조선 사람이 자본금 1백만 원이나 들여서 방직공장을 세울 수 있을까 하고 의구심을 품은 사람도 많았다.

그러한 분위기 속에서도 김성수는 경향 각지 유지들을 찾아가 설득했다. 그의 뜻에 감명 받은 유지들이 많았다. 그리고 김성수라는 이름을 이미 알고 있는 유지들이 뜻밖에 많았다. 김성수의 열정을 보고 하늘이 움직였는지 주주모집이 어느 정도 이루어졌다. 때마침 총독부 식산국이 회사설립 허가증을 교부해준 덕분에 주주모집은 한 층 더 탄력을 얻었다. 총독부의 허가증을 받았다는 사실은 그의 능력과 신용을 입증하는 것과 같았다.

그가 호남재벌 아들이 아니고 또 중앙학교를 인수하여 중건한 사실이 없었다면 주주모집은 도저히 불가능했을 것이다. 주주모집에 응한 유지들은 주식을 사서 사업에 참여한다는 개념보다는 독립운동자금을 희사한다는 기분으로 주식을 매입했다. 이와 같이 노력한 결과 총 2만 주 중에 16,210주를 일반 공모주로 모집했다. 이중 500주 미만을 가진 주주가 180명으로 총 주주 188명의 96%였다. 그리고 그들의 주식 수는 12,680주로 총 주식 20,000주의 63.5%였다. 이중 대주주로는 김성수의 생부 김경중이 2,000주, 양부 김기중이 800주, 박용희가 1,020주, 그리고 500주 이하로는 200주의 박영효와 김성수, 5주의 안재홍과 최두선 등이었다. 주식모집을 끝낸 김성수는 그해(1919년) 10월 5일 태화관에서 창립총회를 열었다. 태화관은 7개월 전에 3·1독립선언식을 거행했던 곳이다. 이날 「경성방직주식회사」를 경영해 갈 간부진이 선출되었다.

사장에 박영효, 전무취체역(전무이사)에 박용희, 그리고 취체역(이사)에는 이강현(지배인 겸) 선우전 윤상은 안중건 김성수, 감사역은 장두현 이일우 장춘자 이승준 조계현이었다. 위 간부 중 회사를 실제 운영할 사람은 박용희와 이강현이었다. 그리고 경방 사무실은 계동 130번지 김성수 자택에서 시작하기로 했다. 그리고 그해 10월 초에 본사 건물부지로 을지로 1가 143번지에 125평을 매입하고, 공장부지로 노량진에 16,000평을 사들였다. 건축비는 본사 사옥 짓는데

17,000원, 공장 짓는데 76,000원으로 건축계약을 맺었다. 기계 구입비는 10만 원으로 책정하고 박용희와 이강현이 일본 나고야에 가서 도요타 기계주식회사 직기 1백 대를 발주하고, 이강현은 오는 길에 오사카(大阪)에 들러 면사의 장기공급계약을 맺고 돌아왔다. 그리고 이어서 11월에는 기술자 두 명을 나고야에 보내 기계 조작법을 습득하게 했다.

경성방직 창립업무로 김성수는 몸이 열 개라도 감당하기 어려울 만큼 바빴다. 중앙학교를 인수해서 새 건물을 지었고, 류근 교장선생님을 비롯해서 유능한 인재들을 섭외 초빙하여 교사진을 짰다. 그리고 학교운영자금을 조달하느라고 날마다 한 시간도 한가하지 못했다. 그 와중에 경성직뉴를 인수했고, 거기에 더해서 「경성방직주식회사」를 설립하여 간신히 시설과 조직을 갖추었다. 그렇게 창립한 「경성방직주식회사」의 창립총회를 10월 5일에 마쳤다.

그날로부터 나흘 뒤 1919년 10월 9일 김성수는 조선총독부 경무국에 신문발행 허가신청서를 제출했다. 신문 제호는 『동아일보』다. 이 신문을 제작하자고 제안한 사람은 서울 출신 이상협과 재령 출신 장덕준이었다. 이상협은 김성수보다 두 살 아래로 보성학교를 나와 신문계에 들어갔다. 그는 '매일신보' 편집장을 지냈고, 최남선이 운영하는 '조선광문회'에서 일하고 있었다. 그는 27세 젊은 나이에 신문 편집, 인쇄 등 제작뿐만 아니라 광고, 판매 등 영업 분야까지도 달통한 정통 신문인이었다. 그리고 장덕준은 김성수가 가장 아끼는 후배 장덕수의 친형이었다. 그는 재령 명신학교를 나온 뒤 한동안 일문지(日文紙) '평양일일신문(平壤日日新聞)'의 조선어판 주간을 지냈고, 도쿄에서 조선기독교청년회 일을 보다가 평양에서 '관서신문' 발간을 계획하고 있었다.

조선에서 3·1독립운동이 터지고 간단없이 경향 각지에서 만세운동이 일어나고 구미, 중국, 러시아, 일본 등지에서 조선 독립운동이 들불처럼 퍼지는 것을 본 일본인들이 놀랐다. 3·1운동을 본 일본 정부는 조선 민족을 무력으로 억압하는 무단정치로는 한계가 있다고 판단했다. 그래서 그들은 무관 총독이 조선 백성을 탄압하던 무단정치를 종식하고 문화정치로 방향을 바꾸었으니, 조선 사람들 신문발행을 일절 금지하던 제도를 바꿔 몇 개 정도 신문은 발행 허가를 해주는 기만적인 유화정책을 펼쳤다. 정책을 바꾼다고 해서 신문발행을 방치한다는 것은 아니었다. 수십 개에 달하는 조선의 지하신문을 끌어내서 양성화 해놓고 단속한다는 속셈이었다. 이른바 문화정치를 표방하면서 신문발행을 불허한다는 것은 말이 안 되기 때문에 어쩔 수 없이 택한 정책이었다.

이러한 총독부 움직임을 일찍 간파한 이상협과 장덕준이 여러모로 궁리하고 자금출자 능력이 있는 인사를 찾아다녔다. 그런데 신문사를 설립할 만한 인사가 없었다. 당대 재력가로 이름난 사람들은 거의 다 찾아가서 신문사 설립을 권했지만 하나같이 손사래 치며 고개를 돌렸다. 신문사업이라는 것이 출혈만 있을 뿐 이윤은 기대할 수 없기 때문이었다. 더구나 언론이 통제될 수밖에 없는 식민지에서 무슨 신문사업이냐며 정신 나간 소리 하지 말라는 투로 핀잔만 들었다. 그러던 중 난국을 헤치고 불쑥 솟아오른 인물이 그들 눈에 띄었다. 그 인물이 바로 김성수였다. 그런데 불행하게도 이상협과 장덕준은 김성수와 교류가 전혀 없었다.

이상협과 장덕준은 김성수에게 다가갈 방도를 궁리했다. 그래서 찾아낸 사람이 중앙학교 교장 최두선이었다. 최두선은 조선의 삼재 중 하나로 꼽히는 최남선의 동생이었다. 그리고 최남선과 최두선 형제는 김성수와 막역한 관계를 유지하고 있었다. 그래서 김성수가 최두선을 중앙학교 교장으로 세웠다. 최남선 형제와 김성수 관계를 잘 알고 있는 이상협이 장덕준과 함께 중앙학교에 가서 최두선 교장을 만났다.

"교장선생님, 우리는 민족신문을 창간하자는 것입니다. 그런데 이 신문사업은 아무나 하는 사업이 아닙니다. 민족의식이 강한 재력가만이 할 수 있습니다. 지금 조선에서 이 사업에 손을 댈 수 있는 사람이 누가 있습니까? 오직 김성수 선생님뿐입니다."

최두선 교장이 고개를 좌우로 흔들었다.

"무슨 말씀인지 잘 압니다. 하지만 생각해 보십시오. 김성수 선생님은 폐교 직전에 있는 이 학교를 인수해서 안정시키느라 분골쇄신하던 중에 경성직뉴를 인수했습니다. 그리고 조선 13도를 걸어 다니면서 주주를 모집해서 「경성방직주식회사」 설립에 심혈을 기울였습니다. 그뿐이 아닙니다. 와세다대학 같은 대학을 설립하려고 그분 심중에는 지금 한양전문학교 설립구상이 들어 있습니다. 그 전문학교 구상은 제가 도와드리고 있습니다. 그런 분이 정신적으로나 육체적으로나 금전적으로나 무슨 여력이 있어서 그렇게 어려운 언론사업에 뛰어들겠습니까? 저는 그런 제안을 전해 드릴 수가 없습니다."

그러나 이상협과 장덕준은 물러서지 않았다.

"오늘은 그냥 가겠습니다. 하지만 그 선생님이 거절하셔도 좋으니까 일단 말씀만 전해 드리십시오."

다음 날 최두선 교장은 김성수를 만나 이상협과 장덕준이 신문발행을 제안하더라고 하면서 신문계 사정을 상세하게 설명했다. 한 마디로 민족신문이 발간되어야 한다는 것이었다. 최 교장은 자신도 그들의 생각에 동의한다고 했다. 김성수는 최 교장에게 말했다.

"내가 신문에 생소할뿐더러 그러자고 할 것 같으면 여러 가지 준비를 해야 할 텐데 간단하지가 않아요. 그리고 우리는 지금 한양전문학교 설립을 준비하고 있지 않소?"

"예, 알겠습니다."

이상협과 장덕준은 최두선 교장 말고 김성수를 움직일 수 있는 제2의 인물을 물색했다. 그래서 그들이 찾은 인물은 류근이다. 류근은 김성수가 중앙학교를 인수했을 때 교장선생님으로 초빙했던 사람이다. 김성수보다 30년 연상으로 왕조 말 이래 언론계 원로인 그는 김성수를 만나 신문발행의 당위성을 설명하고 학교 교육도 시급하고 산업도 시급하지만, 무엇보다도 더 급한 것은 신문 발행이라고 하면서 신문사 창립을 강권했다. 김성수가 류근의 강한 권유를 받고 마음을 바꿨다.

"선생님, 알겠습니다. 그러면 일단 신문발행 허가 신청을 준비하겠습니다."

이렇게 결론을 내린 것이 3개월 전이었다. 그때부터 이상협과 장덕준이 신문발행 허가 신청서를 완성했으나 경방 업무가 너무 바빠 신청서를 총독부에 제출하지 못하고 잠시 기다렸다.

김성수 아내 고광석이 해산하고 있다.

"마님, 힘 쓰시오. 쪼깐만 더 더 더."

분만을 돕고 있는 담양댁 소리가 집안에 꽉 찼다. 담양댁은 고씨 부인이 아기를 낳을 때마다 분만을 도왔기 때문에 산모에게 가장 힘이 되고 편한 사람이었다. 담양댁은 고씨 부인이 김성수와 혼인할 때 친정에서 함께 온 사람이었다.

"아씨! 다시 한번 한나, 둘, 시—ㅅ 옳지 되았구만이라우, 인자 다되았소."

"응애—애, 응애~애~."

아기가 탄생했다. 또 아들이었다.

"아이고메—우리 마님은 복도 많당께—또 장군이오, 장군. 히히히히······."

고씨 부인은 배시시 웃으며 이마에 맺힌 땀을 씻었다. 그런데 전에 해산했을 때와는 다르게 뱃속에 무엇이 남은 것 같았다. 그러나 시간이 지나면 괜찮겠지 하는 마음으로 조용히 누워서 몸을 추스르고 있었다. 진통을 지나 해산이 끝날 때까지 너무 힘들고 땀을 많이 흘려서 그런지 스르르 잠이 들었다. 고씨 부인이 얼마나 잤을까? 진통이 다시 시작되었다. 꿈을 꾸고 있나 하고 눈을 떠보니 꿈이 아니었다. 진통이 점점 심해져서 담양댁을 불렀다.

"담양댁, 담양댁."

담양댁이 달려왔다.

"마님, 배가 아프요? 왜 그라요?"

"아니여, 애기가 또 나올 것 같어."

"예—? 애기는 나와서 시방 자고 있는디 뭔 애기가 또 나온다고 그라요?"

"아니여, 다시 한 번 봐."

담양댁이 다시 한 번 살펴봤다.

"오메, 참말로 마님 말이 맞구만이라우. 애기가 또 나오요. 쌍둥인갑네. 자—자—이리케 하씨오."

이번에는 아기가 쉽게 나왔다. 또 아들이었다. 고씨 부인은 싫지 않은 듯이 만면에 미소가 사라지지 않았다. 몸이 가냘프고 섬약한 부인은 장남 상만을 낳고 그 후 6년 만에 장녀 상옥을 낳고, 그 2년 뒤에 차남 상기를 낳고, 그리고 이번에 또 분만했는데 뜻밖에도 쌍둥이 아들을 낳아 자녀가 4남 1녀가 되었다. 쌍둥이를 낳은 고씨 부인은 고운 모습으로 깊이 잠들었다.

이 집 어른들은 며느리가 아들 쌍둥이를 낳은 경사에 입 끝이 양쪽 귀에 걸렸다. 담양댁이 미역국을 끓여 점심상을 들고 고씨 부인 방에 들어갔다. 그런데 잠시 후 방안에서 비명에 가까운 부르짖는 소리가 났다.

"마님! 마님!"

담양댁이 고씨 부인을 불러도 대꾸가 없었다. 담양댁은 불길한 생각이 들어 고씨 부인을 흔들어 깨웠으나 고씨 부인은 아무 대꾸를 못하고 이리저리 흔드는 대로 흔들렸다. 겁에 질린 담양댁이 크게 불렀다.

"마니—임! 오매 어짜까이 마니—임!"

고씨 부인은 이미 이 세상 사람이 아니었다. 담양댁은 방문을 박차고 부리나케 사랑방으로 달려가 어른께 여쭀다.

"영감마님, 안방마님이 흑흑흑흑……."

"뭐야? 지금 무슨 소리를 하는 게야? 앙?"

"안방마님이……."

경성에서 이 소식을 들은 김성수는 하늘이 무너지는 것 같았다. 그는 서둘러 줄포를 향해 떠났다. 이때 김성수는 장남 상만을 데리고 있었다. 그래서 그는 어미 잃은 상만을 데리고 가면서 어미와 아들이 불쌍해서 견딜 수가 없었다. 줄포에 도착한 김성수는 남편을 기다리고 있는 아내 손을 잡고 대성통곡했다.

"내가 잘못했소, 내가 잘못했어요. 혼인만 했지, 함께 살아보지도 못하고 사별이라니……. 이게 어찌된 일이오. 부이—인."

김성수는 옆에 있는 상만과 상기 손을 잡고 서러운 눈물을 감추지 못했다.

"이번에 해산하면 경성에서 함께 살기로 했잖소? 그런데 이렇게 가버리면 나더러 어쩌란 말이오? 부인. 흐흐흐흐 부이—인!"

김성수의 오열은 몇 시간 동안 계속되었다. 그는 민족만 위하고 가정을 돌보지 않았던 것이 천추의 한이 되어 가슴을 쳤다.

그가 아무리 오열해도 저세상 사람은 대답이 없고 돌아오지도 않았다. 날짜가 하루 이틀 바뀌고 이제는 아내를 산으로 보내야 할 때가 되었다. 꽃상여를 탄 고씨 부인이 구름처럼 둥실둥실 떠나가는데, 상여꾼들이 잠시 상여를 땅에 내려놓고 노제를 지냈다. 노제 제사상에 떡과 생선, 그리고 과일이 잔뜩 올라가 있었다. 제사를 지내다가 사과 한 개가 땅에 떨어져 떼굴떼굴 굴러갔다. 이것을 본 장남 상만이 쫓아가서 사과를 집어 들었다. 이 모습을 본 할아버지 김기중 공이 설움을 참지 못했다.

"아가, 며늘 아가, 너는 저렇게 어린 것을 두고 가느냐? 어이구……."

경성방직 지배인 이강현이 일본 나고야에 있는 면사도매상 야기(八木) 상점에 들어갔다.

"어서 오십시오. 무슨 일로 오셨나요?"

"조선에서 왔소. 면사 공급계약을 하려고요."

"아, 그렇습니까? 그러면 이리 오십시오."

점원이 이강현을 50대로 보이는 점주한테 안내했다. 점주는 친구인 듯한 두 사람과 얘기하다가 이강현을 맞이했다.

"어서 오십시오. 면사를 사러 왔다고요?"

"예."

"조선에서 왔다고 했죠? 조선에서 왜 면사가 필요합니까?"

"광목을 짜려고 합니다."

"광목을 짜요?"

"예."

"조선에는 일본계 회사 조선방직 밖에 없는데, 그 회사에서 오셨나요?"

"아닙니다. 이번에 신설한 「경성방직주식회사」에서 왔습니다. 저는 그 회사 지배인입니다."

"하―그래요? 조선방직은 총독부가 자금을 지원해 준다던데……. 그 회사 때문에 신생 회사가 살아남을 수 있겠소?"

"글쎄요, 아무튼 우리 경방에도 면사공급을 해 주십시오."

"한 번만 사갈 거요? 아니면 장기로 공급받을 거요?"

"장기계약을 하려고 왔습니다. 그 대신 값이나 좀 저렴하게 해 주시오."

"알았습니다. 물건 값은 현찰로 주셔야 합니다."

"예."

점주와 이강현이 면사공급 계약을 체결하는 동안 그 옆에서 점주 친구 두 사람이 삼품(三品)거래 얘기를 하고 있었다. 두 사람이 다 삼품거래로 재미 본 사람들인데 그중에 키가 작고 뚱뚱한 사람은 톡톡히 재미를 봐서 부자 된 사람이었다. 이강현은 그들 얘기를 듣느라고 귀가 쫑긋했다. 이강현이 면사공급 계약을 마치고 그 자리에 눌러앉아 그들 얘기를 경청했다. 이제는 야기상점 주인까지 가세해서 삼품거래에 관한 얘기를 했다. 이강현이 그들 얘기를 듣는 중에 좋은 생각이 떠올랐다. 삼품거래로 면사를 사 두면 앞으로 면사 값이 많이 올라도 걱정이 없다는 생각이었다. 그런데 조선에는 삼품거래시장이 없기 때문에 불가능한 일이었다. 그래서 그는 일본 삼품거래시장에 뛰어들었다. 삼품거래란 증권거래와 비슷한 것으로 실물 없이도 일정한 기일을 미리 정해놓고 일정량의 계약을 맺어 면화, 면사, 면포를 사기도 하고 팔기도 해서 결재기일이 되면 그날의 시세에 따라 이익을 볼 수도 있고 손해를 볼 수도 있었다. 일본에서는 수년 동안 1차 세계대전 붐을 탄 호황을 누리고 있어서 삼품에 손만 대면 그대로 이익을 봐왔다. 그래서 이강현이 회사 유휴자금으로 삼품 거래에 뛰어들었는데, 그가 손을 댔을 때는 불황기로 접어들면서 삼품가격이 하락일로에 있는 쇠퇴기였다.

이강현은 일본 삼품거래시장에 투자한 자금 본전은 고사하고 거금 10만 원을 손해 봤다. 「경성방직주식회사」가 발칵 뒤집혔다. 특히 경영일선에서 일하고 있는 박용희 전무는 노발대발 펄쩍펄쩍 뛰었다. 박 전무뿐만 아니라 중역진 모두가 기가 막혀 말을 못 했다. 10만 원은 회사 창립 1회 납입금 25만 원의 40%였다. 초창기 경방에 밀어닥친 타격은 이만저만한 것이 아니었다. 이로 인해 사옥 신축공사는 업자에게 손해배상을 해 주면서 공사를 중단했고, 공장 건축은 꿈도 꿀 수 없게 되었다. 회사 간부들의 분노와 김성수의 낙담은 이루 말할 수 없었다. 김성수는 전국 각처에서 주식을 사들인 주주들에게 면목이 없었다. '어떻게 이런 일이 생길 수 있는가?'

김성수는 며칠 동안 고심하다가 중역회의를 소집했다. 그는 중역들에게 기탄없이 의견을 말해달라고 했다. 먼저 말문을 연 사람이 전무 박용희였다.

"회사를 파산처분 합시다. 손해가 더 커지기 전에 파산하고 문을 닫아야 합니다."

"전무님 말씀에 동의합니다."

"저도 마찬가지입니다."

"아니, 파산 처분하고 자시고 할 게 뭐 있습니꺼? 이대로 그냥 망했는데."

"이 지배인 그 사람, 정신이 나간 사람 아니여? 그렇지 않고서야 회사 돈으로 그런 짓을 해?"

김성수가 이강현을 변론하고 나섰다. 그는 이강현을 철저히 믿는 사람이었다. 그래서 경성직뉴도, 경방도 그에게 맡겼다. 그런데 그가 이런 금전사고를 저질렀다. 그러나 김성수는 이강현이 개인적인 욕심으로 사고를 저질렀다고 생각하지 않았다.

"지배인이 사고를 친 것만은 사실이어서 저도 할 말이 없습니다만 그러나 그가 자기 주머니를 채우려고 한 일은 아닙니다. 회사에 돈이 모자란 것을 알고 회사에 도움 되는 일을 하려다가 잘못된 결과입니다."

"그래서 무슨 말씀을 하시려는 겁니까?"

"박영효 사장님께서 결론을 내리십시오. 어떻게 하시겠습니까?"

박영효 사장은 눈을 감고 아무 말도 하지 않았다. 이 자리에 참석한 중역은 하나같이 회사폐업만이 남은 일이라고 주장했다. 박영효 사장 한 사람만 아직 의사표시를 하지 않았다. 김성수는 어르신 의견을 듣고 싶었으나 그는 입을 열지 않았다. 중역회의를 더 길게 끌고 갈 이유가 없다고 생각한 김성수가 말했다.

"우리가 3·1운동을 겪지 않았으면 나도 회사 문을 닫는 것이 현명한 일이라고 생각할 것입니다. 그러나 3·1운동이 우리 민족에게 용기와 희망을 주었습니다. 우리 경방은 작으나마 눈에 보이는 한 줄기 희망입니다. 경방이 더 손해를 보지 않으려고 문을 닫는다면 어떻게 되겠습니까? 내가 두려워하는 것은 여기서 경방이 문을 닫는다면 이것이 선례가 되어 감히 근대산업에 손대는 사람이 나오지 못하게 되지 않을까 하는 것입니다. 그렇게 되면 어떻게 얼굴을 들고 한

길을 다닐 수 있겠습니까? 또 일본인들은 우리를 얼마나 멸시하겠습니까? 그것을 생각하면 밤에 잠을 이룰 수가 없습니다. 무슨 일이 있어도 회사 문을 닫아서는 안 됩니다. 다른 말은 다 해도 좋습니다. 그러나 회사 문 닫자는 말은 하지 말아 주십시오.”

박영효 사장이 감았던 눈을 떴다. 그리고 고개를 끄덕끄덕했다. 김성수의 발언, 그리고 박 사장의 긍정적인 태도로 우울하고 비관적이었던 중역회의 분위기는 일전해서 활기를 되찾았다.

그러나 이강현 처벌에 관한 문제는 의견일치가 어려웠다. 김성수는 이강현이 개인욕심으로 착복한 일이 아니므로 불문에 부치자고 했으나 평소에 온후하던 박용희 전무까지 나서서 불문에 부칠 수 없다고 했다.

“책임소재를 분명히 하지 않고 어떻게 새 출발을 할 수 있단 말입니까?”

김성수가 여러 중역을 설득하느라 진땀을 뺐다.

“그 점에 대해서도 고민했습니다마는 그 사람을 퇴출한다고 해서 우리 경방에 도움이 되는 것은 하나도 없습니다. 오히려 회사 기둥이 하나 없어지는 것입니다. 그 사람을 퇴출하는 것은 마치 배가 암초에 걸렸다고 해서 사공을 배에서 내쫓는 것과 같습니다. 반대로 이번 일을 불문에 부친다면 그 사람은 경방을 위해 분골쇄신할 것입니다. 지금 그 사람을 그만 두게 하면 돈 잃고 사람까지 잃는 것입니다. 그 사람이 없으면 경방 재건이 어렵다는 것을 생각하시고 이번 일의 뒷수습은 저와 이강현에게 맡겨주시기 바랍니다.”

김성수의 간곡한 호소가 중역들을 설득하고 이강현은 취체역 겸 지배인 자리를 그대로 유지하게 됐다.

7

다음날 김성수는 줄포 아버님에게 갔다. 그는 양부(養父)에게 사건의 전말을 다 말씀드리고 추가 출자를 간청했다. 양부는 노기 띤 얼굴로 아들을 바라봤다. 그리고 그는 아무 말도 하지 않았다. 양부는 아들이 사람을 쓸 줄 모르기 때문에 생긴 일이라고 생각했다. 김성수는 양부 앞에 무릎 꿇은 채 아버지 대답을 기다렸다. 하지만 그는 기다리던 대답을 끝내 듣지 못하고 그 자리를 물러났다.

다음 날, 양부가 김성수를 불러 앉게 하고 땅문서를 내놓으면서 말했다.

"이제 우리 집 재산은 이것뿐이다. 이번 일을 거울로 삼고 그르침이 없도록 명심해라."

김성수는 즉시 경성에 올라갔다. 그는 조선식산은행에 가서 땅문서를 담보로 8만 원을 융자받았다. 이것이 1920년 7월의 일이었다. 8만 원 융자를 받은 김성수는 경방 임시사무실을 계동자택에서 쌍림동 276번지 경성직뉴로 옮기고 공장 건축공사에 착수했다. 공장터는 영등포 역 앞이었다. 노량진에 매입해 두었던 공장터는 공업용수가 부족해서 안 된다고 했다. 그래서 1920년 3월에 영등포 역 앞의 땅을 다시 매입해 뒀던 것이다. 영등포 역 앞 일대에는 피혁, 간장, 벽돌 등 공장굴뚝이 두세 개밖에 없었다.

김성수가 향촌에 다녀오고 달포쯤 지났을 때 양부가 보낸 편지를 받았다.

「집에 있는 약간의 토지를 잡히고 거액의 빚을 얻어 비록 손실금을 보충했다 할지라도 만약에 이것이 잘 처리되지 않으면 가산이 탕진될 것은 두말할 것도 없다. 그 경우에 이르게 되면 장차 너는 무슨 면목으로 조부모님을 지하에서 대면할 수가 있단 말이냐? 회사의 성패는 너의 신상과 가문에도 큰 관계가 될 것이니 아무쪼록 천사만량(千思萬量)하여 양전(兩全)의 책(策)이 있을 것을 바라고 바란다.」(원문은 한문)

김성수는 아버지로부터 이런 편지를 받고 너무나 괴로웠다. '아버지께서 얼마나 염려스러웠으면 이런 편지를 보내셨을까?'를 생각하면 불효막심한 자신이 큰 죄인이라는 생각까지 들었다.

김성수는 아버지 생각이 나서 고향 친구를 만나 자신의 고뇌를 털어놓고 눈물을 흘렸다.

"왜놈 탄압은 심각하고, 경제는 한이 있는데 회사를 아니 할 수 없고, 앞날이 까마득하다. 할아버지와 아버지가 이루어놓은 재산을 소진하고 아무것도 이루는 것이 없다면 사람으로서 부끄러움을 금치 못할 일 아니냐?"

김성수가 친구 앞에서 눈물을 뚝뚝 흘리면서 한 말이었다. 아내가 세상을 떴을 때 말고는 눈물 흘린 적이 없는 김성수가 아버지 편지를 받고 나서 마음이 약해졌다. 그는 아버지 편지를 받기 전에도 홀로 앉아 괴로워할 때가 가끔 있었다. 할아버지와 아버지가 이루어 놓은 재산을 자신이 다 허물어서 불확실한 사업에 투자하고 있는 건 아닌가 하는 생각이 들면 정말 견딜 수 없이 괴로웠다. 그래서 이 날은 눈물이 솟은 것이었다.

이런 괴로움 저런 괴로움을 달래보려고 고향 친구를 만나 막걸리로 회포를 풀고 있는데 일본 유학시절 가까이 지내던 김우영이 찾아왔다. 이제 막걸리 친구가 하나 더 붙었다. 김우영은 뭔가 좋은 일이 있는지 얼굴이 환하게 밝았다. 김성수가 김우영에게 막걸리를 권했다.

"잘 지내셨죠? 자, 시원하게 한 잔 드십쇼."

김우영은 막걸리 사발을 냉큼 받아 꿀꺽꿀꺽 단숨에 마셨다.

"왜? 왜 오늘은 이렇게 한가해? 천하의 일꾼 김성수 교장이 막걸리 마실 시간이 다 있었어?"

"예, 엔진이 열을 받으면 식혀서 가야죠."

"맞아, 맞아. 사람이 좀 쉴 때도 있어야지. 사모님 잃고 나서 이제야 철이 들었구만. 진작 그랬으면 사모님이 덜 외로웠을 거 아냐."

"그 사람한테 너무 미안해요. 저승 가서 만나면 잘 해 줘야죠."

"나 변호사 개업했어."

"오—그랬어요? 축하해요, 형."

"내가 변호사 개업하고 처음으로 맡은 사건이 뭔지 알아? 「정신여학교 만세시위사건」이야."

"그래요?"

"음, 나는 피고 이아주 학생 변론을 맡았어. 피고가 지금 옥중에 있거든."

"그렇다면 3·1운동에 나섰던 학생이겠구만요?"

"맞아. 재판날짜가 8월 10일이야. 그날 방청갈래? 내가 김 교장을 꼭 초청하고 싶어서 일부러 왔는데…… 왜냐하면 김 교장은 3·1운동을 기획한 총책임자 아닌가?"

"그런 사건이라면 꼭 가봐야죠. 더구나 김우영 변호사 첫 변론인데 내가 안 가면 되겠어요?"

"송진우, 현상윤 선생 재판날짜도 정해졌을 걸?"

"예, 정해졌어요."

김우영이 옆에 앉은 김성수의 고향 친구에게 말했다.

"아, 선생님 죄송합니다. 불청객이 새치기해서 두 분 대화를 방해 했습니다."

고향 친구가 웃으면서 말했다.

"괜찮습니다, 저는 특별한 볼일이 있어서 온 게 아니니까요."

"그렇습니까? 그러시다면 다행입니다."

김성수가 말했다.

"이제 일어납시다."

세 사람이 일어나 주점 밖으로 나갔다.

8월 10일 오후 2시 법정에서 「정신여학교 만세시위사건」 재판이 열렸다. 판사는 일본 사람이었다. 그리고 피고석에 정신여학교 4학년 이아주 학생이 초췌한 얼굴로 앉아 있다. 변호인 석에는 김우영 변호사가, 그리고 방청석에는 많은 사람 틈에 이아주 학생의 아버지 이봉섭 씨가 앉아 있고, 그와 멀찌감치 떨어진 뒤쪽에 김성수가 목도리를 하고 앉아 있다. 김성수는 요즘 감기에 걸려 외출이 어려웠으나 김우영의 첫 변론을 보고 싶고, 더구나 피고가 3·1운동 하다가 붙잡힌 여학생이라고 해서 무거운 몸을 이끌고 법정까지 갔다.

정리(廷吏)가 일본말로 방청석을 향해 구령했다.

"기립!"

판사가 등정해서 제자리에 앉았다.

"다 앉으세요. 정숙하시기 바랍니다."

판사석에 앉은 일본인 판사가 서류를 펴서 앞에 놓고 말했다.

"피고 이름이 뭣인가요?"

"이아주입니다."

"주소를 말해 봐요."

"대한제국 평안북도 강계면에 사요."

"대한제국이 어디 있나?"

"판사님이 앉아 있는 바로 여기, 이곳이 대한제국입니다."

"대한제국은 망하고 없지 않나?"

"그 말은 일본 사람들이 하는 말이고, 우리 조선 사람들은 대한제국이 망했다고 생각하지 않습니다."

"그래? 어린 학생에게 징역형을 내리고 싶지 않다. 그러니 학생이 만세운동에 참가한 것은 잘못이라고 자백하라."

"저는 잘못한 일이 없습니다. 조선 사람이 조선 독립만세를 부르는 것이 죄가 됩니까? 그것은 조선 사람으로서 당연한 권리입니다."

"그래? 그러면 앞으로도 또 시위에 참가해서 독립만세를 부르겠는가?"

"그렇습니다. 앞으로도 대한제국이 독립될 때까지 필요하다면 만세시위에 참석할 것입니다."

"알았어. 선고 공판은 열흘 후에 바로 이 법정에서 연다."

이렇게 재판은 끝나고 판사가 다음 재판을 준비했다. 이 재판 방청석에 앉은 사람들은 어린 학생의 소신과 애국심을 보고 감탄해 마지않았다. 일본인 판사 앞에서 당당하게 조선인의 권리를 주장하는 태도가 어린 소녀 같질 않았다. 물론 김성수도 놀라고 감탄했다. 어린 소녀의 또랑또랑한 목소리가 그의 귀에서 떠나지 않았다. 피고 이아주가 포승으로 묶인 채 경찰에 의해 법정을 빠져나갔다. 그녀 아버지 이봉섭은 손등으로 눈물을 닦으며 넋잃은 사람이 되어 딸을 향해 걸어갔다. 이아주 학생은 열네 살 때 어머니를 여의고 홀아버지 슬하에서 자랐다. 아버지와 딸, 너무나 자상한 아버지이고, 너무나 소중한 딸이다. 그 딸이 아버지 눈앞에서 포승으로 묶인 채 재판받았다. 아버지는 딸이 나간 문으로 나갈 수가 없다. 변호사 김우영이 이봉섭 씨에게 다가가 팔짱을 끼어 부축하며 위로했으나 이봉섭의 눈물은 그치지 않았다.

쌍림동 경방 사무실에서 박영효 사장, 박용희 전무, 이강현 지배인, 그리고 김성수가 원탁에 앉아 경성방직 공장건축 설계 도면을 펴놓고 공장설계자로부터 설명을 듣고 있었다. 오후 다섯 시, 네 시간 동안 심도 있게 공장설계를 검토하다 보니 박영효 사장은 피로를 느끼는 것 같았다. 김성수가 설계자 설명을 막았다.

"그만, 오늘은 이쯤으로 끝냅시다. 단번에 다 검토할 수 없으니 날마다 조금씩 합시다. 그래도 되지요?"

"예, 괜찮습니다."

"그러면 내일도 열두 시에 오세요. 같이 식사하고 시작합시다."

"예, 그렇게 하겠습니다."

설계자가 설계도면을 잘 정리해서 들고 나간 직후 이상협과 장덕준이 만면에 웃음을 담고 사무실에 들어갔다.

"안녕하십니까? 나왔습니다."

박영효 사장이 물었다.

"음? 이 사람아, 뭣이 나왔어?"

"여기 신문발행 허가가 나왔습니다."

장덕준이 신문발행 허가증을 박영효 사장에게 전했다. 허가증 아래쪽에 총독 사이토(齋藤)라는 이름이 큰 글씨로 박혀 있고 빨간 도장이 큼직하게 찍혀 있었다. 박 사장이 뜻밖이라는 듯이 고개를 갸웃하면서 허가증을 자세히 살폈다.

"으—음, 됐구만. 자, 이거 받아요. 허허허허."

박 사장은 그 허가증을 김성수에게 전했다.

이날이 1920년 1월 6일이었다. 김성수가 1919년 10월에 신문발행 허가를 신청했는데, 3개월 만에 예상보다 일찍 허가가 떨어졌다. 예전 같으면 2년, 3년, 5년, 기한도 없이 지연시켜서 민원인이 포기하도록 만들었는데 지금은 많이 달라졌다. 이런 것이 다 3·1운동 영향이었다. 일본은 3·1운동을 보면서 무단정치의 한계를 느꼈다. 그래서 정책 기조를 문화정치로 바꾸고 사이토를 조선총독부 총독으로 임명했다. 신임 총독으로 부임한 사이토는 1919년 9월 3일 총독부 및 소속 관서에 대한 첫 훈시에서 문화정치의 당면한 구체안을 발표했다. 그는 그 구체안 중 제1항에서 「언론·집회·출판 등에 대하여는 질서와 공안유지에 무방한 한, 상당한 고려를 가(加)하여 민의의 창달을 계(計)하여야 한다.」라고 천명했다. 이 결과가 동아일보 허가였다. 김성수가 이상협에게 물었다.

"민간 신문사 몇 개가 허가됐어요?"

"3개 회사라고 들었습니다. 우리 회사와 조선일보와 「시사신문」입니다."

"신청한 회사가 10개 회사라고 했는데……."

"예, 맞습니다. 10개 회사 중 3개 회사만 허가를 해줬다고 합니다."

"두 분이 애쓰셨습니다."

총독부가 이번에 3개 신문사를 선정한 기준은 신청자의 성격이었다. 신청자가 친일파인가? 중간파인가? 민족진영인가? 이것이 선정기준이었다. 신문발행 허가를 내주면서 친일지 일색으로 허가해 준다면 3·1운동과 같은 저항이 다시 일어날 것이고, 반일 민족지 일색으로 허가해 준다면 감당하기 어렵다. 그래서 친일지 1개사, 민족지 1개사, 이것도 아니고 저것도 아닌 중간지 1개사로 선정한 결과가 3개사였다.

총독부는 이렇게 허가하면서 공정한 심사였다고 발표했지만 「매일신보」를 비롯한 기존 신문들이 친일신문이라는 것을 감안하면 민족지는 단 하나 동아일보뿐이므로 공정한 선정이라고 할 수가 없었다. 동아일보를 민족지로 단정하고 허가해 주는 총독부 속셈은 조선인의 불만을 어느 정도 드러낼 수 있게 함으로써 더 큰 폭발을 미연에 방지함과 동시에 불만의 정도를 측정하고, 유사시에는 민족주의 인사들의 활동을 봉쇄하려는 의도가 깔려 있었다.

김성수는 지난해 10월에 총독부에 신문발행 허가신청을 해놓고 석 달 동안 전국을 널리 돌아다니면서 지방 유지들에게 동아일보 창간 취지를 알리고 주식매입을 권했다. 일부 지방에서는 경방의 주식공모와 겹치는 부분이 다소 있었다. 하지만 동아일보의 경우 경성방직과 달리 나랏일을 근심하는 유지들의 뜨거운 마음에 호소할 수 있어서 유지들이 쉽게 공감했다. 그런데 그들에게 출자를 권고하기는 어려웠다. 왜냐하면 신문사업이라는 게 이윤이 창출되는 사업이 아니기 때문이었다. 그래서 주주모집이 어려웠다. 그러나 김성수는 동아일보야말로 거족적인 민족언론으로 만들어야 하므로 1인 1주 운동을 적극 펴야 한다고 생각했다. 그래서 그는 신발을 갈아 신어가면서 전국 13도를 돌아다녔다.

그때 김성수가 대구에 가서 서상일을 만나 동아일보 창간 취지를 설명하고 주주모집을 위해 왔으니 적당한 인사 몇 분을 추천해 달라고 했다. 서상일은 그의 요청을 흔쾌히 받아들여 몇 사람을 천거했다. 그리고 그 사람들 만나기 전에 만나볼 사람이 있다며 김성수를 허름한 초가집으로 데리고 갔다.

"선생님 계신기요?"

"누고? 들어 온나."

서상일은 창호지 바른 창문을 열고 들어가면서 김성수도 들어가자고 했다.

"혼자 온기 아니구마. 저 사람 누꼬?"

서상일이 김성수를 소개했다.

"이 사람은 중앙학교를 중건한 김성수 교장입니다. 그라고 경성방직 회사도 만들고, 이참에는 신문사를 만들라고 동지 규합하러 다닌답니다."

서상일이 김성수에게 노인을 소개하고 인사드리리라고 했다.

"보소 김 교장, 이 분은 석제 선생님이시오, 인사드리소."

김성수가 깜짝 놀랐다. 석제 서병오는 조선에 이름난 팔능(八能) 선생이다. 그는 시(詩), 서(書), 화(畵), 거문고(琴), 바둑(棋), 의(醫), 언(言), 변(辯) 등 여덟 가지를 다 잘 해서 팔능선생이다. 그리고 사람들은 석제의 1능을 천 석으로 쳐서 8천 석이라고 했다.

"예? 석제 선생님이시라고요? 선생님, 첨 뵙겠습니다."

김성수는 넙죽 엎드려 절했다. 김성수는 전에 석제를 만나 본 적이 없었다. 그러나 선생의 이름이 워낙 널리 알려져서 그 명성은 잘 알고 있었다.

"중앙학교 교장이 지산 김경중 공의 자제라 카드라. 그 말이 맞나?"

"예, 선생님. 그분이 저의 춘부장이십니다."

"허허, 그래? 나도 소싯적에 그 어른을 만나 뵌 적이 있데이."

"후생을 위하여 가르침을 주시면 영광이겠습니다."

"이 노부에게 재간이 쬐만 있다캐도 이 난세에 무슨 쓸모가 있겠나. 김 공이 민족을 위해서 기울이는 그 정성이 장하다."

"저는 그저 현인들 심부름을 할 뿐입니다."

"봐라 봐라. 이렇게 겸손한데 무슨 일을 못 이루겠나? 세상이 아무리 상전벽해가 된다 캐도 일에는 덕이 근본이데이……. 그런데 김 공의 호는 뭐라카나?"

"아직 호를 갖지 못했습니다."

"조선에서 활동하려면 호가 있어야재."

석제는 한참 생각하다가 다시 물었다.

"고향이 고창이제?"

"예, 태어난 곳은 인촌이라고 하는 작은 마을입니다."

"인촌이라……. 무슨 인 자(字)고?"

"어질 인(仁) 자입니다."

"김 공에게 달리 더 좋은 호가 있겠나? 호를 인촌(仁村)이라 카소."

김성수는 서상일을 따라가 뜻밖에 석제 서병호 선생을 만나 호 '인촌'을 얻었다.

인촌이 그때 석 달 동안 발품 팔아 모집한 발기인이 78인이었다. 이들의 도별 인사 분포는 경기도와 경성에서 박영효 장두현 이응선 장춘자 임면순 박용희 김우영 이강현 이경세 이상협 김병태 현준호 김성수 고윤묵 나홍석 이정열 등 16인, 충청북도에서 유세면 1인, 충청남도에서 이상덕 김영복 정재원 성원경 등 4인, 전라북도에서 김기중 정해노 박창진 이철환 홍종철 은성우 김기동 강방현 변광호 정봉수 박정식 등 11인, 전라남도에서 박하일 김형옥 고하주 고광일 박이규 김영수 이제혁 서맹수 등 8인, 경상북도에서 정충원 김승묵 최준 손수문 등 4인, 경상남도에서 문상수 안희제 김시구 윤상은 윤병호 윤현태 지영진 김병규 허걸 김홍조 이종수 이종화 손영돈 문영빈 김종원 이병목 최연무 등 17인, 강원도에서 이봉하 1인, 황해도에서 김영택 이승주 이운 장덕준 장덕수 이태건 이충건 등 7인, 평안남도에서 이효건 1인, 평안북도에서 오희원 최준성 이규회 장희봉 등 4인, 함경남도에서 김순선 김효택 등 2인, 그리고 함경북도에서 이종호 1인이었다.

인촌은 동아일보 설립허가를 받은 즉시 회사조직을 갖추었다.

사장 : 박영효

편집감독 : 양기택 류근

주간 : 장덕수

논설반 기자 : 이상협 장덕준 진학문 김명식 박일병

편집국장 : 이상협

정경부장 겸 학예부장 : 진학문

통신부장 겸 조사부장 : 장덕준

사회부장 겸 정리부장(整理部長) : 이상협

영업국장 겸 경리부장 : 이운

서무부장 : 임면순

광고부장 : 남상일

판매부장 : 유태노

위 간부들은 사장 박영효 자택에 모여 사시(社是)에 해당하는 3대 주지(主旨) 즉 민족주의·민주주의·문화주의를 결정했다. 그리고 동년 3월 1일에 창간호를 발행하기로 결정했다.

「동아일보사」 간부급 인선을 마무리하고 2차로 일반사원 모집을 완료했을 때 사장 이하 전 사원의 수는 74인이었다. 이들은 한 사람

한 사람이 모두 우국지사들이었다. 그들은 언론계에 들어가면 일제 감시와 핍박이 따르리라는 것을 모르는 이가 없었다. 그러나 그들은 '남들은 독립운동 하느라 목숨 걸고 항거하다가 쫓겨 다니고, 붙잡혀 감옥 가고, 풍찬노숙하는데 내 집에서 밥 먹고 내 집에서 잠자고 사무실에서 글 좀 쓰는 것도 못하겠느냐?' 이렇게 생각하면서 기개와 각오로 똘똘 뭉쳤다. 이들은 「동아일보사」를 '월급 받는 직장'쯤으로 생각하고 입사한 것이 아니라 '나도 독립운동을 하겠다'하는 생각으로 참여했던 것이다.

창간호 발행예정일은 1920년 3월 1일이었다. 그날까지 창간호를 내지 못하면 허가는 자동으로 소멸하는 것이 총독부 법이었다. 인촌의 고민은 자금부족에서 시작되었다. 신문사 설립허가 신청서에 기재한 제1회 납입금은 25만 원인데, 발기인들의 납입실적은 매우 저조했다. 1차 세계대전 종료 후 전 세계에 불황이 계속되고, 3·1운동의 상처도 아직 가시지 않았다. 설상가상으로 지난해 기후는 10년 내 가장 극심한 가뭄을 겪었다. 난관이 있을 것이라고 예상은 하고 있었으나 창간호를 내기도 전에 자금난부터 부딪쳤다.

어느 날 사무실에서 직원들이 시국 얘기와 다른 신문사 얘기들을 격의 없이 나누고 있었다. 인촌은 빗자루와 쓰레받기를 들고 책상 골목을 다니면서 조심조심 쓸고 있었다. 장덕준이 밝게 웃으며 인촌에게 다가왔다.

"선생님, 우리 신문 지국을 개설하겠다는 사람이 있습니다."

"그래요? 어느 도시입니까?"

"대구에 서상일 씨와 평양에 김성업 씨입니다."

"예? 대구 서상일 씨?"

"예."

"주주 참여는 못 해도 지국은 하고 싶다더니 연락이 왔구먼. 그리고 평양 김성업 씨라고 했소?"

"예."

"그분도 독립운동을 하는 사람 아닙니까?"

"맞습니다."

인촌은 오른쪽 손에 들었던 빗자루를 바닥에 놓고 주먹을 불끈 쥐어 올렸다. 그는 민족지도자들이 나서는 것을 보고 새로운 기운을 얻은 것이다.

"알았습니다."

이상협이 다가와 두 사람 사이에 끼어들어 인촌에게 물었다.

"선생님, 우리 창간호가 3월 1일에 나갈 수 있을까요?"

인촌이 가장 어려운 질문을 받고 당황했다. 그의 표정을 보고 장덕준이 대신 대답했다.

"자금이 문제지 뭐. 발기인들이 납입금을 안 보내 줘서 말이오."

인촌이 두 사람에게 말했다.

"어떻게든 해 볼 테니 사원들 사기 죽이지 마세요."

"조선일보와 「시사신문」은 3월 1일 창간호가 나간다고 합니다."

장덕준이 이상협에게 말했다.

"이 선생님, 정 안 되면 한 달 미룰 수도 있어요. 총독부에 알아봤는데 한 달 연기 신청하면 된다고 합디다."

인촌이 장덕준 말을 듣고 고개를 끄덕끄덕했다. 두 사람은 자기들 책상으로 갔고 인촌은 다시 빗자루를 들었다.

드디어 동아일보 창간호가 석간으로 나왔다. 이날이 1920년 4월 1일이었다. 이날 창간호가 발간한다는 소식을 미리 전해 듣고 전국에서 몰려온 지국장들이 기뻐서 환호성을 질렀다. 회사에서는 지국장과 직원들이 환호성을 지르고 골목골목에서는 시민들이 탄성을 질렀다. 「왜놈들 탄압을 어떻게 견디려고……?」 이것이 시민들 걱정이었지만 그러한 염려 속에서도 창간호가 의연하게 발행되었다.

인촌이 서대문형무소에 가서 송진우와 현상윤 면회를 신청했다. 그는 어제 갓 나온 동아일보 창간호 100여 부를 보자기에 싸서 들고 두 사람이 나오기를 기다렸다. 잠시 후 송진우와 현상윤이 얼굴에 미소를 머금은 채 면회실로 왔다. 그들은 3·1운동 당시 민족지도자 48인에 포함되어 재판에 계류 중이었다. 재판이 언제 열릴지 그것도 알 수 없었다.

"이 사람들아, 얼마나 고생이 많은가?"

송진우가 크게 웃으면서 호탕하게 말했다.

"고생이라니? 밥 주고 잠자리 주는데 뭣이 고생이여? 나 맥여 살리고 편하게 잠 재우느라고 왜놈들이 고생이지. 하하하하……."

"이 사람 기가 하나도 안 죽었구먼. 자, 오늘은 선물 가지고 왔네."

인촌이 신문 뭉치를 철창 사이로 넣어줬다.

"음? 이것이 뭣이여?

신문 뭉치를 받아 본 송진우와 현상윤이 할 말을 잃고 신문 제호를 물끄러미 바라보더니 눈물을 흘렸다. 눈물이 시간이 지남에 따라 빗물처럼 쏟아지다가 결국 어깨가 흔들리며 오열로 변했다. 사나이들의 눈물, 이 눈물은 무엇을 의미하는 것일까? 철창을 사이에 두고 감방 안에는 송진우와 현상윤이, 감방 밖에는 인촌이 눈물만 죽죽 흘리고 서 있었다. 이윽고 인촌이 입을 뗐다.

"들어가서 창간사를 읽어봐. 장덕수가 썼어."

송진우가 억지로 웃는 표정을 만들어서 말했다.

"덕수도 신문사 일하기로 했어?"

"그럼, 와서 일해야지. 내가 들어오라고 했어."

"음, 잘 됐구먼. 창간사를 꼼꼼히 읽어보겠네."

감방 교도관이 다가와 면회시간이 다 됐다면서 송진우와 현상윤을 데리고 들어갔다. 감방에 들어간 송진우와 현상윤이 「창간사」를 꼼꼼히 읽었다.

「주지(主旨)를 선명하노라」

'창천(蒼天)에 태양이 빛나고 대지에 청풍이 불도다. 산정수류 (山靜水流)하며 초목창무(草木昌茂)하며 백화난발(百花爛發)하며 연비어약(鳶飛魚躍)하니 만물 사이에 생명과 광영이 충만하도다.

동방 아세아 무궁화동산 속에 2천만 조선민중은 일대광명을 견(見)하도다. 공기를 호흡하도다. 아, 실로 살았도다. 부활하도다. 장차 혼신용력(渾身勇力)을 분발하여 멀고 큰 도정(道程)을 건행 (健行)코자 하니 그 이름이 무엇이뇨. 자유의 발달이로다.

세계 인류의 운명의 대륜(大輪)은 한 번 회전하도다. 「쯔아」는 가고 「카이사―」는 쪼기도다. 자본주의의 탐람(貪婪)은 노동주의의

도전을 받고 강력에 기본한 침략주의와 제국주의는 권리를 옹호하는 평화주의와 정의를 기본한 인도주의로 전환코자 하는 도다.

그런즉 인민으로 말미암은 자유정치와 노동으로 말미암은 문화창조와 정의 인도에 입각한 민족연맹의 신세계가 전개하려 하는 것이다.

오인(吾人)은 몽상가가 아니라 또한 현실에 즉한 자로다. 어찌 이상과 하늘만 보고 사실과 따를 망각하리오. 세계의 대세를 여실히 논할 진데 한 편에 신세력이 있는 동시에 또 한 편에 이와 대립하여 구세력이 있어 서로 쟁투하는 도다. 바꾸어 말하면 정치로나 경제로나 사회로나 문화로나 각 방면에 해방과 개조의 운동이 있는 동시에 이 모든 것을 억압하려하는 일대운동이 존재하도다. 이는 사실이라 뉘─감히 부인할 바─리오. 오호라 신구충돌과 진보 보수의 다툼이 어찌 이 시대에만 특유한 배리오. 온 역사를 통하여 상존하는 것이로다.

(중략)

이는 개인이나 사회의 생활내용을 충실히 하며 풍부히 함이니 곧 부의 증진과 정치의 완성과 도덕의 순수와 종교의 풍성과 과학의 발달과 철학 예술의 심원오묘(深遠奧妙)라 바꾸어 말하면 조선민중으로 하여금 세계문명에 공헌케 하며 조선강산으로 하여금 문화의 낙원이 되게 함을 고창하노니 이는 곧 조선민족의 사명이요 생존의 가치라 사유한 연고라.

요컨대 동아일보는 태양의 무궁한 광명과 우주의 무한한 생명을 삼천리강산 이천만 민중 가운데 실현하며 창달케 하야써 자유발달의 국(局)을 맺고자 하노니 (1) 조선민중이 각정성명(各正性命)하여 보합대화(保合大化)하는 일대 문화의 수립을 기하며 (2) 천하만중이 각득기소(各得其所)하여 상하여천지(上下與天地)로 동류(同流)하는 일대 낙원을 건설함에 동력공조(同力共助)하기를 원함은 본 일보의 주지로다.

그러나 본사의 전조가 심히 험하도다. 그의 운명을 누가 가히 예측하리요. 오인은 오직 민중의 친구로서 생사진퇴를 그로 더불어 한 가지 하기를 원하며 기하노라.'

동아일보는 창간 초기부터 불을 뿜었다. 창간 후 한 달 동안 써낸 사설을 보더라도 조선총독부 악정을 통렬하게 비판하고 사이토 총독의 문화정치 이면에 감춰진 술수를 적나라하게 파헤쳐 조선 민중의 울분을 토해냈다. 사이토에게 폭탄을 던진 강우규 의사에 대한 공판이나, 정략결혼에 희생된 전 황태자 이은의 비화를 싣고, 조선 민족의 애환을 반영하는 기사를 매일 썼다.

조선총독부가 문화정치를 표방하며 온건 정책을 펴는 것 같았지만 저의는 딴 데 있었다. 총독부는 이제부터 신문발행 허가를 해 줄 테니 허가를 받아서 신문을 발행하라고 했다. 그 대신 지하신문은 절대로 용납하지 않겠다는 것이었다. 그들은 지하신문 때문에 골머리를 앓고 있었다. 어디서 찍어내는지 누가 찍어내는지 모르지만, 그 지하신문이 총독부 치부를 다 드러내고 아프게 했다. 그래서 차라리 신문발행 허가를 해주고 신문을 양성화해서 간섭하겠다는 의도였다. 동아일보가 창간호를 내고 신문발행을 시작하자 총독부는 날마다 인쇄된 신문을 제출하라고 했다. 동아일보는 어쩔 수 없이 매일 인쇄된 신문을 제출할 수밖에 없었다.

총독부 경무국 고등경찰과 검열담당관은 대단히 엄격했다. 검열당국자의 비위에 거슬린 기사에 대해서는 삭제하라고 강권을 휘둘렀다. 삭제 명령이 떨어지면 문제 된 부분은 삭제하고 그 부분에 상처가 흉하게 남더라도 그대로 배포할 수밖에 없었다. 한 단계 더 강력한 제재는 인쇄된 신문배포를 금지하는 행정처분으로 발행분포 금지가 있다. 하지만 이것은 너무 심한 제재이기 때문에 문제된 부분을 삭제하고 다시 인쇄해서 배포한다. 또한 압수라는 제재가 있는데 이것은 이미 배포된 신문이나 배포 중인 신문을 회수해서 가져가는 것이다. 이와 같이 양성적으로 신문을 발행하게 해 놓고 현미경을 들이대고 검열했다.

동아일보의 첫 필화사건은 창간 보름 만인 4월 15일에 터졌다. 3·1운동 여진이 아직도 남아서 13도 방방곡곡에서 간헐적으로 시위가 일어나다가 평양에서 대규모 시위가 일어났다. 이 사건을 취재한 동아일보가 대서특필로 보도했다. 이 보도가 문제 되어 총독부는 신문 발매분포 금지처분을 내렸다.

이 처분이 내려진 이후 6개월 동안 총독부는 동아일보에 삭제 4건, 발매분포 금지 12건, 압수 2건, 게재 중지 1건 등 총 19건의 행정처분을 했다. 이것은 아흐레에 한 번꼴로 행정처분을 한 꼴이었다. 그럼에도 1920년 4월 21일 자 신문에는 옥중 시 한 편이 실렸다.

「옥중에서」

이아주

해는 지고 바람은 찬데
몰려오는 눈조차 아리고 맵도다.
정숙한 이 내몸에 포박이 웬 말인가.
무죄한 이 내몸에 악형이 웬 말인가.
귀히 길린 이 내몸에 철창생활이 웬 말인가.
북악산 머리에 눈이 쌓이고
반야중천에 달은 밝은데
청춘의 끓는 피 참기 어려워
느껴 울음이 목 맺히도다.

김성수가 김필례 여사 집을 찾아갔다. 김필례는 정신여학교 전직 교사로 이아주 학생 은사였다. 김필례 여사는 교직에 있을 때 얼굴도 예쁘고 품행이 단정한 이아주 학생을 남달리 예뻐했다. 그리고 김필례 여사 남편은 김성수가 동아일보를 창간할 때부터 신문제작을 적극적으로 도와준 인사 중 한 사람이었다. 그래서 김필례와 김성수도 자주 만나왔고, 아주 가까운 관계가 되었다. 이아주가 쓴 시 '옥중에서'를 김성수에게 전해 준 사람이 바로 김필례였다. 김성수가 가지고 간 신문을 김필례에게 주면서 말했다.

"여사님, 여기 이아주 학생이 쓴 시를 실었습니다."

"어머나 그래요? 어디 봅시다."

김필례가 신문을 받아 활짝 펴더니 시 「옥중에서」를 찾아 눈을 고정시켰다. 김필례 얼굴이 빨개졌다.

김성수는 법정에서 이아주 학생을 처음 본 이후 알게 모르게 김우영 변호사를 통해 옥바라지를 해왔다. 옷도 사서 넣어주고, 사식도 넣어주고, 동아일보 신문도 넣어주고, 좋은 책도 사서 넣어주고, 편지를 써서 넣어주는 등으로 그녀가 겪는 고난에 동참했다. 그렇게 지내던 어느 날 김우영 변호사가 화동 사무실에 와서 이아주 학생이 6개월 실형을 선고받았다고 전했다. 함께 검거되었던 다른 학생들은 무죄나 집행유예로 석방됐는데 이아주 학생만 실형을 받았다고 했다. 그 말을 전해 들은 김성수가 말했다.

"조선 여인의 표상입니다."

"맞아. 목숨 걸고 정절을 지키는 조선 여인의 표상이야."

"되았어요 형."

"음? 뭣이 되았어?"

8

동아일보는 행정처분에 구애받지 않고 줄기차게 민족지 역할을 담당했다. 그리고 한편으로는 민족문화사업을 전개했다. 첫 번째 사업으로 4월 11일 단군영정 현상모집을 공고했다. 이 사업은 적당한 작품이 없어 결실을 얻지 못했지만 민족의 구심점을 찾자는 정신은 전국에 파급되었다. 두 번째 사업으로 기자 민태원을 백두산에 보내서 답사한 후 민족의 영산 소개를 연재한 사업이었다. 그리고 한강에 50년 이래 대홍수가 터지자 수재민 구호를 위해 의연금모집에 나섰고, 또 스포츠 행사로 전조선 종합야구선수권대회를 개최했다.

사장실에서 박영효 사장과 인촌이 심각한 얘기를 했다. 박 사장이 사장직을 사임하겠다는 것이다.

"사원들이 사장 말을 무시하면 그 사장이 무슨 일을 하겠소?"

"죄송합니다. 앞으로는 그런 일이 없도록 잘 단속하겠습니다."

"나는 사임할 테니 인촌이 사장직을 맡으시오."

박 사장 태도가 조금도 누그러지지 않았다. 박 사장이 사임까지 결심하게 된 동기가 있었다.

일전에 보도된 권덕규의 논설 때문이었다. 그는 〈가(假) 명인(明人) 두상에 일봉(一棒)〉이라는 제목의 글로 사대모화(事大慕華) 사상에서 헤어나지 못하고 있는 조선 유교의 말류(末流)를 통박했다. 사대모화 사상에 젖은 일부 유학자들을 가짜 명나라 사람으로 낙인을 찍은 권덕규는 '만일 공자가 군대를 이끌고 쳐들어오면 어떻게 할 것이냐?'하는 가정에 대하여 '먼저 공자를 베고 볼 것이다.'라고 대답했다는 어느 일본인 유가의 예를 들면서 그들을 매도했다. 이에 격분한 유림이 화동 동아일보 사옥에 몰려가 박영효 사장을 향해 심한 언동을 하고, 동아일보 성토문을 발표하고, 심지어 총독부를 이용해서 발행정지 처분을 내리도록 획책하고, 불매운동에까지 나설 기세였다. 박 사장도 논설내용을 보고 잘못된 글이니 사과문을 내라고 종용했다. 그러나 편집부가 전사원 총회를 열어 토의한 결과 박 사장 권고를 받아들일 수 없다고 했다. 사태가 이렇게 되자 박 사장은 사임하게 되었다. 그는 인촌에게 단호하게 얘기했다.

"사장으로서 회사를 통솔하지 못할 바에야 자리만 지키고 있을 수는 없어요."

박영효 사장은 사직하고 말았다. 인촌은 사원들 요청을 받아들여 1920년 7월 초 동아일보 제2대 사장직에 취임했다.

영광의 길은 곧 고난의 길이었다. 신문사가 겪어야 할 고난은 너무나 험난했다. 총독부 압박을 견디는 것도 힘들지만 그보다 더 힘든 것은 재정난이었다. 창간 1년도 못 돼서 재정은 이미 바닥났다. 신문이 팔리면 팔릴수록 적자가 쌓여 갔다. 신문값은 한 부에 3전, 한 달 구독료는 60전이었다. 그리고 하루 발행 부수는 1만 부인데, 창간 초창기부터 대부분 독자는 월간구독으로 신청해서 배달했는데 구독료는 들어오지 않았다. 대부분 독자는 민족지 동아일보를 읽어야 한다고 생각했다. 그러나 구독료를 내야 한다는 생각은 별로 하지 않았다. 광고라도 많이 들어오면 구독료가 덜 들어와도 견딜 수 있겠는데 기업체가 많은 것도 아니고 기업들이 광고 필요성을 느끼지도 못하기 때문에 광고 수익은 없는 상태였다. 이런 상황에서도 집필진은 신문지상에 오늘을 개탄하고 내일을 기약하는 기사를 뿜어내는데, 인촌은 화동 사무실 구석에 박혀 제작비 걱정에 노심초사했다. 경성방직이라도 원활하게 돌아간다면 거기서 자금을 융통할 수 있을 텐데 거기는 삼품사건 후유증이 아직도 끝나지 않은 상태였다.

1920년 9월 20일 경성복심법원에서 3·1운동에 연루되어 재판을 받고 있던 48인에 대한 최종재판이 시작됐다. 재판장은 츠기하라, 검사는 미즈노였다. 피고석에 송진우 현상윤 최남선 최린 손병희 한용운 등의 얼굴이 보였다. 츠기하라 재판장은 최린에게 물었다.

"피고는 3·1운동 주도자 중 한 사람이지?"

"그렇소."

"일본 정부는 조선 백성을 보호하려고 노력하는데 피고는 왜 그렇게 불순한 운동을 주도했나?"

"조선은 타국 보호가 필요 없는 나라요. 5천 년 역사를 가지고 단일민족으로 잘살아온 나라인데 왜 타국이 보호한단 말이오. 그래서 3월 1일 전 민족이 일어나서 독립을 외친 것이오. 그것이 무슨 죄란 말이오?"

"알았어. 반성의 기미가 전혀 안 보여."

다음에는 판사가 손병희에게 물었다.

"피고 이름이 뭐야?"

"손병희다."

변호사 하나이가 얼굴을 찡그리며 고개를 숙였다. 그 변호사가 손병희에게 고분고분 대답해야 한다고 귀띔을 했는데 손병희가 또 고자세로 맞서자 실망한 것이다.

"피고는 왜 이런 일을 했는가?"

"내가 묻겠다. 만약 조선이 일본을 침략해서 주권을 빼앗았다면 당신은 구경만 하고 있을 것인가? 그 대답을 하면 나도 당신 질문에 대답하겠다."

"이 사람도 반성이 없어."

재판은 간단간단하게 반성 여부만 확인하고 넘어갔다. 이번에는 한용운에게 재판장이 물었다.

"피고 이름이 한용운이야?"

"그 입으로 내 이름 부르지 말라."

"으―음―알았어."

이번에는 최남선이다.

"피고는 이름이 뭐야?"

"최남선이오."

"피고는 일본에 가서 공부했지?"

"그렇소."

"일본에서 배운 사람이 그 지식으로 일본을 배척하자고 독립선언문을 작성해?"

"내가 일본에서 배운 것은 민족주의·민주주의·양심·정직을 배웠소. 남의 나라 침탈하고 지배하는 그런 지식을 배운 게 아니란 말이오."

"그만 그만."

판사가 네 사람에게 마지막 질문을 하더니 나머지 피고인들에게는 질문을 하지 않았다. 방청석에 앉아 있는 김성수는 가슴을 조이며 이 광경을 지켜봤다. 그가 가슴을 조이며 걱정하는 것은 만약 송진우에게 판사가 질문하면 그는 얼마나 거칠게 대답할 것인가 하는 걱정 때문이었다. 그런데 다행히도 다섯 사람 외에는 질문을 생략했다.

잠시 후 48인에 대한 형량이 선고되었다. 최린 손병희 한용운에게 각각 징역 3년, 최남선에게는 징역 2년 6월을 선고했다. 최린 손병희 한용운은 대표자이기 때문에, 그리고 최남선은 독립선언서를 작성한 사람이기 때문에 중형을 내린 것 같았다. 그 외 많은 사람이 집행유예 선고를 받았다. 그리고 송진우 현상윤 김도태 등 몇 사람은 무죄판결이 선고되었다. 최남선과 최린 손병희 한용운은 다시 형무소로 끌려가고, 집행유예와 무죄를 선고 받은 사람들은 곧바로 풀려났다.

김성수는 재판받느라고 6개월 동안 옥에 갇혀 있던 송진우와 현상윤을 데리고 평소 거래하던 한약방으로 갔다.

"영감님, 이 사람들 독립운동하다 잡혀가서 고생하고 나왔습니다. 보약 좀 지어 주세요."

"허허허, 고생하셨구먼. 그래요, 몸보신 좀 해야지. 조금만 기다리시오, 내가 지금 준비할 테니까."

송진우가 말했다.

"이 사람아, 무슨 보약이여. 젊은 놈이 무슨 보약을 먹냐고?"

김성수가 맞받았다.

"허허 이 사람아, 먹고 보신해야 또 싸우고 들어가지. 인제 안 싸울 거야?"

송진우와 현상윤이 껄껄대며 웃었다. 한의사가 두 사람 보약을 보자기에 각각 싸서 내놓았다. 김성수가 말했다.

"고향에 가서 부모님께 인사드리고 푹 쉬면서 이 약 다 먹으면 그때 올라와. 일거리가 산더미 같이 쌓여서 자네들을 기다리고 있어."

송진우와 현상윤 두 사람은 부모님을 뵙기 위해 향리로 떠났다.

경상북도 영주에서 어느 부인이 물에 빠져 자살하는 사건이 생겼다. 그녀는 시어머니 상방(喪房)에 삼시상식(三時上食)을 하려 하는데 기독교 신자인 남편이 상식을 못 올리게 하자 며느리로서 죄를 짓느니 차라리 죽음으로 속죄하겠다면서 자살했다고 한다.

이 사건을 두고 기독교와 유교 간에 논쟁이 벌어졌고, 동아일보도 사설로 조상제사와 우상숭배는 다른 것이니 비난할 것이 아니라고 논하였다. 그래도 기독교와 유교 간에 논쟁은 계속되는 걸 보고 동아일보가 다시 이 문제를 거론했는데, 그 사설 내용 가운데 일본 삼종신기(三種神器)를 들먹인 부분이 있었다.

「우상숭배의 제일 현저한 자는, 목조니소(木彫泥塑)하고 분면금신(粉面金身)하야 신(神)이 자(玆)에 재(在)하며 혹 영(靈)이 자(玆)에 재(在)하다 하야 이를 숭배할 뿐 아니라 유시호(有時乎) 이에 대하야 강상강복(降祥降福)을 기도함이니, 이는 확실히 우상숭배라 할 것이오, 설혹 인신(人身)을 모작한 우상은 무(無)할 지라도, 혹은 경(鏡)으로, 혹은 주옥(珠玉)으로, 혹은 검(劍)으로 그 타(他) 하등 모양으로든지 물형(物形)을 작(作)하야 혹처(或處)에 봉치(奉置)하고 신(神)이 자(玆)에 재하며 혹 영(靈)이 자(玆)에 재(在)하다 하야 이에 대하야 숭배하며 혹 기도함은 일체 우상숭배라 할 것이니……」

이 글의 '혹은 경(鏡)으로, 혹은 주옥(珠玉)으로, 혹은 검(劍)으로……'라고 한 것이 바로 삼종신기를 뜻하는 부분이었다. 총독부는 1919년 7월 경성 남산에 조선신사를 준공하여 이 삼종신기의 모조품을 모셔 놓고 조선 사람들에게 거기에 배례할 것을 강요하는 중이었다. 이런 와중에 동아일보가 이런 사설을 실은 것은 제례문제를 표면에 내세워 일본의 삼종신기를 신랄하게 꼬집는 것이었다. 일본은 삼종신기 문제를 들어 이 날짜 신문을 압수하는 동시에 그날로 무기발행정지처분을 내렸다.

동아일보가 정간처분을 받고 3개월이 지났다. 12월 어느 날 총독부 경무국장 마루야마(丸山鶴吉)가 인촌을 총독부로 불러 마주 앉았다.

"동아일보가 우리 황실의 상징인 삼종신기를 그렇게 모독해도 무사하리라 생각했소?"

"무사하지 못해서 무기정간까지 당한 것 아니오?"

"그거라도 알았다니 다행이오. 온후하신 우리 총독께서도 이번 일만은 도저히 묵과할 수 없다고 하시오. 이번 일을 반성하는 기회로 삼고 앞으로는 동아일보 논조를 건실한 방향으로 바꾸시오. 그렇게 약속만 해 준다면 내일이라도 무기정간을 해제하겠소."

"그것은 신문을 모르고 하는 말이오. 동아일보는 나 개인의 신문이 아니라 2천만 국민 전체의 신문이어서 내가 여기서 아무 약속도 할 수가 없소."

"김 선생이 그렇게 고집을 부리면 동아일보는 영영 햇빛을 못 보게 될 것이오. 그래도 괜찮다는 말이오?"

"폐간시키겠다는 말이오?"

"그렇소. 우리는 그렇게 할 수밖에 없소."

"그렇게 할 수가 있을까요?"

"왜요? 못할 거라고 생각하시오?"

"벌은 받을 만큼 받았는데 또 벌을 준다는 것도 이상하고, 만약 동아일보를 강제로 폐간시킨다면 조선총독부 문화정치는 가식으로 드러나 설 자리가 없을 것이오."

"……."

총독부가 눈엣가시 같은 동아일보를 없애지 못한 것은 세계 이목이 두렵기 때문이었다. 세계를 향해 조선 민족에게 언론의 자유를 주고 있다고 선전해 놓은 처지에 강권으로 동아일보를 폐간시킨다면 그 선전이 거짓임이 드러난다. 총독부는 동아일보가 굴복하거나 자진 폐간할 줄 알고 기다렸는데, 동아일보는 굴복도 하지 않고 자진 폐간도 하지 않고 무저항으로 세월을 보내고 있었다. 총독부로서는 참으로 답답한 일이었다. 왜 그런지 모르지만, 총독부가 동아일보보다 더 참지 못하고 안달을 떨었다. 그러더니 급기야 동아일보 무기정간을 해제했다고 통보했다.

이날이 1921년 1월 10일이다. 동아일보는 1920년 9월 25일부터 이듬해 1월 10일까지 3개월 15일간 정간되었다. 그동안 신문사는 엉망이 돼버렸다. 재정고갈은 말할 것도 없고 사원들도 다수가 사직하고 동아일보를 떠났다. 동아일보는 이제 되살아날 길이 없다고 판단했기 때문이다. 그런데 동아일보는 다시 일어서려고 꿈틀거렸다. 재정난으로 복간이 늦어지고 있을 때 왕조 말 중신이었던 민영달이 5천 원을 가지고 가서 조건 없이 기부하겠다며 내놓았다. 인촌은 그에게 말했다.

"선생님, 우리 동아일보는 기부금은 받지 못하도록 사규로 정하고 있습니다. 이 돈은 선생님께서 출자하신 것으로 받겠습니다."

"허허허 그래요? 그렇다면 으—음, 내 명의로 하지 말고 내 사위

홍증식 명의로 출자하리다. 그것은 괜찮지요?"

"예, 선생님."

이렇게 5천 원을 출자받은 동아일보는 홍증식을 영업국장으로 채용하고 복간을 서둘렀다. 홍증식을 채용한 것은 전 영업국장이 사직해서 공석이기 때문이었다.

일본은 중국인 마적을 매수하여 9월과 10월 두 차례에 걸쳐 훈춘을 습격하게 했다. 일본의 사주를 받은 중국인 마적단은 일본영사관 분관에 불을 지르고, 조선인과 일본인을 약간 명씩 죽였다. 일본은 훈춘사건을 조선독립군 습격이라고 주장하고, 10월 초부터 나남 방면 부대와 여순 방면 부대, 그리고 시베리아에 출병 중인 블라디보스토크 부대까지 풀어 세 방면으로 진격해 들어가 북간도를 점령해버렸다. 일본이 중국인 마적단을 매수해서 사건을 조작한 것은 북간도를 점령하기 위한 구실을 만드는 작업이었다.

중국당국은 이 사태가 더 확대되는 것을 우려해서 조선독립군에게 다른 곳으로 이동해 달라고 요청했다. 이 요청을 받은 북로군정서 소속 김좌진 독립군이 백두산(白頭山) 산기슭으로 이동 중일 때 화룡현 삼도구 청산리에서 일본군 1개 여단의 습격을 받았다. 병력 400명에 불과한 김좌진 부대는 10월 20일부터 나흘 동안 이어진 격전 끝에 일본군 연대장을 포함한 900명을 섬멸해버렸다. 이 전투에서 김좌진 부대의 손실은 60여 명이었다. 김좌진이 이끈 소규모 부대에 참패당한 일본군은 보복하기에 나섰다. 일본군은 북간도 일대에서 무고한 조선인 백성을 무차별 학살했다. 그들은 50일 동안 69

개 마을에서 가옥 2,507호를 완전히 불로 태워버렸고, 농민과 그 가족 2,285명을 살해했다.

이때 동아일보 기자 장덕준이 북간도 취재 중 순직했다. 그는 함경북도 방면 시찰이라는 명목으로 10월 5일 경성을 떠나 회령에 도착했다. 수비대장과 교섭해서 종군기자 자격으로 북간도에 들어갔다. 그런데 북간도에 들어간 이후 일본군이 그를 주시하고 있었다. 일본군은 그가 동아일보 기자라는 것을 알고, 자기들이 저지른 농민 학살과 주택방화 사건이 세계만방에 알려질 것을 방지하려고 장덕준 기자를 총살해 버렸다. 장덕준은 동아일보 창간 때 많은 활동을 했고, 통신부장 겸 조사부장직을 맡아온 동아일보사 기둥 중 하나였다.

김우영 변호사가 형무소에 가서 이아주 학생을 면회했다. 김 변호사는 깜짝 놀랐다.

"이양, 어디 아파요? 얼굴이 왜 이렇게 말랐어요?"

"……."

"말해요. 어디가 아픕니까?"

"귀가 아프고 어지럽습니다. 빨리 죽으면 좋겠어요."

"학생, 무슨 소리를 하는 거야? 그까짓 6개월 눈 깜짝할 사인데. 그리고 그 6개월 중에서 지금까지 재판받느라고 구속되어 있던 기간을 빼면 이제 두 달도 안 남았어요. 기운 내요."

"두 달이요? 그 두 달이 죽는 것보다 더 무섭습니다."

"아니요. 내가 내일이라도 병원에 데리고 갈 테니 기운 내요. 아픈

부분과 증상을 나한테 상세하게 말해요. 오늘 당장 병보석 신청을 해야 하니까."

이아주 학생은 면회 시간이 짧다는 걸 알고 간략하지만 명료하게 병 증세를 설명했다. 김우영 변호사가 면회시간 걱정하지 말고 되도록 상세하게 말하라고 안심시켰다. 그리고 이아주 학생이 하는 말을 꼼꼼하게 기록하고 나서 말했다.

"내가 지금 법원에 가서 긴급보석 신청을 할 테니 걱정 마요."

이아주 학생은 김 변호사를 만난 뒤 몸에 기운이 도는 것 같았다. 감방에 들어가 보니 사식으로 삼계탕이 들어와 있었다. '아버지가 경성에 오셨나? 아니야, 또 그 사람이겠지—인촌. 도대체 인촌이 누군데 이렇게 사식도 넣어주고 옷도 넣어주고 이럴까?'

그녀가 삼계탕 그릇을 옮겼더니 그릇 밑에 쪽지가 한 장 있었다. 쪽지에는 「기운 내세요, 인촌.」이라고 적혀 있었다. 그녀는 '인촌'이 누군지 모르지만, 어느새 친밀한 관계가 되었다. 그녀는 일단 인촌이 보낸 삼계탕을 먹었다. 아무리 어지럽고 메스꺼워도 삼계탕을 먹고 그 기운으로 견뎌보려는 것이었다.

인촌은 송진우와 현상윤을 향촌에 보내놓고서도 그들의 수척한 모습이 자꾸 눈에 아른거려서 괴로웠다. 보약을 사서 손에 쥐어 보냈지만 그 보약 한 제로 잃어버린 건강을 회복할 수 있을까 생각하면 마음이 아팠다. 그리고 그들 생각 끝에 이어서 떠오르는 얼굴이 이아주라는 소녀의 얼굴이었다. 젊은 남정네들도 들어가면 반쪽이 돼서 나오는 생지옥에 가녀린 소녀가 들어가서 어떻게 견디고 있을까 생각하면 정말 가슴이 아렸다. 김우영 말에 따르면 그 소녀는 일찍 어머니를 여의고 홀아버지 밑에서 자랐다. 고향은 평안북도 강계였다. 그렇다면 경성에 누가 있어 그 어린 소녀 옥바라지를 해 주겠는가? 이런 생각 때문에 그는 아무도 모르게 어린 소녀 옥바라지를 해왔다. 오직 김우영 변호사만 알고 있었다. 며칠 후 김우영 변호사가 화동 동아일보 사무실을 방문했다. 그는 인촌에게 이아주 양이 출감해서 지금 세브란스 병원에 입원 중이라고 했다.

"뭐라고요? 출감은 뭣이고 또 입원은 뭣입니까?"

"이 양이 어지럽고 메스꺼워서 죽고 싶다고 하기에 병보석 신청을 했어. 그래서 병원에 데리고 갔지. 진찰해보니 '이하선염'이라고 귀 내부에 염증이 심해서 수술을 해야 된대."

"그래서 언제 수술한다고 합디까?"

"내일."

"그래요? 알았습니다."

며칠 후 인촌은 김우영과 함께 세브란스 병원에 갔다. 이아주가 입원한 병실에 들어갔더니 그곳에 이아주 양의 스승 김필례 여사가 와 있었다. 인촌과 친밀한 관계다. 김 여사는 매우 쾌활한 여장부였다. 김 여사가 인촌을 보고 깜짝 놀라며 물었다.

"아니, 김 사장님이 어떻게 여기를 다 오셨어요?"

"안녕하십니까? 저 문병 왔습니다, 하하하하."

"문병? 이 양하고 아는 사이인가요?"

김우영 변호사가 나서서 설명했다.

"인촌 선생은 독립운동가 지원 목적으로 오신 겁니다. 환자 이아주 양은 3·1운동을 하다가 검거돼서 투옥된 거 아닙니까?"

"예? 그런데 3·1운동하고 김 사장님이 여기 오신 것하고 무슨 상관이 있습니까?"

"3·1운동 발원지가 바로 중앙학교 숙직실입니다. 3·1운동은 중앙학교 숙직실에서 발기되었고 그 주역이 바로 인촌 선생입니다. 모르셨죠? 그래서 인촌 선생은 3·1운동을 하다가 투옥된 지사들을 많이 지원하고 있답니다."

"맞아요, 그런 줄은 알고 있었습니다. 알고는 있었지만 그래도 뜻밖이네요. 호호호호."

김 변호사 설명을 듣고 놀란 사람은 환자 이아주였다. 옥중에 있는 자기에게 성도 이름도 모르는 사람이 가끔 사식도 넣어주고, 옥중에서 입으라고 옷도 사서 넣어주고, 읽을 만한 책도 사서 넣어주더니 그 사람이 지금 자기 방에 들어와 김필례 선생님과 반갑게 인사를 주고받았다.

입원실 분위기가 화기애애하게 바뀌었다. 인촌과 김 변호사와 김필례 여사는 마치 십년지기 친구 사이처럼 농담도 주고받으며 폭소를 터뜨리기도 했다. 환자 이아주는 이렇게 유쾌한 장면은 처음 봤다. 그녀는 '이 사람들이 갑자기 떠나버리면 어떻게 하나? 나 혼자 남으면 그 고독을 어떻게 감당해?'라고 생각하니 두려움이 엄습해 오고 자신도 모르게 뜨거운 눈물이 뺨을 적셨다.

며칠 후 이아주는 퇴원해서 평북 강계로 떠났다. 이아주가 강계로 떠났다는 소식을 김 변호사로부터 전해 들은 인촌은 전라도 광주에 있는 김필례 여사 집에 갔다. 그리고 김 여사에게 단도직입적으로 말했다.

"김 여사님, 나……이아주 처녀에게 청혼을 하려고 합니다. 물론 저에게 흠이 있는 것을 압니다. 그쪽은 순결한 처녀인데 상처한 홀아비가 청혼한다는 것이 염치없는 일이라고 자중하려고 애를 썼으나 자중할 수가 없습니다. 중간에서 혼담을 넣어주세요."

"김 사장님, 지금 제정신입니까? 저는 못 합니다."

김필례가 단호하게 거절하자 김성수는 낭떠러지에서 떨어지는 느낌이었다. 그러나 그는 물러서지 않았다. 그는 그날 이후 광주에 사는 김필례 집을 방문해서 진지하게 부탁했다. 그것도 한두 번이 아니고 적어도 한 주일에 한두 번 꼴로 석 달 동안 계속했다. 우선 김필례 마음부터 돌리기 위해서였다.

"안 된다고 하지 마시고 한번 해 보십시오. 그쪽 의사를 일단 확인해야 되지 않겠습니까?"

'그래, 물어나 보자. 내가 당사자가 아닌데 왜 내가 결정해?' 이렇게 생각한 김필례는 김성수에게 말했다.

"이제는 그만 오세요. 내가 물어나 볼 테니……. 만약 그쪽이 거절해도 상처받으면 안 됩니다. 알았지요?"

"예, 알겠습니다."

김 여사는 중매하려고 전라도 광주에서 평안북도 강계까지 간다는 것이 엄두가 나지 않았다. 그것도 성사 가능성이 있는 중매라면 제자 아주 양을 위해 고생할 수 있지만, 성사 가능성이 희박한 혼담을 가지고 그렇게 먼 길을 간다는 것이 마음에 내키지 않았다. 그래서 김 여사는 제자 이아주 양에게 장문의 편지를 보냈다.

김필례 편지는 이아주 양 집에 고민을 던져줬다. 혼기에 찬 처녀

집에 혼담이 들어갔으니 고요한 연못에 돌을 던져 파문을 일으킨 것과 같았다. 이아주 본인은 물론이고 그녀 아버지도 밤잠을 이루지 못하고 고민했다. 상대방은 4남 1녀 자녀를 둔 홀아비라고 했다. 세상에 이런 데서 청혼이 들어올 줄은 꿈에도 몰랐다. 청혼한 당사자가 경주갑부보다 더 큰 조선 제1의 갑부 집 장손이라고 했다. 그녀 아버지는 '갑부 집 장손이면 뭐하나? 그저 소박하게 부부간에 의좋게 지내면 그만이지.'하면서 이 청혼을 거부했다. '애미는 없어도 얼마나 애지중지 길렀는데 그런 애기를 재취로 보낸단 말이여? 안돼.' 이렇게 그녀 아버지는 마음을 굳혔다. 그런데 당사자인 아주의 생각은 달랐다. '민족운동하다가 옥살이까지 한 몸, 기왕에 나섰으니 민족 위해 이 몸 바치겠다. 그런데 여자 몸으로 민족운동을 한다는 것은 한계가 있다. 그렇다면 큰 남자를 만나 그를 민족지도자로 만들면 그것도 애국이고 민족운동 아닌가? 그래 김필례 선생님 말씀이 맞았어. 선생님 말씀에 따르자.' 이렇게 심중을 굳히고 아버지한테 말했다.

"아버지, 그분한테 시집가겠습니다."

"뭐라고? 내가 가라고 해도 니가 마다해야 되는 자리 아니냐? 그런데 니가 나서서 가겠다고 하는 거냐?"

"아버지, 저 개인의 행복도 중요하지만, 민족의 안정이 더 먼저입니다. 민족이 망하면 개인 행복을 지킬 수가 없어요. 그래서 저는 그 사람과 결혼해서 민족을 위해 일하고 싶어요. 허락해 주세요."

"안 된다, 민족이고 뭣이고 안돼. 꿈도 꾸지 마라."

이아주는 아버지 반대에 부딪혀 고민했다.

김 여사는 이아주 양에게 편지를 보내놓고 스무날이 지나도 답장이 없자 조바심이 생겼다. '이 아이가 어떻게 된 거야?' 여장부라는 별명이 붙은 김 여사는 가부간의 대답은 해야 할 거 아니냐는 생각으로 이번에는 전보를 쳤다.

「좋으면 가, 싫으면 부라고 한 글자로 대답해라.」

김 여사가 전보를 치고 10일이 지난 후 이아주가 보낸 편지를 받았다. 편지 내용은 몇 글자 안 되는 간결한 대답이었다.

「선생님 말씀에 따르겠습니다.」

김 여사는 즉시 인촌에게 편지했다. 이아주 양이 청혼을 받아들이겠다고 했으니 서둘러 혼인하라는 것이었다. 이 편지를 받은 인촌은 김필례 여사에게 이렇게 전보를 쳤다.

「감사 감사 감사 김성수.」

1921년 음력 2월 16일, 조선 유학생 이기령이 도쿄역호텔 제14호실로 민원식을 찾아갔다. 민원식은 조선 유학생이 면담을 요청하므로 쾌히 받아들였다. 호텔 방에서 마주 보고 앉은 두 사람의 화두는 조선독립에 관한 얘기였다. 이기령이 민원식에게 물었다.

"민 사장님이 경성에 국민협회를 조직했다고 들었습니다. 사실입니까?"

"음, 내가 그 단체를 만들었지."

"국민협회가 뭣 하는 단체죠?"

"학생은 정치에 관심이 많은가 보구먼. 그것은 좋은 일이야. 젊은이들이 현실정치에 관심을 가지고 우리 민족의 갈 길을 똑바로 알아야지. 우리 국민협회는 「시사신문」을 발간하고 있어요. 그 신문을 보면 국민협회가 무슨 일을 하는지 알게 될 걸세."

"그 「시사신문」을 봤는데 내선일체를 주장하고 조선인 참정권을 주장하는 기사가 많아서 놀랐습니다."

"놀라다니⋯⋯당연한 주장을 하는데 왜 놀라나?"

"당연한 게 아니지요. 조선이 독립해야지 내선일체가 뭡니까?"

"정신 나간 소리 말아요. 독립이라니? 조선이 무슨 힘이 있어 독립한단 말이야? 내가 주장하는 것은 신일본주의야. 조선이 독립한다는 것은 허망한 꿈이야. 그 불가능한 꿈을 이루려고 귀중한 생명을 버리면서 독립운동을 해? 세상을 현실적으로 봐야지. 이제는 독립의 꿈을 버리고 일본인과 차별 없는 황국신민이 되어야 해. 그러려면 조선에서도 중의원을 뽑아야 해요. 그래서 그 중의원이 본국 중의원회의에 참석해서 조선 사람들의 권리를 주장하는 것이 현실적이란 말이야. 알아들어?"

"그러니까 사장님은 내지연장주의를 찬양하고, 내선일치다 동화정책이다 이런 게 다 좋은 거다 이 말입니까?"

"그렇지, 다 알고 있구먼."

"언제 조선으로 돌아가실 겁니까?"

"그걸 왜 묻나? 일본국 대신들을 두루 만나야 되니까 적어도 열흘은 여기 머물러 있어야 할 것 같아."

"당신은 조선에 가면 안 되겠어. 당신은 여기서 죽어야 해."

이기령이 품고 간 식칼을 품속에서 꺼내 민원식의 심장부위를 깊이 찔렀다. 순간적으로 기습공격을 받은 민원식은 가슴에 칼이 꽂힌 채 즉사했다. 이기령은 민원식의 가슴에 칼을 꽂아 둔 채 호텔을 빠져나가 나가사키로 갔다. 그는 나가사키에서 상해행 여객선 야와타마루(八幡丸)를 타고 도망갈 작정이었다.

민원식을 살해한 사람은 자신을 이기령이라고 했지만, 그는 양근환이었다. 그는 1894년 5월 9일 황해도 연백군 은천면 연남리에서 태어난 천도교 신자로서 18세에 동명학교를 졸업하고, 20세가 되던 1914년에 경성에 올라가 공업전습소(工業傳習所)를 졸업한 건실한 청년이었다. 민원식을 살해할 당시 그는 일본인 처와 두 딸을 둔 가장이었다. 그는 본래 일본을 찬양하거나 조선독립을 반대하는 사람을 만나면 극렬하게 화를 내는 열혈 청년이었다. 그는 일본을 탈출하기 위해 나가사키에서 승선하는 데까지는 성공했으나 선상에서 뒤쫓는 형사에게 덜미를 잡히고 말았다.

양근환의 칼을 맞고 즉사한 민원식은 이름난 정치협잡꾼이었다. 그는 경기도 고양군수를 역임한 후 조선총독부 후원으로 「국민협회」를 창설하여 회장에 취임했다. 그는 조선총독부 중추원 부찬의 관직을 갖고 한·일 양 민족의 동화를 위해 전력을 다한 인물이었다. 그는 조선 민족에게 황국신민이 될 것을 강요하는가 하면 조선 독립운동을 반대하는 운동을 폈다. 민원식의 반민족행위를 알고 있던 양근환은 '언제든지 기회가 되면 민원식을 반드시 처단할 것이다.'라고 결심하고 있었는데 마침 그가 일본 도쿄역호텔에 머물고 있다는 정보를 입수했다. 그래서 일을 저질렀다.

양근환은 경찰차로 호송되어 가면서 고마웠던 사람들을 한 사람 한 사람 회고했다. 그의 머릿속에 김성수가 떠올랐다. 유학시절에 있었던 일이다. 김성수는 와세다대학 학생이고 양근환은 니혼(日本)대학 학생이기 때문에 친분관계는 전혀 없었다. 그런데 김성수가 어떻게 알았는지 양근환을 찾아가 학비에 보태 쓰라며 돈을 주고 갔다. 그것도 한 번이 아니고 학교에 다니는 동안 계속했다. 김성수는 와세다대학을 졸업하고 귀국한 후에도 아직 학생인 양근환에게 지원금을 끊지 않고 계속 보내면서 공부 열심히 하라고 편지를 보내 격려도 종종 했다. 그래서 양근환은 머지않은 장래에 반드시 김성수를 찾아가 그 은혜에 보답하리라 다짐했는데 지금 형무소를 향해 가고 있다. 그는 이제 무기징역을 살아야 할지 사형대에 서야 할지 모른다. 양근환은 김성수를 만날 수 없게 되었다는 것이 가장 아쉬운 일로 남았다.

1921년 1월 13일, 이날은 인촌과 이아주 양이 결혼하는 날이었다. 신랑 김성수는 31세, 신부 이아주는 23세였다. 결혼식을 하게 되는 경성 YMCA 마당에 많은 사람이 모였다. 이들은 악수하고 서로 껴안으며 반가워했다. 이들은 국내파 친구들 몇몇을 제외하고는 대부분이 도쿄 유학시절 만났던 친구들이었다. 송진우 현상윤 최남선 이광수 홍명희 김우영 장덕수 이강현 최두선 이상협 백관수 그리고 낯선 사람들도 다수 있었다. 이 사람들은 모두 인촌의 결혼을 축하하러 온 하객들이었다.

신부와 그의 아버지는 기독교인이었다. 그래서 김필례 여사가 인촌에게 기독교식으로 예식을 하라고 권했다. 그래서 이날 YMCA 마당에 인촌 친구들이 모여든 것이다. 인촌은 이번 결혼식을 몇 사람만 모여서 조촐하게 치르겠다고 했는데 그의 생각대로 되지 않았다. 인촌은 너무 많은 하객이 몰려와서 신부 댁에 부담을 주지 않을까 걱정했다.

결혼식을 마친 신랑·신부 여행지는 조선호텔이었다. 송진우를 비롯한 몇몇 친구들은 신혼여행지까지 따라가서 신랑·신부를 놓아주지 않았다. 그리고 그들 틈에 김필례 여사 부부도 끼어서 흥을 돋우었다. 하루해가 서산을 넘어갈 때쯤 신랑 친구들은 신랑·신부를 놓아주고 호텔 주점에서 술판을 벌였다. 김필례 부부도 함께 있었으나 그들은 젊은 사람들 틈에서 빠져나가 신방 문 앞에 가서 방안의 동정을 살폈다. 부부는 방안에서 신랑·신부가 무슨 말을 하나 열쇠 구멍에 귀를 대고 엿들었다. 이 현장을 외국인이 봤다면 놀랄 일이지만 조선 사람에게는 하나의 풍습이기 때문에 놀랄만한 일이 아니었다. 방안에서 신랑·신부 대화가 들리는데 신랑은 말이 없고 주로 신부가 말을 많이 했다. 이에 놀란 김필례 부부는 교대로 열쇠 구멍에 귀를 대고 당찬 신부 음성을 들었다.

9

1921년 9월 14일 서울 돈의동 명월관에서 「주식회사 동아일보」 창립총회가 열렸다. 이 총회에서 취체역(이사)에 김성수 송진우 장덕수 이운 김찬영 이상협 성완경 장두현 정제원 신구범 등 10명을 선출하고, 감사역에 현준호 장희봉 박용희 이충건 허헌 등 5명을 선출했다. 그리고 다음 날 계동 인촌 자택에서 열린 취체역 회의에서 제3대 사장에 송진우를 부사장에 장덕수를 선출했다. 또 전무에 신구범, 상무에 이상협을 선출하고 주간 대신 신설된 주필은 장덕수, 편집국장은 이상협이 종전대로 각각 겸임하게 했다. 이때 서무 경리국을 신설하여 업무국장에 홍증식을, 서무경리국장에 양원모를, 공장장직을 새로 신설하여 최익진을 임명했다. 이로써 동아일보는 명실상부한 주식회사가 된 것이다.

1년 전, 1920년 1월 14일 발기인 총회를 거쳐 동년 4월 1일 창간호가 발행될 때에도 상호는「주식회사 동아일보」였다. 그러나 그 당시는 주식회사가 갖추어야 할 조건을 다 갖추지 못해서 이름만 주식회사였을 뿐 실제로는 동아일보사였다. 그러던 것을 이번에 제반 조건을 갖추어 명실상부한「주식회사 동아일보」가 된 것이다.

인촌은 얼마 전에 출옥한 송진우와 함께 전국각지 유지들을 찾아 편력의 길에 올랐다. 제1차 주식모집 권유에 이어 제2차 주식모집에 나선 것이다. 신문사 운영자금이 그만큼 어려웠기 때문이다. 이번에는 제1차 때와 달리 유지들 이해도가 높아서 성과가 좋았으나 전반적으로 생활 형편은 점점 어려워져서 출자하고 싶어도 못하는 유지들이 많았다. 그래서 출자금 목표에는 미치지 못했다.

김성수는 출자금이 예상보다 저조하자 간부회의를 열고 주식회사 정관을 고쳐 공칭자본금을 100만 원에서 70만 원으로 줄였다. 그래서 제1회 납입금이 17만 5천 원으로 줄었으나 그래도 2만 5천 원이 부족했다. 인촌이 또 걱정하고 있을 때 발기인에 끼지 않은 신구범이 1만 5천 원을, 양원모가 1만 원을 출자해서 17만 5천 원을 불입하고「주식회사 동아일보」가 당당하게 성립되었다. 이러한 과정을 거쳐 새롭게 탄생한「주식회사 동아일보」대표 취체역(대표이사)은 송진우가 맡았다. 송진우를 비롯한 모든 임직원이 대표 취체역을 김성수에게 맡기려 했으나 김성수는 끝내 그 자리를 고사하고 송진우를 밀었다.

동아일보는 1차 정간사태를 치른 후 주식회사 체제를 완전히 갖추고 인사조직을 정비한 다음 예전과 다름없는 필봉을 휘둘렀다. 집필진은 국내에서 또는 국외에서 활동하는 독립운동자들의 움직임을 자랑스럽게 상보하여 독자들을 감동시켰다. 그 중 의열단원 김익상이 총독부에 투탄한 사건과 김상옥이 신출귀몰하면서 일본 경찰과 전투한 사건 상보는 독자들을 흥분하게 했다. 또한 총독정치로 인해 갈수록 도탄에 빠져가는 조선 민중의 참상을 전하고, 전국 지방각처에서 들불처럼 일어나는 소작쟁의를 연재했다. 그 뿐만 아니라 관헌의 탄압과 횡포를 폭로하여 총독부를 규탄했다. 창간 2주년인 1922년 4월 1일 자의 「재등실군(齋藤實君)에게 여(與)함」이라는 공개장은 그 대표적인 글이다.

동아일보는 해외취재를 위한 특파원을 파송하기 시작했다. 호놀룰루 만국기자대회에 김동성 기자를 보냈는데, 그는 대회 부회장에 선출되기도 했다. 그는 거기서 다시 미국 본토로 건너가 워싱턴 특파원 활동을 개시했다. 그리고 뉴욕에 부사장 장덕수를, 도쿄에 김형원을, 상해에 유광열을 특파원으로 파견했다. 이와 같이 동아일보가 뻗어 나가는 것을 보고 조선총독부는 안절부절못했다. 총독부는 동아일보의 예리한 필봉을 무디게 하려고 취재와 편집을 방해하고, 억압하고 삭제 조치하고 배포 정지하고 온갖 수단으로 보도를 방해했지만, 동아일보는 꺾이지 않았다. 총독부의 신문사 간섭은 도를 넘었다. 총독부는 검열관을 동아일보사에 상주시켜 매일 발행되는 신문을 인쇄 전에 검열해서 총독부 취지에 맞지 않는 기사는 삭제토록 했다. 이런 경우 동아일보는 기사가 삭제된 그 자리를 빈칸으로 두고 인쇄했다. 이렇게 기사가 삭제된 동아일보는 상처투성이 신문으로 발행되었다. 이런 동아일보를 접한 독자들은 이것이 총독부 검열 때문이라는 것을 알고 오히려 반일감정이 배가 됐다.

어느 날 인촌과 송진우가 동아일보 사무실에서 머리를 맞대고 민립대학 설립에 관해 의논했다.

"송 사장, 우리가 민립대학을 설립해야 되겠어."

"여보게 인촌, 조금만 더 기다렸다가 하면 안 되겠나? 중앙고보는 이제 안정기에 들어갔지만 경성직뉴와 경성방직이 아직도 안정되지 못한 상태고, 또 우리 동아일보도 지금 재정난을 해결 못하고 있는데 여기서 또 민립대학을 설립한다고? 무슨 돈으로?"

"대학설립 자금은 어느 한 사람 자본으로 할 일이 아니야. 민족자본을 모집해서 설립해야지."

"허허 어려운 일이야. 경성방직하고 동아일보 창립 때 직접 경험했지 않나? 누가 그렇게 자본을 턱 턱 내놓던가 말이야."

"어려워도 해야 할 일이야. 시급해."

"왜? 왜 그렇게 시급한가?"

"허허 이 사람 참, 들어보게. 지난 1월 25일 자로 조선교육령 개정안이 일본 추밀원을 통과했네. 그 교육령은 실업교육, 전문교육, 대학교육 등을 일본과 동일하게 고쳤네. 이것이 뭘 말하는가? 그들은 교육을 통해서 내선 동화정책을 강화하려는 것 아닌가? 이러한 동화정책에서 우리 아이들을 보호할 수 있는 길은 우리가 민립대학을 세워서 우리 아이들이 총독부 산하 관립대학에 가는 것을 막아야 한단 말일세."

송진우가 곰곰이 생각하다가 말했다.

"맞는 말이야. 그러면 무엇부터 해야 하겠는가?"

"우선 동아일보가 민립대학 필요성을 강력하게 주장해 주게. 사설로."

"사설로 쓰란 말이야?"

"음, 당연하지."

"알았네."

다음날 동아일보가 「민립대학의 필요를 제창하노라」라는 제목의 사설을 실어 발행했다. 이 사설이 도화선이 되어 이상재 이승훈 유진태 등 지도자들 사이에서 민립대학 설립운동이 구체적으로 논의되었다. 그 결과 그해 11월 23일에 「조선민립대학 기성준비회」가 결성되고, 다음해 1923년 3월 29일에는 민립대학 발기인총회가 열렸다. 전국 각 도에서 추천한 발기인의 총수는 1,170명에 달했다. 발기인총회는 위원장에 이상재를 추대하고, 상무위원에 강인택 고용환 유성준 유진태 이승훈 한인봉 한용운 한성설 등 8명을 선임하고, 중앙집행위원에는 송진우 이갑성 정노식 조만식 최린 허헌 현상윤 등 30명을 선출했다. 그리고 회금보관위원에는 김병로 정두현 김성수(인촌) 등 7명을 선출하고, 민립대학의 규모는 제1기로 법과·경제과·문

과·이과를 설치하고, 제2기로 공과를, 제3기로 의과·농과를 차례로
갖추어 종합대학으로 발전시키되 기금은 1천만 원으로 잡고 1년 동
안에 모금할 것을 결의하였다.

민립대학발기인 대표 이상재와 동아일보 사장 송진우와 김성수(인
촌)가 조선총독부 학무국장실에 들어갔다. 총독부가 이들을 불렀기
때문이었다. 국장이 화난 얼굴로 책상에 앉아 일어나지도 않고 말
했다.

"김성수 센세이, 당신은 왜 하는 일마다 대일본제국 정책에 이반되
는 일만 하시오?"

인촌이 즉답했다.

"나는 일본 정책에 대해서는 알지 못하오. 나는 내 민족이 살길을
찾아 일한 것뿐이오."

"민족? 우리 일본은 내선일체 정책을 펴서 일본과 조선을 다 같이
잘 사는 하나의 나라로 만드는 것이 목표라는 걸 모르고 있소?"

"그것은 일본의 목표일지 모르나 우리 민족의 목표는 아니오. 우
리 민족의 목표는 조선독립이고 언젠가 이루어질 독립을 위해서 우
리는 준비하려는 것이오."

학무국장 얼굴이 붉으락푸르락하면서 어찌할 바를 몰랐다.

"동아일보를 폐간시켜버리겠소."

송진우가 나섰다.

"폐간? 미국을 위시해서 많은 나라 이목이 두렵지 않으면 폐간시
키시오. 신문을 폐간시키는 것이 문화정치요?"

"뭐야?"

"만약 동아일보를 폐간시키면 3·1운동보다 더 큰 평화적 시위운동이 전개될 터이니 그것이 두렵지 않으면 폐간시키시오. 또 하나 알려주겠소. 총독부가 동아일보를 폐간시킨다면 동아일보는 열세 배로 불어나요. 각 도에 지하 동아일보를 설치해서 민족운동을 전개할 것이오. 그렇게 되면 총독부는 사장 얼굴도 모르고, 기자 정체도 모르고 조선 도깨비를 쫓아다녀야 할 것이오."

"시끄럽소."

"우리는 건드리지 않으면 조용한 민족이오. 건드리지 마시오."

송진우 사장 입을 막을 수 없는 국장은 이상재 대표에게 말했다.

"이상재 센세이, 우리 총독부는 대학 설립인가 권한이 없소. 대학은 보통학교와 달라서 본국 정부에서만 인가를 해 준다 이 말이오. 당신들이 대학을 설립하기 위해 발기인대회를 하고 전국적으로 자금을 모아서 천문학적인 자금을 형성해도 쓸데없는 일이오. 대학 설립을 포기하시오."

이상재 대표가 말했다.

"허허허허, 그것이 내선일체요? 표리부동한 당신들과 무슨 얘길 하겠소? 우리는 가겠소."

세 사람은 국장에게 인사도 하지 않고 사무실에서 나가버렸다.

줄포 성수 생가에서 생부 김경중 공이 두 아들 성수와 연수를 데리고 앉아 사업에 관한 얘기를 하고 있다. 두 아들이 다 일본 유학파 현대인들이지만 김경중 공도 『조선사 17권』을 비롯한 여러 서적을 집필한 조선 후기 학자다. 그래서 세 부자가 마주 앉으면 시대변화에 적응하는 방도를 논하곤 한다. 생부가 인촌에게 말했다.

"성수야!"

"예, 아버지."

"너도 알다시피 내 형님은 5천 석지기 농지를 다 니 사업에 털어 넣었다. 양자 잘 못 들인 대가가 아닌가 걱정된다. 그런데 아직도 니 사업은 답보상태라니 너무 답답하구나."

"면목 없습니다."

연수가 나서서 형을 변론했다.

"아버지, 형님이 시작한 사업이 이제 곧 열매를 맺을 겁니다. 제가 보기에는 이제 때가 되었습니다. 특히 농지 자본을 현대 기업으로 전환했다는 것은 형님의 선견지명입니다. 만약 농지를 그대로 유지하다가는 정치적 격동기를 맞으면 다 국유지로 편입되고 맙니다."

"어디 함부로 남의 사유지를 국유지로 편입한단 말이냐?"

"아버지, 우리나라는 지금 주권도 다 빼앗겨버린 식민지입니다. 사유지를 지킬 힘이 없습니다. 서양이나 동양이나 개인 땅을 국유지로 전환한 나라가 여럿 있습니다."

둘째 아들 변론을 듣고 아버지가 심히 놀라는 표정이었다.

"그래서 말인데요 아버지, 형님이 노름하시는 것도 아니고, 기생집 출입하시는 것도 아니고 오직 민족을 살리겠다고 나선 일이니까 형님이 어려울 때는 아버지가 도와주세요. 형님이 시작해둔 사업은 반드시 성공합니다."

"허허, 그래?"

"예, 아버지."

"성수야, 이번에 내려온 용건이 뭐냐?"

"예, 지금 10만 원이 필요합니다. 경방에 5만 원, 동아일보에 5만 원을 투입해야 합니다."

"알았다. 땅문서를 줄 테니 은행에서 대출 받아 쓰도록 해라."

"예, 아버지."

"그리고 니 아우를 경방에 입사시켜서 같이 경영하면 어떻겠냐?"

"예, 그렇게 하겠습니다. 연수는 지금도 경성직뉴를 맡아서 고무신을 만들어내고 있습니다. 고무신이 팔리는 걸 보니 전망이 좋아 보입니다."

"연수가 고무신을 찍는단 말은 들어서 알고 있다마는 적자는 면하고 있느냐?"

"예, 적자가 아니고 흑자를 내고 있답니다."

"호―장하구나. 이제 경방에 들어가서 형을 도와라. 알았지?"

"예, 아버지."

두 형제가 경성에 올라간 즉시 김연수가 경방 상무취체역 겸 지배인으로 입사했다. 그리고 그로부터 1년 후 1923년 4월에 전무취체역 박용희가 퇴사하고 그 뒤를 이어 연수가 후임이 되었다. 그리고 취체역으로 머물러 있던 이강현이 상무취체역 겸 지배인으로 복귀했다.

동아일보 사장실에서 인촌과 송진우가 얘기 중이었는데, 이날처럼 단둘이 만나 밀담을 나누는 것이 이들에게는 일상이었다. 공적인 일에서는 대소사를 막론하고 두 사람이 치열하게 고민하고 논쟁해서 결론을 찾기 때문에 이들은 이틀이 멀다하고 만나 얘기했다. 이날은 인촌이 화두를 꺼냈다.

"지난번에 민립대학 설립 문제가 물거품이 돼버렸는데, 고하 자네는 그 원인이 뭐라고 생각하는가?"

"그거야 총독부 방해 공작 때문에 좌초됐던 것 아닌가?"

하늘을 찌를 듯한 기세로 전국에 일어났던 민립대학 설립 운동이 실패로 끝나자 민족주의 진영 지도자들 실망이 이만저만이 아니었다. 많은 사람 중 그 누구도 그 운동이 실패하리라고 생각한 사람은 없었다. 그런데 그 운동이 발족도 못 하고 흐지부지되고 말았고, 그 운동이 실패한 것은 총독부 방해 공작 때문이었다고 생각했다.

"아니야. 총독부 방해 공작 말고도 더 중요한 원인을 우리는 알아야 해."

"음? 그것이 뭔 소리여? 총독부 공작만 없었어도 우리는 지금 민립대학 설립 운동을 진행하고 있을 거라구."

"내가 경방과 동아일보를 설립할 때 주주모집을 위해 13도를 다 돌아다니며 유지들을 만나지 않았나. 동아일보 2차 주주모집 때는 고하 자네도 함께 가서 봤지? 그때 보니까 경방이나 동아일보 설립에 반대하는 이가 한 사람도 없고, 협조하지 않는 사람이 한 사람도 없더란 말이야. 그런데 그들이 대부분 외상이었어. 막상 주금납입기일이 도래했는데 주금납입은 안 하더란 말이야."

인촌은 아무한테도 하지 않았던 심중의 얘기를 송진우한테 털어 놓았다. 왜냐하면 중대사를 의논해야 하기 때문이었다.

"민립대학 설립 운동은 주금모집하고 다르지 않나?"

"다르다고? 대학 설립하려면 돈을 모아야 하는데 왜 다르단 말인가?"

"글쎄."

"우리 민족이 애국심은 강하지만 투자에는 약하단 말이야. 혹자는 우리 민족 인구가 2천만이니까 한 사람이 1원씩만 내놔도 2천만 원이고, 그 중 절반만 내도 1천만 원이 한다는 식으로 말하지만, 그거야말로 민중의 심리를 모르고 하는 말이네. 민중은 고개 돌리고 강 건너 불구경만 한단 말이네."

"인촌 자네는 패배주의자나 구경꾼처럼 말하는군."

"나는 패배주의자나 구경꾼이 아니야. 총독부 탓하기 전에 우리 자신을 알아야 한단 말이네. 총독부가 우리 일이 잘 안되기를 바라는 것은 당연한 일 아닌가?"

"그러면 이제 뭣을 어떻게 하면 좋겠는가?"

"고하, 인도 민족운동이 활발하게 이루어지는 이유가 뭣이라고 생각하는가?"

"그거야 몇 가지 이유가 있지만 뭐니 뭐니 해도 간디라는 출중한 지도자가 있기 때문이지."

"나도 자네 생각과 같네. 하지만 천하의 간디라도 국민회의라는 중추기관이 있기 때문에 운동이 가능했던 것 아닐까?"

"음, 우리도 그런 기관을 만들어보자는 말인가?"

"인도 민족운동과 우리 민족운동은 근본적으로 다르네. 인도 국민회의는 영국지배 하에서도 완전한 합법 기관인데 반해 우리는 합법적인 민족운동 기관이 없지 않은가?"

"그래 맞아. 우리 민족운동은 너무 전투적인 방법에만 치우쳤어.

이제 인촌 자네 말을 듣고 보니 방법이 생각나네. 우선 합법적인 민족운동 단체를 만들어야 되겠어. 그렇지?"

"그래 그거야."

인촌과 송진우는 조선에도 합법적인 정치결사 단체를 구성해야 한다는 데 의견을 같이하고 서두르기로 했다.

그로부터 며칠이 지난 1923년 12월 하순에 인촌 자택에서 뜻이 같은 지도자들이 모였다. 이날 참석자는 동아일보의 김성수 송진우 최원순, 조선일보의 신석우 안재홍, 천도교의 최린 이종린, 기독교의 이승훈, 법조계의 박승빈, 평양의 조만식 김동원, 대구의 서상일 등 16인이었다. 이들은 인촌이 즉석에서 내놓은 현금 2만 원과 십시일반으로 모은 10만 원을 경비로 하여 각 지방 유지들을 총망라해서 조직을 구성하기로 했다. 그리고 이 모임의 명칭은 연정회로 정했다.

이 연정회가 탄생하게 된 배경으로 첫째는 3·1운동 이래 발로된 민족적 열망을 어떤 형태로든지 계승 발전시켜야 한다는 것이고, 둘째는 인도의 합법적인 민족운동에서 깊은 시사를 받은 것이고, 셋째는 당시 북경에서 합법적 민족운동을 구상하고 있던 안창호의 시사를 받은 것이었다. 그리고 이 세 가지 흐름을 하나로 묶어 연정회로 만들어 낸 사람은 인촌과 송진우였다.

연정회를 구성하기로 결의한 후 동아일보는 1924년 1월 2일부터 「민족적 경륜」이라는 제목의 사설을 5회에 걸쳐 연재했다. 「민족 백년대계의 요(要)」라는 부제가 붙은 이 사설은 제1회에서 「아직 우리 민족에게는 민족적 계획이 없다 할 것이다」「우리는 이러고 있을 수 없고 절박한 시기를 당하였다」고 전제하고 「차제에 민족백년의 대계를 확립」해야 한다고 강조했다. 연정회 운동을 처음으로 민중 앞에 공개 제시한 이 연속사설은 이어서 민족백년의 대계로 정치, 산업, 교육의 3대 결사를 조직해야 할 것을 주장하고, 그중 정치적 결사에 관해서는 「정치결사와 운동」이라는 부제로 다음과 같이 논하였다.

「조선 민족은 지금 정치적 생활이 없다. 아마 2천만에 달하는 민족으로 전혀 정치적 생활을 결한 자는 현재 세계의 어느 구석을 찾아도 없을 것이오, 또 유사 이래의 모든 사기(史記)에도 없는 일이다. 실로 기괴한 일이라 할 것이다.

그러면 왜 한국 민족에게는 정치적 생활이 없나. 그 대답은 가장 단순하다. 일본이 한국을 병합한 이래로 조선인에게는 모든 정치적 활동을 금지한 것이 제1인이요, 병합 이래 조선인은 일본의 통치권을 승인하는 조건 밑에서 하는 모든 정치활동 즉 참정권 자치권의 운동 같은 것은 물론이오 일본 정부를 대수(對手)로 하는 독립운동조차도 원치 아니하는 강렬한 절개의식(節介意識)이 있었던 것이 제2인이다.

이 두 가지 원인으로 지금까지에 하여 온 정치적 운동은 전혀 일본을 적국시하는 운동뿐이었다. 그러므로 이런 종류의 정치운동은 해외에서나 할 수 있는 일이오, 만일 국내에서 한다면 비밀 결사일 수밖에 없었다.

그러나 우리는 무슨 방법으로나 조선 내에서 전 민족적인 정치운동을 하도록 신생면(新生面)을 타개할 필요가 있다. 우리는 조선 내에서 허하는 범위 내에서 일대 정치적 결사를 조직하여야 한다는 것이 우리의 주장이다. 그러면 그 이유는 어디 있는가. 우리는 두 가지를 들려고 한다. (1) 우리 당면의 민족적 권리와 이익을 옹호하기 위하야 (2) 조선인을 정치적으로 훈련하고 단결하야 민족의 정치적 중심세력을 작(作)하야써 장래 구원(久遠)한 정치운동의 기초를 성(成)하기 위하야.

그러면 그 정치적 결사의 최고 또는 최후의 목적이 무엇인가. 다만 이렇게 대답할 수 있다. 그 정치적 결사가 생장하기를 기다려, 그 결사 자신으로 하여금 모든 문제를 스스로 결정케 할 것이라고.」

이광수가 집필한 이 사설은 우리 민족 독립운동의 방법에 일대 전환을 의미하는 것이었다. 중국 땅이나 러시아 땅이 아니고, 현실적으로 적 치하에 놓여 있는 조선 내에서 조직적이고 지구적인 저항운동을 하려면 합법적인 정치운동의 방법을 취하지 않을 수 없다고 한 것이었다. 그러나 이 사설로 인하여 뜻밖의 사태가 발생했다. 전혀 예상치 못했던 사태였다. 이 사설이 국민 공감을 이끌어내기는커녕 오히려 비난과 공격성 항의가 빗발쳤다. 사설 중 일부분 즉 '조선 내에서 허하는 범위 내에서……'라는 문구가 빗발치는 성토의 과녁이 되었고, '우리는 무엇 때문에 3·1운동 이래 와신상담했는가'하는 비분까지 자아내 급기야는 조선 노동총연맹 등이 동아일보 불매운동을 결의하는 사태까지 벌어졌다. 그런데 이 문맥에서 필자 이광수의 진의는 인도 스와라지 운동과 마찬가지로 완전독립을 목적으로 삼은 합법적 정치운동을 제창한 것이었다.

필자의 진의를 몰라주는 독자들로 인해서 동아일보는 불붙은 벌집이 되어버렸다. 창간 이래 총독부로부터 받은 수모와 핍박은 수도 없이 많았지만 독자들로부터 이렇게 심한 질타를 받아 본 적은 없었다. 동아일보 사무실에 인촌을 비롯한 송진우 사장과 장덕수 부사장, 그리고 이상협 편집국장, 집필자 이광수 등 많은 기자가 있었지만 모두 할 말을 잊었다. 너무나 뜻밖의 반응이었고 이해가 안 되는 질타였기 때문이다. 송진우 사장이 30여 명 직원에게 말했다.

"여러분, 의기소침할 필요 없습니다. 나는 이번 사설에서 문제를 찾지 못했습니다. 태풍도 지나가게 돼 있고, 소나기도 그치게 되어 있습니다. 민중의 함성이 아무리 커도 시간이 지나면 잠잠해집니다. 그리고 독자 중에도 나와 같이 '이 사설이 왜 문제냐?'하는 사람들이 많을 것입니다."

부사장 장덕수가 말했다.

"사장님 말씀에 공감합니다. 이 질타는 분명히 사회주의 진영의 책동입니다."

인촌이 놀라며 반문했다.

"사회주의 진영의 책동이라고?"

"예."

다른 사람 발언이라면 인촌이 그렇게 놀라지 않겠지만 장덕수 발언이기에 놀란 것이었다. 왜냐하면 장덕수는 사회주의 진영과 접촉한 경험이 많고 또 일부 계파와는 민족해방을 위해 한배를 탄 적도 있기 때문이었다.

다음날이다. 1924년 1월 중순 어느 날 초저녁, 장덕수가 중앙고등 보통학교를 향해 총총걸음으로 걷고 있었다. 그는 중앙고보 사택에 들어 생활하고 있기 때문에 퇴근 후 그 사택을 향해 가고 있었다. 골목길에 접어들었을 때 그의 앞을 가로막아 서는 사람들이 있었다. 젊은 청년 두 사람이었다.

"장덕수, 8만 원을 내놔라."

"당신들 누구야?"

"8만 원 내놓으라고 할 만한 사람이다."

"정체를 밝혀라. 너희들 누구야?"

"이 자식이, 니 배떼기는 칼이 안 들어가냐?"

청년 하나가 주머니에서 단도를 꺼내 그 끝을 장덕수 배에 댔다.

"빵!"

가까운 거리에서 총소리가 났다. 장덕수도 놀라고 괴한들도 놀랐다. 총소리 나는 쪽을 봤더니 검은 외투를 입고 중절모자를 눌러쓴 사람이 걸어오면서 총을 쐈다. 괴한들이 칼을 주머니에 넣고 달아났다. 장덕수는 중절모자 사나이가 다가올 때까지 미동도 하지 않고 기다렸다.

"장 선생, 안심하고 숙소로 돌아가시오."

"선생은 누구시오?"

"나 양근환이오. 장 선생은 8만 원을 최팔용에게 전달해 줬지요? 나는 그 사실을 잘 알고 있어요. 그런데 최팔용 씨가 죽어서 장 선생은 처지가 난처할 겁니다. 자, 나는 가겠습니다."

"저 저, 양 선생님."

양근환은 뒤도 돌아보지 않고 바삐 걸었다.

다음 날 동아일보 사무실에서 인촌과 송진우와 장덕수가 구수회의를 했다. 장덕수가 어젯밤에 일어난 일을 상세하게 설명했다. 인촌이 말했다.

"그 사람이 양근환이라고 했어?"

"예, 범상치 않은 사람으로 보였습니다."

인촌과 송진우는 양근환을 잘 안다. 송진우가 말했다.

"그런데 그 사람이 레닌이 보낸 공산주의 활동자금을 알더란 말이야?"

"예, 사장님."

장덕수를 옭아맨 8만 원 사건은 이러했다. 1920년 10월경 임시정부 국무총리 이동휘가 모스크바에 있는 레닌에게 사람을 보내서 공산주의 활동자금으로 60만 루블을 지원받았다. 이 자금을 받아 온 한형권은 그중 20만 루블을 코민테른 회의참석차 모스크바에 가 있던 박진순에게 맡기고, 40만 루블은 치타에 가 있는 김립에게 전달했다. 이들 박진순이나 김립이 모두 이동휘 심복들이었다. 이 자금은 임시정부에 들어가지 않고 모두 상해파 고려공산당이 사용했기 때문에 김립은 상해에서 살해되었다. 이동휘는 국무총리를 사임하고 모스크바로 떠나버렸다.

그런데 이 자금 중 8만 루블이 문제가 됐다. 그 돈은 이봉수를 통해서 장덕수에게 전해지고, 장덕수는 이것을 최팔용에게 전했다. 최팔용은 이 돈으로 1922년 9월부터 『신생활』이라는 공산주의 선전잡지를 발간하다가 공교롭게도 그해 11월에 사망했다. 이렇게 되자 장덕수를 시기하던 서울청년회 좌파가 들고 일어나 장덕수가 8만 원을 개인 용도로 썼다며 위협했다. 장덕수로부터 그간의 사정을 듣고 인촌이 말했다.

"자네는 미국 갈 준비하게. 가서 못다한 공부나 하고 있어. 자네 부모님하고 처자식은 내가 맡을 테니까 걱정 말고."

송진우도 거들었다.

"맞아, 그렇게 하게."

세 사람 의견이 합치되었다. 그래서 장덕수는 동아일보 부사장 직위를 유지한 채 미국을 향해 떠났다.

10

동아일보 화동 사무소 마당에 지프 한 대가 쑥 들어가고 그 뒤를 따라 승용차 한 대가 들어갔다. 지프에서 내린 장정 하나가 뒤따라온 승용차 뒷문을 열자 중절모 쓴 사람이 내렸다. 그리고 장정 네 명이 그를 경호했다.

"들어가자."

중절모 쓴 사람이 앞장서고 네 장정이 그 뒤를 따랐다. 그들은 거침없이 사무실로 들어갔다. 사무실에서 일하던 동아일보 직원 한 사람이 다가가 그들에게 물었다.

"누구십니까?"

"느그 사장 어디 있노? 나오라캐라."

그가 고함치듯 말했다.

"누구신데 이러세요?"

책상에 앉아 일하던 직원들이 의자에 앉은 채로 고개를 돌려 분위기를 살폈다.

"사장 나오라고 안 캤나? 앙?"

그가 소리를 꽥 지르자 책상에서 일하던 직원들이 몰려들고 사장실에서 송진우 사장이 나와 그에게 다가갔다. 송 사장이 말했다.

"내가 사장이오. 그런데 당신은 누구시오?"

"나다, 내를 모르나?"

"모르겠수다. 누구십니까?"

"나, 박춘금이다."

송 사장은 그를 만난 적이 없지만, 그의 이름은 익히 알고 있었다. 그가 일본에서 정치깡패로 악명 높은 사람이기 때문이었다. 송 사장은 그를 사장실로 안내하지 않고 빈자리 의자에 앉기를 권했다.

"여기 좀 앉으시지요."

"여기 앉으란 말가? 사장실로 안 들어가나?"

"거기에는 지금 손님이 계시오. 그런데 무슨 일로 왔소?"

송 사장은 속이 뒤집혔다. 왜놈 앞잡이가 왔기 때문이다. 사장실에는 지금 아무도 없지만 왜놈 앞잡이를 자기 방에 데리고 가기는 싫었다. 박춘금이 의자에 앉지 않고 책상 위에 엉덩이를 걸쳤다.

"돈 받으러 왔다. 느그들 해외동포 돕는다꼬 모금했재? 재일동포 몫은 내한테 도고."

송 사장은 어이가 없었다. 그는 부글부글 끓는 배알을 억누르고 이런 무뢰배와 무슨 말을 하겠나 생각했다.

"돌아가시오."

"니 뭐라카노? 돌아가라꼬?"

송 사장이 말없이 돌아섰다. 박춘금 부하 네 명이 우르르 몰려가 송 사장 앞을 가로막았다. 한편 동아일보 직원들이 송 사장 앞에 나란히 서서 벽을 만들었다. 직원들이 한데 모이니 열 명쯤 되었다. 박춘금이 책상 위에 올라서서 송 사장을 향해 꽥 소리 질러 고함쳤다.

"안 주겠다 그 말이가?"

"그렇소."

"니는 이 박춘금을 모르나?"

"내가 당신을 알아도 못 주고 몰라도 못 줘요. 돌아가시오."

"뭐라꼬?"

박춘금이 책상에서 내려오더니 올라섰던 책상을 뒤집어엎었다. 그가 책상 뒤집어엎는 것을 신호로 부하들이 아무 책상이나 홀딱 홀딱 뒤집었다. 박춘금이 송 사장을 향해 말했다.

"내가 오늘은 간다. 며칠 후에 보자, 이 노무 새끼들."

박춘금 일당이 사무실을 개판으로 만들어놓고 떠났다. 그들이 떠난 뒤 직원들이 엎어진 책상을 바로 세우고 사방으로 흩어져 널브러진 서류들을 주워 모으고 있을 때 인촌이 사무실에 들어갔다.

"사무실이 왜 이렇게 됐어?"

직원들이 아무도 말하지 않았다. 인촌은 직원들의 표정과 분위기를 보고 '무슨 일이 있었구나'했다. 그는 사장실에 들어가 송진우 사장에게 물었다.

"사무실이 왜 저렇게 됐어?"

"음, 박춘금이 와서 행패 부리고 갔네."

"박춘금? 일본 정치깡패 말이야?"

"음, 맞아."

"그자가 무슨 이유로 행패를 부려?"

"허허허허, 우리가 해외동포 도우려고 모금한 돈 중에서 재일 동포 몫은 자기에게 달라는 거야. 허허허허."

"뭐? 그자가 역시 듣던 대로구먼. 그래서 어떻게 보냈어?"

"그냥 가라고 했지. 그랬더니 '이 박춘금을 모르냐?'고 하면서 저렇게 뒤집어 놓은 거야. 다시 오겠다고 했으니까 또 오겠지. 야차가 돈 냄새를 맡았는데 안 오겠어?"

인촌이 송 사장 말을 듣고 잠시 생각하다가 말했다.

"총독부가 그자를 부추긴 거 아닌가?"

"음, 나도 그렇게 생각해. 그자가 승용차를 타고 왔거든."

"승용차를 타고 왔어?"

"음."

총독부는 동아일보가 눈엣가시다. 민족주의 인사들이 동아일보를 중심으로 모여들어 뭔가를 자꾸 도모하기 때문이었다. 얼마 전에는 민립대학을 설립해야 한다고 사설을 통해 주창했다. 일본이 관립대학을 설립해서 내선일체 교육으로 조선 젊은이들 혼을 병들게 하면 조선 민족은 영원히 식민지로 남게 될 터이니 그러기 전에 조선에 민립대학을 세워 민족교육을 해야 된다고 부르짖었다. 그 사설을 기점으로 민립대학 설립 운동이 거세게 일었다. 총독부가 온갖 수단과 방법을 다 동원해서 민립대학 설립을 방해했지만, 대학설립을 위한 모금이 척척 진행되었다. 다급한 총독부는 본국정부에 보고해서 대학설립 인가는 본국정부에서만 신청을 받는다는 핑계를 만들어 간신히 막았다.

그 후 동아일보는 사설을 통해 조선 사람도 자유로운 정치활동을 할 수 있어야 한다고 일갈했다. 이 사설을 보고 자극받은 민족진영 유지들이 동아일보를 중심으로 모여들었다. 그리고 이들은 합법적 정치단체를 만들기에 나섰다. 이들이 만들고자 한 단체 이름이 연정회다. 총독부는 이거야 말로 도저히 묵과할 수 없는 일이었다. 총독부가 연정회 조직을 저지하기 위해 고민하고 있을 때 우연인지 필연인지 연정회 조직을 방해하고 나서는 세력이 있었다. 그 세력은 다름 아닌 조선 내 사회주의 계열 단체였다. 그들은 동아일보 사설을 트집 잡아 민족진영의 연정회 조직을 방해했다. 총독부 경무국장 마루야마는 이때다 하고 일본에서 조선인 정치깡패 박춘금을 서울에 끌어들여 동아일보를 공격하게 했다.

3일 후 박춘금 일당이 동아일보를 또 쳐들어갔다. 동아일보 사무실에는 1차 때보다 훨씬 많은 직원이 대기하고 있었다. 그러나 사람 수에 기죽을 박춘금이 아니었다. 박춘금은 1차 때와 달리 사장실을 향해 뚜벅뚜벅 걸어갔다. 그리고 사장실 출입문을 활짝 열었다. 사장실에는 아무도 없었다.

"임마가 어디 갔노?"

그가 장정 네 명에게 소리쳤다.

"이리 온나, 여기서 놀자."

장정 네 명이 사장실을 향해 갔다. 이들의 행동을 지켜본 동아일보 직원들이 장정들 앞을 막아섰다.

"들어가지 마세요."

장정 네 명이 다 재일교포였다. 그래서 그들은 조선말을 잘했다.

"비켜라."

"주인도 없는 사무실에 왜 들어가요? 저 사람도 끌어낼 겁니다."

박춘금이 제 발로 걸어 나가면서 말했다.

"하룻강아지 범 무서운 줄 모른다카드마는 니들이 그 꼴 아이가?"

"사장님 안 계시니 돌아가시오."

"좋다. 그라머 내가 내일 올 테니까 송 사장보고 기다리라 캐라. 알았제?"

"일단 돌아가시오. 말은 전하겠소."

이날은 사무실에 직원이 30명쯤 있었다. 그래서 천하의 악동 박춘금도 처음부터 기가 죽었다. 전쟁처럼 사람을 죽이기로 한다면야 권총으로 한 사람씩 사살하면 다들 도망가겠지만 사람을 죽여서는 안 된다는 것을 박춘금도 알고 있다. 경무국장 마루야마가 '절대로 사람을 다치게 하지 말고 신문 만드는 일만 방해하라.'고 당부했기 때문이다. 박춘금의 행패가 점점 심해질 것을 미리 짐작한 인촌과 송진우는 신문 편집진과 제작진 핵심 구성원들을 미리 빼돌려 중앙고보 숙직실에서 신문을 제작했다.

다음 날도 또 그 다음 날도 송 사장은 신문사 사무실에 가지 않고 중앙고보 숙직실에서 업무를 처리하면서 박춘금 처치 방법을 강구하고 있었다. 폭력배를 폭력으로 제압할 수도 없고, 경찰에 신고하면 마루야마가 풀어줄 것이고, 주권을 빼앗긴 국민이 기댈 곳은 아무 데도 없었다. 박춘금은 예고 없이 일곱 차례나 동아일보에 쳐들어가서 책상을 뒤엎고 난동을 부렸다. 이렇게 동아일보사와 박춘금의 대치상태가 두 달을 넘겼다.

그 두 달 동안 총독부는 1924년 3월 25일 '각파 유지연맹'이라는, 민족운동에 맞서는 친일단체 연합회를 만들었다. 여기에 속한 친일단체는 박춘금의 노동상애회, 송병준계의 소작인상조회, 민원식계의 국민협회를 비롯해서 유민회, 조선경제회, 교풍회, 동광회, 대정실업친목회, 국민회, 유도진흥회, 청림회 등 11개 단체가 속해 있었으며, 이 단체들 대표와 간부 34명이 '각파 유지연맹' 구성원이었다. '각파 유지연맹'은 관민일치·사상선도·노자협조 등의 강령을 내 걸고 대략 다음과 같은 선언을 채택했다.

「한일합병은 시대요구로 양 민족이 혼연히 일체를 성(成)하여 내로는 민생의 강복(康福)과 국가의 융흥을 증진하며 외로는 동양의 평화를 보장하야 세계 진운에 순응코자 함에 불외(不外)하도다. 연이(然而) 아(我) 조선인은 연래의 가공적 독립운동으로 기다(幾多)의 생명과 재산을 희생에 공할 뿐이오 하등의 소득이 무함은 공인하는 바임을 불구하고, 상금에도 일부 편견자류는 시기의 도래를 몽상하여 인심을 선동 현혹케하야 무고의 생령으로 하여금 기도에 안(安)함을 부득케 할 뿐 아니라……」

동아일보는 각파 유지연맹의 이러한 반민족적 책동에 대해서 3월 30일 「소위 각파 유지연맹에 대하여」라는 사설로 그들을 통렬하게 비판했다.

「피등(彼等)도배(각파 유지연맹)의 소위 주의니 선언이니 혹은 강령이니 하는 대세간적(對世間的) 여러 가지 간패(杆牌)는 요컨대 세인의 이목을 기만하는 데에 불과한 것이오, 그 실상인즉 일선융화(日鮮融和)를 일종의 직업으로 하야 피등(彼等)의 구복지계(口腹之計)를 도(圖)코자 하는 데에 불과하다. 피등(彼等)의 심리가 이미 이러하고 또 피등(彼等)의 과거 경력이 다 이와 같은 상습자인 이상 피등(彼等)이 여하히 사이비적 주의와 주장을 게(揭)한다 하더라도 총명한 일반 민중은 이로 인하야 소호(小毫)의 동요가 없을 것이다. 도로혀 피등(彼等)의 저급적 직업적 심리를 민련(悶憐)히 생각할 뿐이다.」

이 사설이 나간 날 밤 인촌과 송진우와 안면이 있는 이풍재로부터 송진우에게 전화가 걸려왔다. 이풍재는 '각파 유지연맹'의 일원이다. 그는 채기두 나홍석 이병렬 박해원 등과 옛 얘기나 나누고 싶으니 인촌을 데리고 '식도원'으로 와 달라고 했다. 이들은 도쿄에서부터 가끔 만나 안면이 있는 사람들이다. 인촌과 송진우는 옛 얘기나 나누자는데 거절하는 것이 옹졸한 것 같아서 가기 싫었지만 갔다.

술잔이 두어 순배 돈 다음 채기두가 화재를 '각파 유지연맹'으로 끌고 갔다.

"우리 연맹은 뿌리가 깊고, 예산도 매우 풍족하지요. 그런데 우리 각파 유지연맹에 대해서 동아일보가 맹랑한 소리를 하니 퍽 섭섭해요."

인촌이 웃으면서 말했다.

"채 선생은 우정을 나누자고 나왔소, 아니면 연맹을 대표해서 나왔소?"

"양쪽 다요."

"그러면 우리는 돌아가겠소."

"허허허, 돌아갈 수 있으면 가시구려."

분위기에 찬물을 뿌린 듯 공기가 오싹했다.

"어떻소? 동아일보가 우리와 손잡으면 탄탄대로를 갈 수 있소. 하지만 우리를 비판하면 그냥 끝장이오."

송진우 사장이 말했다.

"마루야마가 그렇게 말하라고 시켰소?"

"뭣이? 여기가 어떤 자린지 아직도 모르는 모양이구먼. 그렇다면 단도직입적으로 말하겠소. 동아일보가 우리 연맹원을 인신공격한 데 대해서 잘못을 인정하고 신문에 사과문을 내시오."

송진우 사장이 말했다.

"이 나라, 이 사회 누구에 대해서도 인신공격을 하지 않는 것이 우리 동아일보의 방침이오. 하지만 주의·주장이 틀릴 때는 그 자가 누구든 싸우는 것이 신문의 사명이오."

송진우 사장 말이 떨어지자마자 옆 방문이 거칠게 열리고 웃통을 홀떡 벗은 박춘금이 튀어나왔다. 그리고 역시 웃통 벗은 장정 10여 명이 퐁퐁퐁퐁 벌집에서 벌이 나오듯 연달아 나왔다. 박춘금이 일갈했다.

"우리 사업을 방해하는 문디는 다 쥑인다."

박춘금 일당이 인촌과 송진우 사장을 사정없이 구타했다. 일부는 상위에 놓인 접시를 벽에 던져 박살내고, 정종 병을 공중에서 깨트려 방바닥에 유리파편이 널브러졌다. 고릴라처럼 생긴 한 장정은 유리파편으로 자기 팔을 긁어 붉은 피가 주르륵 흘러내렸다. 기생들이 치마를 뒤집어쓰고 웅크린 채 비명을 질렀다. 각파 유지연맹 사람들은 한 쪽 구석에 모여 이 광경을 즐겼다. 이 상황 속에서 박춘금이 인촌과 송진우 곁에 가서 단도를 상에 꽂아놓고 협박했다.

"신문에 공개사과하고, 3만 원을 내놔라."

인촌이 말했다.

"차라리 우리 목숨을 가져가거라."

송진우 사장이 뒤이어 말했다.

"신문사를 시작할 때 우리 목숨은 이미 조선에 바쳤다. 가져가거라."

"참말이가?"

박춘금이 권총을 인촌 배에 대고 협박했다.

"쏠까?"

"그래 쏴라."

"잠깐."

이풍재가 박춘금을 떼내서 몇 발자국 데리고 가더니 귓속말을 했다. 그의 말을 들은 박춘금이 각파 유지연맹원들을 데리고 옆방으로 가서 밀담을 나눴다.

박춘금은 경상남도 밀양에서 태어났다. 그는 밀양에서 보통학교도 마치지 못하고 일본인이 경영하는 술집에서 심부름꾼으로 일했다. 그는 거기서 일하는 동안 일본말을 배웠다. 일본말을 능숙하게 할 수 있게 된 그는 스물여섯 살 때 일본으로 건너가 오랫동안 부랑배로 떠돌아다니다가 나고야에서 인삼판매에 종사하게 됐다. 그가 인삼을 취급하면서 폭력배 단체인 흑룡회 거두 도야마 미쓰루를 알게 되어 교류했다. 그런 그가 교포사회에서 기반을 잡게 된 것은 1923년 9월에 발생한 관동대지진이 기회가 되었다.

관동대지진으로 인한 혼란 속에서 조선교포 5천여 명이 일본 관민에게 학살되었을 때 박춘금은 그 시체 처리를 맡았다. 그가 일본 경시총감을 찾아가 조선교포 시체 처리를 본인이 하겠다고 나섰다. 일본 경시청은 그러잖아도 시체 처리를 어떻게 할까 골머리를 앓고 있는데 자진해서 처리하겠다는 자가 나타났으니 망설일 이유 없이 즉각 떠맡겼다. 박춘금은 교포수용소에 가서 조선 노동자들을 꾀어 시체 처리 현장에 투입했다. 그는 시체 처리 대가로 나온 노임 일부는 가로채고, 일부는 강제로 저축하게 하는 한편 그들을 상대로 밥장사까지 해서 한밑천 잡았다. 그리고 그들을 회원으로 노동상애회를 조직했다. 그는 노동자들에게 '수용소에서 나오게 해 준 것만도 고맙게 생각해라.' 하면서 험한 일에 투입해서 인건비 일부를 착취했다. 그는 그 길로 얼굴을 넓혀 조선인 노동자를 폭력으로 억압 통제하고 정치깡패로 성장해서 일본의 앞잡이가 되었다. 이자의 행동이 얼마나 난폭했던지 일본 실업계에서 '조선 노동자가 분규하면 박춘금에게 맡겨라.' 하는 말이 일본 전역에 퍼졌다. 이 자는 전라남도 신안군 낙도 하의도 소작쟁의에까지 개입해서 권총을 난사하고 몽둥

이를 휘두르는 등 순진무구한 낙도 주민들을 괴롭힌 적도 있었다.

옆방에서 밀담을 마치고 나온 박춘금과 이풍재 등 각파 유지연맹원들은 인촌과 송진우 사장을 다시 둘러싸고 앉았다. 박춘금이 조직원들에게 지시했다.

"조용히 하거래이, 소란 떨지 말고."

이풍재는 기생들에게 지시했다.

"이 상 물리고 다시 차려서 들여와."

이풍재가 인촌과 송진우 사장에게 말했다.

"비교적 가볍게 요구할 테니 이것은 거절하면 안 돼요. 으음, 동아일보는 우리 유지연맹 앞으로 사과문을 싣고, 인촌 선생은 1만 원 지급각서를 쓰시오."

인촌이 단박에 거절했다.

"죽어도 그런 요구는 들어줄 수 없소."

송진우 사장이 종이와 만년필을 꺼내서 무엇을 적었다. 그리고 그 글을 내놓으면서 역제안을 했다.

"자, 이것으로 끝냅시다. 동아일보에 사과문을 내라는 것은 나보고 죽으라는 얘기요. 그러니까 동아일보에 사과문 게재는 못 하고 나 개인자격으로 이렇게 썼소. 이것을 가지고 가시오."

이 쪽지 글을 받아 쥔 연맹원들은 노발대발했다.

"이것이 사과문이란 말이여? 이 자식이 정말 죽고 싶은 모양이야. 죽여버려. 권총 이리 줘, 내가 쏴 버릴 테니까."

이풍재가 오른손을 높이 들어 좌중을 진정시키고 말했다.

"인촌 선생은 왜 말이 없소?"

"우리 송 사장이 크게 양보해서 그렇게 썼으니 나도 양보해서 3천 원을 밝은 날에 주겠소. 그러나 이 돈은 회삿돈이 아니고 내 개인 돈이오. 이렇게 끝냅시다."

"지급각서를 쓰시오."

"이 사람들이 뭘 모르는구만. 내가 지급각서를 써주면 당신들이 더 위험해요. 그 각서가 협박의 증거 아니오? 협박해서 받아낸 지급각서 어디다 쓸 거요? 나는 그런 것보다 내 말이 더 중요한 사람이오."

"이노모 새끼들 오늘 둘 다 쏴 뿔기다."

박춘금이 권총을 손에 쥐고 방아쇠를 당겼다.

"빵!"

박춘금이 쏜 총탄은 유리창을 깨고 하늘로 날아갔다. 그는 인촌과 송진우 사장을 겁주기 위해 발사 한 것이다. 그런데 이 총성이 사라지기도 전에 난데없는 총성이 무섭게 울렸다.

"빵! 빵! 빵!"

연맹원 중 한 사람이 소리쳤다.

"독립군이다!"

독립군이 왔다는 말을 듣고 연맹원들의 비굴한 행동이 각인각색으로 나타났다. 가구 밑으로 들어가는 사람, 박춘금 뒤에 딱 붙은 사람, 눈을 휘둥그레 뜨고 어찌할 줄 모르는 사람 등이다. 박춘금이 소리 질렀다.

"불꺼. 야, 가시나들아, 퍼떡 불 끄란 말이다."

기생이 전등불을 껐다. 방안에 불이 꺼지고 뒤이어 옆방에도 그

옆방에도 그리고 마당에도 불이 꺼져 식도원이 암흑으로 변했다. 깜깜한 가운데 박춘금이 소리 질러 말했다.

"동아일보 문디 새끼들 퍼떡 나가거래이. 퍼떡!"

총소리는 하늘로 올라갔고 암흑 속에 묻힌 사람들 행동은 멈췄다. 박춘금이 또 소리 질러 말했다.

"김성수는 3천 원 꼭 가 온나. 알았재?"

"거지들 밥값으로 알고 주겠수다."

술 시중 들던 기생들이 인촌과 송진우 사장 팔을 잡고 밖으로 나가는 길을 안내했다. 그녀들은 이 집 구조를 잘 알고 있기 때문에 전등불이 있으나 없으나 매 한가지였다. 인촌과 송진우 사장은 대문 밖까지 무사히 빠져나갔다.

인촌과 송진우 사장은 식도원 밖에서 혹시 총 쏜 사람을 볼 수 있을까 해서 잠시 주위를 살폈다. '누가 총을 쐈을까? 또 양근환?' 두 사람이 똑같은 생각을 하면서 발길을 돌렸다. 두 사람은 천천히 걸어가면서 좌우를 살폈다. 양근환이 나타나 주기를 바라는 마음이었다. 양근환은 오늘과 똑같은 방법으로 장덕수를 구해 준 적이 있다.

이튿날 인촌은 은행에 가서 3천 원을 인출해서 보자기로 쌌다. 그는 이 돈을 들고 총독부 경무국장실에 가서 마루야마를 만났다. 그는 마루야마에게 물었다.

"어젯밤 식도원 사건을 알고 계십니까?"

"예, 보고 받았습니다."

"그런데 왜 출동하지 않았습니까? 단도와 권총을 들고 사람을 죽이려고 하는데 경찰이 모른 척하면 그 경찰 있으나 마나한 것 아닙니까?"

"김 상, 말씀 삼가시오. 여기가 어디라고 함부로 말하는 거요?"

인촌은 조금도 위축되지 않고 경무국장을 몰아쳤다.

"여기는 조선이고 당신은 조선의 치안을 위해 일본이 파견한 사람 아니오?"

"김 상! 미안하오. 늦게 보고받았습니다."

"말도 안 되는 핑계로 넘어가려. 하지 마시오. 박춘금이 조선에 온 지가 두 달이 되었소. 그 두 달 동안 그가 동아일보에 가서 돈 내놓으라고 협박하며 난동을 부린 게 여덟 번이란 말이오. 그런데 당신은 모른 척하고 수수방관했어요. 그 태도가 경찰 본연의 태도입니까? 아니면 동아일보 신문 발행을 방해하려는 목적입니까?"

"말이 너무 심하오."

"나는 사실이 아닌 것 가지고 말하지 않소. 그러니 심하다고 말하지 말고 사과하시오."

"흠? 사과하라고? 못 하겠다면?"

"못 하겠다면 우리 동아일보는 일본 총독한테 직접 항의하겠소."

"뭐 뭐? 총독 각하한테?"

"그렇소."

"김 상! 진정하시오. 내가 박춘금을 당장 일본으로 보내겠소. 미안하게 됐소."

"자, 3천 원이오. 내가 어젯밤 그들에게 3천 원을 주겠다고 약속했으니 줘야 되오. 그런데 내가 이 돈을 줄 때 또 폭행당할 수 있으니 경무국장이 참관하시든지 아니면 직접 전해 주시오."

"아니, 이 돈을 왜 나한테……. 이러지 마시고 그냥 가지고 가십시오. 내가 얘기하겠습니다."

인촌은 그 돈을 다시 들고 돌아갔다.

이 사실이 세간에 널리 퍼지자 이종린 김철수 안재홍 양원모 등 민족주의 인사들이 발끈하여 총독부에 항의서를 제출했다. 그리고 각계각층에서 언론탄압을 규탄하는 집회를 준비했다. 총독부가 불붙은 벌집처럼 앵앵거리며 집회를 막느라 진땀을 뺐다. 동아일보 탄압이 전국적인 언론탄압으로 문제 되자 검찰이 박춘금을 입건했다. 그런데 박춘금을 조선에 불러들인 마루야마가 암암리에 운동하여 박춘금을 출국시켰다.

동아일보를 길들이기 위해 일본에서 박춘금을 불러들인 총독부 경무국 마루야마가 망신만 당하고 끝날 인물이 아니었다. 그가 제2의 음모를 꾸몄다. 그는 각파 유지연맹과 짜고 총독부 기관지 '매일신보'를 시켜 사회면 머리가사로 이 사건을 다루었다. 그 신문은 사설란, 단편란 등 신문의 모든 지면을 동원하여 야비한 욕설과 중상으로 가득 찬 허위기사를 날마다 실었다. 그러나 일반 민중은 '매일신보' 기사에 동요되지 않았다. 그런데 '매일신보'가 송진우 동아일보 사장 사과문이라면서 짧은 문구를 동판으로 떠서 실은 사진이 동아일보 사내에 큰 파문을 일으켰다. 그들이 증문(證文)이라면서 사진으로 보도한 문구는 이러했다.

「사담(私談) : 주의·주장은 반대하나 인신공격한 것은 온당하지 못한 줄로 증(證)함. 大正 13년 4월 2일 송진우」

이 글은 비난받을 만한 내용이 아니었다. 필자 신분이 동아일보 사장이지만 '사담'이라는 것을 서두에 밝혔고, 그것도 총칼로 위협받는 친구 인촌을 구하기 위한 임기응변으로 대처한 문장일 뿐이었다. 그런데 이것을 꼬투리로 잡아 '매일신보'가 날마다 대서특필로 보도했고 동아일보 사내에서 사장 반대파가 맞장구를 쳐서 자중지란 징조를 보였다.

박춘금 난동 사건이 나고서 20여 일 지났다. 이제 동아일보 사내 자중지란도 물밑으로 가라앉았나 했더니 기어코 사건이 일어났다. 1924년 4월 25일, 상무취체역 겸 편집국장 이상협이 송진우 인책을 요구하며 사표를 제출했다. 민족의 대변지 동아일보 사장이 왜놈에게 붙어먹은 패거리에게 사과한다는 것은 있을 수 없는 일이라는 것이다. 이상협은 전부터 송진우 사장과 별로 좋은 사이가 아니기도 했지만 그의 돌출행동은 이해할 수 없었다.

다음날 송진우 사장은 사표를 냈고, 인촌 역시 도의적인 책임을 지고 취체역을 사퇴했다. 사건이 이렇게 되자 신구범, 장두현 취체역이 사표를 제출했고, 결국은 취체역 전원이 사퇴했다. 경영진 전원이 사퇴하자 회사는 마비상태가 되었다. 신문을 매일 발행해야 하는데 경영진이 없으니 난감했다. 인촌은 감사역 허헌을 사장 대리로 위촉해서 응급처치를 했다. 그런데 설상가상으로 이상협이 편집국 중견 사원 여러 명을 데리고 조선일보로 들어가 버렸다. 그리고 그 뒤를 이어 영업국장 홍증식도 조선일보로 가버렸다.

인촌은 그해 5월 14일 임시주주총회를 열었다. 텅 빈 취체역을 보충하고 회사를 다시 추스르기 위한 주주총회였다. 이 주총에서 동아일보는 새 취체역에 이승훈 홍명희 윤홍열 양원모를 선출하고, 이승훈이 제4대 사장으로 취임했다. 주필 겸 편집국장은 홍명희에게 맡기고, 영업국장직은 양원모에게 맡겼다. 이번에 사장을 맡은 남강 이승훈은 정주 출신이며 61세로 인촌보다 30세 가까이 연상인 대선배다. 그는 정주에 오산학교를 세우고, 평양에 마산자기회사를 세워 민족운동을 전개했다. 그리고 기독교에 입신하여 장로가 되었다. 그는 1919년 3·1운동 때 민족대표 33인 중 1인이었다. 그때 그는 징역 3년의 옥고를 치르고 1922년에 출옥하여 자주 경성에 올라가 조선교육협회 민립대학기성회 등을 주도했다. 그는 동아일보와 직접 관련은 없으나 은연중에 큰 지지 세력이었다.

1924년 9월 10일 중역회의가 무직으로 있는 인촌을 동아일보 고문직에 추대했다. 그래서 동아일보는 사장 이승훈, 고문 김성수 체제로 운영되었다. 그러나 이 체제는 얼마 안 가서 끝났다. 이해 10월 21일 열린 정기 주주총회가 홍명희 허헌 윤홍열 양원모 김성수(인촌) 장덕수를 취체역으로 선출했고, 이어 김성수를 제5대 사장으로 선임하고, 장덕수를 부사장으로 선임했다. 두 번째 동아일보 사장직에 취임한 인촌은 당면과제로 사옥신축을 꼽았다.

인촌은 지난 3월 중순 동아일보 사옥 터로 광화문통(지금의 세종로) 139번지를 결정하고 7만 원을 들여 4백여 평을 사놓았다. 그리고 설계도 이미 완성해 두었다. 그러던 중 9월 10일 회사 고문으로 추대되자 곧 일을 서둘러 9월 27일에 착공했다. 그는 공사 현장을 볼 때마다 장소를 잘 택했다고 미소지었다. 그 자리는 옛 황토현의 네거리이고, 북쪽에서는 조선총독부 청사 공사가 한창이었다. 동아일보 사옥이 완공되면 총독부 길목을 지키고 있는 형국이 된다. 총독부 측이 볼 때는 눈엣가시 같은 동아일보를 아침저녁으로 봐야 될 형편이었다. 말하자면 조선 민족의 아성과 원수가 서로 맞대고 자리 잡은 것이다.

하루는 마루야마 후임으로 부임한 경무국장 미쓰야(三矢宮松)가 지나다가 차를 세우고 공사장에 들렀다. 그는 전에도 총독부 관료로 있었던 터라 인촌과는 안면이 있었다.

"경성에 좋은 터가 많은데 왜 하필 여기다 짓소?"

"허허허 그것은 말이죠, 경무국을 위해서죠."

"호, 우리 경무국을 위해서라니, 그게 무슨 뜻이오?"

"동아일보가 화동 같은 구석진 데 있으면 사람을 잡아갈 때 불편하실 테니까요."

"그럴 바에는 아예 붙잡아가지 않도록 해 주시지."

"그건 잘 모르시는 말씀입니다. 우리 동아일보가 총독 정치를 얼마나 홍보하고 있는지 모르시지요? 말하자면 동아일보 때문에 조선에도 언론의 자유가 있다는 걸 세상 사람들이 다 알게 되었단 말입니다."

"하하하, 마루야마 선배 말로는 삶아 먹을 수도 없고, 구워 먹을 수도 없는 것이 동아일보라고 하던데, 피차 그런 살벌한 이야기는 그만하고 이렇게 이웃이 되었으니 앞으로 사이좋게 지내면 어떻겠소?"

"이 김성수는 사이좋게 지내고 싶어 해도 동아일보가 말을 안 듣고, 동아일보가 그러고 싶어 해도 2천만 민중이 허용하지 않으니 어떻게 합니까? 하하하하⋯⋯."

미쓰야는 겸연쩍은 얼굴에 억지 미소를 지으며 인사하고 떠났다.

11

1926년 3월 7일 총독부가 동아일보를 정간 처분했다. 이번이 창간 이래 두 번째 정간이었다. 정간 이유는 동아일보가 3월 5일 자 신문에 '러시아에 있는 국제농민회본부가 조선농민들에게 보내는 서신'을 보도했기 때문이다. 그 서신은 다음과 같다.

「오늘 귀국민의 슬픈 기념일을 당하야, 국제농민회본부는 세계 44개국의 조직된 농민단체를 대표하야 가장 깊은 동지로의 동정을 농업국 국민인 조선국민에게 드리노라. 이 위대한 날의 기념은 영원히 조선의 농민에게 그들의 역사적인 국민적 의무를 일깨울 것을 믿으며 자유를 위하야 죽은 이에게 영원한 영광이 있을 것이다. 현재 재감(在監)한 여러 동지와 분투하는 여러 동지에게 형제적인 사랑의 문안을 드리노라.」

1926년 3월 1일 돔마르톰 브쓰네씨엔스키

모스크바 국제농민회본부가 동아일보에 이런 서신을 보낸 것은 소련이 동아일보라는 존재를 이미 알고 있었다는 것이다. 동아일보는 사전에 이관용 특파원을 보내서 활동해 왔다. 왜냐하면 조선민중과 소련은 양측이 서로 관심을 가질 만한 사정이 있었기 때문이다. 레닌은 아시아에 크나큰 관심을 가지고 있었고, 조선 민중은 민족주의자든 사회주의자든 모두 왜놈들의 압제에서 벗어나려면 소련의 힘이라도 이용해야 한다는 점에서 관심을 가지고 있었다. 인촌도 같은 생각이었다. 자신은 뚜렷한 민족주의자이면서도 독립운동에 있어서는 민족주의자와 사회주의자를 차별하지 않았다. 그래서 모스크바에 특파원을 보냈던 것이다.

일본은 소련의 움직임에 촉각을 곤두세우고 있었다. 그들은 소련을 가상 적국으로 보고 사회주의 사상이 조선이나 일본에 침투하는 것을 적극 방어하고 있는데, 동아일보가 국제농민회본부 서신을 실었다. 동아일보는 이 글을 신문에 실으면 총독부가 어떻게 나올 것이라는 것을 예상하고 있었다. 그러나 이 글을 싣지 않을 수 없었다. 이 글을 싣지 않으면 동아일보가 스스로 민족지임을 포기하는 것이기 때문이다. 총독부는 예상대로 발악했다. 총독부 경무국 견해는 이러했다.

「동아일보는 그 논조, 근시 민족문제를 제창하여 독립사상의 보급선전을 하는 경향이 현저하여, 당국에서는 그때마다 혹은 행정처분에 부(付), 그 발매분포를 금지하고, 혹은 발행책임자를 초치하여 엄중이 주의계고를 가함으로써 반성을 촉구한 바 있으나 의연히 필봉을 고치지 않고 왕왕 논조일탈, 불온에 긍(亘)하는 일이 있었던 바, 마침 대정15년 3월 5일 자 동 지상에……독립소요의 찬미격려를 암시한 러시아로부터의 전문을 게재하였으므로 즉시 행정처분에 부함과 동시에, 이에 앞서 수차에 걸쳐 당국이 내린 주의계고를 무시하고 차거(此擧)에 나왔으므로 동사에 대하여는 이미 미온적 태도로서는 도저히 개전(改悛)의 정이 없다고 인정하고 동년 3월 6일 자로 단호히 발행정지의 처분에 부하고 그 책임자에 대하여 이를 사법처분하였다……」

〈조선총독부 경무국「소화 4년 조선에서의 출판물 개요」〉(원문은 일어)

이번 정간은 예상보다 일찍 1개월 반 만에 해제되어 4월 21일부터 속간을 발행하기 시작했다. 이제 후유증만 남았다. 불구속으로 기소된 송진우와 김철중은 재판을 받아야 하고, 인촌은 정간으로 입은 금전적 손실을 극복해야 하는 과제가 남았다. 더구나 정간 중에도 사옥 신축공사는 계속 진행해 왔으니 자금이 부족할 수밖에 없었다. 인촌은 밤잠을 이루지 못하고 고민했다. 그런데 마침 아우 연수가 신축공사 현장으로 가서 3만 원을 내놓았다.

"형님, 이거 적은 거지만 사옥 짓는데 보태 쓰세요."

"음? 아우도 힘들 텐데 이러면 안 되지."

"아닙니다, 아무 말씀 마시고 쓰세요."

"알았네, 아주 요긴하게 쓰겠네."

고소원이나 불감청이라고 했다. 인촌은 아우한테서 도움을 받게 될 줄은 몰랐다.

"형님, 부담 갖지 마세요. 저는 돈 버는 사업을 하고 있지만, 형님은 돈 쓰는 사업을 하고 계시잖아요. 저도 힘을 합하겠습니다."

인촌은 아우가 커 보이고 대견스러워 가슴이 뭉클했다.

"중앙고보는 이제 정상궤도에 올라섰으니 염려 없네. 동아일보가 문제야. 총독부와 맞서 있으니 편할 날이 없어. 하지만 우리는 이겨

내야 하네. 저들이 우리 민족을 우습게 본단 말이야. 그래서 난 총독부 눈앞에다가 이 사옥을 거창하게 지으려고 하는 거야. 저 사람들은 작아 보이면 더 깔아뭉개 버리려고 하거든."

김연수는 형에게 꾸벅 인사하고 떠났다.

인촌은 아우로부터 3만 원을 받아 쓰고도 부족해서 향촌 양부에게 편지를 썼다.

「……이 일로 밤이면 잠이 오지 않고 심신이 피로해 있을 뿐입니다. 아버님께서 전번에 오셨을 때 이 일을 말씀드리려고 했습니다마는 아버님께서는 매양 집안일로 걱정하셨기 때문에 감히 말씀을 드리지 못했습니다. 그러나 백번 생각해도 다른 계책이 없으므로 이와 같이 말씀드리오니 이를 하량하시압고 2만 5천 원만 하송하여 주시면 지장이 없겠습니다.」

양부는 아들 편지를 받자마자 돈을 만들어 쥐고 경성까지 올라가서 아들이 기죽지 않을까 염려하면서 돈을 줬다.

"내 아들 장하다. 내 아들이 이런 사업을 하지 않으면 누가 하겠느냐? 염려하지 말고 니 뜻대로 해라."

아우 연수가 힘을 실어줬던 것처럼 아버지도 아낌없는 지원을 약속하고 떠났다.

1926년 4월 26일 조선왕조 마지막 임금 순종황제(純宗皇帝)가 승하했다. 나라는 이미 망해버린 나라, 주권도 영토도 다 일본에 합병되어 버렸지만 그래도 순종황제가 살아 있을 적에는 조선이 살아 있는 것 같았다. 그런데 이제 그마저 조선을 떠나고 말았다. 이날부터 창덕궁의 돈화문 앞에는 전국에서 모여든 소복 차림 백성들이 연일 통곡했다. 인산일(因山日)은 6월 10일로 정해졌다.

조선총독부는 소요사태가 일어날세라 백성들의 동태파악을 위해 전전긍긍했다. 고종황제 인산일에 3·1운동이 일어났던 전례가 있기 때문에 총독부가 그토록 긴장한 것이었다. 경찰과 헌병이 학교마다 배치되어 학생 동태를 살피고 폭력배들은 유도복을 입고 곤봉을 쥐고 활보하면서 위압감을 유발했다. 이렇게 삼엄한 경계 속에서도 사건은 터졌다. 금호문 앞에서 송학선이 총독 사이토를 살해하려고 그의 조문을 기다리고 있었다. 그가 사이토를 발견했는지 표범처럼 달려가 단도로 일본인 관료를 찔렀다. 일본인 관료는 고꾸라졌고 송학선은 그자리에서 체포되었다. 그런데 고꾸라진 일본인 관료는 사이토가 아니었다.

이런 가운데 3·1운동과 같은 만세운동을 은밀하게 계획하는 학교들이 있었다. 그 하나는 통동계로 중앙고보 5학년생 이동환과 박용규, 중동학교 특과 3학년생 김재문과 황정환, 그리고 2학년생 곽재경 등이 주동한 것으로 이 다섯 학생이 통동에 있는 김재문 하숙집에 모여서 거사를 계획하고 있었다. 이것이 통동계 그룹이었다. 또 하나는 연희전문학교 2학년생 이병립과 박하균, 경성제대 예과 1학년생 이천진, 중앙고보 5학년생 이선호와 4학년생 유면희, 중앙기독청년회관 3학년생 박두종 등 조선 학생과학연구회에 속했던 6인이 사직동에 있던 연전학생 모군의 하숙집에 모여서 거사를 준비하고 있었다. 이것이 사직동계 그룹이었다. 두 그룹은 서로 연락 없이 독자적으로 준비했지만, 6월 10일 아침에 거사계획을 서로 알게 되어 곧 합작하게 되었다. 또 다른 하나는 공산주의 계열의 권오설과 김단야 등이 주동이 되어 준비 중이었는데 이들은 6월 4일 일본경찰에 검거되었다.

총독부는 인산 당일 모든 경찰력을 동원한 것은 물론이고, 용산, 함흥, 나남, 회령 등지 헌병들까지 경성으로 불러 5천여 병력이 3·1운동 재발 방지를 위해 총력을 기울였다. 6월 10일 아침이 밝았다. 인산 행렬은 오전 여덟 시에 돈화문을 출발하여 종로3가, 관수동, 을지로 3가를 거쳐 훈련원(지금의 역사박물관)에서 봉결식을 거행하고, 오후 1시에 식장을 떠나 동대문 청량리를 거쳐 양주 금곡릉으로 가게 되어 있었고, 각급 학교 학생들은 돈화문 앞에서부터 을지로 4가까지의 연도 양측에 늘어서서 봉도(奉悼)하게 되어 있었다.

대여(大輿)가 돈화문을 떠나 중앙고보 학생들이 늘어선 종로3가 단성사 앞을 통과한 것이 오전 8시 40분이었다. 대여행렬을 배송하고 난 중앙고보 50명은 일시에 대한독립만세를 부르면서 뛰쳐나가 격문과 선전문을 뿌리고 태극기를 군중에게 나누어 줬다. 삽시간에 수백 명 학생이 이에 호응하여 경찰과 충돌함으로써 길거리는 아수라장이 되었다. 제2파는 연희전문학교 학생들 중심으로 일어났고, 대여행렬이 지나가는 시각에 따라 제3파, 제4파, 제5파 등 예상치 못했던 만세시위가 계속 이어져 길거리는 만세장이 되었다. 일본 경찰은 기마대를 이용해서 군중을 해산시키고, 학생들을 검거하고, 하늘을 향해 총을 쏘는 등 그들이 할 수 있는 모든 것을 다했다.

다음 날 총독부 경무국이 검거자 명단을 발표했다. 이 명단에 의하면 검거된 학생 총수는 106명인데, 제령 위반으로 검찰에 송치된 학생이 83명이었다. 이 중 중앙고보 학생이 43명, 연희전문 학생이 34명, 기타 학교 학생이 6명이었다.

6·10만세 사건은 순수 학생들이 기획했고 학생들이 진행했다. 그런데 이 사건에 인촌도 연루되어 경찰에 불려가 곤경을 치렀다. 이 운동 주동세력이 중앙고보 학생들이었을 뿐만 아니라 그날 통동계 그룹이 뿌린 전단지에 다음과 같은 문구가 있었기 때문이다.

「조선민중아! 우리의 철천지원수는 자본제국주의 일본이다! 2천만 동포야, 죽음을 결단코 싸우자! 만세 만세 조선독립 만세!
　　　　단기 4259년 6월 10일 조선민족대표 김성수 최남선 최린

어린 학생들이 미리 알리지 않고 세 사람 이름을 사용한 것이다. 이 전단지 때문에 인촌은 종로경찰서에 불려가 조사받았다.

"아무리 어린 학생들이라 해도 이렇게 중대한 문서에 승낙도 없이 남의 이름을 넣을 수 있단 말입니까?"

"민족을 위한 일이라 아이들이 도용이라는 생각은 못 했을 겁니다."

"뭐라구요? 민족을 위한 일이라고요? 김 선생 다시 한 번 말해 보시오."

"민족을 위한 것이 죄가 된다면 조선 백성 2천만 명을 모조리 감옥에 넣으시오. 그런 질문하려거든 나는 가겠소. 나는 한가한 사람이 아니오."

조사관 요시노는 인촌을 다루기가 힘들다는 것을 알았다. 일본 경찰에는 인촌이 온건한 민족주의자로 자극적인 말은 하지 않는 사람

으로 알려져 있었는데 맞닥뜨려 조사해 보니 다루기가 너무 힘들었다. 인촌처럼 이렇게 할 말을 다 한 사람은 보지 못했다.

"경성에 학교가 많은데 왜 하필이면 중앙고보 학생들이 앞장서서 독립운동을 하는 것이오? 대답해 보시오."

"중앙고보 학생이라고 특별히 다른 것은 없소. 모든 학교 학생들은 다 조선학생이오."

"다 같은 조선 학생들인데 왜 중앙고보 학생들이 선두에 나서서 독립운동을 하고 만세를 부르냐 이 말입니다. 인쇄물에 김 선생 이름까지 넣어가지고 말이오?"

"내가 선동이라도 했다, 그 말입니까?"

"아까 민족을 위한 장한 일이라고 하지 않았습니까?"

"분명히 말해 두겠는데 나는 아무 재주도 없는 사람이지마는 선동이건 서명이건 해놓고 발뺌할 일 같으면 처음부터 하지 않습니다. 더구나 어린 학생들이 민족을 위한 일을 하다가 고생을 하고 있는데 여기서 이런 일을 당하게 되니 참으로 원통하오."

요시노는 학생들이 김성수 최남선 최린 세 사람 이름을 본인 승낙 없이 넣었다는 것을 이미 알고 있었다. 그러나 전단지에 세 사람 이름이 박혀 있는 것은 빼도 박도 못 할 물증이므로 이것을 꼬투리로 민족주의 진영에 타격을 가하려는 의도로 인촌을 물고 늘어졌다. 요시노는 별 소득 없이 인촌을 보낼 수밖에 없었다.

"돌아가시오. 오늘 선생을 괴롭힌 것은 요시노가 아니고 직책이 그런 것이니 오해 없기 바랍니다."

아침에 연행된 인촌은 석양에 풀려났다. 집에 돌아온 그는 부인에게 말했다.

"제 땅에서 남의 종노릇 하는 죄 값을 치르고 왔소."

러시아에서 국제농민회본부가 보낸 서신을 동아일보에 실은 죄로 신문이 정간당하고 주필 겸 편집국장을 맡고 있는 송진우와 편집국 직원 김철중이 마침내 서대문 형무소에 수감되었다. 그들은 1심 공판에서 각각 징역 8개월과 금고 4개월을 선고 받고 이에 불복하여 공소한 2심 공판에서 두 사람은 각각 징역 6개월과 금고 4개월이 선고되었다.

동아일보는 신축사옥을 착공한 지 1년 5개월 만인 12월 6일 준공했다. 이렇게 기쁜 날 인촌은 이심동체(異心同體)가 되어 함께 일 해온 고하 송진우가 없어서 허전하기 이를 데 없었다. 인촌은 동아일보 사무실을 화동에서 광화문 신축사옥으로 옮겼다. 이 무렵 인촌에게 반가운 편지 두 통이 배달되었다. 한 통은 고하 송진우가 옥중에서 보낸 편지다.

「사(社)를 떠난 지가 벌써 한 달이요 나흘이 넘었습니다. 그동안 건강이 여전하시며 사내의 모든 형제도 다름없이 건강한 몸으로 꾸준히 분투하옵니까? 새집 이사는 예정과 같이 11일에 아무 고장 없이 순성(順成) 되었아온지, 해를 거듭하여 깨진 창과 무너진 벽만 남은 낡은 집에서 고생하다가, 아름답고 깨끗하고 튼튼하고 쓸모 좋은 새집으로 옮아간 쾌감과 기분이 과연 어떠합니까? 동고하던 사내 여러 형제들이 즐거워할 광경을 상상하니 그윽이 적막한 중에서도 저는 기꺼운 웃음을 웃게 되나이다. 이것이 모두 형님께서 평소에 땀 흘리고 애쓰시던 보상임을 생각하옵고 더욱 건강과 행복을 비옵나이다. 저는 절대한 운명의 지배 아래서 외로운 그림자를 벗 삼아 엄한(嚴寒)의 폭위(暴威)에 저항을 계속할 뿐이오나 다행히 별고 없사오니 안심 하시옵소서……」

또 다른 편지 한 통은 인도 지도자 간디가 보낸 회답이었다. 인촌은 누구보다도 간디를 존경하고 있었다. 그래서 얼마 전에 편지를 보냈는데 그 편지에 대한 답장이 온 것이다.

「사랑하는 친구여. 주신 편지는 받았나이다. 내가 보낼 유일한 부탁은 절대적으로 참되고 무저항적인 수단으로, 조선이 조선의 것이 되기를 바란다는 것뿐입니다.」

(〈동아일보〉 1927. 1. 5.)

주필 송진우는 다음해인 1927년 2월 7일 일왕 히로히토(裕仁)의 즉위 기념 특사로 만기 전에 출감했다. 그리고 4월, 동아일보 사옥 신축기념행사가 본사를 비롯해서 전국에 있는 지국, 분국 직원을 모두 동원하여 5일 동안 대대적으로 거행되었다. 광화문 본사에서는 기념식 피로연, 간담회, 독자 위안을 위한 가극, 가무, 신극, 구극, 영화가 각 극장에서 무료 개방되었고, 지국과 분국에서는 야유회, 운동회, 웅변대회 등 여러 가지 행사로 전 민중의 경사가 다채롭게 펼쳐졌다.

그해 10월 동아일보는 인사이동을 단행했다. 인촌이 사장직에서 물러나고 주필 송진우를 다시 사장직에 올려놓았다. 광화문 신사옥도 완공해서 이사를 마쳤고, 도쿄와 오사카에 지국을 설치해서 양원모와 이태노를 지국장으로 보낼 만큼 재정도 튼튼해졌다. 그래서 송진우에게 다시 회사를 맡긴 것이다. 또 편집국장 이광수가 편집고문으로 물러앉고 후임에 김준연을 앉혔다.

팔봉 김기진과 일행 최 모와 박 모가 일본 경찰에 쫓겨 팔봉의 지인 이 씨 집에 콕 박혀 꼼짝도 못 하고 있었다. 팔봉 김기진은 계급문학의 대표적인 작가 중 하나인데, 이들은 사회주의자들로서 사회혁명을 획책하다가 정체가 노출되어 일본 경찰에 쫓기고 있었다. 일본은 사회주의 조직을 적으로 간주하고 그들을 일망타진하기 위해 혈안이 되어 있었다. 그런 판국에 사회주의자가 일본 경찰에 잡히면 그 사람은 중형을 살아야 한다. 박 모가 말했다.

"선생님, 여기서 언제까지 이러고 있어야 합니까?"

팔봉은 아무 말이 없었다. 무슨 대책이 없으니 할 말이 없었다.

최 모가 말했다.

"이 댁에 미안해서 안 되겠어요."

이때 마당에서 장작 패는 소리가 났다.

"섯—."

세 사람은 날쌔게 다락방으로 올라갔다. 장작 패는 소리는 이 집 주인 이 씨와 약속된 신호로서, 만약 일본 경찰이나 혹은 낯선 사람이 나타나면 이 씨가 장작을 팬다고 했다. 그런데 지금 막 마당에서 이 씨가 장작을 팼다. 일본 경찰이 나타난 것인가? 만약 일본 경찰이 나타났다면 꼼짝 못 하고 잡힐 판이었다. 세 사람은 다락방에 숨어서 숨을 죽인 가운데 이 씨가 방에 들어오기를 기다리고 있었다. 이 씨가 방에 들어가면 비상사태가 해제되었다는 뜻이다.

시간이 얼마나 지났는지 모른다. 이 씨가 방에 들어가서 다락방 문을 열었다. 세 사람이 어두컴컴한 가운데 눈동자를 동그랗게 뜨고 이 씨를 바라봤다. 마치 두더지 세 마리 같았다. 이 씨가 말했다.

"내려오십시오."

세 사람은 조심조심 한 사람씩 방바닥으로 내려섰다. 이 씨가 말했다.

"낯선 사람이 이집 저집 들어가서 사람을 찾는다고 하더니 못 찾고 그냥 갔나 봐."

이 씨는 팔봉의 죽마고우다. 박 모가 이 씨에게 말했다.

"정말 갔을까요?"

"예, 갔습니다. 그 사람들이 가고 한참 뒤에 내가 방에 들어왔어요."

세 사람이 고개를 끄덕였다. 최 모가 팔봉에게 말했다.

"선생님, 여기서 오래 머물 수가 없으니 러시아로 갑시다."

박 모가 말했다.

"노자가 한 푼도 없는데 어떻게 가나?"

"러시아까지 걸을 수는 없지만, 요리조리 피해서 블라디보스토크까지는 걸어갈 수 있겠지."

박 모가 말했다.

"하이고, 나는 자신 없어. 블라디보스토크가 어디라고 거기까지 걸어가?"

최 모가 말했다.

"이 사람아, 방법이 없지 않나? 일단 블라디보스토크까지 가자고. 그리고 모스크바까지 가는 길은 그때 가서 의논하고 말이야."

팔봉은 아무 말도 못 하고 눈 감은 채 두 사람 얘기를 듣고 있었다. 한참 동안 침묵이 흐르다가 박 모가 입을 열었다.

"인촌 선생한테 가서 도와달라고 해 볼까요?"

팔봉은 마음속으로 '또 인촌이야? 염치없게.' 했다. 그는 러시아에서 한동안 지내다가 돌아온 지 두 달 남짓 되었다. 그런데 그는 러시아에서 놀라운 사실을 알았다. 조선에서 일본 경찰에 쫓겨 러시아로 도망친 사람들 대부분이 인촌한테 가서 3백 원이나 5백 원을 받아서 그 돈을 노자로 삼아 러시아까지 도망쳤다고 했다. 조선에서 러시아로 피신한 사람 중 인촌의 도움을 받지 않은 사람이 아무도 없을 정도였다. 팔봉은 인촌을 이해하기 어려웠다. 인촌은 민족주의자중 대표적인 인물이다. 그런데 위기에 몰린 사회주의자들이 찾아가서 노자를 달라고 해도 두말없이 도와준다고 했다. 사람들은 대개자기와 주의 주장이 다르면 적으로 보고 등을 돌리는데 인촌은 그렇지 않다고 했다. 그는 도움을 청하는 사람이 민족주의자든지 사회주의자든지 차별하지 않고 도와준다고 했다. 그는 동포가 위기에 몰리면 무조건 도와주는 사람이라고 했다. 팔봉이 박 모에게 말했다.

"최 씨와 함께 가서 사정을 얘기해 보시게. 그리고 나는 러시아에 가지 않을 테니 두 사람 여비만 도와 달라고 해서 도움을 받거든 그길로 출발하게. 여기에 다시 오지 말란 말이야, 위험하니까."

"선생님은 여기 눌러 계실 겁니까?"

"나는 여기 있다가 며칠 후에 고향으로 갈 생각이야."

박 모와 최 모는 팔봉의 승낙이 떨어지자 어두운 밤을 틈타 계동 인촌 댁을 찾아갔다. 정치 활동을 하는 사람치고 계동 인촌 댁을 모르는 사람이 없었다. 왜냐하면 그 댁에서 정치모임이 자주 있기 때문이다.

  그 시간 인촌은 계동 자택에서 부인과 함께 여행 준비를 하고 있었다. 이제 중앙고보는 정상궤도에 올라 민족학교로서 손색이 없고, 경방은 아우 연수가 맡아서 많은 수익을 내고 있다, 그리고 동아일보는 총독부와 갈등 속에 있지만 고하 송진우가 맡아서 운영하고 있으니 인촌은 이 기회에 세계 선진국을 두루 돌아다니면서 새로운 문물을 접하고 싶었다. 여행 기간은 2년 예정이다. 인촌은 부인과 함께 가기를 원했으나 부인이 한사코 거부해서 혼자 떠날 수밖에 없게 되었다. 부인은 김 씨네 살림이 워낙 방대하고 연로하신 두 분 시아버지가 계시는데, 장손 며느리가 어떻게 장기간 집을 비울 수 있느냐며 동행을 거부했다. 인촌은 마음 한구석이 빈 듯한 느낌이지만 이 여행은 떠나지 않을 수 없는 여행이다. 오랫동안 별러왔던 여행이기 때문이다. 그의 여행목적은 견문도 넓힐 겸 무엇보다도 전문학교 설립을 위해 세계적으로 명성을 떨치고 있는 유수한 대학들의 시설을 견학하기 위해서다. 그는 미국, 영국, 프랑스, 독일, 러시아를 방문해서 저명한 대학을 보고, 듣고, 배우고, 사진을 찍어서 들고 돌아올 생각이다. 그가 여행 가방을 챙기고 있을 때 밖에서 인기척이 났다.
  "선생님, 사랑에 손님이 오셨구만이라우."
  "알았어요, 내가 곧 가리다."

그는 여행 가방에 많은 것을 넣지 않았다. 떠날 때는 평소대로 양복과 외투를 입을 것이고 가방 속에는 동복 한 벌과 춘추복 한 벌과 하복 두 벌을 넣었다. 그리고 조선의 창(唱)이 수록된 레코드판 10매를 작은 종이상자에 담아 가방에 넣었다. 가방을 다 꾸린 인촌이 손님을 만나기 위해 사랑방으로 갔다. 두 사람이 사랑방에서 그를 기다리고 있었다. 인촌을 기다리고 있는 사람들은 낯선 사람들이었다. 그들이 벌떡 일어나 인촌에게 인사했다.

"선생님, 안녕하십니까?"

"예, 누구신가요?"

인촌이 조심스럽게 누구냐고 물었다. 그는 총독부 사람들이 여러 가지로 괴롭히기 때문에 낯선 사람을 만나면 일단 경계심이 생긴다.

"예, 시간이 없으니 단도직입적으로 말씀드리겠습니다. 저희는 사회주의자들입니다. 저희는 팔봉 선생님과 함께 일본 경찰에 쫓기고 있습니다. 러시아로 도망가려고 하는데 노자가 없어서 팔봉 선생님 고향 사람 집에 숨어 있었습니다. 선생님, 한 번 도와주십시오. 선생님께서는 세상이 다 아는 민족주의자이신데 염치없게도 사회주의자들이 찾아와서 도움을 청하려니 사실 입이 열리지 않습니다. 팔봉 선생님께서는 러시아에 가지 않고 고향으로 가시겠다고 합니다. 그런데 우리 두 사람은 필히 떠나야 합니다. 염치없고 부끄럽지만 우리 두 사람 도망갈 여비를 지원해 주시면 감사하겠습니다."

인촌은 다 듣고도 아무 대꾸가 없었다. 그리고 금고문을 열더니 들여다보고 금고문을 닫지도 않은 채 자리를 떴다. 박 모와 최 모는 빨리 여비를 받아 이 집에서 나가야 하는데 돈을 받지 못해서 오금이 쑤셨다.

"도대체 이분이 우리를 여기 두고 어디를 가신 거지? 혹시 신고하려고 나간 것 아닌가?"

"그렇다면 이거 낭패잖아. 이제 우리는 다 끝났다. 자 나가자. 빨리 도망치자고."

"잠깐."

최 모가 반쯤 열린 금고문을 활짝 열고 안쪽을 들여다봤다. 일본 화폐로 돈다발 몇 개가 보였다. 그가 돈다발을 다 꺼냈다. 그리고 주머니에 쑤셔 박으며 말했다.

"가자. 이제 여비는 충분히 벌었으니 배만 타면 된다."

"잠깐……."

"왜 그래?"

"생각나는 게 있어? 확실치는 않지만……."

"무슨 생각? 빨리 말해, 시간 없어."

"그 돈 다 가지고 가려고?"

"당연하지. 그러면 한 다발만 가지고 가잔 말이야?"

"최가야, 내 말 듣고 잘 생각해 봐. 인촌 선생님이 아무 말씀 안 하시고 금고문을 열어놓고 자리를 피해 준 의도가 뭘까?"

"자리를 피해 주셨다고?"

"그래, 틀림없어."

"자네가 그걸 어떻게 알아?"

"생각해봐. 선생님 손으로 우리에게 돈을 주시면 그다음이 문제야. 만약 우리가 경찰에게 붙잡혀서 자백이라도 하면 인촌 선생님은 공범이 되잖아."

최 모가 고개를 끄덕이기 시작했다.

"그런데 금고문을 열어놓은 이유는 우리보고 적당히 가져가라는 암시야. 알겠어? 이런 방법으로 우리에게 돈을 주면 우리가 붙잡혀도 인촌 선생님은 뒤탈이 없단 말이야. 왜냐하면 우리가 돈을 훔쳐갔으니까 말이야."

"정말 그렇네."

"이제 알았으면 다 가져가지 말고 우리 두 사람 여비로 1천5백 원만 빼가지고 가자고. 사람이 아무리 급해도 의리가 있어야지."

"그래, 자네 말이 맞아. 알았어."

최 모가 돈다발에서 1천5백 원만 빼고 나머지는 금고 안에 넣어두고 황급히 떠났다.

12

1929년 12월 3일, 인촌은 드디어 벼르고 벼르던 해외 여행길에 올랐다. 이날은 유난히도 매서운 초겨울 바람이 휘몰아쳤다. 추운 날씨에도 각계 지도급 인사 수백 명이 경성역에 나가 먼 길 떠나는 인촌을 배웅했다. 그는 부산행 열차를 탔다. 그가 유럽행 여객선을 타려면 일본에 가서 타야 된다. 배웅 나간 친지들을 경성역 승강장에 남겨두고 열차가 출발했다.

그가 일본에 도착해서 유럽행 선편을 알아봤더니 일주일 후 고베(神戶)항에서 하코네마루(箱根丸)가 출항한다고 했다. 그 여객선은 남중국해를 지나 인도양, 수에즈 운하를 거쳐 나폴리에 입항한다고 했다. 여객선이 출항하기까지 시간이 넉넉했다. 그는 일본에 체류 중인 친구 두 사람을 불러 닛코(日光)에서 휴식을 취했다. 인촌은 여행길에 오르기도 전에 벌써 아내가 그리웠다. 이번에 아내와 함께 떠났으면 얼마나 좋았을까 하는 아쉬움이 컸다. 그는 큰살림에 묻혀 잠시도 몸을 빼지 못하는 아내가 안쓰럽기만 했다.

고베항을 떠난 하코네마루가 지친 기색도 없이 힘차게 항진했다. 배가 남중국해를 지나고 인도양을 지날 때는 세상이 멈춰버린 듯 고요했다. 물론 하코네마루가 거칠게 숨쉬는 소리와 승객들이 조잘거리는 소리는 들렸다. 하지만 그런 소리는 대자연 속에서 미물이 약동하는 소리에 불과하다. 지배자와 피지배자 사이에서 빚어지는 갈등에서 나오는 신음소리만 들리지 않아도 조용해서 살 것 같았다. 그래서일까? 총독부 간섭 없는 하코네마루 선상은 긴 하품이 나올 만큼 평화로웠다. 그 고요를 틈타 인촌의 머릿속에 일본 군대가 떠올랐다. 일본 경찰과 헌병이 일본도를 차고 순찰하는 모습이 떠올랐다. 동아일보 신문 기사를 사전 검열하는 검열관 모습도 떠올랐다. 인촌은 그런 생각을 지워버리려고 머리를 흔들었지만, 머릿속에 새겨진 침략국의 만행은 사라지지 않았다.

여객선이 밤낮없이 달려도 주변 풍경은 변함이 없었다. 낮에 보이는 것은 출렁이는 바다와 하늘과 태양이 전부였다. 그리고 밤에 보이는 것은 얼굴이 바뀌는 달과 반짝이는 별이 전부였다. 세상이 단순해서 좋았다. 빼앗으려는 자도 없고 이기려는 자도 없는 이 상태가 바로 평화였다. 인촌은 날짜도 잊어버렸다. 그는 날짜까지 잊어버린 상태가 되었으니 총독부만 잊어버릴 수 있다면 진정한 평화를 얼을 수 있을 것 같았다. 그런 생각에 묻혀 바다에 떠 있었던 시간이 석 달 남짓 되었다.

여객선이 나폴리항에 안전하게 입항하자 승객들이 부두로 내려서기 시작했다. 인촌도 승객 틈에 끼어 부두에 내렸다. 마중 나온 장덕수가 두 팔을 벌리고 달려와 인촌을 안았다. 그때 장덕수는 미국 콜롬비아 대학에서 박사과정을 밟고 있었는데 그가 작성하고자 하는 논문이 「영국 산업혁명에 관한 연구」였다. 그래서 그가 런던에서 연구하다가 인촌을 마중하기 위해 나폴리항에 나간 것이다.

"형님, 먼 길 오시느라고 고생하셨습니다."

"여기는 지금 봄이지?"

"예, 맞습니다."

인촌은 장덕수 안내로 로마를 관광하고 파리를 거쳐 영국에 도착했다. 그가 영국에 도착한 날이 1930년 4월 초순이었다. 그는 나폴리에 입항한 후로 새로운 도시에 갈 때마다 우편엽서를 30매씩 샀다. 이 엽서는 시간이 날 때 작성해서 고국 친지들에게 보낼 작정이다.

영국에는 장덕수 외에도 윤보선, 이활, 신성모 등이 유학 중이어서 그들을 만나 고국 이야기는 물론이고 영국에 관한 모든 정보를 충분히 교환할 수 있었다. 영국은 역시 배울 점이 많은 나라였다. 그 나라 국민은 검소한 생활이 첫째 강점이다. 아무리 부유한 사람이라도 양복 팔꿈치와 소매 끝에 가죽을 덧붙여 입는 것이 상식이었다. 영국 섬유산업은 세계시장을 석권하고 있음에도 양복이나 평상복이나 간에 검소하게 입고 다 떨어질 때까지 아껴서 입는다. 인촌은 평소 주변 사람들로부터 '매우 검소한 사람이다.'라는 평을 듣고 살았다. 그런데 영국 국민들은 모두가 검소한 사람들이었다.

인촌은 런던 러셀 광장에 있는 국제 학생 인권회관에 머무르면서 아일랜드와 스페인, 포르투갈을 둘러보고, 북유럽의 스웨덴과 노르웨이와 핀란드까지 심도 있게 둘러봤다. 인촌은 그 여러 나라 중에서도 아일랜드 역사에 가장 관심을 두었다. 그 나라는 전쟁 중인 1916년 4월 더블린에서 일어난 부활절 봉기를 시작으로 영국으로부터 독립을 쟁취하기 위한 투쟁이 치열했다. 이 역사는 조선이 일본으로부터의 독립을 쟁취하기 위하여 투쟁을 하는 것과 비슷했다. 아일랜드에 부활절 봉기가 있었듯이 조선에는 3·1운동이 있었다. 약소국의 동병상련이다. 동아일보가 인도와 아일랜드를 자주 빗대어 반일투쟁을 독려하는 것도 이 때문이었다.

인촌은 아일랜드에서 이 나라 독립운동의 큰 별인 이몬 데 발레라를 만나 많은 애기를 나누었다. 장덕수를 통한 인촌과 데 발레라의 대화는 솔직한 심정을 남김없이 전달하면서 뜻 깊은 대화가 이루어졌다. 이몬 데 발레라는 부활절 봉기의 지도자 중 한 사람으로 신페인당 대표도 지냈다. 조선에 3·1운동이 한창이던 1919년 그는 아일랜드 의회를 만들어 영국으로부터 독립을 선언하고 대통령이 되었으나 1921년 아일랜드 자유국이 탄생하자 대통령을 사임하고 정부에 대항하다가 1924년에 아일랜드 공화당을 창당했다. 50세 가량의 데 발레라는 인촌에게 「독립은 투쟁에서 얻어지는 것이고, 강렬한 저항만이 자유국으로서의 권리를 가져온다.」는 말을 했다.

인촌은 캠브리지 대학과 옥스퍼드 대학을 집중 탐구했다. 대학은 도시의 어떤 위치에 지어졌는가? 대학 터 면적은 대개 몇 제곱미터인가? 개설학과는 몇 과목이며 과목 내용은 무엇인가? 입학과 졸업은 어떻게 이루어지는가? 그리고 각 과별 학생 수는 몇 명 정도 허용하는가? 그리고 특히 중요한 것은 대학교수진에 대해서였다. 교수직에 있는 사람들은 어떤 사람들인가? 교수 자격 기준이 무엇인가 등 대학운영에 관한 모든 것을 묻고 듣고 배워서 기록했다. 그는 대학을 방문해서 회견을 청해 배우면서 기록한 것을 숙소에 돌아가 철저하게 정리했다. 그리고 배운 것 중에서도 여전히 의문이 남은 것은 다시 찾아가 배웠다.

인촌은 유럽대륙으로 가서 독일, 덴마크, 체코, 오스트리아, 스위스, 소련을 둘러봤다. 그는 이 나라 중 소련이 일본의 가상 적국이라는 관점에서 소련을 우호적으로 관찰하려고 애썼으나 실망만 컸다. 소련은 계급 차가 너무 커서 참다운 사회주의를 만들 수 없을 것 같았다. 소련 관리들이나 당 지도자들이 민중 위에 군림하고 있었다. 인촌은 '이런 것이 사회주의라면 조선에 사회주의가 들어서면 절대로 안 된다.'고 생각했다. 인촌이 방문한 유럽대륙의 대학들은 프랑스 소르본느 대학, 독일의 베를린 대학, 하이델베르크 대학, 체코의 프라하 대학 등이었다.

인촌은 1931년 봄 유럽을 떠나 미국으로 갔다. 미국은 1차 세계대전으로 일대 전환기를 맞이했다. 영국이 꽉 쥐고 있던 세계 경제 패권이 미국으로 넘어가 유럽의 전후 복구사업도 미국의 금융지원 없이는 불가능할 정도였다. 그 뿐만 아니라 국제외교도 미국의 주도하에 완전히 복속되다시피 했다. 미국의 생산능력은 모든 분야에서 세계 1위였고 특히 자동차, 전기, 전자, 라디오, 화학, 건설, 영화 등 새로운 산업 분야는 다른 나라가 도저히 따를 수 없을 만큼 격차가 컸다.

그러나 1929년 「어두운 금요일」의 뉴욕 주식시장 주가 폭락을 기점으로 공황이 전 세계 모든 분야에 파급되어 세계를 불황 속에 몰아넣었다. 이로 인해 미국의 생산은 반감되고 무역은 3분의 1로 감소되고, 대량실업이 발생하여 1천만 실업자가 거리를 헤매게 되었다. 인촌이 해외 여행길에 나서기 직전 이 공황이 시작되었는데, 그가 미국에 발을 놓았을 때(1931년 봄)는 공황이 전 세계에 유행병처럼 퍼져있었다. 인촌은 미국에서 컬럼비아 대학과 하버드 대학, 그리고 예일 대학을 중점적으로 관찰했다.

인촌은 미국에 4개월 여를 머물다 귀국하는 길에 하와이에 들러 이승만을 만났다. 인촌과 이승만은 처음 만났으나 양측이 다 상대방을 잘 알고 있는 터였다. 왜냐하면 투쟁 방법과 장소만 달랐지 두 사람의 공동 적은 일본이고 목표는 조국독립이기 때문이다. 이들이 과거에 만난 적은 없지만, 상대방에 대해서 너무나 잘 알고 있었다. 5, 6년 전 송진우가 범태평양 회의에 참석하기 위해 하와이에 갔을 때 이승만을 만났다. 그때 이승만은 인촌의 안부를 물으면서 "그동안 두 분이 얼마나 고초를 겪으셨소? 국내에서 모든 고초를 당하는 것을 들을 때마다 여러 동지와 같이 당치 못하는 것을 항상 유감으로 생각하여 왔소. 내야 무엇을 했습니까? 도리어 동포에게 부끄럽고 미안한 마음을 금치 못할 뿐이오."라고 말했다.

인촌이 하와이에 가서 이승만을 만났을 때 이승만은 57세, 인촌은 41세였다. 이승만은 인촌의 손을 꼭 잡고 눈물을 글썽이며 말했다.

"지금 우리 민족을 위해서 가장 유효하게 싸우고 있는 것이 동아일보요. 국내의 애국 동포 여러분이 고초를 당하는 소식을 들을 때마다 나라 밖에서 편안히 지내고 있는 이 내 몸이 부끄럽고 한스러운 마음을 금할 수가 없소."

이승만은 하와이에 거주하면서도 국내 사정과 동아시아를 중심으로 하는 세계정세를 손바닥 보듯이 환하게 알고 있었다. 그는 인촌에게 이렇게 말했다.

"머지않아 조선은 독립될 것이니 그때까지 동아일보가 국내에서 조선의 혼을 지켜주시오."

인촌은 미 본토 교포들로부터 이승만의 독선에 대한 비난을 자주 들었다. 그런데 이승만을 직접 만나보니 교포들의 비난과 염려가 기우였다고 생각했다. 이승만은 지식이 해박했고 세계정세에 밝았으며 독립정신으로 철저히 무장되어 있었다. 그래서 인촌은 '장차 조선이 독립하면 민족을 이끌고 나갈 사람이 바로 이 사람이구나.'하는 인상을 받았다.

인촌이 경성에 돌아온 것은 1931년 8월 12일이었다. 그는 1년 8개월의 긴 여행을 무사히 마치고 귀국했다. 그는 여행 중 아무리 바빠도 1주일에 한 번은 아버지 두 분과 부인에게 편지를 보냈다. 그리고 국경을 넘을 때마다 또는 새로운 도시에 들어갈 때마다 그림엽서를 사서 자녀와 조카들에게 보냈다.

인촌은 계동 집에 도착하자마자 아버지 방에 가서 인사했다. 인촌은 동아일보 사옥을 지은 후 향촌 줄포에 계신 양가 부모님을 경성으로 오시게 해서 큰댁 아버지(養父 : 김기중 공)는 본인 집에 모시고, 작은댁 아버지(生父 : 김경중 공)는 아우 연수 집에 모셨다. 인촌의 양부는 김 씨네 장손이다. 그래서 양부는 장손 성수를 보는 것이 세상에서 제일 기쁜 일이다. 그런데 세상에서 제일 귀한 장손이 세계여행을 한다며 훌쩍 떠나더니 2년이 가까워도 돌아오지 않았다. 그래서 그는 항상 옆구리가 빈 것처럼 허전함 속에서 성수를 기다리고 있었다.

"아버님 그동안 무고하셨습니까?"

"오냐."

양부 음성이 떨렸다.

"아들이 먼 길을 무사히 다녀왔으니 이보다 더 좋은 일이 없구나. 편히 앉아라. 그래, 세계를 두루 다니면서 얻어온 것이 뭐냐?"

"아버님, 세계 일류대학 세우는 방법을 배워왔습니다."

"그래? 우리 조선에도 좋은 대학을 세울 수 있겠더냐?"

"힘이 들겠지만 반드시 세워야 한다는 신념을 얻었습니다."

"이 애비도 교육사업을 했다는 걸 네가 알고 있으니 너의 그 신념이 애비 신념이라는 것을 잊지 말거라."

"예, 아버님."

"얻은 것이 그것뿐이냐?"

"일류국가는 무엇을 하든지 백년대계로 한다는 것을 배웠습니다. 학교나 교회 하나를 짓더라도 백년대계로 시작합니다."

"으음, 긴 여행에서 좋은 교훈을 얻었구나, 성수야."

"예, 아버님."

"형제가 서로 돕고 사는 것이 큰 복을 받는 길이다. 동생들을 잘 다독거리고 살거라."

"예, 아버님."

"경성 보성전문학교에서 사람들이 왔었다."

인촌이 깜짝 놀라 물었다.

"누가 왔어요?"

"경성에서 김병로라는 사람과 보성전문학교 교장이라는 사람, 두 사람이 와서 아드님이 외유에서 돌아오거든 보성전문학교를 맡게 해 달라고 나한테 신신당부하고 갔다. 그래서 나는 아들 하는 일을 내가 이래라 저래라 하지 않는다고 말해서 돌려보냈으니 그리 알고 있거라. 이제 니가 돌아왔으니 필경 너를 찾아가지 않겠냐?"

"예, 아버님."

"니 작은 아버지(인촌의 생부 김경중 공)가 기다리고 있을 것이다. 어서 가서 인사드려라."

"예, 아버님."

인촌이 아버지 방에서 나가자 아내가 밖에서 그를 기다리고 있었다. 그는 아내 두 손을 꼬옥 잡고 격려했다.

"여보, 고맙소, 얼마나 고생이 많았소?"

아내 이아주가 얼굴을 붉히더니 수줍은 눈에 눈물이 고였다. 인촌은 꼭 안고 말했다.

"여보, 나 지금 작은댁에 가서 작은 아버지(생부)께 인사 여쭙고 오리다."

아내가 울먹이는 목소리를 간신히 조절해서 대답했다.

"예, 다녀오세요."

인촌이 옷을 갈아입고 대문을 나섰다.

인촌이 성북동 작은댁에 갔다. 작은아버지(생부)와 작은어머니(생모)가 마당에서 서성거리고 있었다. 무사히 다녀왔다는 인사를 우선 전화로 드렸더니 이제나저제나 하고 아들이 오기를 기다리다가 양주가 마당에 나가 서성거리는 것이다. 인촌이 말했다.

"아버님 어머님, 저 왔습니다."

어머니가 우르르 달려가 아들 손을 잡으며 반가워했다.

"워매 워매 내 아들, 워매 워매 내 아들 잘 댕겨 왔냐?"

"아버님, 들어가시죠."

"오냐, 들어가자."

인촌이 마당에 온 것을 알고 아우 연수와 그의 아내가 만면에 웃음을 띠고 마당으로 나왔다.

"형님, 오셨어요?"

"음, 잘 있었어? 제수씨, 안녕하세요."

"예, 잘 다녀오셨어요?"

"예, 잘 다녀왔습니다. 아이들도 다 잘 있지요?"

"예, 시숙님."

아버지가 앞장서서 방에 들어가고 뒤따라 인촌과 어머니가 들어 갔다. 아버지가 정좌하자 인촌이 큰절을 올렸다.

"오냐, 편히 앉거라."

김경중 공은 인촌과 연수를 낳은 친아버지인데 형(김기중 공)이 후사가 없어 인촌이 세 살 때 형네 집으로 입양시켰다. 그래서 형 김기중의 장남은 성수(인촌), 아우 김경중의 장남은 연수—인촌과 연수가 아버지 앞에 나란히 앉은 것을 보고 아버지가 말했다.

"객지에서 아픈 데는 없었느냐?"

"예, 아버님."

"다행이다. 부모는 그저 자식 걱정으로 세월을 보낸단다. 무탈하게 돌아왔으니 다행이다마는 이제는 그렇게 무리한 여행은 말거라."

"예, 아버님."

"너 없는 동안 동아일보가 또 무기정간을 당하고 변고가 많은 줄 아는데 다 얘기 들었느냐?"

"예, 런던에 있을 때 전화 받고 알았습니다."

"조선에서 가장 하기 어려운 사업이 신문사업이다. 기왕에 시작했고, 12년 동안 잘 해 왔으니 앞으로도 잘 해라. 돈 벌 생각 말고 조선 사람 깨우치는 데 힘써야 한다."

"예, 명심하겠습니다."

"다른 나라 가서 교육 시설을 좀 봤느냐?"

"예, 이른바 선진국이라는 미국, 영국, 독일, 프랑스 그리고 체코, 스웨덴을 가서 유명한 대학을 찾아가 상세하게 배웠습니다. 그러면서 느낀 점은 우리 조선에 반드시 민립대학을 세워야 한다는 것이었습니다."

아버지는 고개를 끄덕이며 아들의 말을 경청했다.

"그리고 연수야."

"예, 아버님."

"니 형이 외지에 나가 있는 바람에 내 맘이 편하지 못해서 니 사업에 관심을 두지 못했다. 이제 니 형이 돌아오니까 갑자기 니 사업이 궁금해지는구나. 니가 사업을 이것저것 잘하고 있는 줄 안다마는 너무 많은 사업 벌린 것 아니냐?"

"아버님 걱정 마세요. 기업은 혼자 하는 것이 아니고 조직이 하는 것입니다. 몇 개 사업체를 운영하든지 사업체마다 합리적인 조직을 갖추고 책임자를 세우면 잘 경영할 수 있습니다."

"경성방직은 어떠냐? 니 형도 궁금할 것이다."

"경방은 지금 만주시장을 석권하고 있어서 재정이 튼튼합니다. 앞으로 만주에 방직공장을 세우려고 합니다. 조선에서 사업하다 보니까 총독부 등쌀에 속상해서 만주에다 사업체를 세우려고요."

"음, 그거 좋은 생각이로구나. 간척사업은 잘되고 있느냐?"

"예, 아버지. 줄포 간척지는 내년부터 농사지을 수 있게 되었습니다."

"음, 한 번 보고 싶구나. 줄포 어디를 막았을까?"

"후촌 1구에 접한 바다입니다."

"후촌? 그래 거기라면 간척이 용이한 장소지. 규모는 어느 정도냐?"

"둑 길이가 1킬로미터 쯤 됩니다. 그런데 아버님, 본격적인 제 목표는 함평군 손불면 간척입니다. 3년 전에 형님 모시고 가서 보여드린 적도 있습니다."

"또 간척하겠다는 것이냐?"

"예, 아버지. 간척은 땅을 만드는 일입니다. 손불 간척 공사를 올해 시작하려고 합니다."

"으음. 그리고 고무신 만드는 경성직뉴는 잘 돌아가느냐?"

"예, 고무신 사업으로 짭짤하게 돈을 벌고 있습니다. 그래서 회사 이름도 '중앙상공주식회사'로 바꿨습니다."

"그랬어? 참, 회사 이름을 말하니까 생각나는구나."

아버지가 다락에서 두루마리 족자 하나를 꺼내 연수에게 줬다.

"이걸 펴 봐라."

연수가 아버지로부터 족자를 받아 펴보니 한자로 三養社(삼양사)라고 쓰여 있었다.

"문관산 선생이 너의 농장회사 이름을 그렇게 지어줬다."

연수는 지금까지 사용해 온 회사이름인 '삼수사'를 '삼양사'로 바꿨다.

인촌이 세계 유수한 대학을 돌아다니면서 거두어 온 재산은 각 대학을 무비 카메라로 찍은 사진과 각 대학 관리부장과 만나 주고받은 대화 내용을 기록한 일기장이다. 그리고 그가 창(唱)을 담은 레코드판을 각 대학 박물관에 선사한 것은 가장 보람 있는 족적이 되었다. 인촌이 귀국한 다음 날 송진우 동아일보 사장과 이광수 편집국장이 계동 인촌댁을 방문했다. 인촌은 두 사람을 반갑게 맞았다. 원탁에 마주 앉은 세 사람 얼굴이 환하게 밝았다. 송진우가 말했다.

"건강하게 돌아와 줘서 고마워."

"걱정을 끼쳐서 미안하게 되었네. 나는 이렇게 무탈하게 돌아왔네만 두 사람 건강은 어떠신가?"

이광수가 말했다.

"건강에 이상 없습니다. 참, 보내주신 엽서 고마워요. 여행지가 바뀔 때마다 사진엽서를 보내 주시니까 그 여행에 내가 동행하는 것 같았어요."

송진우가 말했다.

"맞아, 덕분에 우리는 경성에 앉아서 세계 일주한 거지."

"그동안 총독부와 싸우느라고 얼마나 고생이 많았어? 밖에 나가서 보니까 정말 힘든 싸움이더라고."

이광수가 말했다.

"힘든 싸움이란 말이 맞아요. 그런데 형이 안 계시니까 나랏일이나 회사 일이 더 많이 터져요."

"내가 떠나던 날 많은 학교가 수업을 거부하고 시위를 시작했다는데?"

이광수가 말했다.

"바로 그날 12월 3일, 경성에 있는 각급 학교가 '광주 학생들이 석방될 때까지 공부할 수 없다'면서 시위에 들어갔죠."

송진우가 이어서 말했다.

"중앙고보도 12월 9일 대규모 시위를 벌여서 600여 명이 검거되고 기마경찰 말발굽에 밟혀 한 학생이 크게 다쳤어."

이 사건이 이른바 광주 학생사건이다. 이 사건은 학생들 시위로 끝나지 않았다. 신간회가 다른 단체들과 연대해서 '광주 학생사건의 진상을 규명해야 한다'며 안국동 로터리에서 대규모 민중집회를 준비했으나 총독부 방해를 물리치지 못해 불발로 끝나면서 47명이 검거되었다. 이때 동아일보 편집국장을 맡고 있던 주요한도 검거됨으로써 요양 중이던 이광수가 할 수 없이 편집국장을 다시 맡아야 했다.

송진우가 말했다.

"우리 신문 무기정간 당했던 일은 알고 있지?"

"음, 그때 전화로 알려줬잖아?"

지난해 1930년 4월, 인촌이 런던에 있을 때였다. 국내외 저명인사들이 동아일보 창간 10주년 축사를 보냈는데 그중 외국 인사 13인의 글이 동아일보에 실렸다. 그때 축사를 보낸 이들은 이러하다.

중국국민당 중앙감찰위원 蔡元培(채원배), 중국 교통부장 王伯群(왕백군), 중국 연경대학 교수 嚴鶴齡(엄학령), 호주 태평양회의 대표 「이글렌」, 미국 〈네이션〉지 주필 「O·P·빌라즈」, 미국 〈아메리칸머큐리〉지 주필 「멩켄」, 미국 카네기 국제평화단 「쇼트웰」, 미국 기독교 교육협회 「O·웰스」, 영국 〈맨체스터 가디언〉지 주필 「C·P·스콧」, 영국 전 대법관 「헤일샴」 경, 영국 웨일스 대학 교수 「C·K·웹스터」, 프랑스 급진 사회당수(전 수상) 「에두아르 에리오」, 소련 경성총영사 「치차예프」 등이다.

이 외에도 총독부 사전검열에 걸려 신문에 실을 수 없었던 축사가 있다. 영국의 문호 「버나드 쇼」와 일본의 「아베」, 후세, 야마카와, 무로후시, 사카이, 하세가와 등이다. 이들 중 유럽과 미국 인사들의 축사는 대부분 외유 중인 인촌과 장덕수를 통해서 보내온 것이다. 이 외에 동아일보는 창간 10주년 기념사업으로 조선어문, 체육, 농촌사업, 농촌교육 등 각 분야의 공로자들을 표창하고, 10년 전 만주 훈춘사건 때 순직한 장덕준 기자 추도식 등 여러 가지 기념행사를 진행했다. 그런데 미국 〈네이션〉지 주필 「O·P·빌라즈」의 축사를 신문에 실은 것이 문제가 되었다. 그 축사는 이러하다.

「동아일보 10주년 기념을 맞이하여 축하의 뜻을 표하는 것을 영광으로 생각합니다. 저 개인으로서만 아니라 우리 〈네이션〉 잡지를 대표하여 충심으로 축하의 뜻을 표합니다. 〈네이션〉 주간 잡지가 1865년 창간 이래 주장하여 온 것은 소수민족의 자유, 어디에서 비롯되었든 군국주의에 항의하는 것으로 일관하여 왔습니다. 그러므로 귀지가 대표하는 사업에 제가 절대한 흥미를 가지고 있음은 더 할 것조차 없을 것입니다.

조선의 현재 상황 아래에서 귀 동아일보의 사명은 매우 중대함을 저는 알고 있습니다. 귀지가 곤란한 경우에 처하여 있다는 사실은 곧 귀지가 꿋꿋하고 비이기적이며, 공정하고 결백하여 사명을 위하여는 모든 것을 희생하겠다는 결심이 있기 때문입니다. 만일 귀지가 이러한 정책으로 일관한다면 조선 민족과 그 사명을 위하여 가장 힘찬 봉사를 할 수 있을 것입니다.

(중략)

끝으로 귀보의 전도를 충심으로 축복합니다. 앞으로 10년도 지난 10년과 마찬가지로 민주주의의 사명을 위하여 진정한 국제평화를 위하여 전 세계에 민주주의를 수립하도록 바라는 바입니다.」

인촌은 제3차 무기 정간 사실을 런던에서 들었다. 다른 나라 호텔 창가에서 이 소식을 접한 인촌은 나라를 빼앗긴 백성의 비애를 온몸으로 느끼면서 괴로워했다. 인촌은 유럽 여러 나라 민주주의 상황을 직접 목격하고 있는데 그런 그의 눈으로 볼 때 일본은 조선 민중을 미개한 인종으로 생각하고 있다는 생각이 들었다. 그렇지 않고서야 어떻게 그토록 야만적인 총독 정치를 할 수 있으랴. 그의 머릿속에 많은 생각이 꼬리를 물고 이어지지만 결론은 하나—'민족의 힘을 길러야 한다'였다. 왜놈들의 억압과 수모에서 벗어나려면 민족 자체의 힘을 기르는 수밖에 없다는 것이다.

송진우가 말했다.

"피곤하겠지만 한 가지만 더 듣고 쉬게나."

"피곤하지 않아, 걱정 말고 다 말해 주게."

인촌이 귀국하기 직전 7월 2일 만주에서 만보산 사건(완바오산 사건)이 일어났다. 만보산은 만주 장춘에서 서북 방향으로 30킬로미터 지점에 있는 산이다. 조선인 소작농가 43호 약 200여 명이 그곳에 살면서 삼성보 수전(水田)을 개척했다. 조선 사람들이 수전 개척 작업을 할 때 수로(水路) 문제로 중국인과 알력(軋轢)이 생겼다. 어느 날 중국인 500여 명이 조선인 마을에 쳐들어가 농민들을 집단폭행했다.

이 사태를 본 일본영사관이 조선 사람들을 보호한다는 명목으로 경찰대를 삼성보에 보냈다. 삼성보에 파견된 일본 경찰은 조선 사람들이 수로 공사를 잘 할 수 있도록 도와주고, 중국인에게는 위압적인 태도를 취하므로 중국도 경찰대를 삼성보에 보내서 일본 경찰과 대치하는 사태까지 벌어졌다. 그러나 이 사건이 크게 확대되지는 않았다. 이 사건으로 인명피해는 없었고, 수로 공사는 재개되고 완공되어 통수(通水)까지 했다.

그런데 생뚱맞게도 국내에서 조선일보가 이 사건을 크게 보도했다. 조선일보 장춘지국장 김익삼은 조선 농민이 집단 살해된 것으로 사실과 다른 내용을 본사에 타전했고 조선일보는 타전 내용을 그대로 보도했다. 조선일보 기사를 본 국내 군중이 흥분해서 중국인을 습격하는 불상사가 경향 각처에서 일어났다. 사건이 일어난 다음 날, 7월 3일 삼례에서는 중국인을 집단으로 습격하는 일이 일어나고, 경성을 비롯한 각 지방에서도 중국인을 집단으로 폭행하는 일이 잇달아 일어났다. 그중에서도 7월 5일 평양에서 일어난 폭동은 중국인 즉사자 72명, 입원 중에 사망한 자 22명으로 모두 94명이 사망하하는 비극을 낳았다. 중국 당국은 이 소식을 듣고 평양 출병까지 거론하게 되었다.

동아일보는 조선일보와 달랐다. 동아일보는 확인된 사실만 보도하면서 신중한 태도를 보였다. 송진우 사장은 "아무래도 일본의 음모인 것 같으니 설혹 우리 동포가 많이 다쳤다 해도 조선과 중국의 양 민족간의 우의를 생각해서 신중하게 보도하자."고 하면서 편집국을 진정시켰다. 왜냐하면 평양의 조만식이 전화로 「이 사건은 일본 관헌이 꾸민, 조선과 중국을 이간질하고자 하는 책동이므로 동아일보가 신중히 대처할 것」을 송진우 사장에게 권고했기 때문이다.

또한 동아일보 신의주 주재 기자 서범석의 현지 취재내용도 풍문과 달리 「군 출동은 거짓된 보도, 중국 폭민 해산, 일·중 경찰대 충돌도 경미, 만보산 동포는 무사」라는 것이었다. 동아일보는 「미묘한 관계를 가지고 있는 이 사건에 대하여 경경(輕輕)히 사태를 과장하고 항쟁을 확대하는 듯한 언사를 사용함은 쌍방의 감정을 도발할 뿐이므로 하등의 이익이 없는 일」이라 하고 「조선인은 조선인의 입장에서 신중한 대책을 수립해야 한다.」고 주장했다.

동아일보의 이러한 태도를 보고 일반인들은 「중국인들에게 매수되었느냐?」 하는 욕도 했고, 일부 과격한 시민은 동아일보에 돌을 던져 유리창을 깨뜨리는 일까지 있었다. 그러나 동아일보는 소신을 굽히지 않고 사설을 통해 「우리가 조선에 나와 있는 중국인 8만 명에게 하는 일은 곧 중국에 가 있는 우리 국민 100만 명에게 돌아옴을 명심하십시오. 그리고 즉시로 중국 사람을 미워하고 그들을 폭행하는 일은 단연히 중지하십시오.」라고 호소하는 한편 이후 만보산 사건에 관련된 기사를 연일 사회면 머리기사로 다루는 이례적인 편집으로 조·중 양 민족의 우애 회복에 정성을 다했다.

일본은 이 사건을 이용하여 조선 사람이 일본에 대해 품고 있는 적개심을 중국인으로 돌림으로써 상호 적개심을 갖게 하고 긴장 상태를 조성하여 일본이 군사행동을 개시할 수 있는 구실을 만들고자 하였다. 그런데 동아일보의 침착하고 냉정한 판단으로 일본의 술책은 조선 민족과 중국 민족에게 먹혀들지 않았다.

이번에는 이광수가 말했다.

"오늘은 이만하고 좀 쉬세요, 피곤하시겠어."

"아니야, 더 얘기해. 우리가 언제 이렇게 만나 얘기하겠어?"

이광수가 씩 웃으면서 말했다.

"사실 말씀드릴 일은 많지요. 그동안 「조선의 노래」도 제정하고, 또 「이충무공 유적보존 운동」 같은 사업도 했는데 하나하나가 간단하게 말할 수 있는 게 없어요."

이때 밖에서 인기척이 나더니 연수가 형님을 불렀다.

"형님, 저 연수 왔습니다."

인촌, 송진우, 이광수 세 사람이 연수 목소리를 듣고 얼굴이 환하게 밝아졌다. 인촌이 벌떡 일어나 문을 열고 들어오라고 했다. 연수가 스스럼없이 방안으로 쑥 들어갔다.

"형님들 안녕하세요?"

송진우와 이광수가 자리에서 일어나 연수를 반색하며 맞았다. 이광수가 말했다.

"어서 오시게, 형님한테 인사하러 오셨구만. 그런데 우리가 먼저 차지해서 어쩌지?"

"아닙니다, 저는 어제 이미 인사드렸습니다."

송진우가 말했다.

"그래? 역시 피는 물보다 진하다니까, 하하하하……."

"하하하하, 하하하하……."

"오늘은 다른 일로 왔는데 형님들이 계시네요. 긴밀한 회의 중이었다면 죄송합니다. 불청객을 용서하십시오."

송진우가 말했다.

"아녀 아녀, 늘 하던 업무 얘기야, 괜찮아."

연수가 나타나자 네 사람 대화가 삼양사에 관한 내용으로 집중되었다. 김연수에게 송진우와 이광수는 전혀 부담 없는 형들이다. 형 친구들이지만 집안 형들이나 진배없었다. 그래서 그는 형들 앞에서 삼양사 이야기를 편하게 할 수 있었다.

송진우가 물었다.

"줄포 간척지 공사는 완성했지?"

"맨 먼저 착수한 간척사업은 줄포 간척지인데 내년부터 농사짓습니다."

"그래? 간척지 면적이 큰가?"

"우포리 쪽으로 논 4만 평 정도가 생겼습니다. 그리고 신덕리 쪽으로 논 3만 평 정도가 생겼고요. 거기서 나온 쌀을 운반하려고 80톤짜리 쌀 수송선도 하나 마련했습니다."

"아니, 그러면 논이 7만 평 생겼단 말인가?"

"예, 형님."

이광수가 넋을 잃은 듯 김연수를 바라보더니 말했다.

"아우야, 그 넓은 논에 누가 모를 심냐?"

"비싼 소작료에 시달리다가 떠돌이 생활을 하는 소작농민이 많습니다. 오죽하면 만주까지 가겠습니까? 만주에 간 사람들은 그래도 능력 있는 사람들이지만 만주에도 못 가고 풍찬노숙하면서 걸인 생활을 하는 농민이 발부리에 걸릴 지경입니다. 그 떠돌이 농민들을 불러 모아서 우리 농장에 투입했는데 그 사람들이 내년부터 농사지을 겁니다."

송진우가 다시 물었다.

"내가 듣기로는 줄포 간척지는 일본회사가 간척공사를 시작만 해놓고 도망가 버렸다고 들었는데 사실인가?"

"예, 맞습니다. 일본회사가 간척하겠다고 총독부에 신청해서 지원금만 받고 도망간 사업을 제가 인수했습니다. 함평 손불면에도 똑같은 경우가 생겼는데 그것도 일본회사가 지원금만 받아먹고 갔어요."

"그러면 그 간척지도 연수 아우가 완성했어?"

"제가 하겠다고 약속을 했으니까 이제 곧 시작할 겁니다."

이광수가 말했다.

"인촌형은 든든하겠소. 큰 사업가를 아우로 둬서 말이오. 어린 나이에 이만큼 이루었는데 장차 뭣이 될 건고?"

인촌이 화답했다.

"허허허허……. 내 아우 장래에 대해서는 예측이 불가능해. 우리 김 씨네 농지를 지역별로 나눠서 일곱 개 농장으로 세우더니 그것을 삼양사라는 농장회사로 통합하지 않았나. 허허허, 내가 자랑 좀 해도 될까? 아우가 벌써 못난 형을 돕고 있다네. 일곱 개 농장 중에 명고농장을 중앙학원 설립기금으로 기부하지 않았나. 그 바람에 중앙고보 재정이 안정된 거야."

송진우가 말했다.

"연수야, 중앙학원만 돕지 말고 동아일보도 좀 도와주라. 응?"

"그래야지요. 저는 벌 테니까요, 형님들은 쓰세요."

"하하하하 하하하하 하하하하……."

"인촌, 중앙고보에 한 번 들러보겠지?"

"물론 가 봐야지."

"학생들 동맹휴학이 자주 일어나고, 총독부 행정처분으로 40여 명이 퇴학당하고, 20여 명이 정학당하는 불상사가 있었네. 그래서 최두선 교장이 교육자로서 마땅히 책임을 져야 한다면서 사직했고, 지금은 박용희 씨가 인촌이 귀국할 때까지만 맡겠다는 조건으로 교장직에 있어."

"저런, 고생들이 많았구면."

"이제 인촌이 돌아왔으니까 안정되겠지. 지금 중앙고보는 오직 인촌 김성수만 기다리고 있다네."

13

중앙고등보통학교(중앙고보) 교무실에서 교직원 회의가 열렸다. 인촌도 참석했다. 교직원은 아니지만 재단법인 중앙학원 취체역(이사) 자격으로 참석한 것이다. 인촌이 외유 중일 때 그가 빨리 귀국하기를 누구보다 간절하게 기다리던 사람들이 중앙고보 교장과 교직원들이었다. 이날 회의에서 박용희 교장이 교감을 시켜 그간의 학생 소요사태와 결과를 소상히 설명하라고 했다.

"광주학생사건 이후 전국 학교에 동맹휴학이 유행병처럼 퍼졌습니다. 중앙고보는 그 유행병을 가장 심하게 앓는 학교입니다. 왜냐하면 3·1운동에서도 그랬고 6·10만세 운동 때도 그랬듯이 광주학생사건 때도 우리 중앙고보가 가장 민감하고 가장 격렬하게 총독부와 맞섰습니다. 학생들은 사소한 일에도 반일 감정을 기준으로 판단하여 단체행동을 벌이기 일쑤였습니다. 한 예로 체육시간에 교사가 일본말로 구령한 것을 트집 잡아 수업을 거부하고, 학과 시험장에서 부정

행위 단속하는 것을 트집 잡아 교사를 위협하는 등 정상수업이 불가능할 정도로 교실 분위기가 험악했습니다.

이 사태가 단순한 학생소요로 끝나는 것이 아니었습니다. 학생들이 총독부에 맞서서 동맹휴학이 자주 일어났고, 그럴 때마다 일본 경찰이 개입하여 학생들을 연행해 가는 것이 예삿일이었습니다. 그런 사태가 지속된 결과 학생 40여 명이 퇴학당하고 20여 명이 정학을 당했습니다. 사태가 여기에 이르자 최두선 교장선생님은 도저히 교장직을 수행할 수 없다며 사임하고 말았습니다. 우리 학교는 응급책으로 재단법인 중앙학원 설립자 중 한 분인 박용희 선생님을 제14대 교장으로 추대했습니다. 박용희 선생님은 교장 공백상태를 막기 위해 교장직을 수락하셨으나 '인촌 선생님이 귀국할 때까지만'이라는 단서를 붙여서 교장직에 취임하셨습니다."

교감의 경과보고는 여기까지였다. 박용희 교장이 말했다.

"교직원 여러분이 다 아시다시피 인촌 선생님은 중앙학교 인수자요 재단법인 중앙학원 설립자입니다. 우리 학교 난국을 타개하기 위해서는 인촌 선생님이 직접 교장 직에 복귀하셔야 된다고 생각합니다. 여러분도 찬성하시죠? 박수로 대답해 주시기 바랍니다."

"짝짝짝짝, 짝짝짝짝."

"물론 절차는 남아 있습니다. 재단법인 중앙학원의 동의를 받아야 합니다. 그 절차는 오늘부터 바로 시작하도록 제가 서두르겠습니다."

"짝짝짝짝, 짝짝짝짝."

인촌은 어쩔 수 없이 교장직에 복귀해야 될 처지가 되었다.

한편 보성전문학교(지금의 고려대학교)가 경영난으로 위기에 처했다. 조선의 고등교육기관은 보성전문학교와 연희전문학교(지금의 연세대학교) 두 개뿐이다. 그런데 그중 하나가 재정고갈로 폐교 직전에 있다. 보성전문학교는 1905년 조선의 거물정객 이용익이 설립한 학교로 조선인이 세운 사학으로는 최초의 고등교육기관이다. 이 학교를 세울 당시 이용익은 내장원경, 탁지부대신, 군부대신을 지내면서 국정을 좌지우지한 정치인이었다.

이용익은 북청에서 비천한 신분으로 태어났다. 그는 세도가 민영익으로부터 신망을 받아 왕비 민씨에게 소개되었고, 왕비 민씨는 그를 감역관으로 채용했다. 그런 그에게 기회가 왔다. 임오군란 때 위급에 처한 왕비 민씨를 그가 구했다. 이것이 계기가 되어 말직 감역관에서 단천부사(端川府使)로 발탁되었고, 이후 승진을 거듭해서 내장원경, 탁지부대신, 군부대신을 지냈던 관계로 황실에 대한 충성심은 절대적이었다. 특히 황실 재산을 늘리는 데는 수단과 방법을 가리지 않았다. 일례로 그가 내장원경 직에 있을 때 전라남도 신안군에 속한 하의도 농지를 국유화해버렸다. 그 당시 나라 땅은 곧 황실 땅이다. 그러나 그는 자기 일신을 위하여 재산을 모으는 일은 아예 하지 않았다. 그는 무식하고 거칠고 가혹한 면이 있었지만 성실하고 청렴하고 충성스러운 인물이었다. 그리고 그는 철저한 배일 친러파 거두였다.

그는 '교육 강국'을 주창했다. 그는 '보성'이라는 이름으로 소학교, 중학교, 전문학교를 세우고 각급 학교 교과서 인쇄시설까지 갖춘 일대 학원을 구상하였으며 이를 실천했다. 그가 뒷날 블라디보스토크에서 객사하면서 고종황제에게 남긴 마지막 상소가 「광건학교(廣建學校), 교육인재(敎育人材), 이복국권(以復國權)」이었다.

누구보다 교육의 중요성을 강조하던 이용익이 민족학교로 보성전문학교를 세웠던 것이다. 1905년 수송동 러시아어학교에서 문을 연 보성전문학교는 법률학과, 이재학과, 농업학과, 산업학과, 공업학과 등 다섯 개 학과를 개설하고 학생을 모집했으나 실지로 개강한 것은 법률학과와 이재학과뿐이었다. 수업 연한이 2년이어서 전문학교로서는 미흡한 점이 없지 않으나 그나마도 대한제국의 유일한 전문학교였다. 이 학교 운영자금은 전적으로 황실이 담당했다.

보성전문학교는 운명적으로 비운의 학교였다. 1905년 개교 몇 달 뒤 을사늑약이 체결되자 설립자 이용익은 러시아로 망명했고, 고종황제마저 1907년 순종황제에게 양위했을 뿐 아니라 황실 재산관리가 궁내부에서 탁지부로 넘어가면서 보성전문학교는 재정적으로 의지할 데가 없게 되었다. 이용익의 손자 이종호가 재정을 맡아 운영했으나 1910년 망국과 함께 그마저 블라디보스토크로 떠나버렸다.

그 뒤 문을 닫게 된 학교를 그냥 버려둘 수가 없어 천도교 교주 손병희가 인수하여 운영했다. 개교 이래 교장은 신해영(제1대와 제3대), 유성준(제2대와 제8대), 정영택(제4대)을 거쳐 1911년 윤익선이 제5대 교장으로 취임했다. 이렇게 몸부림치다시피 하면서 명맥을 유지했으나 개교 10주년이 되는 1915년 전문학교 설립규칙에 의해 전문학교라는 자격과 명칭을 박탈당하고 '각급학교'로 격하되고 말았다. 전문학교 설립규칙에 의하면 전문학교 설립은 '각급학교'와 달리 재단법인을 설립해서 인가받아야 하는데, 보성전문학교는 재단법인 납입자본금을 10년 동안 납입하지 못해서 총독부가 고등교육기관 보성전문학교 자격을 박탈해버린 것이다. 그 후 총독부는 경성법률전수학교, 경성의학전문학교, 경성공업전문학교 등 관립학교를 설립하고, 1918년에는 수원농업전문학교를 관립으로 설립하여 민립 고등교육기관이 자연 소멸되도록 했다.

1919년 3·1운동에 적극적으로 나선 천도교 교주 손병희와 교장 윤익선이 모두 투옥되는 바람에 1920년 3월에 제6대 고원훈이 교장으로 취임했다. 고원훈 교장은 학교를 부활하기 위해 전국적으로 모금운동을 벌여 58명으로부터 40여만 원의 기부금을 얻고 기부자들을 설립자로 하는 '재단법인 보성전문학교' 인가를 얻어 학교의 본래 이름 '보성전문학교'를 되찾았다. 이 당시 법으로는 재단법인을 설립하지 않으면 '전문학교'를 설립할 수가 없었기 때문에 고원훈 교장은 부랴부랴 재단법인을 설립해서 박탈당한 '전문학교' 자격을 부활하고 이름도 되찾은 것이다.

그러나 전문학교 자격을 복구하고 이름을 되찾았다고 해서 경영난이 해소된 것은 아니었다. 설립자들의 기부금은 5년 내지 10년 동안 나누어 내도록 되어 있었는데, 그마저도 지켜지지 않아 재정난은 해소될 기미가 보이지 않았다. 설상가상으로 재정난 위에 재단 분규까지 생겨 학교운영은 앞이 보이지 않았다. 재단은 이러한 곤경에 빠진 보성전문학교를 구할 수 있는 독지가를 백방으로 찾았으나 나서는 사람이 없었다. 이때 재단이 인촌을 지목해서 집중 검토했다. 그런데 인촌이 장기 외유 중에 있었다. 그들은 하루가 급한데 인촌은 언제 귀국할지 예측할 수 없으니 일단 인촌의 부친께 운을 떼자고 하여 얼마 전에 계동 인촌 본가에 다녀왔다.

인촌이 중앙고보 교장직에 취임한 이튿날이었다. 재단법인 보성전문학교 이사 김병로가 중앙고보에 가서 인촌을 만났다. 김병로는 인촌의 문중 사람이고 또 가까운 관계다. 이 무렵 보성전문학교 교장은 박승빈이었다.

중앙고보 교장실에서 인촌과 김병로가 마주 앉았다.

"인촌 선생, 우리 재단과 학교를 인수하십시오."

"저의 집 어른한테서 얘기는 들었습니다. 그런데 제가 지금 그 학교까지 맡을 여유가 없습니다."

"지금 이 학교를 맡아 살리실 분은 인촌 선생밖에 없어요. 인촌 선생이 우리 청을 거부하면 이 학교는 그냥 문 닫을 수밖에 없습니다. 거절하시면 안 돼요."

인촌은 난감했다. 사실 인촌도 이 나라에 무엇보다도 시급한 일은 전문 교육기관을 설립하는 일이라고 생각하고 있었다.

"인촌 선생은 오래 전에 한양전문학교를 설립하려다 총독부 방해로 불발되지 않았습니까?"

"예, 그런 일이 있기는 합니다."

"총독부에서 전문학교 인가를 받기가 쉬운 일이 아니지 않습니까? 그러니까 좀 쉬운 길을 택해서 우리 학교를 인수하십시오."

"그 학교는 다른 사람에게 맡기고 저는 새로운 전문학교를 세워야 가치가 있을 것 같아요. 내가 그 학교를 인수해 버리면 그 학교가 그 학교일 뿐이지요. 하지만 내가 학교 하나를 더 설립하면 전문교육 기관이 하나 더 늘어나지 않습니까?"

"인촌이 외유 중일 때 우리 재단이 백방으로 찾아봤습니다. 이 학교를 맡을 독지가나 단체가 있나 하고 말입니다. 그런데 없었습니다. 찾지 못했어요. 만약 인촌 선생이 끝까지 거절하면 보성전문학교는 존립이 불가능합니다."

인촌은 학교 존립불가라는 말에 충격을 받아 고민이 깊어졌다. 보성전문학교는 역사가 있고 전통이 살아 있는 학교다. 그런데 이대로 문을 닫아버린다면 너무 아깝다는 생각이 들고, 그보다 더 괴로운 일은 총독부의 비웃음거리가 되는 일이다. 그러나 인촌은 완곡하게 거절했다.

"아무래도 제가 힘이 벅찹니다."

김병로가 또 뼈아픈 말을 했다.

"우리 학교 아이들이 관립학교로 전학해 가고 있습니다. 총독부가 우리 민족교육을 말살하려고 관립학교를 세워서 아이들을 빼가고 있단 말입니다. 아이들과 학부모들이 총독부 획책에 놀아나는 것이 너무나 아픕니다. 인촌 선생도 우리 재단법인 발기인 중 한 사람 아닙니까? 누구보다 돈도 많이 투자했고요. 그렇다면 선생도 이 학교가 이렇게 된데 대한 일말의 책임이 있는 거죠?"

인촌은 견딜 수 없는 마음의 고통을 받으며 그의 말을 들었다.

"오늘은 여기까지만 얘기하겠습니다. 다음에 다시 만날 때는 인촌 선생의 생각이 달라져 있을 것입니다. 내일까지는 깊이 생각해 보십시오. 그 생각 중심에 민족이 있을 것입니다. 모레 이 시간에 다시 오겠습니다."

인촌은 그의 말을 가볍게 들을 수가 없었다. 그가 인촌의 흉중을 파악하고 있었기 때문이다. 김병로를 비롯한 천도교 교도들은 민족을 말할 자격이 있는 사람들이다. 그가 자리를 뜨면서 "당신이 민족교육을 말할 자격이 있는 사람이냐?"하고 꾸지람하지 않을까 하는 두려움마저 생겼다. 인촌은 그를 교문 밖까지 나가서 배웅했다.

인촌은 김병로가 돌아간 후 아우 연수에게 전화를 걸어 중앙고보로 와 달라고 했다. 형의 전화를 받은 연수가 퇴근 시간에 맞춰 중앙고보에 갔다. 교장실에서 형제가 마주보고 앉았다.

"많이 바쁠 텐데 오라고 해서 미안하다."

"아닙니다, 아무리 바빠도 와야지요. 형님이 어디 웬만한 일로 저를 부르십니까?"

"꼭 의논해야 할 일이 있어서 불렀다. 다른 게 아니고 보성전문학교 문제야. 지난번 본가에서 큰아버님이 말씀하셨지? 그 학교 사람들이 큰아버님을 찾아왔더라고 말이야."

"예, 그러셨지요. 그런데 그분들이 형님한테 왔어요?"

"음, 김병로 씨가 왔더라고. 우리보고 인수하라는 거야."

"인수하실 겁니까?"

"아우 의견을 들어보고 결정할게. 그 학교가 지금 위기야. 이유는 운영자금이 없어서 그런 거지. 우리 조선에서는 둘밖에 없는 고등교육기관인데 딱해."

"기왕에 교육사업을 시작했으니 인수하시지요. 학교 한 개를 경영하나 두 개를 경영하나 별 차이 없을 것입니다. 같은 교육사업이니까요."

"그런데 그 학교 재단이사들 간에 알력이 심한 것 같더라."

"형님, 그런 것은 문제없습니다. 인수 조건으로 이사진 전원 사퇴와 정관 개정을 요구하면 되지 않겠습니까?"

"그쪽에서 받아들일까?"

"그쪽에서 받아들이지 않는다면 우리 쪽이 인수 안 하면 되지요."

"알았네."

그날로부터 3일째 되는 날 김병로가 다시 인촌을 찾아갔다.

"인촌 선생, 어떻습니까? 마음이 달라지셨죠?"

인촌은 밀고 당기며 협상하는 성격이 아니다. 그러나 짚어야 할 부분은 분명히 짚고 가는 성격이다.

"그쪽이 몇 가지만 동의해 주시면 제가 맡겠습니다."

"그래요? 말씀하세요, 뭡니까? 잠깐만요, 내가 필기도구 좀 준비하고요."

인촌이 보성전문학교를 인수하려고 검토해보니 염려되는 부분이 있었다. 신설학교와 달리 역사가 깊은 기존학교 경영진은 파벌이 있다는 것이다. 그리고 그 학교 나름대로 학풍이 있기 때문에 새로운 학풍을 세우기가 어렵다는 것이다. 김병로가 백지와 필기도구를 준비하고 말했다.

"자, 말씀하세요."

"예, 첫째는 현재 이사, 감사는 총사퇴하셔야 합니다. 둘째는 후임 이사, 감사는 김성수 지명에 의해 선출되어야 합니다. 셋째는 재단법인 평의원회를 폐지하기 위하여 기부행위규정을 개정해야 합니다."

평의원회는 설립자와 교우(校友)로 구성된 핵심기구로서 이사와 감사를 임면하는 권한을 갖고 있다. 그리고 기부행위는 재단설립 당시 기부행위를 말하는 것으로, 많은 돈을 기부했던 박인호와 김기태가 정관에 의해 종신이사로 되어 있다. 따라서 그들의 발언권이 확고하여 그것이 재단분규의 불씨가 될 가능성이 있다. 이러한 종래 고질병을 그대로 두고 출자한다는 것은 분규에 끼어드는 것밖에 되지 않아 자기 소신대로 전문학교를 운영하려는 포부와는 거리가 먼 것이다. 인촌이 요구한 세 가지 사항을 기록한 김병로가 말했다.

"됐습니다. 이 제안을 우리 이사회에 상정해서 토론하겠습니다."

"예, 그렇게 하시지요."

인촌은 이번에도 김병로를 교문 밖까지 나가서 배웅했다.

1932년 3월 14일 재단법인 보성전문학교는 이사회를 열고 김병로로부터 인촌과의 교섭내용을 청취했다. 김병로가 인촌이 요구한 세 가지 사항을 내놓았다. 이사회 분위기는 침통하게 변했다. 인촌이 요구한 대로 한다면 그에게 보성전문학교를 완전히 넘겨주는 것이 되기 때문이다. 그러나 이사회 토론 끝에 나온 결론은 인촌 요구를 오롯이 받아들여서 학교를 유지해야 한다는 것이었다. 만약 보전이 인촌 요구를 거부하면 당장 교문을 닫아야 할 형편이기 때문이었다. 그리고 이사회가 인촌에게 전권을 다 준다고 해도 그가 엉터리 학교를 만들지는 않을 것이라고 신망했다. 왜냐하면 그가 폐교 직전의 중앙학교를 인수해서 건실한 학교로 중건한 경력이 있기 때문이다. 이사회는 마침내 인촌의 제의를 무조건 수락하기로 하고 다만 몇 가지 희망 사항을 붙여 인촌에게 전달했다. 희망 사항은 이러하다.

1. 현재 학교직원의 지위를 보장할 것.
2. 학교 명칭을 변경하지 아니할 것.
3. 교사 신축을 급속히 진행할 것.

인촌이 세 가지 희망 사항을 그대로 받아들임으로써 보전 측 대표 김병로, 허헌, 김용무 3인과 인촌 사이에 학교 인계인수가 이루어졌다. 이날이 1932년 3월 26일이다.

인촌은 보성전문학교를 인수한 후 새 이사에 김성수(인촌)와 최두선과 김용무를 선임하고, 감사에 조동식과 한기악을 지명하여 새 이사회를 열었다. 새 이사회는 김용무를 대표이사로 선임하고, 최두선에게 재단법인 실무를 맡겼다. 이사회는 또 박승빈 교장의 사표를 수리하고 인촌을 후임 교장으로 임명했으나 인촌은 박승빈 교장의 협조가 필요하다며 당분간 유임을 요청했다.

김 씨네는 또 많은 재산을 교육사업에 투자했다. 인촌의 양부(김기중 공)가 500석 추수 전답과 6천여 평 대지를 재단법인 중앙학원에 희사하고, 생부(김경중 공)도 5천 석 추수 토지를 재단법인 중앙학원에 희사했다. 그래서 중앙고보와 보성전문학교 운영자금은 재단법인 중앙학원 재원으로 충당하게 했다. 보성전문학교 재단법인은 해산하지 않고 그대로 존속시키면서 복잡한 채권과 채무관계를 정리하기로 했다.

인촌은 보성전문학교를 인수한 후 재단 인사 문제와 채권과 채무 등 복잡한 문제를 어느 정도 정리한 다음 1932년 6월 4일 보성전문학교 제10대 교장으로 취임했다. 인촌은 오래 전부터 전문학교 설립에 관한 신념을 가지고 있었다. 한양전문학교를 설립하려고 시도했던 것도 그의 신념에서 비롯된 것이다. 그는 특별한 경우가 아니면 사업체를 믿을 만한 사람에게 모두 맡겨서 그로 하여금 경영하도록 했지만, 고등교육기관 보성전문학교만은 그렇게 하지 않고 직접 경영할 방침이었기에 교장으로 취임했던 것이다.

인촌은 보성전문학교 교사를 짓기 위해 틈만 나면 땅 보러 다녔다. 경성 시내와 경기도 땅을 부지런히 보다가 한강 남안에 위치한 동작리를 후보지로 생각한 적도 있지만, 그보다 더 좋은 곳이 없나 하고 다시 돌아다녔다. 그러다가 발견한 곳이 고양군 숭인면 안암리(지금의 서울특별시 성북구 안암동)였고, 그 땅을 학교 터로 결정했다. 이 땅은 전답 1만3천 평과 임야 4만 7천 평, 모두 6만 평의 드넓은 땅이다. 인촌은 이 땅을 학교 터로 내정해 놓고 여러 사람을 데리고 가서 의견을 들었다. 우선 아우 연수는 명쾌하게 말했다.

"아주 좋아요 형님. 이 정도는 돼야죠."

반면 대부분 사람들은 놀라면서 말했다.

"아니, 학교 하나 짓는데 무슨 땅을 이렇게 많이 사? 인촌 선생, 농사지을 거유?"

인촌은 보전 신축교사 설계를 박동진에게 맡길 예정이다. 그래서 박동진을 별도로 데리고 가서 땅을 보여주며 말했다. 그는 팔을 들어 손가락으로 땅의 범위를 가리키며 설명했다.

"이 땅을 학교 터로 살 예정입니다. 아직 계약은 안 했어요."

"땅은 이렇게 많이 사서 무엇 하려고 그러십니까? 그 비용으로 건물을 더 짓는 것이 좋지 않을까요?"

"건물도 건물이지만 이만큼 터를 마련해 놓으면 다음 세대 원망은 안 듣겠지."

인촌의 웅대한 계획을 알아주는 사람은 딱 한 사람 아우 연수뿐이었다. 인촌은 세계 유수한 대학들을 돌아보며 백년대계를 배우고 왔다. 그는 장차 이 땅에 대학이 들어서는 꿈을 꾸고 있다. 우선은 보전이 들어서지만 그 보전이 대학으로 발전하는 것을 꿈꾸는 것이다. 인촌은 결국 안암리 땅 매입계약을 맺었다. 그리고 매입계약을 맺고 나서 곧바로 설계를 시작했는데 자택 신관 2층에 설계실을 마련하고 설계사 박동진과 함께 동거하면서 설계에 심혈을 기울였다.

박동진은 경성고등공업학교 출신이다. 두 달 전 박동진이 어느 건축공사 현장에서 일하고 있을 때 지나가던 한 신사가 건축물 구조와 건축자재를 유심히 살피더니 다음 날에도 또 그 다음 날에도 현장에 와서 일꾼들이 일하는 모습까지 유심히 살피고 갔다. 그러다가 어느 날 그 신사가 박동진에게 말을 걸었다.

"이 건물 주인이시오?"

"아닙니다, 저는 이 건축물 설계자입니다."

"호, 그래요. 아니, 설계자가 날마다 현장에 나와서 공사를 감독하십니까?"

"설계자 나름이지요. 나는 이렇게 해야 마음이 편합니다. 만약 목수나 일꾼들이 설계자 뜻대로 안 하고 딴 짓을 해 놓으면 나중에 뜯어서 다시 해야 되잖습니까? 그러기 전에 서로 의논해 가면서 지으면 뒤탈이 없겠지요."

"옳은 말씀이오. 설계자 성함 좀 말해주시오."

"예, 박동진입니다."

"사무실은 어디에 있소?"

"예, 여기 명함 한 장 드리겠습니다."

이 신사는 인촌이었다. 인촌은 이렇게 해서 박동진을 알게 되었고 그의 성실함을 보고 보전 신축건물 설계를 맡기게 되었다.

인촌은 설계실에서 날마다 박동진과 입씨름했다. 박동진은 나름 전문가이기 때문에 자기 지식에 의한 설계를 고집하고, 인촌은 유럽과 미국 등에서 본 대로 건물을 지으려고 했다. 인촌은 세계여행에서 찍어온 여러 나라 대학 건물 사진을 놓고 박동진을 설득하느라 진땀을 빼곤 했다. 어느 날 박동진이 토라졌다.

"그럼 선생님이 설계하십시오."

하고 자기 집으로 돌아가 버렸다.

그러나 다음날이면 언제 그런 일이 있었냐는 식으로 터벅터벅 설계실에 들어가서 심혈을 기울여 도면을 그렸다. 박동진이 쉬는 날도 없이 밤낮을 잊고 제도판에 엎드려 설계하더니 본관 설계도가 완성되었다. 인촌은 보전 본관 설계를 끝낸 박동진에게 건축공사까지 끝내라면서 공사도 맡겼다. 박동진이 공사전문가는 따로 있으니 그런 사람을 찾아보라고 했으나 인촌은 설계자가 공사까지 맡아서 짓는 것이 가장 합리적인 방법이라고 하면서 박동진에게 맡겼다.

인촌은 박동진에게 건축공사에 관한 모든 것을 맡겨놓고 또 땅을 보러 다녔다. 그는 경성을 중심으로 와부, 소사, 안성, 연천 등 동서남북으로 다니다가 연천군 전곡리 인근 황무지에 발걸음이 멈췄다.

땅이라면 아우 연수가 보는 눈이 있다. 그는 연수를 데리고 가서 경기도 연천군 전곡리 인근 황무지를 보여줬다.

"이 땅 좀 봐. 논이나 밭을 만들 수 있을까?"

아우 연수가 사방을 둘러보고 말했다.

"저 골짜기가 뭐지요?"

"음, 저게 한탄강이야."

"아, 그렇군요. 그러면 저 강물을 끌어다 쓸 수 있겠네요?"

"그렇지. 그래서 난 이 땅을 사서 논을 만들고 싶은데."

"하하하하 형님, 농사는 내가 할 테니까 형님은 교육사업이나 하세요."

"사실은 말이야, 보성전문학교에 농림과를 개설하려고 하는데 그러려면 교육용 농지가 있어야 할 것 같아서 그래."

"아, 그러시군요. 그렇다면 여기가 알맞은 땅이지 싶군요. 주변 경치도 좋고 물도 풍부하고 다 좋은데 경성에서 너무 멀지 않아요?"

"아니야 그것은 괜찮아. 영국에서 보니까 학교마다 스쿨버스를 가지고 있더라고. 교육장이 멀면 학생을 태우고 가서 교육하는 거야."

"맞아요, 일본에도 그런 학교가 있어요."

"현명한 방법이지. 우리 보전이 농림과를 개설하면 어디서 실습하겠나? 안암동에다 논을 만들 수는 없지 않은가?"

"그렇습니다. 학교 교육용 농지라면 이 땅을 사는 게 좋겠습니다. 그리고 여기 경치가 좋으니까 집도 크게 지어서 형님과 형수님이 좀 쉬고 그러세요."

"그럴까? 만약 내가 이 땅을 매입하면 개간을 해야 되는데 그 작업은 아우가 좀 도와줘야겠어."

"예, 당연히 그래야지요. 염려 마세요. 토목공사라면 이희준이 있지 않습니까?"

"맞아, 그렇지! 됐네, 가세."

형제는 그 즉시 전곡리 마을에 가서 그 땅 지주를 만났다. 지주는 그 땅이 무려 60만 평이나 되는데 이렇게 큰 땅을 살 수 있겠느냐고 물었다. 인촌은 그에게 조금 더 컸으면 좋겠는데 그거밖에 안되느냐고 되물었다. 그 말에 지주와 인촌은 유쾌하게 웃었다. 인촌과 지주는 다음날 계약서를 쓰기로 약속하고 귀경했다.

양근환이 일본 형무소에서 석방되었다. 그는 12년 전 도쿄역 호텔에서 민족반역자 민원식을 살해하고 투옥되어 일본 각지 형무소를 전전하다가 이날 석방되었다. 그는 붉은 벽돌집 철문을 나와서 맑은 하늘 아래 섰지만 기분이 썩 좋은 것만은 아니었다. 스물여덟 살에 감옥에 갔다가 나와 보니 마흔 살이 되었다. 그는 생각했다. '10년이면 강산도 변한다는데 12년이 지났으니 산천도 변하고 문화도 많이 변했을 것이다. 나는 이제 어디 가서 무엇을 하며 살아야 되는가? 우선 아내와 두 딸을 만나자.'

형무소 정문을 나선 그는 길을 따라 걸었다. 그는 아내와 두 딸을 만나기 위해 옛집을 찾아갔다. 그런데 아내와 두 딸은 그곳에 있지 않았다. 그가 수감되고 3년 동안은 아내가 가끔 형무소에 가서 면회했다. 그러나 그가 형무소를 옮겨 다니는 바람에 연락이 끊기면서 아내 발길도 끊어졌다. 아내와의 만남이 끊어진 것은 그가 바라는 바이기도 했다. 그는 아내가 면회를 오면 한편으로는 반가우면서도 한편으로는 불편했다. 죄수복 차림의 초췌해진 남편 모습을 본 아내가 면회할 때마다 눈물을 흘리기 때문에 그는 아내와의 만남을 피하고 싶었다. 그런데 형기를 마치고 출옥한 그는 그때와 달리 한시바삐 아내와 두 딸을 만나고 싶었다.

그는 가족을 찾으려고 두 달 동안 지인들에게 물어물어 찾아다녔지만 헛수고였다. '에라, 내 나라에 가서 남은 인생 할 일을 찾아보자. 그런데 여비가 없잖아? 그러면 막노동이라도 해야지.'라고 생각한 그는 그날부터 공사판을 쫓아다니면서 일했다. 그가 6개월 가량 열심히 잡부 일을 했더니 여비가 충분히 마련되었다. 그는 귀국했다. 고국을 떠나고 20년이 지났는데 고국의 모습은 그때나 이때나 별로 변한 게 없었다. 변한 게 있다면 조선 땅에 일본 경찰과 일본군 헌병이 떼를 지어 다닌다는 것이다. 고국을 떠날 때만 해도 경찰과 헌병이 이렇게 많지는 않았다. 조선 땅에 그들이 많다는 것은 식민지 억압이 그만큼 강화되었다는 뜻이다.

양근환이 일본을 떠나 고국에 돌아갔으나 형사들은 그를 계속 감시했다. 그가 요인암살 우범자이기 때문이다. 그는 형사들이 자신을 감시하고 있다는 사실을 전혀 모르고 지냈다. 그런데 그가 이런 사실을 알게 된 것은 귀국하고 1년 만이었다. 어느 날 밤늦게 술에 취해서 숙소로 들어가는데 대문 앞에서 기다리고 있던 형사가 이유 없이 그를 경찰서로 연행했다. 종로경찰서에 끌려간 양근환이 형사에게 따졌다.

"여보시오, 죄 없는 사람을 왜 연행하는 거요?"

"뭐야? 왜 밤늦게 다녀?"

"하하하하, 밤늦게 다니는 것도 죄요? 그것이 일본법이요?"

"임마, 너는 다른 사람과 다르잖아? 너는 요인암살 우범자야. 그래서 우리 경찰이 너를 항상 감시하고 있단 말이야. 그러니까 조심해."

양근환은 경찰서에서 나갔지만 그는 죽을 때까지 왜놈 손바닥 위에 있다는 것을 알았다. 잠자리가 거미줄에 걸린 것 같이 자신은 왜놈이 쳐놓은 그물에 걸렸다고 생각한 그는 혼자 중얼거렸다.

'내가 요인암살 우범자란 말이지? 잘 봤다. 그러니까 왜놈들, 그리고 왜놈 하수인들 조심해라. 내가 조국을 위해서 할 수 있는 일을 너희들이 가르쳐 줘서 고맙다. 이놈들……'

인촌은 1933년 9월 1일 안암동 학교 터에 신 교사 본관 신축공사를 시작했다. 보성전문학교 교장직에 취임한 지 1년 만이다. 보전 교사신축에 대한 인촌의 열의는 불같았다. 중앙고보 교사신축 때도 그랬고 동아일보 사옥 신축 때도 그랬지만, 그 열정이 조금도 누그러지지 않았다. 더구나 이제는 두 번의 경험이 쌓여 더 세밀하게 관찰하고 감시할 능력이 생겼다. 설계부터 건축 시공까지 각 부분마다 그의 손이 닿지 않은 부분이 없었다. 콘크리트 배합부터 돌 한 개를 올려놓는 데까지 신경을 썼다. 한 번은 밑에 놓인 돌이 잘못 놓인 것을 발견하고 이미 상당한 높이까지 쌓아 올린 벽면을 허물고 다시 쌓게 하는 일까지 있었다.

유럽과 미국 여행을 마치고 돌아온 인촌에게 아는 이들이 가끔

물어보는 것이 있었다.

"서양에서 본 것 중 배울 것 한 가지만 말하라면 무엇을 말하겠소?"

이럴 때마다 인촌은 서슴없이 말했다.

"그것은 백년대계지요. 백년대계라는 말을 우리도 흔히 입에 올리지만 서양에 가서 보니까 그들이야말로 무엇이든지 백년대계로 진행합니다. 나는 백년대계가 무엇인지 눈으로 보고 왔어요. 사원과 같은 대형 건물은 몇십 년, 몇백 년에 걸쳐 차근차근 짓는다고 합니다. 그들이 건축비가 모자라서 그런 것이 아니고 처음부터 그렇게 계획한 것이랍니다. 우리는 무엇을 할 때 한꺼번에 해치우려고 하니 자연히 규모가 작고, 졸속공사가 될 수밖에 없지 않겠소?"

인촌의 보전 건축은 바로 이런 정신으로 추진되었다. 공사비 예산은 19만 원이었다. 그런데 실제 공사비는 예산보다 6만 원이 초과되었다. 인촌은 보전재단의 경성 숭인동 소재 부동산과 고양군 신설리 소재 부동산과 경성 송현동의 교지와 교사를 모두 매각해서 총액 16만 원을 넣고도 본관만 신축하는데 3만 원이 부족했다.

보성전문학교 본관 석조건물이 아직 미완성인데 인촌은 벌써 도서관과 대강당, 체육관 건축을 구상하고 있다. 학교가 조선을 대표하는 사학으로 우뚝 서려면 적어도 고등교육기관이 갖추어야 할 기본 시설은 갖추어야 된다고 생각했다. 그런데 건축 자금이 없어 고민했다. 그는 고민 끝에 잠자고 있는 경향 각지 유지들을 흔들어 깨우자고 결심했다.

2년 후 1935년은 보성전문학교가 30주년을 맞는 해로서 인촌은 이 해를 보성전문학교를 크게 키울 수 있는 기회로 보고 있었다. 그런데 돈이 없었다. 인촌은 궁리에 궁리를 거듭한 끝에 경향 각지 유지들 헌금이 불가피하다고 생각했다. 보전은 김 씨네 개인 소유가 아니다. 역사가 증명하듯이 보전은 개교부터 지금까지 우여곡절도 많았는데 그때마다 민족진영 인사들이 일으켜 세웠다. 그런데 아쉽게도 위기 때마다 지원해 준 도움은 폐교방지를 위한 미봉책에 그쳤다. 그래서 이번에는 튼튼하게 자립할 수 있는 기초를 다지려고 계획했다.

인촌은 도서관, 대강당, 체육관을 짓는데 소요되는 예산을 짰다. 신축 중인 본관 완공에 이어 제2단계로 도서관 건축자금 1십만 원과 도서구입비 1십만 원, 제3단계로 대강당 건축비 6만7천 원, 제4단계로 체육관 건축비 3만 원, 그리고 사무비 3천 원, 이렇게 해서 모두 30만 원을 목표예산으로 세웠다. 그리고 기부금 최종 납입기일은 다음 해 말로 잡았다.

인촌은 전국 1,200명에게 보성전문학교 확장을 위한 기념사업회 발기위원회에 참가해 줄 것과 모금에 찬성해 줄 것을 요청하는 서한을 발송했다. 그 결과 464명이 발기위원 참가요청에 대한 승낙서를 보내왔다. 인촌은 이 명단을 첨부해서 총독부에 기부금모집허가 신청서를 제출하여 정식 허가를 받았다. 곧이어 11월 4일 송현동 보전 교사에서 발기인 총회를 가졌다.

발기인 총회 구성은 교육, 언론, 사상, 종교, 법조, 실업 등 각계 대표급 인사들이 모두 망라되었다. '발기인참가 승낙서'를 제출한 464인 중 90여 명이 참석한 이 총회에서 실행위원 대표로 윤치호, 실행 상임위원으로 설태희 공성학 최창학 김병로 이승우 김용무 최두선 송진우 김성수가 선출되고 모금 운동이 곧 시작되었다. 이 발기인

총회에서 채택한 취지문은 이러하다.

「보성전문학교는 조선 최초의 전문학교요 그 창립은 실로 광무 9년에서 래(來) 소화10년이면 만 30주년을 맞게 됩니다.

지나간 28년간에 1천1백7십 인의 졸업생을 내어 조선의 신시대를 짓는 데 각 방면에 유력한 일꾼을 바쳤습니다. 보성전문학교의 공헌은 참으로 위대하다 할 것입니다.

멀리 30년 전 조선의 장래와 새로운 인재 양성의 인과관계를 절실히 인식하고 거액의 사재를 투(投)하야 이 학교를 창립한 고 이용익 선생은 조선의 큰 선각자요 큰 은인이라고 아니할 수 없습니다.

창립 이래 28년간에 보성전문학교는 몇 창상(滄桑)을 겪었습니다. 융희 4년에는 경영난으로 폐교의 비운에 빠졌다가 고 손병희 선생이 천도교주로서 경영을 계승하였고, 또 대정9년에는 천도교 김기태 씨와 기타 다수 유지의 기부로 재단법인을 이루고 학교경영의 안전을 도(圖)하기에 노력하였으나 수년을 불과하야 다시 재정 군핍(窘乏)으로 교운(校運)은 곤경에 빠져 제2차로 유지를 격정하게 되어 조선의 학계뿐 아니라 일반 사회가 다 동교의 운명을 근심하게 되었습니다.

이때 다행히 중앙고등보통학교에 이미 막대한 금액을 기부한 고 김기중 선생 및 김경중 선생이 거액의 재산을 제공함으로써 보성전문학교는 위기에서 안태(安泰)를 얻었습니다. 이제 동교는 현재의 법·상 양 과의 현상을 유지하기에는 부족함이 없을뿐더러 동대문 밖 안암리에 6만여 평의 터를 매수하고 지금 신사옥 본관을 건축하는 중입니다. 이 모양으로 보성전문학교가 공고(鞏固)한 기초를 잡고 날로 향상 발전의 길을 밟는 것은 조선문화의 장래를 위하야 왼 조선이 다 같이 경하할 바입니다. 하물며 신고 많고 공적 많은 30주년을 바라보는 이 때리이까.

그러하오나 오늘 사회가 요구하는 인재를 양성하는 민간최고학부여야 할 보전임을 생각할 때, 현재의 보성전문학교 시설만으로 흡족치 못함을 느끼는 동시에 일반 동포는 큰 책임을 깨닫지 않을 수 없습니다. 그것은 이 학교로 하여금, 첫째로는 도서관 대강당 체육관 등 필요의 시설을 구비하게 함이요, 둘째로는 이 학교로 하여금 현재의 법·상 양과 이외에 문(文)·리(理)·의(醫)·농(農)·공(工) 등 여러 학과를 포함한 종합대학으로 향상케 하여 명(名)과 실(實)이 다 조선문화의 원천이오 조선 인재의 연총(淵叢)이 되게 함입니다.

이 학교를 창립하고 계속하여온 역대 경영자도 그들의 동기는 개인의 사업이라는 의식에 있지 아니하고 조선을 위한 사업이라는 신념에 있었던 것이오, 또 이 학교의 금일까지의 역사가 결코 경영자 개인의 힘으로만 된 것이 아니오 실로 다수 인사의 협력과 일반 사회의 성원에 의하야 이루어진 것이니 보성전문학교는 명과 실이 다 어느 한두 개인의 것이 아니오, 진실로 왼 조선의 것이라고 아니 할 수 없거니와 이제 이 학교가 성운(盛運)을 향하야 나아가는 이때를 당하야 일반 사회는 한번 배전한 협력과 성원을 발(發)하면 보성은 우리 후곤(後昆)의 교육을 맡기기에 일

층 흡족하고 완전한 기관을 이룰 것입니다.

이것이 보성전문학교의 창립 30주년 기념을 앞두고 좌기 각등(僉等)이 보성전문학교 창립 30주년 기념사업을 발기하는 동기입니다. 아직 종합대학까지는 못하더라도 이번 신교사 건축을 기회로 동교의 시급한 시설의 일부인 도서관·대강당·체육관을 기여코자 하오니 동포 여러분은 이에 찬동하시와 우리 후곤을 양성할 기관의 건설에 일목일석(一木一石)의 조력을 다투어 하시기를 바랍니다.

우리는 보성전문학교의 30주년 기념일에 우리 동포의 열성으로 이루어진 도서관·대강당·체육관의 기여식이 있게 하소서 하고 거듭 동포 여러분께 비옵니다.」

인촌이 이번 모금 운동을 끝내고 감격한 것은 가난한 자들의 하나의 등(燈)이었다. 서울 장사동 노파 김신일은 일생동안 푼푼이 모은 5백 원을 임종의 유언으로 보내왔고, 김제 만경에 사는 과부 조동희와 고창 무장에 사는 노파 김일해는 거의 전 재산이라고 할 1천 원씩을 보내왔다. 그리고 일본 고베의 조선인 유학생 12명은 학비를 절약해서 모은 31원 50전을 보내왔다. 이 후원자들 외에 특히 화제를 불러일으킨 고창군 흥덕면 사천리에 사는 과부 안함평은 주막업으로 동네에서 천대를 받으면서 돈을 모아 장만한 7십 석 수확의 토지문서를 가지고 직접 상경하여 눈물을 흘리면서 내놓았다. 이에 감격한 인촌은 "이 칠십 석 토지는 이 사람의 칠천 석보다 더 빛이 있을 것이오. 그 뜻은 보전과 함께 길이 살아 있을 것이오."하면서 고마움의 뜻을 전했다. 그리고 얼마 후 이 여인이 세상을 떠나자 재단으로 하여금 그 묘소를 보호하고 제사를 지내게 했고 후에 도서관이 완공되었을 때 한쪽 모퉁이에 안함평 기념실을 마련하여 민속자료를 장치했다. 이 모금 결과는 목표액 30만 원의 반이 조금 넘는 17만 원 정도로 추산되었다. 전국 경향 각지 유지들 성원은 대단했으나 목표액 30만 원은 애초부터 무리였다.

보성전문학교 본관은 착공한 지 1년 만에 1934년 9월 중순에 준공되었다. 인촌은 본관 입구 좌우 기둥에 호랑이 두상을 조각하여 붙였다. 호랑이는 조선의 민속·설화 등에서 자주 등장하는 동물일 뿐만 아니라 호랑이와 같이 강건한 기상을 가지라는 뜻이 있다. 그리고 뒷문 기둥에 무궁화를 조각해서 붙인 것은 무궁화가 조선 왕조 말 이래 나라꽃이기 때문이었다. 호랑이와 무궁화는 인촌이 구상하는 보전 학풍의 상징이다.

14

1936년 8월 초 조선총독부 대회의실에서 만 5년의 임기를 마치고 퇴임하는 우가키(宇垣一成) 총독과 미나미(南次郎) 신임 총독의 이취임식이 거행됐다. 우가키의 퇴임사가 끝나고 이제는 제7대 신임 총독 미나미가 취임사를 했다.

"본관은 조선군 사령관을 지낸 바 있다. 그래서 조선을 잘 안다. 조선 사람은 매를 때리지 않으면 말을 듣지 않아. 조선 사람에게 인도주의란 어울리지 않는다. 무조건 채찍으로 때리고 군화발로 짓밟아야 말을 듣는 족속이야.

지금 세계 정세는 제국주의와 독재정치가 급속도로 팽창되어 가고 있다. 이탈리아는 1922년 10월에 무솔리니 독재정권이 들어섰고, 그보다 11년 늦은 1933년 3월에 히틀러가 독일에서 독재정권을 세웠다. 독일의 정권을 손에 쥔 히틀러는 국제연맹에서 탈퇴하고 1935년에 베르사유 조약 폐지를 선언했다. 이것은 무엇을 의미하는가? 전쟁이다. 강자는 살고 약자는 죽는 전쟁이란 말이다.

이러한 세계 정세는 우리 일본 대국에 좋은 영향을 미치고 있다. 우리 일본 대국은 만주를 이미 점령했고, 중국대륙 남쪽으로 진군해가고 있다. 머지않아 중국대륙을 점령하면 주변국들도 모두 손아귀에 넣을 수 있다. 그러기 위해서는 대일본 제국의 발판이 되는 조선을 확실하게 다져놔야 한다. 그래서 본관이 시정방침을 발표할 테니 잘 듣고 시행하기 바란다.

조선통치 근간은 국체명징(國體明徵)에 둔다. 그리고 신사참배(神社參拜), 궁성요배(宮城遙拜), 국어(日語)상용 등을 통한 동화정책으로 내선일체를 완성할 것이다. 이러한 본관의 시정목표를 달성하기 위해서는 무엇보다도 조선 민족진영이 경영하는 신문사를 잘 감시해야 된다. 닭의 모가지를 틀듯이 조센징 신문 모가지를 쥐고 틀어야 된다 이 말이다."

미나미가 이러한 취임사를 한 이후 총독부는 각 신문사를 숨도 못 쉬게 했다. 도서과장이라고 하는 일개 공무원이 신문압수, 신문발매금지, 정간 등 행정처분을 남용하고, 광무신문지법, 보안법, 치안유지법, 총독부 제령 등 사법권을 휘둘러 기자들의 취재 활동을 제약했다. 이와 같이 총독부는 노골적으로 언론을 탄압했다.

미나미가 이렇게 강압 정치를 하는 데는 그 나름대로 개인적인 이유가 있다. 미나미는 전에 조선군 사령관도 지냈고, 본국 정부 육군대신도 지낸 바 있는 정치가다. 그래서 그는 장차 일본 정부 내각 총리대신 자리에 오르는 것이 꿈이다. 그런 그에게 이번 조선 총독부 자리는 그의 능력을 시험하는 시험대라고 할 수 있다.

이 당시 일본은 2·26사건의 유혈극을 치르면서 과격파인 황도파(皇道派)와 비교적 온건한 통제파(統制派)가 대립하고 있었는데 미나미는 통제파에 속해 있었다. 이것이 미나미에게는 약점이었다. 그래서 미나미는 조선 총독부 자리를 기회로 보고 조선에서 초강력 제국주의 정책을 펼쳐 황도파의 환심을 사려는 것이었다. 이 목적을 달성하기 위해서 그가 해야 할 정책 중 첫 번째가 언론탄압이었다.

조선 언론사들은 앞이 캄캄했다. 취재부터 보도까지 총독부 감시가 거미줄 망을 치고 있으니 언론 활동을 할 수가 없게 되었다. 이 무렵 세계인의 이목을 집중시키는 쾌보—독일 베를린에서 열리고 있는 제11회 올림픽에서 신의주 태생 손기정 선수가 마라톤에서 우승했다—가 전해졌다. 손기정 선수의 마라톤 우승 소식이 동아일보에 전신연락으로 들어온 시간은 그가 골인한 시간으로부터 30분 후인 8월 10일 02시(한국시간) 경이었다. 이날은 경성에 비가 주룩주룩 내리고 있었다. 이 비는 10여 일 전부터 내렸다. 그런데 동아일보 앞에서 비를 맞아가며 마라톤 소식을 기다리던 인파가 우승 소식을 듣고 환호했다. 그것도 조선의 건각 손기정이 1등이고 남승룡이 3등이라고 했다. 광화문 동아일보 앞이 함성으로 꽉 찼다.

"손기정 만세! 남승룡 만세! 조선 만세!"

"손기정 만세! 남승룡 만세! 조선 만세!"

"동아일보 만세!"

베를린 현지 시상식장에서 히틀러는 손기정 선수와 악수했고, 그 날 이후 모든 신문이 손기정과 남승룡 기사로 꽉꽉 찼다. 이 기사는 열흘이 넘도록 줄을 이어 보도되었다. 조선 신문들만이 아니고 우승 당일부터 2~3일 동안 일본 신문들도 앞 다투어 보도에 열을 올렸다. 각의에서 대신들이 손기정 선수를 자랑했다는 보도가 나오고 총독직을 사임한 우가키와 신임총독 미나미가 축배를 들었다는 보도까지 나왔다.

그런데 총독부 태도가 갑자기 바뀌었다. 조선에서 손기정 열기가 식을 줄 모르고 계속되자 총독부는 경계심을 드러내고 억제하기 시작했다. 총독부 경무국은 손기정 선수 우승축하회도 금지하고, 손기정 선수 찬양도 못 하게 단속했다. 그리고 각 신문사 편집 책임자를 격일로 불러 손기정 선수 기사에 각별히 주의하라고 경고했다.

동아일보 편집국에서 체육담당 기자 이길용이 구내전화로 미술담당 기자 이상범을 불렀다.

"어이, 이기자 나 좀 보지. 편집국으로 올 수 있어?"

잠시 후 이상범 기자가 편집국 이길용의 책상으로 갔다.

"손기정 선수 가슴에 있는 일장기 지워버릴 수 없나?"

"이미 배포됐는데 지금 지워서 뭐하나?"

"아니, 배포된 건 아주 일부니까 지금부터라도 일장기 지워버리고 인쇄하면 좋잖아?"

"그래? 알았어. 내가 어떻게 지워보지."

이상범은 손기정 선수의 가슴에 그려져 있는 일장기를 지워버리고 제판실로 넘겼다. 사진제판 기술원 백운선은 일장기가 지워진 사진으로 동판을 떠서 인쇄부에 넘겼다. 그리고 신문은 일장기가 지워진 손기정 선수 사진이 큼지막하게 인쇄되었다. 이 신문을 받아 본 시민들은 쾌재를 불렀다. 동아일보 초판에는 손기정 선수 가슴에 일장기가 똑똑히 박혀 있었는데, 뒤에 나온 동아일보에는 일장기가 지워져 있었다.

"역시 동아일보여, 하하하하……."

"맞아 이 신문이 제대로 된 신문이야. 손기정이 어디 쪽발야?"

시민들은 꽉 막힌 가슴이 뻥 뚫렸다며 동아일보에 찬사를 보냈다.

그러나 애타는 사람은 인촌이었다. 그는 보성전문학교 교장실에서 이 사실을 보고 받고 하늘이 까맣게 보였다. 이것은 빼도 박도 못하는 무기 정간 깜이다. 무기 정간으로 끝나면 차라리 다행이지만 폐간도 염려하지 않을 수 없다. '시국이 어떤 시국인데 이런 짓을 한단 말이야.'

제2차, 3차 무기 정간 처분의 이유는 이번 사건에 비할 바가 못된다. 총독 미나미가 내세운 정책구호가 '국체명징'이다. 그리고 일장기는 국체의 상징이다. 그런 일장기를 제거했다는 것은 중대 사건이다. 동아일보를 향해 가는 자동차 안에서 인촌은 한탄을 금할 수가 없었다. 그는 생각했다. '손기정 선수 가슴에서 일장기를 지워버리는 쾌감이 클 수도 있다. 그리고 독자들도 환호할 수 있다. 그러나 그로

인해 무기 정간을 당하거나 폐간을 당한다면 그 고통은 감당하기 어렵다.'

인촌은 이제 어떻게 수습할 것인가를 생각했다. 그는 자동차 안에서 어수선한 마음을 정리할 수가 없었다. 인촌은 동아일보 신문사를 향해 가는 도중 거리 판매대에서 동아일보 신문을 구해서 봤다. 역시 보고받은 대로 일장기가 지워진 손기정 선수 사진이 실렸다. 인촌은 그 사진을 보는 순간 마음이 달라졌다. 민족정기가 위축되어가고 유명인사들이 변절되어가는 마당에 일장기 말소사건은 잠자는 민족의식을 불러일으키는 계기가 되지 않을까 하는 생각이 들었다. 그리고 그로 인해 닥쳐온 무기 정간이나 폐간 같은 행정처분은 민족지 대표신문으로서 마땅히 짊어져야 할 일이 아닌가 하는 생각이 들어 조금은 위안이 되었다.

인촌이 신문사에 도착했다. 일본 경찰이 동아일보를 포위 경계 중이고 회사 내부에는 동아일보 사원들이 만세운동 현장처럼 흥분되어 있었다. 인촌이 사장실에 들어갔다. 송진우 사장이 눈감고 침통한 표정으로 앉아 있었다. 인촌이 송진우 사장에게 한 마디 했다.

"자네 거기서 뭘 하고 앉아 있나?"

이 말을 들은 송진우는 아무 말 하지 않다가 입을 열었다.

"새로 부임한 미나미가 폐간을 시키지는 않겠지만 일본 군벌은 미친 개들이어서 마음을 놓을 수가 없어."

송진우 사장도 「성냥개비로 고루거각(高樓巨閣)을 태워버렸다.」면서 이길용 기자를 크게 꾸지람했었다. 인촌은 송 사장 표정을 보고 더 할 말이 없었다.

신임 총독 미나미는 동아일보에 27일 자로 무기 정간처분을 내렸다. 이와 함께 사진담당 기술원 백운선과 서영호, 그 사진을 지면에 실은 사회면 편집기자 장용서와 임병철, 사진부장 신영균, 미술 담당 기자 이상범, 체육 담당기자 이길용, 사회부장 현진건 등 8명이 경기도 경찰부에 연행되어 조사받았다. 주필 김준연도 연행되었다가 석방되었고, 편집국장 설의식은 지방출장 중이어서 화를 면했으나 둘 다 사장에게 사건에 대한 책임을 지고 사표를 제출했다.

일장기 말소 사건으로 구속되었던 직원들은 40일 만에 다 풀려났다. 그러나 무기 정간은 해제되지 않았다. 신문사 영업이 장기간 중단되어 운영자금이 고갈되었음에도 직원 급여는 5개월 동안 정상 지급되었다. 하지만 영업정지 상태가 6개월을 넘어가면서 직원 급여를 지급할 수 없게 되었다. 직원들이 동요하기 시작했다. 총독부는 동아일보가 자진해서 폐간하기를 기다리는 것 같았다. 회사 사정이 어려워지자 직원 중 일부는 매일신보로 옮겨 갔고 일부는 조선일보로 옮겨갔다. 그럼에도 회사에 아직 남아 있는 사람은 동아일보를 사수하겠다는 결의가 굳은 사람들이었다. 직원 중 한 사람은 「죽은 남편 시체를 두고 개가하는 것 같아서 나는 다른 신문사로 옮겨 갈 수가 없다.」고 말했다.

송진우 사장이 총독부에 가서 무기 정간 해제를 요청했으나 총독부는 움직이지 않았다. 그가 수차례 총독부에 가서 「회사 의사와 관계없이 기자 한 사람이 독단으로 저질렀다는 것이 조사에 의해 분명해진 일을 가지고 정간을 장기간 끌고 가는 총독부 처사에는 명분이 없다.」고 주장했다. 그래도 총독부는 미동도 하지 않았다. 인촌과 송진우는 고민 끝에 인맥을 동원해서 총독부를 설득하자고 했다.

인촌과 송진우 사장은 전 총독 사이토와 전 학무국장 세키야에게 연락해서 지원을 요청했다. 일본 관료들은 대개 현직에 있을 때의 생각과 현직을 떠나 있을 때의 생각이 다르다. 사이토와 세키야도 총독부 재직 시절에는 군국주의에 충실했던 사람들이다. 그런데 그들이 퇴직하고 귀족원 의원이 된 후에는 자유주의자인 체했다. 동아일보 사태를 접한 두 사람은 조선총독부에 압력을 넣었다. 「동아일보에 대한 명분 없는 무기 정간 처분을 한정 없이 끄는 것은 오히려 민족 감정을 자극하여 조선 통치에 해를 가져온다.」고 주장했다.

총독부가 움직였다. 총독부는 동아일보라는 제호를 버리고 다른 이름을 쓰면 무기 정간을 해제하겠다고 했다. 총독부 제안을 받고 동아일보 일부 사원들은 동요되었다. 그들은 신문사 이름을 「극동일보」로 바꾸어서 신문을 내자고 했다. 그들은 정간이 길어지는 것을 못 견디고 '이러다 폐간되는 것 아니여?' 하는 사람들이었다. 하지만 송진우 사장은 「동아일보가 동아일보인 것은 동아일보라는 이름 때문인데, 그 이름을 버린다는 것은 동아일보를 제 손으로 죽이는 것과 같다.」고 하면서 거절했다.

그러자 총독부는 제2안을 제안했다. 동아일보 간부진 총사퇴를 요구한 것이다. 이로써 사건 직후 사장에게 제출되었던 주필 김준연과 편집국장 설의식의 사표를 수리하지 않을 수 없게 되었다. 사장 송진우와 미국에 머무르고 있던 부사장 장덕수도 사직했고, 인촌도 취체역을 내려놓았다. 그래서 인촌은 이제 형식상 동아일보와 아무

관계없는 사람이 되었다.

　인촌과 송진우가 사직하고 모든 간부진이 사직했음에도 총독부는 또 한 발 나갔다. 총독부 경무국장이 송진우에게 말했다.

"후임 사장은 누구요?"

"그것은 정간이 해제된 다음에 정하겠소."

"중추원 참의 고원훈 씨를 사장으로 청빙하시오. 그러면 정간해제가 빨리 될 테니까."

　고원훈은 1920년대에 보성전문학교 교장을 지낸 바 있고, 전라북도 도지사를 지낸 중추원 참의다. 인촌은 송진우로부터 총독부가 고원훈을 동아일보 사장으로 천거한다는 말을 전해 듣고 몹시 불쾌했다. 그는 '총독부가 압력으로 밀어 넣는 사람을 사장 자리에 앉게 하느니 차라리 동아일보를 해산하겠다.'고 생각했다. 인촌은 송진우 사장 후임으로 백관수를 내세웠다.

　백관수는 어린 시절 고향 내소사에서 인촌, 송진우와 함께 공부하던 친구다. 그는 인촌과 송진우보다 늦게 일본에 가서 메이지 대학을 졸업했다. 유학을 마치고 귀국한 그는 조선일보 상무 겸 영업부장을 지냈다. 총독부는 백관수를 한마디로 거절했다. 인촌도 물러서지 않고 백관수를 사장으로 청빙하겠다고 버텼다. 인촌 성격을 잘 알고 있는 총독부가 할 수 없이 물러섰다. 백관수 사장을 인정하되 편집국장은 신일용을 기용해야 한다는 단서를 달았다. 신일용은 조선일보에도 관계한 바 있는 공산주의자다. 물론 이때 그는 사상적으로 전향하여 총독부와 긴밀한 사이가 되어 있었다. 동아일보는 편집국장 문제는 백관수 사장 취임 후에 거론할 문제라며 결정을 미루자 총독부도 더 고집을 부릴 수 없게 되었다. 동아일보는 무기 정간 9개월 만에 1937년 6월 3일 자(석간)부터 속간을 발행했다. 동아일보는 총독부가 천거한 신일용을 거절하고 백관수에게 사장 겸 편집국장을 맡겼다.

중일전쟁이 발발했다. 1937년 7월 7일 북경 서부 십 수 킬로미터 지점에서 중국과 일본이 전면전을 벌였다. 이 전쟁은 일본이 노렸던 전쟁이고 예고된 전쟁이었다. 이 전쟁은 일본군이 구실을 만들어 일으켰다. 일본은 1931년 만주사변을 일으켜 만주에 괴뢰정부를 수립할 때도 구실을 만들어 만주를 침공했다. 그때는 일본이 유조구에 건설한 철도를 만주군이 파괴했다는 이유로 군사행동을 했는데 사실은 철도파괴자는 바로 일본군이었다. 이번에는 노구교 사건을 구실로 일본군이 군사행동을 개시했다.

화북지방에 주둔하고 있던 일본군이 노구교(蘆溝橋) 근처에서 야간 전투 훈련을 마치고 귀대했는데 점호 중에 한 병사가 귀대하지 않은 것이 확인되었다. 무다구치 연대 제3대대 8중대가 즉각 병사를 찾으러 나섰다. 이 부대는 실종된 병사를 찾는 중에 중국군으로부터 총격을 받았다. 불과 몇 발의 산발적인 총격이었는데 일본군은 중국군이 전면 공격을 개시했다고 상부에 보고했다. 이 보고를 받은 이키지 대대장은 전 대대병력을 노구교로 진격시키는 한편 무다구치 연대장에게 보고했다.

그리고 7월 17일 북경 광안문(廣安門)에서 본격적인 전투가 벌어졌다. 중국 장개석(蔣介石) 총통은 전 국민에게 전쟁을 알리고 항일

구국전에 나서라고 독려했다. 반면 일본은 본국 군대 제5사단, 제6사단, 제10사단을 화북지구에 투입해서 전쟁은 중국 전토로 확대되었다. 북경을 점령한 일본군은 남방으로 내려가 상해와 난징도 순식간에 점령했다.

일본 군부는 중국이 쉽게 항복할 것이라고 생각했다. 그런데 중국이 강력한 항전으로 맞섰다. 그래서 중일전쟁은 전면전으로 확대되어 장기소모전에 빠져들고 말았다. 조선 총독 미나미는 특히 내선일체를 강조하면서 일본군을 아군 또는 황군이라 부르게 했다. 그리고 고등보통학교 규정을 개정해서 한문을 가르치지 못하게 하고, 3개조로 된 「황국신민(皇國臣民)의 서사(誓詞)」를 성인용과 어린이용으로 만들어 각급 학교 조회 및 모든 집회에서 소리 내어 제창하도록 강요했다.

미나미는 12월 17일 전국 각급 학교를 모두 동원해서 낮에는 거리행진, 밤에는 제등행렬을 벌여 일본군 남경 입성식을 축하했다. 보성전문학교 학생도 이 행렬에 동원되었다. 보성전문학교 교장인 인촌은 학생들이 걱정되어 행렬 현장에 갔다가 동아일보 사장실에 들어갔다. 그는 광화문 네거리 축하행렬을 내려다보면서 한탄스러운 말을 했다.

"일본인들은 자기들이 독살스러운 것만 알고 중국 땅이 얼마나 넓은지는 몰라서 탈이야."

사장직에서 고문직으로 물러섰지만 실질적으로 동아일보를 운영하고 있는 송진우가 말했다.

"왜놈이란 뭐든지 알 만하면서 모르는 종자이니 오늘 밤 우리는 우리끼리 술 한잔 하세."

아시아 대륙에서 일본군이 점령지를 넓혀가고 전쟁이 확대될수록 병참기지인 조선에서 그들의 수탈과 압박은 그만큼 심해졌다.

인촌은 보성전문학교 교장직에 있기 때문에 학생들과 함께 신사참배를 해야 했고, 아침마다 '황국신민의 서사'를 외워야 했다. 신사참배 문제로 기독교계 학교 수난은 더 컸다. 1934년 11월에 평양 숭실전문학교가 신사참배를 거부하다가 교장 매쿤(미국인 선교사, 한국명 윤산온)이 본국으로 추방되었고, 1937년 9월에는 광주 수피아여자고등보통학교, 원산 루시여자고등보통학교 등 기독교계 4개 학교가 신사참배를 거부하다가 폐교처분 당했다. 이러한 판국이라 인촌도 심각할 수밖에 없었다. 신사참배와 황국신민의 서사를 거부하면 보성전문학교가 폐교되는 건 자명한 사실이다. 눈 뜨면 고민이고 눈 감으면 한탄만 절로 나왔다. '나라 빼앗긴 백성에게 내리는 하늘의 벌이다.' '나는 나라 빼앗긴 백성 아닌가?' '그러나 이 수모와 이 고통이 오래 가지는 않을 것이다. 일제는 반드시 망한다. 중국과 소모전을 벌인다는 것은 망국으로 가는 지름길이다.' 인촌은 생각을 정리했다. '영영 독립할 가망이 없다면 신사참배, 황국신민의 서사 이런 거 다 거부하고 보전 문을 닫고 집안에 틀어박혀 조용히 살겠다. 그러나 일제 패망이 빤히 내다보이는데 그동안의 수모를 못 참아서 지금까지 가꾸어 온 모든 것을 버리고 칩거할 수는 없다. 무엇보다도 중요한 것은 보성전문학교와 중앙고등보통학교와 동아일보를 사수해야 한다. 일제는 머지않아 망한다.' 그는 이런 생각으로 각고의 인내에 인내를 거듭하면서 견디었다.

그런데 일제의 발악은 인촌 김성수를 더욱 못 견디게 했다. 총독부는 조선 명사들을 억지로 끌고 가서 시국강연회나 라디오 방송에 출연시켜 강연하라고 협박했다. 조선 민중을 향해 중일전쟁에 대해 협조연설을 하라는 것이다. 그들은 제멋대로 원고까지 써 주면서 읽으라고 강요했다. 중일전쟁이 확대됨에 따라 날이 갈수록 이런 강연도 자주 있었지만 라디오 방송은 더 자주 있었다. 처음에는 주 1회 정도 방송했는데 나중에는 그 횟수가 점점 늘어났다. 웬만큼 이름난 사람이라면 여기서 빠져나갈 사람이 아무도 없었는데 인촌이야 더 말할 나위가 없었다.

그래도 인촌은 그들의 방송출연 강요를 단호히 거부했다. 그랬더니 총독부 사회과(社會課)가 원고를 작성해 가지고 와서 협박했다. 인촌은 잠시 생각했다. 중앙고등보통학교, 보성전문학교, 동아일보 그리고 아우가 경영하는 경성방직까지 다 문 닫을 각오로 이 방송을 거부할 것인가? 아니면 시늉만 내고 모든 것을 지킬 것인가? 민족을 위해 어느 쪽을 택해야 할까? 그는 판단이 서지 않았다. 그래서 그는 총독부 직원에게 아무 말도 할 수가 없었다.

"됐습니다. 아무 말 하지 않은 것은 찬성한다는 것 아닙니까? 갑시다."

인촌은 도살장에 끌려간 소처럼 뭉기적 뭉기적 나가서 총독부 차에 탔다. 방송국에 도착한 인촌은 마이크 앞에서 사회과가 작성한 원고와 전혀 다른 이야기 즉 물자를 절약하고 유언비어를 조심하라고 5분 동안 이야기하고 방송실에서 나갔다. 주어진 방송시간은 15분이다. 그런데 인촌은 15분을 다 채우지 못하고 5분 동안만 얘기했다. 그것도 총독부가 요구하는 내용과 전혀 다른 이야기로 때웠다.

총독부는 문인들도 가만두지 않았다. 문인들에게 내선일체, 문필강국을 내용으로 하는 친일작품, 전쟁협력작품을 쓰라고 강요하고, 또 문인 외에 가곡, 연극 등 예술인들에게도 황국신민화, 전쟁협력을 주제로 작품을 만들라고 강요했다. 일본제국주의 조선총독부는 전쟁 뒷바라지를 위해 조선에서의 광란이 가히 극에 달했다. 그들의 광란은 특히 언론통제에 집중되어 동아일보가 풍전등화였다.

중일전쟁을 일으킨 일본은 중국이 항복하지 않고 장기전에 돌입하자 화중의 남경을 공격해서 점령했다. 이때가 1937년 12월이다. 일본군이 남경을 점령하면 중국 국민정부가 굴복할 것이라고 생각했는데 이것도 오판이었다. 중국 국민정부는 수도 남경을 빼앗기고도 항전태세를 풀지 않았다. 일본군이 남경 양민을 30만 명이나 학살한 사건은 중국인의 적개심을 극도로 자극했다.

중국의 항전태세에 초조해진 일본은 1938년 1월 15일 「앞으로 국민정부를 상대하지 않는다.」라고 하는 이상한 성명을 발표했다. 그런데 그 이상한 성명은 '점령지역에 괴뢰정부를 세우겠다.'는 야욕의 암시였다. 일본은 이 성명을 발표한 후 북경에 임시정부를 수립하고, 이듬해 3월에는 남경에 유신정부를 수립했다. 이것은 중국을 점령했으니 이제는 이 두 정부로 중국을 통치하겠다는 생각이었다.

그러나 일본 정부는 우왕좌왕했다. 중일전쟁이 대륙 전체로 확대되고 전황이 장기전으로 돌입하는 건 일본이 원치 않았다. 일본이 장기전에서 중국을 이겨낼 수 없기 때문이었다. 중국을 상대로 장기전을 하려면 군량미를 비롯한 각종 군수품 조달부터 큰 문제였다. 그렇다고 자신들이 침공해서 발발한 전쟁을 명분 없이 끝낼 수도 없었다. 그래서 일본은 무슨 수를 써서라도 중국을 무너뜨려야 했다.

전쟁물자 부족으로 진퇴양난에 빠진 일본이 군량미를 쉽게 얻을 수 있는 지역은 말할 필요도 없이 조선이었다. 그래서 중일전쟁이 확대되면 될수록 병참기지 조선은 일본의 수탈과 압박이 심해졌다. 인촌이 보성전문학교 농림과 교육용 농지로 개발해 놓은 연천군 전곡리 해동농장도 어쩔 수 없이 일본군 군량미 공급지가 되었다. 그들의 수탈이 이 정도로 끝나지 않았다. 그들의 수탈 중 대표적인 방법이 식량 공출이다. 그런데 식량 공출량이 급속도로 증가해서 조선에 쌀이 바닥났다. 이 무렵에는 인촌도 쌀밥 대하기가 어려웠다.

1940년 6월 하순 어느 날 총독부 학무국장 시오바라가 인촌을 자기 사무실로 불렀다. 인촌은 총독부 학무국장과 경무국장이 뻔질나게 불러대서 이제는 이골이 났다. 인촌은 '이 자가 또 왜 부르는 건가?' 하면서 학무국장실에 갔다. 인촌이 학무국장실 접견 탁자에 앉은 것을 보고 시오바라가 다가가 마주 앉았다.

"내가 선생을 왜 불렀는지 아십니까?"

"그걸 내가 어찌 알겠소?"

"전혀 짐작도 안 되오?"

"전혀요."

"김 선생은 왜 창씨개명(創氏改名 : 일본식 성명으로 바꿈)을 하지 않는 거요? 지난 2월 11일에 시작해서 4개월이 지났단 말입니다. 이제 곧 마감이에요. 어쩌려고 이럽니까?"

인촌이 아무 말 하지 않았다.

"총독 각하께서 선생의 태도를 지켜보고 계신다는 걸 모르세요? 우리 총독부는 선생의 일거수일투족을 면밀하게 관찰하고 있어요. 왜 그런지 아십니까? 선생의 행동 하나하나가 조선 사람들에게 신호가 되기 때문이오."

"나는 우리 조선에서 그렇게 영향력 있는 사람이 아니오. 그저 평범한 선생일 뿐이오."

"우리 조선이라고 했소?"

"그렇소. 우리 조선이오."

"선생, 여기는 총독부요. 총독부 사무실에서 우리 조선이라고 말하면 되겠소?"

"안될게 또 뭡니까? 내가 조선 사람인데."

"본론만 얘기합시다. 창씨개명을 왜 하지 않는 거요?"

인촌은 속이 부글부글 끓어오르는 것을 꾹 눌러 참고, 되도록 평범한 답변을 했다.

"집안 어른께서 허락해 주지 않기 때문이오."

"50살이 넘은 분이 그걸 이유라고 말씀하십니까?"

"우리 조선 사람들은 늙어서도 부모 앞에서는 어린아이입니다."

"죽어도 창씨개명은 안 하겠다 그 말이죠?"

"집안 어른이 반대하는 일을 자식이 할 수는 없습니다."

"마감일이 며칠 남았으니 잘 생각해서 하시오. 김 선생 자신뿐만 아니라 자녀들 장래를 위해서 말입니다."

이렇게 대화가 끝나고 인촌은 돌아갔다. 인촌은 자동차를 타고 가면서 차창 밖으로 보이는 사람들을 보고 용기를 얻었다. '극악무도한 일제 탄압과 수탈을 견디고 살아남은 백성이 저렇게 많지 않은가?' 인촌은 백성들에게 소리 없이 외쳤다. '여러분 조금만 더 견디시오. 저들은 망합니다. 이제 머지않았습니다. 저들은 중일전쟁을 시작할 때 이미 무덤을 팠습니다.'

일본 육군대신 스기야마(杉山元)는 중국을 침공하면서 두 달이면 중국을 굴복시킨다고 일왕에게 장담했다. 그러나 그의 장담은 일개 군인의 오만과 만용에 지나지 않았다. 중국은 전쟁자원이 대륙에 꽉 차 있다. 중국의 인적자원은 세계 1위이고 석유를 비롯한 군량미도 일본을 상대로 싸우기에는 차고 넘친다. 그래서 그런지 중국의 장개석 국민정부는 일본군 침공을 받고도 당황하지 않고 격렬하게 대항하지도 않았다. 일본군이 지나가면 지나가게 길을 열어주고, 남경을 침공하면 남경을 내주고, 무한을 침공하면 무한을 내줬다. 이런 상황을 일본군은 백전백승이라며 축배를 들었지만 중국 정부는 마치 바다가 군함을 삼키듯이 일본군을 내륙으로 유인함으로써 사실상 고립무원의 상태로 만들어 버린 것이었다. 이 상황을 뒤늦게 감지한 일본 총리 고노에(近衛文麿)는 상대하지 않겠다던 중국 국민정부를 향해 평화를 꾀했으나 중국 국민정부는 이를 받아들이지 않았다. 일본군의 진공 작전이 동력을 잃어 한계에 이르렀다. 일본군은 이제 자원고갈로 갈팡질팡할 뿐 어떻게 할 도리가 없었다.

일본군은 중일전쟁 장기화로 미궁에 빠졌다. 그들은 인적자원도 물적자원도 고갈되었다. 그래서 일본은 부족한 자원을 조선반도에서 충당하려 했다. 첫 조치가 1938년 2월 22일에 공포한 「육군특별지원병령」이다. 이에 따라 일본은 그해 6월부터 조선 장정들을 일본군에 입대시키기 시작했다. 이와 아울러 총독부는 조선 학생과 일본 학생을 동등하게 대우한다는 명분으로 4월 1일 새로운 교육령을 실시하여 보통학교를 「소학교」로, 고등보통학교를 「중학교」로 개칭하고 각 학교에서 조선어 교육을 완전히 폐지시켰다.

총독부는 조선에서 전쟁 물자를 조달하기 위해 1934년에 중지했던 「산미증식계획(産米增殖計劃)」을 다시 시작했고, 이해 9월 27일에는 「국민징용령」를 공포하여 조선인 노동력을 그들의 전쟁터에 투입하기 시작했다. 그뿐만 아니라 다방면으로 조선인의 민족말살정책을 실시했는데, 그 가운데 하나가 「창씨개명」이었다. 전대미문의 이 기발한 정책을 개발한 사람은 전에 「황국신민의 서사」를 고안한 총독부 학무국장 시오바라(鹽原時三郎)였다.

총독부는 1940년 2월 11일(일본의 기원절)을 기해서 모든 조선인은 지금까지 사용한 성(姓)을 버리고 일본식 성명(姓名)으로 고치되 강제성은 없으니 알아서 고치라고 홍보했다. 말로는 강제가 아니라고 하면서도 '명실상부한 황국신민이 되려면 누구나 일시동인(一視同仁)의 성은에 혼연히 호응해야 한다.'고 떠들고, 경찰을 동원해서 협박했다. '창씨개명을 하지 않으면 비국민으로 찍혀서 취직이나 출세는 고사하고 장사도 못 하게 될 것'이라는 소문을 퍼뜨리기도 했다.

총독부는 「조선인이 창씨개명을 하지 않으면 어떤 손해를 보게 되는가?」하는 보복을 암시하는 전단지까지 만들어 배포했다. 첫째 자녀의 각급학교 입학이 거부된다. 둘째 공사 기관이 신규채용을 하지 않고, 현직자도 점차 해임시킨다. 셋째 행정기관에 제출하는 서류를 접수하지 않는다. 넷째 비국민 또는 불량조선인으로 보고 사찰대상에 올리는 동시에 1차 징용대상이 되며 각종 배급에서 제외한다. 다섯째 철도국에서 하물을 받아주지 않는다.

일제의 협박 공갈에 못 이겨 대부분 사람이 창씨개명을 할 수밖에 없었다. 그런 와중에서도 일제 횡포를 무릅쓰고 창씨개명을 하지 않은 백성들은 비참한 결과를 맞게 됐다. 전남 곡성의 유 씨는 창씨를 거부하기 위해 자결했고, 전북 고창의 설 씨는 자녀 입학을 위해 창씨개명한 후 투신자살했고, 문인 김문집은 「견분창위(犬糞倉衛)」라고 창씨개명을 했다가 행방불명이 되었다. 견분창위(犬糞倉衛)를 일본말로 발음하면 「이누쿠소 구라메」, 즉 '개똥이나 먹어라'의 뜻이다.

창씨개명이 조선민족 말살정책의 최고봉이라고 생각한 총독부가 태풍이 불듯 밀어붙이자 4개월도 채 넘기지 않고 조선 전 가구의 87%에 달하는 32만 6,105호가 창씨개명을 했고, 2년 동안 계속 강요한 결과 창씨개명을 하지 않은 가구는 극소수만 남았다. 그런데 그 극소수 가구 중에 인촌 김성수가 끼어 있었다. 인촌 자신만이 아니고 그의 주변 사람들 송진우, 현상윤, 장덕수, 백관수, 김준연, 김연수, 그리고 동아일보 직원들과 보성전문학교 교수들도 모두 창씨개명을 하지 않았다. 그래서 총독부 학무국장 시오바라가 인촌을 총독부 학무국장실로 불러 창씨개명을 독촉한 것이다.

총독부의 조선 민족 말살정책의 다음 단계는 언론 죽이기였다. 그들은 1940년 2월 11일까지 자진 폐간하라고 동아일보와 조선일보에 통보했다. 2월 11일은 그들이 건국절로 지키는 날이다. 그래서 창씨개명도 2월 11일을 기해서 실시한다고 했다. 동아일보는 자진폐간하라는 총독부 권유에는 아랑곳하지 않고 창간 20주년 기념행사를 준비했다. 동아일보가 폐간할 기미는 보이지 않고 오히려 기념행사를 대대적으로 준비하는 걸 보고 총독부 경무국장 미쓰하시(三橋孝一郎)는 사장 백관수와 고문 송진우, 조선일보 사장 방응모를 자기 관저로 불러 자진 폐간을 강권했다.

"정세로 보아 언론통제는 불가피하게 되었고, 또 용지 사정도 어려워지고, 후방 전시보국체제를 일원화할 필요가 있어서 언론기관을 하나로 묶을 계획을 세웠소. 그러니 험한 꼴 당하기 전에 자진 폐간하시오."

"……"

"두 회사가 자진해서 신문을 폐간하면 앞으로 1년간 전 직원 월급을 총독부가 지급할 겁니다. 그리고 윤전기를 포함한 인쇄시설 일체를 매입할 것입니다."

미쓰하시가 반협박 반사정조로 두 회사 사장에게 통보했으나 동아일보와 조선일보는 이를 거부하고 앞으로 계속 투쟁할 것을 다짐했다.

두 회사 설득에 실패한 미쓰하시는 계동 인촌 자택으로 찾아가서 자진 폐간할 것을 거듭 강요했다.

"김 선생, 이 일은 총독 각하의 확고부동한 방침이니 시국에 부응해서 좋은 얼굴로 처리하는 것이 좋겠습니다."

"시국에 부응한다고 하지마는 동아일보는 이미 시국에 부응하는 의미로 제호에서 무궁화를 삭제한 바도 있고……."

동아일보는 1938년 2월 총독부 삭제령으로 제호의 배경으로 되어 있던 무궁화 도안을 삭제했었다.

"그것이 무슨 대단한 일이라고 그걸 가지고……."

"기막힌 말씀 하십니다. 그러면 총독부는 대단하지도 않은 것을 가지고 장난으로 그런 명령을 내린 것입니까?"

"아니, 그런 것이 아니고……."

"시국에 부응하는 데도 한도가 있는 것이 아닙니까? 폐간이라고 하면 신문으로서는 죽는 것인데 죽은 다음에 무슨 부응입니까? 동아일보가 죽어야 시국에 부응이 되는 특별한 이유라도 있습니까?"

"그런 것이 있다면 이렇게 찾아오겠습니까? 그 점은 오해 마시고……."

"총독부 명령이라면 따를 수밖에 없습니다마는 부탁이라면 따르고 싶어도 따를 수 없으니 양해하여 주십시오."

"따르고 싶어도 따를 수 없다는 것은 무슨 까닭입니까?"

"동아일보는 몇몇 간부나 기자들의 신문이 아니고 전 조선인의 신문입니다. 우리는 그 위임을 받아 관리하고 운영할 뿐 아침저녁으로 동아일보를 기다리고 있는 독자가 있는 한 제 마음대로 폐간할 수 없다는 말입니다."

"그렇다면 김 선생은 기어이 성전수행에 협력하지 못하겠다는 말씀이군요?"

"이것은 나 개인의 문제가 아닌 줄로 압니다. 동아일보가 전쟁 수행에 방해된다면 법에 따라서 폐간시키십시오. 그렇다면 말씀드린 대로 받아들일 수밖에 없지 않겠습니까?"

"우리는 여태까지 김 선생을 반도의 참다운 지도자로 보고 한 몫 두고 있었는데 크게 실망했습니다. 고집이 센 송진우 씨와는 달리 대세를 알고 어떻게 처신하는 것이 자신이나 반도의 행복을 위하는 것인지를 충분히 알고 계신 줄 알았는데……크게 실망했습니다."

"……."

"오늘은 이만 돌아갑니다마는 동아일보 폐간은 총독부의 기정방침이라는 것을 잊지 마십시오. 동아일보를 쑥밭으로 만들고 싶지는 않지마는 부득이한 일입니다."

미쓰하시는 이날도 인촌 설득에 실패하고 돌아갔다.

15

위기의식을 느낀 인촌과 송진우는 동아일보 구명운동을 시작했다. 그들은 일본 중앙정부를 움직일 목적으로 상만(인촌의 장남)을 조선중앙협회 상무이사 나카지마(中島司)에게 보내 밀서를 전달했다. 조선중앙협회는 조선총독부 고위관직을 지낸 사람들의 친목단체다. 송진우는 상만을 일본에 보내놓고 며칠 후 자신도 일본에 갔다. 그는 우사미(전 총독부 경무국장), 마루야마(초대 내무국장), 세키야(전 학무국장), 호시나가(전기통신공사 사장) 등을 만나 동아일보가 폐간되는 일은 막아달라고 부탁하고, 또 도쿄 유학시절의 인맥을 찾아다니며 다방면으로 신문사 구명활동을 폈다. 이 활동 효과가 나타나 일본정계에 파문이 일어났다. 마루야마와 호시나가는 귀족원에서 정식으로 논란을 일으켰다.

사태가 여기에 이르자 총독부는 동아와 조선 폐간 공작을 중단하고 관망 상태로 들어갔다. 일본에 머무르고 있던 송진우도 이제는 폐간을 면한 것으로 알고 4월 초 귀국했다. 그러나 총독부의 두 신문 폐간방침은 철회되지 않았다. 그들은 새로운 공작으로 동아일보를 공격했다. 인촌과 송진우를 비롯한 중요 간부들의 부정을 파헤쳐 형사입건함으로써 동아일보를 마비시켜 자동폐간 되도록 할 작정이었다.

송진우가 일본에서 돌아오고 두 달 후 6월 어느 날, 일본 경찰 간부들이 명월관에서 회식하다가 요리상에 덮인 신문용지를 보고 주인을 불러 그 종이 출처를 캐물었다. 주인이 그 종이는 동아일보에서 나온 파지라고 대답하자 그들은 "옳거니"하고 그 신문용지를 곱게 빼서 압수하고 회식을 마쳤다. 다음날 총독부 경무국은 동아일보 용도경리 사무직원 김재중을 종로경찰서로 연행하고, 이어서 경리장부 일체를 압수 수색한 후 경리부장 김동섭을 구속했다. 구속이유는 통제물자로 배급제를 실행하고 있는 신문용지를 불법유출했다는 것이다.

그러나 이 일은 사건으로 성립되지 못했다. 파지 한 장으로 사건을 만들어 조선회사 간부들을 구속하고 조사한다는 것은 누가 봐도 온당한 일이 아니었기 때문이다. 사태가 이렇게 되자 망신당한 경무국은 경리부정을 색출하려고 혈안이 되었다. 하지만 김동섭 경리부장의 철두철미한 장부정리는 일본 경찰에게 1전(錢)의 착오도 잡히지 않았다. 일이 이렇게 되자 일본 경찰은 또 다른 공격을 시도했다. 해동은행에 송진우 명의로 예금되어 있는 몇 만 원 외에 유휴자금 2만 원을 보성전문학교에 대여한 것을 문제 삼았다. 일본 경찰은 이 문제를 수사하기 위해 상무 임정엽과 영업국장 국태일을 구속하고 경기도경찰국 경부 사이가에게 사건을 배당해서 조사토록 했다. 사이가 경부는 오니경부(鬼神警部)라는 별명이 붙을 만큼 악독한 경찰이었다. 조선의 많은 지사 중 사이가에게 곤욕을 치른 사람이 한두 사람이 아니었다.

사이가는 인촌을 정조준했다. 그는 동아일보를 없애려면 설립자를 제거해야 한다는 생각으로 인촌을 연행했다. 그는 동아일보가 보성전문학교에 2만 원 대여한 것을 배임횡령죄로 구속하여 인촌을 조선 사회에서 영원히 매장시켜버릴 작정이었다.

"김 선생, 김 선생은 보성전문학교 교장이지요?"

"그렇소."

"그리고 동아일보 설립자지요?"

"그렇소."

"김 선생은 동아일보 돈과 보성전문학교 돈이 김 선생 주머닛돈이라고 생각하시오?"

"그게 무슨 말이오. 나는 그런 생각 한 적이 없습니다."

"동아일보 돈 2만 원이 보성전문학교로 들어갔는데 그런 생각한 적이 없단 말이오?"

"하하하하, 오해하시는군요? 그 돈은 보성전문학교가 동아일보에서 2만 원을 차용한 것입니다. 그래서 이자도 매월 또박또박 내고 있는 걸 모르시오?"

"그것은 나도 알아요. 하지만 동아일보가 2만 원을 꿔 주려면 중역회의에서 동의를 받아야 되는데 중역회의록에 이 사실이 기록되어 있지 않아요. 동아일보 중역인 김 선생이 중역회의도 거치지 않고 자기 맘대로 돈을 빼다가 자기가 운영하는 학교에 빌려준 것 아닙니까?"

"나는 동아일보 중역이 아니오."

인촌은 실제로 동아일보 임원직을 사퇴하고 아무 직책도 보유하지 않은 상태인데 사이가는 그것을 모르고 당연히 중역일 것이라고 추측해서 연행한 것이다.

"정말로 중역이 아닙니까?"

"못 믿겠으면 더 조사하시오."

인촌을 잡으려다 놓친 사이가는 얼마나 실망이 컸던지 인촌이 앞에 있는데도 실망감을 표출했다.

"시맛다."

일본어 '시맛다'는 일이 잘 못 되어 낙심했을 때 자기도 모르게 지르는 탄성으로 '아뿔싸'의 뜻이다. 인촌이 사이가에게 질문했다.

"사건이 될 수도 없는 것을 가지고 나를 연행하고 열두 시간이 넘도록 조사하는 이유가 뭣이오?"

"······."

사이가는 인촌을 구속하기 위해 아침 여덟 시부터 저녁 여덟 시까지 12시간이 넘도록 조사했으나 아무 혐의를 잡지 못하고 인촌을 귀가시킬 수밖에 없었다.

총독부는 동아일보를 폐간시키기 위해 3차 공작을 개시했다. 1차는 신문지 한 장 유출을 빌미로 사건을 확대하려다 실패했고, 2차는 설립자 인촌을 구속수감하려다 실패하더니 이제는 3차 작전으로 동아일보 간부들을 비밀결사조직이라고 몰아붙였다.

일본 정가가 조선총독부의 언론탄압을 문제 삼자 총독부가 주춤했는데, 소나기를 피한 총독부가 동아일보 폐간 공작을 다시 시작하는 것을 보고 송진우가 2차 구명운동을 위해 일본으로 건너갔다. 그러나 이번에는 지난봄과 달리 일본 정가도 일변하여 아무 도움도 받지 못하고 귀국했는데, 부산항에서 대기 중이던 형사에게 체포되어 구속된 채 경성으로 이송되었다.

5월 초에 동아일보 사장 백관수와 고문 송진우, 그리고 간부들이 백운장에서 회식한 적이 있었다. 그런데 경찰은 이것을 트집 잡아 이 회식은 단순한 회식이 아니고 비밀결사의 조직을 모의한 것이고, 송진우 계좌의 은행예금은 독립운동 자금으로 상해 임시정부로 보냈다고 우겨댔다. 경찰은 사장 백관수와 고문 송진우, 그리고 간부 여러 사람을 구속해놓고 조사한다며 한 사람씩 불러내서 곤죽이 되도록 두들겨 팼다. 구속수감 중인 송진우가 고민 끝에 사이가에게 은근히 물어봤다.

"당신들 진의가 뭐요?"

사이가는 사실대로 실토했다.

"사실은 상부 지시가 있었소. 당신들이 신문사를 자진 폐간하면 만사는 해결되오."

동아일보를 구할 길은 없었다. 두 차례나 일본을 왕래하며 구원을 요청했으나 길이 없었고, 국내에서도 갖은 노력을 다했으나 어쩔 도리가 없었다. 그래서 종로경찰서 수사과장실에서 약식 중역회의를 했다. 사장 백관수가 말했다.

"나는 폐간 신고서계에 서명날인하지 않겠소."

사장 백관수가 폐간 신고서 서명 날인을 거부하자 중병 중에 있는 임정엽을 발행 겸 편집인으로 명의를 변경하여 그의 이름으로 폐간 신고서를 내도록 했다. 그리고 1940년 7월 26일 본사에서 정식으로 중역회의를 열어 이미 제출한 폐간 신고서를 추인했다. 1940년 8월 10일 장덕수 지시로 김한주가 작성한 폐간사는 이러하다.

「본보는 자못 돌연한 것 같으나 금 8월 10일로서 소여(所與)의 보도사명에 바쳐오던 그 생애를 마치게 되었으니 오늘의 본지 6,819호는 만 천하 독자제위에게 보내는 마지막 지면이다.

회고하면 재등총독(齋藤總督) 시대의 문화정치의 일단으로 반도 민중에게 허여된 언론기관의 하나로서 대정 9년 4월 1일 본보가 화동 일우(一隅)의 추루(湫陋)한 사옥에서 고고(呱呱)한 성(聲)을 발한 이래 실로 춘풍추우(春風秋雨) 20년, 자간에 사회 각반의 진운과 함께 미력이나마 본보가 신문 본래의 기능을 발휘하여 조선문화운동의 일익적 임무를 다하여 왔음은 적이 독자제위의 뇌리에도 새로울 줄 믿는 바이다. 그러나 이제 당국의 언론통제에 대한 대 방침에 순응함에 본보는 뒤를 보아 서량(恕諒)하는 바 있을 줄 믿는다.

무릇 보도기관으로서의 신문의 사명이 결코 뉴스의 제공에만 그치지 않고 일보 나아가서 변전하는 시류에 처하여 능이 엄연 (儼然)한 비판적 태도와 부동의 지도적 입장을 견지함에 있음은 주지의 사실이다. 그러나 이같은 의의는 특히 과거 조선에 있어서 더욱 광범하였음을 볼 수 있으니 그것은 극도로 뒤진 이 땅의 문화적 수준에서 귀결되는 필연적 사실이었다. 이에 오인(吾人)은 다시금 본사 주최 및 후원(後援)의 방계적 제반 사업과 행사에까지 상도(想到)치 않을 수 없으니 그중에는 이미 적으나마 결실된 것도 있고 또 아직 개화성육(開花成育) 중의 것도 있다. 그러나 한 번 뿌려진 씨인지라 오늘 이후에도 싹 밑엔 또 새싹이 트고 꽃 위엔 또 새 꽃이 필 것을 믿어 의심치 않는 바이다.

속담에 일러 10년이면 강산도 변한다 하거니 20년의 세월은 과연 기다(幾多)의 괄목할 변천을 보이고 있다. 더욱이 제2차 구주대전의 발발로 말미암아 국제정세의 명일은 거연(遽然) 역도(逆睹)키 난(難)한 바 있으니 이때 지난날을 반성하면 오인은 온갖 성의와 노력의 미급(未及)에 오직 자괴(自愧)하여 마지않을 뿐이다. 그러나 또 그럼에도 불구하고 이날 이때껏 한결같이 연면(連綿)된 독자제위의 심절(深切)한 편달과 애호에 대해서는 충심의 사의를 표하는 동시에 그 마음 그 뜻에는 새로운 감격의 염(念)을 금할 수 없는 바이다. 끝으로 20년간 본보를 위하여 유형무형의 온갖 지도 원조를 불석(不惜)하신 사회 각반 여러분의 건강을 심축(心祝)하며 간단한 폐간의 사(辭)를 마치려 한다.」

동아일보 폐간 후 인촌은 본인 소유 동아일보 주를 모두 송진우에게 넘겼다. 동아일보사를 동본사(東本社)로 개편하여 소신대로 밀고 나갈 수 있도록 하기 위해서였다. 1937년 7월에 발발한 중일전쟁은 교착상태에 빠졌다. 일본은 그해 12월에 남경을 침공하고, 이듬해 5월에는 서주를, 10월에는 무한과 광주를 함몰시켰다. 중국군은 연전연패하며 대도시를 차례로 빼앗겼으나 항복하지 않고 오지 산악지대로 들어가 저항했다. 일본은 전쟁이 장기화되자 전쟁물자 확보를 위해 남방으로 진격했다. 그들은 이른바 '대동아공영권' 건설을 내세우고 남방으로 진격해서 1940년 9월 프랑스령 인도차이나 북부를 침공했다. 이는 프랑스가 독일침략을 받아 항복한 것을 기회로 인도차이나를 침략한 것이다.

일본이 남방을 침공한 것은 석유자원을 확보하기 위한 것이었다. 일본의 군사행동이 한국과 중국을 거쳐 동남아시아로 확전되어 갈 때 미국과 영국은 여러 산유국으로 하여금 일본에 대한 석유금수 조치를 취하도록 했다. 일본이 석유를 확보하지 못하면 더 전쟁을 수행할 수 없게 되기 때문에 미국·영국과 외교로 풀고자 노력했으나 먹혀들지 않았다. 그래서 일본은 미국·영국과 전쟁을 결심하고 1941년 12월 하와이 진주만을 가미카제 특공대로 기습공격함으로써 태평양전쟁이 시작되었다.

전쟁 초기에는 일본군이 동남아 각국을 휩쓸었다. 일본군은 1942년 1월 2일에 마닐라를 점령하고, 2월 15일에는 싱가포르를, 3월 9일에는 인도차이나를 점령하여 유전을 확보했다. 그리고 5월에는 필리핀 전역을 장악하고, 뉴기니까지 점령해서 동남아 전역이 일본 손아귀에 들어갔다. 연전연승을 거듭한 일본은 군부뿐만 아니라 국민까지도 승리감에 도취되어 '일본은 절대로 망할 수 없는 신국(神國)이다.'라는 믿음을 가졌다.

인촌은 자택에서 미국과 일본이 전쟁을 시작했다는 뉴스를 들었다. 이 뉴스를 듣고 인촌은 부인에게 말했다.

"우리 조선이 이제 독립하게 되었소. 나는 왜놈들이 제 분수를 알고 미국과의 충돌만은 피할 줄 알았는데 왜국이 끝내 일을 저지르고 말았어. 하하하하."

인촌은 미국과 영국의 실력을 잘 안다. 그는 세계여행에서 직접 눈으로 보았기 때문이다. 일본의 실력은 미국과 영국에 비할 바가 못 된다. 그래서 인촌은 일본이 겁 없이 미국과 전쟁을 시작했다면 일본 패망은 기정사실이 되고 따라서 조선이 해방된다고 확신했다.

일본은 조선을 식민지로 만든 이후 1937년 중일전쟁을 일으킬 때까지는 조선통치를 느슨하게 했다. 그런데 그들이 중국을 침공한 이후부터는 조선통지 강도가 달라졌다. 중일전쟁에 소요되는 전쟁물자 수급을 조선에서 조달해야 하기 때문이다. 일본은 조선을 완전히 병참기지로 만들었다. 공출이라는 이름으로 조선 백성의 식량을 모조리 수탈했고, 철제나 놋쇠 제품을 강제로 탈취했다. 그들은 조선에서 물자만 강탈한 것이 아니고 병력자원도 강제로 동원했다. 20대 청년은 병력으로, 40대 장정은 노무자로 동원해서 전쟁터에 배치했다.

일본은 오직 전쟁을 위해 존재하는, 전쟁에 미친 국가였다. 그들은 가미카제 특공대로 하와이 진주만을 공격함으로써 전쟁광의 모습을 여실히 보여줬다. 가미카제 특공대는 전투기 조종사에게 폭탄을 싣고 날아가 미국 항공모함 굴뚝으로 들어가라고 명령했다. 조종사와 전투기가 하나의 폭탄이 되어 미 해군 전함을 향해 날아간 것이다. 그 전투기를 조종한 조종사는 사람이 아니고 로봇일 뿐이었다. 그 로봇은 미군 함정 굴뚝 속에서 폭사하기 위해 태어난 황국신민이었다.

반년 동안 연전연승을 거듭한 일본해군이 미드웨이 전투에서 미 해군에게 참패당했다. 일본 해군은 미 해군 기동대의 10배나 되는 전투력으로 미군 항공모함을 공격했으나 겨우 한 척을 침몰시키는 데 그쳤다. 반면 미 해군은 일본 항공모함을 4척이나 침몰시켰다. 또 미 육군이 뉴기니아 동방 솔로몬 제도(島)의 과달카날 섬에 상륙하여 일본군을 격퇴했다. 일본으로서는 미드웨이 패전과 과달카날 패전이 처음으로 맛보는 패전이었고, 그들의 절대불패 심리도 여지없이 깨지고 말았음에도 일본은 미드웨이 해전과 과달카날 전투에서 자기들이 승리했다고 대대적으로 선전했다.

이 와중에 조선에서 미나미 총독이 물러나고 후임으로 육군대장 고이소(小磯國昭)가 제8대 총독으로 부임했다. 신임총독 고이소는 조선백성 숨통을 더욱 더 조였다. 그는 조선 백성을 옥죄기 위해 몇 년이 지난 일이라도 꼬투리만 잡히면 경찰서에 연행해서 혹독한 고문을 가했다.

총독부는 1942년 10월 '조선어학회 사건'을 날조했다. 민족 말살을 위해 창씨개명을 강요하고, 조선어 교육을 금지하고, 일본어 사용을 강요하고, 동아일보와 조선일보를 강제폐간시킨 총독부로서는 이제 남은 것 중 제일 눈에 거슬리는 것이 1929년 10월에 발족해서 추진되고 있는 조선어학회의 '조선어사전 편찬사업'이었다.

총독부 경무국은 조선어학회 간부들을 연행했다. 이때 연행된 사람은 이윤제 한징 이극로 이희승 정인승 정태진 김법린 김도연 이인 서민호 이인화 김양수 등 30여 명이다. 총독부는 조선어학회를 민족주의단체라는 구실로 없애버리려고 했다.

이 사건으로 인촌도 경무국 보안과장 야기(八木)에게 시달림을 받았다. 인촌이 조선어사전 편찬사업에 많은 돈을 지원했을 뿐 아니라 동아일보도 이 사업을 적극 지원했고, 또 인촌이 '조선기념도서출판관'의 초대 관장이었기 때문이다. 인촌이 조사받는 자리에서 야기에게 물었다.

"조선어학회를 불온단체라고 하는데 조선어사전을 만들어냈다고 조선이 독립된다고 생각하오?"

"직접적으로는 안 돼도 그 거름은 되지요."

"그런 식으로 한다면 총독부에서 하는 일 가운데도 조선독립의 밑거름이 되는 일이 어디 한 두 가지겠소? 이를테면 징병제 같은 것은 조선 사람에게 군사훈련을 시켰다가……."

"말을 삼가시오. 지금이 어느 때라고 그런 억설을 함부로 하오?"

"옳은 말이오. 우리로 볼 때는 사전편찬을 독립운동이라고 하는 것도 억설이고 억지로밖에 보이지 않소."

"우리는 근거가 있어서 하는 말이오. 김 선생은 그 일에 적지 않은 돈을 낸 증거가 있는데 그것도 아니라고 하겠소?"

"내가 돈을 낸 것은 조선어편찬사업이지 그것이 독립운동은 아니오.”

“그러면 그것이 독립운동이 된다면 돈을 안 댔겠다는 말이오?”

“……”

“왜 말이 없소?”

“증거가 있다고 했는데, 그것이 죄가 된다면 법에 따라 처리하면 되지 않소?”

“김 선생……”

야기가 갑자기 어조를 바꿨다.

“그런 딱딱한 얘기는 그만하고, 어떻습니까? 저와 한 잔 하지 않으시렵니까?”

야기는 그날 저녁 인촌을 자기 집으로 데리고 가서 저녁 식사 겸 술자리를 마련했다. 그는 자기 부인에게 인촌을 소개했다.

“조선의 민족주의자 김성수 선생이오. 김 선생한테 큰절을 올리시오.”

그의 아내가 남편이 시키는 대로 인촌에게 큰절을 올렸다.

“김 선생은 겉으로 보기에는 사과 같지만 속은 고추라오. 조선 사람들이 좋아하는 매운 고추 말이오.”

인촌과 야기는 반주로 술을 몇 잔씩 주거니 받거니 마셨다. 거나하게 된 야기가 자기 부인에게 말했다.

“총독부 선임자들은 한결같이 김 선생을 원만하고 조선의 갈 길을 아는 분이라고 칭찬이 자자했는데 그렇게 알았다가는 큰코 다치지, 하하하하……”

인촌은 이 날 이후 조선어학회 사건으로 더는 괴로운 일을 당하지 않았다. 하지만 야기가 왜 그를 집에까지 데리고 가서 함께 저녁 식사를 한 의도는 무척 궁금했다. 그리고 세간에서는 인촌이 야기 집으로 초대받아 융숭하게 대접받은 사건이 화제가 되었다.

일본의 광란은 극에 달했다. 조선 학교들은 학교라기보다 황국신민을 만들기 위한 공장이 되고 말았다. 학교가 황국신민 제조공장으로 변해가는 과정에 보성전문학교 교장 인촌은 말할 수 없는 수모를 수시로 당해야 했고, 그 수모 뒤에는 고민도 많았다. 그 한 예로 창씨개명을 하지 않고 버티는 마음의 고통은 이루 말할 수가 없었다. 날이 갈수록 총독부의 감시, 감독, 통제가 심해지는 가운데 사학인 보성전문학교 앞날은 풍전등화였다. 총독부는 대놓고 보성전문학교를 향해 학풍과 자세를 바꾸라고 강요했다. 그들의 강요는 1942년 3월 19일에 개정된 총독부 학칙에서도 볼 수 있었다. 그 학칙 제1장 총칙 제1조는 이러했다.

「본교는 조선학교령에 의하야 법률 및 상업에 관한 고등의 학술을 교수하고, 특히 황국의 도(道)에 기하야 단체 관념의 함양 및 인격의 도야에 유의함으로써 국가 순요(順要)의 재(材)로써 족(足)한 충양유위(忠良有爲)의 황국신민(皇國臣民)을 연성(鍊成)함을 목적으로 한다.」

각 과 각 학년에는 매주 1시간씩 일본학을 두었고, 체조 시간 이외에 군사 교련 시간을 두었다. 그리고 아침마다 '황국신민의 서사'를 외워야 했고, 수업 시간에는 반드시 일본어만 사용해야 했다. 1943년에는 징용 선풍이 불었는데 학생들은 근로봉사라는 이름 아래에 단체로 동원되었다. 보성전문학교가 처음으로 근로봉사에 동원된 것은 1943년 5월에 수원 서호 저수지 준설작업이었다. 이 동원은 하루가 아니고 6일간 계속하는 작업이었다. 보전 교수들은 이 동원에 대해서 의견이 분분했다.

김 교수 "정말 거부하고 싶은 동원인데 이걸 꼭 가야 하나?"

최 교수 "만약 동원을 거부하면 총독부가 가만두겠어요?"

신 교수 "안 됩니다. 별 것도 아닌 걸 가지고 철퇴 맞으면 되겠어요? 캠핑 가는 셈 치고 가야지."

이 교수 "맞아요, 피할 수는 없어요."

김 교수 "피할 수 없다면 어떤 자세로 참석할까요? 그냥 시늉만 내고 돌아오느냐? 아니면 적극적으로 작업을 하느냐 이 말입니다."

장덕수 교수 "우리 학교에 배당된 작업은 수원 서호 저수지 준설공사라고 합니다. 저수지 준설공사는 우리 국민에게 유익한 공사입니다. 기왕에 참석할 거라면 긴 안목으로 우리 국민을 위해 전력을 다해 작업합시다. 우리가 그렇게 함으로써 조선 남아의 체력과 정신력을 보여줄 수 있는 계기가 될 것입니다."

교수들이 모두 동의해서 우리 힘으로 우리의 저수지를 파낸다는 정신으로 보전 학생들이 근로봉사대에 참석했다. 장덕수 교수 말이 학생들에게 전해졌다. 작업결과는 놀라웠다. 보전 학생 600여 명이 일본계 학교 3개교보다 더 많은 성과를 올렸다. 이에 놀란 학무당국은 애초에 계획했던 우수학교 시상도 취소하는 잔꾀를 부렸다.

작업이 끝난 날 밤, 보전 학생 600명은 서호 호숫가에 횃불을 밝혀놓고 어깨동무를 하고 민요를 부르면서 즐겁게 놀았다. 학생들이 부르는 교가와 응원가, 그리고 아리랑, 쾌지나칭칭나네 등 노래 속에 한이 박혀 있어 교수들은 눈물을 흘렸다. 전쟁을 일으켜 쫓기고 있는 일본의 광란 속에서 이렇게 학생들이 집단으로 젊음을 구가하는 것은 처음이다. 그런데 이 학생들이 폭발하여 다른 사고를 저지르면 어쩌나 하고 걱정하는 교수들도 있었다. 그래서 장덕수가 인촌에게 말했다.

"교장 선생님, 이 정도에서 끝내고 숙사로 돌아가는 것이 좋겠습니다."

"그대로 두시오. 나는 보전 교장이 된 이래 이렇게 가슴이 벅차기는 오늘 밤이 처음인데, 아마 이것이 마지막이 될 수도 있을 것이오."

"그러다가 무슨 사고라도 내면 학교는 어찌 되겠습니까?"

"그러기에 우리가 이렇게 지키고 있는 것 아니오?"

학생들은 이날 밤늦게까지 목이 터져라 노래를 부르다가 숙사로 돌아갔다.

미군은 일본을 향한 반격을 본격화했다. 일본군은 미드웨이 해전과 과달카날 패전 이후 미군을 상대로 단 한 번도 승전한 적이 없다. 뉴기니아에서도 참패했고, 알래스카 아츠 섬을 점령 중이던 일본군도 전멸했다. 일본군은 미군과의 전쟁에서 패전을 거듭한 결과 전사자 속출로 전투능력이 급감했다. 일본은 1943년 8월 1일 조선 징병령을 단행했다. 그들은 본래 1944년부터 조선 징병을 실시하려 했으나 병력감소가 급전직하로 떨어져 1년 앞당겨 시작한 것이다.

그리고 10월 20일에는 '특별지원병제'라는 것을 실시하여 조선의 모든 전문학교와 대학교 학생들을 전쟁터로 내몰았다. 이 특별지원병제는 지원 학생에 한해서만 받고 지원자 중에서도 사상이 불온한 자는 제외한다고 공포했다. 그런데 지원자가 단 한 명도 나오지 않으므로 방침을 바꿔서 모든 학생을 끌어가기로 했다. 일본은 이 '특별지원병제'를 통해서 병력을 보충하려고 혈안이 되었다. 신문과 잡지와 방송을 통해 매일 보도함은 물론이고, 총독부 이하 모든 관공서 행정력을 동원해서 회유와 협박과 공갈로 지원을 강요했다. 일부 학생은 이들 회유에 속아 넘어가거나 공갈 협박을 못 이겨 지원했지만 대부분 학생은 지원을 회피했다. 이렇게 되자 총독부는 학생들 주소지로 찾아가 체포 구금해서 군대에 보내기도 했다.

일본은 조선 학생을 대상으로 실시한 '특별지원병제'와 병행해서 각계 지도자들을 동원해 전국 대도시 강연회를 열었다. 그 강연회는 전문학교와 대학교 학생을 대상으로 '학도출진(學徒出陣)'을 권유하는 강연회로서 순전히 총독부 강요로 행해졌다. 인촌은 일본의 이런 광란을 보기 싫어 전곡 해동농장에 가서 병을 핑계로 칩거에 들어갔다. 그러나 악랄한 총독부 관헌들에게는 칭병도 통하지 않았다. 인촌은 일본 헌병에 의해 춘천에 끌려갔다. 강연장에는 이미 많은 청중이 동원되어 있고, 지도자급 인사들이 순서대로 강연했다. 어찌된 일인지 장덕수도 끌려가서 강연 순서를 기다리고 있었다. 인촌은 이 순간을 어떻게 모면할까 궁리했지만, 칭병도 무시하는 무뢰한들 앞에서 도저히 방법이 없었다. 그는 생각했다. '내가 모든 것을 버릴 각오를 한다면 이따위 강연을 거부할 수 있다. 아직 생존해 계신 생부와 생모, 부인 고 씨가 낳은 자녀 4명과 부인 이 씨가 낳은 자녀 9명, 그리고 아우들, 선친이 투자해서 벌여놓은 경성방직, 중앙고등보통학교, 동아일보, 보성전문학교를 다 포기한다면 무엇을 못 하랴……죽어도 강연을 못하겠다고 거부할까…? 하늘에 계신 아버지, 나는 어떻게 해야 합니까?'

인촌은 깊은 고민에 빠졌다. 그러다가 문득 일본군이 미군과의 전투에서 연전연패하고 있으며 머지않아 일본은 패망한다는 확신이 뇌리를 쳤다. '그래, 승리를 위해서 져 주는 건 전략이다. 해방된 조국을 맞이하기 위해 져주자.' 그는 이렇게 마음먹고 있는데 옆에 앉아 있는 장덕수가 일어서면서 따라오라고 했다. 인촌도 일어서서 사람들과 열 걸음 정도 떨어진 장소에서 장덕수가 말했다.

"선생님, 카이로에서 중대 발표가 나왔습니다."

"음? 무슨 발표요? 간단히 말해 봐요."

"미국 대통령 루스벨트, 영국 수상 처칠, 중국 장개석이 만났는데 중요한 합의를 하고 이를 발표했습니다."

"아, 기다리고 있던 일이 참말로 일어나는구먼. 그래, 중대 발표가 뭣이오?"

"첫째는 일본이 탈취하고 점령한 섬들을 다 박탈해서 주인에게 돌려주고……."

"음, 둘째는?

"둘째는 만주, 대만, 팽호도 등 일본이 청나라에서 빼앗은 모든 지역을 중국에 반환하고……."

"셋째는?"

"셋째는 조선 인민의 노예 상태에 유의하여 장차 적당한 시기에 조선을 자유롭고 독립된 나라로 만든다는 것입니다."

"음, 넷째는?"

"없습니다. 세 가지 항목을 발표했습니다."

"그 내용을 언제 어디서 입수했소?"

"영국 친구한테서 어젯밤에 전화가 왔습니다."

"되았소. 바라던 바 대로 되았어. 하하하하, 오늘 연설을 지혜롭게 넘깁시다. 조선은 이제 살게 되었으니 말이 되든지 안 되든지 적당히 얼버무리고 단에서 내려서면 그만이오."

인촌은 장덕수에게 아랫사람 대하듯이 해도 되는 관계였지만 항상 존댓말로 대했다. 총독부 관리가 인촌에게 와서 순서를 알렸다.

"김 선생, 이번에 올라가 연설하십시오."

"알았습니다."

연설자가 단상에서 내려오고 인촌이 올라갔다. 그는 말을 하지 않고 한동안 서 있다가 겨우 입을 열었다.

"이 사람은 대중 앞에서 연설할 줄 모르기 때문에 다음에 나와서 연설하는 사람의 말을 이 사람이 하는 말과 같은 것으로 들어주시기 바랍니다."

이 말을 남기고 단에서 내려갔다. 그리고 다음에 단에 올라간 사람은 장덕수였다. 총독부 직원들은 인촌의 연설 아닌 연설을 듣고 허탈했으나 말주변이 없어서 말을 못 한다는 데는 어쩔 도리가 없었다.

1월 22일자 「매일신보」에 망측한 기사가 떴다. 「보전 교장 김성수 담」이라 하여 「징병이 닥쳐왔다. 군인 원호사업에 한층 분발하자.」는 제목의 기사가 실린 것이다. 동아일보와 조선일보를 비롯한 각종 신문이 다 폐간되고 우리말로 발행되는 유일한 신문 「매일신보」는 총독부 기관지로 허위와 왜곡을 일삼는 총독부 꼭두각시였다. 「매일신보」 기자가 계동 인촌 자택에 가서 '다음은 선생님의 차례'라면서 제자들을 학병으로 보낸 학교장으로서 감격을 써달라고 한 일이 있었다. 그때 인촌은 사양했다.

"아시다시피 나는 글을 쓸 줄 모르오."

"이것은 신문사 청탁이 아니고 총독부 지시올시다. 꼭 써 주셔야 합니다."

"총독부 지시라고 없는 재간이 생겨나겠소?"

인촌으로부터 글을 받아내지 못한 기자는 말씀이라도 몇 말씀 해 달라고 하면서 인촌에게 물었다.

"조선 청년들이 전장에 나가게 된 것은 현실적 사실이 아닙니까?"

"그렇지요."

"뒤에 남은 우리들은 그들의 가족을 도와야 하지 않겠습니까?"

"도와야지요."

기자의 질문과 인촌의 대답은 이것뿐인데 「매일신보」가 장황하게 각색하여 보도했다. 기사 내용은 이러하다.

「요즘 한결같은 순충(純忠)의 마음으로서 군문에 들어간 우리 학병들의 전도(前途)는 승리와 광명이 있을 뿐이다. 이제 대망(待

凞)의 징병이 시행됨에 따라 우리는 학생이 없는 가정이라도 적령기의 청년 남아를 가진 집에서는 모두 이 며칠 동안 반도 전역이 감격으로 환송하는 장쾌한 병역의 성사를 맛보게 될 것이다. 반도 출신의 젊은 병사들을 전열(戰列)로 보내는 것은 실로 이제부터 시작되는 것이다. 떠나는 병사나 보내는 부모형제, 이 광경은 이웃집의 일이 아니요 이제 남의 일이 아니다. 머지않아서 내 앞에 당하는 내 일임을 이제 학병을 보내면서 다시 크게 각오하여야 할 것이다. 이렇게 생각한다면 이제 우리가 학병을 보내면서 여러 가지로 미흡하였던 점, 또는 당자도 준비가 부족하였던 점도 점차 개선되어 징병의 진(陣)에 유감이 없게 될 것이다. 또한 그 동안 신문에도 많이 보도되었거니와 아들과 남편을 나라에 바치는 가정 중에는 가정사정이 심히 곤란한 곳이 적지 않음을 알 수 있다. 이런 가정, 이런 부모를 뒤에 남기고서 전열에 나가는 병사들로 하여금 '뒷일은 우리가 맡을 터이니 오직 잘 싸워달라.' 출정군인 유가족을 위한 여러 가지 원조사업에 또한 만전을 기하여야 할 것이다. 당국에서도 일찍이 「군인원조회 조선본부」를 두고 각도에 지부 분회를 설치하여 각종 사업으로써 유가족의 직업보도 또는 의료, 교육 등 각 방면으로 원호의 손을 뻗치고 있기는 하지만, 반도에서 군인들이 많이 나오면 나올수록 이 원호사업도 더 확충하여가야 할 것이고, 이러한 사업이야말로 반도 민중이 다 함께 키워 나아가도록 힘써서, 싸우는 반도의 책임을 완전히 수행하도록 할 것이다.」

이 글은 학도병 출진을 홍보하는 글로서 사회면에 마련한 고정란에 실리지 못하고 일반 기사로 나갔는데 이것은 인촌 본인의 글이 아니기 때문이다. 「매일신보」 징병 홍보 고정란에는 많은 명사가 본의 아니게 총독부 강요로 글을 실었다. 인촌은 이 기사를 보고 엄청난 날조와 조작에 분개했으나 상대가 총독부 기관지이니 만치 아무런 조치를 할 수가 없었다.

16

미군은 사이판에 상륙하면서 마리아나 해전에서 일본 해군과 공군을 재기불능 상태로 만들어버렸다. 이 전투 참패로 개전 이래 최대 위기에 몰린 일본 정부는 총리와 육군대신, 그리고 참모총장까지 겸하고 있던 도조(東條英機)가 실각하고, 조선 총독 고이소가 총리 자리에 앉고, 온건파로 알려진 해군대장 요나이(米內光政)가 해군대신으로 앉아 고이소와 요나이 협력내각이 들어섰다.

그리고 조선 총독 고이소 후임으로 아베(阿部信行)가 제9대 조선 총독으로 부임했다. 아베는 1930년대 일본 정부 총리대신을 역임했고. 태평양전쟁을 일으킬 때 중신의 한 사람으로서 히로타(廣田弘毅)와 함께 도조의 개전론을 지지했던 사람이다.

세계정세는 급변했다. 연합군은 유럽에서 독일과 이탈리아를 제압했고, 미군은 필리핀의 레이테만에 상륙했다. 그리고 사이판 섬을 기지로 삼은 B29 편대와 함재기가 도쿄를 비롯한 일본 본토 각지에 본격적인 폭격을 시작했다. 전황이 이렇게 되자 일본은 두려움에 떨기 시작했다. 그들이 가장 두려운 것은 이미 점령해서 통치하고 있는 필리핀, 버마, 말레이, 인니 등 동남아 국가들의 이반이었다. 일본은 이 국가들을 영원히 통치하면서 석유를 비롯한 여러 가지 자원을 누리려 했는데 전황이 불리해지자 이 국가들을 놓칠까봐 그것을 두려워했다.

그래서 일본은 필리핀, 버마, 말레이, 인니 등에 독립을 약속하고 정부수립을 하도록 도와주는 정책을 구현했다. 일본의 선심 정책은 조선에도 예외 없이 적용되었다. 그러나 일본이 조선에 제시한 선심 정책은 동남아와 달리 참정권이었다. 동남아 국가들에는 정부수립까지 도와주겠다면서 조선에는 겨우 참정권만 주겠다는 것이다. 이것은 조선 총독부가 이미 조선을 완전히 장악하고 있기 때문에 '조선은 곧 일본이다.'라는 그들의 속내를 드러낸 것이다.

그들이 선심 정책으로 내놓은 참정권 내용은 이러했다. 첫째 조선인 중에서 10명 이내의 귀족원 의원을 임명하고, 둘째로 차기 총선거에서 23명의 중의원 의원을 선출한다는 것이다. 일왕은 이 법률의 공포 시행과 함께 「조선 주민을 위해 제국의회의 의원이 되는 길을 열고 널리 중의(衆議)로써 국정에 참여케 한다.」라는 칙어(勅語)도 발표했다.

이런 선심 정책 일환으로 총독부 정무총감 엔도(遠藤柳作)가 인촌을 자기 사무실로 초청했다.

"오늘 이렇게 오시라고 한 것은 다름 아니고⋯⋯대동아전쟁을 승리로 이끄는 데에 우리 반도가 이바지할 것이 크다는 것을, 황공하옵게도 천황폐하께서는 가상히 여기시어 반도인들에게도 참정권을 주기로 작정이 된 것은 선생도 익히 알고 있을 줄로 압니다."

"……."

인촌은 아무 말 하지 않고 듣고만 있었다.

"얼마나 영광스러운 일입니까? 선생으로서는 누구보다도 감개가 무량하실 것입니다."

"……."

"김 선생, 잘 들으십시오. 남작(男爵)의 작위와 함께 귀족원 의원이 될 한 분으로 총독 각하께서는 김 선생을 천거하기로 했다는 말씀입니다."

"저를 귀족원 의원으로요?"

"그렇습니다. 이런 홍은은 반도 역사 이래 처음 있는 경사라 할 것입니다."

"제가 어떻게 해서 그런 영광을 입게 되는지 도무지 알 수 없습니다."

"천만의 말씀. 반도인들은 고래로 허명과 대언장담을 좋아해서 그런 부류의 사람을 높이 받들지마는 우리 총독부 안목은 다르지요. 그들은 큰소리나 했지 실지로 해놓은 것이 뭐 있습니까? 그런데 김 선생은 보전을 비롯한 동아일보사, 경성방직, 중앙고보 등을 창설, 육성해서 총독 정치에 기여한 공은 훈1등 감이지요. 그런즉 겸양할 것은 조금도 없습니다. 당당히 이 영광을 받아도 좋습니다."

"저는 그런 영광을 받을 수 없습니다."

"뭐요? 지금 뭐라고 했습니까? 어째서 못 받겠다는 것입니까?"

"못 받겠다는 것보다 받을 자격이 없습니다."

"지금 충분히 있다고 하지 않았습니까?"

"사람에게는 양심이라는 게 있습니다. 저는 아무리 생각해 봐도 그런 영광을 받을 만큼 일본제국에 대해서 한 일이 생각나지 않습니다."

"그렇다면 황공하옵게도 천황폐하께서 내리시려는 칙명(勅命)을 거절하겠다는 말인가요?"

"그게 아니고 세상에서 봐도 공이 없는 사람에게 그런 영광을 주신다면 일본 왕실의 존엄에도 흠이 가지 않을까 생각합니다. 평소에 내가 존경하는 분의 한 분이 복택유길(福澤諭吉) 선생인데 그분도 일생을 교육에 바쳤고, 무위 무관으로 생을 마쳤습니다. 저도 그렇게 일생을 지내고 싶은 것이 소원입니다. 총독 각하께도 내 뜻을 전해 주십시오."

인촌은 도망치듯 그 사무실을 빠져나갔는데 다음날 엔도가 전화를 했다.

"어제 내가 총독 각하의 뜻인 것처럼 말한 것은 내 독단에서 한 것이니 어제 일은 없었던 것으로 해 주십시오. 그러니 이 말이 퍼지면 엔도로서는 크게 유감으로 생각하겠습니다."

이 전화를 받고야 인촌은 마음을 놓을 수가 있었다. 1945년 4월 3일 일본 정부는 조선인 7명을 귀족원 의원으로 발령했으나 그 중에 인촌 이름은 끼지 않았다.

일본은 이해 4월 미군에 의해 오키나와를 점령당하고, 8월 6일에는 히로시마에, 3일 뒤 8월 9일에는 나가사키에 원자탄이 투하되어 사상공전(史上空前)의 피해를 입었다. 그 뿐만 아니라 일본의 해군 공군은 전멸되어 미 공군 B29 폭격기가 대도시 상공을 누비고 다녀도 저항이 전무했다. 미 공군 B29 폭격기는 대도시는 물론이고 중도시 상공에도 나타나 폭탄을 무차별 투하했다. 일본 전토는 도시 기능이 완전히 마비된 잿더미로 변했다. 이래도 일본은 항복하지 않고 버틸 것인가? 이것이 세계인의 관심사였다.

1945년 8월 11일 저녁 원서동 송진우 자택 전화 벨이 요란하게 울렸다. 송진우가 수화기를 들었다.

"여보세요."

"안녕하십니까? 저는 총독부 경무국 차석사무관 하라타입니다."

"예, 그런데 무슨 일로 전화를 하셨습니까?"

"긴히 의논할 일이 있는데 만나서 말씀드리고 싶습니다."

송진우는 대답하지 않고 잠시 생각했다. 이날 아침 강병순 변호사가 원서동 송진우 자택으로 가서 일본이 머지않아 '무조건 항복'한다는 정보를 주고 갔다. 송진우는 하라타(原田)의 전화를 받으면서 '무조건항복'이라는 정보가 떠올랐다. 그는 하라타의 면담요청을 받아들여 즉시 외출했다.

송진우는 하라타가 면담 장소로 정한, 본정(本町 : 지금의 충무로)에 있는 일본인 사택으로 갔다. 하라타는 그곳에서 경무국 보안과장 이소자키(磯崎)와 조선군 참모 간자키(神崎)와 함께 송진우를 기다리고 있었다. 하라타가 자리에서 벌떡 일어서며 말했다.

"오늘 이 만남은 총독 각하의 지시입니다. 나 개인자격이 아니라는 것을 먼저 말씀드립니다."

"그렇습니까? 용건은 뭡니까?"

"소련군이 조선 영토에 침입했습니다. 이 문제를 의논하려고 합니다."

하라타의 말은 사실이었다. 소련군이 8월 9일 새벽 두만강을 건너 경흥을 침략해 들어왔고 나진, 웅기, 청진 등에도 폭격을 퍼붓고 있었다.

"그런 일은 일본국 육군 대신과 의논해야 될 일 아닌가요?"

보안과장 이소자키가 말했다.

"본국 육군 대신은 지금 여기까지 관여할 처지가 아닙니다. 그래서……."

하라타가 이소자키의 말을 이었다.

"소련군 진격이 대단히 빠릅니다. 얼마 안 가서 조선이 전쟁터가 될 것 같아요. 그렇게 되면 조선 후방의 치안문제가 걱정입니다."

송진우가 총독부 관리들을 비꼬았다.

"소련군쯤이야 천하무적을 자랑하는 관동군이 격퇴할 텐데 무엇이 걱정입니까?"

간자키가 말했다.

"지금 관동군 사정도 예전과 다릅니다."

간자키의 말을 이어 하라타가 다급하게 말했다.

"긴 얘기 다 못합니다. 용건의 핵심을 말씀드리자면……송 선생님께 상당한 권한을 넘겨드릴 테니 조선의 치안을 맡아주십시오."

송진우는 생각했다. '이 자들이 무조건 항복에 관한 이야기를 왜 안 하지?'

하라타가 다시 말했다.

"초두에도 말씀드렸지만 이 제안은 총독 각하의 제안입니다."

총독부로서는 조선인 중에 신망이 두터운 사람에게 치안을 맡기는 것이 여러 가지로 유리하다고 판단해서 송진우를 택했다. 송진우 뒤에는 인촌이 있고, 인촌이 나서면 조선 민중이 다 따를 것이라는 판단이다. 사실 인촌에게 직접 부탁하고 싶었으니 인촌은 일본왕이 주는 작위도 거절한 사람이다. 그런 사람이 골치 아픈 치안문제를 떠안을 리가 없다고 판단한 것이다. 송진우가 말했다.

"나는 요즘 건강이 좋지 못해서 그 막중한 일을 감당할 수 없습니다."

송진우는 총독의 부탁을 완곡하게 거절하고 면담을 마쳤다. 몹시 아쉬워하는 하라타 일행을 두고 송진우는 자리를 떴다. 그런데 총독부는 송진우를 포기하지 않았다. 그들이 송진우를 포기할 수 없는 것은 조선 민족주의자들을 전쟁 중에 이렇게 저렇게 다 써먹었고 아직 써먹지 않은 사람 중에 송진우가 가장 적격자였다. 송진우 뒤에 인촌을 비롯한 민족진영 인사들이 대거 포진해 있기 때문이다. 다음날 하라타가 다시 원서동 송진우 자택을 찾아갔다. 그런데 송진우 대답은 전날과 똑 같았다.

"이것은 일본을 위해서만 부탁한 것이 아닙니다. 조선 민중의 생명과 재산을 지키기 위한 것이기도 합니다."

"내가 못하겠다는 것은 건강도 건강이지마는 총독부 심부름꾼으로 나선 사람 말을 민중이 들어주겠느냐 하는 것입니다."

"……"

이틀 후, 송진우는 경기도지사 이쿠다(生田) 요청으로 지사실에 가서 그를 만났다. 이쿠다는 70노인이었다. 그와 함께 배석한 사람은 경찰부장 오카(岡)였다. 이쿠다 지사가 말했다.

"송 선생, 일본은 곧 연합군에 항복합니다. 그러니 송 선생이 조선의 치안을 맡아주시오. 송 선생이 맡아서 조선 민족과 일본 민족의 충돌을 막아주세요. 아무 대책 없이 그냥 항복하면 조선 사람들이 일본 사람들을 가만두지 않을 것 같아서 부탁하는 것입니다. 송 선생이 승낙만 한다면 치안 유지에 필요한 권한을 맡기겠소."

총독부가 걱정하는 것은 조선에 나와 있는 일본 사람들의 생명과 재산이었다. 이들의 의도를 완전히 간파한 송진우는 이들의 부탁을 받고 권력을 덜컥 물었다가는 중국의 왕조명, 프랑스의 페탕, 필리핀의 라우엘 같은 꼴이 될 게 뻔하다는 판단으로 거절하고 일어섰다. 총독부는 이쿠다를 통한 설득마저 실패하고 결국 송진우를 포기했다.

송진우는 계동에 가서 인촌을 만나 이쿠다와의 회담 내용을 설명하고 앞으로의 처신에 대해서 의논했다.

"고하, 내 말 잘 듣게. 아무리 작은 일이라도 총독부 쪽에서 주는 일은 절대로 하면 안 되네. 왜냐하면 그들은 패전국 관리들이고 도망갈 사람들이니까……."

"맞네. 그들은 감언이설을 동원해서 유혹하는데 절대로 넘어가면 안 되지. 그리고 인촌 자네는 연천농장에 가 있게."

"왜?"

"위험해. 일제가 그냥 가지는 않을 거야. 요인을 골라서 처치하고 갈 거란 말이야. 그러니 시골에 가서 관망하게. 믿을만한 정보가 있는데 놈들이 학살대상자를 만들어 놨다는 거야."

"그러면 자네는?"

"나야 세상이 뒤바뀌는 걸 봐야 하지 않겠나."

"알았네, 자네도 몸조심해야 하네."

"알았다니까."

인촌은 그날로 전곡농장으로 갔다.

8월 15일 아침 총독부 정무총감 엔도가 여운형을 관저로 초대했다. 총독부는 송진우에게 치안 유지를 맡기려다 실패하고 제2의 인물로 여운형을 택했다. 그래서 이날 엔도가 여운형을 초대한 것이다.

"여 선생, 오늘 정오에 천황폐하께서 연합군에게 항복선언을 할 것입니다."

엔도는 눈물을 글썽이며 말했다.

"예?"

"그렇게 되면 조선의 치안은 공백 상태가 되고 말 것입니다. 정보에 의하면 소련군이 17일 오후 경성에 입성한다고 합니다. 그들이 입성하면 한강을 경계로 북쪽은 소련군이 점령하고, 남쪽은 미군이 점령해서 통치할 겁니다. 우리 일본은 그들이 입성하기 전에 정치범을 석방하려고 합니다. 그래서 말인데 여 선생이 오늘부터 조선의 치안을 맡아주시오. 치안 유지를 위한 권한을 다 드리겠습니다."

"오늘 항복 선언을 어떻게 합니까? 일본 국왕이 항복하는 것을 내가 여기 경성에서 확인할 수가 없지 않습니까?"

"전 세계가 다 들을 수 있도록 천황폐하께서 방송하시기로 되어 있습니다. 그 점은 염려 마십시오."

"그러면 그 방송을 듣고 나서 얘기합시다."

여운형은 잠시라도 생각할 시간이 필요했다.

"그러시지요. 여기 관저에서 나가지 마시고 방송을 들으면 어떻겠습니까?"

"알겠습니다. 저 혼자 있게 방을 하나 주십시오."

여운형은 생각할 시간이 필요한 반면 엔도는 여운형을 관저 밖으로 보내기 싫었다. 여운형마저 놓치면 대책이 없기 때문이다. 일왕이 항복 방송을 한 이후 치안이 확립되지 않으면 조선에 거류중인 일본인 생명과 재산이 문제된다. 총독부는 이것을 걱정하는 것이다. 엔도가 여운형을 깨끗한 방으로 안내했다. 그런데 그 방에는 라디오가 없었다. 오전 11시 50분, 엔도가 여운형을 다른 방으로 데리고 갔다. 그 방에는 라디오가 이미 켜 있고 일본 아나운서가 슬픈 어조로 안내방송을 하고 있었다. 여운형은 방송을 듣고 엔도의 말이 사실이었구나 하고 실감했다. 12시 정각, 일왕이 항복문을 낭독했다.

「짐은 세계의 대세와 제국의 현 상황을 깊이 감안하여 비상조치로서 시국을 수습코자 충량한 너희 신민에게 고한다. 짐은 제국정부로 하여금 미·영·중·소(원문은 米英支蘇 ; 중국을 '支那'로 썼음) 4개국에 그 공동선언을 수락한다는 뜻을 통보하도록 하였다.

대저 제국 신민의 강녕을 도모하고 만방공영의 즐거움을 함께 나누고자 함은 황조황종(皇祖皇宗)의 유범으로서 짐은 이를 삼가 제쳐두지 않았다. 일찍이 미영 2개국에 선전포고를 한 까닭

또한 실로 제국의 자존과 동아시아의 안정을 간절히 바라는 데서 나온 것이며, 다른 나라의 주권을 배격하고 영토를 침략하는 행위는 본디 짐의 뜻이 아니다.

그런데 교전한 지 이미 4년이 지나 짐의 육해군 장병의 용전(勇戰), 짐의 백료유사(百僚有司)의 여정(勵精), 짐의 일억 중서(衆庶)의 봉공(奉公)등 각각 최선을 다했음에도, 전국(戰局)이 호전된 것만은 아니었으며 세계의 대세 또한 우리에게 유리하지 않다. 뿐만 아니라 적은 새로이 잔학한 폭탄을 사용하여 번번히 무고한 백성을 살상하였으며 그 참해는 미치는 바 참으로 헤아릴 수 없는 지경에 이르렀다. 더욱이 교전을 계속한다면 결국 우리 민족의 멸망을 초래할뿐더러, 나아가서는 인류의 문명도 파각(破却)할 것이다. 이렇게 되면 짐은 무엇으로 억조의 적자를 보호하고 황조황종의 신령에게 사죄할 수 있겠는가. 짐이 제국정부로 하여금 공동선언에 응하도록 한 것도 이런 까닭이다.

짐은 제국과 함께 처음부터 끝까지 동아시아의 해방에 협력한 여러 맹방에 유감의 뜻을 표하지 않을 수 없다. 제국신민으로서 전진(戰陣)에서 죽고 직역(職域)에 순직했으며 비명(非命)에 스러진 자 및 그 유족을 생각하면 오장육부가 찢어진다. 또한 전상(戰傷)을 입고 재화(災禍)를 입어 가업을 잃은 자들의 후생(厚生)에 이르러서는 짐의 우려하는 바 크다. 생각건대 금후 제국이 받아야 할 고난은 물론 심상치 않고, 너희 신민의 충정도 짐은 잘 알고 있다. 그러나 짐은 시운이 흘러가는 바 참기 어려움을 참고 견디기 어려움을 견딤으로써 만세(萬世)를 위해 태평한 세상을 열고자 한다.」

御名御璽

昭和二十年八月十四日

內閣總理大臣鈴木貫太郎

일왕이 항복문을 낭독하자 의자에 앉아 있던 엔도의 부하 직원들이 벌떡 일어나 부동자세로 섰다. 세 사람은 일왕의 항복문을 들으면서 눈물을 뚝뚝뚝 흘렸다. 여운형은 그 자리에 앉아 있기가 거북했다. 그는 방문 밖으로 나가 마루에 놓인 의자에 앉아 방송을 청취했다.

방송이 끝났다. 엔도와 여운형, 그리고 엔도 부하직원 두 사람이 소파에 마주 앉았다.

"여 선생, 이제는 대답하십시오."

"요구 조건이 있습니다. 이 조건을 들어주시면 내가 나서겠습니다."

"요구 조건이 뭡니까? 말씀하십시오."

"첫째, 모든 정치범을 한 사람도 빠짐없이 석방하십시오. 둘째, 모든 경제범도 한 사람 빠짐없이 석방하십시오. 셋째, 향후 3개월간의 국민 식량을 확보해 주십시오. 넷째, 조선인의 치안 유지 활동을 간섭하지 마십시오. 다섯째, 조선인의 건국 활동을 방해하지 마십시오. 이 다섯 가지 요구를 들어주면 제가 맡겠습니다."

"좋습니다. 총독 각하께 보고해서 즉각 대답을 받아드릴 테니 총독부로 갑시다."

여운형은 엔도 자동차에 함께 타서 총독부로 갔다. 엔도가 총독집무실로 들어가더니 5분쯤 후에 여운형에게 돌아와서 총독의 직인이 찍힌 문서를 여운형에게 전했다.

그 문서를 받은 여운형이 원서동 송진우 집으로 가서 그 문서를 내놓고 협력을 요청했다. 송진우가 말했다.

"일본이 항복했다지만 군사력과 경찰력은 그대로 가지고 있소. 이것을 우리 힘으로 물리칠 수 없으면 총독부를 상대로 행정권을 넘겨받는다는 것은 결국 그들의 심부름을 하는 것밖에 되지 않으니 몽양은 가볍게 움직이지 마오."

"고하가 협력해 주지 않으면 나는 민세와 함께 내 신념대로 하겠소."

송진우는 여운형의 요청을 거부했고 여운형은 민세 안재홍을 만나러 갔다.

8월 15일 정오, 인촌은 연천 자택에서 일왕의 항복선언 방송을 들었다. 일본이 조만간 공식적으로 항복할 것이라고 알고 있었지만, 막상 항복문을 들어보니 실감나지 않고 무덤덤했다. 일본이 항복하면 덩실덩실 춤이라도 추려고 했는데 웬일인지 몸은 빳빳하게 굳어지고 눈물만 주르륵 흘러내렸다. 부인이 인촌의 젖은 얼굴을 수건으로 닦아줬다. 인촌이 보니 부인 얼굴도 눈물로 흠뻑 젖어 있었다. 인촌이 부인을 끌어안고 흐느끼며 말했다.

"끝내⋯⋯. 이 민족이⋯⋯. 살아났소⋯⋯."

"예, 선생님."

인촌 나이 스무 살, 부인 나이 열한 살 때 경술국치의 치욕을 겪었다. 두 사람은 어린 시절을 빼고는 독립국에서 자유롭게 살아본 경험이 없다. 이제 독립국이 되면 나라는 어떻게 세워야 하고, 백성은 무엇을 해야 할지 막막하기 그지없다. 부인이 말했다.

"여보, 당신은 빨리 경성에 가셔야 되잖아요?"

"정치는 고하와 여러 동지에게 맡기고 나는 학교를 할 테니 당신도 그렇게 알고 있어요."

"그러세요. 자유국가에서 마음 편히 살아봅시다."

"맞아요. 그러기 위해서 학교도 학자에게 맡기고 나는 박물관장이나 돼서 나라의 보물을 지키는 일을 하면 딱 좋겠소."

부인이 미소를 머금고 말했다.

"박물관보다 학교에 나라 보물이 더 많잖아요?"

인촌이 깜짝 놀라며 말했다.

"여보, 그렇구려. 내가 그걸 몰랐어, 하하하하."

인촌과 그의 부인 얼굴이 환하게 밝아졌다.

인촌이 8월 17일 밤 연천을 떠나 경성에 갔다. 인촌 부부가 계동 어귀에 들어서는데 완장 두른 젊은 청년이 앞을 가로막으며 가회동 쪽으로 돌아가라고 했다. 인촌 부부는 무슨 영문인지 몰라 어리둥절했다. 부인이 젊은이에게 말했다.

"이 골목에 우리 집이 있어요. 돌아서 갈 집이 아니에요."

"안 됩니다. 이 골목에 들어갈 수 없습니다."

인촌이 젊은이에게 물었다.

"몽양이 이렇게 하라고 시켰소?"

젊은이가 보니 허름한 옷을 입은 촌노인데 몽양 선생을 함부로 입에 올렸다.

"아니 당신은 누구요?"

"몽양이 시켰느냐고 물었소."

"도대체 영감은……?"

이때 옆에 있던 대원이 인촌을 알아보고 깍듯이 인사하고 사과했다. 그는 보성전문학교 출신이었다. 인촌은 하루아침에 변해버린 세상의 한 단면을 봤다. 여운형이 건국준비위원회(건준)를 조직하느라 분주히 뛰어다니는 줄은 알고 있었지만 이렇게 될 줄은 몰랐다. 인촌은 여운형과 교분이 두터워서 여운형이 전곡농장으로 인촌을 찾아가면 인촌이 반갑게 맞이하곤 했다. 한 번은 그가 "나는 인촌을 보러 온 것이 아니고 상만을 보러 왔네."했다. 그때 인촌은 그 말을 받아 "내 친구가 아니고 내 아들 친구가 왔구먼."이라고 화답했다. 상만을 사이에 두고 두 사람이 농담할 만큼 친한 관계였고, 상만도 여운형을 좋아해서 친구들과 함께 그를 모시고 냇물로 가서 고기를 잡은 적도 있었다. 인촌이 경성에 들어온 다음 날 보니 정세가 너무 어지러웠다. 8월 15일 건준이 발족했다는 소식과 16일 소련군이 경성에 입성했다는 거짓 정보가 나돌았다. 그리고 동진공화국 수립을 알리는 벽보가 여기저기에 붙어 있는가 하면, 조선 주재 일본군이 치안권을 재 장악했다는 거짓 소문이 장안에 가득 했다.

안재홍과 손잡은 여운형은 그날로 건준을 발족시켰다. 그리고 다음 날 안재홍은 방송국에 가서 질서 유지를 위한 대국민 방송을 하고, 여운형은 휘문중학교 교정에서 군중 집회를 가졌다. 여운형은 대중에게 총독부로부터 치안 유지에 관한 권한을 인수했다면서 건준 지지를 호소했다. 그리고 그는 충격적인 말을 했다.

"오늘 오후 한 시에 소련군이 경성에 입성합니다. 여기 오신 여러분은 한 사람도 빠지지 말고 서울역으로 환영하러 갑시다."

"와……!"

군중이 여운형 말을 믿고 서울역까지 시가행진을 했으나 소련군은 오지 않았다. 이 낭설은 공산당이 조작한 모략이었다. 이 날조극으로 여운형이 상처를 입긴 했으나 건준의 존재를 알리는 데는 효과가 있었다.

이러한 정세 속에서 여운형은 또 송진우를 만나 협조를 요청했다.

"우리 두 사람이 손을 잡으면 당할 세력이 없을 터이니 합작해서 정부를 수립합시다."

그러나 송진우는 거듭 자중을 촉구했다.

"정권은 국내에 있는 우리가 일본으로부터 받을 것이 아니오. 해외의 망명선배들, 특히 3·1운동 정신을 이어받은 중경 임시정부가 연합국으로부터 인수해야 할 일이니, 정부 세우는 일은 그때까지 보류하는 것이 좋겠소."

여운형은 송진우 의견에 반대했다. 하루가 급한데 나라를 무정부 상태로 두고 언제 환국할지 모르는 그들을 기다릴 수는 없다면서 임시정부를 무시하고 나섰다. 이로써 두 사람의 사이는 점점 멀어졌다.

송진우가 여운형의 제안을 끝까지 거부한 것은 여운형 주변에 공산주의자들이 너무 많았기 때문이다. 조직을 마친 건준의 중심세력은 세 갈래였다. 하나는 이영, 최익한 등이 포함된 장안파 공산당, 또 하나는 박헌영이 중심인 재건파 공산당, 나머지 하나는 여운형의 건국동맹이었다. 그리고 그들 틈에 민족진영 인사로 안재홍과 몇 사람이 끼어 있는데, 이들은 결국 공산당의 들러리에 지나지 않았다.

일왕이 항복한 날로부터 5일이 지나 8월 20일이 되었다. 이날 미 공군 B29 한 대가 경성 상공을 선회하면서 전단지를 살포했다. 그 전단지 내용은 「미군이 곧 진주할 테니 그때까지 일본 행정당국은 종전 당시 상태로 질서를 유지하라.」는 것이었다. 이 전단지는 여운형과 건준에 엄청난 타격을 줬다. 총독부로부터 정권을 인수하려던 계획이 좌절되었을 뿐만 아니라 경성에 진주할 군대는 소련군이 아니고 미군이기 때문이다.

반면 이 전단은 총독부와 조선군 관구사령부(조선에 주둔한 일본군)에 힘을 실어줬다. 지난 16일 행한 안재홍의 방송 연설에 격분한 조선군 관구사령부는 총독부 처사에 강력 항의했다. 수세에 몰린 아베 총독은 18일 자로 행정권 이양을 취소한다고 전격 발표했다. 이 때까지 조선 치안의 주도권을 갖고 있던 조선군 관구사령부는 전단에 힘을 얻어 그날 오후 5시를 기해 모든 정치 단체와 치안 유지 단체는 간판을 내리고 해산할 것을 명령했다. 건준은 총독부와 교섭해서 간판은 그대로 남았으나 여운형은 이러지도 저러지도 못하고 공산주의자들 속으로 빠져들어갔다.

한편 공산주의 진영은 이영의 장안파와 박헌영의 재건파가 주도권을 잡으려고 싸웠다. 결국 국내 공산주의 세력의 중심이었던 재건파가 장안파를 누르고 8월 20일 조선공산당을 재건했다. 그리고 박헌영이 당수에 취임했다. 박헌영의 공산당 활동 이력을 보면 이러하다.

1900년도 충남 예산 출생.

1919년 경성고보 졸업.

1921년(21세) 상해로 건너가 이르쿠츠크 고려공산당 상해지부에 입당. 고려 공산청년동맹 책임비서로 임명됨.

1922년 1월 모스크바에서 개최된 코민테른 극동인민대표대회에 참여(김단야, 임원근과 동행), 그해 4월 조선에서의 공산당조직을 위해 귀국하다가 일본 경찰에 검거되어 1년 6개월 복역.

1924년 출옥 후 동아일보 조선일보에서 기자활동.

1925년 4월 18일 조선공산당 창립에 참가해서 고려공산청년회 책임비서가 되었으나 이해에 조선공산당 사건으로 체포되어 투옥.

1927년 병보석으로 석방, 이듬해에 소련으로 망명.

1929년 소련공산당 입당.

1933년 조선공산당 재건을 위해 귀국했다가 다시 체포되어 6년간 복역.

1939년 경성콤그룹(이관술, 김삼용 주도)에 가입해서 대표로 선출됨.

1941년 경성콤그룹 사건으로 광주 인근에 숨어 있다가 해방을 맞음.

박헌영은 약관의 나이에 공산주의를 알게 되었고 공산주의만이 인간이 인간답게 살 수 있는 길이라는 신념을 가지고 있었다. 그 또래 많은 지식인들이 오직 조국해방, 조선독립을 위해 목숨 걸고 투쟁하는데 그는 공산주의를 통해 조국해방을 해야 된다고 생각해서 공산주의 활동을 했다. 그런데 일본제국주의가 공산주의자를 적으로 간주하기 때문에 그는 공산주의 활동을 하다가 검거되어 투옥되기를 반복했다.

여운형을 포섭한 박헌영은 날개를 달았다. 자신은 대중 앞에 나설 처지가 못 되는 데 반해 여운형은 대중적 인기를 끌고 있는 유명인사다. 또 여운형은 풍체도 좋고 인물도 수려할 뿐만 아니라 언변도 좋아서 연설이 일품이었다. 그래서 박헌영 자신은 매사 여운형을 앞세워 공산주의 활동을 했다. 여운형은 공산주의를 이용하려고 했지만 실지로는 공산주의가 여운형을 이용했던 셈이다. 여운형은 총독부 협조로 해방과 동시에 방송국과 신문사를 장악하고 8월 21일까지 전국에 145개 건준 지부를 결성했는데 그 조직은 모두 공산당 조직이었다.

인촌은 여운형이 아까워 그냥 두고 볼 수가 없었다. 그가 송진우에게 말했다.

"여보게, 몽양을 저대로 놔두면 당자사를 위해서도 불행한 일이고 민족을 위해서도 손실이 아니겠나?"

"몽양은 괜찮은 사람이지만 주위가 다 물든 사람들이라, 그가 빠져나오려고 해도 어려울 터인데 그 자신마저도 나올 생각을 하지 않는 상태에서 내가 그와 손잡으면 나까지 허수아비가 될 걸."

이후 송진우는 여운형에 대해 언급을 피했다. 그래서 인촌은 장덕수를 여운형에게 보냈다. 그는 장덕수에게 어떻게든 설득해서 공산주의자 틈에서 여운형을 빼 나오라고 했다. 그런데 장덕수를 만난 여운형은 건준 조직이 자기 조직인 것으로 착각하고 오히려 장덕수를 자기 조직으로 끌어들이려고 설득했다. 장덕수로부터 여운형의 태도를 전해 들은 인촌은 크게 탄식했다.

17

세 포수가 관악산 중턱에 모닥불을 피워놓고 고기를 구워 먹었다. 세 사람 중 한 사람은 40대 중반이고 나머지 두 사람은 30대 초반 장정들이다. 세 사람은 모두 일본 경찰의 감시를 피해 산(山)에서 사는 산사람들이다.

"일포 형님, 오늘이 정말로 마지막입니까?"

이포가 물었다.

"음, 왜놈 세상이 끝났으니 이제는 자유의 몸이 되지 않았나?"

이번에는 삼포가 물었다.

"사냥 말고 하실 일이 뭡니까?"

이들은 만난 지가 10년 가까이 되어 가지만 서로 이름도 고향도 모른다. 심지어 가족이 있는 사람인지 없는 사람인지도 모른다. 이들은 어느 날 노루 한 마리를 세 방향에서 쫓다가 만났다. 이들은 그날부터 상대방에 대해 아무것도 묻지 않기로 약속했다. 그래서 이름도 모른다. 제일 나이 많아 보이는 사람을 일포수라 하고, 그 다음 나이 들어 보이는 사람을 이포수라 하고, 막내로 보이는 사람을 삼포수로 이름 지었다. 그런데 시간이 지나면서 끝자리 수를 떼버리고 일포, 이포, 삼포가 이름이 되었다. 일포가 대답했다.

"이제는 매국노 잡는 포수 되려고."

"어엇! 형님 정말입니까? 나도 요즘 그 생각을 하고 있었는데, 야! 삼포, 너는 어때? 노루 사냥 그만하고 매국노 사냥하자, 응?"

"두 분이 하신다면 나도 할게요. 그거 재미있겠는데……."

이포가 말했다.

"일포 형님, 구체적인 계획이 있으면 말씀해 주세요."

일포가 우적우적 고기를 씹어 먹고 나서 신중하게 말했다.

"탐정회사를 조직하려고……그래서 경찰을 도와 일본에 나라 팔아먹은 놈들, 그리고 새로 문제가 된 공산주의자 놈들 잡으러 다닐거다. 이해되나?"

삼포가 일포의 말이 끝나자마자 환호를 했다.

"햐—신난다. 결국 애국자 되는 거네. 그렇지 이포 형?"

"밥은 뭐해서 먹을 거요?"

이포가 현실적인 질문을 했다.

"자네들이 나를 따른다면 밥은 내가 먹여준다."

"좋습니다."

"그럼, 좋구 말구."

짐승 잡는 세 포수가 의기투합해서 매국노 잡는 탐정대로 돌변했다.

불패를 자랑하던 일본군을 격멸하고 항복을 받아낸 연합군 최고사령부가 조선을 분할 점령한다고 선언한 것은 9월 2일이었다. 일본이 항복한 날로부터 18일이나 지난 뒤로, 북위 38°선을 중심으로 남쪽은 미국이 북쪽은 소련이 점령한다고 했다.

그런데 소련은 이 발표가 있기도 전에 이미 북쪽에 진주했다. 소련은 8월 16일 원산으로 상륙해서 8월 22일 평양에 진주했다. 소련군은 적군사령부(赤軍司令部) 명의로 「조선 인민에게 주는 포고문」을 발표하고 38°선 이북 각도에 인민정치위원회를 조직하여 「치스차코프」 관할 아래에 뒀다. 이들은 조선 전체를 공산화할 목적으로 남한 공산당에 지령을 내리기 시작했다.

한편 미군은 존 하지 중장이 제8군 24군단을 이끌고 9월 8일 인천에 상륙했다. 그들은 다음날인 9월 9일 경성에 진주해서 일본군 대표와 조선 총독으로부터 항복문서를 받았다. 이어서 미 태평양방면 육군총사령관 맥아더 원수가 38°선 이남에 군정을 실시한다고 발표했다. 12일에는 하지 중장이 아놀드 소장을 미군정 장관에 임명했다. 조선 국민은 미국과 소련이 분할 점령한다는 것을 대수롭지 않게 생각했다. 왜냐하면 일본군이 무장을 해제하고 조선 반도에서 완전히 퇴각할 때까지만 그들이 진주할 것이라고 생각했기 때문이다.

여운형의 건준에 합류했던 안재홍 일파는 일주일도 못 되어 건준을 탈퇴하여 「조선국민당」을 결성했다. 건준은 부위원장 안재홍이 탈퇴하자 허헌을 부위원장으로 선출했으나 이틀 후에 발전적 해체라며 건준을 해산했다. 그리고 9월 6일 경기고녀 강당에서 대중집회를 열고 「조선인민공화국 수립」을 선포했다. 인민위원 55명, 후보위원 20명, 고문 12명을 선출해서 중앙인민위원회를 구성하고, 주석에 이승만, 부주석에 여운형, 국무총리에 허헌 등 정부 요직도 발표했다. 이들 명단에는 민족주의 지도자도 다수 포함되어 있는데 이것은 날조였다. 당사자의 의사도 묻지 않고 자기들 마음대로 이름을 올려 발표한 것이다. 그들이 선정한 요직자 중에 고하 송진우는 빠졌지만 인촌 김성수는 문교부 장관에 이름이 올라갔다. 인촌은 그동안 여운형을 공산 진영에서 빼내 송진우와 협력케 하려고 애썼으나 「조선인민공화국」을 조직하는 것을 보고 그를 아주 단념했다.

민족주의 진영은 8월 하순경에 비로소 정치적인 움직임이 시작되었으니, 대표적으로 김병로 원세훈 백관수 조병옥 이인 나용균 함상훈 김약수 박찬희 김용무 등이 8월 28일에 발족한 「조선민족당」과 그 뒤에 발족한 백남훈 김도연 장덕수 허정 홍성하 유억겸 윤보선 윤치영 등이 주도한 「한국국민당」으로 그 윤곽이 드러났다.

「조선민족당」과 「한국국민당」은 아직 준비단계일 뿐 창당은 하지 않은 상태에서 두 당이 공감하는 공통된 인식이 하나 있었다. 그것은 좌익 계열 정치조직이 막강해서 민족주의 진영이 갈라지면 안 한다는 것이었다. 그래서 두 당은 9월 6일 「한국민주당」이라는 이름으로 발기인 총회를 가졌다.

한편 인촌과 송진우는 내국인끼리 정당을 만들면 안 된다며 9월 4일 서상일 김준연 설의식 장택상 김동원 안동원 등과 함께 「대한민국임시정부 및 연합군 환영준비위원회」를 조직해서 임시정부 지지를 선언했다. 이때 위원장은 권동진, 부위원장은 김성수 허헌 이인이었다. 그러나 곧 귀국할 줄 알았던 임시정부가 미 군정의 비협조로 언제 귀국하게 될지, 또는 영영 귀국을 못하고 뿔뿔이 흩어지게 될지 미궁에 빠졌다. 반면 좌익 진영은 민족주의 진영을 향해 대단히 공격적인 정치 활동을 했다. 민족주의 진영은 우물쭈물하다가 자칫 잘못 하면 공산주의 진영에 정부 수립의 빌미를 주게 될지도 모른다는 위기의식을 느꼈다.

인촌과 송진우는 방향을 바꿨다. 그들은 「임시정부」와 「연합군 환영준비위원회」를 「국민대회준비회」로 개편하여 9월 7일 정식 발족했다. 전국 각계각층에서 모인 인사 330명이 동아일보 3층 강당에 모여 발족한 「국민대회준비회」는 좌우익을 망라할 뿐만 아니라 해외 망명인사까지 포함해서 당파를 초월한 정부를 조직하려는 방침이었다. 위원장에 송진우, 부위원장에 서상일 원세훈이었다. 이날도 많은 사람이 인촌을 앞세우려 했으나 인촌은 극구 사양했다.

미 군정은 「조선인민공화국」을 인정하지 않은 것처럼 「임시정부」도 인정하지 않았다. 그래서 「임시정부」가 정부 자격으로 귀국하려는 것을 미 군정이 불허한 것이다. 사태가 이렇게 전개되자 민족주의 세력은 임시정부가 돌아올 때까지 조선인민공화국을 견제할 강력한 조직이 필요했다. 민족주의 진영은 이미 발기 절차를 마치고 창당을 준비하고 있는 「한국민주당」이 있었지만 불행하게도 이 당을 이끌어 갈 만한 지도자와 중심세력이 없었다. 그래서 「한국민주당은」은 인촌과 송진우가 주도하는 「국민대회준비회」에 상호협력을 촉구했다. 이에 인촌과 송진우도 민족정당의 필요성을 느끼고 있던 터라 「한국민주당」과 협력하는 데 동의했다.

결국 「한국민주당」은 9월 16일 경운동 천도교 대강당에서 결성하고 정강과 정책을 채택했다. 그리고 당의 조직과 간부직을 선정했다.

영수 : 이승만 서재필 김구 이시영 문창범 권동진 오세창

수석총무 : 송진우

총무 : 백관수 원세훈 백남훈 서상일 김도연 조병옥 허정

사무국장 : 나용균/당무부장 : 이인/조직부장 : 김약수/외무부장 :
장덕수

재무부장 : 박용희/선전부장 : 함상훈/정보부장 : 박찬희/노농부
장 : 홍성하

문교부장 : 김용무/후생부장 : 이운/조사부장 : 유진희/연락부장 :
최윤동

청년부장 : 박명환/지방부장 : 조헌영/훈련부장 : 서상천

중앙감찰위원회위원장 : 김병로

이와 같이 결성된 한민당(한국민주당)이 생길 때까지 조선을 독무
대로 활동하던 조선공산당이 이제는 한민당을 가장 큰 적으로 삼고
그들이 장악하고 있는 언론기관을 모두 동원하여 반동정당이라고
떠들면서 온갖 악선전을 다 퍼부었다. 정치를 좋아하지 않고 또 언
제 어디서나 표면에 나서기를 싫어하는 인촌은 「한국민주당」에서도
일선에 나서지 않고 뒤에서 돕는 데 그쳤다.

8·15광복 후 9월 9일 미 육군 하지 중장이 제24군단을 이끌고 조
선에 진주했다. 제24군단은 본래 일본 본토에 상륙할 예정이었으나
일본이 항복함으로써 방향을 바꿔 조선에 진주했다. 그래서 하지 중
장은 행정에 관해 무식했고, 더구나 조선에 관한 정보는 완전 백지
상태였다. 거기다가 일제 악선전에 영향을 받아 조선인을 미개인으
로 생각했다. 하지 중장이 일본 측 항복을 받고 일본기 하강식을 함

으로써 조선에서 일본 행정은 공식적으로 막을 내렸다.

하지는 행정을 모르는 군인이기 때문에 조선 치안을 어떻게 유지해야 할지 깜깜절벽이었다. 그래서 그는 총독부 관리들을 그대로 두고 조선을 다스리려고 했다. 이 사실을 알게 된 조선인들이 미 군정에 대해 불만이 비등하고 악감정이 팽배해가자 하지가 아베 총독을 즉시 해임하고, 정무총감을 비롯한 각 국장을 미군 장교로 교체한 것은 9월 17일이었다. 공산주의 진영은 표면으로는 인민공화국을 내세워 군정에 대항하면서도 내면으로는 미군 장교 포섭을 위해 맹렬하게 공작했다.

하지 중장은 조선인 자문단이 필요했다. 자신이 조선 사정에 어둡고 행정에 경험이 없기 때문이다. 그는 군정 수뇌부 장교들을 풀어서 각 방면 지도자 정보를 입수했다. 그래서 선정한 자문단 인사는 김성수 김용순 김동원 이용설 오영수 송진우 김용무 강병수 윤기익 여운형 조만식 등 11인이었다. 군정청은 1945년 10월 5일 11인을 군정장관 고문으로 임명했다. 이 중에 조만식은 평양에 있는 관계로 불참했고 10인이 모여 무기명 투표로 김성수를 군정고문회의 의장으로 선출했다. 김성수는 이미 9월 29일 자로 유억겸 현상윤 백낙준 최현배 조동식 김활란 등과 함께 미 군정 학무국 교육위원으로 위촉받은 바 있어서 고문직을 끝까지 마다했으나 군정청의 강요로 겸직하게 되었다. 그리고 얼마 후 여운형이 자진 사퇴했다. 우유부단하고 사람 좋은 여운형은 이미 공산주의 늪에 빠져 자기 뜻대로 행동할 수 없는 지경에 처했다.

공산주의 진영은 한민당(한국민주당)을 타도해야 할 적으로 봤다.

일제가 망해서 퇴각한 반도에 공산주의 정권을 수립해야 하는데 한민당 때문에 뜻대로 할 수가 없기 때문이었다. 공산주의 진영은 여러 정당이 난립하지 않고 이미 조직도 잘 갖추어졌다. 왜냐하면 소련 공산당 지시를 받기 때문이다. 그런데 민족주의 진영은 수십 개 정당이 우후죽순처럼 난립하여 생겼다가 어느 순간 자취를 감추곤 했다. 이런 세태 속에서 유일하게 한민당은 민족주의 진영의 기둥으로 우뚝 서 있었다. 한민당은 이미 강력한 조직도 갖추었고, 당 간부들 면면을 봐도 능력 있고 양심적이며 민중의 지지를 받는 인물이 모두 모여 있었다. 그중에서도 인촌 김성수와 고하 송진우가 단연코 공산주의 진영의 적이었다. 인촌은 당의 어떤 직책도 맡지 않고 백의종군하고 있지만 세간의 이목은 그가 한민당의 핵심이라고 믿고 있었다.

공산주의 진영은 틈만 나면 인촌을 헐뜯고 모함을 일삼았다. 「친일파가 아니고서야 일제 치하에서 어떻게 중앙학교, 동아일보, 보성전문, 경성방직과 같은 기관을 세워 경영할 수 있었겠느냐?」 하는 것이었고, 그들이 제시한 물적 증거로 유일한 것이 매일신보에 실린 조작된 기사였다. 공산주의 진영은 이 기사를 번역해서 외국 사람들에게 돌리는 개짓거리까지 서슴거리지 않았다.

1945년 10월 16일 이승만이 33년 만의 망명 생활을 마치고 귀국했다. 그가 귀국한 다음 날 인촌이 조선호텔로 그를 찾아갔다. 그가 호놀룰루에 있을 때 세계여행 중이던 인촌이 찾아가 인사를 나눈 적이 있었다. 그로부터 15년이 지난 이 날 해방된 조국에서 두 사람이

다시 만난 것이다. 백발이 성성한 노 혁명가 이승만은 인촌의 손을 잡고 어루만지면서 말했다.

"국내에서 일제와 싸우느라 얼마나 고생이 많았소? 우리 민족은 인촌의 노고를 잊지 못할 것이오. 나는 국내 사정을 잘 모르니 협력을 아끼지 말아 주시오."

"저는 정계에 나갈 뜻이 없으니 뒤에서 건국사업을 힘껏 도와드리겠습니다."

"지금 우리 조선에 정당이 몇 개가 있소?"

"해방되자 우후죽순처럼 너도나도 정당을 만들어 50여 개 정당이 있으나 그중에서 괄목할 만한 정당은 네 개 정도에 지나지 않습니다."

인촌이 꼽는 네 개 정당이란 송진우가 이끄는 민족주의 진영의 한민당과 안재홍이 주축인 중도파 국민당(당수 안재홍)과 여운형이 결성한 중도좌파 조선인민당과 박헌영이 조직한 조선공산당을 말한다.

이승만은 33년 동안이나 해외에 망명해 있었으나 조선 민중의 지지는 독보적이었다. 이승만이 맨손으로 귀국해서 조선호텔에 묵고 있는데 좌우 양측 정객 방문이 줄을 이었다. 이승만을 찾아간 좌우 양측 정당 관계자들은 그를 영수로 영입하고자 서둘렀으나 그는 모두 거절하고 10월 25일 좌우를 망라한 200여 명의 정당 및 사회단체 대표자를 규합하여 '조선독립촉성중앙협의회(독촉)'라는 정당통일기구의 결성을 결의하였다.

송진우는 한민당 간부들과 의논해서 이승만의 거처를 마련했다. 그가 돈암동에 마련한 거처는 한민당 당원 장진섭의 집이다. 이승만이 이 집에 입주한 이후 사람들은 이 집을 '돈암장'이라고 했다. 한민당은 당론으로 이승만의 정치노선 지지를 결정하고, 10월 24일 국민당과 장안파 조선공산당과 더불어 3당 공동성명서를 발표했다. 이 성명서는 대한민국 임시정부 전면지지, 독촉에 대한 적극 협력, 정부 수립을 위한 국민대회 준비위원회 구성 등을 골자로 한 것이다. 이승만은 11월 2일 독촉 결성대회를 열고, 조선의 즉시 독립, 38선 철폐, 신탁통치 반대 등을 결의문으로 채택하여 이를 미국, 영국, 소련, 중국에 발송하기로 하였다.

신탁통치 문제는 미국무부 극동국장 존 빈센트가 10월 20일 미 외교정책협의회에서 처음 발표했다. '조선은 다년간 일본에 예속되었던 관계로 당장 자치를 할 준비가 되어 있지 않기 때문에 미국 정부로서는 우선 신탁 관리제를 실시하여 그 동안에 조선이 독립할 수 있도록 준비를 진행할 것을 제창한다.'고 하였다. 이는 조선 민족에 대한 모욕이라고 여론이 비등하여 독촉이 결의하게 된 것이다. 박헌영의 재건파는 3당 공동성명을 반대했고, 4일에는 이승만을 공식 비난했다. 공산당의 배신에 노한 이승만은 7일 방송을 통해 인민공화국 주석의 취임을 공식 거부하고 임시정부 지지를 천명했다. 이로써 좌우 양 진영이 첨예하게 맞서면서 정당 간의 행동 통일은 좌절되고 말았다.

1945년 11월 23일, 김구가 임시정부 요인 제1진 20여 명과 함께 귀국했다. 임시정부는 정부 자격으로 귀국하려 했으나 미 군정청이 임시정부를 정부로 인정하지 않아서 그 문제를 조율하다가 귀국이 늦어졌고, 임시정부 요인들은 모두 개인 자격으로 귀국했다. 임시정부가 비록 미 군정청으로부터 인정받지 못했으나 한민당 등 민족주의 진영은 국민과 함께 3·1운동 정신을 이어받은 임시정부를 정부로 환영했다.

한민당은 임시정부가 하루속히 귀국하기를 바랐었다. 그리고 귀국하는 날 열렬히 환영했다. 그런데 임시정부 요인들은 한민당을 냉대하고 고자세로 나왔다. 한민당은 임시정부를 환대하기 위해 '귀국지사후원회'를 만들어 9백만 원을 전달했는데 임시정부는 그 돈에 부정한 돈이 들어있다면서 왈가왈부했다. 그리고 국내에서 투쟁한 동지들을 향해 "국내에서 친일하지 않고 어떻게 살아남았겠느냐?"하며 모욕적인 발언을 서슴지 않았다. 그리고 한 걸음 더 나아가 국내 숙청론이 터져 나오기도 했다. 참다못한 송진우가 신익희에게 한마디 했다.

"여보 해공, 부정부정 하지만 중국에서 궁할 때 무엇을 어떻게 하고 살았는지 여기서는 모르는 줄 아오? 임시정부는 정부요. 정부가 받는 세금 속에는 양민의 돈도 있고 죄인의 돈도 들어가 있는 법이오."

송진우 반격으로 후원금 문제는 일단락된 듯했으나 임시정부 태도는 누그러지지 않았다. 그들은 한민당을 가장 싫어하는 공산주의 진영의 중상모략에 빠졌다. 임시정부가 민족주의 진영의 주도권을 잡으려면 한민당을 눌러야 하는데, 기반으로 보나 조직으로 보나 인물로 보나 어느 것 하나 한민당을 당할 수가 없었다. 그래서 약점을 찾으려고 공산주의 진영의 말에 귀 기울이다가 빠진 것이다. 임시정부가 한민당을 적대시하는 또 하나의 이유는 한민당이 이승만을 적극 지원했기 때문이다. 김구는 나이로나 학식으로나 경력으로나 이승만을 선봉에 세우고 협력할 뜻을 밝혔으나 다른 이들은 아니었다. 만약 이승만이 정권을 잡으면 임시정부 요인들은 발붙일 곳이 없다고 판단했던 것이다.

임시정부 요인들은 주미 외교위원회 위원장에 지나지 않은 이승만이 먼저 귀국해서 국부 노릇을 하고 독촉을 결성한 것이 못마땅했다. 그리고 이승만을 따르는 한민당은 우군이라기보다 적군으로 보였던 것이다. 그럼에도 한민당이 임시정부 지지 태도를 견지한 것은 3·1운동 정신을 이어받은 임시정부의 법통 때문이었다. 송진우는 한민당 수석총무로서 임시정부 요인들의 고자세에 부딪혀 울화통을 터뜨리기도 했다.

"해외에서 고생했다고 받들어 주니까 30년 전 머리를 그대로 갖고 들어와서 자기들만이 애국자란 얼굴을 한단 말이야."

그럴 때면 인촌이 송진우를 달랬다.

"그렇게 생각하면 어떤가? 지금은 그들을 받들고 나라를 세울 때란 것을 잊지 말게."

인촌은 정치 일선에 나서지 않았으나 이승만과 김구가 협력해야 독립국가 정부를 수립할 수 있다고 생각했다. 이에 따라 한민당은 임시정부와의 관계 악화를 원하지 않았다.

1945년 12월 1일 동아일보가 중간(重刊)되었다. 1940년 8월 10일 강제 폐간되었던 동아일보가 다시 발간되어 5년 만에 새 소식을 전하기 시작했다. 동아일보가 해방 즉시 중간을 못 하고 4개월 여나 늦어진 것은 좌익 공산주의 진영의 책동 때문이었다. 북한에 진주한 소련군사령부 지원을 받은 좌익 공산주의 진영은 막대한 지원금으로 인쇄소를 다 독점해 버렸다. 그 바람에 동아일보는 인쇄소를 갖추지 못했다. 그렇다고 군소 신문처럼 활판으로 찍어낼 수는 없어서 인쇄소를 마련하기 위해 시간이 필요했다.

일제가 항복 직전에 송진우에게 치안을 맡기려다 실패하고 좌익 중도파 여운형에게 치안을 맡긴 것이 공산주의 진영 신문들에게 득이 되었다. 아주 짧은 기간이지만 여운형이 총독부에서 권력을 쥐고 치안을 담당했기 때문이다. 공산주의 진영 신문으로는 조선인민공화국 기관지로 창간된 조선인민보와 조선공산당 기관지 해방일보였다. 그 밖에 영자(英字)신문 서울타임스, 경성일보, 자유신문, 조선문예신보, 중앙신문 등이 발간되었다. 이에 대하여 우익계열은 영자(英字)신문 코리아타임스, 민중일보, 신조선보, 대공일보, 조선일보, 대동신문 등이 발간되었으나 그 영향력은 아주 미미했다.

조금 늦은 감이 없지 않으나 그나마도 동아일보가 이날 중간을 보게 된 것은 총독부 관리 아래에 있던 경성일보를 미 군정청이 관리하게 됨으로써 그 일부나마 시설을 빌려 쓸 수 있었기 때문이다. 동아일보 중간으로 우익 진영이 비로소 강력한 언로를 갖추게 되었다. 해방 전에는 불철주야 일본제국주의에 대항했던 동아일보가 이제는 공산주의와 싸울 수밖에 없는 민주주의의 아성이 되었다.

중간된 동아일보 진용은 제8대 사장에 송진우, 주간에 설의식, 편집국장에 고재욱, 총무국장에 김동섭, 영업국장에 김승문, 공장장에 이언진이었다. 이때에도 인촌 김성수는 나서지 않고 보이지 않는 곳에서 버팀목 역할만 하려고 했다. 동아일보는 타블로이드판 2면 석간으로 6820호를 내면서 「주지를 선명하노라」 라는 중간사를 실었다.

1945년 12월 28일, 세계 유력지 신문들은 조선을 신탁통치하기로 했다고 보도했다. 전후 세계질서를 정리하기 위해 미국, 영국, 소련 3국 외상들이 1945년 12월 16일부터 모스크바에서 만나 토론했다. 이 회의에서 3국 외상들이 조선을 신탁통치한다고 했다. 세계 신문들이 보도한 모스크바 삼상회의 결정은 이러했다.

(1) 조선에 주둔하는 미국·소련 양국군의 사령관은 2주 이내에 회담을 개최하여 공동위원회를 개최한다.
(2) 공동위원회는 조선의 민주주의 제 정당 및 사회단체와 협의하여 정부의 수립을 원조한다.
(3) 공동위원회는 임시정부와 협의하여 5개년을 기한으로 하는 미·소·영·중 4개국에 의한 신탁통치협정을 작성할 때 미·소·영·중의 공동심의를 받아야 한다.

지구상에서 신탁통치를 받은 지역은 아프리카나 남태평양의 몇 안 되는 미개국뿐이고, 아시아에서 신탁통치 지역으로 거론된 나라는 조선뿐이었다. 이것은 일제가 패망하면서도 조선에 대해 얼마나 악랄하게 선전을 했는지 여실히 드러나는 증거이다. 조선에 신탁통치 소식이 전해지자 조선은 불붙은 벌집과 같았다. 남과 북, 좌익진영과 우익진영이 일시에 일어나 미국·영국·소련을 성토했다.

같은 날 12월 28일 밤, 김구가 거처 중인 경교장에 김구 주석을 비롯한 임시정부 국무위원 전원과 좌우 양 진영을 망라한 각 당 관계자들, 그리고 사회단체 대표들이 모였다. 이들은 그 자리에서 비상대책위원회를 열고 대대적인 국민운동을 벌이기 위해 「신탁통치 반대 국민총동원위원회」를 결성했다. 이어서 곧 회의를 시작했다. 임시정부 국무위원 중 한 사람이 말했다.

"미·영·소 세 나라가 우리 조선을 신탁통치 하겠다고 나선 것은 우리에게 책임이 있습니다. 우리가 정부를 수립하지 않고 우물쭈물하니까 조선 민족을 얕잡아보고 하는 짓들입니다. 그러니 더 우물쭈물하지 말고 미 군정청으로부터 정권을 인수합시다."

다른 국무위원도 공감을 표시하면서 말했다.

"옳은 지적입니다. 우리 국민은 임시정부가 하루속히 귀국하기를 기다렸습니다. 우리 임시정부의 외무부장 이승만도 귀국하지 않았습니까? 이제는 우리가 정부를 수립하고 미군정을 청산해야 합니다."

임시정부의 모든 이들이 환호했다.

"옳소!"

김구 주석은 아무 말 없이 경청하고 있었다. 한민당 수석총무 송진우가 발언했다.

"여러분, 우리가 분개하지 않을 수 없습니다. 어느 국민이 여기서 신탁통치를 찬성할 수 있겠습니까? 36년 동안 주권을 빼앗긴 것만 해도 천추의 한이 되는데, 이제 주권을 찾게 된 즈음에 또 타국에 의존해서 살라는 것은 천부당만부당한 망발입니다. 그래서 우리는 국민과 함께 분개하고 있는 것입니다. 그러나 우리는 주권을 되찾기 위해 냉정한 판단으로 최선의 길을 찾아야 합니다. 조금 전에 발언한 두 분의 의견은 울분을 참지 못하고 하신 말씀입니다."

"뭐야? 닥쳐!"

"입 닥치고 앉아!"

"제 말을 들어보십시오. 두 분 의견은 현실성이 없습니다. 우리는 지금 힘이 없습니다. 무슨 힘으로 정권을 빼앗아 옵니까? 솔직히 말해서 우리는 지금 사분오열되어 서로 주도권 싸움을 하고 있지 않습니까? 미국인 눈으로 볼 때 우리 민족이 정권을 담당할 능력이 있다고 믿을 수 있겠습니까? 그래서 말인데, 제 생각은 우선 반탁을 중심으로 온 국민이 뭉쳤으니 이 모습을 미국에 보여 주고 미국 여론에 호소해서 조선을 5천 년 역사가 있고 유구한 문화 민족이라는 것을 깨우쳐 주면서 정권을 인수해야 된다고 생각합니다."

"닥쳐 임마, 그런 식으로 해서 어느 세월에 우리 정부를 세운단 말이야? 앙?"

"성급하게 서두르면 함정에 빠집니다."

"송진우!"

"우리 한민당은 미 군정청으로부터 당장 정권을 인수하자는 주장에는 동의할 수 없습니다. 한 마디로 현실성이 없어서 구호로만 그칠 뿐이고 미군과 마찰만 생길 것입니다. 발언을 마칩니다."

반탁에는 이론이 없었으나 정부 수립에 관한 의견은 차이가 컸다. 어쨌든 이 위원회는 중앙위원 40명과 상임위원 21명을 30일에 발표하기로 했다.

경교장에서 회의를 마친 시각이 30일 새벽 4시였다. 한민당 수석총무 송진우가 경교장에서 회의를 마치고 귀갓길에 원서동 자택 앞에서 불의의 습격을 받았다. 여섯 명 장년들이 송진우에게 접근하더니 전원이 권총을 꺼내 발사했다.

"탕, 탕!"

첫 두 발이 송진우를 명중했다. 송진우가 앞으로 거꾸러지는데 총성은 계속 울렸다.

"탕, 타탕, 탕!"

"타탕, 탕, 탕, 탕, 타탕!"

송진우는 비명을 지를 틈도 없이 숨을 거두었다. 송진우를 저격한 흉한은 한현우를 비롯한 여섯 명이었다. 이들이 쏜 흉탄은 열세 발이었는데 송진우는 그중 여섯 발을 맞았다. 그는 향년 56세였다.

비보를 듣고 원서동으로 달려간 인촌은 기가 막혀 할 말이 없었다. 인촌은 쓰러진 고하 손을 잡고 눈물을 흘리면서 겨우 한마디 했다.

"참으로 깨끗한 일생이었는데……."

인촌과 고하는 10대에 만나 50대까지 무려 40년 동안 지기지우로 살면서 서로 그림자처럼 붙어살았다. 즐거움도 같이 했고 슬픔도 같이했다. 인촌은 고하의 모든 것을 알고 고하는 인촌의 모든 것을 안다. 두 사람은 다툼도 많이 했다. 한 번은 두 사람이 의견충돌로 다투다가 고하가 벌떡 일어나 방문을 박차고 나가면서 말했다.

"내 다시는 이놈의 집에 안 온다."

인촌이 고하 뒤통수에 대고 한마디 했다.

"꼭 되다 만 되놈이라니까."

옆에 있던 사람이 걱정스럽게 말했다.

"선생님, 고하 선생을 그렇게 마구 취급해도 괜찮습니까?"

"이 사람아, 고하는 총독이나 상대할 인물이지 나는 그 사람 상대가 못 돼."

이튿날 두 사람은 또 머리를 맞대고 무엇인가 의논했다. 그들은 말다툼도 많이 했지만 화해라는 것이 없다. 이튿날이면 언제 말다툼을 했느냐는 식으로 상대방을 대하고 의논할 일이 있으면 스스럼없이 상의했다.

송진우의 타계로 동아일보가 선장을 잃었다. 시국이 한 치 앞도 볼 수 없는 소용돌이 속에서 선장을 잃은 동아일보는 우왕좌왕했다. 이렇게 되자 중역들이 회의를 거쳐 인촌을 모셔 와야 된다고 뜻을 모았다. 편집국장과 영업국장이 인촌에게 가서 중역회의 결과를 전하고 회사 복귀를 간곡히 청했다. 곰곰이 생각하던 인촌이 복직을 승낙하고 동아일보 대표이사로 취임했다. 그는 이 길을 피할 수가 없었다.

송진우의 죽음은 인촌을 정계로 끌어들이는 촉매제가 되었다. 그는 처음부터 정치가 싫어서 교육에만 열중했다. 그러나 자신의 소신과 달리 정계는 그를 블랙홀처럼 빨아들였다. 신탁통치라고 하는 태풍 앞에서 독립국가 수립을 열망하는 국민의 소망이 소멸될 지경이었다. 이런 민족적 위기상황에 선장을 잃어버린 한민당은 하루빨리 수석총무를 뽑지 않으면 안 되게 되었다. 몇몇 사람이 백남훈을 수석총무로 천거하고, 또 어떤 이는 원세훈을 천거했지만 1946년 1월 7일에 열린 중앙집행위원회는 본인 양해도 없이 인촌을 수석총무로 선출했다.

인촌이 정계에 입신하지 않을 것을 잘 알고 있는 한민당은 장덕수를 인촌에게 보내 설득하였다. 인촌은 한마디로 거부했다. 2차로 서상일과 백관수가 찾아가 설득하고 권유했으나 인촌은 거부했다. 당 중진들은 김병로를 인촌에게 보냈다. 김병로는 인촌에게 사정하거나 설득하지 않았다.

"인촌 때문에 당이 깨져도 좋단 말이오?"

김병로는 인촌을 강하게 힐책했다. 힐책은 계속됐다.

"우리가 일제 36년 동안 민족의 독립을 바라고 고초를 겪으면서 살아왔는데 이제 민족의 운명이 결정되는 싸움을 앞두고 인촌은 혼자 뒤에 물러앉아 있을 생각이오?"

이 힐책에 이르러서는 인촌도 어쩔 수 없었다. 인촌은 다음날 가족회의를 열어 부인과 아우 연수 동의를 얻은 다음 한민당 수석총무 취임을 수락했고, 연수는 한민당 운영자금을 수시로 제공할 것을 약속했다.

인촌이 정계에 나서자마자 또 하나의 지각변동이 일어났다. 지금까지 민족주의 진영과 함께 신탁통치 반대운동을 하던 조선공산당이 태도를 바꾸어 신탁통치 찬성으로 돌아섰다. 그들은 「김구 일파의 이른바 반탁운동은 조선을 위하여 아주 위험천만한 결과를 나타낼 것은 필연」이라고 신탁통치를 우의적(友誼的) 원조 내지 협력이라고 강변하면서 신탁통치 찬성으로 돌아섰다. 이로써 반탁이라는 공동목표 아래 며칠 동안 보조를 맞추던 좌우 양 진영은 다시 대립하게 되었다.

반탁과 찬탁이 격렬하게 대립했다. 이를 본 김구는 1946년 1월 4일 발표한 성명에서 임시정부를 확대 강화하여 과도정권을 수립할 「비상정치회의」를 소집하자고 제의했다. 이 「비상정치회의」에서 선임되는 과도정권은 국민대표대회(국회)를 소집하여 헌법을 제정하고 정식정권을 수립함으로써 신탁통치를 배격한다는 것이다. 이 제의는 김구의 임시정부가 귀국한 후 처음 국민에게 제시한 독립정부 수립 방안이었다. 이와 같은 임시정부 쪽의 움직임에 대항하기 위하여 공산당을 주축으로 하는 좌익 진영은 「민주주의민족전선」을 획책하여 민족의 분열이 심화되었다.

이승만과 김구는 양쪽이 다 겉으로 드러나지는 않았지만 안으로는 불만을 갖고 있었다. 김구가 귀국도 하기 전에 「독촉」을 조직한 이승만은 김구가 따로 「반탁국민총동원위원회」를 조직한 것에 대한 불만이 컸다. 인촌은 이승만과 김구를 합류시키기 위해 헌신적인 노력을 했다. 그의 노력으로 이승만과 김구가 합류하여 이루어진 비상정치회의는 「비상국민회의」로 개칭되어 2월 1일 천주교 명동성당에서 개최되었다. 이날 개최된 「비상국민회의」에서 최고 정무위원회를 구성했는데 이승만이 14명을 추천하고, 김구가 14명을 추천하여 28명으로 구성되었다. 그런데 이 최고 정무위원회는 과도정권 산파역이라는 본래의 사명을 버리고, 「남조선 대한민국대표 민주의원」이라는 이름으로 바뀌어 2월 14일 군정청 제1회의실에서 개원했다. 이것은

「비상국민회의」 활동을 견제하고 앞으로 개최될 미소공동위원회의 협의 대상이 될 수 있는 통일기구로 만들려는 하지 중장의 의도에서 나온 처사였다.

그러나 의장 이승만, 부의장 김구와 김규식으로 구성된 「남조선 대한민국대표 민주의원」이 하지 중장 의도대로 움직이지 않았다. 이 「민주의원(약칭)」은 자문 역할을 넘어 정권 인수를 위한 국민대표기관으로 체제를 갖추었다. 한편 조선공산당 책임비서 박헌영은 뉴욕타임스 존 스톤 기자와의 인터뷰에서 「조선에 대한 소련의 일국 신탁통치를 절대 지지하며, 5년 후 조선이 소련 연방에 편입되기를 희망한다.」고 말한 것이 방송으로 국내에 널리 알려져 공산당의 반민족적 매국성이 만천하에 폭로되었다. 이것도 민족주의 진영과 공산주의 진영이 불구대천의 원수가 된 하나의 요인이다.

이와 같이 민족주의 진영과 공산주의 진영이 적대 관계로 배치되는 바람에 해방 후 처음으로 맞는 3·1절 기념행사도 한 자리에서 거행하지 못하고 민족주의 진영은 서울운동장에서, 공산주의 진영은 남산에서 따로 기념식을 거행했다. 이렇게 민족주의 진영과 공산주의 진영의 대립이 악화되자 남북 공산주의 진영은 이승만과 김구와 김성수를 삼대 민족반역자로 몰아 밤낮 없이 욕설을 퍼부었다. 이들은 세 사람 목숨에 거액 현상금까지 걸어놓았다. 그 중에서도 공산주의 진영의 가장 큰 적(敵)은 한민당이었다. 이승만은 국민적 지지는 있으나 조직이나 실력이 없고, 김구는 임시정부 법통은 있으나 현실적인 정치 기반이 없다. 그러나 한민당은 조직과 실력이 있고 반탁전선에서 공산주의 진영과 가장 첨예하게 싸우는 본진이다. 그래서 한민당 당수인 인촌은 공산당으로서는 최대의 적일 수밖에 없었다.

18

1946년 3월 20일부터 미소공동위원회가 열렸다. 덕수궁 석조전에서 열린 이 회의에 미국 측 대표는 아놀드 소장, 소련 측 대표는 스티코프 중장이다. 미소공동위원회 설치목적은 남북이 통일된 임시정부를 수립하도록 지원하는 것이다. 그래서 미소공동위원회가 열리는 것에 기대가 컸다. 그런데 회의는 합의점을 찾지 못하고 결렬됐다. 「반탁을 주장한 정당이나 사회단체는 협의 대상이 될 수 없다」는 소련 측 주장과 「반탁이나 찬탁과 관계없이 모든 정당과 사회단체와 협의할 수 있다」는 미국 측 주장이 맞서 갑론을박하다가 제1차 미소공동위원회는 결국 무산되고 말았다.

인촌의 당면한 목표는 어떻게든 우익 진영이 단결하여 제1당을 만들고, 그 세력으로 대통령으로는 이승만을, 부통령으로는 김구를, 국무총리로는 김규식을 세우는 데 있었다. 그래서 그는 이 세 사람이 손을 잡도록 하기 위해 진력했다. 미소공동위원회가 결렬된 후 남한의 정치흐름은 네 갈래로 나타났다. 첫째는 자율정부를 수립하여 독립을 쟁취해야 한다는 이승만 노선, 둘째는 반탁을 고수하면서 통일정부를 수립해야 한다는 김구 노선, 셋째로 미소공위 재개를 촉구하면서 좌우 진영의 합작을 꾀하는 김규식과 여운형 노선, 넷째로 찬탁을 지지하되 미소공위 재개를 촉구하면서 폭력적인 반미운동을 자행하는 박헌영의 공산당 노선이었다. 이 중에서 하지 중장은 김규식과 여운형의 제안을 수긍하여 김규식을 우익 진영 대표로, 여운형을 좌익 진영 대표로 하는 좌우 양 진영 대표 모임을 가졌다. 이것은 미국 정부의 정책이 엿보이는 것으로서, 미국은 조선에 좌우 합작을 통해서 임시정부가 수립되기를 바랐다.

이런 와중에 이승만은 6월 3일 정읍에서 유세 중 「통일정부를 세울 수 없다면 먼저 남조선만이라도 단독 정부를 세워 독립을 쟁취해야 한다」고 주장했다. 반면 김구는 「조국의 완전한 독립과 동포의 진정한 자유를 위하여 3천만이 일치단결하여야 할 것으로, 나의 흉중에는 좌도 없고 우도 없고 다만 조국의 독립과 동포의 행복만을 위하여 분투할 뿐이다.」라고 성명서를 발표했다. 결국 이승만과 김구는 점점 이견차가 커지면서 완전 결별의 길을 가고 있었다.

이 틈에 낀 한민당은 실망이 컸다. 어떻게든 두 사람을 합치시켜 정부 수립으로 가게 하려고 대동단결을 당시(黨是)처럼 추구해 왔으나 결국 노선이 갈라지고 합작이 불가능한 단계에 이르렀다. 이즈음에서 한민당은 양자택일해야 되는 처지가 되었다. 한민당 간부들은 아침저녁으로 머리를 맞대고 갑론을박했다. 한민당의 토론은 어느 쪽이 옳고 어느 쪽이 틀렸다는 토론이 아니다. 그래서 인촌이 결론을 내렸다.

"우리 민족의 형편으로 볼 때 김구 선생 심정은 십분 이해가 됩니다. 그러나 밖으로는 미소 냉전이 격화되고, 안으로는 민족을 외면하고 국제공산주의와 연결하여 계급투쟁을 내세우는 좌익이 소련의 무력으로 이미 38도선 이북을 장악하고, 남한까지 병탄하여 적화통일 이외의 통일은 없다고 극한투쟁을 벌이는 마당에 김구 선생의 지론은 한갓 감상론에 지나지 않습니다. 대세로 볼 때 이승만 박사의 주장이 현실적인 것 같습니다. 그러니 이 박사 노선을 택하도록 합시다."

그러나 국민대중 여론은 한민당의 선택과 달리 김구가 주장하는 남북 통일정부 수립에 쏠려 있었다. 여론에 밀린 남한 단독 정부 수립 주장자들은 잠시 주춤하고 사태를 관망하고 있었다.

한편 공산당이 파괴 활동을 시작했다. 1946년 5월 15일 미 군정청이 발표한 것을 보면 공산당이 위조지폐를 대량으로 찍어 정치자금을 마련하고 남한 경제를 교란할 목적으로 살포했다(조선정판사 위폐사건). 공산당 주간지 해방일보를 인쇄하는 조선정판사(구 근택인쇄소)에서 위조지폐 1천 2백만 원을 찍어낸 것이다. 이 사건으로 공산당에 대한 민심이반이 시작되었다. 지금까지 좌익 진영을 두둔하는 듯하던 미군정 당국도 태도를 바꿨다.

「군정법령」제64호가 발령되었다. 내용은 군정청 기구의 국(局)을 부(部)로 부처명을 바꾸면서 각 부처장에 한국인을 채용해서 미군과 함께 근무하도록 하는 한미 양부처장제를 실시했다. 그리고 미 군정장관 러치(Lerche. A. L.)가 특별발표를 통해 군정 아래에서의 행정권을 한국 민간인에게 이양하겠다고 했다. 또한 미군은 각 부처의 고문으로 남아 부결권만 갖겠다고 하면서 행정상 필요한 언어는 모두 한국어만 사용하도록 조치했다. 이 원칙에 따라 한국인 부처장을 통괄하는 민정장관에 안재홍(安在鴻)을 임명했다.

조선이 해방되고 1주년이 되었다. 조선 민족은 미 군정 아래에서 지난 1년 동안 대립과 갈등만 키워왔을 뿐 진정한 독립을 이루지 못했다. 아니 독립은커녕 독립하기 위한 준비도 못 한 채 대립과 갈등만 있었다. 우익과 좌익으로 나뉘어 대립했고, 곧이어 신탁통치 반대와 신탁통치 찬성으로 갈리어 좌우 대립이 격화되었으며, 좌우합작을 두고 옥신각신 좌충우돌했고, 나중에는 우익 안에서도 단독정부 수립 주장과 통일정부 수립 주장이 대립하여 분열되고, 또 공산주의 진영은 여운형파와 박헌영파로 분열되었다. 민족주의 진영이든 공산주의 진영이든 사분오열 되기는 마찬가지였다. 그래서 축제 마당이 되어야 할 해방 1주년 기념식은 우울한 기념식이 되고 말았다. 지난 3·1절 기념행사 때처럼 우익 진영은 서울운동장에서, 좌익 진영은 남산에서 기념식을 거행했다.

이런 가운데 1946년 8월 24일 하지 중장은 미군정법령 제118호를 발표했다. 이 법령의 골자는 「조선 과도정부 입법의원 창설」에 관한 것이었다. 이 법령에 나타난 하지 중장의 의도는 좌우합작에 찬성하는 사람들로 입법의원을 구성하되 이승만을 배제하고 김규식을 수반으로 하는 임시정부를 수립하는 데 있었다.

1946년 8월 26일 밤, 계동 인촌댁은 평소와 달리 초저녁부터 고요했다. 이날 밤 한민당 간부들이 인촌댁에서 모이기로 되어 있었는데 그 계획이 전격 취소되었다. 밤 10시 초인종 벨이 요란하게 울렸다. 사랑채에서 자고 있던 윤 서방이 벨소리를 듣고 대문으로 갔다.

"누구십니까?"

"인촌 선생님을 모시러 왔습니다."

"어디서 오셨는데요?"

"예, 종로경찰서 형사들입니다. 문 좀 열어주세요"

윤 서방이 대문에 붙은 작은 쪽문 빗장을 풀고 열었다. 두 사람이 들어오더니 인촌 선생님 계신 방으로 안내하라고 했다. 윤 서방이 그들을 수상하게 여겨 우물쭈물하고 있을 때 정원수 뒤에서 검은 정체 다섯 사람이 나타났다.

"손들어!"

두 사람이 도망가려고 대문을 향해 뛰는데 다섯 사람이 동시에 총을 쏴서 방문객 두 사람을 주저앉혔다. 다섯 사람은 종로경찰서가 잠복시킨 경찰이었다. 경찰이 그들에게 접근해서 총을 빼앗고 체포했다. 그들은 이북 공산당이 보낸 프락치들로 요인암살 지령을 받고 지난 24일 서울에 잠입했다. 그들의 암살 목표는 이승만과 김구, 경무부장 조병옥, 경기도 경찰총감 장택상, 그리고 김성수와 장덕수 등 6인이었다.

저격수들이 이날 밤 인촌 댁에 침입할 것이라는 정보를 준 사람이 있었다. 그는 혁신탐정사에서 활약하는 젊은이였다. 이틀 전에 그가 한민당 마당에서 인촌을 만나 정보를 쪽지에 적어 건네주고 홀연히 떠나버렸다. 인촌은 그가 전해 준 쪽지를 보고 「혁신탐정사」 사람이라는 것만 알았지 그가 누구인지는 알지 못했다. 그리고 혁신탐정사가 왜 자기를 구해주는지도 몰랐다. 어떻든 인촌은 젊은이가 주고 간 쪽지를 경무부장 조병옥에게 줬고, 조병옥은 저격범 두 명을 현장에서 체포했다.

종로 경찰서는 두 저격범을 잠도 재우지 않고 혹독하게 고문하여 많은 정보를 뽑아냈다. 그들이 자백한 바에 의하면 북한에서 남한으로 내려온 프락치는 이종영 반장을 포함해서 11명이고, 지난 24일 포천 경찰서 순경을 매수해서 38선을 넘어왔다고 했다. 이들로부터 여러 가지 정보를 입수한 경찰은 아직 체포하지 못한 9명을 추적했다. 그 결과 여섯 명을 더 검거하고 나머지 허철 한성 이동건 등 세 명을 체포하기 위해 계속 추적했다. 경찰이 이들을 체포하여 압수한 무기가 권총 8자루와 수류탄 6발이었다. 그리고 현금 6만 원도 압수했다. 이 사건은 1946년 8월 29일 동아일보에 〈무기 가진 프락치대 요인암살단〉이란 제목으로 보도되었다.

공산당 활동이 점차 난동으로 변해가는 것을 본 미 군정 당국이 9월 6일 해방일보 정간처분을 내리고 다음 날에는 박헌영 김삼용 이단하 등 공산당 간부 체포령을 내렸다. 그러자 공산당의 광란은 본격적으로 나타났다. 농촌에서는 정부 양곡수매에 응하지 말라고 선동하고, 도시에서는 양곡을 내놓으라고 협박하고, 방방곡곡에서 파업, 폭동, 동맹휴학 등으로 사회 파괴 활동을 폈다. 그러더니 10월 1일 대구를 중심으로 경상북도 일원에서 폭동을 일으켜 관공서를 습격하고 대량학살을 자행했다.

이 무렵 북에서는 10월 28일 공산당과 신민당이 합당하여 「북조선노동당」을 결성하고. 남에 있는 공산당에 지령을 내렸다. 그 지령을 받은 남쪽 공산주의 진영은 공산당, 인민당, 신민당이 합당하여 11월 23일 「남조선노동당」을 결성했다. 남쪽 신민당과 북쪽 신민당은 다 같이 중국 연안에서 들어온 독립동맹의 후신이다. 북쪽의 신민당 당수는 김두봉이고, 남쪽 신민당 위원장은 백남운이다. 여운형은 남쪽 3당(공산당, 인민당, 신민당) 합당에서 이탈하여 인민당의 장건상 이여성, 신민당의 백남운 고철우, 공산당의 강진 김철수 이영 최익한 등과 함께 11월 12일 「사회노동당」을 결성했으나 하부조직은 「남로당」 프락치에 점거되어 활발하지 못했다.

이러한 남북정세 속에서 미 군정청은 지난 8월 24일에 발표한 「조선과도입법의원」 구성을 서둘렀다. 이 입법의원은 국회의 입법기능을 가진 회의체로서 관선의원 45명과 민선의원 45명으로 구성되기 때문에 전국적으로 선거를 치러야 된다. 이승만과 김구는 이것을 거부했다. 또 「남로당」을 비롯한 좌익계열도 이것을 거부했다. 그러나 그밖의 정당 및 사회단체들이 호응해서 미 군정청 의도대로 입법의원 구성이 진행되었다.

1946년 10월 하순, 민선의원을 뽑는 간접선거가 실시되었다. 선거 결과 서울 전역에서 한 사람 뽑는 서울구(區)에서 김성수가 당선되고, 서울을 갑구와 을구로 나누어 갑구에서는 장덕수, 을구에서 김도연이 당선되어 서울에서 3인의 입법의원이 선출됐다. 그 밖의 각 도 선거에서도 한민당 11명이 당선됐고, 독촉과 무소속 당선자를 합하면 이승만을 지지하는 세력이 31명 당선되어 민선의원 45명의 3분의 2를 넘게 되었다. 이에 불만을 품은 김규식이 한민당이 독점한 서울 선거와 독촉이 독점한 강원도에 선거 부정이 있었다고 규탄하고 미 군정청에 재선거를 요청했다. 미 군정청은 김규식의 요청을 받아들여 서울과 강원도에 재선거를 실시했다. 이와 같이 원칙이 무너진 선거에 인촌과 한민당 간부들은 염증을 느껴 재선거에 출마하지 않았다. 그 결과 서울에서 조소앙 신익희 김도연이 선출됐다.

한편 관선 의원 45인은 중도파와 임시정부 진영에서 대부분 차지하고 한민당과 독촉은 각각 1명씩 끼었을 뿐이다. 이렇게 선출된 입법의원 총회가 개원됐으나 의원직을 사퇴하는 사람도 있고, 출석을 거부하는 사람도 많아서 회의 성립 정족수를 채우지 못해 입법회의를 열지 못했다. 그래서 원래는 의원 총수의 3분의 2가 출석해야 성원이 되는 것을 2분의 1로 수정하여 겨우 성원을 채우고 경쟁자도 없이 김규식을 의장으로 선출했다. 입법의원의 당면과제는 제반 법령을 제정하는 일이다. 그리고 사법부 대법원장에 김용무(金用茂)를 임명함으로써 미 군정이 이른바 입법·사법·행정의 삼권분립을 갖추게 되었다. 1947년 5월 「군정법령」 제141호가 공포되었다. 그 내용은 38선 이남 지역의 입법·행정·사법 각 부문의 재조선 미군정청 한국인기관(在朝鮮美軍政廳韓國人機關)을 '남조선 과도정부'라고 부른다는 것이다. 이것은 미 군정이 한국인에게 이양되는 절차를 밟은 것이다. 그러나 아직도 실권은 거부권을 가진 미국인 고문에게 있었다.

인촌은 정계에 나서지 않으려고 했으나 한민당 중진들 강권에 못이겨 정치를 시작한 후 점점 깊이 빨려들어 명실상부한 한민당 당수 역할을 하게 되었다. 이에 한민당은 당헌·당규를 고쳤다. 수석총무제를 폐지하고 위원장 제도를 채택하여 인촌을 위원장으로 선출했다. 이렇게 되자 인촌은 동아일보 사장직을 최두선에게 맡기고 본인은 정치에 전념했다.

하지 중장과 사이가 좋지 못한 이승만은 미국 정부와 직접 대화할 목적으로 미국에 가서 활동하고 있었다. 이승만이 미국에 있는 동안 미국의 외교정책은 일대 전환이 있었다. 1947년 3월 12일 미국 대통령 트루먼은 상하 양원 합동회의에서 「트루먼 독트린」을 천명했다. 그 내용은 공산주의 위협을 받고 있는 그리스와 터키 양국에 4억 달러 군사원조를 제공하고, 군사사절단 파견을 양원에 요청하면서 「독재정치를 강요하는 침략세력에 대항하여 자유제도와 영토보전을 위해서 투쟁하는 국가들을 원조한다.」는 것이다. 이것은 2차 세계대전 후 미국이 처음으로 공산 진영에 힘으로 대항할 결의를 보인 것이다. 트루먼 독트린을 배경으로 미 국무장관 마셜은 1947년 4월 12일 조선 문제에 대해서 강력한 정책을 피력했다. 즉 제2차 미소공동위원회를 촉구하고 만약 소련이 이에 응하지 않으면 조선독립을 회복하려는 남조선만이라도 단독으로 정부를 수립할 수밖에 없다고 발표했다.

마셜 국무장관의 발언이 있고 한 달 후 제2차 미소공동위원회가 열렸다. 그런데 민족주의 진영은 또 이 회의 참석 여부를 놓고 의견 일치가 되지 않았다. 이승만과 김구는 회의에 참석할 수 없다고 했다. 그러나 한민당은 이번 미소공동위원회는 통일정부 수립의 마지막 기회라고 생각해서 참가하기로 당론을 결정했다. 그리고 모든 애국단체가 한민당과 뜻을 합치자고 호소했다. 한민당은 공산계열과 중도파가 결탁하여 좌경정권을 수립하려는 책동을 봉쇄하고, 미소공동위원회 내부에서 총선거를 통한 통일정부 수립을 주장하는 것이다. 불참을 선언한 단체는 한민당을 비난도 많이 했으나 170여 개

단체가 한민당 호소에 응하여 참가를 결정했다. 대세가 이렇게 되자 이승만은 참가파나 불참파나 반탁을 주장한다는 점에서는 일치하므로 내외가 호응하여 독립쟁취를 위해서 공동투쟁하자고 했다. 한민당을 비롯한 공위 참가파는 아래와 같은 주장을 공동결의하여 미소공위에 참가의사를 서면으로 전달했다.

　(1) 남북을 통한 총선거로 정부를 수립할 것.

　(2) 수립되는 정부는 내정간섭을 의미하는 신탁통치를 반대할 것.

　(3) 수립되는 정부는 대한민국 임시정부의 법통을 계승할 것.

미소공위 소련 대표가 깜짝 놀랐다. 민족주의 진영이 대거 참석하겠다는 답신서를 제출했기 때문이다. 이승만과 김구가 불참 의사를 밝힌 것으로 보아 민족주의 진영 참가 숫자가 적을 것으로 짐작하고 있었는데 170개 단체가 참가하겠다는 답신서를 보내왔다.

　7월 10일 소련 대표가 또 억지주장을 내놓았다. 한민당을 비롯한 15개 반탁 단체를 회의에 참석시킬 수 없다는 주장을 다시 들고나온 것이다. 마셜의 발언 이후 제2차 미소공동위원회 개최를 위해 양국이 협의할 때 소련은 과거 주장(신탁통치를 반대하는 정당이나 단체는 회의에 참석시킬 수 없다)을 철회하고 참가 희망 정당이나 단체는 다 참석을 받아준다고 약속했었다. 소련 대표는 그때 이승만계나 김구계나 한민당계가 다 불참할 것으로 예상하고 그런 약속을 했던 것이다. 그런데 뜻밖에도 한민당이 150개가 넘는 민족주의 단체와 함께 참석하겠다고 함으로 소련은 당황해서 예전의 태도로 돌아간 것이다. 이에 제2차 미소공동위원회도 원점으로 돌아가 설왕설래하다가 소련 대표가 평양으로 돌아갔다. 이 무렵 정국은 더 깊은 혼미

상태가 되었다. 하지는 노골적으로 이승만을 배격하려고 미국에 체류 중인 서재필을 데려다가 7월 1일부로 특별의정관에 임명했고, 7월 3일 이승만은 앞으로 하지에게 협력하지 않겠다고 선언했다.

1947년 7월 19일, 몽양 여운형이 대낮에 흉탄을 맞고 암살되는 참사가 일어났다. 그는 해방 이후 온전한 좌익도 아니고 온전한 우익도 아닌 그러나 좌익에 가까운 중도파 입장에 서 있었다. 이 혼란 속에 좌익은 「구국대책협의회」를 구성하고, 임시정부 수립 촉진대회를 전국적으로 여는 등 혼란을 가속시켰다. 드디어 미 군정은 공산주의 진영에 대한 1차 검거에 나섰다. 이를 두고 소련 대표는 모스크바 삼상회의 결정을 지지하는 세력에 대한 탄압이라고 비난하고, 미국대표는 소련 대표를 향해 내정 간섭하지 말라고 반박했다. 미소공동위원회는 이렇게 결렬되었고, 조선 문제는 새로운 국면을 맞이했다. 한편 제2차 공동위원회에 참석을 거부했던 이승만과 김구는 8월 초 단독 정부 수립을 놓고 분열하기 시작했다. 이승만은 총선거를 주장하고 김구는 임시정부의 법통을 고집하여 서로 양보하지 않았다.

「보성전문학교」는 일제 강압으로 그 이름마저 쓰지 못하고 「경성척식경제전문학교」라는 이름을 쓰고 있었다. 그러던 학교가 해방과 동시에 본래의 이름을 되찾을 수 있게 되었다. 1945년 9월 25일 재단법인 보성전문학교 이사회는 교명을 본래대로 환원할 것을 결의하고 학사과정도 본래대로 법과와 상과로 고쳤다.

신탁통치를 둘러싼 혼란 속에서 한민당 수석총무 송진우가 피살되고 인촌이 본의와 관계없이 정계에 들어가면서 보성전문학교 교장직을 현상윤에게 넘겨줬었다. 인촌은 교장직을 넘겨주기는 했으나 보성에 대한 애착은 끊을 수가 없었다. 그는 1946년 5월 31일 「재단법인 보성전문학교」를 해산하고 그 재산을 「재단법인 중앙학원」에 인계 흡수케 하여 동 재단이 「보성전문학교」를 경영하는 방식으로 전환했다. 그래서 「재단법인 중앙학원」이 보성전문학교와 중앙학교를 경영하게 된 것이다. 이때 아우 김연수와 장남 김상만, 이활과 소병곤이 근 1백만 평의 농토를 기부함으로써 「재단법인 중앙학원」의 토대는 더욱 굳어졌다.

인촌은 재단법인 중앙학원을 보강한 다음 주무이사 김성수 이름으로 군정청에 대학교설립인가 신청서(고려대학교)를 제출했다. 이날이 1946년 8월 5일이다. 군정청 문교부장은 광복 1주년 기념일인 8월 15일 자로 「고려대학교」 설립인가를 통지해 줬다. 교명 「고려대학교」는 인촌 자신이 지은 것이다. 인촌은 교명을 지을 때 고구려의 웅건한 기상을 건학의 정신으로 삼고자 한 것이다. 그런데 「고구려대학교」라고 부르기에는 다소 거북한 점이 있어 가운데 '구'자를 떼버리고 '고려'만 교명에 붙여 「고려대학교」로 명명한 것이다.

「고려대학교」를 설립한 「재단법인 중앙학원」은 주무이사에 김성수, 상임이사에 김영주, 이사에 김연수 현상윤 최두선 이강현 변영태 그리고 감사는 김재수와 조동식 등을 임명했다. 또한 초대 총장에 현상윤을 임명하고, 법정대학장에 유진오, 상경대학장에 이상훈, 문과대학장에 이종우, 도서관장에 진승록, 학생감에 이상은을 각각 임명했다.

한민당 사무실에서 인촌과 장덕수가 시국에 관해 얘기하고 있다. 장덕수는 인촌을 대할 때 친형을 대하듯 한다. 그는 사적인 장소에서는 물론이고 공적인 장소에서도 스스럼없이 남의 눈을 의식하지 않고 인촌에게 '형님'이라고 호칭한다.

"형님, 미국 트루먼이 웨더마이어 장군을 조선에 특사로 보냈습니다."

"언제 왔소?"

"오늘 오후에 미 육군 비행기로 왔습니다."

"특사? 그 사람이 조선에 와서 누구를 만나려는 거요?"

인촌은 아랫사람에게도 반말하지 않는다.

"아마도 지도자 몇 사람 만나지 않을까 짐작이 됩니다."

인촌이 고개를 끄덕끄덕했다.

"그 특사 이름이 웨더마이어라고 했나요?"

"예, 앨버트 코디 웨더마이어입니다."

"특사가 조선을 내방한 목적이 뭔지 알아볼 수 없을까요?"

"제 생각에는 그러실 필요가 없을 것 같습니다. 지금 우리 조선 당면문제가 통일정부 수립이냐 단독정부 수립이냐 하는 것이니까 우리 한민당이 이미 정해진 당론을 밀고 나가면 될 것입니다."

"알았어요."

앨버트 코디 웨더마이어는 동남아 전문가 중 한 사람이다. 그는 육군 사령관으로 제2차 세계대전이 발발한 1943년 10월부터 종전까지 동남아시아 전역에서 복무한 경력이 있다. 그는 철저한 반공주의자로서 조지 마셜 장군 상담관도 지냈다. 그리고 1944년부터 중국에서 장개석의 참모총장으로 일하며 중국 내 모든 미군 병력을 지휘했다. 그래서 트루먼 대통령은 동남아 문제는 전적으로 그의 자문에 의존한다.

1947년 8월 26일 방한한 웨더마이어가 한 주일 정도 서울에 머물면서 미 군정청 정보국 보고를 받고, 곧 이어 조선 정당 지도자와 사회단체 지도자를 고루 만나 의견을 청취했다. 인촌도 한민당 당수 자격으로 그를 만나 의견을 개진했다. 웨더마이어는 미소공동위원회에 의한 조선정부 수립이 불가능하다는 것을 확인했다. 소련이 조선을 공산화하기 위해 미소공동위원회에 제출한 미국 측 제안을 거부했기 때문이다. 그는 9월 3일 미국으로 돌아가 국무장관 마셜에게 조선정부 수립문제는 유엔에서 다루는 것이 좋겠다고 보고했다. 특사 의견을 접수한 마셜이 1947년 9월 17일 조선정부 수립문제를 유엔에 넘겼다. 이로써 조선정부 수립문제는 미소공동위원회 소관을 떠나 처음으로 유엔이 취급하게 되었다. 유엔이 9월 23일 총회를 열어 조선 문제를 의제로 채택할 것인가에 대해서 투표한 결과 41대 6(기권7)으로 채택됐다.

다음 달 10월 17일 유엔 미국대표는 조선 국민의회선거를 실시하기 위해 특별위원단을 설치하고 조선독립을 촉진할 것을 제안하는 결의안을 총회에 제출했다. 10월 30일 유엔 정치위원회는 소련 대표가 퇴장한 가운데 특별위원회 결의안을 41대0(기권7)로 가결했고, 총회는 11월 14일 43대0(기권6)으로 특별위원회 결의안을 통과시켰다. 통과된 결의안의 요지는 이러하다.

1. 위원단은 호주, 캐나다, 중국, 엘살바도르, 프랑스, 인도, 필리핀, 시리아, 우크라이나 대표로 구성된다.

2. 위원단의 감시하에 1948년 3월 31일 이내에 선거를 실시한다.

3. 선거 후 국민의회를 소집하여 중앙정부를 수립한다.

4. 중앙정부는 위원단과 아래 사항에 관하여 협의한다.

가. 남북조선의 점령군으로부터 정권을 인수하는 일.

나. 국민보안군을 편성하고 다른 모든 군사 및 반 군사단체를 해산하는 일.

다. 가급적 속히, 가능하면 90일 이내에 점령군의 완전 철퇴할 것에 관하여 점령국과 협의하는 일.

유엔 총회가 한국위원단 설치를 결의하였으므로 조선독립은 확정되었다. 그러나 북조선을 점령하고 있는 소련이 한국위원단 설치 결의안을 거부해서 남북선거를 통한 통일정부 수립은 어렵게 되었다. 아무튼 해방 후 이때까지 2년이 넘도록 조선 민족을 괴롭혀 온 신탁통치 문제는 이제 완전히 제거되었다. 이승만은 유엔 결정을 환영했고 김구 또한 「대체로 유엔 결의안을 지지」한다는 태도를 밝히고 이렇게 말했다.

"불행히 소련 방해로 북한선거만은 실시하지 못할지라도 추후 언제든지 그 방해가 제거되는 대로 북한이 참가할 수 있게 하는 것을 조건으로 하고 의연히 총선거 방식으로서 정부를 수립해야 합니다. 이 박사가 주장하는 정부는 북한 의석을 남겨놓고 총선거를 실시하는 방법에 치중한 것뿐이지 결국 내가 주장하는 정부와 같은 것인데 세인이 그것을 오해하고 단독정부라고 하는 것은 유감입니다."

유엔총회 결의로 조선이 완전히 독립하고 정부 수립을 하게 됨으로써 이승만 김구 김성수를 포함한 민족주의 진영은 대동단결할 기미를 보였다. 1947년 11월 4일 조선 즉시 독립에 관한 결의안이 유엔총회에서 결의되자 남조선과도정부 사법부에 설치된 '조선법전편찬위원회'가 유진오에게 헌법 초안 작성을 요구했다. 이 위촉을 받은 유진오는 황동준·윤길중과 협력하여 양원제·내각책임제·농지개혁·중요기업국영 등 4대 기본원칙을 세워 헌법 초안을 작성해서 '조선법전편찬위원회'에 넘겼다.

그해 1947년 12월 2일 날이 저물어 사위가 컴컴했다. 장덕수 집에 불청객이 들어가 노크했다. 장덕수가 손님을 맞으려고 방에서 거실로 나갔다. 방문객은 정복경찰 1인과 일반인 한 사람이었다. 두 사람은 장덕수가 방에서 나오자마자 동시에 권총을 꺼내 발사했다.

—탕—

—탕—

장덕수는 괴한이 쏜 흉탄 두 발을 맞고 쓰러져 즉사했다. 그의 나이 54세다.

그의 형 장덕준은 1919년 3·1운동이 일어난 해 10월 함경북도 방면으로 취재 갔다가 순직했다. 그해 10월 21일 김좌진과 이범석이 화룡현 삼도구 청산리에서 병력 4백 명으로 일본군 1개 여단을 만나 연대장을 포함한 9백 여 명을 섬멸했다. 일본군은 이 사건에 대한 보복으로 북간도 일대의 조선인에 대해 무차별 학살을 감행했다. 그들은 69개 조선인 취락에서 가옥 2507호를 전소하고, 비전투 민간인 2285명을 무차별 살해했다. 장덕준 동아일보 조사부장이 이 사건을 취재하러 갔다가 용정에서 전보 친 후 행방불명되었다. 이렇게 형을 잃은 장덕수는 일본에 대한 원한이 있는 사람인데 조선 독립정부 수립을 보지 못하고 자택에서 암살되었다. 인촌은 눈 감은 장덕수 손을 잡고 비통한 심정을 토했다.

"고하의 죽음이 민족해방의 대가였다면 설산의 죽음은 대한민국 독립을 가져오기 위한 희생이다."

장덕수를 잃은 인촌은 비통한 마음을 달랠 수가 없었다. 장덕수는 도쿄 유학시절부터 학비를 지원해 주면서 큰 인물로 만들었다. 장덕수는 타고난 재능이 워낙 출중해서 어딜 가나 우뚝 솟는 인물이다. 그러다 보니 시기하는 사람도 많고 적도 많았다. 한 번은 장덕수가 공산주의자들의 모함에 빠졌다. 소련이 조선 공산당에 보낸 지원금을 중간에서 착취했다는 누명을 쓰게 되었던 것이다. 이때 인촌은 그를 구하기 위해 미국으로 유학 보내고 그가 돌아올 때까지 십수 년간 그의 모친을 부양하기도 했다. 인촌은 그가 미국에 있을 때 국내에서 그의 모친 회갑잔치도 벌여 아들 노릇을 대신했다.

인촌은 고하(송진우)를 잃은 후부터 정치적 결단을 내릴 때는 언제나 장덕수의 조언을 듣고 결단하곤 했다. 장덕수는 정치운동 이론가이면서 투사이면서 실무가였다. 그리고 그는 인촌의 지팡이요 나침반이었다. 장덕수 암살사건은 정치문제로 비화되어 미 군정당국이 3월 30일 장덕수 살해범을 심판하는 법정에 증인으로 김구를 소환하기도 했다.

　장덕수가 비명에 가고 그 이튿날, 1947년 12월 3일 동아일보가 또 끔찍한 보도를 했다. 그 보도는 이러하다.

　〈한민당간부 암살계획단〉
　'주범 외 6명 체포'
　'음모본부는 해양구락부'
　남로당 계열의 무시무시한 암살계획은 기보한 바와 같이 지난 11월 30일 상오 3시경 호남선 연산과 두계역 사이 열차 내에서 제8관구 경찰청 사찰과 형사가 범인을 체포함과 동시에 서울 시내 회현동 해양구락부에서 연루범 6명을 체포한 사실이 있다.
　즉 주범은 남로당 선행대원 강00, 지부위원장 고진성이다. 이들은 남로당 지령을 받고 영암에서 김준연 씨 엄친상을 기회로 장례식에 참석한 김준연 씨와 김성수 씨, 그리고 8관구 경찰청장 홍락구 씨를 암살하려고 수하인 백영기를 장지로 파견하였으나 뜻을 이루지 못하고 상경 도중 열차에서 체포된 것이다. 당일 하오 1시 이들이 서울역에 도착하자 수도청 응원을 얻어 8관구 형사 3명이 시내 다동 67번지 김경수 방에서 전기 주범인 고진성을 체포하고 이어 암살단 본부인 시내 회현동 1가 91번지 해양구락부를 급습하여 6명을 체포했는데 방금 연루자를 수사 중이다. 이들은 이번 음모 외에 조병옥 경무부장과 장택상 총감 등도 암살하려던 계획이 탄로되고 권총 기타 무기도 압수되었다고 한다.

1948년 1월 8일 유엔 한국위원단이 조선에 입국했다. 한위(한국위원단 약칭)는 유엔총회에서 결의한 9개국 중 공산 진영 우크라이나가 불참하여 호주·캐나다·중국·엘살바도르·프랑스·인도·필리핀·시리아 등 8개국 대표로 구성되었다. 한위는 덕수궁에 사무실을 마련하고, 인도 대표 「메논」을 임시의장으로 선출함과 동시에 3개 분과위원회를 두었다. 제1분과위는 자유로운 선거 분위기를 보장하는 방법을 강구하고, 제2분과위는 조선인 의견을 종합하고, 제3분과위는 선거법을 검토하기로 했다.

1월 23일, 한위는 선거에 관해서 조선 지도자 중 9인과 협의하겠다고 발표했는데 9인 중에 이승만 김구 김규식 조만식 김성수 허헌 그리고 박헌영과 김일성도 포함되었다. 이 발표가 있는 그날 소련 유엔대표는 한위 위원들 북조선 입경을 거부한다고 발표했다. 한위 위원들이 북조선에 들어가지 못하면 김일성과 박헌영을 만나지 못할 뿐만 아니라 조선 전역 총선거를 치를 수 없게 된다.

한위는 1월 26일 오전, 1착으로 이승만을 접견했다. 이 자리에서 이승만은 과도선거로 유엔 한위와 협의할 민선대표단을 구성하든지, 소련의 방해로 남북을 통한 선거가 안 되면 남한만이라도 총선거를 실시하여 통일정부를 세워야 된다고 주장했다. 같은 날 오후 김구는 한위에 가서 미소 양군이 철수한 다음, 남북 요인회담에서 절차를 준비한 후에 총선거를 실시할 것을 주장했다. 또 김규식은 다음날인 27일 한위에 가서 소련이 유엔 한위 입경을 거부할 경우 유엔 소총회가 대책을 재심해야 할 것과 소련의 북조선 입경 거부 여하를 불문하고 남북 요인회담이 강구되어야 할 것이라고 했다. 인촌은 네 번째로 한위에 갔다. 한위는 위 세 사람과는 다르게 인촌을 대했다. 그는 위 세 사람과 과거가 다르기 때문이다. 이승만은 미국에서 투쟁했고, 김구와 김규식은 중국에서 투쟁했다. 이 세 사람은 안전지대로 피해서 입만 가지고 싸운 사람들이다. 그러나 인촌은 조국을 떠나지 않고 일제 총구 앞에서 목숨 걸고 시종일관 투쟁했던 인물이다. 그래서 한위는 그의 견해를 가장 비중 있게 접수했다.

인촌 견해는 이러했다.

「소련의 거부로 남북총선거가 불가능할 때에는 남조선에서만이라도 총선거를 실시해야 할 것이다. 우리는 지금 외력에 의하여 사지를 결박당하고 있으니 반신만이라도 속박에서 벗어나 전신이 자유스러운 활동을 하도록 하여야 할 것이고, 더구나 조선 독립은 유엔 총회에서 절대다수로 가결된 것이니 소수국가의 거부로 남북을 통한 총선거를 못 하게 된다면 그 책임은 유엔 한위에 있는 것이 아니고 그것을 거부한 국가가 져야 할 것이다.」

한위를 만난 4인 중 이승만과 인촌은 남북 총선거가 안된다면 남한만의 총선거를 주장했고, 김구와 김규식은 남북협상을 주장했다.

한위는 2월 4일 인도 대표 「메논」을 정식으로 한국위원단 대표로 선출하고, 소련의 입북 거부에 대한 대책을 여러 차례 논의하였으나 뾰쪽한 방법이 없었다. 그래서 한위는 2월 11일 조선 문제를 유엔 소총회에 회부할 것을 결정하고 메논 의장과 호세택(胡世澤) 사무총장을 유엔본부에 파견하여 조선의 실정을 보고하는 한편 4개 대안을 건의하기로 했다. 4개 안은 이러하다.

1안 : 남조선에만 국한되는 선거를 실시하고 조선의 국민정부로 승인될 정부를 남조선에 수립할 것.

2안 : 선출된 국민대표로 구성된 자문기관 설치를 목적으로 선거를 실시할 것.

3안 : 남북조선 지도자의 회합과 같은 기타 가능한 방법을 강구할 것.

4안 : 기능 계속 불능을 인정하고 문제를 총회에 반납할 것.

이 4개 대안 중 유엔 소총회가 어느 것을 택하느냐에 따라 조선 운명이 결정될 판국이다. 소총회란 1947년 11월 6일 유엔 정치위원회에서 그 설치안이 가결되고, 13일 총회가 이를 채택함으로써 탄생한 기구다.

한위 메논 의장은 1948년 2월 19일 유엔 소총회에서 4개 안을 설명하고 토론에 부쳤다. 그 결과 소총회는 남북한 총선거 실시가 불가능하다면 가능한 지역만이라도 선거를 실시할 수밖에 없다는 결론을 내렸다. 메논은 소총회 연설에서 이승만을 높게 평가했다.

"이승만 박사라는 이름은 남조선에서 마술적 위력을 나타내는 이름이다. 네루가 인도의 국민 지도자인 것과 같은 의미에서 그는 조선의 국민 지도자가 될 수 있을 것이다. 이 박사는 조선의 영구 분할을 옹호하거나 고려하기에는 너무도 위대한 애국자이다."

또 그는 한민당에 대해서는 이렇게 논평했다.

"김성수를 위원장으로 하는 한국민주당은 가장 효과적인 조직을 가지고 있으며 지방 연락을 통하여 특히 최근 수개월 동안에 광범한 세포 조직을 발전시켰다."

한편 한민당은 메논을 통해 조속한 독립정부 수립을 바라는 의견서를 유엔 각국 대표에게 배부하여 크게 관심을 끌었다.

19

인촌은 조선 독립정부 수립이 목전에 온 것을 확신하고 유진오에게 헌법 초안을 작성하라고 지시했다. 유진오는 인촌 지시를 받고 고민이 깊어졌다. 왜냐하면 헌법 중에 농지개혁 조항을 넣어야 하는데 그 조항은 인촌 재산과 직결되기 때문이다. 농지개혁을 하면 토지재벌 고창 김씨네는 모든 농지를 국가에 빼앗기게 된다. 유진오는 인촌이 보성전문학교를 인수할 때부터 줄곧 보전 교수로 재직했고, 또 고려대학교가 설립된 후로는 정법대학장을 맡고 있어서 인촌과는 불가분의 관계에 있다.

유진오는 고민에 고민을 거듭하면서도 헌법 4대 원칙을 적용해서 양원제·내각책임제·농지개혁·중요기업국화를 골자로 한 헌법 초안을 인촌에게 제시했다. 이 초안은 얼마 전 '조선법전편찬위원회'에 제출한 헌법 초안과 같은 것이다. 유진오는 이 초안을 인촌에게 제시하면서 모든 조항을 상세하게 설명했다. 설명을 다 듣고 난 인촌은 4대 원칙에 대한 설명을 듣고 전적으로 찬성한다고 했다.

"좋은 헌법이오. 수고가 많았습니다."

인촌의 인품을 잘 알고 있는 유진오였지만, 그러나 이번에는 정말 놀랐다. 조선 제1의 토지부호가 그 토지를 다 빼앗겠다는 법 제정 앞에 표정 하나 변하지 않고 '좋은 헌법'이라며 찬성했다. 그는 좌우

명으로 삼은 '공선사후(公先私後)'를 실제 행동으로 행했다. 유진오는 이날 인촌 행동에서 성자 모습을 봤다.

유엔 소총회는 한국위원단 메논 의장 보고를 받고 「한국위원단은 전 조선에 선거를 실시하도록 추진하고, 이것이 불가능하면 선거가 가능한 지역에서 선거를 실시할 것」을 요구하는 미국 제안을 2월 26일 표결에 부쳐 찬성 31, 반대 2, 기권 11로 통과시켰다. 이 가결은 신탁통치를 반대하고 즉시 독립정부를 수립해야 한다는 민족주의 진영 승리인 것이다.

이제는 온 민족의 소망인 독립정부를 수립할 수 있게 되었다. 전 조선 총선거를 실시해서 인구비례에 따라 총의석의 3분의 2를 남조선에서 선출하고, 북조선에서 3분의 1을 선출하게 된다. 그러나 북조선을 점령 중인 소련이 한국위원단 입경을 거부함으로써 전 조선 총선거는 불가능하게 되었고, 불행한 사태지만 남조선만의 단독 선거를 통해서 단독정부를 수립할 수밖에 없게 되었다. 메논 의장은 남한의 총선거 일자를 1948년 5월 첫 주 이내로 요망했고 이에 따라 하지는 3월 1일 특별성명을 통해 1948년 5월 9일을 총선거일로 발표했다.

이에 앞서 2월 9일 김구와 김규식은 유엔 한위에 남북요인회담을 알선해 달라고 연명으로 요청한 바 있으나 이루어지지 않았다. 그래서 두 사람은 다시 2월 28일 북조선 주둔 소련군사령관 스티코프 중장에게 편지를 보내 김일성 김두봉과 함께 서울에서 남북요인회담을 갖자고 요청했다. 이 요청도 거절되자 두 사람은 3월 8일 김일성과 김두봉에게 편지를 보냈다. 「남북정치지도자 간의 정치협상을 통해 통일정부 수립의 방안을 토의하자」는 내용이었다. 그러나 김일성과 김두봉은 회답을 보내지 않고 있다가 3월 25일에야 평양방송을 통해 「남조선 단독정부 수립에 반대하는 남조선 정당 사회단체에 고함」이라는 초청장을 낭독했는데, 「4월 17일 평양에서 연석회의를 열자」는 내용이었다. 이 방송으로 초청된 정당 및 단체는 남로당, 한독당, 민족자주연맹 등 17개 단체였다.

김구는 지지자들 만류를 뿌리치고 19일 서울을 떠나 38선을 넘어갔다. 그러나 김구의 여망은 허망한 것이었다. 이른바 「전 조선 정당 및 사회단체 대표자 연석회의」는 그를 기다리지 않고 19일에 이미 시작되어 진행 중이었다. 그러니까 김구는 결국 회의 도중에 참석하여 들러리가 되고 말았다. 또 김규식은 김구보다 이틀 늦은 21일에 서울을 떠나 평양에 들어갔는데 그는 몸에 열이 있다며 연석회의에는 참석하지 않았다. 연석회의 중간에 참석한 김구와 조소앙이 인사말 몇 마디 했을 뿐 남에서 간 사람들은 발언다운 발언 한 번 못했다.

4월 26일 평양에서 김구 김규식 김일성 김두봉 4자회담이 시작되었다. 그러나 이 회담은 정치적 의미가 전혀 없었다. 이미 남조선 요인들도 참석한 것으로 되어 있는 연석회의에서 채택된 일방적인 결정이 기정사실로 되어 있는 마당이니 4자회담은 아무 의미가 없는 것이다. 그 연석회의 참석자 명부에 남조선 요인들이 참석한 것으로 기록되어 김구와 조소앙 등 남조선 요인들은 철저하게 이용만 당했다. 더구나 4자회담이 열리고 있는 29일에는 북조선 인민위원회가 남조선 요인 몇 사람을 방청객으로 참석시켜 놓고 소위 「조선인민공화국 헌법」을 채택했다. 그 뿐만 아니라 김구 김규식 조소앙 등이 평양에 머무는 동안 잘 훈련되고 장비도 우수한 군대의 열병, 분열행진도 참관했다. 북조선은 이미 적색 단독정권이 수립되어 있었던 것이다.

남조선만의 총선거 날짜가 열흘 앞으로 다가왔다. 당초에 하지는 선거일을 5월 9일로 공포했으나 이날은 오전에 20분 동안 일식이 있는 날이어서 하루를 늦춰 5월 10일을 선거일로 다시 공포했다. 선거일이 공포되었음에도 세간에는 근거 없는 소문이 설왕설래해서 국민을 불안하게 했다. 4월 3일 제주도에 무장공비 폭동이 일어나자 총선거가 무산될 것이라는 낭설과, 이번 선거는 정부 수립을 위한 것이 아니고 협의 대상이 될 자문위원을 뽑는 선거라는 풍설과 유엔 한국위원단 내부에서 보조가 맞지 않아 선거를 치를 수 없다는 등 유언비어가 난무했다.

공산계열과 임시정부계열과 중도파 계열의 방해공작과 유언비어 속에서도 선거 날짜는 다가오고 있었다. 그런데 한민당에 이변이 생겼다. 당수 김성수가 선거에 출마하지 않겠다고 했다. 이유는 북에서 월남(越南)한 이윤영(李允榮)에게 선거구를 양보하겠다는 것이다. 당수가 국회 의석을 갖지 않는 것은 있을 수 없는 일이라면서 당 간부들이 극구 만류했으나 인촌은 듣지 않았다.

"내가 나가서 당선되는 것보다 이윤영이 나가서 당선되는 것이 민족을 위해서나 남북통일을 위해서나 더 유익할 것이오."

월남한 이북 동포가 450만 명이었다. 그런데 이들에게는 총선에 출마할 선거구가 없는 것이다. 이것을 딱하게 생각한 인촌은 자신의 선거구인 종로 갑구를 이윤영에게 양보해서 출마하도록 했다. 이 양보는 이윤영 개인을 위해서가 아니고 450만 월남 동포를 위해서 그 대변인을 세워주는 양보였다. 그리고 조선민주당을 이끌고 있는 평양의 조만식에 대한 우정과 경의에서 우러난 양보다. 조만식은 조민당 부위원장 이윤영에게 월남을 권하면서도 「동포들을 공산당의 마수에 남겨놓고 떠날 수 없다」면서 자신은 평양 자택에서 감금 생활을 하고 있었다. 인촌은 조만식의 상황을 전해 듣고 「그의 성자적 태도에는 진실로 감복하지 않을 수 없다」고 말했다.

인촌은 누구보다도 월남 동포 처지를 잘 이해하고 있다:

"공산당과 싸운다면서 이남 사람들은 안방에 앉아 남이 하는 일을 비평이나 하고 있지마는 일선에 나가 목숨 내놓고 싸우는 것은 서북 사람들뿐 아닌가?"

서북 출신인 그의 아내는 남편 뜻을 받들어 저명인사들 부인과 함께 「서북학생원조회」를 조직하여 물심양면으로 도와줬고, 그 때문에 계동 그의 집은 마치 서북학생원호본부와 같았다.

5·10선거는 임시정부계의 불참과 좌익계의 파업, 데모, 폭동에도 불구하고 남조선 총인구(1946. 8월 말 현재) 1919만 명의 40.9%, 총유권자 813만 명의 96.4%에 해당하는 784만 명이 등록했고, 등록자의 95.5%인 740만 명이 투표했다. 이중 무효표는 3.6%였다. 이 결과는 단독정부 수립노선의 승리를 의미하는 동시에 우리 민족에게 자치 능력이 있다는 것을 세계에 증명해 보인 것이다. UP통신은 5·10선거를 이렇게 보도했다.

「공산주의자들의 맹렬한 태러전은 남조선 미 점령지역에 죽음의 공포를 전파했으나 조선 역사상 최초의 선거를 파괴하지는 못하였다. 사망자 수는 시시각각으로 증가하였으나 수백만 투표인들은 감연히 투표장에 모여들어 놀라울 만큼 간단히 투표하고, 집에 돌아가서 미·소 양국이 이 불행한 나라에서 대국 투쟁을 개시한 이래로 가장 긴장한 하루를 불안하게 앉아서 보냈다. 미군이 7일 이래로 접수한 보고에 의하면 사망자 78명, 부상자 수십명, 그리고 수백 명이 구타를 당하였다. 사망자의 대부분은 공산주의자들의 습격 암살로 발생한 것인데 여차한 행동도 투표자를 공갈하여 구축하지 못하였다.」

선거기간에 남로당 계열이 자행한 범죄는 살상 846명, 피습 및 폭행이 1047건이었다. 유엔 한위에서 표결이 있을 때마다 공산계열에 보조를 맞춰 부표만 던지던 시리아 대표도 민주적인 선거를 보고 놀라서 이렇게 발표했다.

「5월 10일의 남조선 선거는 성공이었다. 나는 서울에서 투표장을 순시하였는데 투표는 매우 원활하고 조직적이었다. 나는 남조선 단독선거에 반대하였으나 만약 원칙이 수락된다면 이는 아주 양호한 거사이다.」

이 선거에서 당선된 의원들은 소속별로 이렇게 나타났다. 의석 200석 중 대한독립촉성국민회(대표 이승만)가 55석, 한국민주당(대표 김성수)이 29석, 대동청년단(이청천)이 12석, 조선민족청년단(이범석)이 6석, 기타 정당 및 사회단체가 13석, 그리고 무소속이 85석이었다.

표면적으로는 한민당이 29석에 지나지 않은 것 같으나 무소속과 독촉국민회와 대동청년단, 그리고 민족청년단 이름으로 출마하여 당선된 한민당원까지 합하면 84명에 달했고, 한민당과 노선을 같이할 당선자까지 합하면 100석을 넘어서 내면적으로는 단연코 제1당의 세력이다.

한편 임시정부계열 「한독당」은 5·10선거를 공식적으로 거부했으나 무소속으로 출마하여 당선된 사람이 근 30석에 달해서 무시 못할 세력을 구축했다. 이렇게 5·10선거로 이루어진 제헌국회는 한민당 세력과 한독당을 중심으로 하는 반 한민당 세력과, 독촉을 중심으로 하는 이승만 직속세력 등 3대 세력이 정립(鼎立)된 가운데 개원하게 되었다.

1948년 5월 31일 제헌국회가 중앙청에 마련된 임시의사당에서 열렸다. 제헌국회 책무는 새로운 국가의 헌법을 제정하고 정부를 수립하는 일이다. 5월 31일 열린 제헌국회는 의장에 이승만, 부의장에 신익희와 김동원을 선출했다. 그리고 6월 2일에는 헌법 및 정부조직법 작성을 위한 기초위원으로 서상일 백관수 허정 김준연 조봉암 등 30명을 선출하고 그다음 날 6월 3일에는 전문위원으로 유진오 노진설 고병국 권승열 한근조 임문환 차윤홍 윤길중 김용근 노용호 등 10명을 위촉했다.

6월 4일부터는 중앙청 홀에서 기초위원회가 열려 헌법제정을 위한 본격적인 작업이 시작되었다. 서상일 위원장 사회로 진행되는 기초위원회는 인촌 지시로 유진오가 이미 작성해 놓은 안을 본안으로 확정하고 권승열 위원이 제출한 안을 참고 안으로 채택했다. 이 참고안이라는 것도 유진오가 작성해서 '조선법전편찬위원회'에 제출한 안으로 자구만 약간 수정한 것으로 4대 원칙이 동일한 안이었다.

기초위원회는 헌법 본안과 참고안을 채택한 4일부터 세부적인 심의에 들어갔다. 기초위원회는 제일 먼저 국호에 관한 심의를 했다. 유진오 안에는 국호를 '한국'으로 했는데 위원회 심의 과정에서 「대한」,「고려」,「조선」이라는 국호가 나와 격론을 벌이다가 「대한」으로 결정되었다. 그리고 「양원제」는 「단원제」로 수정되었고, 권력구조는 「내각책임제」와 「대통령책임제」 양론이 대립했으나 대세는 원안(유진오 안)대로 내각책임제로 기울었다. 그런데 6월 15일 국회의장 이승만이 기초위원회에 직접 출석해서 「대통령책임제」로 해야 한다고 역설했다. 또 20일에는 기초위원회 위원들을 이화장으로 불러 토론도 했다. 그러나 기초위원회는 원안대로 「내각책임제」 안을 밀고 나가서 6월 19일 제2차 독회를 마침으로써 초안 심의를 끝맺고 21일 본회의에 상정하기로 했다.

국회의장 이승만은 기초위원회가 제출한 안을 본회의에 상정하지 않고, 21일 기초위원회에 두 번째로 출석하여 격한 어조로 발언했다.

"이 초안이 국회에서 헌법으로 채택되면 나는 그런 헌법 하에서는 어떤 지위에도 취임하지 않고 민간에 남아서 국민운동을 할 것입니다."

이승만은 이 말을 남기고 기초위원회 회의장을 떠나버렸다. 이승만은 지난 6월 7일 기자회견에서 자기는 대통령책임제를 주장하지

마는 국회가 내각책임제를 결정한다면 그 결정을 따르겠다고 천명했었다. 그런데 이날 기초위원회에 출석해서 기자회견 때와 다른 말을 하고 떠나버렸다. 기초위원들은 유진오 윤길중 허정 세 사람을 이화장에 보내 이승만을 설득했다. 이승만은 기초위원회에서와는 달리 부드러운 표정으로 세 사람 설명을 들으면서 고개를 끄덕이기도 했다. 그래서 세 사람은 설득이 주효한 것으로 알고 돌아갔다. 유진오는 즉시 인촌에게 가서 이승만 설득과정을 설명하고 내각책임제 헌법을 국회에 제출하게 될 것이라고 했다.

유진오와 윤길중과 허정이 돌아간 후 이승만은 인촌을 불렀다. 이화장을 찾아간 인촌에게 이승만이 말했다.

"기어이 내각책임제를 국회가 채택한다면 나는 미국으로 돌아가거나 민간에 남아서 국민운동을 할 것이오."

인촌은 당황했다. 유진오 보고에 의하면 이승만을 설득했다고 들었는데 이승만은 변하지 않았다.

"미스터 김이 좀 수고해 주셔야 되겠소."

"저는 선생님이 내각책임제를 반대하지 않는 것으로 알고 있고, 국민도 모두 그렇게 알고 있습니다."

"나는 이름만의 대통령을 할 생각이 없소."

"선생님께서 대통령 하시는 동안은 그렇게 해도 좋겠습니다마는 헌법을 매번 고칠 수야 있겠습니까?"

"한민당이 꼭 그렇게 하겠다면 다른 사람을 대통령으로 뽑아요."

이승만은 노기 띤 얼굴로 이렇게 말하고 다른 방으로 가버렸다.

집에 돌아간 인촌은 당 간부와 헌법 기초위원 전원을 불러 모아놓고 이승만과의 면담내용을 설명했다. 유진오와 윤길중과 허정은 어이가 없다는 표정이다. 그들이 이화장에 가서 이승만을 설득할 때 이승만은 내각책임제 안을 받아들일 것처럼 보였었다. 그런데 인촌을 불러 강경한 태도로 대통령책임제만 고집했다고 한다. 세 사람은 입을 꽉 다물고 말을 하지 않았다. 그 외 다른 위원들은 이승만을 의식하지 말고 초안대로 내각책임제를 본회의에 상정해서 통과시켜야 한다고 목소리를 높였다. 그러나 인촌은 생각이 달랐다.

"그분을 대통령으로 모시지 않으면 독립이 늦어질 것입니다. 그렇게 되면 더한 혼란이 올 수도 있으니 그분의 뜻을 따릅시다."

"안 됩니다. 우리가 이승만을 대통령 만들기 위해 헌법을 제정합니까? 원안대로 내각책임제로 결정해야 합니다."

"지금 우리의 일차 목표는 독립된 정부 수립입니다. 독립된 정부 수립을 하지 않고는 내각책임제도 대통령책임제도 없습니다. 선거를 성공적으로 치렀으니 독립이 다 된 것처럼 착각들 하는데 아직 넘어야 할 고비가 있습니다. 지금 내각책임제냐 대통령책임제냐를 놓고 혼란을 야기하면 유엔이 우리 민족을 두고 역시 신탁통치 해야 될 민족이라고 하지 않겠습니까? 지금 우리가 이승만 박사를 대통령으로 모셔서 정부조직을 구성하면 이번 9월 유엔총회에서 정식 국가로 승인받을 수 있습니다. 하지만 이번에 정부 수립을 못하면 유엔 가입도 어려워지고 또 어떤 마가 낄지 모릅니다. 그분을 중심으로 선거를 잘 치른 것처럼 그분을 대통령으로 모십시다. 그분이 양보하지 않을 것이 확실하니 우리가 모든 것을 참고 양보해야 되겠습니다."

당 간부나 기초위원들의 불만이 컸으나 인촌이 이렇게 나오니 받아들이지 않을 수 없었다. 이렇게 하여 내각책임제를 중심으로 작성된 헌법 기초 안이 하룻밤에 대통령중심제로 바뀌어 6월 23일 본회의에 상정되고, 7월 20일 국회를 통과하여 7월 17일에 전문 10장 103조 헌법이 공포되었다.

1948년 6월 10일 종로구 화신백화점 뒷골목 2층 사무실 혁신탐정사에서 탐정가 6인이 회의 중이다. 이들은 모두 일포의 사람됨을 보고 의로운 일에 동참하겠다며 자진해서 모여든 청년들이다. 이들 중에 두 사람은 남로당 당원으로서 박헌영 측근에서 활동하고 있다. 두 사람은 박헌영이 남로당을 창당할 때 일포가 위장 입당시킨 탐정대원들이다. 이들이 남로당 프락치활동을 낱낱이 파악해서 일포에게 수시로 보고한다. 이날도 위장남로당원 두 사람이 참석한 가운데 혁신탐정사에서 회의 하고 있다.

"저들이 또 암살계획을 세웠나?"

"예, 이달 안에 저격할 것입니다."

"이번에는 누구를 죽이겠다는 거야?"

"이번에 국회의원에 당선된 장면 씨와 나명균 씨, 그리고 국회의원은 아니지만 주요 인물로 김성수 씨. 또 성동경찰서 형사 두 명까지 모두 5명을 처치하겠다는 것입니다."

이포가 나서서 물었다.

"그 사람들 말이야, 김성수 씨는 국회의원도 아니고, 무슨 장관도 아닌데 왜 그 분을 죽이려는 거여?"

"김성수 씨만 제거하면 한민당이 무너진다고 보기 때문입니다. 저 사람들은 이승만 박사보다 김성수 씨를 더 두려워합니다."

"왜 그러지?"

"김성수 씨가 이끄는 한민당은 전국적으로 조직도 제일 강하고 돈도 제일 많아서 공산당의 적수는 한민당이라는 겁니다. 이승만 박사는 조직도 없고, 돈도 없고 나이가 많아서 곧 쇠퇴할 거라고 보는 겁니다. 그렇다고 김성수는 죽이고 이승만은 살려둔다는 것은 아닙니다. 암살대상자 명단에는 항상 이승만과 김성수가 포함되어 있습니다."

삼포가 말했다.

"그럴듯한 얘기구만."

일포가 말했다.

"그리고 다른 움직임은 없어?"

"암살 후 관공서, 전화국, 변전소 등을 폭파한다는 계획입니다."

"그들을 체포하려면 어떻게 해야지?"

위장남로당원 두 사람 중 한 사람이 품에서 종이를 꺼내 펴놓고 말했다.

"이 장소 인근에 형사들을 잠복시키십시오. 그들이 숨어서 활동할 비밀장소입니다."

이포가 약도를 자세히 보면서 말했다.

"이게 뭐야? 이것들이 세 군데에 나누어서 숨어 있겠다는 거야?"

"그렇습니다. 이번 암살단은 규모가 큽니다. 이번에는 기필코 처치하겠다고 단단히 준비하고 있어요. 그래서 인원도 많지요."

"날짜와 시간은…?"

"그것은 아무도 모릅니다. 날짜와 시간을 정하고 행동개시 명령을 내리는 사람은 박헌영이거든요."

일포가 두 사람 등을 토닥이며 격려했다.

"알았어, 수고했어."

다음날 일포는 대원 한 사람을 인촌에게 보냈다. 이 대원은 전에도 한 번 인촌에게 공산 진영의 암살계획 정보를 제공한 적이 있다. 한민당사에 간 대원은 한민당대표 집무실에서 인촌을 독대했다. 당대표실 비서들도 이 대원의 얼굴을 기억하기 때문에 독대는 어렵지 않게 이루어졌다. 인촌이 미소를 지으며 말했다. 인촌은 상대가 누구든지 항상 경어를 사용한다.

"어서 오십시오. 혁신탐정사 대원이시지요?"

"예, 선생님. 저희 업무상 제 이름을 밝힐 수 없어서 죄송합니다."

"그렇겠지요. 하지만 나는 참 궁금해요. 내 생명을 지켜주신 분들이 누구신지, 그리고 그런 특급정보를 알 수 있는 분들이라면 혹시 공산 진영의 고위 간부들은 아닌지, 도움을 받고도 고맙다는 인사도 할 수 없는 나는 마음이 개운치가 않습니다."

"선생님 입장은 이해가 됩니다. 그러시다면 제가 말씀드리지요. 선생님은 양근환 씨를 기억하십니까?"

"예? 양근환 씨? 기억하다마다요. 그분이 보냈습니까?"

"예, 맞습니다. 나는 문책 받을 각오로 우리 대장님 성함을 말씀드립니다. 우리 대장님은 본명을 숨기고 일포라는 이름을 사용하고 있습니다. 그러니까 선생님, 안심하십시오. 선생님의 신변을 지켜드리는 분은 절대로 공산 진영이 아니고 민주주의 신봉자 양근환 대장입니다. 우리 대장님은 공산 진영, 특히 남로당을 파괴하는데 최선을 다하고 있습니다."

"그렇다면 양근환 씨가 혁신탐정사를 조직했나요?"

"예, 맞습니다."

"오—그렇군요. 이제야 마음을 놓을 수가 있습니다. 시국이 하도 어수선해서 많은 생각을 할 수밖에 없었답니다. 대장님에게 내 말을 전해 드리세요. 꼭 한번 만나자고."

"예, 선생님. 전해드리겠습니다."

탐정대원은 품에서 서류봉투 하나를 꺼내 놓으면서 말했다.

"선생님 이거 받으십시오. 오늘도 남로당 정보입니다.

"또 나를 죽이겠다는 건가요?"

대원은 아무 말 못했다. 그는 자리에서 일어서서 인촌에게 정중한 인사를 했다.

"선생님, 저는 이제 돌아가겠습니다."

인촌도 자리에서 일어나 대원의 손을 잡고 말했다.

"양근환 대장님이 이 사람을 여러 차례 사지에서 구해준 것 같습니다. 어쩐지 내가 명이 길다 했어요. 허허허허."

혁신탐정사 대원이 인촌에게 남로당 정보를 전해준 날로부터 22일 후 1948년 7월 2일 동아일보가 〈국회의원 요인 등 암살계획범 일망타진〉이라는 제목으로 남로당 암살계획범 일망타진을 보도했다.

「남로당 성동구 선행대원 김봉환 외 5명은 지난 9일 성동구 약수동 선거위원장 한용건 씨를 살해한 당시 사용한 권총 한 자루와 실탄을 가지고 재차 이번 국회의원에 당선된 장면 씨와 나명균 씨 외 정계요인으로 김성수 씨와 성동경찰서 형사 두 명을 암살하고 관공서, 전화국, 변전소 등을 파괴할 계획으로 기회를 엿보고 있던 중 지난 18일 성동서 형사에게 탐지되어 동 서에서는 서장 이하 총동원으로 범인을 전부 체포하였다 한다.」

국회는 헌법에 따라 1948년 7월 20일 정·부통령 선거를 실시했다. 이 간접선거에서 대통령은 196명 중 180표를 얻은 이승만이 대통령에 당선되었고, 부통령은 2차 투표까지 실시하여 133표를 얻은 이시영이 부통령에 당선되었다. 정부통령 선출을 마친 국회는 이제 누구를 국무총리로 인준하느냐에 관심이 쏠렸다. 국회 내에서나 일반사회에서나 십중팔구가 국무총리는 한민당 당수 김성수를 지명할 것이라고 예측하고 있었다. 이런 가운데 유엔 한국위원단은 24일 저녁 이승만 내외와 인촌 내외를 수도호텔로 초대하여 만찬을 베풀었다. 하지 중장도 참석한 이 자리에서 메논 위원장이 인촌에게 「장차 국무총리가 될 분에게」라고 하며 잔을 들자 이승만이 그 말을 받아 「아니 김성수 씨에게는 국무총리보다 더 중요한 자리를 맡겨야지.」했다. 국무총리보다 더 중요한 자리라면 대통령밖에 없다. 그래서 좌중이 이승만 말을 의아하게 생각하며 서로 얼굴을 쳐다봤다.

7월 27일 이승만이 국회에 출석하여 국회의원 이윤영을 국무총리로 임명했다. 이윤영은 인촌이 종로갑구를 양보해서 국회에 들어간 사람이다. 이승만이 이 사람을 국무총리로 임명한 명분은 장차 남북통일을 위해서라고 했다. 그러나 당일로 국회 인준을 위해 상정한 결과 59대 132표로 부결되고 말았다.

이승만이 이번에는 이범석을 부통령으로 임명했다. 이범석은 해방 후 독립군 참모장으로 귀국했고, 귀국 후에는 조선민족청년당의 단장으로서 정치에는 관계한 경력이 전혀 없다. 이승만이 그런 이범석을 부통령으로 임명한 것을 보고 그의 속셈을 세상이 다 알게 되었다. 이승만은 김성수를 비롯한 한민당 인사를 철저하게 배제했다. 한민당 간부들은 이승만에게 배신당했다며 격한 말을 많이 쏟아냈다. 그러나 인촌은 한민당 의원들을 진정시키면서 부통령에 임명된 이범석을 찬성하라고 당부했다. 왜냐하면 정부조직이 빨리 이루어져야 유엔이 볼 때 대한민국을 트집 잡지 않고 독립국가로 승인해 줄 것이라는 생각 때문이다.

이범석은 인촌을 찾아가 인준에 협조해 달라고 부탁했다. 인촌은 협조해 줄 테니 정부조직 12부 4처 중에서 6석을 한민당에 배정하라고 당부했다. 만약 이 부탁이 성사되지 않으면 당 간부들을 설득하기 어려우니 장관직 6석을 꼭 배정하라고 했다. 이범석도 신탁반대 활동이나 총선거 실시 등 지금까지의 한민당 공로로 보아 장관직 6석은 당연하다고 말하면서 이승만 대통령에게 강력히 건의하겠다고 약속했다. 8월 2일 국회는 이범석 국무총리 인준을 가결했다.

그리고 다음 날 발표된 내각 조직에서 한민당은 완전히 제외하고 오직 한 사람 인촌에게 재무장관을 맡으라고 권했다. 「국무총리보다 더 중요한 자리」라느니, 「덜 중대하지 않은 책임」 운운하던 이승만이 인촌에게 재무장관직을 권했다. 한민당 간부들은 모욕이라고 흥분했고, 인촌 자신도 이승만의 끈질긴 교섭을 끝내 고사하고 말았다. 인촌은 재무장관으로 교섭 받았을 때를 떠올리며 「사람을 다루는 일이라면 몰라도 나더러 돈을 다루라니, 기가 차서 한동안 무슨 뜻인지 알아듣지도 못했다.」라고 술회했다. 이승만은 내각 조직에서 노골적으로 한민당을 배제했다. 왜냐하면 한민당이 단일 당으로는 너무 세력이 크고 또 자기 뜻을 고분고분 들어주지 않을 것이라고 보았기 때문이다. 새 국가가 수립되면 한민당이 정권을 잡을 것이라던 세간의 예측과는 달리 한민당은 권외(圈外)로 밀려났다.

아무튼 한민당이 희생하고 양보하고 인내한 결과, 마침내 1948년 8월 15일 중앙청 광장에서 대한민국 독립을 세계만방에 선포했다. 이날은 해방 3주년을 맞는 날이다. 제국주의 일본에 국권을 빼앗긴 지 38년 만에 이 겨레는 광복을 보게 된 것이다.

헌법기초위원회가 마련한 새 국가 헌법초안은 내각책임제였다. 그런데 대통령으로 선출된 이승만이 국회에 참석해서 헌법을 대통령책임제로 바꾸지 않으면 본인은 대통령을 하지 않겠다고 국회를 협박했다. 협박받은 국회는 안하무인 격인 이승만 태도를 보고 응할 수 없다고 했으나 인촌의 끈질긴 설득으로 내각책임제를 대통령책임제로 고쳐서 헌법을 통과시켰다. 인촌이 국회의원들을 설득한 이유는 이승만을 위해서가 아니고 새로 출범하는 대한민국이 첫발도 내딛기 전에 혼란에 빠지면 국제적으로 부끄러운 일이 되기 때문이었다.

그런데 국정에 돌입한 이승만은 매사에 국회를 무시하고, 민의까지 무시하는 일인정치를 서슴지 않았다. 같은 행정부 안에서도 부통령 이시영은 「나는 누가 조각에 참여했는지도 모른다.」고 할 정도였다. 사실 이승만에 대한 국회의 불만은 정부 수립이 선포되기 전부터 팽배했다. 그래서 100명이 넘는 국회의원들이 대통령책임제 헌법을 다시 내각책임제 헌법으로 개헌해야 된다고 서명운동을 벌였다. 이 서명운동도 온건파 의원들 만류로 중도에 그쳤지만 이승만의 전횡은 그치지 않았다.

한민당은 5·10선거에서 29명만 당선되어 제1당에서 제2당으로 추락했는데 설상가상으로 이승만이 내각을 조직하면서 한민당원을 완전히 배제함으로써 급전직하로 위축되어갔다. 뿐만 아니라 한민당은 국민으로부터도 인기를 얻지 못했다. 그 원인 중 하나는 해방 직후 좌익 신문들이 한민당을 중상모략했고, 또 하나는 미군정시 부정부패를 한민당이 뒤집어썼기 때문이다. 인촌은 이것을 잘 알고 있었다. 한 번은 그의 경호원 양환철이 인촌에게 말했다.

"어떻게 생각하시는지 모르겠지만 한민당에 대한 평이 좋지 않습니다."

"나도 알고 있네. 다 내가 덕이 없기 때문이야."

이렇게 말한 인촌의 모습이 너무 외롭게 보이고 안타까워서 양환철은 '다 알고 계신 걸 내가 괜히 말했구면.' 하면서 후회했다.

그런데 국민지지를 못 받는 것은 한민당뿐만 아니고 독촉을 중심으로 한 여당세력들도 마찬가지였다. 이 틈에 급부상한 부류가 있으니 그것은 「동인회」「청구회」「성인회」 등 소장파 의원들이었다. 그들은 남북통일을 바라는 국민감정에 편승해서 신생 대한민국 정세에 맞지 않는 주장을 마구 내질렀다. 그 중 대표적인 주장이 미군철수 주장이다.

인촌은 한민당 세력이 약한 것을 한탄했다. 그 한탄 끝에 절친 송진우가 떠올랐다. 뼈가 저리게 그립고 절실하게 필요한 친구다. '고하 이 사람아, 자네가 없으니 한민당이 이렇게 되지 않았나? 내가 어떻게 하면 좋겠나?' 고하가 대답했다. '이 사람아, 당세가 약하다고 가만두고 볼 것인가?' 인촌은 고하가 지르는 고함을 듣고 정신을 차렸다. '그럴 수는 없지.' 그는 결심했다. '한민당을 발전적으로 해체한다. 이승만 일인정치를 견제하고, 저의를 알 수 없는 소장파의 경거망동을 누르기 위해서는 한민당을 해체하고 민족주의 진영이 대동단결해야 된다.' 인촌은 한민당만이 정당이라고 생각하지 않았다. 더 크고 효율적이고 강한 정당을 만들어 한민당처럼 아끼고 사랑하면 된다고 생각했다. 그리고 「정당은 국가의 일부분이다. 좋은 정당이 강하면 국가가 부흥하고, 악한 정당이 강하면 국가는 망한다.」라고 생각했다. 그는 민족주의 진영 세력이 당파를 초월해서 재결집하여 강력한 정당으로 태어나야 한다고 생각했다. 한편 북에서는 1948년 8월 25일 최고인민회의대의원(국회의원) 선거를 실시하여 그해 9월 1일 정부를 수립하고 9일에는 소위 「조선민주주의인민공화국」 수립을 선포했다.

이 무렵에 여순반란사건이 일어났다. 1948년 10월 19일, 전라남도 여수에 주둔한 국군 제14연대 부대원 중 적색사병 40여 명이 야간에 무기고를 점령해서 무장하고, 많은 사병에게 무기를 나누어주면서 선동했다. 국군 내부에 침투한 적색분자들은 러시아혁명 기념일을 기해서 전국적으로 적색 폭동을 일으키려고 기다리고 있었는데 같은 부대의 적색동지 오 소령이 검거되자 관계자들은 불안을 느끼고 있었다. 군 당국은 적색분자가 많이 포함돼 있는 동 연대 제1대대를 분리하여 제주도 공비토벌대로 파견할 예정이었는데 출발 직전 10월 19일 밤 난동을 부린 것이다. 여수를 점령한 무장폭도 중 일부는 열차를 타고 순천에 이르러 난동을 부렸고, 2천여 명은 남원으로, 또 일부는 광주로 가서 난동을 부렸다. 이들의 기세가 자못 컸으나 토벌에 나선 국군에 의해 주력은 격파되었고, 잔당은 지리산으로 침투해 들어갔다.

여순반란사건은 민족주의 진영의 자각과 단결을 촉구하는 자극제가 되었다. 공산 진영이 얼마나 잔인하고 극악무도한지를 똑똑히 보았기 때문이다. 이를 계기로 민족주의 진영이 대동단결을 위해 한민당을 중심으로 신당운동이 일어났다. 그러나 협상은 진전을 보지 못했다. 그러는 사이에 1948년 12월 11일 조소앙과 명제세가 중심이 된 사회당이 발족했고, 22일에는 신익희와 배은희의 대한국민당과 이청천의 대한청년단이 연합했다.

이러한 정당과 단체들이 이합집산을 반복하면서 시간을 보내다가 1948년 12월 이청천이 대한국민당 최고위원에 취임하면서부터 한민당과 대한국민당의 합당협의가 시작되었는데 1949년 새해에 들어가면서 급진전을 보았다. 인촌은 이청천 신익희와 회합을 거듭한 끝에 양당이 1대1 합당을 합의했다. 새로 출범한 신당의 이름은 「민주국민당」으로 정했다. 신당은 「한국민주당」과 「대한국민당」을 합당하여 창당한 것임으로 한국민주당의 '민주'와 대한국민당의 '국민'을 합성해서 「민주국민당」이라는 당명을 지은 것이다. 그리고 한민당계의 김성수 백남훈과 대한국민당계의 신익희 이청천이 신당의 최고위원이 되었다.

이로써 1945년 9월 16일 창당되었던 한민당은 과도기 정당으로서의 사명을 완수하고 발전적 해체를 거쳐 「민주국민당」으로 거듭났다. 인촌은 당초부터 교육사업에 전념하려고 정치는 멀리하고 싶었다. 그러나 송진우가 타계한 뒤 한민당을 그냥 둘 수가 없어 자의반 타의반으로 정계에 깊숙이 들어갔다. 그래도 그는 적당한 사람에게 당을 맡기고 자신은 본래 자리로 돌아가려고 했다. 그러던 차에 민국당을 창당했는데 이번에도 몸을 빼지 못한 것은 신당의 융화와 단합을 위해서였다. 그러나 초기 단계가 지나면 현직 국회의장인 신익희에게 민국당을 맡기고 자신은 학교로 돌아갈 생각이다.

20

1949년 국회에 침투했던 남로당 프락치가 적발되었다. 이들의 제1 목표는 남쪽에 주둔한 미군철수였다. 그들은 국회에서 틈만 나면 미군철수를 주장했다. 1948년 10월 3일 소장파 의원을 중심으로 46명 의원이 긴급동의안을 제출했으나 의결이 보류되었고, 그 후 1949년 1월 1일 소련이 이북에서 철군했다고 발표하자 소장파 의원들의 미군철수 요구는 한층 더 적극성을 띠어 2월 7일에는 김병회 외 71명 의원이 외국군 철수안을 국회에 제출했다. 그러나 이 안도 표결에서 부결되었다. 이때는 민주국민당이 의석 70석을 확보한 제1당으로서 안정기에 들어간 시기였다. 그래서 소장파의 책동을 막을 수가 있었다.

국회부의장 김약수파와 소장파의 외국군 철수 요구는 명분이 충분한 것이었다. 이것은 유엔총회에서 결의된 약속이었기 때문이다. 그리고 민족주의 진영도 외국군이 무한정 국내에 주둔할 수는 없다는 것을 알고 있다. 다만 미군이 남쪽에서 철수하면 잘 훈련되고 무장된 북쪽 군대에 의해 남한도 공산화 될 위험성 때문에 미군철수는 시기상조라는 것뿐이다. 소련은 일찌감치 북한군을 무장시키고 훈련시켰다. 미군이 철수하기 전에 남한군을 무장시키고 훈련해서 유사시에 북에 대응할 수 있도록 만든 다음 철수해야 한다는 것이 민족주의 진영의 주장이다.

외국군 철퇴안이 국회에서 부결되었음에도 소장파 의원들은 물러서지 않았다. 소장파 지도자 격인 국회부의장 김약수와 무소속 의원 이문원 등 65명 의원이 결합해서 연서로 유엔 한위에 외국군 철퇴에 관한 진정서를 제출했다. 이때 국제정세는 이들에게 명분과 힘을 실어줬다. 첫째 소련군은 이미 북한에서 철수했고, 둘째 장개석의 국부군이 모택동의 중공군에게 본토를 빼앗기자 미국이 국부군 지원을 중단하겠다고 발표하고, 이어서 장개석이 하야했다. 셋째는 미 국무부의 발표였다. 미 국무부는 주한미군을 수개월 내에 남한에서 철수한다고 발표했다. 정세가 이렇게 변해가는 것을 보고 심약한 국회의원들이 김약수와 소장파 편에 줄을 대서 미군철수를 요구하는 의원 수가 불어났다.

그러나 국회는 김약수와 소장파에게 휘둘리지 않았다. 국회의 제1당으로서 70석을 차지하고 있는 민국당이 바위처럼 버티고 있었기 때문이다. 이 무렵 국회 내의 의석분포는 「민주국민당」이 70석, 이승만 지지파 「일민구락부」가 55석, 「신정회」가 23석, 「대한노농당」이 23석, 무소속이 29석이었다. 미군철퇴를 요구하는 소장파 세력이 점점 거세지고 있을 때 국회에 침투했던 남로당 프락치가 적발됐다. 그 사건에 이어 이문원 등 소장파 3인도 경찰에 검거되었다. 이들은 남로당 서울시당부 프락치위원 정모와 접촉하여 외국군 완전철수, 정치범 석방, 남북정치회의 개최, 남북총선거 실시 등 7개항의 남로당 지령을 받고 있었다. 국회 안에서 그들의 제1목표는 미군철수였다. 그러나 이들은 목적을 이루지 못하고 소장파는 몰락했다.

소장파가 몰락한 1949년 6월은 대한민국 정부 수립 후 가장 다난한 시기였다. 6월 26일 오후 1시 20분경, 백범 김구가 현역 장교 안두희 저격으로 암살되었다. 김구 사망으로 중도파가 몰락했다. 그리고 「근로대중당」「민중동맹」「민족대동당」「사회민주당」「건민회」 등은 대한민국 지지로 돌아섰고, 「한독당」도 과거를 청산하고 대한민국 지지성명을 발표했다. 그리고 29일에는 미국군이 500명의 군사고문단만 남기고 남한에서 철수를 완료했다.

여순반란사건이 발생한 1948년 11월 8일 국회는 시국 대책으로 거국내각 조직을 요청하는 결의를 재적 145석 중 찬성 86석, 반대 24석으로 가결하는 한편 개헌 문제를 제기하기로 했다. 그러나 인촌은 동조하지 않았다. 왜냐하면 현행 헌법으로도 운용에 따라서 얼마든지 민주정치를 할 수 있다고 보았기 때문이다. 그런데 이승만의 독선적인 일인정치 때문에 내각을 조직하기 전부터 불거진 개헌논의가 계속 머리를 들었다. 그럴 때마다 인촌은 민국당 내에서 의원들을 설득해서 개헌논의를 잠재우곤 했다.

그런데 기부금 징수 문제가 불거져 1949년 6월 2일 열린 국회는 내각총사퇴 결의안을 재석 144석 중 찬성 82, 반대 61로 가결하여 정부 수립 후 처음으로 내각불신임안이 성립되었다. 이승만은 이에 반응을 보이지 않았다. 그는 오히려 지난 1월 8일에 발족한 반민특별조사위원회의 특별경찰대 해산명령을 내렸다. 반민특별조사위원회란 일제시대에 반민족행위자특별조사위원회를 말한다. 이에 흥분한 국회는 내각 총사퇴를 재확인하고 한 걸음 더 나아가 8일에는 모든 입법 활동을 거부할 것을 재석 139석 중 가 89, 부 50으로 통과시켰다. 이승만 정부와 국회가 정면으로 대결하게 된 것이다. 국회가 이렇게 할 수밖에 없는 것은 대통령책임제 하에서는 내각불신임을 할 수도 없고, 국회가 할 수 있는 일이란 겨우 건의 정도이기 때문에 헌법을 개정하지 않고는 대통령의 독주를 막을 길이 없다고 보기 때문이다.

이때에도 민국당은 개헌론에 신중했다. 당내에 즉시 개헌론과 시기상조론이 대립했는데 인촌은 시기상조론에 섰다. 왜냐하면 첫째 제헌국회가 스스로 만든 헌법을 개헌하자는 주장은 명분이 서지 않고 둘째 중공의 대륙 석권과 미군철수 등 국제정세가 불안했기 때문이다. 민국당은 결국 인촌의 설득으로 시기상조론을 당론으로 정하고 개헌 움직임에 동조하지 않았다.

11월 초에는 또 엉뚱한 개헌론이 나왔다. 제헌 국회의원 임기는 2년이다. 그런데 대통령 임기는 4년이다. 그래서 현 대통령이 2년 동안 이념이 다른 국회를 상대로 일하게 되는 것은 모순이라며 개헌으로 국회의원 임기를 연장해야 한다는 주장이었다. 그리고 치안문제 때문에 1950년에 총선거를 치를 수 없다는 것이다. 공산분자들은 1946년에 10월폭동, 1948년 4월 제주폭동, 10월 여순반란사건에 이어 1949년에는 8월폭동을 꾸미고 있었다. 이러한 시국에 총선거를 치를 수 있겠느냐는 것이다. 그러나 양식 있는 의원들은 이에 반대했고 정부에서도 일축해버리는 바람에 이번에도 개헌론이 흐지부지 사라지고 말았다.

이듬해 1950년 초에 개헌논의가 또 불거졌다. 이번에는 개헌 명분이 내각책임제 개헌론이다. 치안문제와 쌀값문제 등 행정부의 실책이 계속되는데 국회가 이들을 추궁해 봤자 우이독경이었다. 그러니 행정부에 힘을 가하려면 대통령책임제를 버리고 내각책임제로 가야 한다는 것이 명분이다. 이번 개헌안은 민국당 소속의원과 무소속의원들이 주동이 되어 추진하는데 민국당은 개헌안을 1월 20일 당론으로 결정했다. 인촌도 이번에는 막을 길이 없었다. 그리고 그는 기왕에 개헌을 추진한 이상 반드시 개헌이 성사되기를 바랐다. 왜냐하면 이번 제헌국회가 개헌하지 못하면 2대 국회에서는 더 어려울 것이라고 생각하기 때문이다. 돌아오는 총선에서 이승만과 그의 추종자들이 어떤 술책을 동원해서라도 개헌추진파와 그 지지자들을 낙선시킬 것이 뻔하기 때문이다. 개헌추진파 명단은 이미 파악되어 있다. 지난 몇 차례 개헌추진이 있었기 때문이다.

이 개헌안이 국회에 제출된 날 이승만은「국회의원 200명 전부가 개헌에 찬성한다 하더라도, 대통령을 사임하고라도, 한갓 야인으로 나서 끝까지 싸우겠다.」고 강경한 태도로 반대결의를 표명했다. 대한 국민당과 일민구락부 의원들은 이승만 대통령 뜻을 받들어 개헌반대 공작을 활발하게 전개했다. 반면 개헌추진 측에서는 재적 3분지 2선을 훨씬 넘는 144표로 통과될 것이라고 낙관했다.

1950년 3월 14일 개헌안에 대한 찬반투표가 실시되었다. 무기명 투표 결과 재석의원 179명 중 찬성 79표, 반대 33표, 기권 66표, 무효 1표로 개헌안은 부결되고 말았다. 이로써 민국당이 회복하기 어려운 타격을 입었고, 대통령 이승만은 힘을 얻게 되었다. 민주국민당은 이와 같이 불리한 조건에서 제2대 국회의원선거를 맞이하게 되었다.

제헌국회 임기는 2년이다. 1950년 5월 31일로 그 임기가 끝나게 된다. 1950년 2월 24일 이승만은 제2대 국회의원선거를 5월 10일에 실시한다고 발표했다. 그런데 이 발표 후 3월 14일 개헌안이 부결되자 대한국민당이 또 다른 개헌안을 국회에 제출했다. 그 개헌안의 골자는 대통령 직선제와 국회 양원제, 그리고 제헌국회 임기를 연장하는 것이다. 민국당은 이 안을 반대했고 일반여론도 좋지 않았다. 이렇게 되자 이승만은 신익희 국회의장에게 6월 말까지는 제2대 국회의원선거를 실시하겠다고 통고했다.

이승만 대통령의 통고를 받은 국회는 이제 잠잠한 듯했다. 그런데 이승만이 또 혼란을 일으켰다. 신익희 국회의장에게 통고한 날로부터 3일 후인 3월 17일 외국기자에게 11월까지 총선거를 연기하겠다고 말하고, 11월까지 총선거를 연기한다는 공한을 국회의장에게 보냈다. 대통령의 이러한 조치를 보고 민국당은 5월 선거를 강력하게 주장하고 나섰다. 왜냐하면 만약 11월에 총선거를 한다면 5개월간 국회는 진공상태가 된다. 두 번째 선거라고 하지만 정부 수립 이후 처음 하는 총선거인데 이것마저 제날짜에 하지 못한다면 신생국가 대한민국은 또다시 세계인의 웃음거리가 되고 만다.

인촌은 이청천과 백남훈 최고위원과 함께 민국당 대표 자격으로 경무대에 가서 이승만 대통령을 만나 5월 총선거를 주장했다. 이들을 만난 이승만은 조건을 내걸었다. 「국회가 새해 예산안을 통과시켜주면 5월에 총선거를 하겠다.」고 했다. 이승만이 세 사람의 방문을 받고 태도를 바꾼 데는 그럴 수밖에 없는 사정이 있었다. 그 사정이란 미국 애치슨 국무장관이 이승만에게 「헌법 규정대로 총선거를 치르지 않으면 민주국가로 볼 수가 없으므로 원조를 중단하겠다.」라고 경고했을 만하다. 민국당의 주장과 미국 애치슨 국무장관의 압박에 굴복한 이승만이 4월 19일 총선거 날짜를 5월 30일로 확정해서 공고했다.

5·30선거는 5·10선거와는 그 양상이 달라졌다. 2년 전 5·10선거 때는 중도파가 남북협상을 주장하면서 거의 출마하지 않았지만 김구가 없는 5·30선거는 중도파가 대거 출마했기 때문이다. 민국당은 이승만계인 대한국민당과 중도파의 협공을 받게 된 것이다. 정면에서는 대한국민당과 싸우고 뒤에서 중도파의 공격을 막아야 하는 형국이다. 선거운동 막바지에 이승만은 5일 동안 전국을 순회하면서 유세했다. 그의 유세 내용은 이러했다.

「공산당에게까지 선거의 자유분위기를 보장할 수는 없습니다. 공산분자와 그 동조자 및 중도파뿐만 아니라 민주정부를 약화시키려는 개헌론자들에게도 투표하지 마십시오.」

이승만이 개헌론자들이라고 지칭한 쪽은 민국당을 말하는 것이다.

중도파는 민국당을 적으로 보고 있다. 왜냐하면 민국당의 전신이라고 할 수 있는 한민당이 남북협상을 저지했기 때문이다. 남북통일정부를 수립하기 위해 협상을 하자는 중도파의 순수성은 높이 평가할 수 있었다. 그러나 소련이라고 하는 괴물이 북쪽을 조종하고 있기 때문에 현실은 달랐다. 이런 점을 중요하게 본 한민당은 단독정부를 빨리 세우는 것이 독립을 완성하는 것이라고 주장했다. 그래서 한민당이 중도파의 협상론을 반대했는데 이것이 악연으로 남아 있다. 인촌은 5·30선거에도 출마하지 않았다. 그는 정치보다 교육에 전념하고 싶은 사람이다. 그래서 당이 본 궤도에 들어가면 정계를 떠날 생각이기 때문이다.

제2대 국회의원 정원은 210명이다. 제헌국회(제1대) 정원보다 12명이 증원됐다. 그리고 이번 총선거에 출마한 입후보자는 총 2,209명이었다. 각 정당소속 입후보자가 450여 명이고, 사회단체와 기타 후보자가 240여 명이고, 나머지 1,513명은 무소속 입후보자였다. 투표 결과는 여당계와 야당계의 세력판도가 분명하게 나타나지 않은 선거였다. 민주국민당과 대한국민당 당선자가 각각 24석이고 사회단체 소속 후보자가 30석을 차지했다. 그리고 나머지 126석은 무소속 후보자들이다.

민주국민당 중진 중에 신익희 이청천 김용무만 당선되고 백남훈 조병옥 김준연 백관수 김도연 이영준 등 지도자급 인사들이 모두 낙선했다. 여당인 대한국민당도 결과가 부진하게 나타났다. 당의 지주라고 할 수 있는 윤치영마저 낙선의 고배를 마셨으니 다른 후보자들이야 말할 필요도 없게 되었다. 반면에 중도파는 조소앙 안재홍 원세훈 윤기섭 장건상 등 20여 명 저명인사들이 국회에 진출했다. 그래서 제헌의원으로서 재선된 의원은 31명에 불과했다. 이런 결과는 중도파와 무소속이 어부지리로 많이 당선되었기 때문이다. 제2대 국회는 126석에 이르는 무소속의원들의 향배에 따라서 여당과 야당 세력의 판도가 결정지어질 것으로 보였다.

6월 19일 개원식을 마친 다음 실시한 의장단 선거에서 후보자 신익희 조소앙 오하영 중 민국당 후보 신익희가 109표를 얻어 의장이 되었고, 57표를 얻은 조소앙과 43표를 얻은 오하영이 낙선했다. 부의장은 무소속 장택상과 대한국민당 조봉암이 2차와 3차 투표 끝에 각각 당선됐다. 다음으로 크게 관심이 집중된 것은 국무총리 인준이었다. 대통령이 사회부장관 이윤영을 국무총리로 임명하였으나 가 68표, 부 84표, 기권 3표로 부결되자 대통령 이승만은 국방부장관 신성모를 국무총리로 집무케 하는 편법으로 나왔다. 이렇게 되어 제2대 국회는 초기부터 행정부와 팽팽하게 맞설 수밖에 없었다.

1950년 6월 25일(일요일) 새벽 북한군은 38선 전역에 걸쳐 남침을 감행했다. 북한군 제6사단은 옹진과 개성을 공격했고, 제1사단은 소런제 전차 T—34 지원을 받으며 고랑포와 임진교를 건너 공격했다. 북한군 중 강군이라고 자랑하는 제3사단과 제4사단은 각각 전차 40 대를 앞세우고 포천과 동두천 방향으로 진격했고, 춘천방면의 제2 사단과 제7사단은 전차 30대를 앞세우고 인제와 홍천 방향으로 진격 했다. 그리고 동해안에서는 제5사단이 게릴라부대를 한국군 후방에 상륙시켜 놓고 남진했다.

남한 육군본부가 북한의 전면남침을 확인하고 대응하기 시작한 시간은 25일 오전 9시 반 경이었다. 남한의 첫 대응은 후방의 3개 사 단을 서울 근처에 집결시켜 서울을 지키도록 명령한 것이었다. 그런 데 이날은 휴일이어서 부대마다 외출 장병이 많아서 부대에 빈자리 가 많았다. 남한 전역이 사실상 무방비상태였다. 서울을 비롯한 후 방 극장가에서는 영화상영 중에 영화를 중단하고 「군인들은 즉시 귀대하라.」는 안내방송을 했고, 군용 지프가 스피커를 달고 거리를 누비면서 「군인들은 즉시 귀대하라.」고 소리쳤다. 방송국도 정규프로 그램을 잠시 중단하고 군인들의 즉시 귀대를 독촉하면서 군가제창 방송을 했다. 국민들은 깜깜했다. 북한군이 남침을 감행해서 남쪽으 로 밀고 오는데 국민들은 정보가 없어 전쟁발발 상황을 알지 못한 것이다. 그날 오전 11시경 북한군의 남침을 알리는 신문 호외가 뿌려 지고 전쟁발발 소식을 알리는 라디오 방송도 시작되었다. 국민들은 전쟁이 터졌다는 소식을 듣고 당황했다. 전국에 공포 분위기가 감돌 고 어떻게 해야 전쟁을 피할 수 있는지 방법 찾기에 분주했다. 하지 만 전쟁을 피할 수는 없었다.

북한은 남침을 개시하기 전에 연막전술을 폈다. 6월 7일에는 남북 총선거를 제안했고, 11일에는 3월 하순 남한 경찰에 검거된 남로당 총책 김삼용과 무장책 이단하를 북쪽으로 보내주면 북쪽에 감금 중인 조만식을 보내주겠다면서 인사 교환을 제안했다. 이에 대해서 이승만 대통령은 방송을 통해 한국위원단 참관 하에 조만식을 먼저 보내주면 김삼용과 이단하를 보내주겠다고 했으나 북한은 이 조건을 거부했다. 23일 이승만 대통령은 한국위원단 개입은 언급하지 않고 조만식을 38선 이남으로 먼저 보내면 김삼용과 이단하를 보내겠다며 6월 26일 맞교환하자고 제안했다. 방송을 통한 남북 간의 이러한 협상은 세간의 이목을 집중시켰다. 그러나 이것은 남침 준비를 숨기려는 연막전술이었고 북한은 23일까지 남침부대 전진 배치를 완료했다.

전력 면에서도 북한전력은 남한전력에 비해 월등히 강했다. 보병 10개 사단을 주력으로, 5개 경비여단, 소련제 T—34형 전차 150대로 무장한 1개 기갑여단 및 기갑연대, 전폭기 110대를 포함한 180대의 비행기, 포 600문 등 정규 병력만 13만 5천이었다. 여기에 비해 남한 국군은 보병사단 기타 모두 합하여 9만 8천이었고, 장갑차 27대, 포 89문, 비행기는 연습기와 연락기 22대를 포함한 32대였다. 보병 8개 사단 중 38선에 배치된 것은 개성, 의정부, 강능에 각각 사령부를 둔 4개 사단뿐이었고, 나머지는 서울의 수도사단과 공비토벌을 주 임무로 한 대전, 대구, 광주의 3개 사단이 있을 뿐이었다.

북한 공산군 중 공격사단이 된 7개 사단은 그 3분의 1이 중국에서 실전을 경험한 중공군 출신으로 사단 연습까지 마치고 나왔으나 남한군은 38선에 배치된 4개 사단이 대대훈련을 마쳤을 정도였고, 나머지는 중대훈련에 그쳤다. 사단의 화력도 북한군과 남한군의 발사 탄량 비율은 10대 1이라는 큰 차를 나타냈다. 어느 모로 보나 전력상 열세인 남한군은 6월 9일 사단장과 연대장급 대 인사이동이 있었기 때문에 고급지휘관들은 부대를 제대로 장악할 시간적 여유가 없었고, 적정도 파악하지 못한 채 전쟁을 맞게 되었다. 그나마도 그날 임지에 있었더라면 좋았을 것을 고급지휘관 대부분은 전날인 24일(토) 밤 육군본부 축하파티에 참가하여 임지에는 없었고, 춘천에 주둔한 제6사단을 제외하고는 모든 일선 사단들이 태반의 장병들을 휴가와 외박을 내보냈다. 한마디로 말해서 일선의 남한군은 임지를 벗어나 엉뚱한 주흥 아니면 사적인 일에 몰두하고 있었다. 6월 25일 북한공산군 7개 사단은 포 600문과 박격포 1,000문으로 새벽 4시부터 한 시간 동안 전 전선에 걸쳐 포격을 가한 다음 일제히 남침을 개시했다.

인촌은 26일 밤 성북동 조병옥 집에서 민국당 간부들과 비상대책회의를 했다. 그러나 경무대조차 사태파악을 못 하고 갈팡질팡하는 판국에 야당 인사들이 할 수 있는 일이라는 게 아무것도 없었다. 인촌은 국군이 서울만은 내주지 않을 것이라고 믿었다. 그리고 이 전쟁의 승패는 미국에 달렸다고 생각했다. 미국이 이 전쟁에 개입하면 나라를 다 빼앗기지는 않을 것이라고 그는 믿었다. 다만 미국이 늦게 개입하면 그동안 많은 국민들이 희생될 것이고 물적 피해도 클 것이기 때문에 그 점을 걱정했다. 이날 아침 주한 미국대사 무초가 방송을 통해 "한국은 수호될 것이다. 단결하여 각자의 책임을 다할 것을 바란다."라고 했다. 인촌은 이 말을 믿었다.

그러나 미국 대통령 트루먼과 맥아더 원수가 어떤 결정을 내릴지 그것이 문제였다. 한국전쟁 발발에 관한 보고가 미국 트루먼 대통령에게 처음 보고된 시간은 25일 아침 9시경이었다. 주한 미국대사 무초는 트루먼에게 「공격의 성격과 방법으로 보아 한국에 대한 전면적 공세인 것 같다.」고 보고했다. 무초 대사의 공식보고가 미 국무부에 들어간 것은 그보다 한 시간 반 후였다. 거의 같은 시간에 트리그브리 유엔 사무총장도 유엔 한국위원회로부터 보고를 받았다. 26일 유엔 안전보장이사회는 미국의 요청에 따라 긴급회의를 소집했다. 소련이 불참한 가운데 열린 안보리에서 결정된 사항은 「북한군은 남한에서 즉시 철군하라.」는 것이었다.

성북동 조병옥 집에서 열린 민국당 간부회의는 아무것도 결정하지 못하고 현 정세에 대해서 각자가 판단해서 대처하기로 하고 헤어졌다. 계동 집으로 돌아간 인촌에게 조병옥이 전화를 걸었다.

"무초 대사를 만났더니 미국 정부는 전력을 다해서 한국을 방위할 것이니 안심하라고 했습니다."

조병옥 말을 듣고 인촌은 안심할 수 있었다. 그러나 문제는 미군이 언제 도착하느냐였다. 만약 북한군이 남한을 다 점령한 후에 미국 군대가 도착하면 이 전쟁은 길어지고 국민은 모든 걸 잃게 된다.

인촌이 조병옥 전화를 받고 잠시 생각을 정리하고 있는데 육군본부에서 근무하는 김 대령이 찾아와서 말했다.

"선생님, 미 군사고문단 킹 대령이 그러는데 전황이 절망적이라고 합니다."

"절망적이라고요?"

"예, 어디 안전한 곳으로 피하셔야 합니다. 시간이 없습니다."

인촌은 난감했다. 조병옥이 전해준 말도 사실이고 김 대령이 한 말도 사실이다. 미국이 이 전쟁을 구경만 하고 있지는 않겠지만 군대 이동 시간이 얼마나 걸리느냐가 문제일 것 같았다. 김 대령이 돌아간 후 부인이 말했다.

"여보, 피난 갈 준비라도 해 둬야 하지 않을까요?"

"미국이 돕겠다고 했으니 국군도 용기백배해서 싸울 것이오."

26일 밤 인촌은 좋지 못한 소식을 들었다. 미국대사 무초가 본국 국무성 지시에 따라 군사고문단 중 아주 일부만 한국에 남고 모두 철수하기로 결정했다는 정보다. 그리고 한국 정부도 대전으로 옮기기로 했다는 것이다.

다음날 27일 아침, 인촌은 김정호 대령 전화를 받았다.

"선생님, 여기 서울역입니다. 빨리 나오십시오. 이승만 대통령도 새벽 세 시에 정부와 함께 남쪽으로 내려갔답니다. 어디로 갔는지는 모릅니다."

"뭐요? 대통령이 서울을 버리고 남쪽으로 갔다고?"

"예, 그러니 빨리 나오세요. 기차도 언제 끊어질지 모릅니다."

대통령이 서울을 버리고 남하했다는 소식을 접하고 인촌은 눈앞이 깜깜했다. 부인은 인촌이 전화로 주고받는 대화를 듣고 다급해졌다. 부인은 집에 있는 자녀들을 깨우고 분가한 자녀들에게 긴급 상황을 알리고 친지들에게도 알리기 바빴다. 인촌은 멍하게 앉아서 부인이 여기저기 연락하는 것을 바라보고 있었다. 김 대령이 또 전화했다.

"선생님 아직도 집에 계셔요? 일곱 시에 떠나는 임시열차가 마지막이랍니다. 알만한 저명인사들은 다 나왔는데 선생님만 집에 계셔요. 여기 백두진 선생님 바꿔드릴게요."

백두진이 김 대령으로부터 수화기를 받아들고 화급하다고 알렸다.

"선생님, 바로 출발하십시오. 서울이 위험합니다."

인촌은 내키지 않지만 피난 가기로 작정하고 서둘러 가족을 모두 차에 태웠다. 인촌은 늦어도 일주일 후면 다시 귀가할 것으로 예상했다. 가족은 본인을 비롯해서 부인 상현 상철 상겸 상민 상오의 장녀 동순, 상오의 장남 병철(2세), 운전자까지 지프에 꾸겨 넣다시피 하여 태우고 서울역을 향해 떠났다.

분가한 상만도 아우 상기, 상흠과 가족 10여 명을 지프 한 대에 태우고 서울역에 가서 아버지를 만났다. 그런데 인촌이 서울역에 도착하기도 전에 기차는 이미 떠나고 없었다. 그들은 할 수 없이 지프에 탄 채 남쪽으로 달렸다. 지프 한 대에 탄 대가족이 수원에서 하룻밤을 지내고 다음날 일찍 또 남쪽을 향해 가다가 천안에서 가족 중 일부가 화물열차로 바꿔 타고 대전까지 가서 가족이 합류했다. 가족 중 피난길에 함께 하지 못한 자녀가 네 사람인데 상오는 맹장 수술로 입원 중이어서 떠나지 못했고, 딸 상옥과 상숙은 피난을 마다하고 서울에 남았다. 그리고 남(楠)은 헌병 소위로 인천에 복무 중이어서 집에 없었다.

한편 성북동 김연수 가족은 계동 인촌 댁 가족보다 하루 전에 서둘러 피난을 떠났다. 상협이 아버지에게 말했다.

"아버님, 이 전쟁이 심상치 않습니다. 아무래도 일찍 피난을 가야 될 것 같습니다."

"심상치 않다는 말이 무슨 말이냐?"

"북쪽은 소련과 중국이 돕고 남쪽은 미국이 돕고 있으니까 이 전쟁은 장기전이 될 것 같습니다."

"설마 미국이 서울을 뺏기겠냐?"

"문제는 북쪽이 전쟁 준비가 잘 돼 있다는 거죠. 전쟁 초기에는 북쪽을 당할 수가 없습니다. 미군 부대가 미국에서 한국까지 오려면 여러 날 걸리는데 한국군이 그때까지 서울을 못 지킵니다. 이대로 가면 2~3일 안에 서울이 점령될 것 같아요."

"옳은 말이구나. 그러면 상협아, 니 큰아버지(인촌)한테 전화 걸어서 니 생각을 그대로 말씀드리고 어서 피난 가자고 해라. 우리 집은 오늘 다 떠난다고 말씀드려. 아 참, 어디로 가자는 것이냐?"

"일단 부산으로 갑시다. 거기서 또 2차 피난지를 생각해보면 좋을 것 같아요."

"고향 줄포로 가면 좋지 않겠냐?"

"줄포에 가면 거기서 꽉 막힙니다. 그런데 부산에 가면 제주로 갈 수도 있지 않습니까? 제 말은 우리 정부가 이동해 갈 만한 곳으로 미리 가자는 것입니다."

"오냐, 그렇게 하자."

"아버지. 오늘 떠나야 하니까 어머니하고 준비하세요. 나는 형제들한테 다 연락할게요."

"알았다."

상협은 5년 전에 남만방적 직원 3,000명을 기차에 태워 경성까지 대피시킨 경험이 있다. 그때를 돌이켜 생각해보면 제일 먼저 해결해야 할 문제는 교통편이다. 전쟁이 발발한 지금이나 5년 전 그때나 상황에 따라서는 기차가 끊어질 수 있다. 기차가 끊어지면 발이 묶이는 것이다. 그래서 기차가 끊어지기 전에 대가족을 데리고 떠나려는 것이 상협의 생각이다.

상협은 계동 큰아버지(인촌)에게 전화를 걸어 자기 생각을 설명하고 오늘 당장 피난을 떠나셔야 한다고 역설했다. 그런데 이미 정치 일선에 몸이 빠져버린 인촌은 쉽게 움직일 수 없다고 대답했다.

"오냐, 네 생각이 맞다. 그런데 상협아, 내 가족도 문제지만 동지들이나 서울 시민도 생각해야 되지 않겠니? 그러니까 큰아버지 걱정 말고 네 아버지 모시고 일찍 출발해라. 나도 피난을 가야 된다면 네 말대로 부산으로 갈란다."

이렇게 해서 김연수 가족은 인촌 댁 가족보다 하루 전에 부산으로 갔다.

남한에서 제일 먼저 무너진 전선은 적의 주력부대인 제3사단과 제4사단이 침공한 의정부 방면이었다. 남한 육군은 26일 대전에 주둔하고 있는 제2사단을 의정부 방면에 투입해서 반격을 시도했지만, 전차를 앞세운 적을 제압할 무기는 없었다. 27일 의정부는 완전히 적의 손에 넘어갔고, 저녁에는 미아리의 마지막 방어선이 무너져 자정에는 적의 선봉이 서울에 진입하고 28일 오전 11시경에는 적이 서울 중앙부에 진입했다. 남한은 개전 3일 만에 수도를 빼앗긴 것이다. 남침을 방어할 무기도 없었고 부대 지휘관의 지휘능력도 무능했고, 군 장병도 부족했다. 징병제도를 실시하기 전이어서 국군의 수가 턱없이 모자랐다. 그야말로 무방비상태인 남한의 허를 찌른 북한의 남침이었다.

이 혼란 중에 28일 오전 11시 15분, 단 하나밖에 없는 한강 다리를 국군이 폭파해버렸다. 북한군이 남하하는 것을 저지하려는 국군의 작전이다. 적군 전차가 서울 시내 도로에 더글더글 글러가고 총소리가 골목에 울려 퍼지자 서울 시민들이 전쟁을 실감했다. 시민들은 27일 밤까지도 「서울은 사수한다.」는 정부 말을 믿고 있었다. 그런데 적군이 서울에 진입해서 탱크가 굴러가고 소름 끼치는 총소리가 시가지를 흔들었다. 시민들은 간단한 보따리를 싸서 이고지고 한강 다리를 향해 뛰었다. 한강 다리를 건너 피난가려는 것이다. 그런데 한강 다리 입구에서 발을 동동 굴러야 했다. 한강에 하나밖에 없는 다리가 끊어져 버렸기 때문이다. 건장한 사람들은 헤엄쳐서 강을 건너지만 대부분 시민은 할 수없이 발길을 돌려 집으로 돌아가야 했다.

21

비가 내리는 6월 27일 인촌이 부산역에 도착했다. 마중 나온 김우영이 경상남도 지사 양성봉의 관저로 인촌 가족을 인도했다. 김우영은 일본 유학시절의 절친이었고 양성봉은 김우영의 처남이다. 타인으로부터 신세를 져 본 적이 없는 인촌은 양 지사에게 미안해서 몸둘 바를 몰라 했다.

6월 30일 일본 구주(九州)에 주둔 중인 「딘」 소장이 미 제24사단 1개 대대와 1개 포병중대로 구성된 선발대 440명을 이끌고 오산지방에 진을 치고 남하하는 북한군을 기다리고 있었다. 이 부대가 참전한 유엔군 중 가장 먼저 남한 땅에 들어간 군대이다. 파죽지세로 거침없이 남하하던 북한군이 딘 소장의 부대와 맞닥뜨렸다. 그런데 전차를 앞세운 북한군 제4사단 전력은 예상보다 막강했다. 그들은 압도적인 화력과 병력으로 격전을 벌인 끝에 딘 소장 선발대를 무찌르고 남하를 계속했다. 이 전투에서 「딘」 소장이 그들에게 생포되어 포로 신세가 되었다.

유엔군이 투입되면 북한군을 쉽게 격퇴하고 전쟁은 바로 끝날 것이라고 일반은 생각했다. 그러나 그것은 오판이었다. 유엔 가맹국 중 16개국이 한국을 돕기 위해 참전을 동의했지만 먼 나라에서 각각 출발하여 한국에 도착하기까지는 많은 시간이 필요했고 또 북한군의 전력이 예상외로 막강했기 때문이다. 세계 각국이 북한군 전력을 너무 과소평가한 점도 없지 않았다. 7월 20일 대전을 점령한 북한군은 무인지경을 가듯이 호남을 휩쓸어 23일에는 광주, 27일에는 순천을 점령하고, 31일에는 진주를 점령했다. 또 경부선 방면에서는 7월 28일 영동, 8월 2일 김천과 협천을 거쳐 낙동강에 도달했다. 그리고 동부전선에서는 7월 18일 영덕과 포항을 점령했다.

장기전 조짐을 감지한 인촌은 관사에 계속 머무를 수가 없었다. 그래서 그는 양성봉 지사 사저로 옮겨가 20여 일을 묵다가 8월 초에 동래 온천장 인근 여관 금정관(金井舘)으로 옮겼다. 2남 상기와 3남 상선은 여관에서 함께 지내고 장남 상만과 4남 상흠은 남포동과 광복동에 각각 방을 하나씩 얻었다.

사람들은 암담한 전황을 보고 절망한 상태였다. 혹자는 전 가족 데리고 일본으로 피난 가는 사람도 있고, 또 어느 나라로 피난 갈까를 궁리하는 사람도 있었다. 남의 자식들은 나라 지키려고 목숨 내걸고 싸우는데 내 자식 지키려고 도망 갈 궁리만 하는 사람들을 보고 인촌은 아주 질색했다.

'후유―국민들이 다 달아나 버리면 이 나라는 어떻게 될까?'

인촌은 한탄했다. 유엔군은 본대가 도착할 때까지 부산을 사수하려고 오산에서 낙동강 선을 따라 낙동리와 영덕을 잇는 방어선을 구축하여 지연 작전을 폈다. 8월 4일 미 8군 사령관 워커 중장은 「이제부터 후퇴, 철수, 전선정비 등의 용어는 일체 없을 것.」이라며 부산 사수의사를 밝혔다.

이 무렵 마산에서 왜관까지의 낙동강 서안전선은 미군이 담당하고, 왜관에서 낙동강을 따라 영덕에 이르는 전선은 한국군이 맡고 있었다. 이때까지 절대적으로 우세하던 북한군이 서안전선에서 막심한 타격을 입어 전력이 급격히 약화되었다. 그리고 곧이어 전세가 역전되었다. 유엔군은 16개국이 순차적으로 한국에 도착하여 13만 8천 병력으로 보강된 데 반해 북한군은 전사자가 급증해서 7만 병력으로 감소되었다. 또 유엔군이 보유한 포는 430문인데 북한군 포는

300문이었다. 그리고 유엔군 전차는 300대이고 북한군 전차는 40대뿐이었다. 그뿐만 아니라 북한 공군과 해군은 완전히 괴멸되었다. 이러한 상황임에도 불구하고 북한군은 8월 5일 총공격령을 내렸다. 총력전을 펴서 8월 15일 안에 부산을 점령하고 전쟁을 종료하겠다는 야심이었다.

9월 15일 맥아더 유엔군 총사령관이 인천상륙작전을 감행했다. 이 작전을 수행할 주력부대는 8월 26일에 편성한 제10군단이다. 미8군 사령관 워커 중장은 인천상륙작전에 발을 맞추어 9월 16일 0시를 기해 총공격명령을 내렸다. 후퇴만 거듭하던 유엔군이 드디어 반격을 개시하여 적의 전선을 돌파하고 진격하기 시작했다. 전황이 불리해진 것을 감지한 북한군은 후퇴하기 시작했다.

북한군은 1950년 9월 15일 서울 종로구 중학동 자택에서 납치한 혁신탐정사 대표 양근환을 경기도 파주에서 처형했다. 철저한 민족주의자 양근환은 친일파 처단과 공산주의자 활동 저지를 위해 음지에서 활동하다 밝은 세상을 보지 못하고 비참하게 생을 마감했다.

이때의 전황은 이러했다. 동부전선의 한국군 제1군단은 해안선을 따라 북진하여 9월 30일 38선에 이르렀고, 중부전선의 한국군 제2군단은 원주를 거쳐 10월 2일 춘천을 탈환했다. 그리고 대구를 지키던 미 제1군단은 경부선을 따라 북진하여 10월 5일 38선에 도달했고, 낙동강 하류에 있던 미 제9군단은 전라도를 휩쓸면서 금강 하류로 진격했다. 한편 9월 15일 인천에 상륙한 미 제10군단은 9월 28일 서울을 완전히 탈환했다. 그래서 9월 29일 이승만 대통령이 맥아더 원수와 함께 서울에 돌아옴으로써 정부는 적침 3개월 만에 환도

했다.

맥아더 원수가 인천상륙작전을 개시하던 9월 15일, 미 통합참모본부는 맥아더 원수에게 소련이나 중공이 개입할 가능성이 없는 한 작전을 38선 이북으로 확대해도 좋다는 지시를 내려놓았다. 한편 중공은 9월 25일 북경 주재 인도대사를 통해서 「우리는 미국이 38선을 넘는 것을 묵과할 수 없다.」고 미국에 경고했다.

6·25동란 중 국회는 9월 1일부터 부산 문화극장을 임시의사당으로 사용했다. 이때 국회가 다룬 의안은 예산심의, 전재민 수용대책, 부역자 처리방안 등이다. 그런데 행정부와 국회의 대립은 피난지에서도 여전했다. 전 국민이 단솥에 들어간 메뚜기처럼 파닥파닥 뛰면서 살길 찾아 헤매는데 행정부와 국회는 팽팽하게 맞서 삿대질만 계속했다. 그러다가 9·28수복 후 국회가 서울로 돌아왔다. 국회 환도 후 국회의원을 점검해 보니 전란 속에 희생된 의원이 많았다. 사망한 의원이 8명, 북한군에게 납치되거나 월북한 의원 그리고 행방불명된 의원이 27명으로 총 35명이 결원이었다. 각 당 의석분포는 민주국민당 40석, 민정동지회(여당계) 40석, 국민구락부 20석, 무소속구락부 50석이었다.

행정부와 국회는 환도 후에도 협치를 못하고 으르렁대더니 11월 3일 폭발하여 개판 싸움이 표면화되었다. 이승만 대통령이 문교부장관 백낙준을 국무총리로 임명했는데 국회가 인준을 부결했다. 그뿐만 아니라 국회의원 85명이 연서하여 내각총사퇴 결의안을 국회에 제출했다. 이들이 내각총사퇴 결의안을 제출한 이유는 분명했다.

6·25동란 전후, 현 내각 실정이 그 이유다. 내각이 총사퇴함으로서 실의에 빠진 국민이 위안을 받고 심기일전하도록 해야 한다는 것이다. 북한군이 침공해 오자 행정부는 허장성세로 큰소리 뻥뻥 치다가 자기들이 먼저 도망치고 하나밖에 없는 한강 다리를 폭파해서 끊어 버렸다. 그래서 서울 시민은 피난도 못 가고 3개월 동안 공산 치하에서 지옥 생활을 했다. 비단 서울만 피해를 입은 것이 아니다. 전국적으로는 헤아릴 수 없이 많은 인명과 재산피해가 발생했으니 내각은 당연히 총사퇴하라는 것이 국민의 소리였다. 이러한 여론 속에서도 정부는 마치 개선장군처럼 군림하면서 피난 못가 적 치하에 떨어졌던 국민을 부역자로 몰아 죄인처럼 다루었다.

국회도 국민을 실망시키기는 마찬가지였다. 국회가 내각 총사퇴를 주장하면서 정부를 강하게 성토하자 국민은 국회에 기대를 걸었는데 그 기대는 허망한 것이었다. 10월 8일 국회의장과 부의장 그리고 각 분과위원장이 전쟁 발발에 대한 책임을 지고 사표를 제출했는데 총회가 이들의 사퇴를 부결하고, 국회의원 보수 3배 인상안을 통과시켰다. 대한민국에는 국민이 바라고 기댈 곳이 없었다. 그래서 국민 입에서 나온 소리가 "그놈이 그놈이여" 뿐이다.

대통령 이승만은 백낙준을 국무총리로 임명했으나 국회가 인준을 거부하자 20일 후 11월 23일, 주미대사 장면을 국무총리로 다시 임명했다. 그리고 일부 개각을 단행했는데 법무부장관에 김준연, 농림부장관에 공진항, 사회부장관에 허정을 임명했다. 국회가 장면 국무총리 인준을 통과시킴으로써 행정부와 국회의 대립은 소강상태로 들어간 듯했다.

10월 1일 맥아더 원수는 북한군(인민군) 총사령관 김일성에게 무조건 항복하라고 권했다. 그러나 김일성은 아무 반응을 보이지 않았다. 이날 중공 수상 주은래(周恩來)는 건국 1주년 기념식에서 「우리는 이웃이 제국주의적인 무력에 파괴당하는 것을 방관할 수 없다.」고 했다. 그러나 중공 국민이나 국제사회는 이 연설을 액면 그대로 받아들이지 않았다.

10월 2일 맥아더 원수는 전군에 38선을 넘어 진격할 것을 명령하여 4일에는 중부전선의 한국 제2군단도 38선을 돌파했다. 이리하여 동부전선에서 38선을 돌파한 제1군단은 양양, 고성을 거쳐 원산을 점령했다. 그리고 일부는 양구, 신고산, 원산을 거쳐 17일에 함흥을 점령하고 다시 북청, 성진, 명천, 경성을 거쳐 11월 25일 청진에 들어갔다. 또 중부전선의 한국군 제2군단 3개 사단은 화천, 금화, 철원을 거쳐 평강을 점령한 다음 평양을 향하여 진격했다. 또 서부전선미 제1기병사단은 영국군 제27여단과 함께 금천, 사리원을 거쳐 평양에 도달하였고, 미 제24사단은 해주, 해령을 거쳐 진남포를 점령했다. 또 미 제10군단은 함선으로 원산에 상륙했고, 함흥, 고토리를 지나 장진호 서쪽 유담리에 도달했다. 그리고 주력부대는 북청에서 갑산을 지나 압록강변 혜산진을 점령했다.

이리하여 동서 양 전선에서 유엔군은 한반도 전역을 완전제압하기 직전에 있었다. 피난 중이던 인촌이 부산에서 서울로 돌아온 날짜는 10월 12일이었다. 서울 거리는 곳곳에 전쟁의 참화를 여실하게 보여주고 있었다. 그의 주변을 살펴보니 아우 연수가 경영하던 경성방직은 시흥과 의정부 공장이 완전히 파괴되었고, 영등포 공장도 면포공장은 무사했으나 방적공장은 불에 타서 없어졌다. 다만 동아일보와 고려대학교와 중앙중학교 건물은 무사했다. 공산당 치하에서 3개월 동안 떨었던 국민 인명피해는 말할 수 없이 컸다. 동아일보 직원 중 논설위원 고영환, 영업국장 정균철이 학살당했고, 고려대학교 총장 현상윤, 동아일보 편집국장 장인갑, 총무국장 김동섭, 사진부장 백운선, 그리고 동아일보 사장을 지낸 적 있는 백관수 등은 이북으로 납치되어 갔다.

그리고 고려대학교 영어과 교수였던 이인수가 남한 정부에 의해 처형될 위기에 빠졌다. 전쟁이 터졌음에도 피난을 가지 못했던 이 교수가 북한군에 붙들려 부역했다. 영어에 능통한 이인수는 의용군에 끌려가 북한군 강요로 미군을 향해 수차례 영어방송을 하다가 간신히 도망쳐 나왔다. 이인수는 서울이 수복되자 즉시 미군에 가서 자수하고 미군 군속으로 일하고 있었다. 그런데 한국 측 요구로 이인수는 한국군 합동수사본부에 넘겨졌다. 인촌은 이 교수가 처형될 가능성이 있다는 말을 전해 듣고 구명운동을 했다. 국방부장관 신성모를 찾아가 그 사람을 살려달라고 호소했다.

인촌은 1930년대 이인수 소년 시절부터 그를 자식처럼 사랑하고 그 재주를 아꼈다. 보성전문에서 영어를 가르치던 영국인 블라이스 부인의 양자가 된 이인수는 그 여자가 귀국할 때 함께 영국에 가서 런던대학을 졸업했다. 이때 인촌의 장남 상만도 이인수와 함께 영국에 가서 유학생활을 같이했다. 이인수는 유학을 마치고 귀국해서 중앙중학교에서 교편생활을 했고, 해방 후에는 고려대학교 영어과 교수로 재직했다. 이때 전국에서 이인수만큼 영어에 능통한 사람이 없었다.

인촌은 신성모가 힘써보겠다고 했으나 그를 믿을 수는 없었다. 생각 끝에 인촌은 문교부장관 백낙준과 의논하여 이승만 대통령에게 탄원하기로 했다. 문교부장관실에서 두 사람이 상의하고 있는데 신성모 국방장관이 들어갔다. 그리고 인촌에게 말했다.

"이인수 총살은 이미 집행되었습니다."

이 말을 듣고 인촌은 격노했다.

"이봐요 신 장관. 전쟁도 이긴다 이긴다 해놓고 달아날 때는 말도 없이 자기 혼자 도망가지 않았소? 돌아와서는 그래 살기 위해서 영어방송 몇 마디 한 사람까지 꼭 그렇게 죽여야 하오?"

인촌은 집에 돌아가서도 분노가 풀리지 않았다.

"소견머리 없는 것들 같으니라고. 전부터 빨갱이 노릇하던 사람이라도 뉘우치면 다 용서해서 새 나라 건설에 다 힘을 합해야 될 마당에, 장관 자리에 앉은 자까지 사람을 죽일 줄밖에 모르니 누구와 더불어 정치하겠다는 거야—."

그의 눈에서 눈물이 쏟아졌다.

동아일보는 1950년 10월 4일 자로 복간 첫 호를 냈다. 6월 27일 오후 6시, 서울에서는 가장 늦은 호외를 내고 발간을 중지한 지 100일 만에 다시 햇빛을 보게 된 것이다. 사변 전에 신문을 인쇄하던 공인사를 북한군이 방화해서 소실되었으므로 을지로 2가 대성빌딩 내에 임시로 본사를 두고 서울 공인사 별관을 빌어 타블로이드판 2면을 인쇄해서 발간했다.

고려대학교는 10월 중순에 가서야 비로소 개강할 수 있었다. 그는 고려대학교에 가서 건물 주변에 널려 있는 돌이며 쓰레기를 치웠다. 인촌은 학교 운동장을 돌아다니면서 혼자 중얼거렸다.

'온 국민이 고생했지만 공산 치하 90일 체험은 대한민국 국민에게 소중한 교훈이 됐을 것이여. 공산당이 무엇인지 그 정체를 확인했으니 이제는 그들에 대한 환상을 씻어버리겠지 허허허허. 공산주의가 몰고 온 것은 해방이 아니라 압제야. 그들의 정치는 인민을 위한 정치가 아니라 독재자의 우상숭배 놀음이란 말이여. 그것은 자주독립이 아니고 소련에 예속되는 거지. 일본 일왕 대신 스탈린을 신으로 받드는 해괴한 정치란 말이여.'

유엔군 진격으로 한반도는 통일을 이루었다. 조선 민족은 일제 압박에서 해방되면서 남북으로 갈렸고, 신탁통치에 대한 찬반으로 2년여를 갈등 속에 보냈다. 그리고 신탁통치 주장이 소멸하자 이제는 단독정부 수립 주장과 통일정부 수립 주장이 첨예하게 대립했고, 그 대립은 결국 민족주의 진영과 공산진영으로 체제가 굳어져 마침내는 동족상잔이라는 부끄러운 전쟁을 치르고 말았다. 그 부끄러운 전쟁은 길게 가지 않고 3개월여 만에 남북이 한 나라로 통일되어 가고 있었다. 이 통일은 유엔군 힘에 의한 통일이었다.

10월 25일 오전 미군 워커 중장은 평양점령 축하연에서 「모든 것이 잘 되고 있다.」고 말했다. 이 말은 한반도에서 북한 공산군을 깨끗하게 퇴각시켰다는 안도의 말이었다. 이때는 워커 중장만이 아니고 남한의 모든 국민도 통일을 기정사실로 보고 있었다. 그런데 전쟁은 끝나지 않았다. 이날 오후 중공군이 총공세를 취해서 한국군 제2군단과 미 제1군단을 공격했다. 23일 은밀하게 압록강을 건너고 국경을 넘어온 중공군이 이날 25일 오후에 총공세를 취하면서 정식으로 전쟁개입을 선포한 것이다. 중공군 병력이 개미떼처럼 한반도를 침공했다.

11월 8일 미 제8군은 후퇴를 결정했다. 그 부대는 청천강까지 후퇴명령을 내리고 미 제9군단을 북상시키려 했다. 유엔군은 중공군을 크리스마스까지 퇴치하고 전쟁을 끝내겠다는 이른바 크리스마스 공세를 준비했다. 유엔군은 중공군을 잘해야 5만 병력이라고 생각했다. 그런데 중공군은 서부전선에 임표(林彪) 휘하에 18개 사단 18만 명, 동부전선에 팽덕회(彭德懷) 휘하 12개 사단 12만 명을 배치하고 있었다.

중공군 전력을 파악한 맥아더 원수는 11월 28일「중공군 100만이 북한에 결집 중이며 유엔군은 새로운 전쟁에 직면했다.」고 발표했다. 11월 30일 트루먼 대통령은「한국을 버리지 않는다. 원자탄 사용도 불사한다.」고 선언했다. 중공군에 밀려 동부전선에서도 유엔군이 후퇴를 개시했다. 혜산진에 있던 미 제7사단이 11월 27일부터 후퇴하고, 청진 방면의 수도사단과 장진호 방면의 미 제1해병 사단은 11월 30일부터 후퇴했다. 서부전선은 12월 4일부터 평양에서 철수하고, 27일에는 개성에서도 후퇴했다. 설상가상으로 유엔군이 큰 타격을 입었다. 미 제8군사령관 워커 중장이 23일 개성 북방에서 자동차 사고로 전사했다. 후퇴 중이던 동부전선 미군과 한국군은 퇴로가 막혀 더 이상 후퇴가 불가능했다. 퇴로가 완전히 차단된 미군과 한국군은 흥남에 집결하여 12월 12일부터 24일에 걸쳐 민간 피난민 10만과 함께 군함을 타고 바닷길을 통해 후퇴했다. 중공군 17만과 북한군 6만은 12월 말경 38선 일대에 도달했고, 1월 1일 자정을 기해 일제히 38선을 넘어 남하했다.

150만 서울 시민은 또다시 허둥지둥 피난길에 나서야 했다. 1월 4일 마지막 피난민으로 보이는 30만 시민이 보따리를 짊어지고 거리에 나서는 모습은 차마 볼 수 없는 모습이었다. 그들은 꽁꽁 얼어붙은 한강을 건너 손을 호호 불면서 남쪽으로 내려왔다. 북한에서 후퇴하는 유엔군을 따라 함께 피난길에 올랐던 북한 국민은 남쪽에 내려간 후 아무데나 낯선 고장에 파고 들어가 숨어야 했다.

국군과 유엔군의 1·4 후퇴로 다시 피난길에 오른 인촌은 부인과 함께 12월 20일 승용차로 부산에 도착했고, 다른 가족은 모두 인천으로 가서 선편으로 부산을 향해 떠났다. 그리고 장남 상만은 25일 기차 편으로 남하했다. 부산에 다다른 인촌은 중앙동에 있는 삼양사 지점을 임시거처로 묵으면서 진해 익선동에 집을 하나 마련해 입주했다.

1·4후퇴로 부산에 내려간 정부와 국회가 다시 싸우기 시작했다. 국회가 장면 국무총리 인준안을 가결함으로써 잠시 소강상태에 접어들었던 두 기관 대립이 재연된 것이다. 지난번에는 문화극장을 임시 의사당으로 사용했는데 이번에는 부산극장을 임시 의사당으로 사용했다. 국회는 재2국민병 처우 문제를 들고 정부를 공격했고, 정부는 의원보수 인상법안을 거부했다.

인촌은 전쟁발발 이전부터 국회를 중심으로 한 정치활동은 신익희에게 맡기고 본인은 정치일선에서 한 발 물러나 정당 활동을 뒷받침하는 위치에 있었다. 유엔군이 중공군에 밀려 후퇴를 거듭했으나 전열을 정비하여 공산군을 38선 이북으로 몰아내고 서울을 다시 탈환하자 부산의 정계는 활기를 띠었다.

1·4후퇴 후 부산 피난 시기에 제일 먼저 불거진 사건이 '거창사건'이었다. 1950년 12월 초, 경남 거창군 신원면 경찰지서가 지리산 공비 습격을 받아 경찰관 30명이 전사했다. 이듬해 1951년 2월 육군본부가 지리산 공비를 소탕하기 위해 제11사단 제9연대 제3대대를 거창군에 주둔시켰는데 이 부대원들 행태가 문제였다. 이들은 이 지방 관공서와 사회단체 등과 함께 '군민비상대책위원회'를 설치하고 공비 소탕작전을 벌이는 중인데 이들은 마치 점령군처럼 방약무인으로 불법을 자행했다. 민가에 들어가 주인이 보는 앞에서 소를 끌고 가서 잡아먹고, 가가호호 침입해서 강탈한 쌀이 600석이고, 장작이 300평이고, 부식물이 90만 원어치 등이다. 이들은 민가에서 강탈한 쌀과 장작과 부식물과 기타 물자를 군 트럭으로 실어다 팔아서 착복했다.

이들의 행패는 이것으로 끝난 게 아니다. 이들은 공비를 소탕한다면서 신원면과 이웃면 민가 1,800호를 불 질러 잿더미로 만들었다. 또 2월 11에는 공비와 내통했다는 죄명으로 젖먹이를 포함한 어린이 50여 명과 70세가 넘은 노인까지 포함하여 남녀 537명을 산골짜기로 끌고 가 2개 중대 병력이 두 시간 동안 기관총 사격을 퍼부어 한 명도 남기지 않고 몰살해버렸다.

이 사건을 보고받은 내무부장관 조병옥은 이 사실을 이승만 대통령에게 보고했고, 대통령은 국방부장관 신성모에게 사건의 사실여부를 파악하라고 지시했다. 신성모는 거창에 내려가 경남지구 계엄사령관 김종원 대령을 만났다.

"김 대령, 이번 사건은 불순분자들이 조작해 낸 악성루머요. 누가 묻든지 이렇게 대답하라 이 말이요. 알았소?"

"예, 장관님."

신성모가 대통령 앞에 가서 낭설이었다고 보고했다.

한편 국회는 거창 현지에서 들려오는 소식을 듣고 내무부장관 조병옥을 국회로 불러 조목조목 사건의 진상을 물었다. 조병옥은 대통령에게 보고한 내용을 그대로 국회에서 대답하고 진상조사단을 보낼 필요가 있다고 했다. 민국당 의원들이 분개해서 이승만 대통령을 찾아갔으나 대통령이 면담을 거부했다. 당사로 돌아온 민국당 의원들이 다른 야당 의원들과 협력해서 조사단을 거창에 보내기로 했다. 이 소식을 들은 신성모가 김종원에게 전화를 걸었다.

"김 대령, 국회 조사단이 내일 거창에 갈 것이오. 그들의 활동을 저지하시오. 알았소?"

"예, 장관님."

신성모 지시를 받은 김종원 대령은 국회의원들이 거창에 당도했을 때 국군 일부를 공비로 가장시켜 공비와 국군 사이에 총격전을 시켰다. 이 총격전은 김 대령이 연출한 연극이다. 양쪽이 다 국군이고 그들은 모두가 하늘을 향해 총을 쐈다. 김 대령 연극에 속은 국회의원들은 겁먹고 현지에 가는 것을 포기했다. 그리고 민간인에게 거창에 학살사건이 있었느냐고 물었더니 그런 일 없었다고 대답했다. 그 사람도 김 대령이 만들어 놓은 첩자였다.

그러나 감춰지는 듯하던 이 사건은 외국신문에 보도되고 피해자 가족과 목격자들이 목숨 걸고 폭로하여 세상에 드러나기 시작했다. 그때야 비로소 국회가 재조사에 나서 사건의 진상을 속속들이 파헤쳤다. 4월 20일 이승만 대통령은 장관들이 서로 협력하지 않았기 때문에 나라 체면이 손상되었다며 신성모 국방뿐만 아니라 조병옥 내무, 김준연 법무부장관까지 해임했다.

거창사건 처리가 채 끝나기도 전에 4월 30일 국회는 국민방위군 향토방위대 해체안을 통과시켰다. 왜냐하면 국민방위군 간부들이 엄청난 부정착복을 했기 때문이다. 국민방위군은 1950년 12월 21일 공포된 국민방위군설치법에 따라 제2국민병에 해당되는 만 17세 이상 40세 미만의 장정으로 조직된 예비군이다.

1·4후퇴 때 방위군 50만 장정이 도보로 남하했는데 이들에게 보급되어야 할 식량, 의류, 신발 등 보급품을 간부들이 착복하여 50만 명이 배를 곯고 추위에 떨다가 1,000여 명이 얼어 죽거나 굶어 죽었다. 부정착복한 간부들은 여기서 끝나지 않고 한 걸음 더 나아가 대규모 조작으로 부정을 저질렀다. 1950년 12월 17일부터 이듬해 3월 31일까지 105일 간의 매일 평균 가공 인원수를 7만여 명으로 해서 그들의 급여로 나오는 현금 23억여 원을 착복했고, 식량에 있어서는 12만여 명의 가공 인원으로 쌀 5만 2천 석을 착복했다. 그들은 심지어 귀환 장정들에게 마지막으로 지급하는 여비와 식량까지 갉아먹

었고, 사망한 장정들을 아무렇게나 파묻어 백골이 지상에 드러나는 참상까지 빚었다.

그럼에도 불구하고 진상이 알려지자 국방부장관 신성모와 방위군사령관 김윤근 준장은 그런 사실이 없다고 극구 부인하는 한편 횡령한 금품으로 일부 국회의원을 매수했고, 국회가 이 사건을 문제삼는 것은 오열(五列)의 책동이라고 협박 공갈을 일삼았다. 그러나 얼마 후 그 전모가 가감 없이 드러났다. 그런데 그 처리 결과는 국민을 더 분노하게 만들었다. 방위군사령관 김윤근 준장을 처벌하지 않고 부사령관 윤익헌 대령에게 징역 3년 6개월을 선고한 것이 전부다.

또한 거창사건과 방위군사건의 총책임자 신성모는 면직으로 처벌이 끝났다. 이승만 대통령은 서울시장 이기붕을 국방부장관에 임명하고, 내무부장관에 이순용, 법무부장관에 조진만을 각각 임명했다. 사건의 경위를 지켜보던 부통령 이시영은 5월 9일, 「더 이상 척위(尺位)에 앉아 소찬을 먹고 있을 수 없다.」는 이유로 사퇴서를 국회에 제출하고 거창사건과 방위군사건 등 모든 부정을 철저히 규명할 것을 촉구했다.

이시영 부통령이 사표를 내면서까지 범법자 처리를 요구하고 나오는데 정부로서는 도저히 그냥 지나갈 수가 없었다. 정부가 단호한 대책을 발표하고 사건은 둘 다 재심에 들어갔다. 그 결과 방위군사령관 김윤근 준장과 부사령관 윤익헌 대령에게 사형을 선고했다. 그리고 거창사건은 군법회의에서 제9연대장 오익균 대령과 제3대대장 한동석 소령에게 무기징역을 선고하고, 경남지구 계엄사령관 김종원 대령에게는 징역 3년을 선고했다.

이시영 부통령 사표는 1951년 5월 13일에 수리되었다. 국회가 만류했으나 노 정객은 만류를 뿌리치고 사직하고 말았다. 이제 국회는 제2대 부통령을 선출해야 한다. 부통령 선거는 헌법에 따라 간접선거로 국회가 실시하게 되어 있다. 그리고 선거일은 5월 16일로 정했다. 여당이 부통령후보로 내세운 사람은 이갑성 의원이다. 그에 맞서는 야당후보는 인촌을 세우려 하는데 인촌이 고사했다.

"생각해 보시오. 성재 선생이 감당하지 못하고 물러난 자리에 내가 들어앉아서 무슨 일을 할 수 있단 말이오."

언제나 명리에 담백한 인촌이다. 허울 좋은 부통령 자리는 인촌에게 맞지 않는다. 인촌은 어떤 자리에 가든지 자리에 걸맞는 일을 해야 된다고 생각했다. 그런데 헌법상 부통령은 자리만 차지하고 앉아서 국록을 받아먹는 그런 자리다. 그런 자리에 인촌이 선뜻 들어갈 사람은 아니다.

그러나 민국당 의원들 생각은 다르다. 부통령이 허명일망정 행정부에 거점을 마련하지 않고는 이승만 대통령의 독선과 실정을 막을 수가 없고, 정당정치의 본질로 볼 때 인촌을 대한민국 제2인자로 굳혀두는 것이 차기 집권에 유리하다고 판단한 것이다. 또 현실적으로 여당계 후보자 이갑성을 누르고 이길 인물은 오직 인촌밖에 없었다.

민국당은 인촌의 고사도 무릅쓰고 그를 부통령후보로 등록해놓고 선거에 대비했다. 그러나 민국당은 투표해서 인촌이 낙선하면 어쩌나 하고 몹시 불안했다. 3월 9일 실시한 각 분과위원장 선거에서도 민국당은 10여 석 분과위원장 중 단 1석만 차지했을 뿐 참패한 경험이 있다. 그리고 전장에서 실탄이 필요하듯이 모든 선거에는 선거자금이 필요하다. 그런데 민국당 자금줄인 인촌이 출마를 고사하고 있으니 선거자금이 있을 리 없다. 민국당이 믿는 것은 오직 인촌의 덕망과 출중한 그의 인격뿐이었다.

5월 16일 오전 10시 30분, 국회는 장택상 부의장 사회로 부통령을 뽑는 투표를 실시했다. 출석의원 151명 중 제1차 투표 결과 인촌이 65표, 이갑성이 53표, 함태영 17, 장택상 11표, 이청천 2표, 김창숙 1표로 아무도 재석의원의 3분지 2표를 얻지 못했다. 이어서 2차 투표를 실시했는데 인촌이 68표, 이갑성이 63표, 함태영 10표, 장택상 5표, 이청천 2표, 김창숙 1표로 나타났다. 이번에도 역시 정족 표수에 미달하여 최고 득점자인 인촌과 차점자인 이갑성을 두고 결선 투표에 들어갔다. 12시 30분 투표가 끝난 후에 입장한 이용설 의원이 투표한 후 개표에 들어가 오후 1시 15분에 개표를 완료했다. 결국 인촌이 78표, 이갑성이 73표를 얻었다. 사회자 장택상 의원은 최다 득점자인 김성수의 부통령 당선을 정식으로 선포했다.

5월 16일 오후 2시경, 경남 진해경찰서장이 인촌 댁을 예방해서 부통령당선 소식을 전했다.

"이 사람들이 싫다는 사람을 왜 자꾸 그 자리에 밀어 넣는 거여. 선거를 또 치러야 하는 혼란이 올 건 뻔한 일인데."

"선생님, 국민이 그만큼 선생님을 필요로 하고 있다는 증빙입니다."

이때 신문기자들이 우르르 몰려왔다. 동아일보 김삼규 주필도 기자들과 함께 당도해서 인촌에게 취임을 권했다.

"선생님, 부통령 취임을 거부하시면 전 국민이 실망합니다. 그래서는 안 됩니다. 취임하셔야 합니다."

"성재 선생은 그 자리가 그런 자리인지 모르고 앉았지마는 이제 와서 나는 그런 제물이 될 생각은 없습니다."

인촌의 이 말은 의례적으로 하는 사양이 아니었다. 당 간부들은 생각 끝에 설득을 중단하고 비난으로 나섰다.

"선생님은 혼자만 편하려고 그러십니까?"

"그게 무슨 말이요? 내가 그 자리에 앉아서 조금이라도 보탬이 된다면 몰라도 여러분도 그렇게 되지 못하리라는 것을 뻔히 알면서……."

"만일 선생님께서 기어이 사양하신다면 국회는 다시 선거를 해야 합니다. 그때 야기될 혼란의 책임을 누가 져야 합니까?"

"……."

"선생께서 이번에 당선되신 것은 민국당의 표만으로 당선된 것이 아니라는 걸 아셔야 합니다."

"……."

"아무에게도 민의를 거역할 권리는 없는 줄 압니다."

장시간에 걸친 민국당 의원들의 설득과 비난과 협박으로 인촌은 결국 백기를 들고야 말았다. 무엇보다도 국회가 선출한 결과를 거부하는 것은 민심을 거부하는 것이라는 논리가 인촌을 움직였다. 인촌은 마치 도살장에 끌려가는 소처럼 무거운 마음으로 부통령 취임을 수락했다. 이승만 대통령은 인촌이 부통령으로 피선되자 담화를 발표했다.

「금번 김성수 씨가 부통령으로 당선된 것을 환영하며, 또 국회에서 이와 같은 유능한 인사를 부통령으로 선출한 데에 감사히 여기는 동시에, 민주주의 국가에서는 피선 이전에는 일 야당인으로서 정부를 자유롭게 비판도 하고 비난도 할 수 있었으나, 피선된 이후에는 정당이나 또는 개인적 정견을 떠나서 정부를 일심으로 육성하기에 일치 협력하는 것이 정치도의요, 또 그렇게 되기를 믿는 바이다.」

인촌은 이승만 대통령에 대해서 비판적이기는 했으나 두 사람 관계가 그다지 나쁜 관계는 아니었다. 그래서 대통령도 인촌에게 국무회의에 참석하라고 권하기도 했다. 인촌은 기왕에 부통령직을 수락했으니 성심껏 대통령을 보좌해서 국정을 바로잡을 생각이었고, 이 대통령도 인촌의 이런 태도를 환영하는 분위기였다.

부통령 집무실은 정부 임시청사로 사용하고 있는 경상남도 청사에 있었다. 인촌은 동아일보 상무였던 김승문을 비서실장으로, 서울대학교 교수 신도성과 배섭을 비서관으로 임명해서 함께 일했다. 그는 일주일에 두 번씩 열리는 국무회의에 빠지지 않고 또박또박 참석했다. 현행법상 부통령은 국무회의에 꼭 참석해야 할 의무는 없다. 부통령이 국무회의에 참석해도 의결권이 없고 단지 발언만 할 수 있기 때문이다. 하지만 인촌이 국무회의에 빠지지 않고 참석하는 것은 이승만 대통령이 국무회의에 참석하는 날이 드물어서 대통령 대신 참석하는 것이다.

인촌은 국무회의에서 「우리는 지금 민족과 국가의 운명을 걸고 공산주의와 싸우고 있다.」고 강조했다. 그리고 「우리가 공산주의와 싸워 이기려면 무력으로도 이겨야 하지만 사상적으로도 이겨야 한다.」고 했다. 「그러기에 우리는 승리를 위하여 대외적으로는 민주 우방과의 제휴와 친선을 도모하고, 대내적으로는 민주주의적 기본적 자유를 확립하는 데에 전력을 기울여야 한다.」고 역설했다. 그는 또 「민주정치는 독재정치와 달라서 어떠한 영웅이나 우상을 필요로 하는 것이 아니며 오직 민주주의적 방법을 충실이 이행함으로서 그 실현을 기할 수 있다고 했다.」

인촌이 부통령으로서 무엇보다도 강력하게 역설한 것은 공무원 처우개선이었다. 동서고금을 통해서 모든 부정부패는 공무원으로부터 시작되기 때문에 공무원 부정부패를 막아야 하고, 그러기 위해서는 공무원 처우를 개선해야 된다고 힘주어 말했다. 공무원 부패를 막기 위해서 법이나 도덕이나 애국심에 호소해서는 안 되고 처우개선만이 그들의 부정부패를 막을 수 있다고 했다. 공직에서 과장급이면 일반사회의 어느 회사 어떤 과장보다도 월급이 적어서는 안 된다고 역설했다.

일부 장관이 부통령을 달갑지 않게 여기는 것 같았다. 그들은 대개 이승만 대통령 주의 주장을 신봉하는 사람들이다. 따라서 이들은 국민 소리는 듣지 않고 매사 대통령 뜻에 맞는지 안 맞는지가 행동기준이었다. 그러나 인촌은 그들을 의식하지 않고 기회 있을 때마다 소신을 피력해서 조금이라도 좋은 방향으로 이끌려고 최선을 다했다. 국무위원 가운데 인촌을 이단시하고 그의 국무회의 참석을 싫어하는 사람들이 생겼다. 그들은 이승만 대통령에게 중상도 서슴지 않았다. 「김 부통령이 국무회의에 출석하면서부터 국무회의는 부통령이 좌우지하게 되었다.」느니, 「김 부통령은 마치 국정을 감독하는 것 같다.」고 대통령 앞에서 성토했다. 이승만 대통령도 거듭되는 그들의 중상에 넘어가 귀를 기울였고, 인촌을 대하는 태도가 차츰 달라졌다.

인촌은 일부 국무위원 중상에도 아랑곳하지 않고 오직 국정을 바로잡기 위해 총력을 기울였다. 그러나 무궤도하게 움직이는 이승만 대통령 독선을 볼 때마다 오장이 찌릿찌릿하게 충격을 받았다. 인촌은 이승만 대통령을 근거리에서 보고 그에게는 도저히 희망을 걸 수 없다고 결론 내렸다. '오죽했으면 성재 선생이 자리를 박차고 나갔겠어?' 하면서 그래도 그는 참고 견디며 대통령을 비롯해서 국무위원들을 개선해 보겠다고 다짐했다.

6·25동란 1주년 기념식이 있은 다음 날 국무회의에 참석한 이승만 대통령이 엉뚱한 제안을 했다.

"신성모 씨를 주일대표로 임명하려고 하는데 좋다고 생각하는 분은 손을 드시오."

국무위원들은 서로 얼굴을 바라보며 분위기만 살필 뿐 아무도 의사표시를 하지 않았다. 인촌이 반대하고 나섰다.

"국민의 원성을 받고 자리에서 물러난 지 얼마 안 된 사람을 외국에 사신으로 보낸다는 것은 안 될 일입니다."

이 대통령은 인촌 반대에 개의치 않고 같은 질문을 반복했다.

"보내도 좋다고 생각하는 사람은 손들어보시오."

이번에도 의사표시를 하는 국무위원이 하나도 없었다. 이 대통령은 이렇게 말했다.

"당장 결론을 내리지 않을 터이니 오후에 다시 논의하시오."

이 말을 남기고 이 대통령은 자리를 떴다. 이승만 대통령 제안을 듣고 어느 때보다 크게 충격을 받은 인촌은 오장육부가 뒤틀리는 것 같고, 정신이 혼미해져서 집으로 돌아가 오후에는 회의에 참석하지 않았다.

이 무렵 거창사건과 방위군사건은 나날이 확대되어 가고 있었다. 며칠 전 6월 21일 방위군사건에 연루되었다는 정보가 있어 여당계 국회의원 11명에게 소환장이 발부되었고, 23일에는 국방부차관 장경은이 경질되었다. 또 이 사건으로 인해서 육군참모장 정일권도 해임되고, 이종찬 소장이 그 뒤를 이었다. 그리고 방위군사령관과 그 휘하 군간부 11명은 군법회의에 회부되어 단죄를 기다리고 있는 중이었다. 이런 판국에 두 사건의 최종책임자 신성모를 주일대표로 보낸다는 것이 언어도단이다. 첫째는 범법자에게 영전 기회를 주는 것이 모순이고, 둘째는 신성모 휘하 간부들이 법적 처벌을 받거나 재판을 기다리고 있는 중에 신성모를 외국에 사신으로 보내는 것은 그를 도피시키기 위한 방편이라고 할 수밖에 없다.

이 대통령이 「당장 결론을 내리지 않을 터이니 오후에 다시 논의하시오.」하고 자리를 뜬 그 날 오후, 이 대통령은 물론이고 인촌도 몸이 아파 회의에 참석하지 않았다. 따라서 장면 국무총리가 주재한 국무회의에서 가 4표, 부 6표, 기권 1표, 불참 1표로 신성모를 일본에 대표로 보내려는 이 대통령의 제안은 부결됐다. 국무총리 장면은 표결 결과를 그대로 이 대통령에게 보고했다. 그런데 이 대통령은 부결을 가결로 바꿔 신성모를 끝내 주일대표로 임명하고 말았다.

인촌은 집에서 국무회의 표결 결과를 전해 듣고 사필귀정이라면서 안도했다. 그런데 이 대통령이 부결을 가결로 뒤집었다는 말을 듣고 가슴을 쳤다. 인촌은 이튿날 새벽에 가벼운 마비 상태가 일어났다. 아침 여섯 시 부인이 경비원에게 그날 일정을 알리고 인촌 침실에 들어가 보니 그는 자리에서 일어나 앉아 있었으나 몸을 움직이는 동태가 자연스럽지 못하고 입언저리가 돌아가 있었다. 부인이 놀라서 그를 다시 자리에 눕히니 그대로 잠들었다. 오후에는 돌아갔던 입언저리가 정상으로 돌아왔고, 아무 일 없어 보였다. 주치의도 가상 마비이니 걱정할 것 없다고 했다.

인촌은 자신의 병을 대수롭지 않은 것으로 알고 별로 주의를 기울이지 않았다. 그것은 평소에도 자신의 몸을 아끼지 않은 그의 천성 때문이다. 그달 28일 밤에는 백남훈 조병옥 이영준 등을 송도로 불러 정국 돌아가는 얘기를 하면서 술도 마셨다. 그런데 그 이튿날 29일 아침에 눈을 뜬 인촌은 오른쪽 수족을 움직이지 못했다. 또 입언저리의 근육이 다시 한 쪽으로 기울고 발음도 분명하지 못했다. 주치의 진단에 의하면 뇌혈전증이었다. 뇌혈관의 동맥경화로 혈액이 응결되어 뇌혈행 일부를 정지시키는 데서 반신불수를 가져오는 난치병이었다.

인촌은 발병 초기에 전기 맛사지 기계로 물리치료를 받았다. 하루에 30분 내지 1시간 받는 치료인데 그는 힘에 겹다고 이 치료방법을 싫어했다. 8월 초 부산 서면에 있는 스웨덴 병원에 입원했다. 그곳 원장은 3개월 정도 치료받으면 완치될 수 있다고 했으나 조금 치료해서 차도가 나타나자 갑갑해서 못 견디겠다고 입원한 지 열흘도 안 되어 퇴원했다. 스웨덴 병원에서 퇴원 후 주변 사람들 권유로 동래 온천에 며칠씩 가 있었지만 나중에는 온천도 싫증을 냈다.

인촌은 원래 자기 건강에 대해서는 무관심한 성격이었다. 젊어서부터 그는 위장병에 시달렸고 그로 인해 불면증까지 얻었으나 그는 병을 근본적으로 고칠 생각은 한 적이 없다. 일에 쫓기다 보니 무관심은 습성이 되어버렸고, 이제 기동이 자유롭지 못한 병환으로 자리에 눕게 되어서도 그는 치료에 전념하지 않았다. 그의 병이 혈전증이라 해도 그다지 심한 것이 아니고 조기에 치료하면 회복할 수 있는 상태이건만 본인은 습성대로 대수롭지 않게 보고 치료에 등한했다.

혈전증은 희노애락 감정에 따라 변화가 심한 병이어서 심신을 안정시키는 것이 무엇보다 중요하다. 그런데 그에게 들어가는 소식은 모두 우울한 소식뿐이었다. 통일을 바라는 국민 소망이 한결같은데 정전회담 소식이 들려오는가 하면 이승만 대통령이 국회와 대결하면서 대통령직선제 개헌을 획책한다고 했다. 그의 부인 이아주 여사는 외부와의 접촉을 끊고 치료에 전념하려고 애를 썼지만 허사였다. 부인은 우선 신문을 읽지 못하게 하려다 심한 핀잔을 받았다. 거기다 속도 모르는 당 인사들이나 측근들은 환자를 붙들고 세상을 개탄하고 남을 성토하고 하소연했다. 대화가 모두 국사인지라 부인도 어찌할 수가 없었다.

인촌은 희노애락이 자심한 병에 걸린지라 세상을 개탄하고, 분개하고, 때로는 눈물을 흘리는 것이 일과처럼 되었다. 이 무렵부터 그는 기독교에 다시 관심을 두고 기도를 시작했다. 기독교 신자인 이아주와 재혼 후 얼마 동안 함께 교회에 나간 적이 있지만 일에 쫓겨 신앙생활에까지 이르지는 못했다. 그의 기도는 늘 이러했다. 「하나님 아버지시여, 이 나라를 돌보아 다시 일어나게 해 주소서. 그리고 이 도탄에 빠진 백성을 위해서 올바른 지도자를 보내주소서.」 처음에는 부인과 함께 아침저녁으로 기도를 드렸고, 일주일쯤 지나서는 혼자 기도하게 되었다. 기도 내용에는 자기 일신에 관한 것도 있었으나 겨레를 위한 것이 대부분이었다. 「우리 대한민국이 우수 풍족하여 백성이 잘 먹고 잘 지내게 해 주소서.」 「고려대학이 일취월장하여 세계 각국에서 많은 유학생이 찾아와 배우고 가는 학교가 되게 해 주소서.」 인촌의 병세는 일희일우(一喜一憂)를 가져다줄 뿐 시원스러운 쾌차는 보이지 않았다.

22

대통령과 국회 갈등은 첨예화되었다. 내무부장관 조병옥과 법무부장관 김준연이 거창사건과 방위군사건으로 해임되어 행정부에서 민국당이 일소되었다. 이승만 대통령은 조병옥과 김준연이 두 사건과 무관하다는 것을 알면서도 해임했다. 두 장관 해임은 누가 봐도 이해할 수 없는 권리남용이다. 이것은 국방부장관 신성모를 해임하면서 그에 대한 보복일 수도 있고, 부통령 김성수 팔다리를 제거하려는 의도인 해임일 수도 있다. 그러나 국회에 뿌리박은 민국당 세력은 대통령이 어찌할 수 없는 강적이었다. 민국당 신익희가 국회의장

이기 때문이다. 부통령 김성수와 국회의장 신익희가 대통령 앞에 큰 벽으로 서 있다.

이승만 대통령은 1951년 11월 3일 대통령직선제와 양원제를 골자로 하는 헌법 개헌안을 국회에 제출했다. 이 무렵 정부에 동조하는 공화민정회 의석은 85석으로 과반수에도 미달이었다. 현행 헌법 하에서 국회가 대통령을 선출한다면 이승만은 대통령으로 재선될 수 없다는 것을 본인은 잘 알고 있다. 그래서 그랬겠지만, 이승만은 평소에도 여러 차례 대통령을 직선제로 뽑아야 된다고 주장해 왔었다. 그것은 말할 것도 없이 차기에 다시 집권하겠다는 집착이다.

이승만은 정부안으로 개헌안을 국회에 제출하면서 동시에 신당운동을 벌였다. 그는 12월 23일 「자유당」이라는 이름으로 신당을 창당했는데 그 신당은 창당 초기부터 원내 자유당과 원외 자유당으로 분열되었다. 이승만이 자유당을 창당한 것은 말할 것도 없이 원내에 개헌 찬성의원을 확대하려는 것이다. 이승만이 노린 의석 확충은 어느 정도 이루어졌다. 자유당 탄생으로 재편성된 원내 각 당 의석은 자유당이 93석, 민국당이 39석, 민우회 35석, 무소속이 18석이었다. 그런데 새로 탄생한 자유당에 이상한 기류가 흘렀다. 원외 자유당은 이승만의 개헌안을 전적으로 지지하는데 원내 자유당은 분위기가 냉랭했다. 이런 가운데 1952년 1월 18일 정부가 제출한 개헌안이 국회에서 표결됐다. 표결 결과는 압도적인 표차로 부결되었다. 재석 163표 중 찬성 19표, 반대 143표, 기권 1표다.

이 무렵, 부통령 관저가 경남 도청 뒤에 마련되어 인촌 일가는 그 관저에 입주해 있었고 인촌 치료도 그 관저에서 이루어졌다. 이보다 앞서 두 달 전에 인촌은 「하는 일도 없이 국록을 받는 것은 마음이 편치 않다」며 부통령 사임서를 제출했었다. 그러나 인촌의 사임서에 대해서는 정부나 민국당이 모두 반대했다. 정부로서는 말 많은 세상에 그의 사임이 쓸데없는 잡음을 일으킬까 봐 반대했고, 민국당은 또 다른 계산을 가지고 있었다. 그의 병이 회복되면 1952년 6월 19일까지 치러야 하는 대통령선거에 인촌을 내세울 작정이었다. 현행 헌법은 국회가 대통령을 뽑는 간접선거를 채택하고 있다. 따라서 국회가 대통령을 선출한다면 단연코 차기 대통령은 인촌이라고 단정하고 있다.

대통령직선제 개헌안이 국회에서 부결되자 1952년 2월 18일부터 원외 자유당 중심으로 대도시마다 '국회의원 소환데모'가 일어났다. 이것은 이승만 정부의 국회 압박이다. 이에 대해서 국회는 2월 29일 「민주주의국가의 유일한 국민대표 기관인 국회 직능을 부정하는 것은 독재정치 방향으로 기울어질 위험이 있다.」「국회는 호헌을 위하여 결사 투쟁할 것」을 다짐하는 결의안을 재석 165명 중 가 110표, 부 49표, 기권 6표로 통과시켰다. 국회는 이와 아울러 내각책임제 개헌안을 성안하여 4월 17일 의원 123명 연서로 국회에 제출했다. 이승만 대통령은 담화를 통해서 대통령직선제 개헌을 호소했다. 이에 호응해서 3월 20일 원외 자유당은 전당대회를 열어 직선제 개헌을 지지하고 정부가 이를 다시 국회에 제출하도록 촉구했다. 원외 자유당과 행정부는 내각책임제 개헌안을 제출하는 것은 행정부에 대한 전면적인 도전이라고 했다.

이승만 대통령은 4월 20일 내각책임제 개헌안에 동조적인 장면 국무총리를 해임하고 그 후임으로 국회 부의장 장택상을 지명했다. 국회는 5월 6일 장택상 국무총리를 가 95표, 부 81표, 기권 1표로 가결하여 인준을 통과시켰다. 이어서 정부는 5월 14일 또다시 대통령 직선과 양원제를 골자로 하는 개헌안을 국회에 제출했다. 이 개헌안은 지난번에 부결된 안을 다소 수정한 것으로 이러하다.

1. 국회를 상하원제로 한다. 상원의 권한은 하원과 같고 다만 하원은 예산안의 선심권을 가진다.

2. 상원은 도 단위의 대선거구에서 선출되는 지역대표로 구성하되 임기는 6년, 2년 마다 그 3분지 1을 개선한다. 상원의원의 3분지 1은 국가유공자, 학자 및 명망가 중에서 국무회의의 의결을 거쳐 대통령이 임명한다.

3. 정·부통령은 국민이 직접 선거하고 대통령 궐위 시는 즉시 그 후임을 선거한다.

4. 국무위원은 하원의 승인을 얻고 대사, 공사는 상원의 승인을 얻어 임명한다.

5. 양원합동회의 및 의안의 선심권 등에 있어서는 하원에 우선권을 부여한다.

이리하여 내각책임제로 바꾸자는 개헌안과 대통령직선제와 양원제로 바꾸자는 개헌안이 국회에 제출되어 극심한 혼란으로 빠졌다. 이승만 대통령은 「대통령직선제를 반대하는 국회는 민의를 배반하는 하늘 아래 처음 보는 국회이니 선거민들로 하여금 국회의원을 소환하도록 하겠다.」고 공격을 퍼부었다. 이 발언이 신호탄이 되어 5월 19일에는 반민의 국회의원 성토대회가 열리고 잇달아 민중자결단, 백골단, 닷벌떼 등 정체불명의 폭력배들이 나타나서 거리를 활보했다.

정국이 이렇게 어수선한데 무소속 국회의원 서민호가 전남 순천에 갔다가 현역군인 서창선 대위와 언쟁이 붙었다. 격한 말이 오간 끝에 서 대위가 권총을 뽑아 서 의원을 쐈다. 그리고 서 의원도 권총을 뽑아 서 대위를 쐈다. 서 의원은 총탄을 맞지 않았고, 서 대위는 급소에 총탄이 박혀 즉사했다. 이 사건으로 서민호 의원은 즉각 구속되었는데 국회가 서민호의 정당방위를 인정하여 표결에 부친 결과 94대 0으로 그의 석방이 가결되었다. 친여 세력은 서민호를 살인 국회의원이라고 외치고 그의 석방을 가결한 국회는 없애버려야 한다고 떠들썩했다. 그뿐만 아니라 경찰이 국회의사당을 포위하고 의원들과 충돌을 일으켜 수십 명 부상자가 나왔다. 이 충돌 때문에 미군이 출동하는 등 국제적으로도 부끄러운 일이 벌어졌다.

내각책임제 개헌 추진세력은 6월에 국회에서 선출될 제2대 대통령 후보자를 미리 결정하기로 했다. 인촌이 건강한 상태라면 그를 대통령후보자로 추대하면 그만인데 그가 와병 중이니 그럴 수가 없었다. 그래서 다른 인물을 대통령후보자로 선출해야 되는데 물망에 오른 사람이 이시영(성재)과 장면이었다. 이 일은 비밀리에 진행했는데 어떻게 된 일인지 이승만 대통령 귀에 들어갔다.

이승만 대통령은 5월 24일 0시를 기해서 경남과 전남북 23개 시군에 공비가 나올 염려가 있다는 구실로 계엄령을 선포했다. 그러나 육군참모총장 이종찬 소장이 이에 불응하자 원용덕 소장을 계엄사령관에 임명하여 예정된 각본대로 실행했다. 이 계엄 하에서 서민호는 구속되고, 5월 26일 국회전용버스를 타고 등원 중이던 국회의원 50여 명을 버스 채 견인해서 헌병대로 끌고 갔다. 그들은 끌고 간 의원 중 네 의원을 국제공산당 비밀공작에 관련된 자라고 구속했다.

나머지 국회의원들은 28일 부산지구에 한하여 계엄령을 즉각 해지하라고 재석 139명 중 96대 3표로 가결했으나 정부는 이를 받아들이지 않았다. 같은 날 유엔 한국통일부흥위원단도 부산지구의 계엄해제와 구속의원 석방을 촉구하는 서한을 이승만 대통령에게 발송하는 등 정국은 막다른 골목으로 치달았다. 이 사건을 사람들은 '부산정치파동'이라고 했다.

신익희 조병옥 등 민국당계 인사들이 부통령 관저에 방문해서 와병 중인 인촌을 만났다. 조병옥이 말했다. 조병옥은 이승만 정부에서 내무부장관을 역임했기 때문에 이승만 대통령 정치 스타일을 누구보다도 잘 안다.

"지금 들어오다 보니 데모대가 여기 관저 앞까지 와서 난동을 부리고 있습니다. 그런데 경찰은 저들을 제지하지 않고 구경만 하고 있으니 정말 큰 일입니다."

인촌은 말이 없었다. 그리고 신익희가 말했다.

"날이 갈수록 데모가 격해지고 있는데 저들의 정체가 뭐요?"

"폭력배들입니다. 저들에게 일당을 줘서 데모를 가장한 것입니다.

저들은 민의를 배반한 국회는 해산하라 하고, 살인 국회의원 총살하라고 외치고 있습니다. 아까 보셨지요?"

꼭 감은 인촌의 눈에서 눈물이 흘러내리고 있었다. 한참 후 인촌이 눈을 떴다. 그리고 나지막한 목소리로 말했다.

"이승만이 끝내 나라를 이 지경으로 만들고야 말았구나. 두 분은 들으세요. 내가 부통령직을 내려놔야 하겠습니다."

신익희가 강하게 만류했다.

"안 돼요. 인촌마저 자리에서 물러나면 민국당이 설 자리가 없어져요. 힘드시겠지만 버텨주세요."

인촌은 당년 61세, 신익희가 60세, 조병옥이 58세로 당대 최고의 경륜을 지닌 정치가들이지만 노정치가 이승만의 권력욕을 잠재우기에는 역부족이었다.

인촌은 건강이 급격히 나빠져 부통령직에 대한 사직서를 정부에 보냈다. 죽어서 시체로 사직하면 안 된다고 생각한 인촌이 주변의 만류를 뿌리치고 사퇴를 결행했다. 인촌은 비서관 신도성을 병석으로 불러 자기가 구술하는 것을 글로 받아서 사임서를 작성하라고 했다. 완성된 사임서는 그 길이가 장장 15미터를 넘었다. 이 사임서는 1952년 5월 29일 국회 본회의에서 낭독되었다. 그리고 한국의 위기상황을 해외에 알리기 위해 미국 대통령과 유엔 사무총장 트리그브 리, 그리고 세계 유수 신문사에도 보냈다. 15미터짜리 사임이유서는 이러했다.

「경애하는 의장 및 의원여러분!

작년 5월 국회에서 불초한 나를 부통령으로 선거하였을 때 처음 나는 그것을 수락할 의사가 조금도 없었습니다. 그것은 내가 국가와 민족의 운명에 대하여 무관심해서가 아니라 현 정부의 일원이 되어 무슨 유익한 공헌을 할 수 있으리라고 생각하기 어려웠기 때문입니다.

정부의 수반 이 박사는 충언과 직언을 염오(厭惡)하고 아첨만을 환영하며 그의 인사정책은 사적 친분으로 일관된 중에도, 자기의 하료조차 항상 시기의 눈으로 보아 모든 국사를 그 자신이 일일이 직결하려하고, 자신이 임명한 장관을 견제하기 위하여 자신의 심복을 차관에 배치하고, 차관을 견제하기 위하여 또 다른 심복을 국장에 임명하는 것과 같은 수단으로 그의 밑에서는 아무도 가진바 역량과 포부를 발휘할 여지가 없다는 사실을 나는 너무도 잘 알고 있었습니다.

이로 인하여 과거에 대한민국정부는 거족적인 열망과 민주우방의 기대를 저바리고 아직껏 아무런 건설적인 시정(施政)을 한 일이 없이 민생을 도탄에 몰아넣었고 더욱 사변 발발 직전에는 국민을 기만하여 적의 마수하에 남겨둔 채 무질서한 도주를 감행하여 저 무수한 애국자들을 희생시킨 천추의 통한사를 저질러놓고도 한 사람도 책임을 지고 국민 앞에 사과하는 자가 없었을 뿐 아니라 도리어 마치 구국의 영웅이나 된 양으로 권력을 남용하여 민주국가에서 도저히 상상도 할 수 없는 중대한 인권유린을 감행하였으며 또 국가 동량(棟樑)의 재(材)가 될 다수의 귀중한 자질(子姪)들을 소위 국방방위군이라는 명목 하에 기한(飢寒)에 병들게 하고 참혹(慘酷)하게 폐사(斃死)케 하였던 것입니다.

이와 같이 하여 대한민국정부의 무능과 부패는 이미 고황(膏肓)에 사무치었으며 그것은 나의 전임자이신 성재 이시영 선생의 고덕과 지성으로서도 만회할 길이 없었던 것입니다. 그러므로 내가 이제 그 자리에 앉아 본들 이것을 광구(匡救)할 아무런 자신도 성산(成算)도 없었으며 오히려 그것은 내 일신에 불명예로운 오점을 가져올 뿐이리라는 것을 나는 충분히 예기(豫期)하고 있었던 것입니다. 그리하여 나는 부통령 취임을 굳이 고사하였습니다.

그러나 당시 나를 교섭하러 온 국회의 대표 제위는 나의 이 뜻을 용납하지 아니하고 나의 고사로 말미암아 부통령 선거를 재차 행하게 된다면 혼란한 정국을 일층 혼란하게 만들 따름이라고 하여 심지어는 국민대표기관인 국회에서 선임한 것을 거부함은 곧 민의를 배반하는 것이라고까지 하여 강권함으로 부득이한 사세를 이기지 못하여 장시간 논의 끝에 공의를 위하여 사아(私我)를 굽히고 결국 이것을 수락하였던 것입니다.

그 후 나는 도로(徒勞)에 끝날 줄 알면서도 다소라도 국정을 바로잡아 이반된 민심을 수습하여 보려고 국무회의에 나가게 되었고, 내가 참석한 최초의 국무회의 석상에서 나는 일정한 소관사항을 가지지 않은 자유로운 입장에 있어. 국민의 질고성(疾苦聲)을 비교적 용이하게 들을 수 있으므로 장차 이와 같은 민정과 민의를 국정에 반영시키도록 노력하는 것을 나의 직분으로 삼겠노라고 선언하여 나의 결의를 표명하였으며 그 후 실지로 그렇게 행하여 왔습니다.

그런데 이처럼 하여 내가 국무회의에 참여하자 즉시 봉착한 문제는 전 국방장관 신성모의 주일대사문제이었습니다. 천하가 주지하는 바와 같이 신성모는 가장 비민주적인 권모와 술수로써 국정을 혼탁케하여 온 장본인으로 서울 철수시에는 애국시민을 적의 호구로부터 탈출하지 못하게 하였을 뿐 아니라 심지어 한강을 건너려는 자를 총검으로 방해하였으며 군용금을 횡령하여 사적 정치자금으로 유용하는 등 그가 국가 민족에게 끼친 해독은 실로 죄당만사(罪當萬死)라 하여도 과언이 아닐 정도입니다. 그러하거늘 그에게 징벌을 주기는 고사하고 도리어 외교의 요직에 등용하여 국가를 대표하게 한다는 것은 민족의 정기를 살리기 위하여서나 정부의 기강을 세우기 위해서나 또는 대외적인 체면을 유지하기 위해서나 도저히 묵과할 수 없는 일이었습니다.

그래서 나는 이의 부당성을 고창하고 그 임명을 철회할 것을 극력 주장하였습니다. 그러나 이 대통령은 끝내 고집하여 결국 신성모를 일본에 파견하고 말았던 것입니다. 여기에 있어서 나는 국운이 기울어져 감을 목전에 보고 일제 이래 수십 년 간 흉중에 울적(鬱積)된 심화(心火)가 일시에 충천하여 마침내 병석에 눕게 되었던 것입니다.

그 후 나는 몇 번이나 사표를 제출하려고 했습니다. 그러나 그때마다 나의 주위에서는 국사가 어지러움은 아무 권한도 갖지 못한 부통령의 소치가 아닐 뿐 아니라 남은 임기도 얼마 남지 않은 지금 새삼스러이 사직을 함은 도리어 평지에 파란을 일으키는 것이라는 허물을 입게 된다고 하여 만류하므로 임염(荏苒) 뜻을 이루지 못한 채 금일에 이르렀습니다. 그러나 그 후인들 우리나라의 정세는 어찌 나로 하여금 병석에 안와(安臥)할 수 있게 하였으리오.

정부에서는 여전히 위헌 위법 부당의 처사를 거듭할 뿐 아니라 소위 신당운동을 일으키어 우리나라의 애국적인 민주주의 세력을 분열 약화시키기에 갖은 책략을 다 했고 이 박사는 그 자신이 과거 4년간 절대적인 권력을 장악하여 왔으므로 모든 실정의 책임은 마땅히 그 자신이 져야 할 것임에도 불구하고 도리어 그것을 남에게 전가하기에 급급하였던 것입니다. 그리고 나아가서 그의 대통령 재선을 꾀하고 국회를 무력화할 노골적인 의도 하에 소위 대통령직선제 및 양원제 개헌안을 국회에 제출하였습니다. 국회에서는 이것을 143표 대 19표라는 압도적 다수로 폐기하고, 반대로 우리나라에 진실로 민주주의적인 책임정치를 실현하기 위한 국무원책임제 개헌안을 준비하게 되었던 것입니다.

이 개헌문제에 관해서는 나는 평소부터 국무원책임제만이 우리나라의 국정에 적합한 제도라고 믿어왔으나 최근의 사태는 나의 이 확신을 더욱 굳게 하였습니다. 내가 부통령에 취임한 후「각하」라는 칭호를 폐지하기로 국무회의에서 정식 결정되어 널리 공고되었음에도 불구하고 여전히 나에게 구두 혹은 서신으로「각하」를 붙이는 자가 뒤를 끊지 아니하였을 뿐 아니라 극단한 예로는「부통령 각하」라는 존칭을 써서 나에게 송수(送輸)해 온 자가 있을 정도입니다. 이 웃지 못할 사실에 접하고 나는 우리 국민을 급속히 민주화하기 위해서는 한 사람이 거의 황제에 가까운 강대한 권한을 쥐고 있는 현행 대통령제를 개변하지 아니하면 아니되겠다는 것을 통감하였던 것입니다.

영국과 같이 민주주의가 발달한 나라에 있어서도 정부의 독재화를 방지하기 위하여 책임내각제를 채용하고 있을 뿐 아니라 야당의 수령에게 국무총리와 동일한 대우를 주고 또 그만큼 야당의 의견을 존중하려고 노력하고 있습니다. 하물며 우리나라와 같이 민도가 낮고 권력의 발호(跋扈)가 자심한 곳에 있어서랴—

우리는 이미 대통령제의 산고(酸苦)를 충분히 체험하였습니다. 더욱이 지난번의 보궐선거와 지방선거에서 나타난 관권(官權)의 압박을 볼 때 우리나라에 있어서 대통령 직접선거라는 것은 곧 현 집권자의 재선을 의미하는 것이며 그가 재선되면 장차 국회는 그의 추종자 일색으로 구성될 것이며 그 후에 그는 그의 3선 4선을 가능하게 하도록 헌법을 자재(自在)로 고칠 수 있을 것이니 이처럼 하여 종신대통령이나 세습대통령이 출현하지 않으리라고 누가 보장할 수 있겠습니까? 그러므로 우리나라에 진정한 민주주의를 실현할 것을 희망하는 자라면 누구나 대통령직선제를 반대하고 국무원책임제를 지지할 것입니다.

그런데 이 박사는 대통령직선제을 압도적 다수로 부결하고 국무원책임제를 재적의원 3분지 2의 연명으로 제안한 국회를 「민의배반(民意背反)」이니 「의회독재(議會獨裁)」니 「반민족적」이니 하여 험구욕설할 뿐 아니라 무지각(無知覺)한 일부 정상배를 선동하고 관력을 이용하여 소위 소환운동, 국회의원 규탄운동을 개시하였던 것입니다. 그리하여 전시하의 사회질서를 교란하고 도처에 소요(騷擾)를 일으키어 국민을 불안 공포에 빠뜨리고 적비(賊匪)의 도량(跳梁)을 심하게 하였으며 심지어 난도들은 나의 거주를 포위하고 「국회를 타도하라」 「국회의원을 총살하라」 하고 규탄할 지경에 이르렀습니다.

한편으로 그는 단순한 정당방위사건에 지나지 않는 서민호 의원 문제를 구실삼아 암암리에 국회와 군부를 이간 반목케 함으로서 폭력행사의 길을 닦기 시작했습니다. 이와 같이 하여 그의 일련의 행동은 가장된 민의와 군중심리를 이용하여 건전한 이성을 말살하고 절대권력을 장악하려는 전형적인 독재주의의 노선을 걷는 것이었습니다. 이 모든 사태를 와석방관(臥席傍觀)하지 아니하면 아니 되는 나의 울분과 안타까운 심정은 어찌 필설(筆舌)로 표현할 수 있으리오.

그러나 나는 이때까지도 아직 대한민국의 최고 집정자가 그래도 완전히 사직을 파멸하려는 반역행동에까지 나오리라고는 차마 예기하지 못하였습니다. 그랬더니 그는 돌연 비상계엄의 조건이 하등 구비되어 있지 아니한 임시수도 부산에 불법적인 비상계엄을 선포하고 소위 국제공산당과 관련이 있다는 허무맹랑한 누명(陋名)을 만들어 계엄 하에서도 체포할 수 없는 50여 명의 국회의원을 체포 감금하는 폭거를 감행하였습니다. 이것은 곧 국헌을 전복하고 주권을 찬탈하는 반란적 쿠테타가 아니고 무엇입니까?

만약 그에게 일편(一片)의 애국심이 있다면 지금이 어떠한 시기

이며 우리가 처하고 있는 환경이 어떠한 것이길래 국가의 비운과 민생의 고난도 모르는 척 일신의 영욕을 위하여 어찌 이다지도 난맥의 행동을 할 수가 있겠습니까?

여기에 있어서 나는 이 이상 단 하루도 이승만 정부에 머물러 있지 않기로 결심하였습니다. 나의 지위가 비록 척위소찬(尺位素餐)에 지나지 않고 내가 한 번도 현 정부의 악정에 감당한 일이 없다고 하더라도 나의 변변치 않은 이름을 이 정부에 연(連)하는 것만으로 그것은 내 성명 3자를 더럽히는 것이며 민족 만대에 작죄하는 것이기 때문입니다.

나는 이에 사표를 국회에 제출하며 나를 선거해준 의원동지 여러분과 국민 앞에 내가 오늘까지 무위하게 국록을 받았음을 깊이 사할 따름입니다. 원컨대 앞으로 국가민족의 운명을 염려하는 일개 평민의 입장에서 우리나라 전제 군주적 독재정치화의 위협을 제거하고 진정한 민주주의를 실현함으로서 전 자유세계의 동정과 원조를 획득하여 항구적인 자유와 평화와 복락을 이 나라 이 겨레에 가져오도록 하기 위하여 국민대중과 함께 결사분투할 것을 맹서하는 바입니다.」

이 사임이유서는 정계에 큰 파문을 일으켰다. 인촌을 지지하는 의원들은 비통함을 감추지 못했고, 여당 의원들은 또 그들 나름대로 격앙되었다. 여당 의원들은 「인촌이 평생 남을 비방하거나 탓하지 않은 사람인데 이런 사임이유서를 썼을 리 없다. 이 사임이유서는 정권을 노리는 민국당이 획책한 것이다.」라고 몰아쳤다. 그러면서 「이것은 사임이유서가 아니고 살국문자(殺國文字)다.」라고 했다. 인촌의 사임서는 즉각 처리되지 않고 1개월 동안 보류상태에 있다가 나중에 처리되었다.

인촌의 사임이유서는 계엄 하에서 검열 때문에 신문이나 방송이 보도를 못해서 일반 국민에게는 알려지지 않았고 국회의원들과 관계자들만 알고 있을 뿐이었다. 그런데 해외에서는 신문이 보도해서 각국 정부와 유엔이 초미의 관심을 가졌다. 트루먼 미국 대통령은 이승만에게 「현 한국정세는 나에게 큰 충격을 준바 이것이 조속히 시정되지 않으면 중대 사태가 야기될 것이며 유엔 각국이 한국에 군사 및 경제원조를 제공하는 것은 민주주의 수호를 위한 것」이라고 했다. 이어서 유엔 사무총장 트리그브 리도 「한국 정부는 민주정체를 파괴할 우려가 있는 전제적인 방법을 쓰고 있으며, 현 정세는 유엔 입장에 영향을 가져올 수 있다.」고 경고서한을 이승만 대통령에게 보냈다. 영국 정부는 6월 13일 국방상 알렉산더 경과 로이드 국무상을 한국 전선시찰이라는 명목으로 한국에 파견하여 이승만 대통령에게 영국이 한국정세에 관심을 가지고 있음을 상기시켰다.

이승만 대통령은 「사태가 순리대로 조정되기를 바란다.」고 발표했다. 여기서 순리란 정부가 국회에 제출한 대통령책임제 개헌이 통과되는 것을 말한다. 6월 8일 그는 또 한 번의 담화를 발표하여 이 개헌안이 국회에서 통과되면 본인은 차기 대통령선거에 출마하지 않겠다고 천명했다. 우방국이나 유엔이 뭐라 하건 말건 이승만 대통령은 개의치 않고 험악한 행보를 계속 걸었다. 지방의회 의원들을 부산에 불러들여 '반민족국회해산국민총궐기대회'를 여는가 하면 폭도

들을 동원해서 연일 국회를 포위하고 국회해산을 부르짖게 했다. 심지어 비상계엄 하에서 진실을 알려주는 유일한 보도기관 「미국의 소리」방송의 중계를 정지시켜 국민을 외부로부터 완전히 차단해버렸다.

5월 30일 아침, 주한 미국대사 「무초」가 부통령관저로 인촌을 예방했다.

"선생님, 우리 미군 병원선에 입원하시죠."

"예? 병원선에 입원하라고요?"

"예, 백악관 지시입니다. 그렇게 하시죠."

인촌은 쉽게 대답하지 않고 머뭇거렸다. 그러는 사이 무초 대사는 함께 간 엠브런스 승무원에게 눈짓했다. 인촌을 앰뷸런스에 태우라는 지시였다. 주한 미국대사가 이렇게 하는 것은 그의 임무였다. 차기 한국 대통령 물망에 오른 사람 건강을 체크하고 또 신변을 지켜주는 것은 미국대사 업무 중 가장 중요한 임무 중 하나였다. 무초는 인촌을 병원선에 입원시키고 그날로 미국행 비행기를 탔다.

본국에 돌아갔던 무초 대사가 6월 6일 한국으로 돌아와 귀임했다. 그런데 그의 태도가 전과 달랐다. 인촌에게 건강에 관한 얘기만 몇 마디 할 뿐 미국에서 있었던 일이나 한국정세에 관해서는 일절 말이 없었다. 무초 대사는 본국에 돌아가 한국에 관한 모든 것을 보고했다. 이승만의 국정운영 방식과 국민의 반응, 그리고 인촌의 성품과 병세, 민국당의 조직, 국민의 지지도 등 많은 것을 보고하고 한국을 어떻게 지원할 것인지에 대해서 협의했다.

무초 대사가 본국에 가서 협의한 결과는 이승만밖에 없다는 것이었다. 그 노인네가 비민주적인 독재위험을 가지고 있지만 그래도 난국에 국정을 책임지고 나아갈 인물은 이승만뿐이라고 했다. 장래 한국의 유일한 지도자로 꼽을 수 있는 사람이 인촌인데 중병에 걸려있으니 그에게 희망을 걸 수가 없다. 그리고 다음으로 주미 대사도지내고, 한국 국무총리를 지낸 장면을 한국 지도자로 생각도 해 봤지만 그 성품과 지반 등 모든 것이 호랑이 같은 이승만을 이겨낼 수없다는 결론에 이른 것이다. 그래서 결국 이승만을 밀기로 하고 무초가 한국으로 귀환했다.

본국에 가서 지령을 받고 돌아온 무초 대사가 병원선을 다녀간이후 병원선 직원들도 태도가 달라졌다. 여름철이 가을철로 바뀌듯인촌에게 뜨겁게 대해주던 병원선 분위기가 냉랭해졌다. 무초 대사가 본국에서 어떤 지시를 받았기에 저렇게 달라졌을까 하고 생각하던 인촌은 마음이 착잡했다. '무초가 달라졌다면 외부정세를 어디서듣나?' 이 생각 끝에 인촌은 동대신동에 거처를 마련해서 옮겼다.

동대신동으로 거처를 옮긴 인촌은 민국당 사무총장 조병옥을 불렀다.

"외국 신문을 보니 한국에 이승만이 있다는 것은 알아도 야당 존재에 대해서는 아무 말 없는데 유석은 어떻게 생각하시오?"

"저의 외국 친구들도 저보고 한국에도 야당이 있느냐고 합니다."

"외국 친구들이 우리를 도와주고 싶어도 도와줄 대상이 없으면 도와 줄 수 없는데 어떻게 하면 좋겠소?"

"선생께 무슨 복안이 있으시면 말씀해 주십시오."

"우리는 임시정부에 대한 의리와 그분의 인격으로 보아 성재 이시영 선생을 지지해 왔지마는 미국사람들이 장면 씨를 좋아하는 듯하니 유석이 나서서 그를 앞세우고 야당의 존재를 알리는 운동 같은 것을 일으키는 것이 어떻겠소?"

"선생님의 깊은 뜻을 알겠습니다. 선생님은 참으로 운이 없는 분이십니다."

조병옥은 자리에 누워 있는 인촌을 보며 안타까워하다가 돌아갔다. 조병옥 말대로 인촌은 참 운이 없는 사람이었다. 그는 평생을 명리에 담백하게 살아왔으나 '구국일념으로 정치에 나선 이상 대통령이 되어 백성이 살기 좋은 한국을 만들자.' 하는 꿈을 꾸기도 했다. 그러나 그런 기회를 눈앞에 두고 중병으로 몸져누웠으니 이보다 더한 불운도 없을 것이다.

인촌을 만나고 돌아온 조병옥은 백남훈 서상일 등 민국당 간부들과 의논하여 민국당을 중심으로 야당세력을 총망라한 호헌운동을 벌이기로 하고 비밀리에 이를 추진했다. 우선 이시영 김성수 김창숙 백남훈 서상일 조병옥 김도연 김동명 신흥우 장면 곽상훈 등 66명 이름으로 6월 20일 부산 남포동 국제구락부에서 '반독재호헌구국선언대회'를 개최할 계획이었다. 이 대회에서 식순에 따라 인촌은 「부통령 식사」(대독)를 하고, 장면이 「호헌구국선언」을 낭독하기로 했다. 선언식을 마친 다음 가두시위를 벌여 국민의 호응을 얻어내고 일대 구국운동을 전개할 예정이었다.

이들은 예정대로 6월 20일 오후 3시경, 밖에는 「문화동지간담회」라는 표지판을 붙여놓고 외국 기자들이 입회한 가운데 비밀리에 개회했으나 선언문을 낭독해야 할 장면은 나타나지 않고, 국제구락부 괴한 수십 명이 난입하여 식장을 아수라장으로 만들어버렸다. 이 무법천지에 인촌을 비롯한 관계자들의 분노와 낙망은 이루 말할 수가 없었다. 여기서 대독하기로 되어있는 인촌의 식사(式辭)는 선언문과 함께 미리 외국 기자들에게 배포되었으나 국내 기자들은 알지 못했다. 인촌의 식사는 이러했다.

「친애하는 동지 내빈 및 해·내외 동포여러분. 대한민국은 바야흐로 중대한 위기에 직면하였습니다. 밖으로는 적색제국주의 침략으로 말미암아 국토는 황폐하고 국민은 유리하여 생사지경을 헤매고 있는데, 다시 안으로는 오직 일개인의 그칠 줄 모르는 독재적 탐욕 때문에 국헌은 유린되고 민주주의는 말살되어 전 자유세계의 동정과 구원의 손길은 거역되어 국가와 국민을 통틀어 멸망의 구렁텅이로 몰아넣으려고 하고 있습니다.

우리 민족이 일제지배하에 40년을 통해서 한결같이 갈망하였으며 8·15해방 이래 꾸준히 투쟁하여 왔고, 지금 이 순간에도 우리의 귀여운 청년 자질(子侄)들이 피를 흘리며 싸우고 있는 그 목적은 무엇입니까? 그것은 오로지 우리 민족의 자유와 독립과 민주주의를 위해서입니다. 모든 사람의 존엄과 자유 인권을 헌법으로 보장하고 이 헌법에 따라서 국민에 의한 국민을 위한 국민의 정치를 실현하여 우리와 및 우리들의 후손만대에 평화롭고 번영된 생활을 이룩하려는 것이 우리의 지상목적이요 사명인 것입니다.

그러나 어찌 뜻 하였으리오. 우리가 그처럼 갈망하였고 그것을 수립하기 위하여 그처럼 고민해 온 대한민국정부는 다만 한 사람의 횡포(橫暴)하고 파렴치한 전제군주적 독재자에 농단되어 우리의 모든 기대를 무참히 짓밟고 말았습니다. 그 독재자에게 있어서는 국가는 국민의 것이 아니라 그 자신의 사유재산이나 다름 없고, 정부는 국민의 복지를 실현하기 위한 기관이 아니라 그 자신의 이득과 권세를 위한 도구에 지나지 않았습니다. 그는 마치 절대권력을 쥔 황재연 하여 그의 의사는 신성불가침이요, 그 명령은 곧 국법인 듯 착각하였습니다. 그리하여 그는 도탄에 빠진 민생의 고통이나 파멸에 임한 국가의 난국에는 조금도 관심이 없는 양 오직 그 일개인의 탐람(貪婪)한 욕망만을 추구하는 언어도단의 난맥정치를 자행하여 왔던 것입니다.

오늘에 있어서 이 독재자가 소위 민의를 칭탁(稱託)하고 민권에 빙자(憑藉)하여 '애국심'을 운운하는 것처럼 가소로운 일은 없습니다.

그가 지난 4년 동안 민의를 무시하고 민권을 유린한 것이 그 얼마였으며, 국리민복을 위하여 건설적인 사업을 한 것이 그 무엇입니까? 그는 오직 그 전제적인 권력을 유지하기 위하여 우리나라의 애국적인 민주세력을 분열 약화시키려는 간악한 '분열통치' 책략에만 몰두하여 왔고, 국민의 기본적 자유인권을 박탈하고 언론을 탄압하며 국군을 사병화 하여 그의 이기적인 목적에 구사(驅使)하려 하고 사회, 경제, 문화의 모든 부문에 걸쳐 졸렬하고 무능한 시책으로서 파괴일로(破壞一路)를 걸어왔으며, 근로대중의 정당한 요구를 흉학(兇虐)한 통갈(恫喝)과 위협으로써 압살하지 않았습니까?

　우리들 한국국민은 이 독재자의 집권 하에 있는 한 아무런 행복도 누릴 수 없을 뿐 아니라 만고에 이 상태가 길게 계속된다면 우리의 국가는 외부로부터의 공침(攻侵)이 없더라도 내부에서 자붕자괴(自崩自壞)하고 말리라는 것을 이미 오래전부터 우리는 절실히 깨닫고 있었습니다. 그럼에도 불구하고 우리는 오늘까지 참고 기다렸습니다. 그것은 우리의 앞에 대한민국의 헌법이 엄연히 존재하는 한 머지않은 장래에 우리는 공개토론과 다수결이라는 민주주의적 방법으로 이 독재적인 집권자를 개체(改替)시킬 수 있다고 확신하기 때문입니다. 그리하여 이 개체의 시기는 드디어 박두하였습니다. 이때야말로 우리가 모든 적폐를 일소하고 대한민국이 소생할 수 있는 천여(天與)의 기회입니다. 그러나 정상적인 헌법적 방법으로써는 도저히 그의 재선이 불가능하다는 것을 깨달은 이 독재자는 마침내 악역무도(惡逆無道)한 야욕을 관철하기 위하여 우리나라의 민주주의적 헌법질서를 근본적으로 폐기하는 전무후절(前無後絶)의 최후발악적 폭거를 감행하기에 이르렀습니다. 즉 그는 대한민국 헌법에 위반하여 비상계엄을 선포하고 국토방위의 성스러운 임무를 지고 있는 국군의 무력을 악용하여 다수의 선량한 국회의원을 불법체포하고 나머지 국회의원을 총검으로 위협하여 민주정치의 중심기관이며 민의표현의 최고기관인 국회의 기능을 마비시키고 언론보도의 자유를 강압하여 국민의 이목을 전면적으로 봉쇄하고 소수의 부세분자(附勢分子)를 권력과 금력으로 동원하여 불안과 소요를 조성하여 일체의 민주주의적 정치활동에 가혹한 탄압과 야만적인 폭행을 가함으로서 그의 부패한 독재정권의 유지를 꾀하고 있는 것입니다.

이와 같이 하여 대한민국의 국헌은 완전히 파괴되고 우리들 한국 국민의 주권은 찬탈 당하였습니다. 우리는 대체 무엇 때문에 오늘까지 대한민국을 수립하고 옹호하기에 갖은 힘을 다하여 왔습니까? 지금에 있어서 우리의 혈루(血淚)와 혈투(血鬪)의 대가가 다만 이기적인 독재자의 망국정권을 강화하고 공산노예제국이나 다름없는 전제적 경찰국가를 출현시킨 것뿐이라면 과연 이 무슨 모순이겠습니까?

그리고 또한 사태는 인류를 공포와 기아(飢餓)로부터 벗어나게 하려는 유엔의 이상에 배치(背馳)되는 것이며 자유한국을 건설하기 위해서 분투해 온 유엔의 노력을 헛되게 하는 것입니다. 더욱이 만리이역(萬里異域)에 군대까지 파견하여 우리나라를 수호해 주고 있는 유엔 각국으로서는 그 귀중한 인명과 막대한 재화를 희생시킨 결과가 겨우 이 부패한 독재자를 구제해준 것뿐이었다면 그 얼마나 의외이겠습니까?

그러므로 유엔 및 연합제국이 이 독재자에게 항의하고 사태의 개선을 요구하는 것은 극히 당연한 일입니다. 그럼에도 불구하고 이 독재자는 유엔 및 한국 파병 각국의 정의(情誼)에 넘치는 충고를 거부하고 전 자유세계의 물 끓듯 하는 여론을 냉소할 뿐 아니라 도리어 그것을 소위 '국정간섭'이라고 왜곡 궤변(詭辯)하고 있는 것입니다. 건전한 이성을 가진 사람이면 누구나 다 아는 바와 같이 우리나라의 형편은 유엔과 민주우방의 정치적, 경제적, 군사적인 원조가 없이는 적색제국주의의 침략을 막아내기 어려운 처지에 있습니다.

그런데 이 박사의 완미(頑迷)한 배은망덕적 태도는 필연코 유엔과 민주우방의 대한원조(對韓援助)를 철회하게 만들 것입니다. 그렇다면 그의 행동은 결국에 있어서 대한민국을 적색제국주의 앞에 매도하려는 것이나 다름이 없습니다. 민주우방의 한국원조를 내정간섭이라고 부르는 그의 언사 자체가 이미 공산도당의 상투적인 용어에 지나지 않는 것입니다.

여기에 있어서 자유와 평화를 애호하는 우리들 한국국민은 분연히 궐기하지 아니할 수 없습니다. 우리는 국가의 도괴(倒壞)와 민족의 멸망을 이 이상 더 좌시할 수 없습니다. 우리들 한국국민은 일시 결속해서 이 독재와 싸우기로 결심했습니다. 이 독재자는 지금 이 순간에도 대의를 위해서 생명을 바치고 있는 우리 국군 및 유엔군 장병의 숭고한 정신을 모욕(侮辱)하고 있는 것입니다.

이 반역적이고 망국적인 독재자를 타도하는 것만이 우리가 국운을 만회(挽回)하여 순국의 영령(英靈)을 위로하고 우리들 자신과 평화와 번영을 영원히 향유하도록 하는 유일한 길입니다.

단기 4285년 6월 20일 김성수

국제구락부가 깽판을 친 다음 날 1952년 6월 21일 국회에 직선제 개헌안과 내각책임제 개헌안이 동시에 상정되었다. 그런데 자유당은 막후에서 제3의 개헌안을 작성하여 날인공작을 벌이고 있었다. 제3의 개헌안은 대통령 측이 이미 상정한 개헌안과 새로운 안을 절충해서 조합한 안으로 그 요지는 이러했다.

1. 대통령직선제
2. 상·하 양원제
3. 국무총리의 제청에 의해 국무위원의 임면
4. 국무원에 대한 국회의 불신임 결의권

이와 같은 제3의 개헌안은 국회에서 '발췌개헌안'이라는 별칭이 붙었다. 이 발췌개헌안은 국회법이 정한 상정요건을 하나도 갖추지 못했다. 이 무렵 야당 탄압의 좋은 구실이 하나 생겼다. 6·25동란 2주년 기념식장에서 '이승만대통령저격미수사건'이 발생했다. 이 저격범은 유시태다. 그런데 국회의원 김시현이 그의 배후 인물로 밝혀졌는데 그가 얼마 전까지 민국당에 적을 두고 있었다는 것이 화근이었다. 그는 이미 한 달 전에 탈당하고 민국당과는 아무 관련이 없음에도 불구하고 정부와 자유당은 이 사건을 민국당 음모로 몰아 최고위원 백남훈을 구속 기소하는 등 온갖 압력을 가했다. 이런 분위기 속에서 인촌의 부통령 사임서가 국회본회의에서 수리되었고, 주범 유시태와 김시현 의원은 9월 재판에서 사형선고를 받았고, 그후 감형되었다.

같은 날 7월 1일 열린 13회 임시국회는 겨우 77 의원만 참석해서 개회식을 거행했다. 이틀 후 7월 3일 국회에는 자진 출석한 의원들과, '안내'라는 이름으로 경찰에 의해 끌려나온 의원들과, 5월 26일 구금에서 풀려 호송되어 온 의원들까지 세 가지 방법으로 등원한 의원 160명 내외가 의사당에 모였다. 상정요건도 갖추지 못한 '발췌개헌안'을 물리적인 힘으로 통과시키려는 것이다.

강제로 끌려나온 야당계 의원 65명은 끝까지 싸운다고 버텨봤으나 밤에 잠도 못 자고 의사당에 갇힌 채 철야하는 사이 대세는 이미 기울었다. 7월 4일 오후 8시 정각에 개의한 국회 본회의는 헌병과 경찰의 포위망 속에서 토론도 없이 3차 독회를 표결만으로 끝내고 9시 30분 재적 183명 중 166명이 출석한 가운데 기립 표결하여 찬성 163, 반대 0, 기권 3표로 통과시키고 말았다. 결국 이승만은 승리하고 한국민주주의는 무덤 속으로 들어갔다.

발췌개헌의 직선제에 따라 8월 15일 실시된 정·부통령 선거에서 이승만이 523만 표를 얻어 대통령에 당선되고, 함태영이 294만 표를 얻어 부통령에 당선되었다. 이때부터 대한민국은 자유당 천지가 되었다.

23

한반도는 6·25전쟁 때 유엔군과 중공군이 개입해서 밀고 밀리다가 장기전에 돌입했다. 장기전을 계획하지 않았던 미군 측은 중공 본토 폭격을 거론하기 시작했다. 이렇게 되자 공산 측은 휴전을 제안했다. 그들의 명분은 현재의 전선이 전쟁 이전의 남북한 경계선에 걸쳐 있으니 38선을 경계선으로 하고 휴전하자는 것이었다. 이 소식을 전해 들은 대한민국 국민은 휴전은 절대 안 된다며 반대했다. 북한이 남침해서 얼마나 많은 인명과 재산을 잃었는데 이제 와서 휴전이라니 이것은 도저히 안 된다는 것이다. 계속 북진해서 남북한 통일 민주국가를 만들어야 한다는 것이다. 이 주장은 국민뿐만 아니고 이승만 대통령도 같았다.

그런데 대한민국 국민의 염원은 허공에 날아가고 1951년 7월 10일부터 유엔 측과 공산 측 간에 휴전협상이 시작되었다. 그러나 휴전협상은 초기부터 난관에 부딪혔다. 유엔측은 현재 전선을 경계로 휴전할 것을 주장하고 공산 측은 38선을 경계로 휴전할 것을 주장했다. 양측이 다 자기주장을 굽히지 아니함으로 휴전협상은 중단되고 말았다. 유엔군은 공산 측 태도에 개의치 않고 북진을 위한 공세를 계속했다.

이렇게 되자 공산 측이 종래 주장을 철회하고 다시 협상에 나섰다. 이제는 현 전선을 경계로 하는 휴전에 동의한다는 것이다. 그래서 휴전회담 장소를 개성에서 판문점으로 옮겨 협상을 재개했다. 그러나 같은 해 12월 11일부터 재개된 협상에서 두 번째 난관포로 송환 문제에 부딪혔다. 유엔 측은 포로 자유 송환을 주장한 반면 공산 측은 모든 포로를 강제 송환해야 된다고 고집하는 바람에 1952년 2월 하순에 협상이 다시 중단되었다. 이로부터 두 달이 지난 후 4월 19일 재개된 협상에서 포로문제 소위원회 공산 측은 모든 포로에게 귀국 후 처벌하지 않는다는 것을 알린 후에 면접으로 각자 자유의사를 존중하는 절차에 동의하여 통과되었다.

그러나 또 문제가 불거졌다. 유엔 측 포로는 5만3천 명 전원이 귀환을 희망하는데, 공산 측 포로는 13만2천 명 중 7만 명만 귀환을 희망하고 나머지 6만2천 명은 귀환을 원하지 않았다. 이렇게 되자 공산 측은 면접이 불법이라고 트집 잡아 4월 25일 포로문제 소위원회를 중단시켰다.

이렇게 휴전협상이 난항을 거듭하고 있을 때 미국 대통령선거가 실시되었다. 이 선거에서 한국전쟁을 휴전하겠다고 공약한 「아이젠하워」가 대통령에 당선되었다. 그리고 때마침 한국전쟁의 원흉 「스탈린」이 사망했다. 그래서 한국전쟁 휴전협상은 급물살을 타게 되었다. 대한민국은 통일할 수 있는 절호의 기회를 잃게 되는 사건들이었다.

휴전협상이 지지부진한 가운데 유엔 측이 상이군인을 우선 교환하자고 제안하자 공산 측이 이를 동의하고 1953년 4월 11일 동 협정에 서명했다. 이를 계기로 4월 26일 휴전회담이 약 반년 만에 재개되었고, 6월 8일에는 최대 난관이었던 포로교환 협정에 조인했다. 이승만 대통령은 휴전을 극력 반대했으나 유엔 측은 휴전을 추진했다. 결국 1953년 7월 27일 양측은 정식으로 휴전협정에 조인했다. 그 여파로 6·25전쟁은 3년 1개월 만에 휴전상태로 들어갔고 한반도는 두 동강이 된 채 대치하는 형국이 되었다. 그리고 유엔군은 8월 7일 공산 측이 휴전협정을 위반하면 중공 본토를 폭격한다는 엄포성명을 발표하고 9월 8일에는 한미상호방위조약이 임시 조인되어 9월 15일 정부는 서울 환도를 발표했다.

6·25전쟁에서 민간인 140만 명이 사망하거나 실종되거나 부상당했고, 군인으로서 전사자는 유엔군 3,143명, 미군 33,629명, 한국군 225,784명으로 합계 262,556명이다. 그리고 실종군인은 유엔군

11,358명, 한국군 43,572명으로 합계 54,930명이다. 또한 부상자는 미군 103,284명, 한국군 717,083명으로 합계 820,367명이다. 비좁은 국토에서 치열하게 전투를 벌인 결과 이와 같이 엄청난 인명피해를 입게 되었다. 남과 북이 얻은 것은 없고 잃은 것만 많은 6·25전쟁은 끝나지 않았고 언제 또 점화될지 모르는 휴전으로 돌입했다.

인촌은 유엔 측과 공산 측이 휴전협상을 한창 진행 중일 때 1953년 5월 초 부인과 함께 부산에서 대구로 거처를 옮겼다. 대구에 가면 반신불수 중풍환자를 안마로 치료해서 걷게 만드는 유능한 안마사가 있다는 말을 듣고 간 것이다. 그런데 대구에도 피난민이 가득 차서 당분간 거처할 집도 구하기가 어려웠다. 어떤 한 사람은 인촌에게 거처를 빌려주겠다고 했다가 돌연 취소했다. 알고 보니 인촌에게 방 빌려준 것을 정부가 알게 되면 불이익을 당할 수 있다는 우려 때문이라고 했다.

인촌이 미군 병원선에서 퇴원한 이후 경찰이 그를 계속 감시했다. 인촌은 그런 사실도 모르고 부산을 떠나 대구를 향했다. 인촌이 대구로 간다는 것을 알게 된 경찰은 대구 경찰에 연락해서 인촌을 감시하라고 했다. 이승만은 인촌이 병 치료하는 것조차 방해공작을 폈다. 인촌이 이 사실을 알았을 때 그는 아무 말 하지 않고 조소를 머금었다고 부인이 말했다. 그러다가 대구시 대봉동에 거처를 마련했는데 그 거처는 경성방직 창립 당시 참여했던 이영면의 아들 되는 이근하의 사랑채였다. 이근하는 인촌 부부에게 거처를 내 주면서 방세를 받으려 하지도 않고 언제까지나 머무시라고 깍듯이 대접했다.

그는 부친으로부터 인촌에 관한 얘기를 많이 들었다고 했다.

대구에서도 신병치료 효과를 거두지 못한 인촌은 8월 20일경 서울 계동 자택으로 돌아갔다. 이때는 유엔 측과 공산 측간에 휴전협정이 이루어진 후여서 좋든 싫든 전쟁은 종식된 상태였다. 2년 8개월 전에 공산군에 쫓겨 집을 떠날 때는 몸이 이렇게 무너지지는 않았다. 그런데 전쟁에 쫓기고, 독재자의 파렴치한 전횡에 대항하면서 정치조직이 와해되고 그에 따라 몸과 마음도 무너지고 말았다.

이미 자유당 천하가 되어버린 대한민국에서 그래도 민주주의를 지키려는 민국당은 악재가 계속 불거졌다. 1952년 정치파동으로 민국당이 백척간두에 섰는데 최고위원 중 한 사람인 이청천이 의원 7인을 데리고 탈당했다. 민국당으로서는 타격이 아닐 수 없었다. 그런데 1953년에는 서범석 임흥순 등 5명이 또 탈당해서 당내 의석이 25석으로 줄었다. 그리고 최고위원 중 백남훈은 투옥되어 감옥에 있었고 신익희는 국회의장직에 있으므로 당을 떠난 사람이나 마찬가지였다. 또 사무총장 조병옥은 이승만 독재정치를 비난했다가 구속됐다. 그는 얼마 후 석방되었으나 정계를 떠나고 말았다. 이제 남은 중진은 서상일 김도연 김준연 이영준 등이었는데 이들은 국회의원이 아니었다. 이런 지경에 국회의장 신익희가 민국당을 떠나 신당을 차린다는 소문이 떠돌았다. 그리고 신익희가 인촌을 비방하고 다닌다는 말까지 인촌 귀에 들어갔다.

병석에서 이런 말을 전해 들은 인촌은 또 한 번 대의를 위해 자신을 죽이는 용단을 내렸다. 그는 신익희를 계동 자택으로 불러 대한

민국 민주주의를 지키기 위해 당에 남아 있으라고 간절히 당부했다. 그 뿐만 아니라 그는 당내 중진들에게도 당을 위해 나라를 위해 신익희를 중심으로 뭉치라고 당부했다. 인촌은 민국당 최고위원제도를 폐지하고 위원장제를 채택해서 신익희를 위원장에 추대하자고 제안했다. 당 중진들이 인촌의 살신성인 자세를 보고 감동하여 그의 충언을 받아들였다.

민국당은 1953년 11월 22일 제4차 전당대회를 열어 신익희를 위원장으로 추대하고, 김도연 최두선을 부위원장으로 선출했다. 그리고 인촌과 백남훈 서상일 조병옥은 고문으로 물러앉아 신익희를 정점으로 하는 일인 지도체제를 만들어 다음 선거를 대비했다. 그러나 민심은 이미 자유당으로 기울어 민국당은 백약이 무효인 상태가 되었다. 1954년 5월 20일에 실시된 민의원 선거에서 민국당은 참패하고 말았다. 총 의석 203석 중 자유당이 114석, 무소속이 68석, 군소 정당들이 6석을 차지하고, 민국당은 15석으로 선거 이전의 20석에도 이르지 못해 원내교섭단체조차 구성할 수 없는 형편이 되었다. 다만 이 선거에서 신익희 김도연 조병옥 김준연 등 중진들이 당선되었다는 것이 한 가지 위안이었다.

이 선거에서 과반수 의석을 차지한 자유당 이기붕이 국회의장으로 선출되고, 부의장은 자유당 최순주와 무소속 곽상훈이 선출되었다. 이승만 후광과 금력과 권력을 다 움켜쥔 자유당은 당세 확장을 위해 잠시도 멈추지 않고 국회의원 포섭 공작을 폈다. 그 결과 선거가 끝나고 한 달도 되기 전에 자유당 의석은 137석으로 증가하여 그들이 마음만 먹으면 무엇이든지 할 수 있는 거대 여당이 되었다. 말하자면 제3대 국회 총 의석 203석의 3분의 2인 136석을 넘어섰다는 얘기다.

1954년 11월 18일, 드디어 이승만의 종신집권을 위한 개헌안이 국회에 상정되었다. 이 개헌안이 통과되기 위해서는 국회의원 136명이 찬성해야 된다. 이때 총 의석이 203석이므로 이의 3분의 2가 136석이다. 본래 자유당 국회의원이 137석이었으므로 여유가 있는 듯했으나 전북 진안 출신 이복성 의원이 사망하여 자유당 의석은 136석으로 줄었다. 그래서 자유당은 표 단속을 빈틈없이 했다. 만약 한 사람이라도 이탈표가 생기면 개헌은 물 건너간다. 그러나 자유당이 믿는 바가 있으니 그것은 무소속 의원들이었다.

마침내 11월 27일(토요일) 재적 203명 중 202명이 출석한 가운데 최순주 부의장 사회로 개헌안이 표결에 부쳐졌다. 분위기는 참으로 엄숙했다. 자유당 의원들은 의기양양한 태도로 투표했지만 민국당 의원들은 나라가 야수 아가리에 들어가는 것 같아 침통한 얼굴로 투표했다. 무소속의원 중에 단 1인이라도 개헌안에 찬성표를 던지면 이 나라는 이승만의 종신집권이 실행되는 것이다. 이 개헌안 골자를 보면 이러했다.

1. 현 대통령에 한하여 중임제한을 폐지한다.
2. 주권의 제한 또는 영토의 변경을 가져올 국가안위에 관한 중대사항은 국민투표에 의하여 최종 결정을 짓는다.
3. 민의원의 국무원 불신임권과 국무원 연대책임을 폐지하고

아울러 국무총리제를 폐지한다.

4. 대통령이 궐위된 때에는 부통령이 대통령의 권한을 대행하되 3개월 이내에 정·부통령을 선거한다.

5. 경제체계의 중점을 국유국영의 원칙으로부터 사유사영의 원칙으로 옮긴다.

이 밖의 부차적인 내용을 나열한 조항들이 적지 않았으나 주안은 현 대통령 이승만의 종신집권과 민의원의 국무원 불신임권 폐지에 있었다.

202명의 국회의원이 투표를 끝내고 개표에 들어갔다. 그 결과 찬성 135표, 반대 60표, 무효 1표, 기권 6표로써 이승만의 종신집권 야욕은 물거품이 되고 말았다. 이것은 자유당 소속의원 14명이 반대표를 던진 반면 무소속의원 13명이 찬성한 결과가 이렇게 나타났다. 자유당 의원들은 크게 낙심한 반면 민국당 의원들은 안도의 숨을 쉬는 표정이었다.

국회는 일요일 하루를 쉬고 11월 29일(월요일)에 회의가 재개되었다. 이틀 전 개헌안 표결 회의를 사회했던 최순주 부의장이 단상에 올라가 괴이한 발언을 했다.

"이틀 전 개헌안 투표를 개표할 때는 정족수 계산에 착오를 일으켜 부결을 선포했으나 찬성 135표는 203의 3분의 2가 한다는 것을 알게 되었으므로 전일의 부결선포를 취소한다."

참으로 기상천외한 발언이었다. 그 근거는 이러하다. 203의 3분의 2의 정확한 수치는 135.3333……인데 자연인을 정수가 아닌 소수점

이하로 나눌 수가 없으니 수학원리에 따라 사사오입(四捨五入)을 하면 찬성표가 136표로서 203의 3분의 2가 된다는 것이다. 이것은 전날 이기붕 집에 자유당 간부들이 모여 선후 대책을 논의한 끝에 장경근의 발상으로 나온 잔꾀였다. 최순주 부의장이 번복 발언을 하자 곽상훈 부의장이 단상에 올라가 사회봉을 빼앗아 다시 부결을 선포하는 등 자유당 의원들과 야당 의원들 간에 몸싸움이 벌어지고 회의장은 아수라장이 되고 말았다.

인촌은 요양차 국내 여행 중이었다. 그가 현충사를 거쳐 온양온천에 갔을 때 라디오 뉴스로 개헌안이 부결되었다는 소식을 듣고 기뻐했다. 인촌은 머릿속에 이승만 얼굴을 떠올리고 그를 생각했다. '이승만이라는 사람, 그 사람은 지금 79세 노인이다. 그런데 웬 노욕이 그렇게 심한가?' 인촌이 하와이에서 그를 만났을 때나 그가 귀국하여 조선호텔에서 만났을 때는 애국심이 강한 노혁명가로 보였다. 그런데 그가 권좌에 올라가더니 의로운 혁명가 모습은 사라지고 그 뒤에 숨어 있던 독재자 모습이 드러났다. 인촌은 국회에서 개헌안이 부결되었다는 소식을 뉴스로 듣고 독재자의 종신집권 획책이 저지되었다는 안도감에 회심의 미소를 지었다.

그런데 이틀 후 그가 천안을 거쳐 귀경하는 길에 차에서 기상천외한 뉴스를 들었다. 1표가 모자라 부결되었던 개헌안이 사사오입에 따라 가결로 다시 선포되었다는 것이다. 그 뉴스를 접한 인촌은 절망과 분노에 차 정신을 잃은 듯했다. 그는 자동차 라디오도 끄라 하고 눈을 감은 채 죽은 사람처럼 얼굴이 창백해졌다. 그는 생각했다. '우리 국민이 저 독재자를 위해 일제와 싸웠고, 공산주의와 싸웠던가?' 그가 감았던 눈을 떴다. 그리고 혼자 중얼거렸다.

"민주주의는 국민의 피를 먹고 자란다고 했다. 우리 국민이 얼마나 더 피를 흘려야 민주주의를 세울 수 있나?"

옆에서 듣고 있던 부인이 한마디 했다.

"남들은 그래도 웃고 사는데 병든 당신이 그 양반 3선에 그렇게 애태울 건 뭐예요?"

부인의 말을 듣고 인촌은 대노했다.

"지금 그 말 누구보고 한 말이오?"

부인은 실언이라고 생각했으나 인촌은 여유를 주지 않았다.

"앞으로 내 앞에 나타나지 마오."

그는 발병 후 화낸 적이 한두 번이 아니었으나 이렇게 대노한 것은 처음이었다.

국회 본회의에서 최순주 부의장이 「개헌안이 가결되었다.」고 다시 선포하자 아수라장이 되었던 회의장에서 야당 의원들이 일제히 퇴장하고 자유당 의원들과 무소속의원 강세형만 남아 회의를 계속했다. 이번에는 이기붕 국회의장이 단상에 올라가 한 번 더 확인 선포했다.

"부결선포는 계산상의 착오로 된 것이니 이를 취소하고, 개헌안은 통과된 것으로 선포를 바로잡고 회의록을 수정한다. 여기에 동의한 의원은 기립해 주십시오."

참석의원 전원이 기립해서 부결이 가결로 바뀌어 선포되었다. 국회는 이를 즉각 정부에 이송했고, 정부는 당일에 이를 공포해버렸다.

한편 국회 본회의장에서 의석을 박차고 퇴장해버린 개헌 반대파들이 곽상훈 부의장실에 모여 '민의원 위헌대책위원회'를 결성하고, 다음날에는 서명 의원 61명으로 원내교섭단체「호헌동지회」를 구성했다. 그리고 호헌동지회는 12월 3일 위헌대책위원회가 제출한 조병옥 장택상 소선규 곽상훈 정일형 등으로 구성된 7인 위원회를「신당결성촉진위원회」로 개칭하고 원 내외를 총망라한 신당 창당에 나섰다. 현 국회에 강력한 야당이 존재하지 않기 때문에 자유당이 온갖 불법행위를 자행한다고 본 개헌 반대파가 강력한 신당 창당을 서두른 것이다.

이보다 앞서 인촌은 민국당 간부들을 계동 자택으로 불러 민국당을 해산하고 범야세력을 총망라해서 신당을 창당하라고 권한 바 있다. 이날 인촌댁에 모인 민국당 의원들은 신익희 백남훈 조병옥 김준연 등이었다. 이들은 민국당을 어떻게 유지해 왔는데 지금 해산하라 하느냐며 당 해체를 반대했다. 인촌은 병든 몸으로 힘을 다해 호소했다.

"우리 민국당 의원 15명으로 이 박사 전횡을 어떻게 막을 것이오? 그는 종신집권을 위해 염치 불구하고 불법을 자행하는데 야당이 뿔뿔이 흩어져서 그 노욕을 어떻게 막느냔 말이오? 부결된 사안을 가결된 것으로 뒤집어 발표하는 행위가 이번이 처음이 아니지 않소. 지금이 기회요. 사사오입이라는 기상천외한 개표방식으로 국민을 속였으니 이번에는 국민도 그를 버릴 것이오. 때를 놓치지 말고 개헌 반대파를 다 포섭해서 민국당보다 강한 신당을 만들어 이 박사 전횡을 막아냅시다. 우리가 여기서 민국당을 지나치게 아낀다면 우리는 국민과 민주주의에 대해 자유당에 못지않은 죄인이 되고 말 것입니다. 병상에 있는 몸으로 동지들에게 이래라 저래라 할 수는 없지만 재야세력을 망라한 신당조직은 국민의 여망일 뿐 아니라 주위의 형편으로 보아 우리 당으로서도 구각을 털어버리고 새로운 자세를 갖추어야 할 때가 되었다고 생각합니다."

인촌의 구구절절 애타는 설득으로 민국당 간부들은 그의 뜻을 따르기로 했다. 1954년 12월 민국당은 중앙상임 집행위원회를 열고 신당 발족과 동시에 신당을 창당한다는 원칙에 합의하고 신익희 조병옥 김도연 등에게 창당에 관한 모든 권한을 일임했다.

1955년 1월 말 햇빛 좋은 날 계동 인촌 자택 대청에 인촌과 연수가 마주 보고 앉아 담소를 나눴다. 유리창을 통과해서 들어온 겨울 햇빛이 형제 몸을 따스하게 녹여 줬다. 4년 전부터 중증 뇌혈전증을 앓고 있는 인촌 병세가 새해 들어 웬만큼 호조를 보였다. 그래서 인촌은 대청에서 보행연습을 하거나 날씨가 아주 추운 날이 아니면 정원에 나가 걷기운동을 하곤 했다. 그의 병이 이만큼 호조를 보이는 것은 아내 이아주와 아우 연수 정성으로 이루어진 것이다.

연수는 형의 뇌혈전증이 악화된 작년부터 자택인 성북동에 머무는 시간보다 계동 형 댁에 머무는 시간이 더 많았다. 연수는 형이 살아온 지난날을 잘 안다. 그의 머릿속에는 마치 자신의 일기장처럼 형의 인생 역정이 각인되어 있다. 공선사후(公先私後)를 인생 지표로 삼은 인촌은 어린 시절부터 환갑을 넘긴 지금까지 자신의 욕심을 채우기 위해 일한 적이 없다. 학생 시절에는 가난한 학생들 학비를 보조해 주고, 학교 졸업 후에는 민족학교와 민족기업 세우기에 정열을 쏟았다. 그리고 해방 후에는 반공투쟁에 노심초사했고, 이어서 민주정부 수립에 심혈을 기울였다. 인촌의 고투는 거기서 끝나지 않았다. 이승만을 도와 민주정부라고 세웠는데 이승만은 민주주의를 유린하고 일인(一人) 독재정치로 민족 앞날을 어둡게 했다. 그 상황이 지금까지 계속되면서 인촌을 괴롭혀 왔다.

이렇게 살아온 사람이 병들지 않는다면 그것이 오히려 이상한 일이다. 연수가 생각한 형의 인생은 마치 등잔불과 같다. 석유에 심지를 담그고 불을 밝히는 등잔불은 석유가 떨어지면 불꽃이 잦아들다가 꺼지고 만다. 형의 인생도 등잔불과 같아서 심혈이 이미 소비되어 잦아들고 있는 듯했다. 인촌의 몸은 장기간 쌓이고 쌓인 피로 때문에 신경쇠약증, 만성기관지염, 근류마티스 병이 나타나기 시작했다. 그러다가 환갑을 맞은 해에는 뇌혈전증으로 쓰러지고 말았다. 그로부터 4년이 지난 이날까지 투병생활을 하고 있다. 연수는 형을 보면서 「인생이 무상함」을 절실하게 느끼고 있다. 형수가 홍시 두 개를 쟁반에 받쳐 들고 와서 형제가 앉아 있는 탁자 위에 올려놓으면서 말했다.

"드세요."

"예, 형수님, 홍시가 참 크네요."

"예, 지난 가을에 큰 것만 골라서 광에 뒀더니 이렇게 잘됐네요."

인촌의 병세가 호전되는 것을 본 이아주는 요즘 들어 너무나 좋았다. 3·4월이 되면 남편과 함께 해동농장에도 가고 고려대학교 운동장도 거닐면서 젊은 건각들 모습을 볼 수 있을 것이라고 기대하니 이보다 더 좋을 수는 없었다. 형제가 홍시를 으깨서 숟가락으로 파먹고 있을 때 민국당 신익희와 조병옥과 김준연이 찾아왔다. 인촌은 그들을 맞이하면서 아주 반가워했다.

"어서 오세요. 얼마나 수고가 많소?"

"수고는요? 우리는 몸이 성하니 부서지도록 싸워야지요."

김준연이 김연수에게 인사했다.

"아니, 수당은 거처를 아예 형님 댁으로 옮기셨소? 이제 여기는 형수님한테 맡기고 성북동으로 가시구려 응?"

조병옥도 한마디 인사를 건넸다.

"형제 정이 어지간해야 말이지. 하하하하……."

세 방문객이 소파에 앉은 후 신익희가 말했다.

"우리 당원들이 민국당을 해체한 대신 집단으로 신당에 참여한다던 당론을 포기하고 무조건 당 해체와 무조건 신당 참여를 결정했습니다. 이것이 다 인촌 선생의 뜻을 따르는 것이지요."

"잘 생각했습니다. 이제는 신당 창당이 이루어질 것 같소. 하하하하."

부인 이아주가 손님들 몫으로 홍시를 여러 개 들고 와서 탁자 위에 올려놓고 손님들에게 인사했다. 인촌이 밝은 얼굴로 부인에게 말했다.

"여보, 신당이 잘 되어 간다는구려. 내 마음에 막혀 있던 구멍이 뻥 뚫리는 것 같소."

"해공 선생님, 유석 선생님, 낭산 선생님 세 분의 노력이 결실을 보는가 봐요. 호호호호……."

인촌이 힘주어 말했다.

"민주주의는 죽지 않았소. 죽을 수 없지, 죽어서 되나."

신익희가 말했다.

"이제 빨리 쾌차하셔서 신당을 이끌어 주셔야죠. 그래야 민주주의가 죽지 않습니다. 이승만이 죽지 않는 한 인촌 선생 없이 민주주의를 지킬 수가 없어요."

"나야 무슨 힘이 있겠소? 해공이 유석과 낭산과 함께 힘을 합해서 이 나라 민주주의를 꼭 지켜주시오."

인촌과 수당, 그리고 신익희와 조병옥과 김준연이 국정에 관한 이야기를 이어갔다.

뇌혈전증 병세가 호전되어 가던 인촌이 2월 상순 대청에서 보행연습을 하다가 갑자기 피를 토하기 시작했다. 마치 잘못 먹은 음식을 토하듯 우—욱하면 피가 한 움큼씩 올라왔다. 온 가족이 놀라 어찌할 바를 몰랐다. 그들이 할 수 있는 일은 오직 의사를 부르는 일밖에 없었다. 장남 상만이 전화를 걸어 주치의를 불렀다.

이아주는 주저앉아 피를 토하고 있는 남편 등을 토닥이며 토혈을 진정시키려고 애썼다. 심하게 올라오던 피가 약간 잦아들어 소량으로 가끔씩 올라왔다. 부인 이아주와 김상만이 인촌을 부축해서 안방에 눕혔다. 그러는 사이 주치의 고영순이 인촌 댁에 당도했다. 주치의 고영순은 인촌이 대구에서 물리치료를 받다가 서울 계동 자택에 들어간 이후 줄곧 인촌의 뇌혈전 치료를 담당했다. 그래서 인촌의 건강상태를 잘 알고 있다.

주치의가 인촌의 복부와 등에 청진기를 대고 세밀하게 진찰했다. 약 30분간 진찰하던 그가 귀에서 청진기를 빼고 이아주와 상만을 데리고 대청으로 나갔다.

"선생님께서 피를 토하신 것은 위궤양에 의한 위출혈입니다."

상만이 말했다.

"뇌혈전증과는 관계없는 출혈인가요?"

"예, 아버님께서는 위궤양이 심하십니다."

부인 이아주가 말했다.

"맞아요. 위가 아파서 불면증까지 생겼어요."

주치의는 평소에 인촌과 대화하면서 그가 어려서부터 위 때문에 고생이 많았다는 얘기를 본인한테서 직접 들은 적이 있다. 그래서 그는 인촌의 위궤양을 확신할 수 있었다. 그가 말했다.

"어려서부터 위가 약하셨는데 계속 과로하시니까 위궤양이 생겼고, 그 위궤양이 심해지신 것입니다. 선생님은 휴식과 휴양이 필요한 분인데……."

"선생님, 그러면 어떻게 해야 하나요?"

"외부인과의 만남을 철저히 차단하십시오. 외부인사들이 와서 자꾸만 우울한 이야기를 전해드리니까 위궤양이 더 심해졌던 것입니다. 안정을 취해야 합니다."

"예, 알겠습니다."

부인 이아주와 상만이 주치의와 얘기 중일 때 연수가 상협을 데리고 달려왔다.

"형수님, 형님이 출혈하신다고요?"

연수가 신발을 벗는 둥 마는 둥 대청에 올라서더니 인촌이 누워 있는 안방으로 들어갔다.

주치의가 가루약을 복용시키면서 성심껏 치료한 끝에 출혈이 멎고 다음 날부터 병세가 나아진 듯했다. 그러나 그날로부터 열흘 후 2월 15일 밤 11시경에 두 번째 위출혈을 했다. 주치의가 긴급연락을 받고 달려가 수혈하면서 인촌 곁을 떠나지 않고 돌봤다. 이날도 인촌의 출혈은 멎었으나 그의 병세는 돌이킬 수 없는 지경에 이르렀다. 이날로부터 이틀 후 2월 17일 인촌은 자기 운명이 막바지에 이른 것을 알았던지 부인 손을 잡고 담담하게 말했다.

"아무래도 가는가 보구만……."

"여보, 약해지면 안 돼요. 흑흑흑흑……."

이날 모 신문 석간에 「인촌 선생 위독」이라는 제목의 기사가 보도되었다. 이 기사를 보고 기절할 정도로 놀란 사람이 있었으니 그는 성 바오로 수녀원 마리아 수녀였다. 수녀는 마치 정신 잃은 사람처럼 허둥지둥 세수하고, 수도복을 입고 머리에 베일을 쓰고 길을 나섰다. 수녀는 계동 인촌 댁 초인종을 눌렀다. 안에서 누군가 뛰어나와서 대문에 붙은 쪽문을 열어줬다. 수녀가 말했다.

"저는 성 바오로 수녀원에 있는 마리아 수녀입니다. 인촌 선생님을 뵈려고 왔습니다."

"아버님은 지금 사람을 만날 수가 없습니다."

"신문 봐서 압니다. 그러니까 더 뵈어야 합니다. 기도해 드리려고요."

"그러면 일단 들어오십시오."

쪽문을 열어준 여자는 이 집 맏며느리인 상만 처였다. 수녀는 맏며느리를 따라 안으로 들어갔다. 대청 문 앞에 선 맏며느리가 말했다.

"수녀님, 여기서 잠깐 계시면 제가 어머님을 모셔 오겠습니다."

"예, 그러세요."

잠시 후 이아주가 수녀에게 갔다.

"수녀님이 무슨 일로 오셨나요?"

이아주를 본 수녀가 십자가 성호를 긋고 말했다.

"저는 선생님 고향 줄포에서 함께 자란 해남댁 딸 점례입니다. 도령님이 위독하시다는 신문보도를 보고 기도하려고 달려왔습니다. 제가 도령님 앞에 갈 수 있도록 허락해 주십시오. 저는 성바오로 수녀원에 있는 마리아입니다."

"어머, 그러세요? 알았습니다. 들어갑시다. 선생님이 지금은 사람을 알아보십니다."

이아주의 안내로 침상에 누워 있는 인촌을 본 수녀는 인촌 손을 덥석 잡고 울면서 기도했다.

"주님—사랑이 많으신 주님, 도령님을 일으켜 주세요. 못 자국 있는 주님의 손으로 도령님 환부를 만져 주시사 우리 도령님이 쾌차하셔서 일어나게 하여 주시옵소서, 주님—흑흑흑흑 주니—임."

인촌은 난데없이 찾아온 수녀 기도를 받으면서 의아했다. 수녀 얼굴이 눈물로 흠뻑 젖었다. 수녀와 함께 무릎 꿇고 함께 기도하는 이아주 역시 눈물을 주체하지 못했다. 30분이 넘도록 기도하던 수녀가 기도를 그치고 자기 가슴에 성호를 그은 다음 인촌에게 말했다.

"판석 도령님, 저 점례입니다."

인촌은 안 간 힘을 다해 한마디 했다.

"이? ㅈ—ㅈ 점례?"

"예, 맞아요. 어린 시절 도령님이 글을 가르쳐 주신 점례입니다."

"이? 그래?"

인촌이 점례인지 아닌지 확인할 수가 없어 뭐라 할 말을 잊은 것 같았다. 점례가 머리에 쓰고 있는 베일을 벗고 말했다.

"도령님, 보세요. 제 이마에 점을 보세요."

수녀 이마에 까만 점이 또렷하게 보였다. 인촌이 탄성 비슷한 소리를 냈다. 하고 싶은 말이 있는 듯한 데 말이 되지 않아 얼굴에 미소만 띠면서 고개를 끄덕이다 힘을 모아 말했다.

"왜……시집……안 가고?"

"도령님, 저는 도령님을 위해 기도하려고 성당에 다니다가 예수님을 만나 수녀원에 들어갔습니다. 예수님을 만난 점례는 마리아로 바뀌었고 마리아의 기도 속에는 언제나 도령님이 계셨습니다. 도령님, 예수님을 영접하세요."

알았다는 표정으로 고개를 끄덕이는 인촌의 얼굴은 한없이 맑고 평화로워 보였다. 이날 밤 수녀는 돌아가지 않고 인촌 댁에 머물면서 밤이 새도록 기도했다. 수녀 기도는 「주님—우리 판석 도령님을 받아 주시옵소서. 우리 도령님에게 살아서도 죽지 않고 죽어서도 죽지 않는 영원한 생명을 주시옵소서.」였다.

다음날은 2월 18일이다. 이날 인촌은 돌아올 수 없는 길을 가고 있었다. 부인은 남편의 마지막 모습을 보다가 상만에게 말했다.

"애비야, 다들 연락해라. 이제는 가시는가 보다."

상만은 형제들에게는 물론이고 친지들에게도 다 알렸다. 이 소식을 듣고 달려온 사람 중에는 장면도 있었다. 이때 인촌은 혼수상태에 있었기 때문에 주치의 고영순은 아무도 인촌을 만나지 못하게 했다. 장면은 부인 이아주를 통해서 천주교에 귀의하도록 권하고 돌아갔다. 오전 11시경 혼수상태에서 깨어난 인촌은 부인으로부터 장면의 권유를 전해 들었다. 그리고 옆에 있는 마리아 수녀의 간절한 눈동자를 보면서 천주교에 입신하겠다고 고개를 끄덕였다.

한 시간 후 12시경 장면이 가회동 성당 박병윤 신부와 함께 인촌 댁으로 갔다. 인촌은 신부에게서 조상봉사(祖上奉祀)를 해도 좋다는 말을 듣고 세례를 받았다. 그의 영세명은 「바오로」라 했다. 성부와 성자와 성신의 이름으로 원죄와 본죄와 그 벌을 사(赦)하는 영세 의식을 마친 인촌 얼굴은 평화 그것이었다. 인촌이 말했다.

"마음이 편하고 고통이 없다. 천주가 나를 보살펴 주시는 것 같다."

그는 이 말을 하고 다시 눈을 감았다. 그는 전날부터 혼수상태에 들어갈 때마다 산소호흡기 도움으로 숨을 쉬고 있었다.

얼마 후 또다시 의식을 회복한 인촌이 마리아 수녀에게 찬송가를 불러달라고 요청했다. 마리아 수녀가 찬송가를 불렀다.

날빛보다 더 맑은 천당
믿는 마음 가지고 보겠네
믿는 자 위하여 있는 곳

우리 주 예비해 두셨네

며칠 후 며칠 후 요단강 건너가 만나리

며칠 후 며칠 후 요단강 건너가 만나리

찬송가를 듣고 난 인촌은 방금 벽에 걸어놓은, 고난 받는 예수 십자가상(像)을 달라고 했다. 부인이 그 십자가를 인촌 손에 쥐어줬다. 주치의 고영순이 인촌의 여명이 얼마 남지 않았다고 부인에게 말했다. 옆방에서 대기하고 있던 신부가 들어가서 임종 때 행하는 병자성사(病者聖事)를 인촌에게 줬다.

가족들이 모두 인촌 병상(病床) 주위에 모였다. 부인 이아주 여사, 장남 상만, 차남, 3남 등 그의 자녀들이 다 둘러서고, 아우 연수와 그의 자녀들이 모두 와서 둘러섰다. 인촌은 가족을 둘러보고 마지막 한마디를 했다.

"나라 앞날이 걱정이다."

한국 민족의 거성 인촌 김성수는 이 한 마디 나라 걱정을 유언으로 남기고 눈을 감았다. 그가 숨을 거둔 시간은 1955년 2월 18일 17시 25분으로 향년 65세다.

정부는 인촌 장례를 국민장으로 결정했다. 대한민국 수립 후 김구, 이시영에 이어 세 번째 국민장이었다. 정부 결정에 따라 「고 김성수 선생 국민장의위원회(國民葬儀委員會)」가 구성되었다. 그 명단은 이러하다.

위원장 국회의장 이기붕

대법원장 김병로

민주국민당 위원장 신익희

교육계대표 조동식

총무 유홍, 재정 최두선, 예식 고의동, 연락 유진산, 경호 백한성

동아일보에 연락처를 둔 장의위원회는 2월 24일 오전 10시 서울운동장에서 영결식을 갖기로 하고 장지는 동대문구 안암동 고려대학교 구내 동산으로 결정했다. 장의위원회는 또 국민장 당일인 24일은 집집마다 조기를 게양하고 오전 10시 정각 모든 국민이 고인의 명복을 비는 묵념을 드리며 가무음곡(歌舞音曲)을 금지할 것도 아울러 결정했다.

이승만 대통령은 계동 인촌 자택으로 찾아가 영전에 애도의 뜻을 표했고, 공보처를 통하여 「개인의 득실과 이해를 떠나서 앞길을 보는 정견으로써 정의와 공심에서 건국과 지도에 몸을 바친 덕망 있는 지도자를 잃어 애도한다.」는 담화를 발표했다.

21일 저녁 부인 이아주와 상주 김상만을 비롯하여 유가족 등 30여 명이 성복(成服)하고 오열하는 가운데 주교 노기남의 집전으로 천주교 의식에 따라 입관식이 있었다. 관(棺)은 이승만 대통령 특명으로 문화재관리국 소장의 동원비기(東園秘器)로 짰다. 모든 시름을 잊은 인촌의 온화한 얼굴은 생시와 다름이 없었다. 순백 수의는 검은 동정에 검은 띠를 둘렀고 가슴에는 고난 받는 예수 십자가상을 놓았다.

"천주여, 네 자비하심을 베푸사……."

영복을 비는 기도에 이어 성수가 뿌려졌고, 성도들의 송경(誦經) 속에 유가족, 친지, 장의위원, 각계인사들과의 마지막 면대가 있은 다음, 7시 40분 목관 뚜껑은 굳게 닫혔다.

2월 24일 국민장 당일이다. 오전 8시 정각, 영구는 계동 자택을 떠났다.

"주여, 너 세상을 불로 심판하러 오실 때에 하늘과 땅이 진동하여 떨리게 무서운 날이져, 그날에 영원한 죽음에서 나를 구하소서……"

기도에 이어 조기가 나부낀 거리에 나선 영구가 명동성당으로 가는 도중 「경방」 앞에서 잠깐 머무른 다음 명동 천주교 성당에 이르렀다. 노기남 주교가 집전하는 대례미사를 마치고, 영구는 9시 15분 조종이 울리는 가운데 서울운동장으로 향하였다. 국회는 국민장을 위해서 23일부터 26일까지 4일간 휴회를 결의했다. 오전 10시 30분 수많은 시민이 운집한 가운데 주악과 함께 국민장이 시작되었다. 연일 진눈깨비로 점철되던 하늘에서는 잠시 햇빛이 흘러, 300여 개의 화환에 둘러싸인 영구를 비쳤다.

영결식은 고려대학교 총장 유진오의 사회로 진행되었다. 국민의례와 묵도에 이어 장의위원장 함태영의 식사가 있었고, 이화여자대학교 총장 김활란이 약력보고를 한 다음 장의위원장이 헌화했다. 이어서 대통령 조사(수석국무위원 변영태 대독)를 비롯하여 민의원의장, 대법원장, 서울특별시장, 정당대표, 사회단체대표, 언론계대표, 실업계대표의 조사가 이어졌다.

조사에 이어서 경기여자중·고등학교 합창단이 조가 「길이 두고 못 잊어라」를 제창했다.

「임의 뜻 한 평생을 겨레 위한 일편단심
외사랑 긴긴 밤을 잠 못 이뤄 하시더니
감으려 못 감은 눈 오늘 어이 감으신가
가신 뒤사 깨닫는 한 이 설움 살피소서
어진 마음 따슨 손길 길이 두고 못 잊어라
온 겨레 마음의 별 인촌선생 그 이름이여

임의 뜻 남은 자취 일마다 태산반석
숨은 공 긴긴 세월 온 심혈 말리더니
감추려 못 감춘 덕 갈수록 새로워라
나라 근심 참된 정성임을 모셔 배우리라
어진 마음 따슨 손길 길이 두고 못 잊어라
온 겨레 마음의 별 인촌선생 그 이름이여」

〈조지훈 작사/나운영 작곡〉

조가가 끝난 다음 장의위원장, 유가족대표(상주), 참석자대표(민의
원의장) 순으로 분향했고, 끝으로 19발의 조포가 성동원두(서울 동대
문 운동장)에서 울림으로서 영결식은 끝났다.

오후 12시 25분 군악대의 주악리에 영결식장인 서울운동장을 나
선 장의행렬은 경찰차가 선도하는 뒤를 이어 군악대, 육군의장대, 남

녀중고등학생으로 구성된 학생대가 행진하였다. 그 뒤에 국기, 명정, 영정이 따랐고, 다시 그 뒤에 300여 류(旒)에 조기와 만장, 300여 개의 화환이 줄을 이었다. 영구차는 전후좌우를 명주끈을 마주잡은 신도(信徒)들에게 둘러싸여 그 뒤를 이었고, 영구차 뒤에는 장의위원장, 유가족, 장의위원, 경찰악대, 단체조객, 일반조객, 후위의 차례로 줄을 이었고, 그 뒤를 일반차량이 따랐다.

2킬로미터에 걸친 장의행렬은 100여만 시민들이 연도에 도열한 사이를 누비며 을지로, 세종로를 거쳐 종로를 지나 오후 3시 동대문에 당도함으로써 국민장의 절차는 모두 끝났다. 행진 도중 그가 생전에 심혈을 기울인 동아일보사, 민주국민당 당사 앞에서는 정지하여 영결의 뜻을 표하였다. 동대문에서 장의행렬은 차편으로 개편되어 장지인 고려대학교 동산으로 향했다.

4시 10분 유가족과 수천 조객들의 오열(嗚咽)과 애도 속에 노기남 주교 집전으로 하관식을 했다.

"주여, 빛이 저들에게 비치어지이다."

위령 기도를 올리는 가운데 성수가 뿌려지고 유해는 서서히 무덤 속으로 옮겨졌다.

"나는 부활이요 생명이라. 나를 믿는 이는 죽을 지라도 살 것이요, 무릇 살아서 나를 믿는 이는 영원히 죽지 않으리라."

오후 5시 정각, 성가(聖歌)의 구슬픈 선율과 부인 이아주를 비롯 유가족들의 애절한 호곡(號哭) 속에 상주인 장남 상만은 삽을 들어 분토(墳土)를 떠서 무덤 속의 영구를 덮었다. 이로부터 삽질이 시작되어 분토는 무덤 속을 메우고 인촌 김성수는 그가 온몸 바쳐 사랑한 조국의 땅에 묻혔다.

풀잎 끝에 맺혀진 이슬방울 같이.
이 세상의 모든 것 덧 없이 지나네.
꽃은 피어 시들고 사람은 무덤에.
변치 않을 손 홀로 천주 뿐이로다.

하늘에서 세차게 내리는 비는 65년의 한 많은 생애를 이 지상에서 살다 간 거성 인촌 김성수의 온갖 시름을 씻는 듯 줄기차게 쏟아져 그칠 줄을 몰랐다.

지은이 김남채(金南彩)

호는 동촌(東村). 전라남도 해남 출생.
한국방송통신대학교 국어국문학과 졸업. 국가유공자
한국문인협회, 한국소설가협회, 한국희곡작가협회 소속.
지은 책 장편소설 《하의도》

3·1운동 100주년 기념소설
나라 앞날이 걱정이다
인촌 김성수 마지막 한마디

김남채 지음
1판 1쇄 발행/2019. 3. 1
1판 2쇄 발행/2019. 7. 1
발행인 고정일
발행처 동서문화사
창업 1956. 12. 12. 등록 16-3799
서울 중구 다산로 12길 6(신당동 4층)
☎ 546-0331~6 Fax. 545-0331
www.dongsuhbook.com
*

사업자등록번호 211-87-75330
ISBN 978-89-497-1719-7 03810